新譯白居易詩文選

陶敏
魯茜　注譯

三民書局

圖一　白文公像

白居易謚號文，世稱白文公。摘自《中國歷代帝王名臣像真迹》。

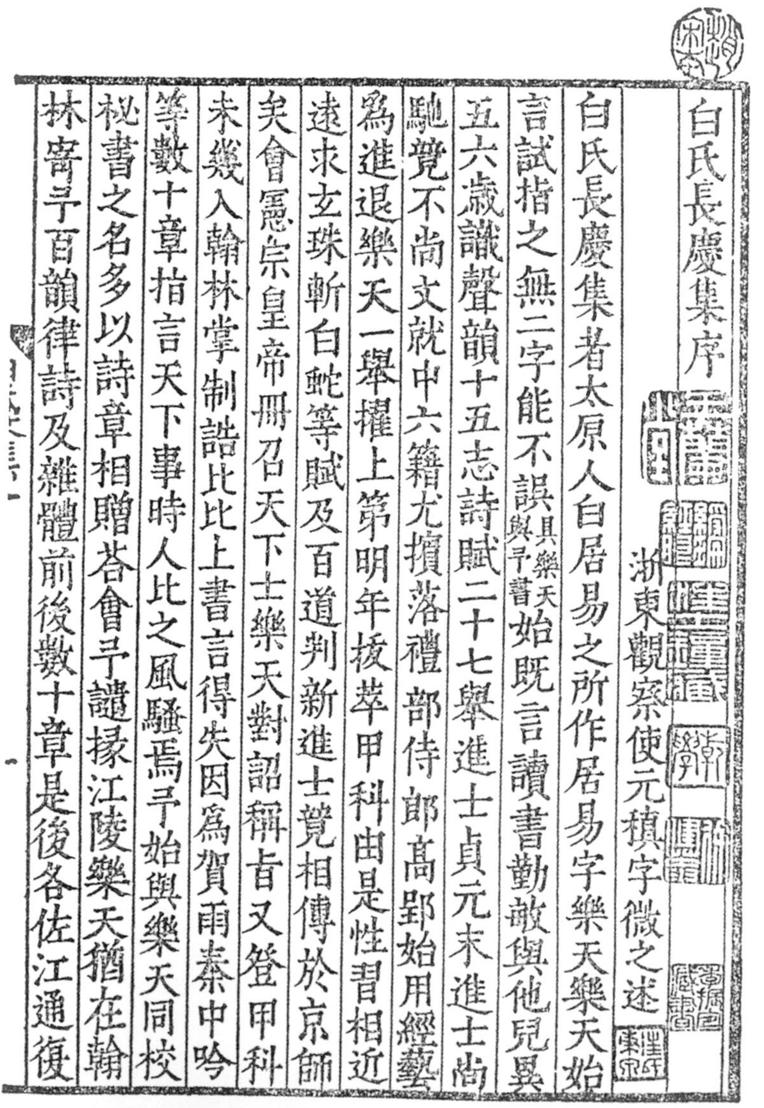
白氏長慶集序

浙東觀察使元稹字微之述

白氏長慶集者太原人白居易之所作居易字樂天樂天始言試指之無二字能不誤具樂天與予書始既言讀書勤敏與他兒異五六歲識聲韻十五志詩賦二十七舉進士貞元末進士尚馳競不尚文就中六籍尤擯落禮部侍郎高郢始用經藝爲進退樂天一舉擢上第明年拔萃甲科由是性習相近遠求玄珠斬白蛇等賦及百道判新進士競相傳於京師矣會憲宗皇帝冊召天下士樂天對詔稱旨又登甲科未幾入翰林掌制誥比比上書言得失因爲賀雨秦中吟等數十章指言天下事時人比之風騷焉予始與樂天同校祕書之名多以詩章相贈荅會予譴掾江陵樂天猶在翰林寄予百韻律詩及雜體前後數十章是後各佐江通復

圖二　《白氏長慶集》書影。

為南宋紹興初年刻本《白氏文集》，原藏常熟瞿氏鐵琴銅劍樓，現藏北京國家圖書館。1955年文學古籍刊行社影印之《白氏長慶集》即據此本影印。

刊印古籍今注新譯叢書緣起

劉振強

人類歷史發展，每至偏執一端，往而不返的關頭，總有一股新興的反本運動繼起，要求回顧過往的源頭，從中汲取新生的創造力量。孔子所謂的述而不作，溫故知新，以及西方文藝復興所強調的再生精神，都體現了創造源頭這股日新不竭的力量。古典之所以重要，古籍之所以不可不讀，正在這層尋本與啟示的意義上。處於現代世界而倡言讀古書，並不是迷信傳統，更不是故步自封；而是當我們愈懂得聆聽來自根源的聲音，我們就愈懂得如何向歷史追問，也就愈能夠清醒正對當世的苦厄。要擴大心量，冥契古今心靈，會通宇宙精神，不能不由學會讀古書這一層根本的工夫做起。

基於這樣的想法，本局自草創以來，即懷著注譯傳統重要典籍的理想，由第一部的四書做起，希望藉由文字障礙的掃除，幫助有心的讀者，打開禁錮於古老話語中的豐沛寶藏。我們工作的原則是「兼取諸家，直注明解」。一方面熔鑄眾說，擇善而從；一方面也力求明白可喻，達到學術普及化的要求。叢書自陸續出刊以來，頗受各界的喜愛，使我們得到很大的鼓勵，也有信心繼續推廣這項工作。隨著海峽兩岸的交流，我們注譯的成員，也由臺灣各大學的教授，擴及大陸各有專長的學者。陣容的充實，使我們有更多的資源，整理更多樣化的古籍。兼採經、史、子、集四部的要典，重拾對通才器識的重視，將是我們進一步工作的目標。

古籍的注譯，固然是一件繁難的工作，但其實也只是整個工作的開端而已，最後的完成與意義的賦予，全賴讀者的閱讀與自得自證。我們期望這項工作能有助於為世界文化的未來匯流，注入一股源頭活水；也希望各界博雅君子不吝指正，讓我們的步伐能夠更堅穩地走下去。

新譯白居易詩文選　目次

文注

導讀

一千二百年前，唐代詩人白居易曾經以他優美的詩篇風靡了中華大地，也風靡了日本和新羅，引領著光輝燦爛的華夏文明走出中國，走向世界。白居易寫給摯友元稹的〈與元九書〉和元稹為白居易所作〈白氏長慶集序〉曾經記述他的詩歌廣泛傳播風靡一時的盛況。當時，不論白居易走到哪兒，都有人指點著他說：「他就是〈秦中吟〉、〈長恨歌〉的作者。」官府、佛寺、道觀、驛亭的牆壁上到處都題寫著他的詩歌，王公大臣、婦女兒童人人都交口稱道他的詩歌；他的詩歌不僅被都城長安的少年「遞相倣效」，而且被鄉村學校兒童「競習歌詠」，還有人加以抄寫在市場中出售，或者用來交換茶酒；新羅國商人來華後極力求購白居易詩，新羅的宰相不但願意用「百金」交換一篇白居易的詩歌，還能夠辨別詩作的真偽。長安的歌伎因為能記誦白居易的〈長恨歌〉，因而提高了身價。荊州的街子葛清，身上刺了三十多首白居易詩的圖畫，「體無完膚」，被人們稱作「白舍人行詩圖」（段成式《酉陽雜俎》前集卷八〈黥〉）。這種學習的熱情，崇拜的狂熱，和當今的追星熱相比也毫不遜色。元稹說，自有詩歌以來，「未有如是流傳之廣者」，的確沒有誇大的成分。

本書要介紹給讀者的就是這樣一位曾經擁有上自皇帝，下至平民百姓，遠至新羅、日本這樣一個龐大讀者群的偉大詩人。

白居易的一生大體上可以分為四個時期：

一

(一)艱辛多難的青少年時期

白居易於唐代宗大曆七年（西元七七二年）正月二十日出生在一個中下級官僚家庭，祖父白鍠、父親白季庚都是明經及第，能詩文，熟知儒家典籍，擔任過州縣屬吏、幕府僚佐和縣令一類小官。白居易自幼就受到良好家風的薰陶。不過祖父在他兩歲時就去世了，父親常年在外為官，他的童年主要是和外祖母和母親一起度過的。

這時，正值安史之亂平定不久，兩河的藩鎮擁兵跋扈，戰亂和災荒都經常發生。建中三年（西元七八二年），白季庚任徐州別駕，暫時把家安置在徐州的苻離（今安徽宿縣）。不久，兩河用兵，白居易避難越中。直到貞元七年（西元七九一年），才結束了轉徙江南的歲月，回到苻離。貞元十年，白居易二十三歲，不幸又一次降臨到他的身上，父親在襄州別駕任上逝世，生活再次陷入困境。大約在貞元十四年，他的長兄白幼文擔任浮梁（今江西景德鎮北）主簿，才把家從苻離遷到洛陽。這時的詩人已經二十七歲了。

艱難困苦、顛沛流離的生活，並沒有妨礙年輕的詩人努力學習和充實自己，而且使他親身體會到下層人民的痛苦。他後來回憶說：「及五六歲便學為詩。九歲諳識聲韻。十五六始知有進士，苦節讀書。二十已來，晝課賦，夜課書，間又課詩，不遑寢息矣。以至于口舌成瘡，手肘成胝……」（〈與元九書〉）艱苦的生活和勤奮的學習為他後來進入仕途，成為偉大的詩人，作好了充分的準備。

㈡志在兼濟的從政時期

貞元十五年（西元七九九年），白居易作為宣州的「鄉貢進士」被選送入京，次年春天一舉登進士第。貞元十九年又登書判拔萃科，授予校書郎的官職。次年春天，詩人把家遷回祖籍所在地華州下邽（今陝西渭南北）的金氏村，結束了多年困頓漂泊的生活。元和元年（西元八〇六年），詩人應制科舉，登才識兼茂明於體用科，授盩厔（今陝西周至）縣尉。次年冬天，召入翰林充學士，元和三年，被任命為左拾遺，依舊充任翰林學士，並且和楊汝士的妹妹完婚。這時的白居易已經三十七歲了。詩人的事業和家庭，都充滿著光明的前景。

白居易早就不滿於安史亂後朝綱不振、吏治腐敗、藩鎮跋扈的混亂局面，同情永貞革新。現在，他在宮中擔任負責起草機要文件的翰林學士，經常侍從在皇帝身邊，終於有了施展才華、實現兼濟之志的機會，政治熱情空前高漲。一方面，他寫作了大量諫章奏疏，對朝政提出自己的意見和建議，其中不少是針對當時宰相、宦官和藩鎮而發；另一方面他創作了包括〈秦中吟〉、〈新樂府〉在內的大量詩歌，抨擊社會黑暗，反映民生疾苦，使「權豪貴近者相目而變色」，「執政柄者扼腕」，「握軍要者切齒」（〈與元九書〉）。這就為詩人後來被疏遠貶斥埋下了禍根。

元和五年（西元八一〇年），他改官京兆戶曹參軍，仍充翰林學士。次年四月，母親白陳氏病故，白居易回下邽守喪。將近四年的故里閒居，使詩人更深切地體察到百姓的疾苦，也在遠離市朝的田園生活中感受到自適和滿足。當時，削平藩鎮叛亂的戰爭仍在進行，他對人稱「中興之主」的唐憲宗仍然抱有很大的幻想，因此不甘寂寞冷淡的蟄居生活，急切地想早日重返朝廷。元和九年冬，在好友崔群與錢徽幫助下，白居易終於被詔回朝，授太子左贊善大夫。官階雖然晉升了，但卻是一個輔佐太子的閒職，他已經被排斥於政治權力的核心之外了。

但是，白居易的報國熱情並沒有因此稍減。元和十年六月三日凌晨，力主以武力平藩的宰相武元衡在上朝路上被淄青節度使李師道派遣的刺客刺殺，御史中丞裴度也受了重傷。這是自唐立國以來罕見的惡性政治事件。於是，白居易第一個站了出來，上書「急請捕賊以雪國恥」（《舊唐書・白居易傳》）。宰相本來就對白居易正直敢言耿耿於懷，於是藉口白居易作為東宮官卻先於諫官「越職言事」，奏貶他為江州（江西九江）刺史。忌恨他的人又誣奏他母親是看花墜井而死，他卻寫了〈賞花〉、〈新井〉等詩（《舊唐書・白居易傳》），有傷名教，於是再貶為江州司馬。在長安等候發落期間，他先後作了〈自誨〉、〈無可奈何〉、〈讀史五首〉等組詩，心情抑鬱痛苦到極點，精神瀕於崩潰的邊緣。這一沉重的打擊終於成為白居易思想和生活的轉折點。

(三)宦情日減的蹉跎時期

白居易被貶至江州後，沉重的幻滅感和失落感咬嚙著他的靈魂，難以排遣。他開始潛心佛老，寄情山水，從「兼濟」轉向了「獨善」。但是，匡廬的靈山秀水、江州司馬的優裕俸祿和閒適生活，卻無法使他完全忘卻現實，撫平「天涯淪落」的心理創傷。他除了以大量詩歌宣泄內心的憤懣和不平外，還寫下〈元和十二年，淮寇未平，詔停歲仗，憤然有感，率爾成章〉、〈西樓〉等憂憤時局的詩篇，他並沒有真正走上「宦途自此心長別，世事從今口不言」（〈重題〉）的隱逸之路。

元和十三年（西元八一八年），白居易被起用為忠州（今重慶忠縣）刺史，他開始利用自己的權力盡可能為百姓做一點好事、實事。這時寫作的〈東坡種花二首〉提出為政應當免賦寬刑就是明證。元和十五年初，憲宗去世，穆宗即位，白居易被召回長安擔任尚書司門員外郎，接著又被提拔為主客郎中知制誥、中書舍人。這時，牛李黨爭開始表面化，不願捲入政治紛爭的白居易自請外放，先後出守杭州和蘇州，在二州刺史任上做了很多利國利民的實事。例如，在杭州治理西湖，疏浚六井，解決大面積農田的抗旱防澇和杭州市民的生活用水問題等。詩人仍然沒有放棄「兼濟」之志，只是堅持多做少說，明哲保身，決不捲入黨爭漩渦的原則。

大和元年（西元八二七年）春，白居易回到長安，先後擔任祕書監和刑部侍郎。官職的升遷並沒有給他帶來愉悅與興奮。當時朝廷中「牛李黨爭」愈演愈烈，他的妻兄楊虞卿正是牛黨的骨幹成員，這種情況只能給他帶來尷尬和煩惱。這時，他開始以寓言或詠史的方式，來處理一些敏感的題材，先後寫下了〈對酒五首〉、〈繡婦歎〉、〈春詞〉、〈恨詞〉等委曲深婉的政治詩。大和三年的春天他終於毅然決然請假告病，假滿百日停官後，回到洛陽履道坊的住宅，被任命為太子賓客分司東都。從此，他開始了長達十八年的「隱在留司間」的「中隱」生活，再也沒有回過長安。

(四)寂寞的中隱時期

大和三年（西元八二九年）四月，詩人回到洛陽履道宅，決心終老於此，寫下過「今日是長歸」（〈歸履道宅〉）的詩句。次年，被任命為河南尹。大和七年卸任後仍舊以太子賓客分司洛陽。九年，朝廷任命他為同州刺史，辭疾不赴，改授太子少傅分司東都。白居易年輕時曾經寫過〈不致仕〉，諷刺年老官僚戀棧不願退休，所以當會昌元年（西元八四一年）春他剛滿七十歲，馬上告病請長假，百日後停官。第二年，以刑部尚書致仕。

這一階段，白居易的生活優裕而穩定，但他的創作並不平淡和枯槁。他優遊林園泉石和酒朋詩侶飲宴唱和之餘，寫下了大量的作品，其中有閒居衰病老而無子的詠嘆，有壯志未酬懷才不遇的感慨，有對美好青春華年的傷逝，有對已故知交摯友的懷念，有對昔日優遊良辰美景的追憶，有對政治生涯的回顧和總結，有對新生詞曲的興致勃勃的抒寫，有對「甘露事變」中罹難官員的痛惜與悲憤，有造福民眾開鑿龍門八節灘後的欣喜和激動……

會昌六年（西元八四六年）八月，詩人平靜地離開了人世，享年七十五歲。遵照詩人的遺命，安葬在洛陽南面香山寺如滿禪師的塔旁，和龍門隔伊水相對。據說，當時洛陽士人和四方遊人經過墓前時，都酹酒祭奠，所以「冢前方丈之土常成渥」（張洎《賈氏談錄》）。唐宣宗李忱曾作詩弔唁說：「綴玉聯珠六十年，誰教冥路作詩仙。浮雲不繫名居易，造化無為字樂天。童子解吟〈長恨曲〉，胡兒能唱〈琵琶篇〉。文章已滿行人耳，一度思卿一愴然。」可以說對詩人的一生作了很好的總結。

二

白居易是唐代繼李白、杜甫之後又一位偉大的詩人，他卓越文學成就的取得既緣於他個人的思想與才華，更是時代風雲和個人際遇交互作用的結果。下面，我們試圖就對詩人生活和創作影響最為深刻的幾個問題進行解讀。

(一)「深於詩，多於情」者

白居易創作〈長恨歌〉時，友人王質夫曾說他是「深於詩，多於情」者（陳鴻〈長恨歌傳〉）。這與詩人個人的家庭以及早年的經歷有關。

白居易的父親白季庚長期在外為官，他是外祖母和母親撫育長大的，對母親懷有極深厚的感情。他在〈襄州別駕府君事狀〉中說：「及別駕府君即世，諸子尚幼，未就師學，夫人親執詩書，晝夜教導，恂恂善誘，未嘗以一呵一杖加之。十餘年間，諸子皆以文學仕進，官至親近，實夫人慈訓所致也。」但是，據白居易記述，他母親白陳氏和他父親卻是嫡親的甥舅關係❶，結婚時，白季庚年四十一，白陳氏

❶ 關於白季庚的婚姻，白居易〈唐故坊州鄜城縣尉陳夫人白氏墓誌銘〉說：「夫人太原白氏……都官郎中諱溫之孫，延安

僅十五歲。年齡相差懸殊，又是違背禮教和法律規定的近親婚姻，可能有某種難言之隱，婚後的生活是並不幸福的。宋陳振孫《白文公年譜》引述唐末高彥休《唐闕史》說：「公母有心疾，因悍妒得之。及嫠，家苦貧，公與弟不獲安居，常索米丐衣於鄰郡邑，母晝夜念之，病益甚。公隨計宣州，母因憂憤發狂，以葦刀自剄，人救之得免。後遍訪醫藥，或發或瘳。常恃二壯婢，厚給衣食，俾扶衛之，一旦稍怠，斃于坎井。」心疾，就是我們今天所說的精神病。不和諧美滿的婚姻家庭，違背禮法的難言家事，很可能就是形成心疾的原因。

白居易早年還有一位美麗靈慧的戀人湘靈，她是詩人寄居苻離時的鄰家女子。儘管他們彼此相愛，有夫妻之實，但礙於門第與禮法，卻不能終成眷屬。這段銘心刻骨的戀情，即使在詩人和楊氏夫人結褵後也難以忘懷。這是白居易情感世界的憾缺。這份不完滿的悵恨，使得他創作了〈寄湘靈〉、〈感秋寄遠〉、〈長相思〉、〈潛別離〉等大量優美淒婉的情詩。我們無法斷言〈長恨歌〉一定是借他人酒杯，澆自己塊壘的作品，但他把「天長地久有時盡，此恨綿綿無絕期」的戀情寫得那樣悱惻纏綿，必然融入了自己的人生經歷和情感體驗。

在母親的撫愛教育下長大，母親卻承受著婚姻不幸、心疾折磨的巨大痛苦；追求個人的愛情幸福，而戀人最終不得不忍痛分手，後會無期。白居易潛藏在內心的隱痛，不但使他的詩作有著強烈的憂鬱色

令諱鍠之第某女……故坊州鄜城尉諱潤之夫人……故大理少卿、襄州別駕白諱季庚之姑，前京兆府戶曹參軍、翰林學士白居易……之外祖母也。」白居易〈襄州別駕府君事狀〉又說：「公諱季庚……夫人潁川陳氏……考諱潤，坊州鄜城縣令。」這就是說，白季庚所娶的是自己姊妹的女兒。據陳寅恪先生〈白樂天之先祖及後嗣〉一文考證，這種婚姻是嚴重違反唐代的法律規定的。岑仲勉先生《隋唐史》則根據白居易〈鞏縣令白府君事狀〉謂白鍠妻為薛氏，不是陳氏，認為陳潤所娶為白溫女，〈白氏誌〉中「第某女」是「女弟」之倒訛。依岑說，則白季庚和陳氏是姑表姊妹聯姻。日本學者平岡武夫〈白居易家庭環境問題〉則指出日本蓬左文庫校本《白居易集》、〈白氏誌〉中「季庚之姑」作「季庚之外姑」，這就是說，白居易父親所娶的是他的從甥女。但是這仍然不合唐代法律的規定。

彩和感傷情緒，更使他在潛意識中對於女性和弱者有著深切的同情，成為了唐代第一位以大量筆墨寫作女性題材，對社會底層的受難百姓特別是女性給予深切的人道主義關懷的偉大詩人。

(二)紛亂難平的時局

白居易歷經代、德、順、憲、穆、敬、文、武八朝，入仕登朝又正當唐憲宗元和中興之時，似乎正是詩人報效國家的最好時機。但造成白居易政治與人生雙重悲劇的，卻正是當時紛亂難平的時局與朝政。

白居易出生在大曆七年。綿歷十年的安史之亂，不但直接造成了社會經濟的巨大破壞，更造就了一批手握重兵的藩鎮。他們不遵王朝約束，盤踞一方，互相攻伐，戰禍連年。德宗建中末年，竟出現了幽州、魏博、成德、淄青、淮寧五鎮相繼稱王，涇原朱泚稱帝長安，德宗出奔奉天的大變故。長安收復後，王朝不得不對藩鎮採取姑息政策，對內則委任宦官掌握神策禁軍，從此宦官擅權、強藩割據成為吞噬大唐肌體的痼疾。

為了改變這種局面，永貞元年，以韋執誼、王伾、王叔文為首的新進進士集團曾利用唐順宗李誦即位的時機推行了一系列革新措施，目的是「內抑宦官，外制方鎮，攝天下之財賦兵力盡歸之朝廷」（王鳴盛《十七史商榷》卷七四），以強化中央集權的王朝統治。但是，順宗因中風喑啞，在位僅八個月，就在宦官、藩鎮和朝廷守舊勢力的聯合逼迫下，禪位於皇太子李純。革新失敗後，參與革新的「二王八司馬」遭到殘酷的鎮壓。這一年，白居易在朝擔任校書郎，從他所作〈為人上宰相（韋執誼）書〉看，他對革新是完全支持的。

唐憲宗雖然對永貞革新的參加者打壓不遺餘力，但實際上卻承繼了永貞革新者削平藩鎮的政策。他即位後，相繼平定了西川劉闢、浙西李錡、夏州李惠琳等叛亂，重振中央政府的權威，史稱「元和中興」。正在這時，白居易由盩厔尉調入翰林為學士，又遷任諫官左拾遺。隨侍憲宗左右，起草詔令，直言進諫，憲宗也多所採納。這是白居易仕途中最為春風得意的時期。但好景不常，由於白居易所抨擊的權豪貴近，正是封建統治賴以維持的社會基礎，憲宗對宦官和權豪持袒護的態度，對白居易的直言進諫常有不滿。據《舊唐書・白居易傳》記載，憲宗曾向李絳抱怨說：「白居易小子，是朕拔擢致名位，而無禮於朕，朕實難奈。」所以在左拾遺任滿後，沒有循例轉升補闕，而是授予外官京兆府戶曹參軍，這實際上是被疏遠棄置的一個信號。隨後，他因母死罷官，居喪期滿又沒有及時起用，最後安排了一個太子贊善大夫的閒散職務，又終於因為盡忠直言被貶謫為江州司馬。「自是君恩薄如紙，不須一向恨丹青」（〈昭君怨〉），含冤負屈的遷謫，終於使詩人對最高統治者有了比較清醒的認識。

元和十五年（西元八二〇年），憲宗被宦官殺害，穆宗繼立，白居易才被從忠州召回長安，不久，擔任了中書舍人的要職。但這時的局勢發生了重大的變化。繼立的穆宗、敬宗昏聵荒淫，遊樂無度。一方面，宦官執掌禁軍，對皇帝有生殺廢立之權；另一方面，朝官中牛黨和李黨的鬥爭愈演愈烈，而藩鎮的跋扈卻依然如故。早在元和三年，制舉人牛僧孺、李宗閔等在對策中指陳時政，直言不諱，宰相李吉甫在憲宗面前哭訴，牛僧孺、李宗閔等人和當時負責考試的官員因此被貶降，「牛李黨爭」從此拉開序幕。這時白居易正在翰林學士任上，曾經擔任對策覆考官的工作。他雖然沒有受到株連，但曾上〈論制科人狀〉為貶降官員鳴不平。到了穆宗長慶年間，牛僧孺、李逢吉先後擔任宰相，李吉甫的兒子李德裕和他的好友李紳等遭到貶黜，黨爭開始表面化。白居易是牛黨要人楊虞卿的妹婿，和許多朝廷要員有密切的關係，又處在中書舍人這個接近皇帝的要職，是人們爭取的對象，政治處境非常尷尬。加之年事漸高，世情漸薄，於是屢次自請外放，先後出守杭、蘇二州。

大和二年（西元八二八年）二月，白居易自祕書監除刑部侍郎，三月，發生了劉蕡在直言極諫科對策中抨擊宦官專橫而考官竟不敢錄取的事件，就連功高望重的老臣裴度和素稱剛直的宰相韋處厚都噤口不言。十二月，韋處厚暴病逝世，三年正月，李絳外放，在白居易貶江州司馬一事中落井下石的王涯入朝為太常卿。在這種黑白顛倒、綱紀紊亂、朝政日非的情勢下，白居易只好急流勇退，告病請假，回到洛陽，跳出了鬥爭漩渦的中心。事實上，這時的唐王朝已經病入膏肓了。後來，宰相宋申錫的冤獄，黨爭中朝官們一批又一批被貶，直到大和九年宰相、節度使十餘家被族誅的「甘露之變」，劇烈的政治地震一個個接踵而來。很多人看清了這點，紛紛離開長安，以東都洛陽作為退居避禍之地，白居易不過比他們更早地作出了這個選擇。事實證明，他的選擇是正確的，但又是情非得已的。因為，在他內心深處並沒有完全放棄「兼濟天下」的宏大志向，所以，當李程來訪，風燭殘年的詩人回憶起翰林院中如煙往事，不禁唏噓感慨，而對於「同時六學士，五相一漁翁」（〈李留守相公見過，池上汎舟舉酒，話及翰林舊事，因成四韻以獻之〉）的不同際遇，詩人終究不能釋懷。

《詩經・大序》說：「詩者，志之所之也，在心為志，發言為詩。」古人又以立德、立功、立言為「三不朽」（《左傳・襄公二十四年》）。「深於詩，多於情」的白居易，胸存兼濟之志，遭逢抱負難以施展的紛亂時局，一生幾許傷心事，怎能不癖在章句，寄託在文字中呢？他晚年將自編的文集，抄寫五本，分別交由廬山東林寺、東都聖善寺、蘇州南禪寺以及姪兒龜郎、外孫談玉童收藏。〈醉吟先生墓誌銘〉說：「凡平生所慕所感所得所喪所經所逼所通，一事一物已上，布在文集中，開卷而盡可知也。」據岑仲勉、陳寅恪等先生考證，這篇墓誌並不是白居易所作，但確實說出了詩人保存文集的良苦用心。

(三)「中隱」的生活方式

白居易在〈與元九書〉中曾明白地宣告：「古人云：『窮則獨善其身，達則兼濟天下。』僕雖不肖，常師此語。」又說：「故僕志在兼濟，行在獨善，奉而始終之則為道，言而發明之則為詩。謂之『諷諭詩』，兼濟之志也。謂之『閒適詩』，獨善之義也。」似乎，在白居易身上，「獨善」與「兼濟」是同時共存、並行不悖的。但實際上，白居易闡明「獨善之義」的閒適詩，主要是「知足保和，吟玩情性」的作品，它們所表現的主要是個人生活中生理上和心理上的滿足和愉悅。這就和儒家從個人道德修養的角度將「獨善」解釋為「不得志脩身見於世」（《孟子・盡心上》）相去甚遠了。

正是這種以個人生活的閒適為目的的「獨善」導致白居易最終選擇了「中隱」作為自己的生存方式。大和三年秋所作的〈中隱〉一詩，最早提出了「中隱」一詞，用來指隱於留臺、分司一類的閒官，但中隱思想的形成有個較長的過程。

元和初白居易任盩厔尉任時曾作〈月夜登閣避暑〉詩。單看詩題，似乎是一首寫「獨善之義」的「閒適詩」，可是卻編入了「諷諭詩」中，因為作者在享受月夜涼爽的同時寫道：「迴看歸路傍，禾黍盡枯焦。獨善誠有計，將何救旱苗！」看來，早年的白居易在積極追求實現「濟世之志」時，對於個人追求閒適生活的「獨善」是頗有負疚之感的。但是，與此同時，他的大量閒適詩仍然流露出「才小分易足，心寬體長舒。充腸皆美食，容膝即安居」（〈松齋自題〉）的知足保和思想，嚮往「非賤非貴」、「材與不材」、「非智非愚」的中間境界。隨著他涉世漸深，仕途上屢遭打擊後，他的思想發生了很大的變化。丁母憂離開翰林院後，已經認識到「兼濟之志」無法實現，「置心世事外，無喜亦無憂。……人生不過適，適外復何求」（〈適意二首〉其一），將不得釋懷的煩悶和自我勸解後的淡然共同融入閒靜隱居的心態。元和十年則進一步提出「外順世間法，內脫區中緣。進不厭朝市，退不戀人寰。……有興或飲酒，無事多掩關。……委形老小外，忘懷生死間」（〈贈杓直〉），對於理想中的個人生活作了較清晰的描繪。

貶謫江州以後，他一方面滿懷著如屈原「信而見疑，忠而被謗」的怨憤和痛苦，另一方面卻意外地發現，江州有優美的湖光山色，司馬有優厚的俸祿而無責任煩惱，「安於獨善者處之，雖終身無悶」，「苟有志於吏隱者，捨此官何求焉」（〈江州司馬廳記〉）。這樣一來，他終於找到了最適合於自己的一種生存方式，即擔任閒散官員的「吏隱」。後來，他把這種隱居方式稱為「中隱」，以區別於「隱於朝市」的「大隱」和「隱於林藪」的「小隱」。他晚年退居洛陽時，曾有詩說：「丈夫一生有二志，兼濟獨善難得并。

不能救療生民病，即須先濯塵土纓。……不如展眉開口笑，龍門醉臥香山行。」（〈秋日與張賓客、舒著作同遊龍門，醉中狂歌，凡二百三十八字〉）他已經把這種衣食無憂而又適志逍遙的境況當作個人生活的最高目標了。正因為白居易的「獨善」只限於個人生活方面，在政治生活中他並沒有放棄「兼濟」的理想，沒有放棄一貫堅守的道德原則和政治立場，所以他事實上無法做到身如槁木而心如死灰。不過，隨著年齡的增長，閱歷的豐富，詩人在急遽變遷的政局和殘酷的政治鬥爭中，已經變得冷靜和成熟，由關懷朝廷大局、抨擊時弊轉向在遠禍自全的前提下，盡力做些有利於國家和百姓的實事好事罷了。

劉禹錫對白居易的「中隱」生活作過這樣的描述：「散誕人間樂，逍遙地上仙。詩家登逸品，釋氏悟真筌。制誥留臺閣，歌詞入管絃。處身於木鴈，任世變桑田。吏隱情兼遂，儒玄道兩全。」（〈酬樂天醉後狂吟十韻〉）這種「中隱」的生活方式調和了吏與隱、兼濟與獨善的矛盾，融合了儒家「樂天知命」、道家「知足知止」、釋家「隨緣自適」的思想，似乎是處於入世與出世之間，既可以避開世事紛擾，又不必擔心生活困乏的最佳生存方式。但中隱既喪失了儒家以隱逸作入世前後權宜之計的精神指向，又缺乏道家以隱逸抗爭現實的批判精神，更無法填補政治生活中的失落和空虛，淪為解決生計和存身保命的現實策略，隱逸的超越精神已經蕩然無存了。這也正是白居易晚年儘管物質生活優裕，又以西方淨土為精神歸宿，而內心卻始終無法徹底歸於平靜的根本原因。

三

作為一個偉大的詩人，白居易自覺地繼承和發揚《詩經》以來的現實主義傳統，創作了大量的詩歌作品，既深刻地反映了他所處的時代和社會生活，也深刻地表現了他自己的個人生活和心靈歷程，對於晚唐和宋代詩歌產生了巨大的影響。他的文學成就是多方面的，這裡擇要作一簡要介紹。

㈠白居易的詩歌理論

白居易旗幟鮮明地推崇從《詩經》到杜甫以詩歌反映現實的優良傳統，系統地闡述了自己的詩歌理論主張。他繼承《詩經・大序》的美刺比興說，高度重視詩歌在政治生活中的作用，認為詩歌應當是「為君、為臣、為民、為物、為事而作，不為文而作也」（〈新樂府・序〉）。他又說：「詩者，根情，苗言，華聲，實義」，「文章合為時而著，歌詩合為事而作」（〈與元九書〉）。他創作的諷諭詩只有一個目的，那就是「惟歌生民病，願得天子知」（〈傷唐衢二首〉其二），以達到「補察時政」，「泄導人情」，改善社會現實狀況的目的。他的〈秦中吟〉和〈新樂府〉等諷諭詩，都是這一理論的具體實踐。這些作品抨擊時弊，揭露黑暗現實，反映民生疾苦，諷刺統治者的驕奢淫佚，深刻地反映了現實生活，尖銳地提出了重大的社會問題，表現出白居易憂國憂民的高尚情懷和敢於放言直論的堅貞品格，代表著他諷諭詩的最高成就。

白居易的詩論，把文學當作政治活動的工具或附庸，為他用詩歌干預生活，實現「兼濟之志」提供了有力的理論依據。然而，這種理論實際上否定了文學本身獨立存在的意義，所以常常遭到後人的詬病。但是，我們注意到，在他的創作實踐中，情況並非如此。

就在同一篇〈與元九書〉中，白居易「自述為文之意」，詳細地記述了自己與詩歌的關係。他說：「故自八九年來，與足下小通則以詩相戒，小窮則以詩相勉，索居則以詩相慰，同處則以詩相娛。知吾罪吾，率以詩也。……知我者以為詩仙，不知我者以為詩魔。何則？勞心靈，役聲氣，連朝接夕，不自知其苦，非魔而何？偶同人，當美景，或花時宴罷，或月夜酒酣，一詠一吟，不知老之將至……又非仙而何？」可見在創作實踐中，他對詩歌的娛情悅性的作用，對文學本身的意義和價值不但絲毫沒有忽視，而且將詩歌視同自己的生命，從中獲得了無窮的樂趣和快感。而這同樣是使白居易成為偉大詩人的重要原因。

(二)白居易的敘事詩歌

杜甫繼承了漢魏樂府「感於哀樂，緣事而發」的優秀傳統，創作了許多「即事名篇，無復依傍」的膾炙人口的敘事詩歌。在他的影響和帶動下，中唐時期出現了顧況、張籍、王建、李紳、元稹等一批作者。他們運用新題樂府的形式，寫作了大量反映社會現實，表現民生疾苦的敘事詩歌，形成了一個通俗寫實詩派。白居易以他鮮明的理論主張和卓越的創作實績成為這一詩派的領軍人物。

白居易諷諭詩中包含大量的敘事詩。〈秦中吟〉和〈新樂府〉中〈輕肥〉、〈賣花〉、〈紅線毯〉等固然是因「聞見之間，有足悲者」而「直歌其事」，但更多的作品卻有著完整的故事情節和生動鮮活的人物形象。有的作品如〈縛戎人〉等情節還十分曲折，具有強烈的戲劇性和震撼人心的藝術力量。白詩中的人物，外在形象和內在心理的描寫都極為細膩逼真，具有鮮明的個性特徵和豐富的內心世界。作者通過杜陵叟、賣炭翁、新豐折臂翁、上陽白髮人，還有被遺棄的婦女（〈母別子〉）、被錯當作吐蕃俘虜看待的漢人（〈縛戎人〉）等許多小人物的悲慘故事，深刻地揭露了社會的黑暗面，對他們的不幸寄予了深切的同情。這些作品，無論在思想性還是藝術性方面，完全可以和杜甫的〈三吏〉、〈三別〉、〈兵車行〉等作品媲美而毫無愧色。

白居易不僅從社會生活中，而且從民間傳說和自己個人生活中擷取題材，從而大大豐富了敘事詩的內容。〈長恨歌〉前半部分主要取材於歷史，寫楊貴妃入宮得寵和馬嵬兵變被殺，這本來極容易導致失德荒政和女色誤國的傳統解讀，但後半部分卻採入民間傳說，通過玄宗相思，特別是方士蓬萊尋仙和長生殿私誓的情節，敘述了一對恩愛夫妻生離死別的故事，尤其在文學史上首次完成了唐玄宗與楊貴妃人物形象的本質蛻變，深化了悲劇意蘊，成為一篇歌頌生死不渝愛情的經典性的敘事作品。〈琵琶引〉則是取材於自己的個人生活，它記述的是白居易貶謫江州時，因送客江邊偶遇琵琶女並聆聽彈奏的故事。在「楓葉荻花秋瑟瑟」的秋江月色裡，在淒美憂傷的琵琶樂曲聲中，詩歌訴說了琵琶女由「盛年」而淪落的淒涼身世，從而引發了作者政治失意、謫居臥病的傷感，揭示了「同是天涯淪落人，相逢何必曾相識」這一人類普遍的悲劇主題。這兩篇作品，篇幅宏大，結構嚴整而巧妙，敘事、描寫、抒情融為一體，代表著中國古代文人敘事詩歌的最高成就。

㈢白居易與「元和體」

白居易曾用「詩到元和體變新」（〈餘思未盡，加為六韻，重寄微之〉）的詩句稱讚元稹的詩歌。據該詩原注及元稹〈上令狐相公詩啟〉，所謂「元和體詩」指的是元、白的「千字律詩」和杯酒光景間的「小碎篇章」而言。

「千字律詩」，指數十韻乃至上百韻的長篇五言排律。這種詩體是杜甫所首創，但頻繁地運用它作為朋友間「次韻」唱和的形式卻始於白居易和元稹。排律在格律、對仗、用典等語言形式方面有著嚴格的要求，「次韻」要求酬和者要亦步亦趨地依照原詩的韻腳來進行創作，難度更大。白居易在和元稹的酬答唱和時，「驅駕文字，窮極聲韻」，寫作了〈東南行一百韻〉、〈代書寄微之一百韻〉等長篇排律多首。其中如〈和夢遊春詩一百韻〉，記敘元稹前此和鶯鶯的戀情有如春夢、和韋叢的婚姻轉眼成空、入仕後的旋遭貶謫，敘事婉曲細膩，感情真摯濃郁，「詞氣豪邁而風調清深，屬對律切而脫棄凡近」（元稹〈唐故工部員外郎杜君墓係銘〉評杜詩語），是一首優秀的長篇五言排律。由於這類作品充分發揮了排律這種詩體的特長和優勢，所以受到人們的喜愛，「巴蜀江楚間洎長安中少年，遞相仿傚」（元稹〈白氏長慶集序〉），影響甚廣。

長篇排律的次韻詩，豐富了詩歌的種類，給唐詩的新變注入了新的體式和內容，但也因為過於重視形式技巧，真情實感反被沖淡，容易陷入「以難相挑」，逞奇鬥巧的弊病。相比之下，倒是白居易那些流連光景或感懷贈答的「小碎篇章」更為清新雋永，深摯感人。如：

蒲池村裡忽忽別，灃水橋頭兀兀回。行到城門殘酒醒，萬重離恨一時來！（〈醉後卻寄元九〉）

霜草蒼蒼蟲切切，村南村北行人絕。獨出門前望野田，月明蕎麥花如雪。（〈村夜〉）

濕屈青條折，寒飄黃葉多。不知秋雨意，更遣欲如何！（〈雨中題衰柳〉）

綠螘新醅酒，紅泥小火爐。晚來天欲雪，能飲一杯無？（〈問劉十九〉）

或通過送別過程的記敘抒寫真摯深厚的友情，或通過秋夜景物的描寫表現內心情感世界的微妙變化，或借淒風苦雨中的衰柳隱喻自己橫遭打擊迫害的處境，或於雪夜裡主人以紅爐綠酒殷勤邀約直接渲染會飲時溫馨歡樂的氣氛，都是「元和體」小詩的精彩之作。

(四)白居易詩歌的通俗化傾向

宋代流傳著白居易令老嫗解詩的故事：「白樂天每作詩，令一老嫗解之，問曰解否，嫗曰解則錄之，不解則易之。故唐末之詩近於鄙俚」（《冷齋夜話》卷一）。蘇軾〈祭柳子玉文〉也有「元輕白俗」的評論。「俗」的確是白居易詩歌最顯著的特徵，但白詩的「俗」卻不限於語言方面。

杜甫晚年蜀中詩作，題材取向開始從歌唱理想壯志、高情逸韻，向日常生活傾斜，在他的筆下，小奴縛雞，鄰婦撲棗，引老妻乘艇，看稚子游泳，野人送來朱櫻，秋風刮走屋上茅草等日常瑣事都成了絕妙的詩料。白居易卻走得更遠，他熱衷於描寫日常生活，甚至把許多傳統詩歌不屑一顧的身邊瑣事通通納入了自己的作品。官職的除授，俸祿的增減，新釀的酒熟了，新綾襖做成了，都可以作為詩的題材；〈飽食閑坐〉、〈覽鏡喜老〉、〈老來生計〉、〈殘酌晚餐〉都可以作為詩的題目。這不但大大縮短了詩歌和現實人生的距離，也大大拉近了詩人和讀者大眾的差距，走向平民化和通俗化。

白居易在〈不能忘情吟〉中曾坦白地承認自己不是「聖達」，只是不能忘情，又不至於不及情的中人，所以在詩中往往以普通人的眼光來看待一切事物，如實地寫下自己的感受。例如：

身著白衣頭似雪，時時醉立小樓中。路人迴顧應相怪，十一年來見此翁。（〈西樓獨立〉）

二月二日新雨晴，草芽菜甲一時生。輕衫細馬春年少，十字津頭一字行。（〈二月二日〉）

前詩是老年白居易的自畫像，十一年來天天癡癡呆呆地獨上小樓佇立凝望，寫盡了內心的孤獨、寂寞和不為人理解的悲哀。後詩寫春日出遊所見，既有春意盎然的喜悅，也有春晴出遊的興奮，但「輕衫細馬春年少」的躍馬橫行更使冷眼旁觀的老人想起自己的春風得意的時代，失落的心理油然而生。白居易眾多的詠老詩作，從來沒有過類似「莫道桑榆晚，為霞尚滿天」（劉禹錫〈酬樂天詠老見示〉）之類的豪言壯語，但是沒有哪位詩人把一個普通老人的孤獨感和失落感描摹得更為真實細膩深刻動人的了。

他敘事詩中的主人公大多是普通的小人物。即使是貴為天子和貴妃的李隆基和楊玉環，一旦喪失了帝王帝妃的身分，「梨花一枝春帶雨」的純情詠嘆取代了「溫泉水滑洗凝脂」之類的性感描寫，他們就成了有著生死不渝情感的普通人。正是這種轉變，使〈長恨歌〉迎合了社會大眾的心理，從而獲得了最廣大的讀者，千百年來傳誦不衰。

為了最大限度地說盡自己（在敘事詩則是故事主人公）的心中事，白居易詩歌在語言方面盡可能淺切和通俗，表達上往往盡可能地直截和詳盡，在形式上也多採用當時變文和民間歌謠的三三七句式。他對民間歌曲表現出極大熱情，曾經利用洛下新聲翻造〈楊柳枝〉詞，還寫作了〈竹枝〉、〈憶江南〉、〈浪淘沙〉、〈長相思〉等流行歌詞，輕淺通俗，明白如話，為「曲子」這種新詩體迅速走向文人化、典雅化做出重要貢獻。

白居易的通俗化的詩歌取得了空前巨大的成功，但是，他的詩歌被後人貶為「詞意淺露，略無餘蘊」（張戒《歲寒堂詩話》卷上），他把官品高卑、俸料多寡經常掛在嘴邊，多到令人生厭的地步，這正是他為詩歌創新而付出的藝術代價。

中國的古典詩歌，發展到開元、天寶年間，達到聲律風骨兼備的完美境界，湧現出李杜、王孟、高岑、王昌齡等一大批大家、名家。在盛極難繼的情況下，中唐詩人歷經數十年努力，求新求變，終於迎來了詩壇的再一次繁榮。其中白居易繼承和發展了杜甫詩歌的寫實傳統，以他獨樹一幟的平易自然、通俗淺切詩作，引領著詩壇變革的新潮流，開創了詩歌繁榮的新局面。他的詩歌不僅在生前贏得了廣大的讀者和崇高的聲譽，死後對古典詩歌的發展也產生了無可估量的影響。從宋初「白體」詩人的代表王禹偁「本與樂天為後進，敢期子美是前身」（〈前賦春居雜興詩二首，間半歲，不復省視，因長男嘉祐讀杜工部集，見語意頗有相類者，咨于予，且意予竊之也。予喜而作詩，聊以自賀〉）的詩句，直到清代吳偉業規倣〈長恨歌〉、〈琵琶引〉創作的〈圓圓曲〉，不難看出白詩影響的巨大和深遠。

(五)白居易的散文創作

白居易年輩稍晚於韓愈、柳宗元。貞元末年他赴長安應舉時，正是韓、柳大力倡導古文的時候，不能不受到古文運動的影響。他的散文大多是用奇句單行的「古文」寫成，但是，和韓、柳大力提倡「文以明道」，且文字帶有奇險深奧的傾向不同，白居易關懷的主要是社會政治和民生疾苦的現實問題，文風也格外平易流暢，他還將文體改革的努力推廣到應用文方面，可以說在韓、柳古文之外獨樹一幟。

白居易在應科舉考試前，作了大量的模擬試卷，其中包括律賦、判詞和對策。今存白集中《策林》四卷和《判》兩卷，就是當時模擬試卷的結集。其中《策林》七十五則，全用平易流暢的古文寫成，就有關治亂興亡的〈辨興亡之由〉、〈議鹽法之弊〉、〈人之困窮由君之奢欲〉、〈息遊墮〉、〈禦戎狄〉等社會現實生活中的重大熱點問題，發表了自己的意見，立論均援據經史，一本於孔孟之道和儒家經典。其中〈議釋教〉中，他曾將晉、宋、齊、梁以來「天下凋敝」的原因歸於「僧徒月益，佛寺日崇」，與攘斥佛老的韓愈遙相呼應。他私試所作判詞，雖然仍然沿襲四六體，但已經參用散體單行的古文筆法，斥去了堆垛故事，拈弄辭華的陋習，開宋代四六文的先河。這些習作的判詞被書商題名為「白才子文章」拿到書肆中出售（見元稹〈酬樂天餘思不盡加為六韻之作〉原注），還被禮部的舉人和吏部候選補的官吏在考試中「傳為準的」（〈與元九書〉）。可見他的散文在當時曾經產生了重大的社會影響。

步入仕途以後，白居易更極力利用文章作為實現「兼濟之志」的利器，寫作了大量的議論文。如〈養竹記〉以養竹為喻，說明賢才難得，能夠發現和任用賢才就更為難得。〈為人上宰相書一首〉，揭露了中唐時期吏治的腐敗，局勢的危殆，論述了革新的必要性和迫切性。在拾遺和翰林學士任上所作〈論制科人狀〉、〈奏閿鄉縣禁囚狀〉、〈論裴均進奉銀器狀〉、〈論承璀職名狀〉等都是「為君為臣為民為物為事而作」，針對關係國家社稷興衰治亂的重大問題，進入深入透辟的分析，提出自己的意見和建議。《舊唐書》元稹、白居易傳贊語說：「元之制策，白之奏議，極文章之壼奧，盡治亂之根荄。」雖不免過甚其詞，但他的散文和韓、柳古文運動一樣反映著中唐士子為挽救唐王朝衰頹國運所作的努力，卻是完全一致的。

白居易被貶江州司馬之後，逐步轉向「獨善其身」，調和儒、釋、道三教，以尋求內心的平衡。一方面，他嚮往隱逸，寄情山水，寫下了〈草堂記〉等作品；另一方面，內心的憤懣不平，又不能不宣洩於文字中，〈與元九書〉、〈與微之書〉、〈江州司馬廳記〉、〈三遊洞序〉等都是這類的作品。其中〈與元九書〉記述自己的思想性格、志趣愛好、生活創作道路，論述詩歌發展歷史、創作理論，評論歷代詩人，和抒發因詩歌而被貶謫的憤怒和苦悶融為一體的大文，洋洋灑灑，氣勢磅礴，感情奔放，痛快淋漓，可與司馬遷〈報任安書〉前後輝映。晚年退居洛陽之後的散文，則更多記敘自己的閒適恬淡的吏隱生活。如〈池上篇〉、〈不能忘情吟〉、〈醉吟先生傳〉等都是。在一位飽經滄桑的老人筆下，昔日的榮寵和屈辱，已經成了過眼煙雲，少年的意氣，中年的憤悱都已化歸沖和平淡了。

關於白居易的文學成就，《新唐書．白居易傳》史臣贊語曾評價說：「居易在元和、長慶時，與元稹俱有名，最長於詩，它文未能稱是也。」的確，如果將白居易的散文與詩歌相比較，他的散文的成就不及詩歌。但實際上，白居易在散文方面也有較高的成就，對於唐代散文的發展作出過他獨特的貢獻。

四

文學是用語言文字構築起來的藝術，它通過語言文字去反映或再現時代風雲、社會生活和人的內心世界。文學作品之所以讓人神往和癡迷，就因為它超越形式背後的終極是人的心靈，人的情感與智慧。徜徉於文學殿堂之中，品味和享受文學佳作的過程，實質上就是從中體味生活與做人之道，不斷汲取人格力量、審美情操和生活智慧的過程。文學創作者（也包括研究者）總是將自己的、烙有個人和時代獨特印記的情感與生命體驗，用作品（或作品解讀）的形式坦呈給自己，還有同時代和後世的讀者。作品的文本（或文本解讀）就是作者與讀者對話交流的傳媒。這其實也是一個鮮活靈動的世界。當然，在大多數情況下是文如其人的真，但是也必然會有文不如其人的諱飾或美化。那麼，研究者和讀者就要發現諱飾原因背後的真實，指出美化背後的虛偽，既不虛美，也不隱惡。和文學創作者一樣，研究者和讀者在分享這份精神成果，享受文學閱讀欣賞過程中的愉悅同時，也就同樣承擔起傳承人類真、善、美的社會責任。當然，任何作者或讀者都有自己的時代性，但這種時代性並不單純是一種局限，它同時也是人類歷史長河中一個片段的真實，我們希望通過《新譯白居易詩文選》這本小書把一段真實的歷史和對這段歷史的真實思索呈獻給讀者，把白居易真實鮮活的人生、思想與文學作品呈現給讀者。希望通過我們的紹介，不了解他的人會了解和喜歡他，了解和喜歡他的人會更了解更喜歡他。

本書選擇篇目，以真實全面地反映白居易的生活、思想與文學創作為目標，以文學審美為選目的主要條件，具體來說，遵循以下原則：一、重點遴選那些歷代廣為流傳、膾炙人口的樂府歌行和律絕短章，也兼顧那些較少為人所知卻在思想、藝術方面確有特色的作品，包括像〈遊悟真寺詩一百三十韻〉、〈和夢遊春詩一百韻〉等長篇巨製；二、既重視他前期的諷諭詩和感傷詩，也不忽視他的閒適詩，更不排斥他後期描寫吏隱生活的作品，力圖通過選目來體現他生活與思想的發展歷程和詩歌創作風格與內容形式的變化；三、入選作品以詩歌為主，但適當增加了文的比重，選入了較多的制、策、奏、判等應用文，以全面反映白居易的文學成就。

為了幫助讀者更好地進行閱讀和欣賞，每篇作品的解讀由題解、注釋、語譯和研析四部分組成。「題解」扼要說明作品寫作的年代和題旨。「注釋」著重在詮釋語詞和故實，力求簡明，不作繁瑣的徵引。「語譯」是文本的淺近白話譯文，力求既忠實傳達文本的原意，又能盡可能保存作品（特別是詩歌）原有的風致和神韻。「研析」不拘一格，盡可能抓住閃光點，直擊作品的靈魂，有史實介紹的，有文學批評的，有作品比較的，有重點評介某詞某句的，但都以文本藝術鑑賞為中心，並適時介紹學界有關的研究成果。篇幅較長的作品適當劃分段落，每段後以「章旨」提示該段大意。

本書分為詩詞注與文注兩部分，以寫作年代先後為序進行編排，凡作年無法確定依編次偏於某一時間段者，一律編於該時段之末。編年參考了朱金城先生的《白居易集箋校》和《白居易年譜》。

最後，怎樣來讀這本書呢？我們建議，您把白居易當成一個值得您尊敬和親近的普通人就行了。我們懷著推己及人之心去體會白居易曾經經歷過的痛苦、歡樂、憂傷和幸福，他通過詩文要與我們交流的一切，他立身行事的君子之道，他的理想與智慧，他的執著與堅守，他的權變與寬容，他的藝術才華與情感體驗……就會呈現在您的面前。當然，仁者見仁，智者見智，不可能有一個固定統一的答案，也不需要有一個多麼辛苦的學習過程。認真閱讀也好，隨手翻閱也好，都一定能給您以人生的啟迪和愉悅。如果讀者能不時有點滴新的體悟，積累成越來越多的收穫，那於生活、學習、工作和修養都會大有裨益，這就是知識能給我們所有的人帶來的財富。

陶敏
魯茜
謹識

詩詞注

賦得❶古原❷草送別

【題解】這是一首命題詠物送別的五言律詩，貞元二年（西元七八六年）作，當時白居易只有十五歲。詩人歌詠古原野草頑強的意志，蓬勃的生機，用以自勉並勉勵友人，抒發了自己堅定的志向和深厚的友情。

離離❸原上草，一歲一枯榮❹。野火燒不盡，春風吹又生❺。遠芳侵古道❻，
晴翠接荒城❼。又送王孫去，萋萋滿別情❽。

【注釋】❶賦得　寫作。《漢書・藝文志》：「傳曰：不歌而誦謂之賦。」古人命題作詩，往往在題前加上「賦得」二字。「賦得古原草送別」就是以「古原草」為題寫作的送別詩。❷古原　古老的原野。原，平坦的高地。❸離離　分披繁茂貌。《詩經・王風・黍離》：「彼黍離離，彼稷之苗。」❹枯榮　言草木的盛衰。枯，枯萎。榮，草本植物開花。指生長茂盛。❺野火二句　比喻事物旺盛的生命力。意謂古原野草即使被野火燒光，來年在浩蕩春風的吹拂下，又能重新發芽，蓬勃生長。野火，焚燒原野宿草的火。❻遠芳句　芳，香氣。這裡代指草。侵，漸進；浸潤。❼晴翠句　晴翠，陽光下一片翠綠。指青草。荒城，荒蕪頹敗的古城。❽又送二句　王孫，貴族公子。大約被送的友人是李唐王朝的宗室子弟，所以作者用「王孫」來指代他。萋萋，草盛貌。《楚辭・招隱士》：「王孫游兮不歸，春草生兮萋萋。」

【語譯】古原的野草多麼繁茂，一年一度枯萎又蓬勃生長。野火燒不絕它的生機，春風吹拂又把新芽綻放。它在陽光照耀下一片翠綠，散發芳馨，侵染了古老的大道，連接著天邊的荒城。此時此地我又送公子離去，一如這萋萋春草充塞在天地間的是悠悠別情。

【研　析】唐人張固的《幽閒鼓吹》說，白居易到長安參加進士考試，帶著詩卷去謁見前輩詩人顧況。顧況見到白居易的名字，看了他很久，才說：「米價方貴，居亦弗易。」等他翻開詩卷讀到卷首這首詩，卻不禁嘆賞說：「道得箇語，居亦易矣。」白居易和顧況年輩相差懸殊，從兩人的行蹤看，也沒有在長安見面的可能，但故事卻反映了這首詩為當時人們讚賞流傳的情況。

詩的首聯寫古原草的繁茂和秋枯春榮的特點，既緊扣題目，又點出了野草生長茂盛、生命力頑強的特徵，平淡領起，而又含蓄深遠。「野火」一聯承接「枯榮」二字，造語精煉質實，立意新穎深刻，深化了歌頌古原草頑強生命力的主題，成為一篇之警策。頸聯描繪了古原草優美的形象和荒涼的環境，以「古道」、「荒城」襯托出世事的滄桑，歌頌生命的永恆。尾聯「萋萋」和開篇「離離」遙相呼應，以「古原草」的繁盛暗喻別情的濃烈，點明題意，收束全篇。

全詩詠物卻不以刻劃摹寫為工，而是自出機杼，全力寫古原草的精神，營造詩歌的意境，不僅把抽象的別情寫得具體可感，更寫出了作者對生活和生命的熱愛，是一曲情韻天成的生命的禮讚。

王昭君二首❶（選一）

【題　解】這是由兩首七絕組成的感傷組詩。貞元四年（西元七八八年）白居易十七歲時作。這裡選入了其二。詩人借歌詠王昭君的不幸遭遇表達了對於婦女的深切同情，並且對帝王重色而輕才德作了委婉的諷刺。

其二

漢使卻迴憑寄語：「黃金何日贖蛾眉❷？君王若問妾顏色❸，莫道不如宮裡時。」

【注釋】❶王昭君二首 題下原注：「時年十七。」王昭君，東漢元帝時人。《後漢書・南匈奴列傳》：「昭君字嬙，南郡人也。初，元帝時以良家子入選掖庭，時呼韓邪來朝，帝勅以宮女五人賜之。昭君入宮數歲，不得見御，積悲怨，乃請掖庭令求行。呼韓邪臨辭大會，帝召五女以示之。昭君豐容靚飾，光明漢宮，顧景裴回，竦動左右。帝見大驚，意欲留之，而難於失信，遂與匈奴。生二子。及呼韓邪死，其前閼氏子代立，欲妻之。昭君上書求歸，成帝勅令從胡俗，遂復為後單于閼氏焉。」❷蛾眉 婦女像蠶蛾一樣彎曲細長美麗的眉毛。指代美女，這裡指代昭君自己。❸顏色 容貌。

【語譯】託將回國的漢朝使者捎句話：「什麼時候才能用黃金贖我回朝？你回國後皇帝要是問起我的容貌，千萬別說我比在宮裡的時候衰老。」

【研析】作為中國古代四大美女之一的王昭君，是舊時文人喜好的詠史題材。他們或寫古代女性尤其是宮女的悲劇命運，因為這正和士子不遇君恩的深層心理契合；或借以發表對和親政策的看法，人們往往持反對態度。但白居易這首詩卻側重抒發對昭君的深切同情，體現著他貫串畢生的同情婦女的思想。

組詩其一說：「滿面胡沙滿鬢風，眉銷殘黛臉銷紅。愁苦辛勤顦顇盡，如今卻似畫圖中。」正面描繪昭君出塞後容顏的憔悴，以反諷畫工求賄作畫、元帝以畫取人的荒唐。本詩卻借昭君對漢使的寄語，寫出她飄零塞外時憔悴的外貌，痛苦的內心，對元帝和畫工的深深哀怨，對故國無盡的相思。寥寥數語，把昭君的外貌、神情、心理刻劃得十分傳神，含蘊深遠，意在言外，充分顯露出青年白居易善於勾勒人物情態的才華。

白居易共有四首昭君題材詩，其中四十六歲任江州司馬時所作〈昭君怨〉，借詠史抒寫貶謫幽恨，詩中「自是君恩薄如紙，不須一向恨丹青」，是對君臣關係的清醒認識，力透紙背，顯示思想發展的成熟，開王安石〈明妃曲〉「君不見咫尺長門閉阿嬌，人生失意無南北」的先聲，但不如本詩之情思含蓄蘊藉。

遊襄陽❶懷孟浩然❷

【題　解】這是一首懷古的五言古詩。貞元十年（西元七九四年）在襄陽作。詩中描繪鍾靈毓秀的襄陽山水，既謳歌了隱士孟浩然的清高人格，也讚美了詩人孟浩然的閒澹詩風，抒發了自己對前賢的仰慕之情和傷悼之意。

楚山❸碧巖巖❹，漢水❺碧湯湯❻。秀氣結成象，孟氏之文章❼。今我諷遺文❽，
思人至其鄉。清風❾無人繼，日暮空襄陽❿！南望鹿門山⓫，藹若有餘芳⓬。舊隱⓭
不知處，雲深樹蒼蒼⓮。

【注　釋】❶襄陽　縣名，即今湖北襄樊。它地處自長安、洛陽南下江南、嶺南的交通要道上，是漢水中游的重鎮，中唐時期是襄州刺史和山南東道節度使的治所。貞元十年，白居易的父親白季庚官襄州別駕，詩人隨父之任，來到襄陽，寫下了這首詩。❷孟浩然　（西元六八九—七四〇年）襄陽人。玄宗開元年間曾入京求仕，應舉失敗後漫遊吳越，又客居張九齡的荊州幕府。他長期隱居襄陽的鹿門山，寫下了許多著名的山水田園詩。和王維同是盛唐山水田園詩派的重要作家，並稱「王孟」。❸楚山　楚地的山。襄陽附近有峴山、鳳山、萬山等山。楚，古國名，襄陽春秋時屬楚國。❹巖巖　山高峻重疊貌。❺漢水　長江最大支流。發源於陝西寧強北蟠冢山，初名漾水，流經褒城縣合褒水，方名漢水，東南流至漢陽入長江。❻湯湯　水大流急貌。❼秀氣二句　秀氣，靈秀之氣。此指山川。結，結合；凝聚。象，形象，一切事物的外在表現都可以叫「象」。《周易・繫辭》：「在天成象，在地成形，變化見矣。」文章，凡錯雜的

色彩或花紋都可以稱為文章。這裡指孟浩然詩。❽今我句　諷，背誦。《周禮・春官・大司樂》：「以樂語教國子：興、道、諷、誦、言、語。」注：「倍文曰諷，以聲節之曰誦。」遺文，遺留下的文字。指孟浩然的詩歌。據王士源〈孟浩然詩集序〉，浩然作詩，「常自嘆為文不逮意」，「輒毀棄，無編錄」，死後，士源多方搜集，只得詩二百一十八首，編為三卷，散佚甚多。❾清風　指孟浩然高尚的人格和清新的詩風。❿日暮句　既憑弔孟浩然身世的淒涼，也感嘆襄陽江山的寂寞，抒發緬懷之情。王維〈哭孟浩然〉：「借問襄陽老，江山空蔡州。」命意相似。⓫鹿門山　在襄州宜城縣境內，在襄陽南三十五里，故「南望」。孟浩然隱居鹿門山，有〈登鹿門山懷古〉、〈夜歸鹿門歌〉等詩。⓬藹若句　藹若，猶言藹然，樹木茂密貌。餘芳，遺留的芬芳。指孟氏人格和詩歌的遺風餘韻。⓭舊隱　指孟浩然舊日隱居的地方。⓮蒼蒼　深青色。

【語　譯】楚地的蒼山層巒疊嶂，漢水的急流浩浩蕩蕩。山川鍾靈毓秀，凝結聚合而成的形象，就是孟浩然的詩章。現在我誦讀著先生留下的詩篇，追慕他的為人，來到了他的家鄉。清新的詩風和清高的人品無人承繼，空對著襄陽城的暮色蒼茫！南望鹿門山鬱鬱蔥蔥，彷彿猶有先生的遺澤芬芳。先生舊日息隱的故居已難尋覓，只見那白雲深處綠樹青蒼。

【研　析】玄宗開元年間隱居襄陽的孟浩然，是著名的山水田園詩人。杜甫稱讚他的詩歌「清詩句句盡堪傳」（〈解悶十二首〉），李白稱讚他「紅顏棄軒冕，白首臥松雲」（〈贈孟浩然〉）的高尚志節。他的詩歌得襄陽風物之助，襄陽之名因他的詩歌益彰，所以中唐詩人張祜有「孟簡（元和末年襄陽節度使）雖持節，襄陽屬浩然」（〈題孟浩然宅〉）之句。

白居易此詩正抓住襄陽山水與孟氏人品詩風之間的聯繫，將二者融合起來描寫，以表達自己對這位前輩詩人的欽敬之情。正是襄陽鍾靈毓秀的山川孕育出孟浩然的清高人品、澹雅詩篇，而他那高情雅什的流風遺韻，彷彿長存於青山綠水、白雲深處，令人無限神往。北宋范仲淹為東漢隱士嚴光作歌說：「雲山蒼蒼，江水泱泱。先生之風，山高水長。」（〈桐廬郡嚴先生祠堂記〉）也許就是受了白居易這首詩的啟發吧。

自河南經亂❶，關內阻飢❷，兄弟離散，各在一處。因望月有感，聊書所懷，寄上浮梁大兄❸、於潛七兄❹、烏江十五兄❺，兼示符離❻及下邽❼弟妹

【題　解】這首詩從內容來看是一首感傷詩，由於體裁是七律，所以編入了「律詩」中。貞元十五年（西元七九九年），白居易居於洛陽，兄弟姊妹各在一方。詩人獨對明月，痛感時難年飢，家園寥落，骨肉離散，寫作此詩，以抒寫思念家鄉和親人的痛苦之情。

時難年飢世業空❽，弟兄羇旅❾各西東。田園寥落❿干戈⓫後，骨肉流離⓬道路中。弔影分為千里雁⓭，辭根散作九秋蓬⓮。共看明月應垂淚，一夜鄉心五處同⓯。

【注　釋】❶河南經亂　河南，河南道，唐代地理區劃名，包括今河南、江蘇、山東黃河以南、淮河以北地區。貞元十五年二月，宣武軍節度使董晉死，兵士作亂，殺死繼任節度使陸長源；三月，彰義軍節度使吳少誠反叛，發兵侵犯唐州。宣武軍治所汴州（今河南開封），彰義軍治所蔡州（今河南上蔡），都在河南道境內。蔡州的叛亂直到元和十二年（西元八一七年）才平定。白居易家在河南新鄭，受到戰亂嚴重影響。❷關內阻飢　關內，指函谷關以西的關中平原、渭水流域地區。阻飢，因飢荒而道路艱難阻塞。《新唐書・五行志二》：「貞元……十四年，京師及河南饑。」白氏有家在華州下邽，屬關中。❸浮梁大兄　浮梁，縣名，屬饒州，在今江西景德鎮北。大兄，白幼文，時任浮梁主簿。❹於潛七兄　於潛，縣名，屬杭州，在今浙江臨安西。七兄，白闐，白居易叔父白季康的長子。《唐代墓誌彙編續集》咸通〇〇五〈白敏中墓誌銘〉：「烈考季康……前娶河東薛氏。……有子二人：長曰闐，杭州於潛尉。」❺烏江十五

兄　烏江，縣名，屬和州，即今安徽和縣。十五兄，白逸，白居易從祖兄，時官至烏江主簿，白居易有〈祭烏江十五兄文〉。❻符離　即「苻離」，縣名，唐代宿州治所所在地，今安徽宿縣。唐德宗建中三年起，居易父白季庚為徐州別駕，曾寄家苻離，後又避難越中。❼下邽　縣名，唐代屬華州，今陝西渭南北部。居易祖籍下邽。貞元十五年白居易隨母親居住在洛陽。❽時難句　時難，時遭戰亂。年飢，歲遇災荒。世業空，家園毀棄。北齊以後推行授田制度，子孫可以繼承的土地叫永業田，也叫世業田，唐代承襲了這一制度。❾羈旅　寄居作客。❿寥落　荒涼冷落。⓫干戈　盾和戟，兵器的通稱。代指戰爭。⓬骨肉流離　親人離散遷徙。⓭弔影句　弔影，對影自憐。千里雁，千里飛行的失群孤雁。古人用雁行比喻兄弟相從有序。⓮九秋蓬　深秋的蓬草。九秋，秋季九月。人們常用蓬草枯萎後隨風飄轉，比喻身世的飄零。曹植〈雜詩〉：「轉蓬離本根，飄颻隨長風。」⓯一夜句　鄉心，思鄉之心。五處，指浮梁、於潛、烏江、下邽和自己所在的洛陽。

【語　譯】時局艱難年歲饑荒祖業蕩然一空，弟兄們寄居作客各自西東。戰後的家鄉田園荒蕪冷落，親人們都流離轉徙在道路之中。就像那失群的孤雁相隔千里形影相弔，又好比秋天離根的蓬草隨風飄蕩在空中。遙想分處五地的兄弟姊妹都在舉頭望月各自垂淚吧，漫漫長夜之中我們那思鄉念親的心情本都是相同的啊！

【研　析】自少時起，白居易因戰亂避難越中，又隨父親遠徙襄陽，父親死後重返洛陽，飽嘗顛沛流離之苦，在心靈中刻下了難以磨滅的傷痕。貞元十五年，河南再遭兵亂，關內饑饉，骨肉離散，時事，國事，家事，紛湧心頭，心情格外沉痛。

全詩在時世維艱，家業蕩析的背景下展開，田園寥落，骨肉離散，親人們就好像是遠行千里的失群孤雁，各自分飛，形影相弔，又好像是深秋的蓬草，辭根離恨，隨風飄轉，真實地再現了戰亂災荒時代中人民艱難的生存狀況，顯露詩史風貌。詩人愁腸百結，夜不能寐，想像散居各地的兄長弟妹，都會和自己一樣仰望天上的明月，思親望鄉，淚落巾衫。這一幅五地望月思鄉的圖景，包孕著真摯纏綿的情思，創造出闊大的意境，含蓄高遠。全詩不用典故，純用白描，語言通俗，初露白詩平易的特色，也是晚唐

「杜荀鶴體」的先導。

寄湘靈❶

【題　解】這是一首懷人念遠的七絕。作於貞元十六年（西元八〇〇年）冬客洺州的旅途中。寫別後思念戀人——湘靈，遙想她登樓憑欄凝望思慕自己的情景。戀人間的離別相思之苦，盡在這兩地癡情的遙望之中。

淚眼凌寒❷凍不流，每經高處即迴頭。遙知❸別後西樓❹上，應凭❺欄干獨自愁。

【注　釋】❶湘靈　湘水之神。屈原〈遠遊〉：「使湘靈鼓瑟兮，令海若舞馮夷。」這裡可能是白居易情人的名字，也可能是用來代指他的情人。白居易有〈冬至夜懷湘靈〉詩：「豔質無由見，寒衾不可親。何堪最長夜，俱作獨眠人。」懷念的是同一個人。❷淩寒　冒寒。淩，干犯。❸遙知　遙想；遠知。❹西樓　泛指高樓。韋應物〈寄李儋元錫〉：「聞道欲來相問訊，西樓望月幾回圓。」李煜〈相見歡〉：「無言獨上西樓，月如鉤。」❺凭　倚靠。

【語　譯】盈眶的眼淚在逼人的寒氣中凝結不流，每經過一個高處就忍不住停下回頭。遙想別後的你在西樓之上，也應是倚欄遠眺獨自發愁！

【研　析】白居易青年時，曾居留符離，與東鄰之女湘靈相愛至深，由於門第懸殊，為禮法所不容，不得公開，最後忍痛分手，成為詩人終生的遺憾，曾寫下〈寒閨夜〉、〈潛別離〉、〈感情〉、〈長相思〉等詩來憶念他青春時的戀人。學界有人認為，〈長恨歌〉中對專一愛情的歌頌，實為白氏借他人酒杯以澆自身塊壘。

本詩似為現存白居易為湘靈所作詩歌的第一首。詩寫情侶「一日不見，如三秋兮」（《詩經・王風・采葛》）的相思之情，純用白描，如從肺腑中自然流出。起筆高寒，展現出一位對戀人和家園依依不捨的癡情士子形象，在他的意想中，那位妙人兒也正在高樓凝望，兩人都望而不見，卻仍執著地眺望遠方。男女雙方，一實一虛，一正一側，構成情感雙向流淌的完整回環，可見詩人匠心所在。而孤寂寒冷漫長的旅途，更增添了這份相思情的沉重之感。

及第❶後憶舊山❷

【題　解】這是一首表明淡泊心志的詠懷詩，屬七言絕句。貞元十六年（西元八〇〇年）或稍後作。詩人以回憶舊時山林為題，借用《楚辭・招隱士》和孔稚珪〈北山移文〉的故事，抒發自己縱然科場得意也不會被浮名羈絆的高潔情懷。

偶獻〈子虛〉登上第❸，卻吟〈招隱〉憶中林❹。春蘿秋桂莫惆悵❺，縱有浮名不繫心❻。

【注　釋】❶及第　舊時代科舉考試被錄取。貞元十六年，中書舍人高郢主持禮部考試，白居易高中進士第四名，在同榜被錄取的十七個人中是最年輕的。❷舊山　泛指詩人年輕時讀書處的山林。❸偶獻句　子虛，指西漢司馬相如的〈子虛賦〉。漢武帝讀了〈子虛賦〉後嘆息說：「朕獨不得與此人同時哉！」由於同鄉人楊得意的推薦，相如得到武帝的召見，獻上描寫「天子之事」的〈上林賦〉，武帝以他為郎。上第，高第。當時白居易以〈性習相遠近賦〉、〈玉水記方流詩〉和策文五道高中第四名。❹卻吟句　招隱，招尋隱士，偕同歸隱。《楚辭》有淮南小山〈招隱士〉，《文選》左思、陸機都有〈招隱詩〉，劉良注：「思苦天下溷濁，故將招尋隱者，欲以退不仕。」中林，林中；山林。王康琚〈反招隱詩〉：「今雖盛明世，能無中林士。」❺春蘿句　春蘿，春天的女蘿。女蘿即松羅，一種蔓生植物。秋桂，秋天的丹桂。春蘿秋桂，泛指山林中的植物。孔稚珪〈北山移文〉借北山山神的名義移書諷刺曾隱居北山後來奉詔出山做官的周顒，中間有「秋桂遣風，春蘿罷月」的語句，意思是說，山中的春蘿秋桂，感到受到了假隱士的欺騙，心情不佳，罷遣風月。白居易寄語故山的春蘿秋桂，要它們不要惆悵，是說自己不貪戀榮華，不會久別不歸。❻縱有句　縱，縱然；即使。浮名，虛名。指自己得中高科。繫，束縛；捆綁。不繫心，即不放在心中、不看重。

【語　譯】偶然獻上詩文高中了進士，卻朗吟〈招隱詩〉懷念著舊居的山林。春天的女蘿、秋日的丹桂啊莫要惆悵，即使有了虛名也不會絆住我思歸的心。

【研　析】貞元十六年，白居易考中進士。春風得意的他並沒有得意忘形，反而寫了一篇〈箴言〉呈獻主司高郢。文中，他諄諄告誡自己：「無曰擢甲科，名既立而自廣自滿，尚念山九仞，虧於一簣；無曰登一第，位其達而自欺自卑，尚念行千里，始於足下。」詩人謙抑襟懷，遠大抱負，可以想見。

詩作於同時，流露甲科高中後「翩翩馬蹄疾，春日歸鄉情」(〈及第後歸覲留別諸同年〉)的輕鬆愉悅一面，也有「縱有浮名不繫心」的淡泊明志一面，他後來的處世態度由「兼濟」轉變為「獨善」，二者都初顯端倪。這種思想的二重性，既是「窮則獨善其身，達則兼善天下」(《孟子．盡心上》)的儒家傳統文化薰陶的結果，也與白居易自身高尚淡泊的氣質有關。

生離別❶

【題　解】這是一首描寫親人離別的樂府詩。詩人以食蘗食梅作比，極言親人的生生別離，其苦酸況味遠過蘗梅，抒發了他辭別親人，未老先衰的痛苦心情，也隱隱透露出前途遙遠渺茫無依的孤苦。

食蘗❷不易食梅❸難，蘗能苦兮梅能酸❹。未如生別之為難，苦在心兮酸在肝❺！晨雞再鳴殘月沒，征馬連嘶行人出。迴看骨肉❻哭一聲，梅酸蘗苦甘如蜜❼。黃河水白黃雲❽秋，行人河邊相對愁。天寒野曠何處宿？棠梨❾葉戰❿風颼颼⓫。生離別，生離別，憂從中來無斷絕⓬！憂極心勞血氣衰，未年三十⓭生白髮。

【注　釋】❶生離別　樂府名。《樂府詩集》卷七一「雜曲歌辭」有〈古離別〉、〈生別離〉、〈遠別離〉等，都是寫人生離別之苦的。屈原〈九歌・少司命〉：「悲莫悲兮生別離。」意謂世間沒有比活著而又不能相聚更令人悲傷的事了，詩題由此得名。❷蘖　當作「蘗」，下同。黃蘗，木名，俗稱黃柏，樹皮可以入藥，味苦。❸梅　梅子，梅樹果實，味酸，古人用來作調味品。❹蘗能苦句　樂府〈子夜四時歌〉：「黃蘗向春生，苦心隨日長。」鮑照〈代東門行〉：「食梅常苦酸」。能，唐人口語，多麼；何等。❺苦在心句　古人把五味和人的五臟聯繫起來，有不同的說法。《黃帝內經素問》卷七〈宣明五氣篇〉：「五味所入：酸入肝，辛入肺，苦入心，鹹入腎，甘入脾。」❻骨肉　比喻至親。❼梅酸句　意謂比起離別來，長相廝守食梅食蘗，也會和食蜜一樣甘甜。《詩經・邶風・谷風》：「誰謂荼苦，其甘如薺。」白詩脫胎於此，但因為是幾經轉折而來，語意更切，感情更深。❽黃雲　薄暮昏暗的雲。《杜詩詳註》卷二三〈晚秋長沙蔡五侍御飲筵送殷六參軍歸澧覲省〉：「高鳥黃雲暮，寒蟬碧樹秋。」仇兆鰲注引《古樂府》：「黃雲暮四合，高鳥各分飛。寄語遠遊子，月圓胡不歸。」❾棠梨　木名，春初開小花，果實可食，又稱野梨。❿戰　戰抖。⓫颼颼　風聲，象聲詞，象風綿長迅疾貌。⓬憂從句　中，內心。曹操〈短歌行〉：「憂從中來，不可斷絕。」⓭未年三十　年紀不到三十歲。

【語　譯】黃蘗不易吃，吃梅子也難。黃蘗多麼苦，梅子多麼酸，比不上生生離別難，苦在心啊酸在肝！晨雞啼過第二遍，彎彎的月亮已隱身，馬兒連連長聲嘶，遠行的人啊出了門。回望親人一聲哭，梅酸蘗苦的日子甜如蜜。黃河白浪滾滾流，昏黃雲暗已深秋，河邊的遊子相對愁。天氣寒冷，原野空曠，到哪裡去投宿？只有那寒風颼颼，棠梨樹葉在風中簌簌發抖。生離別啊生離別，內心的憂愁無法斷絕！愁到極點，心力勞損，氣血衰竭，不到三十歲就生出了白髮。

【研　析】〈古詩十九首〉有「行行重行行，與君生別離」之句，後世多有擬作，梁簡文帝蕭綱有〈生別離〉，唐李白有〈遠別離〉，古人常用此題寫男女間的生離死別。此詩首二句以蘗梅起興，比喻人們生生離別時的酸楚痛苦。它繼承了《詩經》和古樂府的比興傳統，以物起興，亦比亦興，但是卻使用反襯的方法。先說蘗苦梅酸比不上自己與親人別離時的痛苦和酸楚，已覺曲折迂迴，下文再說比起離別之苦來蘗苦梅酸簡直就是「甘如蜜」，就既有回環詠嘆的效果，而且獲得更強烈的震撼力。詩中插入離別場景和旅途景色的描寫，或冷寂清晨，月落雞鳴，馬嘶人哭，或空曠原野，水咽雲暗，木落風寒，渲染出陰暗沉重的色調和悲慘淒苦的氣氛，使那些「苦在心兮酸在肝」，「迴看骨肉哭一聲，梅酸蘗苦甘如蜜」，「生離別，生離別，憂從中來無斷絕」等直接傾訴離人傷痛欲絕的心理感受的詩句，顯得無比沉痛，感人肺腑，催人淚下。

下邽❶莊南桃花

【題　解】這是一首七言絕句，是帶著淡淡憂傷的閒適詩。貞元二十年（西元八〇四年）三月，白居易擔任祕書省校書郎，公事不繁，俸祿不薄，所以將家搬回了離長安僅百里的下邽祖居，結束了二十一年飄泊生涯。這是他遷回下邽後寫下的第一首詩。作者擇取桃花在寂寞中燦爛開放，又悄悄在風中凋零的片斷，透露出一種難以言說的悵惘心緒。

村南無限❷桃花發❸，唯我多情獨自來。日暮風吹紅滿地，無人解惜❹為誰開。

【注　釋】❶下邽　華州屬縣，在今陝西渭南北部。❷無限　沒有盡頭。❸發　開放。❹解惜　懂得憐惜。

【語　譯】村南的桃花盛開，無邊無際，只有多情的我獨自前來觀賞。傍晚的風兒刮得落紅滿地，花兒呀，沒有人懂得憐惜，你是在為誰開放？

【研　析】詩從「無限桃花」盛開，一下子便寫到「落紅滿地」的凋謝。花兒開了又謝了，開時是寂寞無主，謝時也無人憐惜，令「多情」的詩人十分悵惘。詩流露出淡淡的憂傷，惜花傷春之旨顯而易見。但自《詩經．周南．桃夭》「桃之夭夭，灼灼其華。之子于歸，宜其室家」始，詩文多以桃花象徵女子出嫁或比喻美女容顏，所以這首詩也可能是觸景生情，為思念昔日的戀人湘靈而作。白居易〈簡簡吟〉說：「大都好物不堅牢，彩雲易散琉璃脆。」同樣表達了一種對青春、愛情、幸福等美好事物不能常駐的嘆惋之情。

王維〈辛夷塢〉：「木末芙蓉花，山中發紅萼。澗戶寂無人，紛紛開且落。」題材內容都和本詩相似，但王詩主要在靜中看世界，以傳達自己對幻相虛空的禪理的理解，白詩則寫出了他對世俗人生的態度。這份惋嘆悵惘之情，和淡淡的春風落花相融無間，至美至淡，他的悵恨寂寥確實不足為外人道。

邯鄲❶冬至❷夜思家

【題　解】這是一首在旅居中思念家人的七言絕句，作於貞元二十年（西元八〇四年）冬。當時白居易仍在校書郎任上。冬天，因公務到河北出差。冬至寒夜，獨處邯鄲孤館，倍感孤苦。詩描寫了想像中親人們深夜圍坐閒話、惦念自己的畫面，抒發了獨處驛館的思親之情。

邯鄲驛裡逢冬至，抱膝❸燈前影伴身。
想得家中夜深坐，還應說著遠行人。

【注　釋】❶邯鄲　縣名，今屬河北，中唐時期屬河北道磁州。❷冬至　二十四節氣之一，為十一月的中氣，陽曆在十二月的二十二或二十三日。❸抱膝　用雙手摟抱著膝蓋。是一種抵禦寒冷的姿態。〈寒山〉詩：「焉知松樹下，抱膝冷颼颼。」

【語　譯】冬至這個節氣正趕上在邯鄲驛館裡度過，只有影兒伴我抱膝燈前獨坐。夜已深了，遙想家中的親人們團團圍坐，應該正說到遠行在外的我。

【研　析】寫自己對家人的思念卻從對方思念自己落筆，愈見自己思鄉念親之深切。此法脫胎於杜甫的〈月夜〉（「今夜鄜州月，閨中只獨看」），正如浦起龍所評：「心已馳神到彼，詩從對面飛來。悲惋微至，精麗絕倫。」（《讀杜心解》卷三之一）而想像中家人夜深圍坐閒話，更和「抱膝燈前影伴身」的自己形成強烈的反差，反襯出客中的孤獨、寂寞和淒清。戴叔倫〈除夜宿石頭驛〉說：「旅館誰相伴，寒燈獨可親。一年將盡夜，萬里未歸人。」在那空間的距離還是人際交往間巨大障礙的古代，這種旅愁羈思無疑具有十分普遍的意義。詩構思精巧別致，四句二十八字，平平敘來，含有無限的深情，作者思家的心理和神態躍然紙上。

感秋寄遠

【題　解】這是一首感時懷遠的五言古詩。依《白氏長慶集》原編次，約作於貞元末、元和初。詩人因時節的變換懷念遠方的情人，遂作詩以寄。詩人借落葉在秋風中零落，燕子渴望返回故巢，而蕙香消散，佳期芳歲兩成空，暗喻他與戀人不能終成眷屬的悲哀。

惆悵❶時節❷晚，兩情❸千里同。離憂❹不散處，庭樹❺正秋風。燕影動歸翼❻，蕙香銷故叢❼。佳期❽與芳歲❾，牢落❿兩成空。

【注　釋】❶惆悵　因失意而傷感、懊喪。❷時節　四時的節序。❸兩情　兩地相思之情。❹離憂　離愁。❺庭樹　庭院中的樹木。古人常常把它和秋風聯繫在一起。劉禹錫〈團扇歌〉：「秋風入庭樹。」又〈秋風引〉：「朝來入庭樹，孤客最先聞。」❻燕影句　燕子展開了南歸的翅膀，反襯自己思念家鄉而不能歸。燕，燕子，候鳥，相傳以二月春社北來，八月秋社南歸，所以又稱為「社燕」。❼蕙香句　蕙，香草名，蘭的一種，也稱「蕙蘭」。古代常以蘭蕙等香草比喻美人。銷，同「消」。消歇；消失。故叢，原來的花叢。這句詩暗喻所思念的女子已經出嫁，或者已離開原居住地。❽佳期　語出屈原〈九歌・湘夫人〉「登白薠兮騁望，與佳期兮夕張」，原指和佳人約會，後凡歡敘之日，通稱佳期，又特指婚期。此詩兩義皆有。❾芳歲　花樣的年華。❿牢落　形容事物的寥落、荒廢。也指人心境的孤寂。

【語　譯】節候的迅速推移令人惆悵傷感，相隔千里，兩地相思之情卻完全一樣。在這離愁還沒消散的地方，中庭的樹葉正在秋風中簌簌作響。燕子已經張開了南歸的翅膀，蕙草的芳香早已消失在舊日的花叢。歡聚的期約和美好的年華，轉眼間都已寥落成空。

【研　析】白居易痛感與湘靈相見無期，難偕白首，寫下了這首訣別的詩。節序的推移變化，觸動他的憂傷，入秋物候的蕭瑟消散，讓他更感孤寂和絕望，他在向自己的青春與愛情進行著徹底的告別，是一首情景交融、物我互化、宛轉低迴的美詩。詩中敏銳的節序感，反襯對比手法的成功運用，首尾深衷淺貌的嘆息，明顯地受著〈古詩十九首〉的影響。而「離憂」四句深折朦朧，「已開晚唐李商隱一派」（《唐宋詩醇》卷二二）。

贈元稹❶

【題　解】這是一首送給友人元稹的五言古詩，元和元年（西元八〇六年）作。詩人回顧登第以來的經歷和感受，表明不迎合世俗的堅定志向，抒發了與元稹志同道合的深摯情誼。

自我從宦遊❷，七年❸在長安；所得唯元君❹，乃知定交難。豈無山上苗？徑寸無歲寒❺。豈無要津水？咫尺有波瀾❻。之子❼異於是，久要❽誓不諼❾。無波古井水❿，有節秋竹竿⓫。一為同心友⓬，三及芳歲闌⓭。花下鞍馬遊，雪中盃酒歡。衡門⓮相逢迎⓯，不具帶與冠⓰。春風日高睡，秋月夜深看。不為同登科⓱，不為同署官⓲。所合在方寸⓳，心源⓴無異端㉑。

【注釋】❶元稹　（西元七七九—八三一年）字微之，河南人。明經登第，唐穆宗時官至宰相。貞元十八年元稹登書判拔萃科，在長安官校書郎，和白居易定交。此後，兩人志同道合，詩歌唱和，結下了深厚友誼，史稱「元白」。❷從宦遊　走上仕途。宦遊，外出做官。❸七年　白居易貞元十六年進士及第，到元和元年已經七年，這七年主要生活在長安。自貞元十九年登書判拔萃科後，在長安擔任校書郎的官職。❹元君　即元稹。君，古代對平輩友人的尊稱。❺豈無山上苗二句　山上苗，山上的小樹。比喻依仗家族權勢身居高位的人。徑寸，直徑一寸。形容樹的小。比喻人沒有才德。左思〈詠史〉其二：「鬱鬱澗底松，離離山上苗。以彼徑寸莖，蔭此百尺條。世胄躡高位，英俊沉下僚。地位使之然，由來非一朝。」無歲寒，無松柏歲寒之姿。意謂遇到惡劣艱苦的環境就不能保持堅貞的節操。《論語・子罕》：「歲寒，然後知松柏之後凋也。」❻豈無要津水二句　要津，交通要道上的渡口。喻顯要職位。〈古詩十九首〉：「何不策高足，先據要路津。」咫尺，形容範圍很小。咫，八寸。波瀾，大波浪，比喻人情翻覆。王維〈酌酒與裴迪〉：「酌酒與君君自寬，人情翻覆似波瀾。」❼之子　這個人。❽久要　舊約。《論語・憲問》：「久要不忘平生之言，亦可以為成人矣。」❾諼　忘記。❿無波句　年深日久的老井，多已圮廢，沒有人來汲水，所以不起波瀾。詩借古井水比喻元稹的心胸坦蕩，不欺不詐。白居易〈酬李少府曹長官舍見贈〉：「兩心如止水，彼此無波瀾。」又〈和分水嶺〉：

「所以贈君詩，將君何所比。不比山上泉，比君井中水。」⑪有節句　稱讚元稹有堅貞的節操。《禮記・禮器》：「其在人也，如竹箭之有筠也。……貫四時而不改柯易葉。」⑫同心友　志向相同的好友。《周易・繫辭上》：「二人同心，其利斷金。」⑬三及句　歲闌，年終。自貞元十九年元、白結交，到元和元年，度過了三個歲末。⑭衡門　橫木為門。形容貧士居處的簡陋。《詩經・陳風・衡門》：「衡門之下，可以棲遲。」⑮逢迎　迎接。指互相往來。⑯不具句　不束帶戴冠，衣著隨便。冠、帶，帽子和束衣的帶子。這裡指官服。⑰同登科　貞元十八年，白居易和元稹同登書判拔萃科。⑱同署官　同在一個官署做官。元、白登科後同為祕書省校書郎。⑲方寸　指心。《三國志・蜀書・諸葛亮傳》記載，曹操為了得到徐庶，扣押了他的老母作為人質，徐庶辭別劉備赴曹營時指著自己的心說：「本欲與將軍共圖王霸之業者，以此方寸之地也。今已失老母，方寸亂矣。」⑳心源　內心。佛家認為心為萬念之源，故曰心源。㉑異端　古代儒家稱其他持不同見解的學派為異端。這裡指不同的意見。

【語　譯】自從我走上仕途，在長安已有七年。得到的好友只有你一個，這才知道結交朋友是多麼困難。難道沒有身世顯赫的世家子弟嗎？他們既沒有堅貞的節操又沒有才幹。難道沒有身居要職的達官顯貴嗎？他們心懷機詐翻覆無常，平地起波瀾。你卻和他們不同，永遠不會忘記昔日的約言。你心胸坦蕩，就像古井中平靜的水不起波紋，你志節堅貞，就像秋天的竹子有節有筠。自從我們成為心同志合的朋友，已經度過了三個美好的年頭。有時騎著馬在花下遊賞，有時在雪中歡快地飲酒唱酬。貧寒的家中互相迎送往來，用不著束帶和加冠。春風中我們同睡到太陽高照，秋月下我們同看月到更深夜闌。不因為我們是同年登科，也不因為我們是同署為官。只因為我們志同道合，內心才能契合無間。

【研　析】這是《白居易集》中早期贈給生平第一知己元稹的作品。貞元二十一年正月，唐德宗李适病逝，順宗李誦繼位，起用了韋執誼、王叔文、王伾、柳宗元、劉禹錫等一批人，採取了若干反對宦官專權、藩鎮割據、強化中央集權、減輕百姓負擔的措施，史稱「永貞革新」。由於順宗身患重病，在宦官、強藩及守舊勢力的反對下，六個月後就遜位於太子李純，是為憲宗。此後，韋執誼及二王、劉柳等相繼遠貶，有的旋即賜死，革新活動夭折。在韋執誼被任命為宰相時，白居易曾作〈為人上宰相書〉投獻，韋執誼被貶後他又曾作〈寄隱者〉詩，可見對於革新集團，白居易是持同情態度的。

此詩作於元和元年。這年四月白居易和元稹同登才識兼茂明於體用科，白被任命為盩厔尉，攝昭應事，元稹則授左拾遺。這年九月，元稹因屢次上疏論事，言辭激切，出為河南尉，不久又丁母憂停官。詩人十分同情他的遭遇，寫下了這首五言古詩，既是勉勵志同道合的好友，也是表白自己堅貞的政治操守。所以詩中既有對昔日美好交誼的憶念，也有心心相印深情厚意的闡發，更有對政局動蕩和人情翻覆的深沉感喟。

長恨歌

【題　解】這是一首歌行體的長篇敘事詩。詩歌詠唐明皇和楊貴妃的愛情故事，因為故事以悲劇結局，所以用「長恨」作為篇名，並被編入集中的「感傷詩」中。元和元年（西元八〇六年），白居易任盩厔縣尉，十二月，他和友人陳鴻、王質夫同遊仙遊寺。飲酒時談起了唐明皇和楊貴妃的往事，王質夫說：「希代之事，非遇出世之才潤色之，則與時消沒，不聞於世。樂天深於詩，多於情者也，試為歌之，如何？」於是白居易就創作了這首長詩，陳鴻則寫了一篇傳奇〈長恨歌傳〉。一詩一傳，相得益彰。

漢皇重色思傾國❶，御宇❷多年求不得。楊家有女初長成，養在深閨人未識❸。

天生麗質難自棄，一朝選在君王側❹；迴眸❺一笑百媚❻生，六宮粉黛❼無顏色❽。

春寒賜浴華清池❾，溫泉水滑洗凝脂❿；侍兒扶起嬌無力，始是新承恩澤時。雲鬢⓫

花顏金步搖⓬，芙蓉帳⓭暖度春宵⓮；春宵苦短日高起，從此君王不早朝⓯。承歡⓰

侍宴無閒暇，春從春遊夜專夜⑰；後宮佳麗三千人⑱，三千寵愛在一身。金屋⑲粧成嬌侍夜，玉樓宴罷醉和春。姊妹弟兄皆列土⑳，可憐㉑光彩生門戶；遂令天下父母心，不重生男重生女㉒。

【章　旨】寫安史之亂前，唐明皇重色輕國，楊貴妃恃寵而驕，兩人沉湎於歌舞酒色，揭示悲劇發生的內因，是「長恨」的基礎。

【注　釋】❶漢皇句　漢皇，漢武帝。此借漢代唐，指唐玄宗。傾國，指美女。《漢書・外戚傳》載李延年歌：「北方有佳人，絕世而獨立，一顧傾人城，再顧傾人國。寧不知傾城與傾國，佳人難再得！」後人用「傾城傾國」來形容絕色女子。❷御宇　御臨宇內，即統治天下。❸楊家有女二句　指楊貴妃。據兩《唐書・楊貴妃傳》記載，她幼喪父母，由叔父楊玄璬撫養長大。深閨，深邃的內室。❹天生二句　麗質，美麗的姿質。自棄，自暴自棄。指埋沒不為人知。君王，指唐玄宗。據《新唐書・楊貴妃傳》記載，楊貴妃開始被玄宗的兒子壽王李瑁納為妃子。武惠妃死後，玄宗覺得宮中沒有可心的人。有人說楊貴妃天生麗質，應當進入後宮。玄宗召見後十分滿意，於是讓她先出家作道士，賜道號太真，又為壽王另娶韋妃，然後將她迎入宮中。陳鴻〈長恨歌傳〉說：「詔高力士潛搜外宮，得弘農楊玄琰女于壽邸。」沒有隱瞞這段史實。白居易為尊者諱，作了不同的處理。❺眸　眼珠。❻百媚　指各種嬌憨的姿態。❼六宮粉黛　指後宮嬪妃。古代天子有六宮：正寢一，皇后所居；燕寢五，嬪妃所居。粉黛，女子化妝用的鉛粉和畫眉的青黑色顏料。代指婦女。❽無顏色　失去了光彩。❾華清池　華清宮中的溫泉。唐開元中，在昭應縣驪山（今陝西臨潼東南）建造了溫泉宮，天寶中改名華清宮，每年冬春之際，唐玄宗到這裡避寒。宮中闢湯池十六所，有供皇帝和妃嬪洗浴的御湯和妃子湯，還有賞賜大臣洗浴的湯池。❿凝脂　凝固的油脂。比喻潔白細膩有光澤的皮膚。《詩經・衛風・碩人》形容美女：「手如柔荑，膚如凝脂。」⓫雲鬢　如雲的頭髮。《詩經・鄘風・君子偕老》：「鬒髮如雲。」⓬金步搖　黃金製的一種髮釵，釵上有珍珠下垂，行走時就搖動。據樂史〈楊太真外傳〉記載，楊貴妃進見的那天夜裡，玄宗贈給她「金釵鈿合」，「又自執麗水鎮庫紫磨金琢成步搖至妝閣，親與插鬢」，金步搖釵和鈿盒實際上是玄宗和楊貴妃的定情之物。⑬芙蓉帳　織或繡有芙蓉花圖案的床帳。芙蓉，荷花的別名。⑭春宵　春夜。詩中的「春」字，既指四季中的春天，也雙關男歡女愛的春情。下文「春從春遊」的「春」字也是如此。⑮不早朝　不理政事。古代皇帝在五更前坐於正殿接見大臣，處理朝政。⑯承歡　迎合人意，博取歡心。⑰春從句　白天侍從遊樂，夜夜有專房的寵幸。從，侍從。夜專夜的前一「夜」字，指每晚。後一「專夜」，指專寵。《新唐書・楊貴妃傳》：「太真得幸，善歌舞，邃曉音律，且智算警穎，迎意輒悟；帝大悅，遂專房宴。」⑱三千人　約數。《抱朴子・詰鮑》：「人君後宮三千。」但實際上不止這個數目。《新唐書・宦者傳上》說，玄宗開元、天寶年間，「宮嬪大率至四萬」。⑲金屋　黃金建造的房屋。相傳漢武帝年幼時，他的姑母館陶長公主抱著他，指著自己的女兒阿嬌問道：「把阿嬌給你作媳婦好不好？」武帝回答道：「好，若得阿嬌作婦，當作金屋貯之。」事見《漢武故事》。「金屋」和下文的「玉樓」都是極力形容建築的華美。⑳列土　即裂土，分封土地。據《新唐書》楊貴妃、楊國忠等傳記載，太真進宮後被冊封為貴妃，父親楊玄琰追封齊國公，堂兄楊國忠被任命為宰相，兼領度支、鹽鐵等四十餘使，封衛國公。三個姊姊分封為韓、虢、秦三國夫人，「出入宮掖，恩寵聲焰震天下」。㉑可憐　可愛；可羨。㉒遂令二句　《史記・外戚世家》：「生男無喜，生女無怒！獨不見衛子夫霸天下？」衛子夫，漢武帝皇后。陳鴻〈長恨歌傳〉記玄宗時事說：「當時謠詠有云：『生女勿悲酸，生男勿喜歡！』又曰：『男不封侯女作妃，看女卻為門上楣。』其為人羨慕如此！」

【語譯】唐明皇喜愛美色，思慕絕色的女子，做了皇帝以後訪求多年未能求得。楊家有個女兒剛剛長大成人，養在深閨之中不為人知。她美豔聰慧天然生成，不甘心默默無聞，終於有一天被選在皇帝的身邊；她眼眸回轉，嫣然一笑，就有百般嫵媚，萬種風情，後宮中的妃嬪都黯然失色。春寒料峭，皇帝賞賜她在華清池洗浴，柔滑的溫泉水洗滌著她那細白潤澤的肌膚；她被侍女從浴池中扶起，顯得那樣的嬌美柔弱，這就是她開始承受皇帝恩寵的時刻。烏雲般豐盈的鬢髮，春花般豔麗的容顏，髮上的金釵垂珠隨步搖曳，繡滿荷花的帳帷裡，暖意融融，和君王共度春宵。只覺得春天的夜晚太短促，太陽高照才起床，打這以後君王不再上早朝。她迎合君意，博取歡心，陪侍飲宴，沒有空閒，白天侍從君王遊賞春光，每當夜晚都是她侍寢專房；後宮中如花似玉的美女數以千計，可所有的寵愛都聚集在她一人身上。在華麗的宮中梳妝打扮，嬌柔地侍候皇帝過夜；高樓上的宴會結束後，美酒的芳香混和著春情蕩漾。兄弟姊妹都列土封侯，光耀門楣；普天下做父母的都羨慕不已，生了男孩不再被看重，生下女孩反都成了寶貝。

驪宮❶高處入青雲，仙樂❷風飄處處聞。緩歌慢舞凝絲竹❸，盡日君王看不足。
漁陽鞞鼓動地來❹，驚破〈霓裳羽衣曲〉❺。九重城闕❻煙塵❼生，千乘萬騎❽西南行。翠華❾搖搖❿行復止，西出都門百餘里⓫。六軍不發無奈何⓬，宛轉娥眉馬前死⓭。花鈿委地⓮無人收，翠翹金雀玉搔頭⓯；君王掩面救不得，迴看血淚相和流。

【章　旨】寫安史之亂爆發和李、楊愛情悲劇的發生。樂極生悲，安祿山起兵范陽，玄宗倉皇南逃，楊貴妃也死於馬嵬兵變。這是歷史的大轉折，也是李、楊故事的大轉折。詩歌著力刻劃了楊貴妃身死的細節，作品的主題也由諷諭、批判轉向愛情的詠嘆與同情。

【注　釋】❶驪宮　驪山上的宮殿。指華清宮。❷仙樂　宮中的音樂。用「仙」字形容音樂的美妙，也就是「此曲祇應天上有，人間能得幾回聞」（杜甫〈贈花卿〉）的意思。❸緩歌句　奏起了輕柔舒緩的樂曲，歌聲宛轉，舞態翩躚。緩歌，節奏舒緩的歌。慢舞，即曼舞，輕盈曼妙的舞姿。凝，聲調徐緩。《文選》謝朓〈鼓吹曲〉「凝笳翼高蓋」李善注：「徐引聲謂之凝。」絲竹，絃樂器和管樂器。泛指音樂。❹漁陽句　范陽的叛軍敲起了震動天地的戰鼓聲。天寶十四載（西元七五五年）十一月范陽節度使安祿山起兵叛唐，十二月攻占洛陽。漁陽，郡名，即薊州，州治漁陽縣，即今河北薊縣，唐代屬范陽節度使管轄。詩中不用「范陽」而用「漁陽」，是暗用東漢彭寵據漁陽謀反的典故。鞞，通「鼙」。軍鼓，一說騎兵用的小鼓。❺驚破句　霓裳羽衣曲，唐代大曲名，一說是開元中河西節度使楊敬述所獻，一說是玄宗自己所製。參見〈霓裳羽衣歌〉注❶。破，斷。唐代大曲有「散序」、「中序」、「破」三大段，「破」的第一段叫

「入破」。「驚破」雙關「驚斷」和「入破」兩重涵義。❻九重城闕　京城。指長安城。《楚辭・九辯》：「君之門以九重。」洪興祖補注：「天子有九門，謂關門、遠郊門、近郊門、城門、皐門、庫門、雉門、應門、路門也。」闕，宮門兩旁的建築物。❼煙塵　代指戰爭。❽千乘萬騎　形容車馬的眾多。車輛叫乘。騎，坐騎，備有鞍轡的馬。天寶十五載六月，安祿山叛軍攻陷潼關，玄宗倉皇逃向西南方的蜀地。❾翠華　皇帝儀仗中用翠鳥羽毛作裝飾的旗幟。❿搖搖　搖動貌。⓫西出句　都門，京師的城門。指長安宮城西面的延秋門。楊貴妃被縊死在馬嵬坡，其地在今陝西興平西，隔長安大約一百多里，設有驛站。⓬六軍句　《周禮・夏官・司馬》：「王，六軍。」後世用「六軍」作為天子軍隊的總稱。這裡指皇帝的禁軍。不發，不再前進。軍隊不服從命令，實際上就是嘩變。⓭宛轉句　宛轉，輾轉，內心悽楚的樣子。《楚辭・哀時命》：「愁修夜而宛轉兮。」王逸注：「言己心憂，宛轉而不能臥，愁夜長。」娥眉，即蛾眉。古人用蠶蛾彎曲細長的觸鬚比喻女子的美眉，常代稱美女。此指楊貴妃。《詩經・衛風・碩人》形容美女說：「螓首蛾眉。」玄宗行至馬嵬，禁軍發生嘩變，認為安祿山叛亂是楊國忠造成的，請殺楊國忠以謝天下。楊國忠死後，兵士認為禍根還在，不肯散去，玄宗不得已，將楊貴妃縊死。⓮花鈿委地　首飾拋灑在地上。花鈿，花瓣狀的金屬片，婦女的面飾。委，棄。⓯翠翹句　都是女子的首飾。翠翹，形似翠鳥尾上長毛的釵。金雀，朱雀形的金釵。玉搔頭，玉簪。《西京雜記》卷二：「武帝過李夫人，就取玉簪搔頭，自此後，宮人搔頭皆用玉。」與上句皆為倒裝，意思是說楊貴妃身死時，花鈿、翠翹、金雀、玉搔頭等首飾都「委地無人收」。

【語　譯】驪山上的宮殿高聳入雲，美妙的音樂隨風飄揚處處可聞。歌聲宛轉悠長，舞態輕盈曼妙，管絃樂曲舒緩悠揚動聽，君王整天欣賞還嫌不夠。漁陽戰鼓震動了山河，也震斷了日夜演奏著的〈霓裳羽衣曲〉。戰火燒到長安城下，玄宗和隨行的千車萬馬奔向西南的巴蜀。皇帝儀仗上的翠鳥羽毛在空中搖曳隊伍走走停停，來到了長安西面百多里的馬嵬驛。軍士們不肯往前走，玄宗也無可奈何，傾城傾國的楊貴妃只能輾轉馬前，活生生被縊死。花鈿、翠翹、金釵和玉搔頭，委棄一地沒人撿收。君王以袖遮面無力相救，回過頭去眼淚和著鮮血往下流！

黃埃散漫風蕭索❶，雲棧縈紆登劍閣❷；峨嵋山❸下少人行，旌旗無光日色薄❹。蜀江水碧蜀山青，聖主朝朝暮暮情；行宮❺見月傷心色，夜雨聞鈴❻腸斷聲。天旋日轉迴龍馭❼，到此躊躇❽不能去；馬嵬坡下泥土中，不見玉顏❾空死處❿。君臣相顧盡霑衣⓫，東望都門信馬⓬歸。歸來池苑⓭皆依舊，太液芙蓉未央柳⓮。芙蓉⓯如面柳如眉，對此如何不淚垂？春風桃李花開日⓰，秋雨梧桐葉落時。西宮南苑⓱多秋草，宮葉滿階紅不掃。梨園弟子⓲白髮新，椒房阿監青娥老⓳。夕殿螢飛思悄然⓴，孤燈挑盡㉑未成眠。遲遲㉒鐘鼓㉓初長夜，耿耿㉔星河㉕欲曙天。鴛鴦瓦㉖冷霜華重，翡翠衾㉗寒誰與共？悠悠生死別經年㉘，魂魄㉙不曾來入夢。

【章　旨】情景交融地描寫玄宗在蜀中和返長安後對楊貴妃無限深切、無限痛苦的思念之情，轉向愛情的詠嘆。

【注　釋】❶黃埃句　埃，塵土。散漫，飄灑彌漫。蕭索，淒涼冷落貌。❷雲棧句　雲棧，高入雲天的棧道。在山路險峻的地方鑿山架木建成的通道稱為棧道。縈紆，曲折縈繞。劍閣，棧道名，在今四川劍閣東北大劍山小劍山之間，相傳為諸葛亮所修築，是往來長安和蜀地的主要通道，也是軍事戍守的要地。❸峨嵋山　在今四川峨眉山市境。玄宗從長安到成都並不經過峨眉山。這裡用它泛指蜀地的高山。❹薄　昏暗。❺行宮　帝王出行時居住的宮殿。❻聞鈴　《太平御覽》卷一八四引鄭處誨《明皇雜錄》：「明皇既幸蜀，西南行，初入斜谷，屬霖雨涉旬，於棧道雨中聞鈴聲，與山相應。上既悼念貴妃，採其聲為〈雨霖鈴曲〉以寄恨焉。」詩暗用此事。❼天旋句　天旋日轉，比喻形勢的巨大變化。龍馭，龍駕。指皇帝的車駕。馬高八尺曰龍。肅宗至德二載（西元七五七年）九月，長安收復，十月，肅宗回京，派太子太師韋見素到成都迎接玄宗。十二月，玄宗回到長安。❽躊躇　徘徊不前；猶豫。❾玉顏　如玉的美好容顏。指楊貴妃。《新唐書．楊貴妃傳》：「帝至自蜀，道過其所，使祭之，且詔改葬。禮部侍郎李揆曰：『……今葬妃，恐反仄自疑。』帝乃止。密遣中使者具棺槨它葬焉。啟瘞，故香囊猶在，中人以獻，帝視之，悽感流涕，命工貌妃於別殿，朝夕往，必為鯁欷。」❿死處　李肇《國史補》卷上：「玄宗幸蜀，至馬嵬驛，命高力士縊貴妃于佛堂前梨樹下。」⓫霑衣　淚溼衣衫。⓬信馬　信馬由韁。因為心情特別不好，聽任坐騎自行行走，不加驅策。⓭池苑　池塘苑囿。苑，古代養禽獸的園林。⓮太液句　太液，池名，在長安大明宮內的含涼殿後。未央，漢代長安的宮殿名。這裡代指唐代長安的宮殿。⓯芙蓉　荷花。《西京雜記》卷二：「文君姣好，眉色如望遠山，臉際常若芙蓉。」⓰日　原作「夜」，據《文苑英華》改。⓱西宮南苑　西宮，指唐代長安的太極宮。南苑，《文苑英華》作「南內」。古代皇宮稱為「大內」。南內，指興慶宮，在東內（大明宮）之南，故稱「南內」。玄宗回京後，先是住在南內興慶宮，靠近大街。肅宗受宦官李輔國挑撥，恐怕他和外界接觸，圖謀重登帝位，便將他遷居到西內（太極宮）的甘露殿，變相的軟禁起來。玄宗晚景非常淒涼，最後憂憤而死。詳見《新唐書．李輔國傳》。⓲梨園弟子　宮廷的樂工。梨園，宮中音樂機構的名稱。《新唐書．禮樂志》：「玄宗既知音律，又酷愛法曲，選坐部伎子弟三百，教於梨園。聲有誤者，帝必覺而正之，號『皇帝梨園弟子』。」⓳椒房句　椒房，后妃居住的後宮。用花椒和泥塗壁，取其溫暖芳香，兼有多子之意。阿監，宮中女官。唐代宮中女官有「阿監、副監，視七品」。見《新唐書．百官志二》。青娥，少女。這裡指美好的容顏。⓴悄然　憂愁貌。㉑孤燈挑盡　舊時油燈用燈草作芯，隔一段時間就要把燈芯往前挑，不讓它熄滅。古代宮廷和豪貴家，夜間燃燭，不點油燈。這裡不過用來形容玄宗晚年生活的淒苦。㉒遲遲　遲緩貌。㉓鐘鼓　主要指鼓。唐代京城實行宵禁，坊市的啟閉以擊鼓為號。天黑時，宮中擊鼓，各街坊跟著敲擊，然後關閉坊里的門，禁止通行。天亮前，聽到鼓聲後則解除宵禁，開啟坊門，准許通行。㉔耿耿　明貌。㉕星河　銀河。㉖鴛鴦瓦　屋瓦一俯一仰，兩相扣合，叫做「鴛鴦瓦」。㉗翡翠衾　繡有翡翠鳥圖案的被子。宋玉〈招魂〉：「翡翠珠被，爛齊光些。」翡翠，鳥名，羽毛有藍、綠、赤、棕等顏色，可作裝飾品，雄赤曰翡，雌青曰翠，形影不離，繡在被上，象徵夫妻情好。翡翠和鴛鴦都是用來反襯玄宗的孤單寂寞。㉘經年　長年；多年。㉙魂魄　楊貴妃的靈魂。

【語譯】黃色的塵埃隨著蕭瑟的秋風飄散飛揚，高入雲天的劍閣棧道縈迴曲折，難以登攀。峨眉山下行人稀少，旌旗沒有光彩日光也顯得昏暗。蜀中的江水碧綠山青青，排遣不了日日夜夜的相思情。行宮的月色只能勾起傷心無限，雨夜中聽到的是令人腸斷的鈴聲。天回日轉時勢變，君王的車駕回京城。到了楊貴妃縊死處，流連徘徊不能離去。馬嵬坡下的泥土中，看不到美麗的容顏，空留下被縊的處所。君王和臣子相對無言，眼淚流淌沾溼衣衫，東望遠處的長安城，聽任馬兒慢慢行。回到長安，宮中的池塘林苑都沒有改變，太液池的荷花、未央宮的垂柳都和過去一樣。荷花宛如她嬌豔的面龐，柳葉恰似她彎彎的眼眉，面對著這些景物，教人怎能不落淚傷心！更有那春風中桃花李花盛開的日子，秋夜裡雨滴梧桐黃葉飄零的時分。西宮、南內到處是枯黃的秋草，遇霜飄零的紅葉落滿階庭無人打掃。皇帝梨園弟子又長出了新的白髮，後宮中青春年少的宮人也已經衰老。夜晚看著螢火蟲在大殿裡飛舞，憂愁思緒縈繞心頭，一盞昏暗的油燈，燈芯挑到盡頭還不能入睡。鼕鼕的街鼓緩緩敲起，又是一個漫長的難眠之夜；遙望著明亮的銀河，直到天都快要亮。鴛鴦瓦上凝結著厚厚的霜花，寒冷的翡翠被裡有誰相伴？歲月悠悠，分別已有多年，生死永隔，夢裡也沒能見上一面。

臨邛道士鴻都客❶，能以精誠致魂魄；為感君王展轉❷思，遂教方士❸殷勤❹覓。排空馭氣❺奔如電，昇天入地求之遍；上窮碧落❻下黃泉❼，兩處茫茫❽皆不見。忽聞海上有仙山，山在虛無縹緲❾間。樓閣玲瓏❿五雲⓫起，其中綽約⓬多仙子。中有一人字太真⓭，雪膚花貌參差⓮是。金闕西廂叩玉扃⓯，轉教小玉報雙成⓰。聞道漢家天子使，九華帳⓱裡夢魂驚。攬衣推枕起徘徊，珠箔⓲銀屏邐迤⓳開；雲鬢半偏新睡覺⓴，花冠㉑不整下堂來。風吹仙袂飄颻㉒舉，猶似〈霓裳羽衣舞〉；

玉容寂寞淚闌干㉓，梨花一枝春帶雨。含情凝睇㉔謝君王，一別音容兩眇茫㉕；昭陽殿㉖裡恩愛絕，蓬萊宮㉗中日月長。迴頭下望人寰㉘處，不見長安見塵霧㉙；唯將舊物㉚表深情，鈿合㉛金釵寄將㉜去。釵留一股合一扇，釵擘㉝黃金合分鈿；但令心似金鈿堅，天上人間會相見。臨別殷勤重㉞寄詞，詞中有誓兩心知；七月七日長生殿㉟，夜半無人私語時：在天願作比翼鳥㊱，在地願為連理枝㊲。天長地久有時盡，此恨綿綿㊳無絕期！

【章旨】記敘道士為玄宗尋找楊貴妃的故事。詩描寫想像中的海外仙境，用貴妃含情脈脈，託物寄詞，重申前誓，照應上段玄宗對她的痛苦思念，渲染、深化並直接點明「長恨」的主題。

【注釋】❶臨邛二句　臨邛，縣名，屬邛州，今四川邛崍。樂史〈楊太真外傳〉說道士名叫楊通幽，是後人附會的故事。鴻都，東漢都城洛陽宮門名。這裡借指長安。精誠，真誠。《莊子・漁父》：「真者，精誠之至。」致魂魄，召來亡魂。古代民間有招魂之術。《漢書・李夫人傳》記載，李夫人死後，齊人少翁曾為漢武帝「致其神」。❷展轉　翻來覆去。形容睡不安穩。❸方士　從事求仙、煉丹活動的人，即臨邛道士。❹殷勤　同「慇懃」。情意懇切。❺排空馭氣　在空中御風飛行。馭，駕馭。❻碧落　天上。道書上說，東方第一層天名碧落。❼黃泉　地下深處。此指陰曹地府。❽茫茫　曠遠貌。❾縹緲　隱約貌。❿玲瓏　結構精巧貌。⓫五雲　五色的彩雲。⓬綽約　柔弱美好貌。《莊子・逍遙遊》：「藐姑射之山，有神人居焉，肌膚若冰雪，綽約若處子。」⓭太真　楊貴妃入宮前為道士時的道號。⓮參差　依稀；彷彿。⓯金闕句　闕，宮闕。廂，正屋兩側的房屋。扃，門戶。金、玉，是形容房屋建築的華美。⓰轉教句　小玉，吳王夫差的小女。雙成，即董雙成，傳說中西王母侍女。這裡用小玉、雙成代指楊貴妃的侍女。形容仙宮深重嚴邃，要經過輾轉通報才能進見。⓱九華帳　張華《博物志》卷三：「漢武帝好仙道……時西王母遣使乘白鹿告帝當來，乃供帳九華殿以待之。」⑱珠箔　珍珠貫串而成的簾子。⑲邐迤　曲折綿延。⑳覺　醒來。㉑花冠　用花朵裝飾的冠狀飾物。㉒仙袂飄颻　衣裳飄飄。㉓闌干　縱橫貌。㉔凝睇　注目。睇，斜視。㉕眇茫　同「渺茫」。遙遠迷茫看不清楚的樣子。㉖昭陽殿　漢代長安的宮殿名，漢成帝愛妃趙飛燕曾居住在昭陽殿。這裡借指楊貴妃在長安的寢宮。㉗蓬萊宮　指楊貴妃所住仙山的宮殿。古代相傳渤海中有蓬萊、方丈、瀛洲三山，是神仙居住的地方。見《史記・封禪書》。㉘人寰　人世間。㉙塵霧　塵土飛揚如霧。暗含政局變幻無定，戰亂不寧的意思。㉚舊物　指鈿合、金釵等玄宗贈給楊貴妃的定情物。陳鴻〈長恨歌傳〉：「定情之夕，授金釵鈿合以固之。」㉛鈿合　盛放金鈿等首飾的盒子，有底有蓋。㉜將　助詞，用在動詞後面，表示動作、行為的趨向或進行。㉝擘　用手掰開。釵為兩股合成，所以要擘開。㉞重　反復。㉟七月句　七月七日，民間以這一天為七夕節，傳說這天夜裡牛郎和織女在天上渡河相會，人們往往在七夕「乞巧」，求神許願。長生殿，唐代大明宮中的殿名。見徐松《唐兩京城坊考》卷一。舊說多以為長生殿在華清宮，一名集靈臺，但集靈臺天寶元年纔建造，這時楊貴妃早已入宮。㊱比翼鳥　比翼雙飛的鳥。《爾雅・釋地》：「南方有比翼鳥焉，不比不飛，其名謂之鶼鶼。」㊲連理枝　即連枝樹，兩棵樹的樹枝相連，一起生長。㊳緜緜　綿長貌。

【語　譯】有位旅居長安的臨邛道士，能用真誠召來死者的靈魂；感念君王的苦苦相思，被請來認真仔細地搜尋。他蹈空馭風而行疾如閃電，升天入地到處都尋遍；找遍了碧落青天和黃泉地下，兩處都渺渺茫茫一無所見。忽然聽說海上有座仙山，若有若無，若隱若現。結撰精巧的樓臺亭閣中升起五色祥雲，許多體態輕柔美麗的仙子住在中間。有一位仙人表字太真，肌膚雪白，貌美如花，彷彿是要找的人。走進金碧輝煌的宮殿，敲響了西邊廂房的門，轉請小玉報告雙成。聽說是漢家天子派來了使臣，九華帳裡的太真從夢中驚醒，提起衣衫，推開臥具起了身，內心激動來來回回走個不停。珍珠簾箔和白銀屏風一個接一個打開，剛剛睡醒，烏雲般的鬢髮半斜歪，插花的頭飾沒整理，匆匆走下了殿堂來。風兒吹拂著仙子的衣衫，飄飄然像要隨風而去，還像當年在跳〈霓裳羽衣舞〉；美麗的面容帶著寂寞和哀怨，滿面淚痕宛若春雨中盛開的梨花，清新嬌豔而又楚楚可憐。她脈脈含情凝視著感謝君王，一別之後音訊容顏都渺渺茫茫；人間宮中的恩愛早已斷絕，蓬萊仙境的歲月卻很漫長！回過頭來下看人間世，看不見長安只見塵土和煙霧；只有拿從前的信物表達我的深情，鈿盒金釵託你帶回去。掰開金釵，分開金鈿，金釵留下一股，鈿盒留下一扇；但求彼此相愛的心像釵、盒一樣堅牢，即使天上人間遠隔，仍有一天會相見。離別時懇切地再請捎句話，話裡的誓言只有我們兩人知曉；七月七日的長生殿，夜深人靜時兩人話悄悄：在天上願作比翼雙飛的鳥，在地上願作連生共長的枝條。天地雖然長久也總會有個盡頭，這恨啊綿綿無盡，永不會有斷絕的時候！

【研　析】〈長恨歌〉的主題，歷來存在不同看法：一、諷諭說，認為寫作此詩的目的和〈長恨歌傳〉相同，是要「懲尤物，窒亂階，垂於將來」，即懲戒美好誘人的事物，堵塞禍亂的根源，作為後人的借鑑；二、愛情說，認為詩的主體和核心是歌頌李楊愛情的堅貞與專一，表達對他們愛情悲劇的深刻同情；三、雙重主題說，認為作者創作的目的是通過李楊故事批判統治者腐朽荒淫而招致禍亂，垂誡未來，但隨著楊貴妃的死，作品後半段轉為對兩人生離死別的堅貞愛情的同情，兩者之間存在矛盾，使詩的主題複雜化；四、隱事說，認為詩記述了一件宮庭祕聞，傳說在馬嵬兵變時楊貴妃由宮女替死得以逃生，東渡日本，詩寫明皇、楊貴妃的生離之苦；五、感傷說，詩歌直接描寫的是李楊愛情結局的長恨，借李楊悲劇故事來表達處於「安史之亂」後的一代知識分子的感傷情緒。這些說法都各有各的道理。由於李楊特殊的身分，他們的情愛故事和唐代重大歷史轉折相關聯，因而成為一個典型的悲劇題材，具有多重意蘊。不過白居易自編詩集時，把這首詩編入「感傷詩」中，可見他對於李楊的同情和傷嘆要多於諷刺了。

白居易自云「一篇〈長恨〉有〈風〉情」（〈編集拙詩，成一十五卷，因題卷末，戲贈元九、李二十〉），對〈長恨歌〉頗為自矜。作為古代詩史上極為罕見的長篇敘事詩之一，它確實取得了極高的藝術成就。

第一，運用現實主義和浪漫主義相結合的創作手法，展現給讀者哀婉纏綿的悲劇故事。詩的前三部分寫現實生活中唐玄宗與楊貴妃的宮廷生活、悲劇結局及死後的相思，多處運用豐富的想像和大膽的誇張，用詩家之筆來寫；後一部分寫道士尋找楊貴妃的故事，全出虛構，具有理想色彩，卻以寫實之筆出之，歷歷如聞其聲，如見其人。深刻的現實描繪和浪漫的瑰麗想像相結合，使作品波瀾起伏，搖曳多姿，虛實相生，引人入勝。

第二，長於剪裁和鋪排。全詩分成四個大的段落，分別重點記敘楊貴妃入宮、馬嵬驚變、玄宗相思、仙山覓美四個情節，每段中都極盡描述與鋪陳之能事。情節之間的銜接和過渡卻僅用極為精煉的詩句加以概括。如安史之亂爆發、長安淪陷、兩京收復玄宗還京等重大的歷史轉折性事件只用「漁陽鞞鼓動地來」，「九重城闕煙塵生」，「天旋日轉迴龍馭」寥寥數句帶過，從而突出和強調了李楊悲劇的中心和主題。

第三，用人物的思想感情和心理活動來推動情節的發展，塑造豐滿的人物形象。楊貴妃死後，玄宗入蜀，內心悽悽慘慘；還都路上，又勾起傷心的回憶；回宮後，睹物傷情，日思夜想而不得，寄希望於夢境，卻又「悠悠生死別經年，魂魄不曾來入夢」。詩至此，已把一個「恨」字寫得驚心動魄，詩也似乎可以結束了。然而詩人筆鋒一轉，借助想像的翅膀，構設出一個虛無縹渺的仙境，讓「長恨」在人間天上延續，把悲劇故事推向高潮，而人物千回百轉的心理也表現得淋漓盡致。荒淫誤國的帝王轉換成至情至性的普通男子，恃寵而驕的后妃轉變為清麗脫俗的癡情仙女。他們的愛情也由構築在權力美色交換基礎上的世俗婚姻，轉化為至純至誠的生死之戀。情節至此更為曲折，人物形象更為豐滿，悲劇氣氛也更加濃郁，以至於詩人不由得發出「天長地久有時盡，此恨綿綿無絕期」的浩嘆！

第四，善於將敘事、寫景和抒情和諧地結合在一起。敘事詩而具有濃郁的抒情色彩。特別對楊貴妃死後唐玄宗相思之情的描寫，以景襯情，以景寫情，融情入景，情景交融，層層渲染，步步烘托，回環往復，將唐玄宗難以言傳的內心痛苦生動地表現出來，具有高度的藝術感染力。

第五，這首詩兼備七言古風、樂府歌行的特點，語言華美曉暢，音韻鏗鏘流轉，優美和諧，便於理解和歌唱。詩句大多能朗朗上口，如「後宮佳麗三千人，三千寵愛在一身」，「芙蓉如面柳如眉，對此如何不淚垂」，「春風桃李花開日，秋雨梧桐葉落時」，「上窮碧落下黃泉，兩處茫茫皆不見」，「玉容寂寞淚闌干，梨花一枝春帶雨」等等，既富有形象性，又富有音樂美。

元和中有娼妓自誇「誦得白學士〈長恨歌〉」（白居易〈與元九書〉）因而提高了身價，唐宣宗李忱〈弔白居易〉也有「童子解吟〈長恨曲〉」之句，說明這首詩當時已經廣泛流傳。千百年來，它受到各階層人士的充分肯定和喜愛，其中的李楊故事還被後人不斷再創作，改編成小說、戲曲，對中國古代文學藝術的發展產生了巨大而深遠的影響。

觀刈麥❶

【題　解】這是一首五言古風體的諷諭詩。元和二年（西元八〇七年）五月作於盩厔縣尉任上。詩記敘了麥收時節所見拾麥穗婦人的困苦情況，表現了對貧苦百姓的深切同情，以及對自己無功食祿的深深愧疚。

田家少閑月，五月人倍忙。夜來南風起，小麥覆隴❷黃。婦姑荷簞食❸，童稚
攜壺漿❹。相隨餉田❺去，丁壯❻在南岡。足蒸暑土氣，背灼❼炎天光。力盡不知
熱，但惜夏日長。復有貧婦人，抱子在其傍。右手秉遺穗❽，左臂懸敝筐❾。聽其
相顧言❿，聞者為悲傷：「家田⓫輸稅盡，拾此充飢腸。」今我何功德⓬？曾不事
農桑⓭；吏祿三百石⓮，歲晏⓯有餘糧。念此私自愧，盡日不能忘。

【注　釋】❶觀刈麥　題下原注：「時為盩厔縣尉。」刈麥，割麥子。❷覆隴　遮蓋田壠。❸婦姑句　婦姑，媳婦和婆母，也可以指嫂嫂和小姑。這裡泛指婦女。《後漢書・五行志》引桓帝時童謠：「小麥青青大麥枯，誰當獲者婦與姑。」荷，負荷，背負或肩挑。簞，盛食物的竹器。❹童稚句　童稚，小孩子。壺漿，用壺盛著的酒或湯水。❺餉田　給田

中勞作的人送飯。❻丁壯　成年的勞動力。丁，需要承擔賦稅和勞役的成年人。唐代宗廣德元年，以二十五歲為成丁，五十五歲為老。❼灼　烤灼。❽秉遺穗　拿著遺留的麥穗。秉，持。❾弊筐　破舊竹筐。❿相顧言　互相交談。⓫家田　指家中田地收穫的麥子。⓬功德　功業德行。⓭事農桑　從事農業生產。桑，種桑養蠶。⓮三百石　指縣尉的俸祿。石，容積單位，十斛為一石。據《唐六典》卷三，唐代從九品官員俸五十二石，另有職分田和料錢的收入。三百石是漢制，漢代縣丞縣尉秩四百石至二百石。見《漢書・百官公卿表上》。⓯歲晏　歲末；年終。

【語　譯】種田人家很少有閒暇的日子，五月間更是加倍忙碌。入夜以來刮起了南風，蓋滿田壠的麥子完全黃熟。婦女們挑起盛著飯菜的竹筐，小孩子提著陶壺裝滿漿湯。相隨一同到田地裡去送飯，青壯勞力正在南面的山崗。腳底下的田地熱氣蒸騰，背脊上烤灼著炎熱的陽光。精力用盡也不知道炎熱，只珍惜夏天的白晝長。又有一位貧苦的婦女，抱著小孩在一旁。右手拿著一把撿來的麥穗，左臂上掛著一個破舊的竹筐。聽他們相互的談話，聽的人都感到十分悲傷：「自家田土收穫的麥子全都交了賦稅，只好撿點麥穗回去填充飢餓的肚腸。」現在的我有什麼功績德政？既不種地也不養蠶桑；每年領到縣尉的俸祿，到年終還有多餘的口糧。想到這裡內心非常慚愧，整天整天都不能遺忘！

【研　析】元和元年四月白居易擔任盩厔尉後，接觸社會底層，體察民生疾苦，從現實生活中汲取了豐富的詩歌素材。〈觀刈麥〉就是他在盩厔尉任上寫下的著名的諷諭詩。

全詩由三個層次組成：首先是記敘麥秋時婦女小孩們去田間為割麥的青壯勞力送飯的場景，接著記述一位撿拾遺留麥穗的貧婦和她的談話，最後發表自己的感言。抱子拾穗的貧婦左臂持筐，右臂拾麥，那孤苦無告的形象和前面歡樂繁忙送飯割麥的一群形成鮮明的對比。「足蒸暑土氣，背灼炎天光。力盡不知熱，但惜夏日長」，樸實無華的語言真實描摹出農民冒暑勞作的狀態，也刻劃出他們內心對豐收充滿希望和憧憬。但從隨後拾穗貧婦悲傷訴說中不難想見，今天的拾麥者，就是昨天的割麥者，而今天的割麥者，也將成為明日的拾麥者。農民的悲慘遭遇與自己舒適的生活形成鮮明對比，作為縣中小吏，白居易無力回天，只能在同情和慚愧的矛盾心理中以喟嘆收束全篇。高超的敘事技巧，深刻細膩的心理描寫，曲盡人情物態，加強並深化了詩歌的主題。

贈內❶

【題　解】這是白居易贈給新婚妻子的一首五言古詩。元和三年（西元八〇八年），白居易三十七歲，娶了已故國子祭酒楊寧的女兒為妻，以此詩相贈。詩人以前代夫妻同甘共苦、相敬如賓的佳話來共勉，表達了永遠保持清白寒素的堅定決心和與楊氏夫人白頭偕老的美好願望。

生為同室❷親，死為同穴塵❸；他人尚相勉，而況我與君？黔婁固窮士，妻賢忘其貧❹。冀缺一農夫，妻敬儼如賓❺。陶潛不營生，翟氏自爨薪❻。梁鴻不肯仕，孟光甘布裙❼。君雖不讀書，此事耳亦聞。至此千載後，傳是❽何如人？人生未死間，不能忘其身。所須者衣食，不過飽與溫。蔬食足充飢，何必膏粱❾珍？繒絮❿足禦寒，何必錦繡文⓫？君家有貽訓，清白遺子孫⓬。我亦貞苦士，與君新結婚。庶⓭保貧與素⓮，偕老同欣欣⓯。

【注　釋】❶內　妻子。古時婦女主內，稱妻為內人、內子，簡稱作「內」。白居易的妻子楊氏是已故國子祭酒楊寧的女兒，楊汝士、楊虞卿兄弟的從妹。楊氏的先人自東漢以來世居弘農（今河南靈寶），是有名的世家大族。後來，楊汝士官至尚書、節度使。楊虞卿則官至京兆尹，成為牛黨的骨幹。《唐兩京城坊考》卷三靖恭坊有刑部尚書楊汝士「與其弟虞卿、漢公、魯士同居，號『靖恭楊家』，為冠蓋盛遊」。❷同室　同居一室。意謂夫婦是關係最親密的親人。❸同穴塵　同在一個墓穴的塵土。指夫婦同穴而葬。《詩經・王風・大車》：「死則同穴。」❹黔婁二句　黔婁，戰國時齊國隱士。固窮，甘於貧困，不喪失氣節。《論語・衛靈公》：「君子固窮。」黔婁家貧，齊魯之君聘為相，賜以粟，他都不接受。死後，孔子派曾子去弔唁，看到他的屍體用布被蓋著，手腳都露在外面，建議說，把布被拉斜一點就可以都蓋上，黔婁妻說：「斜之有餘，不若正之不足。先生生而不斜，死而斜之，非其志也。」曾子又問她，黔婁生前十分窮困，為什麼諡作「康」？黔婁妻說：先生辭去國相不做，是貴有餘，國君賜粟不受，是富有餘，「甘天下之淡味，安天下之卑位，不戚戚於貧賤，不忻忻於富貴，求仁而得仁，求義而得義，其諡曰康，不亦宜乎」。曾子說：「唯斯人也，而有斯婦！」見《列女傳》卷二。❺冀缺二句　冀缺，春秋時晉國人。本姓郤，因為他承襲了父親郤芮的封邑冀，故又稱冀缺。臼季出使經過冀，看見冀缺耨草，他的妻子給他送飯，「敬，相待如賓」，於是將他推薦給晉文公，後來成為晉國的名臣。見《左傳・僖公三十三年》。儼，莊重貌。❻陶潛二句　陶潛，字淵明，晉宋之交的著名詩人，曾為彭澤令，因不能為五斗米折腰，棄官歸隱。《南史・陶潛傳》：「環堵蕭然，不蔽風日，短褐穿結，簞瓢屢空，晏如也。……其妻翟氏志趣亦同，能安苦節，夫耕於前，妻鋤於後。」營生，經營生計。《晉書・陶潛傳》：「又不營生業，家務悉委之兒僕。」爨，燒火做飯。薪，燒柴，這裡用作動詞，意思是砍柴。❼梁鴻二句　梁鴻，東漢末年人，家貧好學，不求仕進。他和孟光結婚後，七天不說話，孟光跪問緣故，梁鴻說：我要找一個同隱深山的伴侶，現在你穿著綢緞，搽著脂粉，哪裡是我要找的人呢？孟光於是換上布衣，梳上椎形髮髻，親自操持家務，梁鴻大喜說：「此真梁鴻妻也。」夫婦同入霸陵山中，以耕織為業。後避禍到吳郡，寄居臯伯通的廡下，為人舂米，「每歸，妻為具食，不敢於鴻前仰視，舉案齊眉」。事見《後漢書・梁鴻傳》。《太平御覽》卷七一八引《列女傳》：「梁鴻妻孟光，荊釵布裙。」❽是　這。指前述夫妻相敬、安貧守素的傳統。❾膏粱　精美的食物。膏，肥肉。粱，優質的粟米。❿繒絮　以繒帛粗綿製作的衣服。⓫錦繡文　指華美的衣服。錦，織錦。繡，刺繡。文，彩色交錯的花紋。⓬君家二句　君家，指楊氏家。貽訓，留給後人的遺訓。貽，留贈。《後漢書・楊震列傳》記載，楊震官至太尉，秉性廉潔，家人都蔬食步行，親友勸他置產業，震不肯，說：「使後世稱為清白吏，子孫以此遺之，不亦厚乎！」據《唐代墓誌彙編》元和一〇五〈楊寧墓誌〉，楊氏的父親楊寧與楊震都是西漢初年赤泉侯楊喜的後人。⓭庶　希望。⓮素　清白。⓯偕老

句　快快活活地一起活到老。《詩經・邶風・擊鼓》：「執子之手，與子偕老。」欣欣，喜樂自得貌。

【語　譯】活著是同居一室的親人，死後化為同一墓穴的塵泥；一般人尚且相互勉勵，更何況你我是夫妻？黔婁是甘於貧窮不失氣節的君子，他賢德的妻子毫不在意他的清貧。冀缺曾經是一介農夫，妻子敬重他猶如貴賓。陶淵明不從事生計的經營，妻子翟氏親自砍柴做飯。梁鴻不肯出來做官，孟光甘心荊釵布裙操持家務。你雖然沒有讀過多少書，這些古人的故事想必也曾耳聞。他們的事跡至今已有千年，能夠繼承他們高尚品格的當是什麼樣的人？人生在世只要一息尚存，當然不能忘記自身。人必須要穿衣吃飯，不過只要吃飽穿暖就成。粗茶淡飯足以飽腹，何必一定要美味珍羞？粗布衣服足以禦寒，何必一定要錦繡絲綢？你楊家的先人早有遺訓，要把清白的家風留給子孫。我也是堅貞貧苦的讀書人，剛和你燕爾新婚。願我們能安於貧窮，保持清白，白頭到老，和和美美過一生。

【研　析】詩列舉了很多前代夫妻同甘共苦，相敬如賓的佳話，不僅歌頌了前賢安貧樂道的高尚品格，也高度讚揚了他們妻子的賢才懿德，以和楊氏共勉。所舉都是舊時代人們耳熟能詳的故事，詩人娓娓道來，如話家常，充滿醇厚而純真的生活情味。可能由於白居易早年和湘靈戀愛而不能結合一事在心中留下了很深的創傷，詩人對女性一直有著深切同情，對家庭和婚姻幸福分外珍惜，於是在新婚期間寫了這首贈送給妻子的詩歌。詩中反映出白居易嚴肅的家庭觀、婚姻觀和道德觀，這對一千多年前的官居高位的男子來說是難能可貴的。楊夫人讀書不多，很可能也不如湘靈美麗聰慧，但與白居易鶼鰈情深，相濡以沫，白頭偕老，一直到晚年。

松齋自題❶

【題　解】這是一首五言古體的閒適詩。詩作於元和三年（西元八〇八年），當時白居易任翰林學士，居住在長安新昌里。他在辦完公事後，回到家中的書齋，寫下了這首詩，所以是「退公獨處」時「知足保和，吟玩情性」（〈與元九書〉）的作品，明顯流露出「窮則獨善其身」的思想。

非老亦非少，年過三紀❷餘。非賤亦非貴，朝登一命初❸。才小分❹易足，心寬體長舒。充腸皆美食，容膝❺即安居。況此松齋下，一琴數帙❻書。書不求甚解❼，琴聊以自娛❽。夜直❾入君門，晚歸臥吾廬❿。形骸委順動⓫，方寸⓬付空虛⓭。持此將過日，自然多晏如⓮。昏昏復默默⓯，非智亦非愚⓰。

【注釋】❶題　原注：「時為翰林學士。」松齋，指新昌里家中的書齋，庭院中植有松樹。白居易〈醉後走筆酬劉五主簿長句之贈，兼簡張大、賈二十四先輩昆季〉：「晚松寒竹新昌第，職居密近門多閉。」❷三紀　三十六年，古代以十二年為一紀。元和二年秋，白居易自盩厔尉調回長安，十一月，為翰林學士。這一年，他三十六歲。次年四月，遷左拾遺。詩說「三紀餘」，又說「朝登一命初」，應當作於元和三年四月後，時三十七歲。❸朝登句　朝登，即登朝，進入朝廷為官。一命，第一次任命。指擔任最低的官職。《周禮・典命》：「下士一命。」這以前白居易所擔任的盩厔縣尉是九品的地方官。校書郎雖然在長安，但只有九品，官階太低，只能在初一、十五朝見皇帝。以左拾遺充當翰林學士就不同，拾遺是侍從皇帝左右的諫官，學士相當於皇帝的機要祕書，地位特殊，是常參官。❹分　職分；官職。❺容膝　容膝之地，形容地方的狹小。陶淵明〈歸去來兮辭〉：「倚南窗以寄傲，審容膝之易安。」❻帙　包書的包袱。古代書籍用卷軸裝時，把幾卷書包在一起，稱為一帙。❼書不求句　意思是讀書不拘泥於字詞的詁訓，重視旨意的會通。陶淵明〈五柳先生傳〉：「好讀書，不求甚解，每有會意，便欣然忘食。」❽琴聊句　《後漢書・梁鴻傳》：「入霸陵山中，以耕織為業，詠詩書，彈琴以自娛。」聊，暫且。❾夜直　官吏夜間值班。❿吾廬　陶淵明〈讀山海經〉：「眾鳥欣有託，吾亦愛吾廬。」⓫形骸句　形骸，人的形體，軀殼。委順動，委託給天地。指無所為而聽任自然的安排。《周易・豫卦》：「天地以順動，故日月不過而四時不忒。」⓬方寸　指心。參見〈贈元稹〉注⓳。⓭付空虛　謂沒有欲望。劉禹錫〈秋日過鴻舉法師寺院便送歸江陵・引〉：「梵言沙門，猶華言去欲也。能離欲則方寸地虛。」⓮晏如　安然。⓯昏昏句　昏昏、默默，都是空寂無為的樣子。《莊子・在宥》：「至道之極，昏昏默默。無視無聽，抱神以靜，形將自正。」郭象注：「忘視而自見，忘聽而自聞，則神不擾而形不邪也。」⓰非智句　意謂處在智、愚之間。《莊子・山木》說，弟子跟隨莊子在山中行走，看到有的樹木因為不成材而未遭砍伐，後來住在朋友家裡，又看到不能鳴的雁鵝被殺來待客，便問莊子：「先生將何處？」莊子笑著說：「周將處夫材與不材之間。」非智非愚也就是「處夫材與不材之間」，這樣才能保其天年。

【語　譯】年紀過了三十六，說不上是老年也不再年少。入朝當上了九品官，既不是平民也不算是貴要。沒有多少才幹，自然容易滿足於現在的職位，心胸寬廣，身體當然常常舒適安泰。能填飽肚子的都是美味佳餚，小小的立足之地就是安樂的窩巢。何況這松齋之下，還有一張琴、數帙書伴我逍遙。讀書不必拘泥於文字詁訓，彈琴聊且來娛樂我自己。夜晚入宮去當值，晚上回來睡在我的房舍裡。身體聽任自然的變化，心靈虛靜空明沒有欲望。憑著這個來打發時光，自然和樂又安詳。寂靜無為忘視又忘聽，既不是智者也不算愚鈍。

【研　析】這首詩是白居易知足保和思想的較早流露。詩中反映的「才小分易足，心寬體長舒。充腸皆美食，容膝即安居」樂天知命、隨遇而安的生活態度在他中晚年詩作中頻繁出現，這既來自他所受到的傳統文化的薰陶，也和他出身下級官吏家庭自小飽受困頓飄泊之苦有關，不必苛責。

其實，在這首詩的背後涉及到一個重大事件。元和三年，白居易在翰林學士任上，充當賢良方正能直言極諫科對策的覆考官，制舉人牛僧孺、皇甫湜、李宗閔對策切直登第。宰相李吉甫認為三人對策攻擊了自己，在憲宗面前哭訴，於是牛、李等三人貶授關東地區縣尉，考官楊於陵、韋貫之和覆考官王涯等都被貶官（詳見白居易文〈論制科人狀〉注釋及題解）。此後，吉甫子李德裕與牛僧孺、李宗閔等各樹朋黨，「黨爭」綿延數十年，即種因於此。詩中「知足保和，吟玩情性」的思想實際上是白居易初次捲入朝政紛爭後避禍自保心態的流露。

題海圖屏風❶

【題　解】這是一首針砭時政的五言古體諷諭詩。詩作於元和四年（西元八〇九年），借畫中描繪的大海風濤洶湧、鼇鯨作亂的險惡景象，隱喻憲宗和宦官吐突承璀欲利用河北諸鎮征討成德軍一事，告誡統治者要審時度勢，謀定而動，如果在條件不成熟的情況下草率出兵，可能釀成更大的禍亂。

海水無風時，波濤安悠悠❷：鱗介無小大，遂性各沉浮❸。突兀海底鼇，首冠三神丘；鉤網不能制，其來非一秋❹。或者不量力，謂茲鼇可求❺。屓贔❻牽不動，綸絕沉其鉤❼。一鼇既頓頷，諸鼇齊掉頭❽。白濤與黑浪，呼吸繞咽喉❾。噴風激飛廉，鼓波怒陽侯❿。鯨鯢得其便，張口欲吞舟⓫；萬里無活鱗⓬，百川多倒流⓭。遂使江漢水，朝宗意亦休⓮。蒼然⓯屏風上，此畫良有由⓰。

【注　釋】❶海圖屏風　畫有大海波濤洶湧圖畫的屏風。在本詩中，海圖比喻風雲變幻的政局。題下原注：「元和己丑年作。」己丑，元和四年。❷悠悠　安閒靜止貌。❸鱗介二句　謂水族無論大小，都在海裡隨性活動。鱗介，泛指有鱗甲的水生動物。比喻形形色色的政治力量。遂，順應。性，性情；脾氣。❹突兀四句　《列子・湯問》：「渤海之東不知幾億萬里，……其中有五仙山焉：一曰岱輿，二曰員嶠，三曰方壺，四曰瀛洲，五曰蓬萊。……而五山之根無所連著，常隨潮波上下往還，不得暫峙焉。……帝恐流於西極，失群仙聖之居，乃命禺強使巨鼇十五，舉首而戴之，疊為三番，六萬歲一交焉。五山始峙而不動。」作者用海中大鼇比喻強大的藩鎮，跋扈難制，由來已久。突兀，高聳突出貌。鼇，傳說中海中的大龜。首冠，頭頂著。冠，帽子，這裡用作動詞，頂著。三神丘，指方壺、瀛洲、蓬萊，傳說渤海中的三神山。鉤網，漁具。比喻制服藩鎮的工具和手段。指王朝的法律和制度。一秋，猶言一旦、一朝。❺或者二句　或者，有的人。指唐憲宗和宦官吐突承璀等。可求，可以謀取。❻屓贔　亦作屓屭，同「贔屓」。猛壯有力貌。《文選》張衡〈西京賦〉：「綴以二華，巨靈贔屭，高掌遠蹠，以流河曲，厥跡猶存。」薛綜注：「贔屭，作力之貌也。」❼綸絕句　比喻朝廷征討失敗，徒然損兵折將，勞民傷財。綸，釣絲。絕，斷絕。❽一鼇二句　這二句是說，如果制服不了王承宗，其餘諸藩亦將相率背棄唐王朝而去。一鼇，特喻指成德軍節度使王承宗。頓頷，即點頭、低頭。形容大鼇咬住釣鉤後掙扎頑抗的情狀。諸鼇，喻指其他桀驁不馴的藩鎮。掉頭，離去的樣子。❾白濤二句　意謂牠們咽喉呼吸掀起了白濤黑浪。❿噴風二句　意謂牠們興風作浪，將激怒風神飛廉和波神陽侯。飛廉，風神。《楚辭・離騷》：「前望舒使先驅兮，後飛廉使奔屬。」王逸注：「飛廉，風伯也。」陽侯，傳說中的波神。《楚辭・哀郢》：「淩陽侯之氾濫兮，忽翱翔之焉薄。」王逸注：「陽侯，大波之神。」⓫鯨鯢二句　鯨鯢，海中大魚，雄曰鯨，雌曰鯢。比喻兇惡之人。《左傳・宣公十二年》：「古者明王伐不敬，取其鯨鯢而封之，以為大戮。」吞舟，吞食舟船。比喻顛覆朝廷。⓬活鱗　活的魚類。比喻百姓。⓭百川句　比喻天下大亂。百川，眾多的河流。⓮遂使二句　江漢，長江和漢水。朝宗，朝見天子。古人以百川歸海比喻諸侯朝見天子。《尚書・禹貢》：「江、漢朝宗於海。」這裡是說，如果出兵而又不能平定叛亂，本來聽命於中央王朝的一些藩鎮長官也可能不再聽命了。⓯蒼然　青黑的樣子。⓰良有由　確實有來由，有深意。

【語　譯】海上沒有風的時候，海水的波浪悠然平靜；鱗介水族無論大小，都可以任性自由地上下浮游。海中的大鼇高聳突出，鼇頭頂戴著海中三座神山；釣網一類漁具制服不了牠，這種情況由來已久。有的人自不量力，說是大鼇可以釣取。巨鼇猛壯有力牽扯不動，咬斷了釣絲，扯沉了釣鉤。一頭鼇低頭掙扎負隅頑抗，其他的鼇一齊掉頭游走。牠們的咽喉呼吸，吞吐著白波黑浪。噴狂風，鼓巨浪，激怒了風神飛廉和波神陽侯。海中兇惡的鯨鯢有機可乘，張開了企圖吞舟的巨口；萬里海疆水族死亡殆盡，江河百川為之倒流。原本朝宗的長江、漢水，也不願流歸大海，要另尋出路。青蒼的屏風上面，畫上這幅圖畫確有它的緣由。

【研　析】元和四年三月，成德軍節度使王士真死，他的長子王承宗被推為留後，等待朝廷任命他為節度使。唐憲宗李純想革除河北藩鎮世襲的積弊，打算任命他人為節度使，如果王承宗不從就興兵討伐。宰相裴垍、李絳等朝臣對此表示強烈反對，認為河北諸鎮安史之亂後一直不遵朝廷約束，成德軍王武俊父子相承已四十多年，王承宗早已總領軍務，一旦換掉，恐怕不會聽從詔令，而且會引起河北諸鎮的疑懼不安，陰相黨助，加深藩鎮同朝廷的對立。神策軍中尉宦官吐突承璀想要剝奪宰相裴垍的權力，自請將兵討伐。白居易曾在這年的五月十日進〈請罷兵第二狀〉，六月十五日進〈請罷兵第三狀〉，從當時的戰守利弊的形勢和人民沉重負擔出發，反對朝廷輕率用兵。

〈題海圖屏風〉詩實際上是另類的〈請罷兵狀〉，它採用五言古體的形式，通篇用比喻手法，將王承宗等河北藩鎮比喻為海中的大鼇，暗示如果在準備不充分、條件不成熟、用人不得當的情況下，輕率用兵河北，有可能造成天下大亂、生靈塗炭、王朝傾覆的危險局面。詩痛陳利害得失，筆鋒厚重犀利，比喻貼切淺顯，情感真摯沉痛，充分體現了白居易「歌詩合為事而作」的理論主張。

醉後走筆酬劉五主簿長句之贈，兼簡張大、賈二十四先輩昆季❶

【題　解】這是一首七言古體的感傷詩。元和四年（西元八〇九年）作。當時，白居易在長安擔任翰林學士，早年在苻離結交的友人劉五來訪，並贈以詩，白居易寫了這首「千字長詩」酬答。詩記述了自己兄弟在苻離、長安兩地和劉五以及張氏、賈氏兄弟的密切交往和深厚友情，對劉五的遭遇表示深切的同情，對自己不能薦賢表示深深的自責。

劉兄文高行孤立❷，十五年前名翕習❸。是時相遇在符離❹，我年二十君三十。得意忘年心迹親❺，寓居同縣日知聞。衡門❻寂寞朝尋我，古寺蕭條暮訪君。朝來暮去多攜手，窮巷貧居何所有。秋燈夜寫聯句❼詩，春雪朝傾煖寒酒。陴湖❽綠愛白鷗飛，濉水❾清憐紅鯉肥。偶語閑攀芳樹立，相扶醉踏落花歸。張賈弟兄同里巷，乘閑數數❿來相訪。雨天連宿草堂中，月夜徐行石橋上。我年漸長忽自驚，鏡中冉冉⓫髭鬚生。心畏後時⓬同勵志⓭，身牽前事⓮各求名。

【章　旨】回顧自己和劉主簿以及張、賈兄弟在符離的密切交往和深厚友情。

【注　釋】❶詩題　主簿，官名，中央御史臺、國子監等臺監卿寺官署都有主簿，多為從七品。這裡應當指縣主簿，品級較低，由從九品上到從八品上不等，「掌付事勾稽，省署抄目，糾正非違，監印，給紙筆、雜用之事」。見《唐六典》卷三〇。張大，張徹，其弟張復。李賀有〈酒罷張大徹索贈詩〉。張徹進士及第，以監察御史為幽州節度判官，長慶元年軍亂被殺。張復進士及第後，佐汴宋節度使幕，得病。均見韓愈〈故幽州節度判官贈給事中清河張君（徹）墓誌銘〉。賈二十四，賈竦，其弟賈餗。賈餗進士及第，文宗大和中官至宰相，甘露之變中被殺。兩《唐書》有傳。其兄賈竦，官至著作郎。見《新唐書・宰相世系表五下》。先輩，對已及第進士的稱謂。《唐摭言》卷一：「（進士）互相推敬謂之先輩。」昆季，兄弟。劉五，名未詳。❷孤立　特立，有獨立見解和操守而不隨波逐流。❸十五句　十五年前，謂貞元七年（西元七九一年）或八年，至元和四年已十八年。翕習，盛貌。❹符離　即符離，縣名，唐代宿州治所所在地，今安徽宿縣。白居易父為徐州別駕時，寄家符離。❺得意句　得意，互相瞭解。忘年，忘記年齡的差距。心迹，存心和行事。❻衡門　橫木為門，謙言居處的簡陋。❼聯句　一種詩歌形式。賦詩時每人各作一句或數句聯在一起，叫做聯句，又作連句。❽陴湖　即滭湖，在符離縣。《水經注・睢水》：「水上承甾丘縣之滭陂。」《金史・地理志中》

「宿州符離縣」：「有諸陽山、汴河、睢水、陴湖。」❾濉水　即睢水。《元和郡縣圖志》卷九「宿州符離縣」：「睢水自縣西北流入。」❿數數　屢屢；頻繁地。⓫冉冉　漸進貌。⓬後時　錯過時機。⓭勵志　勉勵心志。⓮身牽前事　各人身上為以前的事所牽累。

【語　譯】劉兄品格高尚有獨立的見識和操守，十五年以前就名聲籍籍。那時我們在符離相見，我年紀二十劉兄三十。情投意合的忘年之交想法做法都相近，同居一縣天天來往頻頻。早上你到寂寞的寒舍中來尋我，晚上我到蕭條的古寺裡去訪君。早晚來去往往手牽著手，偏僻的小巷貧困的家庭什麼都沒有。秋天夜晚在燈下一起作聯句詩，春天早上下雪時喝一杯驅寒的酒。都愛那陴湖碧綠湖水上白鷗飛翔，都愛那睢水清澈河水中紅鯉鮮肥。閒來談話手攀著芳香的樹木長久站立，醉了相互攙扶踏著落花把家回。張、賈兄弟和我住在同一個里巷，空閒的時候經常來拜訪。遇到天雨一連幾晚住在我的茅屋中，明月之夜一同徐徐漫步在石橋上。我的年紀漸大忽然心驚，鏡中看到鬍鬚慢慢越長越長。心中害怕錯過時機同時勉勵心志，各人都有不同情況各自求取功名。

問我棲棲何所適❶，鄉人薦為鹿鳴客❷。二千里別謝交遊❸，三十韻詩慰行役❹。
出門可憐唯一身，弊裘瘦馬入咸秦❺。鼕鼕街鼓紅塵闇❻，晚到長安無主人❼。二
賈二張與余弟❽，驅車邐迤❾來相繼。操詞握賦為干戈❿，鋒銳森然勝氣多⓫。齊
入文場⓬同苦戰，五人十載九登科⓭。二張得雋名居甲⓮，美退爭雄重告捷⓯。棠
棣輝榮並桂枝⓰，芝蘭芳馥和荊葉⓱。唯有沉犀屈未伸⓲，握中自謂駭雞珍⓳。三
年不鳴鳴必大⓴，豈獨駭雞當駭人。

【章　旨】回顧和劉主簿分別後張、賈兄弟及自己兄弟的情況，重點敘述六人入長安應試的情形。

【注　釋】❶問我句　栖栖，忙碌不安貌。適，往。❷鹿鳴客　參加鹿鳴宴的人，即鄉貢進士。鹿鳴，《詩經・小雅》篇名。《儀禮・鄉飲酒禮》：「工歌〈鹿鳴〉、〈四牡〉、〈皇皇者華〉。」唐代鄉貢進士赴京前，當州長吏舉行鄉飲酒禮，「會屬僚，設賓主，陳俎豆，備管弦，牲用少牢，歌〈鹿鳴〉之詩」。見《新唐書・選舉志上》。❸二千句　二千里，是宿州到長安的大約里程。據《元和郡縣圖志》卷九，宿州「西北至上都一千九百里」。交遊，交往同遊的友人。❹三十句　三十韻詩，即六十句詩。詩歌雙句押韻，故一韻兩句。行役，因公務在外跋涉。這裡指在外跋涉的人，即白居易自己。❺弊裘句　弊裘，破舊的皮袍。咸秦，秦都咸陽。代指唐都長安。蘇秦「說秦王書十上而說不行，黑貂之裘弊，黃金百斤盡，資用乏絕，去秦而歸……形容枯槁，面目犂黑」。見《戰國策・秦策一》。❻鼕鼕句　鼕鼕，鼓聲。街鼓，長安街中所置的鼓，早晚敲擊作為解除或開始宵禁、開啟或關閉坊市的信號。紅塵闇，車馬揚起的灰塵遮天蔽日。❼無主人　暗用馬周故事。馬周西遊長安，宿於新豐逆旅，主人只供應商販不招待他。後客居中郎將常何家，因常何舉薦得唐太宗召見，官至宰相，街鼓的設置也是由於他的建議。事見《舊唐書・馬周傳》。❽二賈句　二賈，指賈竦、賈餗兄弟。二張，指張徹、張復兄弟。余弟，指白居易弟白行簡。❾邐迤　曲折行進貌。❿操詞句　操，手持。干戈，兩種兵器。代指武器。⓫鋒銳句　森然，森嚴貌。勝氣，克敵致勝的豪氣。⓬文場　文戰的戰場。指科舉考場。⓭五人句　五人，指張氏兄弟二人、賈餗及白居易、白行簡。十載，指貞元十六年至元和四年這十來年的時間。九登科，九次考試登第。據清徐松《登科記考》，賈餗是貞元十九年進士，又登元和三年賢良方正能直言極諫科，張復元和元年進士，張徹元和四年進士；白居易貞元十六年進士，又登貞元十八年書判拔萃科，又登元和元年才識兼茂明於體用科；白行簡元和二年進士。此外白行簡是「重告捷」者，當也曾登制科，故為「九登科」。⓮二張句　二張，張徹、張復兄弟。得雋，及第。此指科舉考試及第。雋，同「儁」。《左傳・莊公十一年》：「得儁曰克。」孔穎達疏：「克訓勝也。戰勝其師，獲得其軍內之雄儁者曰得儁。」甲，甲科。唐代科舉考試錄取分甲科、乙科。名居甲，即成績優異者。⓯美退句　美退，賈餗和白行簡。賈餗字子美。白行簡字知退。爭雄，爭勝。重告捷，再次得勝。指進士中第後應制舉再登科。⓰棠棣句　棠棣，即常棣，木名，即郁李。《詩經・小雅・常棣》：「常棣之華，鄂不韡韡。凡今之人，莫如兄弟。」故用以代指兄弟。桂枝，謂登科。晉郤詵舉賢良對策最優，自謂「猶桂林之一枝，崑山之片玉」。見

《晉書・郤詵傳》。⑰芝蘭句　芝蘭，香草。這裡指優秀子弟。《世說新語・言語》：「謝太傅（安）問諸子姪：『子弟亦何預人事，而正欲使其佳？』諸人莫有言者，車騎（謝玄）答曰：『譬如芝蘭玉樹，欲使其生於階庭耳。』」芳馥，芳香。荊葉，荊樹樹葉。比喻兄弟。《藝文類聚》卷八九引〈孝子傳〉：「古有兄弟，忽欲分異，出門見三荊同株，接葉連陰，嘆曰：『木猶欣聚，況我而殊哉！』還為雍和。」⑱唯有句　沅犀，當指賈竦，沅犀當是他的字。《爾雅・釋詁》：「竦，懼也。」所以下文比他為駭雞犀。屈未伸，受屈不得志。指考試不中第。⑲握中句　握中，手中。駭雞珍，通天犀角。比喻出眾的才華。楚王獻駭雞之犀、夜光之璧於秦王。見《戰國策・楚策一》。《抱朴子・登涉》：「又通天犀角有一赤〔白〕理如綖，有自本徹末。以角盛米置群雞中，雞欲啄之，未及數寸，即驚而退。故南人或名通天犀為駭雞犀。」曹植〈與楊德祖書〉說，建安七子都有才華，「人人自謂握靈蛇之珠」。這裡因賈竦字沅犀，所以用「駭雞犀」代替靈蛇珠，指他腹中有才學。⑳三年句　《史記・滑稽列傳》：國中有大鳥，「此鳥不飛則已，一飛沖天；不鳴則已，一鳴驚人」。

【語譯】問我忙忙碌碌到哪裡去，是家鄉人推舉我做進士入貢京師。遠赴二千里外先告別朋友，為了安慰我你贈我三十韻的長詩。可憐我孤孤單單獨自出門，衣衫破舊馬匹羸瘦來到西京。街鼓鼕鼕車馬喧闐紅塵蔽日，到長安無人看顧日色黃昏。張氏、賈氏兄弟和我的幼弟，乘車曲折來長安前後相繼。手中拿起詩賦作為武器，鋒銳森嚴充滿克敵致勝的勇氣。六個人同時進入考場苦苦鬥爭，五個人十年間九次登了科第。張氏兄弟旗開得勝名登甲科，賈餗和行簡再次爭勝雙雙告捷。兄弟們都得了科名榮耀光輝，就像芳香的芝蘭和茂盛的荊葉。只有賈沅犀被屈退有志未伸，但他稱自己手裡握有駭雞的奇珍。就像那三年不鳴的大鳥鳴聲必定宏大，不僅使群雞害怕而且會一鳴驚人。

元和運啟千年聖❶，同遇明時余最幸。始辭祕閣吏王畿❷，遽列諫垣升禁闈❸。

蹇步何堪鳴珮玉❹？衰容不稱著朝衣❺！閶闔晨開朝百辟❻，冕旒❼不動香煙碧。

步登龍尾上虛空❽，立去天顏無咫尺❾。宮花似雪從乘輿❿，禁月如霜坐直廬⓫。
身賤每驚隨內宴⓬，才微常愧草天書⓭。

【章　旨】繼續回顧和劉主簿分別後的情況，重點敘述自己在長安官職遷轉的情況。

【注　釋】❶元和句　元和，唐憲宗的年號，共十五年（西元八〇六—八二〇年）。運，指國運。聖，指聖曆，皇帝在位的年代。❷始辭句　祕閣，祕書省。白居易貞元十九年登書判拔萃科後授祕書校書郎。王畿，天子所在方圓五百里的地方。這裡指京兆府所轄的縣。白居易元和元年登制科後授盩厔縣尉，盩厔縣屬京兆府，是畿縣。❸遽列句　遽，急遽；突然。列諫垣，即為諫官。諫垣，諫省。禁闈，宮中。闈，宮中小門。這裡指為翰林學士。翰林院在大明宮中。白居易元和二年末入翰林為學士，次年遷左拾遺，依前充學士。❹蹇步句　蹇步，行步艱難。比喻才能低下。鳴珮玉，腰間的玉珮在行走拜舞時叮噹作響。這裡指在朝為官。❺衰容句　衰容，羸弱的體貌。朝衣，上朝的官服。❻閶闔句　閶闔，天門。泛指宮門。辟，君。百辟，原指諸侯，後泛指百官。❼冕旒　古代最尊貴的禮冠。代指皇帝。旒，禮冠上前面下垂的玉串。❽步登句　龍尾，龍尾道。唐代皇帝在大明宮含元殿上朝，殿在龍首崗上，殿前兩旁的道路叫龍尾道。《唐語林》卷八：「含元殿鑿龍首崗以為址，彤墀釦砌，高五十餘尺。左右立翔鸞、棲鳳二闕。龍尾道出于闕前，倚欄下視，南山如在掌中。」虛空，空中。❾立去句　天顏，皇帝的容顏。咫尺，指很近的距離。八寸曰咫。❿宮花句　宮花，皇宮園苑中的花。從，隨從。乘輿，皇帝的車駕。⓫禁月句　禁月，宮中的月亮。禁，宮中。如霜，比喻月光的皎潔清冷。直廬，直宿的房舍，翰林學士晚上在宮中輪值。⓬內宴　宮中的宴會。皇宮稱為大內。⓭天書　指皇帝的制誥詔敕。翰林學士負責代皇帝起草文稿。

【語　譯】元和的年號開啟了皇運千年的聖曆，同遇到聖明時代其中以我最為幸運。一開始辭別祕書省在畿縣做官，不久就忝列諫官成為翰林學士進入宮禁。才能低下哪有資格鳴玉殿庭？體貌羸弱穿上朝服深感不稱！早上宮門打開百官來上朝，皇帝端坐殿上碧色的香煙繚繞。一步步登上龍尾道如同來到天上，站立處就近在皇帝身旁。侍從車駕遊賞宮苑中花開似雪，晚上直宿在宮禁中明月如霜。每逢宮中宴會常驚怪自己出身微賤，起草天子文告總覺得才學疏淺有愧班行。

晚松寒竹新昌第❶，職居密近❷門多閉。日暮銀臺下直迴❸，故人❹到門門暫開。迴頭下馬一相顧，塵土滿衣何處來？斂手炎涼敘未畢❺，先說舊山今悔出。岐陽旅宦少歡娛❻，江左羈遊費時日❼。贈我一篇〈行路吟〉❽，吟之句句披沙金❾。歲月徒催白髮貌，泥塗不屈青雲心❿。誰會茫茫天地意⓫，短才獲用長才棄⓬。我隨鵷鷺入煙雲⓭，謬上丹墀為近臣⓮。君同鸞鳳棲荊棘⓯，猶著青袍作選人⓰。惆悵知賢不能薦，徒為出入蓬萊殿⓱。月慚諫紙⓲二百張，歲愧俸錢三十萬⓳。大底浮榮⓴何足道，幾度相逢即身老。且傾斗酒慰羇愁㉑，重話符離問舊遊。北巷鄰居幾家去？東林舊院何人住？武里村㉒花落復開，流溝山㉓色應如故。感此訓君千字詩㉔，醉中分手又何之？須知通塞㉕尋常事，莫歎浮沉先後時㉖。慷慨臨岐重相勉㉗，殷勤別後加餐飯㉘。君不見，買臣衣錦還故鄉，五十身榮未為晚㉙。

【章　旨】記敘劉五到家中訪問，談及別後劉五和苻離舊遊的情況，對劉的懷才不遇表示同情和慰勉。

【注　釋】❶新昌第　新昌里的第宅。新昌，唐代長安城的坊里名，在朱雀門東第五街光慶宮南第四坊。白居易有〈新昌閑居〉等詩。❷密近　機密近侍。翰林學士相當於皇帝的私人祕書，接觸朝廷重要機密，所以往往息交絕遊，以避嫌疑。❸日暮句　銀臺，銀臺門，在大明宮中。翰林學士院在右銀臺門北。下直，下班。直，當值；值班。❹故人老朋友。指劉五。❺斂手句　斂手，拱手。表示恭敬。炎涼，氣候暖和與寒冷。猶寒暄，相見時互道冷暖的應酬。❻歧陽句　歧陽，當作岐陽，縣名，屬岐州。旅宦，旅居為官。劉五當曾任岐陽縣主簿。❼江左句　江左，江東。指今江蘇、安徽兩省長江以南地區。羈遊，客遊。❽行路吟　即〈行路難〉，以歌詠行路艱難為主題的樂府詩。劉五的詩作已亡佚。❾披沙金　沙中淘洗出的黃金，形容詩句的可貴。鍾嶸《詩品》卷上：「陸（機）文如披沙簡金，往往見寶。」❿泥塗句　泥塗，汙泥。比喻卑下的地位。青雲心，自致青雲之上的志向。青雲，喻高位。《史記・范雎蔡澤列傳》：「賈不意君能自致於青雲之上。」⓫誰會句　會，了解。茫茫，渺茫。天地意，主要指天意。⓬短才句　短才，缺少才能的人。長才，有才能的優秀人才。⓭我隨句　鵷鷺，兩種鳥名。因為牠們飛行有序，所以用來比喻朝官的班行。煙雲，天上雲霧。比喻朝廷。⓮謬上句　謬，錯誤，這裡是自謙之詞。丹墀，宮殿前的紅色臺階。代指宮殿。近臣，近侍的臣子。⓯君同句　鸞鳳，傳說中高貴的神鳥，非梧桐不棲，非竹實不食，非醴泉不飲。荊棘，兩種有刺的灌木。《後漢書・仇覽傳》：「枳棘非鸞鳳所棲，百里豈大賢之路？」⓰猶著句　青袍，低級官員的服色。唐代八品、九品官服青色。選人，候補選的官員。唐代中下級文武官員停官後要分別參加吏部和兵部的銓選，才能重新獲得任命。⓱蓬萊殿　唐代大明宮中殿名，在紫宸殿後，是皇帝的寢殿。⓲諫紙　諫官上諫諍奏疏的專用紙張，由官府供給。白居易〈與元九書〉：「僕當此日，擢在翰林，身是諫官，月請諫紙。」⓳三十萬　即三百貫。《唐會要》卷九一載百官俸錢，「拾遺……三十貫文」。一年當三百六十貫，即三十六萬。這裡為了避免和上句「月慚」重複，改為以「歲」計而又限於字數，所以取成數。⓴浮榮　虛榮。指官職、聲名等。㉑羇愁　旅愁，客居的愁思。羇，同「羈」。㉒武里村　當是苻離的村落名，其地不詳。㉓流溝山　在苻離。白居易〈亂後過流溝寺〉：「九月徐州新戰後，悲風殺氣滿山河。唯有流溝山下寺，門前依舊白雲多。」詩作於貞元中，當時苻離尚屬徐州。㉔感此句　詶，同「酬」。千字詩，即本詩，實際上只有七百零三字。㉕通塞　指境遇的順利和滯澀，這裡偏指滯澀困厄。㉖莫歎句　浮沉，升降；盛衰。先後時，先時或後時。指把握或錯失了時機。㉗慷慨句　慷慨，意氣風發，情緒激昂。臨歧，分別時。歧，岔路口。㉘殷勤句　殷勤，情意深厚。加餐飯，分別時互相勸勉的話。〈古詩十九首〉：「行行重行行，與君生別離。……棄捐勿復道，努力加餐飯。」㉙君不見三句　買臣，朱買臣，西漢吳人，家貧，砍柴度日，妻子求去，買臣說：「我年五十富貴，現在四十多了。等我富貴以後再報答你的功勞。」後買臣到長安，同邑人嚴助薦為中大夫，拜為會稽太守，果然衣錦還鄉。事見《漢書・朱買臣傳》。衣錦，身穿錦衣。指為高官。

【語　譯】新昌里那栽種著耐寒松竹的宅第，由於我擔任近侍機密職務大門經常關閉。傍晚銀臺門裡下值歸來，老朋友來訪宅門暫時為你打開。下得馬來掉過頭一看，滿身塵土的你從哪裡來？拱手相見問寒問暖的應酬話還沒說完，就說現在後悔離開舊山出來做官。岐陽為官客中很少歡笑，江東羈旅漫遊白白浪費光陰。贈給我一首題為〈行路難〉的詩，讀來句句都是沙中淘出的黃金。歲月如流空將人的容貌催衰老，卑下的地位沒有把凌雲壯志消磨掉。誰能領會天老爺渺茫的真意，無能的人被任用優秀的人才卻被拋棄。我隨著朝官的班行平步入青雲，錯登上宮殿的丹墀成為近侍臣。你卻像棲息在荊棘上的鸞鳥和鳳凰，還穿著青袍作等待選補授官的人。令人憂傷的是我明知你是賢才卻不能推薦，徒然進進出出供職所在的蓬萊殿。只慚愧每月領取諫紙兩百張，還慚愧每年領取俸錢三十萬。大凡官職聲名這些虛榮不值得稱道，人生只要幾次相逢就已經變得衰老。還是多喝酒來安慰消解客居的憂愁，說說苻離縣打聽一下老朋友。北面的里巷中有幾家已經離去？東面山林中舊日的庭院是誰在居住？武里村中的花應該落了又開放，流溝山的山色和過去應該沒有兩樣。有感於過去的友情回贈你千字長詩，醉醺醺地分別後你又將何往？要知道人生中滯澀困厄的事情很平常，莫要為一時沉淪錯失時機嘆息惆悵。臨到分手情緒激動再次互相勸勉，真心實意勸你努力加餐飯。你難道沒看到，朱買臣身著錦衣歸故鄉，五十歲才享受榮華富貴也不算晚！

【研　析】白居易才氣縱橫，尤擅於長篇敘事，騁筆直下，流走如珠，真切自然。詩的首二句稱許劉五昔日的聲名和品行，把時空拉回到十五年前的苻離，描寫自己和劉五及張、賈兄弟親密無間的交誼。接下來先寫自己兄弟和張、賈兄弟六人長安應試的情形，次寫自己入仕後的情形。最後寫到劉五的來訪，集中描寫劉五的落寞不偶和自己既同情而又愛莫能助的無奈。十五年間六七個人頭緒紛繁的複雜經歷和不同處境，娓娓道來，主次分明，有條不紊。

此詩在敘事中穿插描寫，以描寫敘事抒情，三者融合無間，使全詩具有濃郁的感情色彩和強烈的感染力量。首段回憶和劉五在苻離的交往，古寺貧居的送迎，秋夜春朝的詩酒，陴湖睢水的遊泛，或攀樹偶語，或踏花歸來，寫盡了青年人的豪放不羈、意氣風發。分別後，「弊裘瘦馬入咸秦」，先是文場激烈的「苦戰」拚搏，幸運地成為學士「近臣」卻換來了「門多閑」的不自由。一切都和十五年前瀟灑自適的情景形成強烈對比。好不容易有故人來訪，故人卻又是如此潦倒，不由得勾起對苻離舊遊的深切懷念，萬般無奈，只有用「浮榮何足道」，「通塞尋常事」，「別後加餐飯」等語相勸勉。往事如夢如幻，全詩充滿了感傷和惆悵，所以被編入「感傷詩」中。《唐宋詩醇》評此詩云：「七古長篇，一氣盤旋。不必刻意求奇，自具大家風格，非晚唐人寒儉迫促者所能道。」確為的評。

宿紫閣❶山北村

【題解】這是一首五言古體的諷諭詩。元和四年（西元八〇九年）左右在長安翰林學士任上作。記敘遊紫閣山時在村中親眼所見神策軍士強搶百姓財物的情況，對宦官掌握禁軍、魚肉百姓表示了強烈的憤慨。

晨遊紫閣峰，暮宿山下村。村老見予喜，為予開一罇。舉盃未及飲，暴卒❷來入門。紫衣❸挾刀斧，草草❹十餘人。奪我蓆❺上酒，掣❻我盤中飧❼。主人退後立，斂手❽反如賓。中庭有奇樹，種來三十春。主人惜不得，持斧斷其根。口稱采造家❾，身屬神策軍❿。主人慎勿語，中尉⓫正承恩。

【注釋】❶紫閣　山名，在京兆府鄠縣（今陝西戶縣）東南。《大明一統志》卷三二「西安府」：「紫閣峰在鄠縣東南三十里。」❷暴卒　橫暴的兵士。❸紫衣　軍校的服色。《宋史・輿服志五》：「紫衫，本軍校服。中興，士大夫服之，以便戎事。」❹草草　匆忙粗暴貌。❺蓆　草席。❻掣　用手拔取；奪過。❼飧　熟食。這裡指菜餚。原作「餐」，據《白氏長慶集》、《全唐詩》改。❽斂手　縮手；垂手。❾采造家　神策軍中負責採伐製造的機構。《冊府元龜》卷六：「大和元年五月癸酉，左神策軍奏，當軍請鑄『南山採造印』一面。」❿神策軍　唐代的禁軍，皇帝的親兵，負責保衛皇帝的安全。⓫中尉　神策軍的統帥。元和初，宦官吐突承璀為左軍中尉。《舊唐書・職官志三》：「貞元中，特置神策軍護軍中尉，以中官為之，時號兩軍中尉。貞元以後，中尉之權傾於天下，人主廢立，皆出其可否。」

【語　譯】清晨來遊紫閣峰，傍晚借宿在山下的山村。村中老人見我到來很高興，為我開筵斟上了酒一尊。舉起酒杯沒來得及喝，窮凶極惡的士兵就進了門。身穿紫衣手持刀斧，氣勢洶洶有十多個人。奪過我席上的酒杯，拿走我盤中的食品。主人後退在一邊站著，縮起雙手反倒像客人。主人庭院中有棵繁茂的大樹，栽種後經歷了三十個冬和春。主人捨不得也得捨，手握利斧的兵士砍斷了大樹根。口裡說我們來自「採造」衙門，都屬於警衛皇帝的神策軍。主人啊主人你千萬莫說話，神策軍中尉正承受皇帝的隆恩寵信。

【研　析】安史亂後，宦官掌握兵權，干預朝政，還利用「宮市」、「采造」等名目巧取豪奪，魚肉百姓。白居易在擔任左拾遺和翰林學士的期間曾對此表示強烈的反對。除了進上〈論承璀職名狀〉、〈論元稹第三狀〉等直接向皇帝反映意見外，還寫了許多「危言詆閹寺」（〈和夢遊春詩一百韻〉）的詩歌，這是其中的一首。

詩採用直白的敘事，不加評議，淳樸村老的忍氣吞聲，橫暴軍士的有恃無恐，都歷歷如在目前，而詩人強烈的愛憎之情就在這冷峻客觀的敘事中表現出來，不難看出杜甫〈三吏〉、〈三別〉對白居易詩歌創作的深刻影響。詩歌尖銳譴責的矛頭直指神策軍中尉，以至「聞〈宿紫閣村〉詩，則握軍要者切齒」（〈與元九書〉），這就為白居易後來被疏遠貶斥埋下了禍根。

李都尉❶古劍

【題　解】這是一首詠物詩。約作於元和二年（西元八〇七年）至四年間。詩借物詠懷，通過刻劃李都尉的精鋼寶劍，表白自己作為諫官侍臣，剛介廉直，扶正抑邪，即使得罪權貴，身受挫折，也不移志變節的情操。

古劍寒黯黯❷，鑄來幾千秋❸。白光納日月❹，紫氣排斗牛❺。有客❻借一觀，愛之不敢求。湛然玉匣中❼，秋水澄不流❽。至寶有本性：精剛無與儔❾；可使寸寸折，不能繞指柔❿。願快直士⓫心，將斷佞臣頭⓬；不願報小怨⓭，夜半刺私讎⓮。勸君慎所用，無作神兵⓯羞。

【注　釋】❶李都尉　都尉，武官名。唐代設諸衛折衝都尉府，每府設折衝都尉一人，「掌領屬備宿衛」，又置左右果毅都尉各一人作為副職。見《新唐書・百官志四上》。另有駙馬都尉，但唐人習慣稱為「駙馬」。此李都尉，名不詳。❷黯黯　昏黑色。❸幾千秋　幾千年。❹納日月　吞納了日月的光芒。❺紫氣句　《晉書・張華傳》：「初吳之未滅也，斗牛之間，常有紫氣，乃邀雷煥仰觀，煥曰：『寶劍之精，上徹於天耳。』」排，上衝。斗牛，二十八宿中的斗宿和牛宿。❻客　這裡是白居易自指。❼湛然句　湛然，水波澄清的樣子。形容寶劍晶瑩有光。玉匣，玉製的或以玉裝飾的劍匣，用來貯藏珍貴的物品。❽秋水句　秋水，秋天的水，明淨有光。澄，清澈。《越絕書・越絕外傳記寶劍》記薛燭評論寶劍純鈞說：「觀其光，渾渾如水之溢於塘。」❾精剛句　精，純粹。剛，堅硬。無與儔，沒有什麼事物可和它相比配。❿可使二句　晉劉琨〈重贈盧諶〉：「何意百煉剛，化為繞指柔。」比喻意志剛強的人，幾經挫折，變得隨波逐流起來。白氏反用其意，歌頌古劍的剛堅，比喻正直的人士，寧可毀滅自己，決不肯因人俯仰，隨俗浮沉。

⓫直士　正直的人。《荀子・不苟》將士分為通士、公士、直士、慤士和小人五種。《荀子・修身》：「是謂是，非謂非，曰直。」⓬將斷句　佞臣，諂媚逢迎的奸臣。《太平御覽》卷四二七引《漢書》：「安昌侯張禹，以帝師位至特進，甚尊重。朱雲上書……曰：『今朝廷臣上不能匡主，下無以益民，皆尸位素飡，臣願賜尚方斬馬劍，斷佞臣一人頭以勵其餘。』上問：『誰也？』對曰：『安昌侯張禹。』」⓭小怨　細微的仇怨。指私人的恩怨。⓮私讎　個人的仇敵。⓯神兵　通靈的兵器。古人認為有的寶劍可以選擇主人，及時報警，通靈變化，張華、雷煥得到的龍泉、太阿二劍，後來化龍而去。見《晉書・張華傳》。晉張協〈七命〉：「楚之陽劍，歐冶所營。……此蓋希世之神兵。」

【語　譯】古劍寒意森森，鑄成已有幾千個春秋。白光閃耀，吸取了日月的精華；紫氣如虹，上衝天上的斗宿和牛宿。有位客人借來觀看，不敢求取，愛不釋手。寶劍光彩澄澈躺在玉匣中，宛如一汪秋水，水波澄明而不旁流。無價之寶有它自身的品格：精粹堅剛，沒有別的事物可以比儔；只能把它一寸寸地折斷，不能使它隨心所欲繞指彎曲。但願它能使剛直不阿之士快意，用來斬下佞臣的頭；不願它被用來泄私忿，半夜刺殺仇人報私仇。勸您用它時要慎之又慎，不要讓通靈的神劍蒙羞。

【研　析】這是一首借物言志的詩。詩通篇用比，全面描繪了古劍冷峻的形態，悠遠的來歷，神奇的傳說，澄澈的光彩，犀利的鋒芒，寧折不彎、急公好義的剛正品格，實際上是借以自喻並自勉。元和初年，白居易擔任諫官左拾遺，兼任翰林學士，既在皇帝身邊，又有言事的責任，曾一再表示要秉公言事，說「臣若不言，誰當言者？臣今言出，身戮亦所甘心」（〈論制科人狀〉），這首詩正可和他的奏狀同讀。

清人潘德輿《養一齋詩話》曾說，白居易詩「實有得于古人作詩之本旨，足以扶人識力，養人性天」。又說：「綜而觀之，心甚淡，節甚峻，識甚遠。」指的就正是這一類詩歌。

惜牡丹花二首❶（選一）

【題解】這是一首七言絕句，原集編入感傷詩中。約作於元和四年前後翰林學士任上。傷春惜花是傳統的題材，詩的新意在於精心塑造了一個在深夜裡以火照花、細賞牡丹的自我形象，來寄寓他對歲月流逝，青春難駐的深沉感慨。

其一

惆悵❷階前紅牡丹，晚來唯有兩枝殘❸。明朝風起應吹盡，夜惜衰紅❹把火❺看。

【注釋】❶惜牡丹花二首　原注：「一首翰林院北廳花下作。」❷惆悵　因失意而傷感、懊惱。❸殘　殘花。❹衰紅　凋謝的花。❺把火　舉起燈燭。

【語譯】階庭前的紅牡丹令人惆悵，到晚間只剩下兩枝殘花孑然相向。明天一早，就連這凋殘的花兒也將要隨風飄蕩，憐惜殘花，深夜裡我仍然高擎燈燭細細地觀賞。

【研析】唐俗重賞花，花中尤重牡丹。白居易別有〈秦中吟・買花〉一詩，雖意在諷刺，但反映出唐人愛牡丹成俗及買花盛況。這首賞牡丹的詩，不同於他人的鬥賽豪奢或附庸風雅，不賞盛開之花而賞殘花，不在白晝賞花而在深夜賞花，白居易才是牡丹真正的知己。

詩作於翰林院北廳。正因階前牡丹平日習見，所以才會暗暗心驚於它的忽然凋零，於是便有了夜深舉火賞花的反常舉動。詩筆一小一大，一放一收，小的是枝頭兩朵殘花，大的是舉火品花圖景，放的是詩人深夜舉火賞花的癡情形象，收的是戀戀難捨的複雜心緒。詩以「惆悵」一語淡淡領起，統攝全篇，一氣呵成，匠心獨運。

此詩深情綿邈，故後人競相仿效。李商隱〈花下醉〉：「客散酒醒深夜後，更持紅燭賞殘花。」蘇軾〈海棠〉：「只恐夜深花睡去，故燒高燭照紅妝。」都是對白詩的巧妙化用。

送王十八❶歸山❷，寄題❸仙遊寺❹

【題解】這是一首贈別友人的七言律詩。元和四年（西元八〇九年）作於長安左拾遺、翰林學士任上。詩以仙遊山為背景，描繪了仙遊寺周邊的美景和昔日優遊山林的樂事，表達了對友人歸山的羨慕之情。

曾於太白峰❺前住，數到仙遊寺裡來。黑水澄時潭底出，白雲破處洞門開❻。

林間暖酒燒紅葉，石上題詩掃綠苔。惆悵❼舊遊❽無復到，菊花時節❾羨君回。

【注釋】❶王十八　名質夫，排行第十八，山東琅琊人。元和初居於盩厔縣，元和元年冬，任盩厔縣尉的白居易和陳鴻、王質夫同遊仙遊寺，作〈長恨歌〉。參見〈長恨歌〉題解。❷歸山　指仙遊山，在盩厔城南。白居易〈翰林院中感秋懷王質夫〉自注：「王居仙遊山。」❸寄題　寄詩題寫。本詩作於長安，所以託王質夫寄並題於仙遊寺。❹仙遊寺　在仙遊山。《陝西通志》卷二八引《盩厔縣志》：「僊遊寺在南山。」又引王九思〈遊南山記〉：「仙遊寺，榜曰『普緣』，蓋此地故有仙遊宮，俗因呼為寺名。寺四面皆山，黑水經流其門，蓋奧區也。」❺太白峰　終南山脈的一峰，在盩厔縣西南與郿縣、太白縣的交界處。太白峰海拔三千六百餘公尺，山頂終年積雪，數百里外可見，白居易曾為盩厔縣尉，所以說自己曾居太白峰前。❻黑水二句　黑水，即芒水。潭，仙遊潭。洞門，指仙遊潭附近的玉女洞、羅漢洞等。《陝西通志》卷九「山川・盩厔縣」：「芒水出南山芒谷。……芒水色黑因以芒谷為黑水谷。其南三里仙遊潭北有玉女洞，又潭傍為羅漢洞。」❼惆悵　因失意而傷感、懊惱。❽舊遊　昔日遊賞的地方。指仙遊寺。❾菊花時節　菊花開的時候；深秋。

【語　譯】曾經在太白峰前居住過，多次到仙遊寺裡來遊賞。芒水澄清時仙遊潭底巖石似托踴而出，白雲飄散後仙洞的門戶一一開放。曾經燃起林中的紅葉來溫酒，也曾掃去青苔題詩在石上。惆悵的是沒有機會舊地重遊，您在菊花開時回山中令我無限神往。

【研　析】此詩以仙遊寺為中心，首寫自己和寺的因緣，次寫寺周遭的山水，再次憶與友人同遊的賞心樂事，而以惆悵不能再遊空懷羨慕之情作結，承接自然，如珠落玉盤，一氣流轉。

詩人以最經濟的筆墨勾勒出山中的景物：水深而清寒，秋日澄清時水底巖石似托踴而出，山高而深邃，巖穴洞府隱現於白雲掩映之間，粗獷，幽邃，冷寂，充滿了神祕的色彩。而秋日來遊，漫山紅葉，層林盡染，石上苔蘚，斑駁青翠。徜徉其中，溫酒林間，題詩石上，又是何等愜意，何等瀟灑，何等熱烈。現在正是菊花開放的深秋，怎能不滿懷悵惘並對友人的歸去充滿羨豔之情！這是一首送別詩，卻自出機杼，不言送別，只言羨慕。其景，其境，其人，其情，烙印著秋的蕭瑟，秋的寒冷，秋的熱烈，秋的沉醉，屬於天工的化物。

秦中吟十首❶并序（選七）

【題　解】〈秦中吟〉是一組諷諭詩的總題，共有五言古體詩十首，本書選入七首。據白居易自序，這一組詩作於貞元末、元和初。當時白居易初入仕途，在長安，先任校書郎，後任左拾遺、翰林學士等職，正是政治熱情高漲的時期。他耳聞目睹時政的腐敗，創作了以〈新樂府〉、〈秦中吟〉為代表的大量諷諭詩，諷刺統治集團的腐朽荒淫，反映普通百姓的貧窮困苦，鮮明地體現了他的詩歌應當補察時政的主張。

和〈新樂府〉稍有不同的是，〈秦中吟〉十首所歌詠的都是「聞見之間，有足悲者」（〈秦中吟·序〉）的人和事。它的題材全部來自當時的現實生活，針對性和戰鬥性特別強烈，所以能使讀到它們的「權豪貴近者相目而變色」（白居易〈與元九書〉）。

貞元❷、元和❸之際，予在長安，聞見之間，有足悲者。因直歌❹其事，命❺為〈秦中吟〉。

【章旨】這是組詩的序，簡要交待組詩創作的時間、地點、寫作緣起和題目的由來。

【注釋】❶秦中吟十首　白居易所作諷諭組詩名。秦中，指關中。古代秦國都於咸陽，因為這十首詩都是在長安所作，故命名為〈秦中吟〉。❷貞元　唐德宗的第三個年號，西元七八五至八〇四年，共二十年。❸元和　唐憲宗的年號，西元八〇六至八二〇年，共十五年。❹直歌　如實地歌唱。❺命　命名。

【語譯】貞元、元和年間，我在長安，聽見看見的事情，有一些非常令人悲傷。因此如實地把它們歌唱出來，命名為〈秦中吟〉。

議婚❶

【題解】這是一首議論嫁娶的諷諭詩。詩人通過刻劃富家女和貧家女兩種形象，突出富家女不諳世事的驕奢，貧家女勤侍姑嫜的謙恭，勸誡準備娶妻的君子慎重考慮選擇。

天下無正❷聲，悅耳即為娛❸；人間無正色，悅目即為姝❹。顏色❺非相遠，貧富則有殊：貧為時❻所棄，富為時所趨❼。紅樓❽富家女，金縷繡羅襦❾；見人不斂手❿，嬌癡二八初⓫；母兄未開口，已嫁不須臾⓬。綠窗⓭貧家女，寂寞⓮二十餘；荊釵⓯不直錢，衣上無真珠⓰；幾迴人欲聘⓱，臨日又踟躕⓲。主人會良媒⓳，置酒滿玉壺。四座⓴且勿飲，聽我歌兩途㉑：富家女易嫁，嫁早輕其夫；貧家女難嫁，嫁晚孝於姑㉒。聞君欲娶婦，娶婦意何如？

【注釋】❶議婚　議論婚嫁。❷正　合乎標準和規範。❸娛　歡樂。❹姝　美女。❺顏色　容貌。多指婦女的容貌。❻時　時俗。❼趨　奔走。這裡指趨附。❽紅樓　泛指華麗的樓房，富貴婦女所居。李白〈陌上贈美人〉：「美人一笑褰珠箔，遙指紅樓是妾家。」❾金縷句　金縷，金線。繡羅襦，刺繡的絲織短衣。❿斂手　拱手。表示恭敬。⓫嬌癡句　嬌癡，嬌小天真，不通人情世故。二八，十六歲。⓬須臾　片刻，極言時間短暫。⓭綠窗　蒙有綠紗的窗戶。古代詩詞中多指婦女的居室。⓮寂寞　孤單冷清。⓯荊釵　木釵。⓰真珠　同「珍珠」。⓱聘　舊時訂婚、迎娶都叫「聘」。這裡指訂婚下聘。⓲踟躕　來回走動。形容遲疑不決的樣子。⓳會良媒　邀集善於做媒的人。⓴四座　指四座的賓客。㉑兩途　兩條不同的道路。㉒姑　婆母，丈夫的母親。

【語譯】普天之下沒有絕對符合規範的音樂，你覺得好聽就會感到快樂。世界上沒有絕對符合標準的美女，你覺得好看就是天仙一個。人的容貌相差不會太遠，貧窮富有相差卻很懸殊。貧困者世俗的人不理不睬，有錢人世俗之人爭相趨附。有錢人家女兒高居在紅樓，羅綺的衣裳用金線刺繡。見人不理更不拱手，嬌小天真剛剛滿十六。父母兄長還沒有開口，轉眼之間就被別人娶走。窮人家女子待字閨中，芳齡二十多孤單又冷清。頭上戴的木釵不值錢，衣服上沒有珍珠來點綴。好幾次有人想行聘，臨近吉日卻又遲疑不定。主人邀集了做媒人，預備了美酒滿玉壺。大家且不要忙喝酒，聽我唱一唱兩種前途：有錢人家的女兒容易嫁出去，早早出嫁卻瞧不起丈夫；窮人家女兒難得嫁出去，年紀大的兒媳卻能孝順公婆。聽說您想娶妻室，娶妻的本意又是什麼？

【研　析】初唐薛元超娶和靜縣主，聯姻帝室，官至宰相、中書令，但仍以「不娶五姓女」為「平生三恨」之一（《隋唐嘉話》卷中），說明唐人婚姻特別看重門第，實質上持有權勢、財富、時名聯袂的婚姻觀，根本目的是要融入統治階層或鞏固在其中的地位。所以，白居易仿效《詩經》以「正夫婦」的〈關雎〉為首，置〈議婚〉於〈秦中吟〉之首，揭露時弊。

詩以音樂作比起興，說明世人以貧富即門第高低為娶妻的標準。接著，直賦高門大姓女與貧家女婚嫁難易的懸殊，婚後驕奢與孝順的鮮明差異。最後，用諷諭口吻勸誡男子，娶妻當重德行。層次清晰，諷諭深刻。明人陸深曾抨擊「魏、晉及唐以門第用人」（《儼山集》卷四七〈陳江丁氏族譜序〉）之弊，此詩雖由議婚時弊著筆，也不排除有以士子擇妻隱喻以門第用人的慨嘆。

重賦❶

【題　解】這是一首沉痛辛酸的諷諭詩。詩人從民本思想出發，對自德宗以來供奉「羨餘」的弊政進行了深刻地批判，對生活貧苦、不堪重負的廣大百姓寄予深切的同情。

厚地❷植桑麻，所要濟生民❸。生民理❹布帛，所求活一身。身外❺充征賦，
上以奉君親❻。國家定兩稅❼，本意在憂人❽。厥初防其淫❾，明勑內外臣❿：稅外
加一物，皆以枉法論⓫。奈何歲月久，貪吏得因循⓬。浚我以求寵，斂索無冬春⓭。
織絹未成疋，繅絲⓮未盈斤；里胥⓯迫我納，不許暫逡巡⓰。歲暮天地閉⓱，陰風⓲

生破村。夜深烟火盡，霰雪⑲白紛紛。幼者形不蔽⑳，老者體無溫；悲端㉑與寒氣，併入鼻中辛。昨日輸殘稅㉒，因窺官庫門：繒帛㉓如山積，絲絮似雲屯。號為羨餘㉔物，隨月獻至尊㉕。奪我身上暖，買爾眼前恩。進入瓊林庫㉖，歲久化為塵！

【注釋】❶重賦　沉重的田地稅。賦，田地稅。❷厚地　大地。唐初計口授田：露田種莊稼，另有桑田供種桑養蠶織帛，麻田供種麻織布。❸生民　人民。❹理　治，製造。唐人避高宗李治諱，以「理」代「治」。❺身外　本身所需之外。❻君親　皇帝和父母。這裡特指皇帝。❼兩稅　兩稅法。唐初實行租（交納穀物）庸（服勞役）調（交納絹帛）法，唐德宗建中元年（西元七〇八年），宰相楊炎改為兩稅法，按人口分夏秋兩季收稅，後折成銀錢，不收實物，官吏趁機從中牟利，成為百姓的沉重負擔。❽憂人　憂民。避太宗李世民諱，用「人」代替「民」。❾厥初句　起初為了防止官吏營私舞弊，濫增稅目稅額。厥初，其初。淫，淫濫，不當收而收。❿明勅句　明勅，明令。內外臣，所有的臣子。內臣，指朝官。外臣，指地方官。⓫以枉法論　按照違法處理。枉法，歪曲法律謀求私利。《冊府元龜》卷四八八載德宗建中元年正月制：「自艱難已來，徵賦名目繁雜，委黜陟使與諸道觀察使、刺史作年支兩稅徵納。比來新舊徵科色目，一切停罷。兩稅外輒別率一錢，四等官准擅興賦，以枉法論。」⓬因循　沿襲。意謂把過去橫徵暴斂的弊政沿襲下來了。⓭浚我二句　浚，索取；榨取。《國語・晉語九》：「浚民之膏澤以實之。」韋昭注：「浚，煎也」。斂索，收斂索取。無冬春，不管冬天還是春天。兩稅法原規定只在夏、秋兩季徵收。⓮繅絲　煮繭抽絲。⓯里胥　最基層的小吏。唐制，每百戶為里，設里胥，負責督促農事，催繳賦稅等。⓰逡巡　遲疑徘徊。⓱天地閉　天地閉塞。指冬天。《禮記・月令・孟冬之月》：「天氣上騰，地氣下降，天地不通，閉塞而成冬。」⓲陰風　寒風。⓳霰雪　雪霰，雪子。⓴形不蔽　衣不蔽體。形，指身體。㉑悲端　悲哀的喘息。端，通「喘」。《唐文粹》作「悲喘」。㉒輸殘稅　交納剩餘的賦稅。㉓繒帛　絲織品的總稱，古代叫帛，漢代叫繒。㉔羨餘　多餘。指正稅外的無名稅收。唐代實行「兩稅法」以後，地方上交中央的稅收有固定的數額，有些地方官員為了討好皇帝，在正稅之外多進貢一些財物，稱為「羨餘」，實際是巧立各種名目向百姓搜括而來。《舊唐書・食貨志上》記載德宗時進奉的情況說：「朝廷無事，常賦之外，進奉不息。韋皋劍南有日進，李兼江西有月進，杜亞揚州、劉贊宣州、王緯李錡浙西皆競為進奉，以固恩澤。貢入之奏皆曰『臣於正稅外方圓』，亦曰『羨餘』。節度使或託言密旨，乘此盜貿官物。諸道有謫罰官吏入其財者，刻祿廩、通津達道者稅之，蒔蔬藝果者稅之，死亡者稅之。節度觀察交代，或先期稅入以為進奉。然十獻其二三耳，其餘沒入，不可勝紀。」㉕隨月句　至尊，皇帝。前面說「斂索無冬春」，這裡說「隨月獻至尊」，說明老百姓一年十二個月都在完稅。㉖瓊林庫　皇帝貯藏進奉財物的倉庫。唐開元中，設置瓊林、大盈二庫，朱泚叛亂時，德宗逃難到奉天，在行在也設置了瓊林、大盈二庫，別藏各地進奉的財物。見《新唐書・陸贄傳》。

【語　譯】大地種植桑麻，為的是幫助百姓。百姓製成布帛，為的是自己的生存。生活所需之外用來交納賦稅，奉養在上的國君。國家制定夏秋兩季收稅的稅法，本意是想使百姓的負擔減輕。為了防止濫收賦稅，一開始就向所有官吏下過命令：正稅之外再多收一點財物，都要按貪贓枉法來處分。無奈時間一長了，貪官汙吏就承襲了過去的弊政。壓榨百姓的財物來求得皇帝的恩寵，強行收繳索要不管是冬還是春。一匹絹帛還沒織到頭，蠶絲抽出還不到一斤，里胥強迫我向上交納，說交就得交不准稍留停。嚴寒的冬天天地閉塞，殘破的村裡寒風瑟瑟。夜深煙銷火早滅，紛紛灑灑下起了鵝毛大雪。幼小的孩子衣不蔽體，年老的長者渾身冰冷。悲哀的喘息和寒氣，一起吸入鼻中令人無限酸辛。昨天去交納剩餘的欠稅，因此偷瞧了一眼官家的庫門：堆積的繒帛像大山，屯放的絲絮像白雲。號稱是賦稅收入的剩餘物，月月都向皇帝進奉不停。奪走我身上的溫暖，去買你眼前的恩寵！(老百姓用來活命的這些東西)運進了瓊林庫，天長日久，全都變成了塵土！

【研　析】德宗初推行兩稅法，改徵收實物為徵收貨幣，官吏得以任意折價，大大增加了農民負擔。後來，地方藩鎮在「兩稅」正稅外，強行徵收苛捐雜稅，說是地方財政的節餘，直接進獻皇帝以求恩寵，美其名曰「羨餘」，實則從中漁利，更大大加重了百姓的負擔。本詩描寫的正是農民不堪賦稅重負的辛酸和沉痛。

詩一開頭述說兩稅法由來，強調國家不准額外徵稅的法令。接下來，描寫法令執行的情況，先寫貪官汙吏們違法進行殘酷聚斂盤剝的場景，繼寫重賦之下的百姓在死亡線上掙扎的淒慘情狀，再寫農民偷窺官庫所見，其中繒帛山積、絲絮雲屯的畫面與此前官吏如虎如狼的橫暴，和百姓嚴冬時衣不蔽體的描寫形成鮮明的對照。最後用百姓的口吻結束全詩：「奪我身上暖，買爾眼前恩。進入瓊林庫，歲久化為塵！」喊出了農民痛苦和憤怒的心聲，對殘民以逞的官吏進行了深刻的揭露。作者不加評論，鞭撻卻力透紙背。

傷宅❶

【題　解】這是一首諷諭豪貴之家興建大宅的詩。詩中細緻描繪了一座奢華大宅，對豪門權貴窮奢極欲的行為進行了揭露和鞭笞，並提出了警告。

誰家起甲第❷，朱門❸大道邊：豐屋中櫛比❹，高牆外迴環❺。累累❻六七堂，棟宇❼相連延。一堂費百萬，鬱鬱❽起青烟。洞房❾溫且清，寒暑不能忓❿。高堂虛且迥，坐臥見南山⓫。繞廊紫藤⓬架，夾砌紅藥欄⓭。攀枝摘櫻桃⓮，帶花移牡丹⓯。主人此中坐，十載為大官。廚有臭敗肉⓰，庫有貫朽錢⓱。誰能將⓲我語，問爾骨肉⓳間。豈無窮賤者，忍不救飢寒？如何奉一身，直欲保千年⓴？不見馬家宅，今作奉誠園㉑！

【注　釋】❶傷宅　傷嘆豪門的第宅。宅，大房子。❷甲第　豪門貴族的大宅子，有甲乙等第之分。❸朱門　漆成朱紅色的大門，是古代帝王賞賜功臣或諸侯的九種事物之一。後來泛指豪門貴族的門。❹豐屋句　豐屋，高大的房屋。

《周易・豐卦》：「豐其屋。」櫛比，如梳齒般排列。形容房屋緊密相連，排列有序。櫛，梳、篦的總稱。❺迴環　環繞。❻累累　聯貫成串貌。❼棟宇　泛指房屋。棟，屋的正中。宇，屋的四垂。❽鬱鬱　香氣或煙霧散發貌。❾洞房　深邃的內室。❿忓　侵犯；干擾。⓫高堂二句　意謂高大的廳堂寬敞而又適合遠眺，坐著躺著都可以看到終南山。虛，空曠。迥，遙遠，指視野開闊。南山，終南山，在長安城的南面。⓬紫藤　一種庭院觀賞植物，葉子細長，莖像竹根，開花。白居易〈三月三十日題慈恩寺〉：「惆悵春歸留不得，紫藤花下漸黃昏。」⓭夾砌句　砌，臺階。紅藥，芍藥。謝朓〈直中書省〉：「紅藥當階翻。」欄，護花的籬笆。⓮攀枝句　攀，折斷。摘取果實，帶枝折下，毫無愛惜之意。⓯帶花句　正當開花時節的牡丹，價格昂貴，移植時要花費更多的人力財力，才能成活。形容豪貴人家不惜物力。⓰廚有句　杜甫〈自京赴奉先縣詠懷五百字〉：「朱門酒肉臭，路有凍死骨。」⓱貫朽錢　繩索腐爛了的錢串。《史記・平準書》：「京師之錢，累巨萬，貫朽而不可校。」古代為了便於計數，把銅錢用繩索貫串起來，一千文為一貫。這裡形容府庫中的錢多得用不完。⓲將　帶。⓳骨肉　比喻至親。⓴如何二句　奉，保養。直，竟然。㉑不見二句　馬家宅，指馬燧宅。馬燧，德宗建中中，為河東節度使，因平定朱泚和李懷光的叛亂有功，加司徒，兼侍中，封北平郡王，圖形於淩煙閣。奉誠園，在長安安邑坊，原來是馬燧的宅第。《舊唐書・馬燧傳》：「燧貲貨甲天下。燧既卒，(子)暢承舊業，屢為豪幸邀取。……晚年財產並盡，身歿之後，諸子無室可居，以至凍餒。今奉誠園亭館，即暢舊第也。」《國史補》卷中：「馬司徒之子暢，以第中大杏饋竇文場（宦官），文場以進。德宗未嘗見，頗怪之。令使就第封杏樹。暢懼，進宅，廢為奉誠園，屋木盡拆入內也。」

【語　譯】誰家建造的大豪宅，朱紅的大門開在大路旁，宅裡高房大屋像梳齒般密密排，外面環繞的是高牆。六七個廳堂聯成一串，一棟棟房屋相連成片。一間正堂耗費百萬錢，香氣馥郁升起青煙。深邃的內室冬暖夏又涼，嚴寒酷暑都不能侵犯。高大的廳堂寬闊又高敞，坐著躺著都可以見到終南山。環繞迴廊的是紫藤花架，臺階兩旁的紅芍藥有籬笆迴護。櫻桃連著枝條攀摘下來，牡丹帶著花朵移回家去。主人安坐在宅中間，大官一做十多年。廚房裡有腐臭的肉，府庫裡有串繩朽爛的錢。誰能替我帶句話，問問你們的骨肉至親間，難道沒有窮苦貧賤的人，怎忍心看著他們挨餓受凍不救援？為什麼只奉養自己一個人，似乎竟能活到一千年？你們難道沒看到馬燧的大宅，現在變成了皇上的奉誠園！

【研　析】唐玄宗天寶以來，達官貴戚，崇飾廳堂。安史亂後，此風尤甚，功臣宿將，爭建大宅，競崇棟宇，時人稱為「木妖」。如邠寧節度使馬璘宅的中堂就用錢二十萬貫（《冊府元龜》卷五六），中書令郭子儀宅占去了親仁里一坊之地的四分之一，「家人三千，相出入者不知其居」（《太平廣記》卷一七六引《談賓錄》）。白居易對這種奢侈無度的現象感到十分痛心，便作詩以諷。

詩以大部分篇幅鋪敘大宅，從它外觀上威嚴的氣勢、宏大的規模、高峻的牆垣、連綿的棟宇，寫到宅內深邃豪華的廳屋、冬暖夏涼的洞房、視野開闊的高堂，再寫到院落中的花卉果木，櫻桃和枝摘，牡丹帶花栽，鏡頭由遠而近，層層深入，方點出大宅主人「十載為大官」的身分。在補敘宅中肉腐錢朽的廚房和倉庫後，詩人直抒胸臆，切入正題，斥問那些如此奢侈浪費的達官顯貴，你們對飢寒交迫的窮賤者是否尚存一絲一毫的同情憐憫之心？詩前舒緩，後急促，前冷靜，後憤激，體現出詩人情感由積蓄到爆發的過程。最後，用貞元中馬燧宅改奉誠園進獻的事實，向大宅主人提出告誡，就顯得更加語重心長。

不致仕❶

【題　解】這首詩是為譏諷高級官員年過七十不退休而作。詩中塑造了一位耄耋高官老態龍鍾的形象，刻劃他貪戀祿位不願辭官的心理，並以漢代疏廣、疏受自動辭官作比，感嘆今人貪戀權勢，無復古風。

七十而致仕，禮法有明文❷；何乃❸貪榮者，斯言❹如不聞？可憐八九十，齒墮雙眸昏。朝露❺貪名利，夕陽❻憂子孫。掛冠顧翠緌❼，懸車惜朱輪❽。金章腰不勝，傴僂入君門❾。誰不愛富貴？誰不戀君恩？年高須告老，名遂❿合退身。少時共嗤誚⓫，晚歲多因循⓬。賢哉漢二疏⓭！彼獨是何人？寂寞東門路⓮，無人繼去塵⑮！

【注　釋】❶致仕　官員退休。古代就有官員致仕的制度。唐代規定，官員七十歲致仕，其中五品以上的官員致仕後可以享受原有俸料錢的一半。身體狀況好的可以例外。開元中曾將這一待遇擴大到五品以下的官員，文宗大和中又取消了低級官吏致仕後享受的待遇。詳見《唐會要》卷五七。❷七十二句　禮法，指儒家經典。《禮記・曲禮上》：「大夫七十而致事。」鄭氏注：「致其所掌之事於君而告老。」致事，即致仕。❸何乃　為什麼。❹斯言　此言。指七十致仕的禮文。❺朝露　早晨的露水，太陽一出就會曬乾，比喻人生的短促。曹操〈短歌行〉：「對酒當歌，人生幾何。譬如朝露，去日苦多。」❻夕陽　快落山的太陽。比喻人生的晚年。❼掛冠句　掛冠，掛起官帽。指辭官。《後漢書・逢萌傳》：「時王莽殺其子宇，萌謂友人曰：『三綱絕矣！不去，禍將及人。』即解冠掛東都城門，歸，將家屬浮海，客於遼東。」顧，回頭看；留戀。翠緌，繫冠帶子末梢的裝飾。這裡代指冠。《晉書・輿服志》：皇太子朝服「遠遊冠，介幘，翠緌」。❽懸車句　懸車，指致仕。古人七十辭官家居，廢車不用，故曰懸車。惜，愛惜；吝惜。朱輪，漆成紅色的車輪。指高官乘坐的車子。漢代，太守二千石以上的官員才能乘朱輪。❾金章二句　金章，金印。不勝，不能勝任；經受不起。傴僂，彎腰駝背。❿遂　成功。《老子》上篇：「功成名遂身退，天之道。」⓫嗤誚　嗤笑譏誚。指譏笑那些年老貪戀官位的人。⓬因循　沿襲舊例。⓭二疏　疏廣和疏受。漢宣帝時，疏廣為太子太傅，對姪兒太子少傅疏受說：「吾聞：『知足不辱，知止不殆』；『功遂身退，天之道』也。今仕官至二千石，宦成名立，如此不去，懼有後悔。豈如父子相隨出關，歸老故鄉，以壽命終，不亦善乎！」於是叔姪二人都請病假，假滿三月停官，廣上疏請歸鄉，皇帝加賜黃金二十斤，皇太子贈金五十斤，公卿大夫在長安東門外設宴餞送，傳為美談。事見《漢書・疏廣傳》。⓮東門路　長安東門前的道路，疏廣、疏受經由這條路離開，唐代大部分官吏家在長安東，致仕後也要走這條路。⓯繼去塵　仿效二疏致仕離開長安。去塵，離開時車馬揚起的塵土。指二疏。

【語　譯】人到七十歲就要退休，禮法明明白白有規定。為什麼那些貪戀榮華的人，好像從沒聽說過這禮文？可憐他活到了八九十歲，牙齒掉光兩眼又發昏。不珍惜短促人生去追逐名利，臨到垂暮之年還要為子孫操心。想掛冠辭官又回看冠上翠緌戀戀不捨，想懸車告老又喜愛紅色車輪難捨難分。金印沉重得腰都承受不起，彎腰駝背走進了皇宮門。哪個人不喜愛富貴？哪個人不貪戀皇恩？年事已高就必須告老還家，功成名就應該急流勇退。年輕時都嘲笑老年人貪戀祿位，臨到自己年老卻總想沿襲舊例保富貴。漢代及時告老的疏廣和疏受是多麼賢明！難道他們是什麼特殊的人？長安東門的大路上冷冷清清，看不到追慕二疏辭官歸去的人！

【研　析】《國史補》卷中說：「高貞公（郢）致仕，制云：『以年致政，抑有前聞。近代寡廉，罕由斯道。』是時杜司徒（佑）年七十，無意請老，裴晉公為舍人，以此譏之。」白居易有〈高僕射〉詩說：「遑遑名利客，白首千百輩。唯有高僕射，七十懸車蓋。」稱讚高郢到了退休年齡及時退休，所以人們認為本詩也是為譏刺杜佑而作。但據《舊唐書・杜佑傳》，杜佑死時年僅七十七，和詩稱「八九十」相去太遠。而且元和元年杜佑拜司徒、同平章事時，年僅七十一歲，「歲餘，請致仕，詔不許，但令三五日一入中書，平章政事」，可見是憲宗優容老臣，而不是杜佑戀棧不退。其實，到年齡而不退休，在當時是一種較為普遍的現象，如元和六年，趙昌由工部尚書任命為華州刺史，已有八十多歲（《舊唐書・趙昌傳》）。所以說，謂詩為譏杜佑而作，未必可靠，與其說詩是諷刺某一個人，倒不如說是諷刺一種普遍的社會現象。

詩首先指出七十致仕是禮法所明文規定的，然後集中描寫不致仕者齒墮眼昏、腰彎背駝的形貌，和他貪圖名利、牽掛子孫，對既得待遇戀戀不捨的神情和心理，刻劃出一個老態龍鍾而又貪戀權勢祿位的老官僚形象，顯得既荒唐可笑亦復可悲，諷刺辛辣。接著指出「名遂身退」方合自然之道，道理人人都懂，但輪到自己時能像漢代二疏那樣，卻十分困難，不由興起「寂寞東門路，無人繼去塵」的浩嘆。官吏老化，是封建政權中常見現象，貪戀祿位，也是官吏通常的心理。老年人因循守舊，暮氣沉沉，這必將影響吏治的清明簡肅、行政機構的辦事效率，不利於政治舉措的推行，對此白居易是非常不滿的。他後來自六十二歲起不再接受職事官的任命，到七十一歲就辭官致仕，對詩中提出的主張，他是身體力行的。

輕肥❶

【題　解】這是一首譏諷宦官的詩。詩人截取宦官馳赴神策軍中宴會的場景，刻劃出他們飛揚跋扈和奢靡享樂的群像，流露出對宦官擅權的深切憂慮。

意氣驕滿路❷，鞍馬光照塵。借問❸何為者，人稱是內臣❹。朱紱皆大夫❺，紫綬或將軍❻。誇赴軍中❼宴，走馬去如雲❽。罇罍溢九醞❾，水陸羅八珍❿。果擘洞庭橘⓫，鱠切天池鱗⓬。食飽心自若，酒酣氣益振。是歲⓭江南旱，衢州⓮人食人！

【注　釋】❶輕肥　輕裘肥馬，騎高頭大馬，穿輕暖的皮衣，是地位尊貴生活豪奢的顯著標誌。《論語・雍也》：「赤（公西華）之適齊也，乘肥馬，衣輕裘。」❷意氣句　意氣，意志與氣概。驕，驕縱。❸借問　請問。❹內臣　宦官。❺朱紱句　朱紱，古代禮服上的紅色蔽膝。後世代指官服，本詩指緋衣。唐制，散官至四品、五品才可以穿緋衣。大夫，這裡指文散官，分為九品，自從二品光祿大夫至從五品下朝散大夫，官銜中都帶「大夫」字樣。❻紫綬句　紫綬，繫印的紫色絲帶，也作為服飾。《漢書・百官公卿表》：「相國、丞相，皆秦官，皆金印紫綬。」唐制，散官三品以上的官員才可以佩紫綬。將軍，這裡指武散官，自從一品驃騎大將軍至從五品下游擊將軍，官銜中都帶「將軍」字樣。❼軍中　這裡特指保衛皇帝和宮廷的禁軍，中唐時完全掌握在宦官手中。❽如雲　形容多而迅急貌。❾罇罍句　罇罍，都是盛酒器。罇，酒尊。罍，大酒尊。《爾雅・釋器》：「彝、卣、罍，器也。」疏：「罍者，尊之大者也。」九醞，美酒名。泛指最醇美的酒。❿八珍　古代八種考究的烹飪方法。詳見《禮記・內則》。這裡泛指最精美罕見的菜餚。杜甫〈麗人行〉：「御廚絡繹送八珍。」⓫果擘句　擘，用手掰開。洞庭橘，太湖洞庭山的橘，味道甜美，在唐代是貢品。⑫鱠切句　鱠，切成細絲。天池，海的別稱。鱗，代指魚。⑬是歲　這一年，指元和四年（西元八〇九年）。《資治通鑑》卷二三七：「(元和四年春，)南方旱饑，命左司郎中鄭敬等為江、淮、二浙、荊、湖、襄、鄂等道宣慰使。」⑭衢州　唐時屬浙江東道，今屬浙江省。

【語　譯】態度驕橫趾高氣揚塞滿了道路，雕鞍駿馬光彩鮮明照耀塵土。請問他們是些什麼人，人們說這是一群宦官出了門。穿緋衣的都是某某大夫，佩紫綬的都叫某某將軍。誇耀著說是去赴軍中的宴會，簇擁著策馬奔馳就像那天上的雲。美酒在酒杯酒甕中流淌，山珍海味羅列在筵席上。剝開的水果是洞庭的貢橘，切成細絲的是大海裡的魚。吃飽了，心情格外舒暢；酒喝到興頭上，意氣更加昂揚。這一年江南大旱成災荒，衢州的人把人當食糧！

【研　析】中唐以後，宦官直接統帥禁軍，勢傾朝野，甚至廢立皇帝，成為王朝的心腹之疾。元和四年，憲宗任命宦官吐突承璀為討伐王承宗的諸軍行營招討使，即全軍統帥，白居易曾上〈論承璀職名狀〉全力反對。這首詩從另一個側面對宦官的驕奢淫佚進行了揭露。

詩人精心擇取宦官赴宴這個特定場景，高度集中地刻劃出他們「驕奢」的群像。前四韻寫中官赴宴，著力寫其「驕」，中三韻寫軍中宴會，著力寫其「奢」，末韻則寫江南饑饉的慘狀。詩全用賦法，但三層各有變化。首二句誇張地描繪赴宴意氣驕縱、鞍馬鮮明的景象，先聲奪人。然後用問答的方式點出他們的身分和活動，是採用倒敘手法。寫宴會則大肆鋪陳宴中的珍稀食品九醞、八珍、洞庭橘、天池鱗，而以「食飽心自若，酒酣氣益振」由奢轉驕回映並總結前文。末二句筆鋒陡轉，秉筆直書，造語簡潔而冷峻，江南「人食人」的慘狀，與中官飲宴驕奢的熱鬧排場、熱烈氣氛形成強烈對比，無一字議論而立意畢現。

歌舞

【題　解】這是一首諷刺達官貴人歌舞聲色活動的詩。詩把朝廷貴官徵歌逐舞的糜爛生活與獄中的「凍死囚」相對照，對醉生夢死的統治者作了無情的鞭撻，對被迫淪為「囚犯」的貧苦百姓寄予了深切的同情。

秦中歲云暮❶，大雪滿皇州❷。雪中退朝者，朱紫❸盡公侯❹。貴有風雲興❺，
富無飢寒憂。所營❻唯第宅，所務❼在追遊。朱輪❽車馬客，紅燭歌舞樓。歡酣促
密坐❾，醉暖脫重裘❿。秋官⓫為主人，廷尉⓬居上頭。日中為一樂，夜半不能休。
豈知閿鄉⓭獄，中有凍死囚！

【注　釋】❶秦中句　秦中，指長安所在的渭水流域、關中平原，今陝西西南部地區，是古代秦國之地，故稱「秦中」。歲云暮，即歲暮。云，語詞。❷皇州　京城。這裡指長安。《文選》謝朓〈和徐都曹〉：「宛洛佳遨遊，春色滿皇州。」銑曰：「皇州，帝都也。」❸朱紫　紅色和紫色。這裡指穿著紅色或紫色的官服。唐代散階官四品、五品的著紅色官服，三品以上的著紫色官服。❹公侯　唐代的封爵分為王、郡王、國公、郡公、縣公、縣侯、縣伯、縣子、縣男九等。一般是李唐宗室才能封王，公侯是王以下最高的爵位。❺風雲興　賞玩風雲變化的興致。❻營　營造。❼務　專力從事。❽朱輪　高官乘坐的車子，參見〈不致仕〉注❽。❾促密坐　緊挨著坐，不拘形跡。《史記・滑稽列傳》中淳于髡形容飲酒的情況說：「日暮酒闌，合尊促坐，男女同席，履舄交錯。」❿重裘　多層的皮衣。⓫秋官　周代設六官，以司寇為秋官，掌刑獄、糾察等事。武后時曾一度改刑部為秋官。這裡指刑部的首長，即刑部尚書和刑部侍郎。⓬廷尉　秦、漢的官名，掌刑獄，相當於唐代大理卿。⓭閿鄉　縣名，今屬河南。白居易〈奏閿鄉縣禁囚狀〉：「伏聞前件縣獄中，有囚數十人，並積年禁繫，其妻兒皆乞於道路，以供獄糧。……云是度支轉運下囚，禁在縣獄，欠負官物，

無可填陪，一禁其身，雖死不放。」

【語　譯】年末的秦地天色陰暗，紛飛的大雪灑滿京都。雪中退朝歸來的人，穿朱著紫都是王侯。地位高貴就有賞玩風雲變化的雅興，生活富裕就沒有受凍挨餓的擔憂。精心營造的只是自己的府第，專力從事的就只有追隨遨遊。白天乘坐朱紅車輪的車子到處遊玩，夜晚欣賞歌舞在紅燭高燒的高樓。歡樂酣暢男男女女緊挨著坐，酒醉發熱多重的皮衣隨手脫。刑部尚書是主人，大理寺卿坐在上座。遊樂活動白天就開始，深更半夜還沒停止。哪裡知道閿鄉的監獄裡，囚犯們活活被凍死！

【研　析】這首詩的藝術表現方式和〈輕肥〉略同。首句「秦中歲云暮」，語本《詩經・小雅・小明》：「曷云其還？歲聿云莫（暮本字）。」原寫世亂歲暮行役之人思歸不得的憂怨，白詩取以總領全篇，反映嚴冬大雪中兩類人截然相反的生活與命運。

詩的中心部分是描寫達官貴人們退朝後尋歡作樂的情況。這幫人竊踞高位，有錢有勢，忙於營建宅第，追遊飲宴，徵歌逐舞，夜以繼日，醉生夢死，完全沒有把國家前途、百姓疾苦放在心上。最後用「豈知閿鄉獄，中有凍死囚」作結，悲慘淒涼，與前歡樂熱烈形成鮮明對比，揭示貧苦百姓悲慘命運的深刻原因，首尾呼應，情景相融。白居易另有〈奏閿鄉縣禁囚狀〉上奏朝廷，指出這些禁囚並不是罪犯，而是無力交納賦稅的貧苦百姓。知道了這一點，對原詩的理解可以更深入一層，揭露性與批判性更見強烈。

買花

【題　解】詩題中的花，專指牡丹。詩中描繪了長安牡丹花開時的情景，豪貴人家爭相購買，帶花移栽，相習成俗。詩人通過一位田舍老翁冷眼旁觀和評論，抨擊了這種奢靡的風尚，表達了自己的憤慨和不平。

帝城春欲暮❶，喧喧車馬度❷。共道牡丹時，相隨買花去。貴賤無常價❸，酬直❹看花數。灼灼❺百朵紅，戔戔五束素❻。上張幄幕❼庇，旁織笆籬護。水洒復泥封，移來色如故。家家習為俗，人人迷不悟。有一田舍翁❽，偶來買花處。低頭獨長歎，此歎無人諭❾：一叢深色花，十戶中人賦❿！

【注　釋】❶春欲暮　春天即將過去。❷喧喧句　喧喧，形容車馬嘈雜的聲音。度，經過；駛過。❸常價　固定的價格。❹酬直　給價錢。直，同「值」。❺灼灼，光彩鮮明貌。《詩經．周南．桃夭》：「桃之夭夭，灼灼其華。」❻戔戔句　戔戔，眾多貌。五束素，五匹白色的絹。❼幄幕　帳幕。❽田舍翁　老農夫。❾諭　曉諭；明白。❿中人賦　中等人家的賦稅。《漢書．文帝紀》：「百金，中人十家之產也。」

【語　譯】長安城已經是暮春三月，鬧哄哄車馬往來馳騖。都說正是牡丹花開的時節，大家邀約著一同買花去。牡丹花的價格不固定，價錢貴賤全看花朵數。鮮豔的一窠百朵的紅牡丹，就值五匹潔白的絹。上面張設帳幕來蔭庇，四圍編織籬笆來保護。移植來又是澆水又培土，花的顏色鮮豔依然如故。家家都習以為常成了風氣，人人都沉迷其中毫不醒悟。有一個老農夫，偶然來在買花的地方徘徊。他獨自低頭長聲嘆息，嘆息的深意沒人能夠領會：要買一叢深色的牡丹花，足夠十戶中等人家交一年的賦稅！

【研　析】唐人好牡丹，豪貴人家賞花購花，習以成俗。李肇《國史補》卷中：「京城貴遊，尚牡丹三十餘年矣。每春暮，車馬若狂，以不耽玩為恥。執金吾鋪官圍外寺觀種以求利，一本有值數萬者。」詩為諷刺這種社會現象而作。

詩首先冷靜客觀地描述了京城貴遊買花和移栽的情景，車水馬龍，忙碌奔走，不惜重金，精心維護，人人都沉迷其中，已對買花者的奢侈行為進行了有力的揭露和批判。接著記述了一個偶來買花處的「田舍翁」。和沉迷癡狂的買花者相反，他看到的不是灼灼鮮花，而是束束繒帛，於是低頭長嘆：「一叢深色花，十戶中人賦！」詩在嘆惜中結束，貧富的懸殊，剝削者的享樂與被剝削者的痛苦也盡現筆端。不難想到，這些買花者的衣食住行包括因買花而揮霍的錢物，都是從勞動者身上榨取來的「賦稅」，貧窮百姓才是買花的實際負擔者！

新樂府并序（選十一）

【題　解】樂府原是漢武帝所設置的音樂機構，負責採集民間歌謠來配樂歌唱，以便觀風俗的澆淳，知政事的得失。因此，文人寫作用來配樂歌唱的詩歌也叫樂府。到了唐代，有的詩人仍然沿用樂府舊有的題目敘事言懷，有的詩人則即事名篇，另立新題。這些新題樂府，大多數仍然繼承了漢代樂府「感于哀樂，緣事而發」的傳統，具有很強的社會性和敘事性，但一般不再入樂歌唱，稱為新樂府。

白居易所作〈新樂府〉共有詩五十首，是有目的、有計劃寫作的大型組詩。本書選取了其中十一首。這組詩歌，作於元和四年左拾遺任上，從形式到內容都受著《詩經》的深刻影響。詩前有總序，言簡意賅地闡明了自己的創作主張。每首詩題下又有小序，點明題旨。組詩繼承了《詩經》「美刺比興」的傳統，從內容來看可分為「美」、「刺」兩類，有的是對聖主賢臣的歌頌和讚美，有的是對社會黑暗面和不合理現象的諷刺和揭露。其中那些「救濟人病，裨補時闕」的作品如〈賣炭翁〉等，都是白居易諷諭詩的代表作。但是由於白居易過分重視和強調詩歌創作的功利目的，部分作品議論說教過多，傷於直露。

序曰：凡九千二百五十二言❶，斷❷為五十篇。篇無定句，句無定字，繫於意❸，不繫於文。首句標其目❹，卒章❺顯其志，《詩》三百❻之義❼也。其辭質而徑❽，欲見之者易諭❾也。其言直而切，欲聞之者深誡也。其事覈而實❿，使采之者傳信⓫也。其體順而肆⓬，可以播於樂章歌曲也。總而言之，為君、為臣、為民、為物、為事而作，不為文而作也。

元和四年、⓭為左拾遺⓮時作。

【章　旨】這是組詩的總序，說明組詩的字數、篇數、體例，寫作的原則、目的以及創作的時間。

【注　釋】❶言　字。❷斷　分割。❸繫於意　即和內容有關。繫，涉及。❹標其目　標明題目。❺卒章　最後一段。這裡指每篇詩最後一聯。❻詩三百　即《詩經》，先秦稱為《詩》，三百是其詩篇的約數。《論語・為政》：「《詩》三百，一言以蔽之曰，思無邪。」❼義　義例；體例。❽質而徑　質樸而直率。❾易諭　容易領會。❿覈而實　確鑿而真實。⓫傳信　流傳中容易取信於人。《穀梁傳・桓公五年》：「《春秋》之義，信以傳信，疑以傳疑。」⓬順而肆　和諧而流暢。⓭元和四年　西元八〇九年。⓮左拾遺　官名，從八品上，屬門下省，掌供奉諷諫。白居易元和二年自盩厔縣尉進入翰林院以後，三年四月二十八日遷左拾遺，五年五月五日改官京兆府戶曹參軍。見丁居晦〈重修承旨學士壁記〉。

【語　譯】序說：〈新樂府〉一共有九千二百五十二字，劃分為五十篇。每篇沒有固定的句數，每句沒有固定的字數，字句的多少取決於內容的需要，不取決於形式。每篇第一句詩標出詩的題目，最後一聯點明詩的主旨，這是取法於《詩經》的體例啊。它的文辭樸實而直率，想要使看到的人容易明白。它的語言耿直而切實，想要讓聽到的人深自警惕。它記錄的事實確鑿而真實，使得採詩的人信以傳信，能取信於人。它的文體和諧而流暢，可以通過音樂和歌唱來傳播。總而言之，是為君，為臣，為民，為物，為事而寫作，不是為了寫作文章而寫作。元和四年，擔任左拾遺時所作。

七德舞❶　美撥亂、陳王業也❷。

【題　解】這是〈新樂府〉五十首的開篇之作。全篇歌頌唐太宗開創基業的豐功偉績，陳述了祖宗王業的艱難，告誡憲宗，要珍惜江山的來之不易。

〈七德舞〉，〈七德歌〉，傳自武德至元和❸。元和小臣白居易，觀舞聽歌知樂意，樂終稽首❹陳其事。太宗十八舉義兵❺，白旄黃鉞❻定兩京❼。擒充戮竇❽四海清，二十有四功業成❾。二十有九即帝位❿，三十有五致太平。功成理定⓫何神速？速在推心置人腹⓬。亡卒遺骸散帛收⓭，饑人賣子分金贖⓮。魏徵夢見子夜泣⓯，張謹哀聞辰日哭⓰。怨女三千放出宮⓱，死囚四百來歸獄⓲。剪鬚燒藥賜功臣，李勣嗚咽思殺身⓳。含血吮瘡撫戰士，思摩奮呼乞效死⓴。則知不獨善戰善乘時㉑，以心感人人心歸。爾來一百九十載㉒，天下至今歌舞之。歌〈七德〉，舞〈七德〉，聖人有作垂無極㉓。豈徒耀神武㉔，豈徒誇聖文㉕；太宗意在陳王業，王業艱難示子孫㉖。

【注　釋】❶七德舞　唐樂舞名。白居易自注：「武德中，天子始作〈秦王破陣樂〉以歌太宗之功業。貞觀初，太宗重制〈破陣樂舞圖〉，詔魏徵、虞世南等為之歌詞，因名〈七德舞〉。自龍朔已後，詔郊廟享宴，皆先奏之。」七德，謂禁暴、戢兵、保大、定功、安民、和眾、豐財七件事。《左傳・宣公十二年》：「夫武，禁暴、戢兵、保大、定功、安民、和眾、豐財者也。」杜預注：「此武七德。」❷美撥亂句　撥亂，撥亂反正，謂治理亂世使恢復正常安定。《公羊傳・哀公十四年》：「撥亂世，反諸正。」陳王業，陳述帝王的功業。❸傳自句　武德，唐高祖李淵年號，共九年（西元六一八—六二六年）。元和，唐憲宗李純年號，共十五年（西元八〇六—八二〇年）。❹稽首　古代一種跪拜的禮儀，一說跪拜時，叩頭至地，一說跪拜時手拱至地，頭至手，不至地。❺義兵　正義之師。李世民十八歲時隨父親李淵在太原起兵。❻白旄黃鉞　白旄，用旄牛尾裝飾的白旗。黃鉞，黃色的銅斧。據《尚書・牧誓》記載，武王伐紂時，「左仗黃鉞，右秉白旄以麾」。旄鉞是軍隊指揮權的象徵。這裡指統率大軍。唐朝建立後，李世民拜太尉、陝東道行臺尚書令，關東兵馬都接受他的節制。❼兩京　東京洛陽和西京長安。❽擒充戮竇　擒獲王世充，殺死竇建德。王、竇二人是隋末群雄割據中的重要人物。武德四年，李世民率軍破竇建德於武牢關，擒竇建德，占據洛陽的王世充投降。竇建德押解回京後被殺，王世充被流放到蜀地，被仇人所殺。❾功業成　成就了統一的大業。武德四年，破竇建德、王世充後，中原大定，時李世民年二十四。❿即帝位　武德九年，李世民即帝位，時年二十九。《貞觀政要》卷一〇記李世民的話說：「朕年十八便為經綸王業，北剪劉武周，西平薛舉，東擒竇建德、王世充，二十四而天下定，二十九而居大位。四夷降伏，海內乂安，自謂古來英雄撥亂之主，無見及者。」⓫理定　政治安定。避唐高宗李治諱改「治」為「理」。⓬推心置人腹　將自己的心放入他人腹中。謂以至誠待人。《東觀漢記・光武帝紀》：「蕭王推赤心置人腹中，安得不投死！」《資治通鑑》卷一九二載太宗語：「王者視四海如一家，封域之內皆朕赤子，朕一一推心置其腹中。」⓭亡卒句　白居易自注：「貞觀初，詔天下陣死骸骨，致祭瘞埋之，尋又散帛以求之也。」事在貞觀二年四月。見《舊唐書・太宗紀上》及《貞觀政要》卷六〈仁惻〉。⓮饑人句　白居易自注：「貞觀二年大饑，人有鬻男女者。詔出御府金帛盡贖之，還其父母。」事見《貞觀政要》卷六〈仁惻〉。⓯魏徵句　白居易自注：「魏徵疾亟，太宗夢與徵別，既寤流涕，是夕徵卒。故御親製碑云：『昔殷宗得良弼於夢中，今朕失賢臣於覺後。』」魏徵，太宗時宰相，敢於直言進諫，深得太宗信賴。兩《唐書》有傳。徵死後，太宗說：「以人為鏡可以明得失。……今魏徵殂逝，遂亡一鏡矣。」夢見，夢中出現。見，通「現」。子夜，夜半子時，半夜。二字《文苑英華》作「子夜」，《文苑英華辯證》卷九：「以『子夜』對『辰日』，兼注文亦明甚，而一本作『天子泣』，恐非。」據改。⓰張謹句　白居易自注：「張公謹卒，太宗為之舉哀。有司奏曰：『在辰，陰陽所忌，不可哭。』上曰：『君臣義重，父子之情也。情發於中，安知辰日？』

遂哭之。」古代以干支記日，「辰日」即「日在辰」，陰陽書和民間習俗說這一天不宜哭泣。事見《貞觀政要》卷六〈仁惻〉。據《資治通鑑》，張公謹卒於貞觀六年四月辛卯，第二天正是壬辰。張公謹曾輔佐太宗登上帝位，官至左武候大將軍，代、襄二州都督。兩《唐書》有傳。這裡為了句子的整齊省去「公」字。⓱怨女句　怨女，已到婚齡而沒有合適配偶的女子。《韓非子・外儲右下》：「宮中有怨女，則民無妻。」白居易自注：「太宗常謂侍臣曰：『婦人幽閉深宮，情實可愍，今將出之，任求伉儷。』於是令左丞戴胄、給事中杜正倫於掖庭宮西門，揀出數千人，盡放歸。」事見《貞觀政要》卷六〈仁惻〉。⓲死囚句　死囚，獄中已判死罪等待秋天行刑的囚犯。白居易自注：「貞觀六年，親錄囚徒死罪者三百九十，放令歸家，令明年秋來就刑。應期畢至，詔悉原之。」⓳剪鬚二句　李勣，本姓徐，名世勣，後賜姓李，又避太宗諱去「世」字單名勣。初為李密將領，後歸唐，從太宗征討，屢立戰功，官至僕射、司空、同中書門下三品。兩《唐書》有傳。白居易自注：「李勣常疾，醫云：『得龍鬚灰，方可療之。』太宗自剪鬚燒灰賜之，服訖而愈。勣叩頭泣涕而謝。」⓴含血二句　思摩，李思摩。《舊唐書・高麗傳》：「（太宗征遼東）次白崖城，命攻之。右衛大將軍李思摩中弩矢，帝親為吮血，將士聞之莫不感勵。」白居易自注：「李勣嘗中弩，太宗親為吮血。」注中「李勣」當從《文苑英華》作「李思摩」。㉑乘時　抓住有利時機。㉒一百九十載　自武德元年（西元六一八年）到元和四年（西元八〇九年）共一百九十二年，這裡舉其成數。㉓聖人句　聖人，對帝王的尊稱。這裡指唐太宗。垂無極，傳之無窮；留傳永遠。㉔神武　英明威武。㉕聖文　天子的文德。㉖太宗二句　《舊唐書・音樂志一》：「貞觀元年，宴群臣，始奏〈秦王破陣之曲〉。太宗謂侍臣曰：『朕昔在藩，屢有征討，世間遂有此樂。……其發揚蹈厲，雖異文容，功業由之，致有今日。所以被於樂章，示不忘於本也。』」

【語　譯】〈七德舞〉，〈七德歌〉，從武德初年傳到了元和。元和中的小官白居易，觀賞歌舞時體會到樂中的深意，樂舞結束後叩頭陳述其中的事。太宗皇帝十八歲就舉兵起義，親率大軍平定西京和東京。俘虜了王世充，擒殺了竇建德，全國各地的割據勢力都肅清，二十四歲時，統一大業已完成。二十九歲登上皇帝位，三十五歲四海之內都太平。統一天下安定百姓為什麼這樣神速？就因他能推心置腹至誠待人。他拿出布帛搜集安葬陣亡戰士的遺骸，分出金錢為饑民贖回賣掉的子女。夢中與魏徵訣別後半夜醒來哭泣，辰日為張公謹逝世哭泣傷悼。將三千名幽怨的宮女遣放出宮，放回家的四百名死囚都自動返回監牢。

剪下鬍鬚燒成藥賜給功臣，李勣嗚咽流涕想殺身回報。親自吮吸瘡口的汙血來撫慰將士，李思摩奮起呼叫要以死報效。這就知道太宗不僅是驍勇善戰能抓住時機，更在於以誠心感民使民心歸依。自那時到如今已有一百九十年，普天下至今還在演唱著他的事跡。唱〈七德歌〉，跳〈七德舞〉，聖明君主製作的歌舞流傳永不息。難道只是為了誇耀天子的英明威武？難道只是為了誇讚天子的聖明文德？太宗本意是用來陳述帝王的事業，將帝業締造的艱難傳示子孫永為楷則！

【研　析】這首詩讚美唐太宗的功業，以勸勉身負中興重任的憲宗，正符〈新樂府〉「採詩」、「美刺」、「諷諫」、「為君」等義，所以置於〈新樂府〉諸篇之首。

詩的主體是陳述唐太宗的功業。太宗的事跡很多，詩在總述他安邦定國的歷程後，選取他仁德愛人的八件事鋪寫排比，而以「以心感人人心歸」作結，說明得人心者方能得天下。這八件事採自《貞觀政要》、《太宗實錄》等史籍，用事實說理，言簡意賅，重點集中突出，毫無零亂雜湊之感，可見其竭意經營的匠心。詩首句標出題目，末數句點明詩旨。詞語質樸曉暢，詞意直截懇切，結構清楚明晰，事實確切真實，音韻聲律和美，更一一具體實踐了他在詩序中提出的主張。

上陽❶白髮人　愍怨曠❷也。

【題　解】這是一首抒寫宮怨的詩篇。詩人塑造了上陽白髮人的典型形象，寫出她的青春和生命被宮苑無情地活活吞噬的悲劇，揭露了封建社會中嬪妃制度的黑暗和罪惡，表現出詩人對廣大宮女的深切同情。

上陽人，紅顏暗老白髮新。綠衣監使❸守宮門，一閉上陽多少春。玄宗末歲❹初選入，入時十六今六十。同時采擇百餘人，零落年深殘此身❺。憶昔吞悲別親族，扶入車中不教哭。皆云入內便承恩❻，臉似芙蓉胸似玉。未容君王得見面，已被楊妃遙側目❼。妒令潛配上陽宮，一生遂向空房宿。宿空房❽，秋夜長，夜長無寐❾天不明。耿耿❿殘燈背壁影，蕭蕭⓫暗雨打窗聲。春日遲⓬，日遲獨坐天難暮。宮鶯百囀愁厭聞，梁燕雙棲老休妒。鶯歸燕去長悄然⓭，春往秋來不記年。唯向深宮望明月，東西四五百迴圓⓮。今日宮中年最老，大家遙賜尚書號⓯。小頭鞋履窄衣裳，青黛點眉眉細長。外人不見見應笑，天寶末年時世粧⓰。上陽人，苦最多，少亦苦，老亦苦，少苦老苦兩如何？君不見昔時呂向〈美人賦〉⓱；又不見今日上陽白髮歌！

【注釋】❶上陽　唐宮名，高宗上元中置，在洛陽禁苑中，東接皇城的西南角。天寶以後，皇帝一直居住在長安，所以洛陽的宮殿都閒置起來。白居易自注：「天寶五載已後，楊貴妃專寵，後宮人無復進幸矣。六宮有美色者，輒置別所，上陽是其一也。貞元中尚存焉。」❷愍怨曠　愍，同情；憐憫。怨曠，怨女曠夫，即過了婚嫁的年齡而沒能結婚的婦女和男子。這裡偏指怨女。《孟子・梁惠王下》：「內無怨女，外無曠夫。」❸綠衣監使　唐制，少府監所屬京都諸園苑監、苑四面監各設監一人，從六品下；副監一人，從七品下。六、七品官員著綠色公服。❹玄宗末歲　指天寶末年，天寶十四載是西元七五五年。❺零落句　零落，草木凋謝。這裡指死亡。殘，殘餘；剩下。❻承恩　蒙受恩澤。指受到皇帝的臨幸。❼已被句　楊妃，楊貴妃。參見〈長恨歌〉注釋。側目，斜視，表示嫉恨。❽宿空房　底本沒有這三字，據《白香山詩集》、《全唐詩》補。❾寐　入睡；睡著。❿耿耿　微明貌。⓫蕭蕭　同「瀟瀟」。雨聲。⓬遲　移動緩慢。春天晝長夜短，故云「日遲」。《詩經・豳風・七月》：「春日遲遲。」⓭悄然　靜寂貌。⓮東西句　東西，月傍晚升於東方，早晨落於西方，說「東西」含有通宵不寐的意思。四五百迴圓，這位宮女在宮中四十五年，經歷了五百多個月。⓯大家句　大家，宮中對皇帝的稱呼。尚書，宮中女官名。《舊唐書・職官志三》記載，唐代宮中設尚宮、尚儀、尚服、尚食、尚寢、尚功六局，分掌宮中事務，「六尚如六尚書之職掌」，主管六局的女官相當於三國、北魏時設的女尚書。王建〈宮詞〉：「宮局總來為喜樂，院中新拜內尚書。」⓰時世粧　流行的梳妝打扮。《新唐書・五行志》：「天寶初，貴族及士民好為胡服胡帽，婦人則簪步搖釵，衿袖窄小。」貞元年間，宮裝崇尚衣裳寬大，畫眉短。上陽宮女和外界隔絕，仍照天寶末年流行的妝束打扮，故不合時宜，遭人訕笑。⓱呂向美人賦　白居易自注：「天寶末，有密采艷色者，當時號花鳥使。呂向獻〈美人賦〉以諷之。」呂向，玄宗朝的文學家。《新唐書・文藝傳》有傳。據傳，呂向約開元末年卒，獻賦應當是開元中的事情。他的〈美人賦〉借美人之口諷諫皇帝遣中使選美一事。見《文苑英華》卷九六。

【語　譯】上陽宮的宮女啊，容顏漸漸衰老白髮不斷增添。綠衣的監使看守著宮門，一進入上陽宮與世隔絕就是多少年！玄宗末年剛剛被選入，十六歲入宮現在已經年六十。同時被選入宮的少女有百多名，年深日久只剩下我一個衰朽的老婦人。回想起當年含悲忍淚離別親人和家族，被攙扶到車裡時教我別啼哭。都說一進皇宮就會得到皇帝的寵幸，嬌豔的臉龐像荷花，雪白的肌膚如美玉。可入宮後不容君王見一面，就遭到楊貴妃的嫉妒。暗暗下令把我發配到上陽宮，一生只能在空房中獨自住宿。獨住在空房，秋夜多漫長，長夜難眠天不亮。只有黯淡將熄的油燈和壁上的影子相伴，聽著那瀟瀟的雨點敲打著紗窗。春天白日長，白天長，獨自呆坐天難黑。憂愁的人聽著宮中黃鶯宛轉啼叫更增苦楚，年紀老大看著梁上的燕子雙宿雙飛也不再嫉妒。黃鶯歸去梁燕回來歲月悄悄流，不記得年月只知道過了春天又是秋。只能在深宮中仰頭望明月，東升西落四五百回缺了又圓圓了又缺。現在我在宮中年紀最老，皇上遠從長安賜來尚書的封號。鞋履狹小頭兒尖，緊身的衣裳穿身上，青黛畫的眉毛細又長。宮外的人看到應該會譏笑，還是天寶年間流行的老式樣。上陽的宮人痛苦最多，年少時候苦，老年還是苦，一生一世痛苦又能如何？您難道沒看到過去呂向寫的〈美人賦〉，又沒看到現在我所寫的上陽白髮宮人的歌！

【研　析】這首詩通過一個典型人物以表現一個群體的悲劇命運，首層慨嘆上陽宮人的悲慘身世，次層描述她幽閉宮中空虛悲慘的生活，最後以諷諭口吻揭露宮廷選美制度摧殘婦女的罪惡。描述上陽宮人的幽居生活時，先描寫入宮時情景揭示悲劇產生的根源，次鋪敘宮中長年累月的孤寂和痛苦，末敘說她得到虛名與裝束可笑的近況，都脈絡清晰，層次分明。重點突出，詳略得當，突出了詩歌的主題。

詩充分利用動作、形貌、心理的描繪來塑造人物形象，進行鮮明對比，以表現上陽宮人悲劇的一生。入宮時，「臉似芙蓉胸似玉」，令人羨妒，老大後，「小頭鞋履窄衣裳，青黛點眉眉細長」，惹人譏笑，這是外形的變化。從初入上陽時秋夜無眠對殘燈聽暗雨時的孤寂難熬，到後來春朝獨坐時厭聞百囀鶯、懶妒雙棲燕的冷漠，到癡呆呆地看著天上明月圓而復缺缺而復圓的完全麻木，則極其細膩地描摹出宮人心理變化的全過程，宮中幽禁不僅耗盡她的青春，衰老她的肉體，更完全扼殺了她的靈魂。這是對罪惡制度充滿血淚的最強有力的控訴。

詩熔敘事、抒情、寫景、議論於一爐，尤善於利用景物描寫以表現人物心理，營造氛圍，抒發情感。語言淺易通俗，富民歌風調，加之兼用「三三七」句式和頂真格式，音韻流轉圓美，句式錯落有致，搖曳生姿，格外優美動人。

新豐❶折臂翁　戒邊功❷也。

【題　解】詩中記述了新豐縣折臂老翁寧願折斷右臂逃避兵役從而僥倖存活的故事。詩人借悲劇主人公的口，深刻地批判了天寶年間為邀功而肆意拓邊，給百姓帶來沉重災難的文臣武將，同時也借古諷今，警告當時的武將不要因邀功而輕啟邊釁。

新豐老翁八十八，頭鬢眉鬚皆似雪；玄孫❸扶向店前行，左臂憑肩右臂折。

問翁臂折來幾年？兼問致折何因緣❹？翁云貫屬新豐縣，生逢聖代❺無征戰。慣聽梨園❻歌管聲，不識旗槍與弓箭。無何天寶大徵兵，戶有三丁點一丁❼。點得驅將何處去？五月萬里雲南行❽。聞道雲南有瀘水❾，椒花落時瘴烟起❿；大軍徒涉水如湯⓫，未過十人二三死。村南村北哭聲哀，兒別爺孃⓬夫別妻。皆云前後征蠻⓭者，千萬人行無一迴。是時翁年二十四，兵部牒⓮中有名字。夜深不敢使人知，偷將大石鎚折臂。張弓簸旗⓯俱不堪，從茲始免征雲南。骨碎筋傷非不苦，且圖揀退⓰歸鄉土。臂折來來⓱六十年，一肢雖廢一身全。至今風雨陰寒夜，直到天明痛不眠。痛不眠，終不悔，且喜老身今獨在。不然當時瀘水頭，身死魂飛骨不收；應作雲南望鄉鬼，萬人塚上哭呦呦⓲。老人言，君聽取。君不聞：開元宰相宋開府，不賞邊功防黷武⓳？又不聞：天寶宰相楊國忠，欲求恩幸立邊功？邊功未立生人怨，請問新豐折臂翁⓴。

【注釋】❶新豐　唐縣名，屬京兆府，今陝西臨潼。❷邊功　在開拓邊疆的對外戰爭中建功立業。❸玄孫　孫子的孫子。❹因緣　佛教語，指產生某種結果的直接原因和促成這種結果的條件。這裡指原因。❺聖代　指開元時期。那時玄宗李隆基勵精圖治，任用了姚崇、宋璟、張九齡等一批賢相，社會生產發展，出現了繁榮太平景象，號稱「盛世」。❻梨園　宮中音樂機構。參見〈長恨歌〉第三段注⓲。❼無何二句　無何，不久。天寶，唐玄宗的第三個年號。丁，成年男子。《新唐書‧食貨志》：「凡民始生為黃，四歲為小，十六為中，二十一為丁，六十為老。」點，指派。天寶徵兵，指天寶十載（西元七五一年）鮮于仲通和十三載李宓兩次出征雲南南詔閣羅鳳之役，唐軍皆大敗。❽點得二句　驅將，驅使；逼迫。雲南，漢縣名，在今雲南祥雲東，蜀漢置雲南郡，唐為姚州，屬劍南道。開元中，當地的南詔蠻統一六詔，建立南詔國，國主被封為雲南王。天寶中南詔王閣羅鳳反，向吐蕃稱臣，唐王朝遂出兵征討。《舊唐書．南詔蠻傳》：「天寶……十二年，劍南節度使楊國忠執國政，仍奏徵天下兵，俾留後侍御史李宓將十餘萬，輦餉者在外，涉海瘴死者相屬於路，天下始騷然苦之。宓復敗於大和城北，死者十八九。」❾瀘水　金沙江的上游。《舊唐書．玄宗紀》：「（天寶十載）夏四月，劍南節度使鮮于仲通將兵六萬討雲南，與雲南王閣羅鳳戰於瀘川，官軍大敗，死于瀘水者不可勝數。」❿椒花句　椒，花椒。花椒的花農曆五月凋謝。瘴烟，瘴氣。指南方溼熱致人疾病的霧氣。⓫大軍句　徒涉，光著腳蹚水。湯，熱水；沸水。⓬爺孃　爹娘。孃，通「娘」。⓭蠻　古時對南方少數民族的統稱。這裡指南詔蠻。⓮兵部牒　兵部的文簿。兵部，是唐尚書省六部之一，掌管軍事事務，其中的兵部郎中「判簿及軍戎調遣之名數」。牒，簿冊。指壯丁的花名冊。⓯張弓簸旗　拉弓搖旗。⓰揀退　挑出退回。⓱來來　以來，唐人口語。段成式〈戲高侍御七首〉其一：「青琴仙子長教示，自小來來號阿真。」皮日休〈病中書情寄上崔諫議〉：「十日來來曠奉公。」⓲萬人塚句　呦呦，悲哭聲。白居易自注：「雲南有萬人塚，即鮮于仲通、李宓曾覆軍之所也。」《舊唐書．玄宗紀》：「（天寶十三載六月）侍御史、劍南留後李宓率兵擊雲南蠻於西洱河，糧盡軍旋，馬足陷橋，為閣羅鳳所擒，舉軍皆沒。」⓳開元二句　宋開府，宋璟，開元中賢相，階官至開府儀同三司，為從一品，後人稱為「宋開府」而不稱名。黷武，濫用武力；好戰。白居易自注：「開元初，突厥數寇邊，時天武軍子將郝雲岑出使，因引特勒回鶻部落，斬突厥默啜，獻首于闕下，自謂有不世之功。時宋璟為相，以天子年少好武，恐徼功者生心，痛抑其黨。逾年，始授郎將。雲岑遂慟哭嘔血而死也。」按，郝雲岑，當從兩《唐書．杜佑傳》以及《新唐書》宋璟、突厥等傳作郝靈佺。⓴天寶四句　白居易自注：「天寶末，楊國忠為相，重結閣羅鳳之役，募人討之，前後發二十餘萬眾，去無返者。又捉人連枷赴役，天下怨哭，人不聊生，故祿山得乘人心而盜天下。元和初，而折臂翁猶存，因備歌之。」楊國忠天寶十一載（西元七五一年）拜相，天寶十載鮮于仲通征雲南時他雖然不在相位，但鮮于仲通擔任劍南節度使卻是由他推薦。十三載時，楊國忠以宰相兼領劍南節度使，親自下令派副使李宓出征。

【語　譯】新豐縣有位老人八十八，鬢髮鬍鬚眉毛都白如雪；小玄孫扶著向店鋪前走，左臂靠著孫兒的肩膀右臂已斷折。請問老人家手臂折斷有多久？順便問一問斷臂的因由？老翁說自己籍貫本屬新豐縣，出生在太平年月沒有征戰。聽慣了梨園的歌曲和音樂聲，不知道什麼是戰旗刀槍和弓箭。不久到了天寶年間趕上大徵兵，一家有三名丁壯就要徵一人。徵來的壯丁驅趕到哪裡去？五月間萬里之外雲南行。聽說雲南有瀘水，椒花凋謝時節瘴烟四起；大軍赤腳趟過瀘江江水滾燙，沒渡過十個人就有兩三個把命喪。村子南頭北頭的哭聲悲悲切切，是兒子和爹娘、丈夫和妻子在告別。都說前前後後出征南蠻的人，千萬人去了沒有一個能回轉。那時老翁年紀剛剛二十四，兵部花名冊上有名字。夜深不敢讓別人知道，拿起石頭偷偷砸斷了自己的手臂。拉弓搖旗都不能承擔，從此才免除兵役不用征雲南。傷筋碎骨不是不痛苦，只為了被挑出來退回故土。手臂折斷已來已經六十年，一肢殘廢一人的性命卻得保全。到如今每逢寒冷的夜晚陰雨天，直到天亮仍然疼痛難忍無法成眠。痛得睡不著，始終不後悔，還高興只有我這老朽殘軀至今還在。不然那時死在瀘水邊，魂魄飄蕩無依骨頭都沒人來收殮。早就應該成了孤魂野鬼在雲南遊蕩，只能在萬人冢上北望家鄉啼哭悲傷。老人的話啊，請您注意聽。您難道沒有聽說過：開元間宰相宋璟宋開府，不獎賞邊疆作戰有功的人來防止窮兵黷武！您難道又沒有聽說過：天寶年間的宰相楊國忠，想立邊功來求得君主的恩寵！邊功沒有建立反招來百姓的怨恨，只要請您問一問新豐縣折臂的老翁！

【研　析】唐玄宗大興邊功，晚年尤烈。天寶末年，兩度大規模用兵南詔，都以失敗告終，前後死傷士卒二十餘萬人，國力大傷，安祿山得以乘機發動叛亂。從此，唐帝國一蹶不振。《舊唐書・杜佑傳》記載：元和元年，「河西黨項潛引吐蕃入寇，邊將邀功，亟請擊之」，佑上疏反對。白居易當是有感於此事，作詩以借古諷今。

詩人拈取一位小人物的命運來表現反對窮兵黷武的重大主題。通過新豐老翁自斷右臂來逃避兵役從而幸存的典型性的悲劇事件，深刻地批判了好大喜功的皇帝和為了邀功而不顧國家利益和人民生命擅啟邊釁的大臣，反映了百姓渴望和平安定的質樸願望。詩的主體部分是老翁的自述，天寶徵兵的慘況，自殘肢體的痛苦，都是他親身聞見或感受，真實感人。自殘雖苦，卻不悲「不悔」，想像中戰死雲南的孤魂野鬼望鄉啼哭，反慶幸「老身今獨在」的可「喜」：老翁的故事凝聚著多少生者和死者的辛酸和血淚，給人以強烈的震撼。最後，以宋璟與楊國忠對邊功採取的不同政策及後果進行對比，夾敘夾議，回映並總結全詩。正如陳寅恪所說，這固然體現了〈新樂府・序〉「卒章顯其志」的原則，「然其氣勢若常山之蛇，首尾迴環救應，則尤非他篇所可及者」（《元白詩箋證稿》第五章）。

縛戎人❶

達窮民❷之情也。

【題　解】詩中記述一位窮苦邊民的故事。他冒死從吐蕃逃回漢土，卻被邊將作為蕃人強行解送到朝廷邀功領賞，發配東南荒涼之地。通過他的悲慘遭遇，詩人憤怒地譴責了邊將的殘暴無情，對飽經磨難的邊民給予了無限同情。

縛戎人，縛戎人，耳穿面破驅入秦。天子矜憐不忍殺，詔徙東南吳與越❸。黃衣小使❹錄姓名，領出長安乘遞❺行。身被金瘡面多瘠❻，扶病徒行日一驛❼；朝餐飢渴費盃盤，夜臥腥臊污床席❽。忽逢江水憶交河❾，垂手齊聲嗚咽歌❿。其中一虜⓫語諸虜：「爾苦非多我苦多。」同伴行人因借問，欲說喉中氣憤憤。自云「鄉管本涼原⓬，大曆年中沒落蕃⓭。一落蕃中四十載，遣著皮裘繫毛帶。唯許正朝服漢儀，斂衣整巾潛淚垂；誓心密定歸鄉計，不使蕃中妻子知⓮。暗思幸有殘筋力⓯，更恐年衰歸不得。蕃候⓰嚴兵鳥不飛，脫身冒死奔逃歸。晝伏⓱宵行經大漠⑱，雲陰月黑風沙惡；驚藏青塚⑲寒草疏，偷渡黃河夜冰薄。忽聞漢軍鼙鼓⑳聲，路傍走出再拜迎；游騎㉑不聽能漢語，將軍遂縛作蕃生㉒。配向江南卑濕㉓地，定無存卹空防備㉔。念此吞聲㉕仰訴天，若為㉖辛苦度殘年！涼原鄉井㉗不得見，胡地妻兒虛棄捐㉘！沒蕃被囚思漢土，歸漢被劫㉙為蕃虜：早知如此悔歸來，兩地寧如㉚一處苦？縛戎人，戎人之中我苦辛。自古此冤應未有，漢心漢語吐蕃身！」

【注釋】❶縛戎人　被捆綁的戎人。戎，古代泛指中國西部的少數民族。這裡指俘獲的吐蕃軍士和百姓。❷窮民　窮苦無告的百姓。❸天子二句　矜憐，矜惜憐憫。詔，皇帝命令。徙，遷移。吳、越，春秋時古國名，在今江蘇南部及浙江一帶。元稹〈縛戎人〉詩自注：「近制，西邊每擒蕃囚，例皆傳置南方，不加剿戮。」❹黃衣小使　穿黃衣的太監。黃衣是太監中最低級的服色，所以稱「小使」。❺乘遞　乘坐遞解犯人的車。古代把犯人押解往邊遠地方時，由沿途各地官員傳遞押送，稱為「遞解」。下文說戎人「扶病徒行」，乘遞的應當是押送戎人的黃衣小使。❻身被句　金瘡，兵器造成的傷口。瘠，瘦削。❼扶病句　扶病，帶病。徒行，步行。驛，驛站，官府設置的供應來往官員和傳遞公文人員車馬草料和中途食宿的地方。兩驛之間的距離一般是三十里。❽朝餐二句　朝，早上。污，弄髒。腥臊，惡臭的氣味。兩句意思是嫌戎人浪費杯盤，弄髒床席，所以不給他們餐具和臥具。❾交河　縣名，在今新疆吐魯番西北。原為高昌國都，貞觀中設縣，屬安西都護府。《漢書．西域傳》：「車師前國，王治交河城。河水分流繞城下，故號交河。」❿垂手句　垂手，手下垂，肅立的樣子。嗚咽歌，悲泣著歌唱。⓫虜　俘虜，也用作對北方外族人的蔑稱。⓬自云句　鄉管，籍貫。涼原，涼州和原州。涼州州治在今甘肅武威。原州州治在今寧夏固原。⓭大曆句　大曆，唐代宗的第三個年號，共十四年（西元七六六—七七九年）。這裡代指代宗時期。沒落蕃，淪陷於吐蕃。吐蕃，古代藏族政權，西元七、八世紀非常強盛，一直是唐政權的威脅，與唐時戰時和。安史亂後，唐王朝無力顧及邊陲，新疆以及甘肅、青海的河湟地區淪入吐蕃。涼、原二州即在唐代宗廣德二年（西元七六四年）淪沒。⓮唯許四句　正朝，正月初一。

服漢儀，指穿中原的服飾。斂衣，整理衣裳。誓心，心中暗暗發誓。白居易自注：「有李如暹者，蓬子將軍之子也，嘗沒蕃中。自云：蕃法，唯正歲一日許唐人之沒蕃者服唐衣冠，由是悲不自勝，遂密定歸計也。」⑮筋力　體力。⑯候　邊地偵察守望的據點。⑰伏　面向下躺著；躲藏。⑱大漠　大沙漠。⑲青塚　王昭君墓，在內蒙呼和浩特南，相傳冢上草色常青，故名。戎人逃歸不必經過青冢。這裡泛指墳墓。⑳鼙鼓　軍鼓。鼙，軍中小鼓。㉑游騎　巡迴流動的騎兵。㉒蕃生　吐蕃俘虜。唐代稱活捉來的俘虜為「生口」。《舊唐書‧吐蕃傳下》：「元和元年正月，福建道送到吐蕃生口十七人，詔給遞乘放還蕃。」㉓卑濕　低窪潮溼。《漢書‧賈誼傳》：「長沙卑濕。」湖南也是安置戎人的地方。韓愈〈武關西逢配流吐蕃〉：「嗟爾戎人莫慘然，湖南地近保生全。」㉔定無句　存卹，慰問撫恤。空防備，白費力氣來提防戒備。意思說他本就是漢人，不存逃跑反抗之心，不用防備，卻被當作異族來看管。㉕吞聲　心中有冤苦怨恨等卻不敢做聲。㉖若為　如何。㉗鄉井　家鄉。凡人口聚居地必有井，古代以八家為一井，故以鄉井連文。㉘棄捐　拋棄。㉙劫　強迫。㉚寧如　豈如。

【語　譯】被綁著的戎人，被綁的戎人，耳朵穿孔臉上破，一路驅趕到京城。皇帝仁慈不忍心趕盡殺絕，下詔把他們遷徙到東南的吳越。黃衣太監登記了姓名，領出長安登上驛車押著他們就出發。身帶瘡傷面黃肌瘦，每天三十里帶著傷病走。白天又渴又餓不給杯和盤，夜晚怕他們弄髒床席一身腥臭。走到長江邊忽然想起了交河，垂手肅立抽抽咽咽齊聲唱起歌。其中有個俘虜向旁人說：「你們的苦楚不多只有我最多。」同行的俘虜向他問，剛要開口咽喉中吐出憤憤不平的氣。自稱「家鄉在涼州、原州一帶，大曆年間被吐蕃侵占。一淪落到吐蕃就是四十年，只讓穿皮衣繫著毛腰帶。只有正月初一才准穿中原的服飾，一邊整理衣裳頭巾一邊暗自流淚。心中發誓一定要祕密逃回故鄉，不讓吐蕃的妻子和孩子知道。暗中慶幸還有殘餘的力氣，往後年老體衰恐怕更加回不去。吐蕃的亭堠重兵嚴防鳥也難飛過，歷盡艱險九死一生才逃脫。白天躲藏夜晚奔走越過沙漠，陰雲蔽月黑暗中風沙真險惡。白天遇險躲到寒草稀疏的墳堆裡去藏身，夜晚偷渡黃河河水只結薄薄的冰。忽然聽到大唐軍隊的軍鼓聲，連忙從路邊跑出跪拜來相迎。巡邏的騎兵根本不聽我能夠說漢語，將軍命人綁起我當作吐蕃俘虜。發配到低窪潮溼的江南地，一定沒有慰問撫恤反要嚴密看管我白費氣力。想到這裡強忍悲痛上告蒼天，為什麼讓我這樣痛苦地度過餘年！涼州、原州的家鄉再也見不到，吐蕃的妻子兒女白白地拋在一邊！淪落拘囚在吐蕃就思念大唐，回到唐朝又被當成吐蕃俘虜強行捆綁！早知道這樣真後悔逃回來，分隔兩地還不如和家人在一起有難同當！被捆綁的戎人啊，戎人中數我最痛苦酸辛。從古到今這種冤情應該不曾有過，明明是一心向唐說漢話，卻被當成了吐蕃人！」

【研析】這首詩所記的故事很離奇，筆法輾轉婉曲也很奇特。作者先泛寫一群被捆綁遷徙的戎人所遭受的不人道待遇以及肉體和精神上的痛苦。寫到他們因思鄉而「齊聲嗚咽歌」時，筆下波瀾突起，因一個戎人自言苦最多從而引出了他的自訴。原來他是西北邊地窮苦漢人，家鄉淪陷，沒入吐蕃四十年，娶妻生子，始終不忘故土，歷盡千辛萬苦逃回後，卻被邊將當作吐蕃俘虜押送長安，遞配東南。詩塑造的這個一心向漢的人物，既反映了邊民對家鄉故國的忠誠和眷戀，更揭露了他們所遭受的多重苦難。「自古此冤應未有，漢心漢語吐蕃身！」離奇的經歷，荒誕的事件，沉痛的控訴，充滿傳奇色彩和戲劇性衝突的張力，深刻揭露了邊將們為邀功而指鹿為馬、草菅人命的醜惡嘴臉，反而成為對「天子矜憐不忍殺」的俘虜政策的尖銳諷刺。

李紳曾作〈新題樂府二十首〉，有〈縛戎人〉詩。元稹和作的〈縛戎人〉題下注說：「近制，兩邊每擒蕃囚，皆傳置南方，不加剿戮，故李君作歌以諷焉。」李紳原詩失傳，據元稹詩注，其旨趣如非頌揚仁德，即是反對善待俘虜。白居易詩卻揭發了這種仁德措施掩蓋下的醜惡、黑暗和血淚，其立意較李紳要高出許多。

西涼伎❶　刺封疆之臣❷也。

【題解】詩描寫西涼伎人舞獅的情況，借老兵的口，對邊疆節度使耽於歌舞享受，眼見國土淪陷百姓流離，毫無收復失地的打算而深致憤慨。

西涼伎，假面胡人假師子❸。刻木為頭絲作尾，金鍍眼睛銀帖齒。奮迅毛衣擺雙耳❹，如從流沙❺來萬里。紫髯深目兩胡兒❻，鼓舞跳梁❼前致辭。應似涼州❽未陷日，安西都護❾進來時。須臾❿云得新消息，安西路絕⓫歸不得。泣向師子涕雙垂：「涼州陷沒知不知？」師子迴頭向西望，哀吼一聲觀者悲。貞元邊將愛此曲⓬，醉坐笑看看不足。享賓犒士宴三軍⓭，師子胡兒長在目⓮。有一征夫⓯年七十，見弄涼州⓰低面泣。泣罷斂手⓱白將軍：「主憂臣辱⓲昔所聞。自從天寶兵戈起⓳，犬戎日夜吞西鄙⓴。涼州陷來四十年，河隴侵將七千里㉑。平時㉒安西萬里疆，今日邊防在鳳翔㉓。緣邊空屯㉔十萬卒，飽食溫衣閑過日。遺民㉕腸斷在涼州，將卒相看無意收。天子㉖每思常痛惜，將軍欲說合慚羞。奈何仍看西涼伎，取笑資歡㉗無所愧？縱無智力未能收，忍取西涼弄為戲！」

【注釋】❶西涼伎　河西的伎藝。西涼，晉時十六國之一，西元四〇〇—四二一年，都於酒泉，有今甘肅極西部。酒泉即唐代的肅州，屬河西節度使管轄，治所在涼州，今甘肅武威。伎，伎藝。這裡指獅子舞。❷封疆之臣　保衛邊疆的大臣。封疆，邊界。❸假面句　假面，面具。胡人，古代稱北方和西方民族為胡人。師子，即獅子。假獅子由伎人扮演。唐代獅子舞由扮成胡人的獅子郎和人扮演的獅子組成。段安節《樂府雜錄・龜茲部》：「戲有五方獅子，高丈餘，各衣五色。每一獅子有十二人，戴紅抹額，衣畫衣，執紅拂子，謂之獅子郎，舞〈太平樂曲〉。」❹奮迅句　奮迅，迅速奮起。毛衣，蒙在伎人身上的獅子毛皮。杜佑《通典》卷一四六：「〈太平樂〉，亦謂之〈五方師子舞〉。師子摯獸，出於西南夷天竺、師子等國。綴毛為衣，象其俛仰馴狎之容。二人持繩拂，為習弄之狀。」❺流沙　沙漠。玉門關以西多沙漠，古稱流沙。❻紫髯句　髯，兩頰的鬍鬚；絡腮鬍。深目，深陷的眼睛。高鼻深目，是西北少數民族的典型相貌。兩胡兒，指獅舞中調舞獅子的獅子郎。❼鼓舞跳梁　鼓舞，跳躍。跳梁，即跳踉，跳躍。❽涼州　今甘肅武威，唐代宗廣德二年（西元七六四年）陷於吐蕃。❾安西都護　唐代五都護府之一，統轄龜茲等四鎮和月支等四十六州府，治所在交河，故城在今新疆吐魯番西。❿須臾　片刻。⓫路絕　路途隔絕，因河西走廊諸州被吐蕃占領的緣故。⓬貞元句　貞元，唐德宗第三個年號（西元七八五—八〇五年）。邊將，據陳寅恪《元白詩箋證稿》考證，可能是指涇原節度使劉昌。此曲，指獅子舞的伴奏音樂。⓭享賓句　享賓，宴請賓客。犒士，犒賞軍士。三軍，古代諸侯大國有上、中、下三軍。這裡泛指軍隊。⓮長在目　常在眼中，即經常演出。⓯征夫　士兵。⓰弄涼州　表演獅子舞等涼州進貢的西涼伎。⓱斂手　拱手為禮。⓲主憂臣辱　君主心憂是臣子的恥辱。《史記・范雎蔡澤列傳》：「臣聞主憂臣辱，主辱臣死。」⓳自從句　天寶，唐玄宗第三個年號（西元七四二—七五六年）。兵戈起，指天寶十四載安祿山在幽州起兵反叛。兵戈，戰爭。戈，兵器名。⓴犬戎句　犬戎，周代居住在鳳翔西面的部族名。這裡指吐蕃。西鄙，西部邊境。㉑河隴句　河隴，河西、隴右地區，約相當於今甘肅省。侵將，占去將近。㉒平時　承平的時候。㉓今日句　邊防，邊界防禦。鳳翔，府名，今屬陝西，唐時為鳳翔節度使治所。白居易原注：「平時開遠門外立堠，云去安西九千九百里，以示戍人，不為萬里行，其實就盈數也。今蕃漢使往來，悉在隴州交易也。」㉔屯　屯戍；駐紮。㉕遺民　淪陷地區的百姓。㉖天子　指唐憲宗。《資治通鑑》卷二三八記載，元和五年唐憲宗曾說：「河湟數千里淪於左袵，朕日夜思雪祖宗之恥。」㉗資歡　助興；取樂。

【語　譯】西涼伎，戴著假面的胡人挑弄人扮的假雄獅。木頭雕刻成獅子頭蠶絲製獅尾，金箔貼在眼睛上銀箔包牙齒。身披獅皮擺動雙耳迅速地跳起，好像是來自萬里之外的沙漠裡。紫色鬍鬚眼睛深陷的兩個胡人，鼓舞跳躍上前來致辭。這情景應該還像涼州沒有淪陷時，安西都護把獅子舞進貢到京師。不一會獅子郎說是得到了新消息，安西失陷有家歸不得。獅子郎對著獅子兩眼落淚大哭嚎啕：「涼州已經淪陷你知道不知道？」獅子掉過頭來向西眺望，悲哀地大吼一聲觀眾都悲傷。貞元間守邊的將軍喜愛這舞曲，酒筵前酣醉歡笑看也看不夠。宴享賓客犒賞三軍，表演節目少不了獅子和胡人。有一個士兵年紀已七十，看到表演便低頭哭泣。哭完拱手向將軍說：「過去常聽說『主上心憂是臣子的恥辱』。自從天寶末年的戰事起，吐蕃天天都在吞沒西邊的土地。涼州被侵占已經四十年，河西、隴右七千里的土地都淪亡。太平時安西都護鎮守著萬里邊疆，今天的邊防線內移到長安附近的鳳翔。沿著邊界白白駐紮了十萬兵士，吃得飽穿得暖成天閒著無事。吐蕃統治下的涼州百姓萬分痛苦，將帥士兵睜眼看著不想去收復。皇帝每想到這事都特別痛心，將軍說到這事應當感到羞辱。為什麼還要天天看這舞獅的西涼伎，尋歡作樂毫無愧意？縱然你沒有智慧力量收復失地，怎還能忍心看人表演西涼伎來作戲！」

【研　析】 涼州是絲綢之路上的政治、軍事重鎮，安史亂後，和河西、隴右的大片土地一道淪於吐蕃。詩借西涼伎獅舞對不思收復失地的封疆大吏作了有力的揭露和鞭撻。詩首先描寫了白居易所見獅舞表演，演出的化裝、道具、表演程式和「涼州未陷日」相同，但最後的場景是，獅子郎含淚問獅子「涼州陷沒知不知」，獅子則回頭西望「哀吼」。正是這生動的即興表演傾訴了淪陷地區邊民無家可歸的痛苦，從而深深打動了觀眾，也給讀者以強烈感染。接下來描寫邊將天天「醉坐笑看」獅舞麻木不仁的情況，和表演者、觀眾的態度形成強烈反差。最後採用〈新樂府〉中常用的筆法，借七十歲老兵的口，在哭訴中痛陳「今日邊防在鳳翔」的現狀，「天子痛惜」，「遺民腸斷」，士卒安閒，邊將卻不知羞恥，「取笑資歡無所愧」。幾類人物對獅舞的不同態度，也就是對失地的不同態度，形成強烈對比，揭露了邊防問題的實質在於邊將養寇擁兵，求恩固寵，置國家利益和遺民苦難於不顧。

元稹〈和李校書新題樂府十二首〉中也有〈西涼伎〉，但元詩泛泛描述涼州淪陷前後繁華和蕭條的情況，僅末句「連城邊將但高會，每聽此曲能不羞」點題，較之白詩，批判的深度和感人的力度就要差一些了。

紅線毯❶　憂蠶桑之費也。

【題解】這首詩描寫宣州進貢紅線毯，諷刺為討皇帝歡心而挖空心思進貢的地方官吏，暴露了統治者荒淫享樂，不顧百姓的辛勤勞動和沉重負擔，恣意浪費人力物力的罪惡。

紅線毯，擇繭繰絲❷清水煮，揀絲練線❸紅藍❹染。染為紅線紅於藍❺，織作披香殿❻上毯。披香殿廣十丈餘，紅線織成可殿❼鋪。綵絲茸茸香拂拂❽，線軟花虛不勝物❾。美人踏上歌舞來，羅襪繡鞋隨步沒。太原毯澀毳縷硬❿，蜀都褥薄錦花冷⓫；不如此毯溫且柔，年年十月來宣州⓬。宣城太守加樣織⓭，自謂為臣能竭力。百夫⓮同擔進宮中，線厚絲多卷不得⓯。宣城太守知不知？一丈毯，千兩絲，地不知寒人要暖，少奪人衣作地衣⓰！

【注釋】❶紅線毯　紅色絲絨地毯。《元和郡縣圖志》卷二六「宣州」：「自貞元後，常貢之外，別進五色線毯及綾綺等珍物。」線，原作「繡」。詩中說毯是「紅線織成」，不是刺繡繡成，〈新樂府〉總題、此詩正文及《樂府詩集》都作「線」，據改正。❷擇繭繰絲　選取上等蠶繭，抽取蠶絲。❸練線　煮熟生絲線，使變得柔軟潔白。❹紅藍　紅藍花，葉箭鏃形，有鋸齒，夏季開紅黃色花，可製成胭脂及紅色染料。❺染為句　染成紅色絲線比原來的紅藍花還要紅。❻披香殿　漢代後宮的殿名，趙飛燕曾在披香殿歌舞。見《飛燕外傳》。這裡泛指唐代宮廷的後宮。❼可殿　滿殿。❽綵絲句　茸茸，濃密柔細貌。拂拂，散布貌。線毯上鋪上各種香料，跳舞時香氣隨舞步飄散。花蕊夫人〈宮詞〉：「青錦地衣紅繡毯，盡鋪龍腦鬱金香。」❾線軟句　花虛，花的圖案若隱若現。不勝物，承擔不起一點重量。形容線毯剪茸的厚而輕軟，所以下句說「羅襪繡鞋隨步沒」。❿太原句　太原，今屬山西。澀，滯澀；不光滑。毳，毛線。毳，鳥獸的細毛。⓫蜀都句　蜀都，益州，今四川成都，三國時蜀漢在這裡建都。褥，錦褥。成都以織錦著名，但是有單薄冷滑的缺點。⓬宣州　今安徽宣城市，中唐時是宣歙觀察使的治所。⓭宣城句　宣城，郡名，即宣州，玄宗天寶中改名為宣城郡。太守，漢代州郡長官，相當於唐代的刺史。加樣織，開樣加絲織，按照宮中圖樣加絲編織。白居易自注：「貞元中，宣州進開樣加絲毯。」⓮百夫　百人。⓯線厚句　謂絲毯太厚，所以不能捲起。⓰地衣　地毯。

【語　譯】紅絲線地毯，挑選好繭繅絲用清水煮，抽紡出軟白絲線用紅藍花來染。染成的紅線比紅藍花還要紅，織成披香殿上的紅地毯。披香殿有十多丈寬，紅線毯織成鋪滿殿。彩線剪茸濃密輕柔香氣撲鼻，線毯柔軟不能承重毯上花紋若隱若現。宮中的美女踏上線毯跳舞又唱歌，羅襪繡鞋隨著舞步沒入毯中看不見。太原的毛毯毛線滯澀粗又硬，成都的錦褥單薄滑又冷；都不如紅線毯溫暖又輕柔，每年十月進貢宮中都來自宣州。宣州刺史按宮中開出的花樣加絲編織，自稱作為臣子一定能夠竭盡全力。上百人一同擔起送進宮中，厚厚的線毯用絲太多捲也捲不起。宣州刺史啊，你知不知道？一丈紅毯要一千兩蠶絲來織造，大地不知道寒冷人卻需要溫暖，少奪去人的衣裳來作地毯！

【研　析】這首詩完全採直接記敘的手法，首先記述線毯製造經過了擇繭、繅絲、揀絲、煮練、染色、織造等繁複的工序，接著描寫線毯的用途，巨大的形制，精巧的工藝，鋪在舞池中的良好效果，又將它和太原毛毯、成都錦褥相比較說明它溫暖輕柔的特點，最後說明它的產地和所需原料之多。由於特殊的式樣和工藝，「線厚絲多卷不得」，紅線毯要「百夫同擔」送進宮中，不難想見它的製造要費去多少原料和人工，給人民增加多麼沉重的負擔，而這僅僅只為了滿足統治者的奢華享樂與地方官吏的升官發財！詩最後一反前面客觀描述，以「地不知寒人要暖，少奪人衣作地衣」的責問和告誡結束，斬釘截鐵，義正詞嚴，收束極為有力。元稹在〈白氏長慶集序〉中曾說，白居易「諷諭之詩長於激」。這首詩「通首直敘到底，出以徑遂」（《唐宋詩醇》卷二〇），正體現了「長於激」的特點。

杜陵叟❶　傷農夫之困也。

【題解】這是一首哀傷農夫困頓的諷諭詩。描寫杜陵老叟在荒年典桑賣地完稅的悲慘遭遇，強烈譴責官吏的急徵暴斂，表達了對農民失去土地的深切同情。

杜陵叟，杜陵居，歲種薄田一頃❷餘。三月❸無雨旱風❹起，麥苗不秀❺多黃死。九月降霜秋早寒，禾穗未熟皆青乾❻。長吏明知不申破❼，急斂暴徵求考課❽。典桑❾賣地納官租，明年衣食將何如❿？剝我身上帛，奪我口中粟；虐⓫人害物即豺狼，何必鉤爪鋸牙食人肉！不知何人奏皇帝⓬，帝心惻隱知人弊⓭；白麻紙上書德音⓮，京畿盡放今年稅⓯。昨日里胥⓰方到門，手持敕牒榜鄉村⓱。十家租稅九家畢，虛受吾君蠲免⓲恩。

【注釋】❶杜陵叟　杜陵的老人。杜陵，在長安萬年縣（今陝西西安）東南。《元和郡縣圖志》卷一「京兆府萬年縣」：「杜陵，在縣東南二十里，漢宣帝陵也。」❷頃　土地面積單位，百畝為一頃。❸三月　指元和四年三月。白居易〈賀雨〉：「皇帝嗣寶曆，元和三年冬。自冬及春暮，不雨旱爞爞。」❹旱風　乾旱時節燥熱的風。❺秀　穀類植物抽穗開花。❻青乾　沒有成熟就乾枯。❼申破　向上級申報說明。❽急斂句　斂，收繳。徵，徵收。考課，考核官吏的政績。唐代官員考課分為上上、上中、上下、中上、中中、中下、下上、下中、下下九等。見《新唐書・百官志一》。這裡指在考核中得到上考。❾典桑　抵押桑田。❿何如　如何；怎麼辦。⓫虐　侵害。⓬不知句　詩說「不知何人」，實際上向皇帝報告的人就是白居易和李絳。《資治通鑑》卷二三七：「(元和四年三月）上以久旱，欲降德音，翰林學士李絳、白居易上言，以為『欲令實惠及人，無如減其租稅』。」⑬帝心句　惻隱，憐憫。人弊，百姓疾苦。人，即「民」，避唐太宗李世民諱改。⑭白麻句　白麻紙，皇帝發表大赦、拜相等重要文告用白麻紙書寫，以區別於黃麻紙書寫的一般性文告。德音，皇帝詔書的一種，用於大赦、賑災等。《資治通鑑》卷二三七：「(元和四年閏三月)己酉，制降天下繫囚。蠲租稅，出宮人，絕進奉，禁掠賣。」白居易有〈奏請加德音中節目二件〉，其一為「緣今時旱，請更減放江淮旱損百姓今年租稅」。⑮京畿句　京畿，京兆府所管轄的區域。放，免除。⑯里胥　古代的鄉村小吏。這裡指里正。唐代百家為里，有「里正，以司督察」，「兼課植農桑，催驅賦役」。見《唐六典》卷三。⑰手持句　敕牒，敕書。榜，張貼。⑱蠲免　減免。

【語　譯】杜陵的老人，在杜陵居住，每年種上貧瘠的田地百多畝。直到三月沒下雨旱風刮起，麥苗不能抽穗揚花大都變黃枯死。九月就下了秋霜天氣早寒，禾穗青青沒有成熟都枯乾。長官明知有災荒不向上級明白申報，急忙粗暴徵收租稅只想求得上考。老農只好抵押桑田賣掉土地交納官租，明年一家的衣裳和口糧到哪裡去找？剝掉我身上的衣裳，奪走我口中的食糧，殘害百姓的人就是野獸，何必定要爪如鉤牙似鋸吃人肉的才是豺狼！不知道什麼人報告了皇帝，皇帝心中憐憫知道百姓的疾苦。白麻紙上書寫了文告，京城附近的鄉縣一律免除租賦。昨天里正才到家門，手拿著文書張貼在鄉村。十家的租稅有九家都已交納完畢，白白得到了皇帝減免租稅的大德大恩。

【研　析】詩在禾穗青乾，麥苗黃死，赤地千里的背景上展現了兩個極具戲劇性和諷刺意義的場景：一是貪官酷吏們如狼似虎，逼迫災民們繳納租稅，二是里胥裝模作樣手持詔書張貼鄉村，宣布減免租稅。前者的結果是杜陵老叟由耕種薄田一頃餘到典桑賣地而一無所有，衣食無著，後者的結果是千家萬戶的普通農民十家有九家已經被迫繳納了租稅，和杜陵老叟同一命運，展現了天災人禍中廣大農民共同的悲慘結局。「虐人害物即豺狼，何必鉤爪鋸牙食人肉」，對於剝削者和壓迫者這是何等深刻的揭露！「虛受吾君蠲免恩」，對於虛偽的封建吏治這又是何等辛辣的諷刺。

賣炭翁　苦宮市❶也。

【題　解】宮市是中唐以後，皇帝公開派遣宦官在城市掠奪公民的罪惡制度。詩人通過賣炭翁的悲慘形象，批判了不合理的宮市弊政，揭露了長安平民在宦官欺壓下所承受的苦難。

賣炭翁，伐薪❷燒炭南山中。滿面塵灰烟火色，兩鬢蒼蒼❸十指黑。賣炭得錢何所營❹？身上衣裳口中食。可憐身上衣正單，心憂炭賤願天寒。夜來城外一尺雪，曉駕炭車輾冰轍❺。牛困人飢日已高，市❻南門外泥中歇。翩翩❼兩騎來是誰？黃衣使者白衫兒❽。手把文書口稱敕❾，迴車叱❿牛牽向北⓫。一車炭，千餘斤，宮使驅將惜不得。半疋紅紗一丈綾⓬，繫向牛頭充炭直⓭。

【注　釋】❶宮市　皇宮中購置所需物品進行的交易活動。市，交易；買賣。也指進行交易的場所。宮市實際上是一種掠奪性的買賣行為。《順宗實錄》卷二：「舊事，宮中有要，市外物，令官吏主之，與人為市，隨給其直。貞元末以宦者為使，抑買人物，稍不如本估。末年不復行文書，置白望數百人於兩市並要鬧坊，閱人所賣物，但稱『宮市』，即斂手付與，真偽不復可辨，無敢問所從來。其論價之高下者，率用百錢物買人直數千錢物，仍索進奉門戶并腳價錢。將物詣市，至有空手而歸者。名為宮市，而實奪之。」宮市，原作「官市」，據《白香山詩集》改。❷伐薪　砍柴。❸蒼蒼　深青色。❹營　營求。❺輾冰轍　壓過結冰的車轍。轍，車輪輾壓的痕跡。❻市　交易。這裡指進行交易的場所，長安有東、西二市。❼翩翩　鳥飛貌。形容輕快行進的樣子。❽黃衣句　黃衣使者，宦官，品級低的著黃衫。白衫兒，指「白望」。平民百姓穿白衫。宦官找來一些市井惡少，安置在東西兩市、交通要道和熱鬧街坊做眼線，尋找「宮市」

的目標，稱為「白望」。見前引韓愈《順宗實錄》。❾口稱勅　意思是說宮中要買。勅，皇帝的命令。❿叱　吆喝，以吆喝聲驅趕牲口。⓫牽向北　牽入宮中。唐代長安城的宮城在北面，街道坊市在南面。⓬半疋句　紗，輕薄的絹。綾，一種薄而有彩紋的絲織品。⓭充炭直　抵償買炭的錢。直，通「值」。

【語　譯】賣炭的老翁，砍柴燒炭在終南山中。滿臉灰塵一副煙薰火燎的顏色，鬢邊白髮和十個手指都薰得烏黑。賣炭得到的錢想用來幹什麼？要買身上穿的衣裳口裡吃的糧食。可憐他身上穿著單薄的衣衫，卻擔心炭價便宜但願天氣更加嚴寒。昨晚長安城外下了一尺深的大雪，大清早就趕著炭車壓過結冰的車轍。牛累人餓太陽高照起，停在市場南門外泥地中稍稍喘口氣。騎著馬兒輕快趕來的人是誰？黃衣的宦官和白衣小兒。手裡拿著文書口稱是皇帝的命令，吆喝牛掉過車來趕向北邊的皇宮裡。一車炭，千多斤，宮中使者強行趕走捨不得也不行。薄薄的半匹紅紗白綾一丈，抵充買炭錢繫在了牛頭上！

【研　析】人們往往感到白居易諷諭詩過於直露而少含蓄蘊藉之致，〈賣炭翁〉則不然。它通篇只是客觀的敘述描寫，一切都讓人物和情節來說話。

詩人調動各種藝術手段來塑造賣炭翁這個典型的形象。「伐薪燒炭南山中」是他的職業，「滿面塵灰烟火色，兩鬢蒼蒼十指黑」是他的肖像，「城外一尺雪」是他的環境，「可憐身上衣正單，心憂炭賤願天寒」是他的心理，「曉駕炭車輾冰轍，牛困人飢日已高，市南門外泥中歇」是他的活動，「半疋紅紗一丈綾，繫向牛頭充炭直」則是他的結局。一車千餘斤的炭被強行奪走，衣服糧食和一切希望都化為泡影。敘述至此，戛然而止，老翁今後的日子將怎樣度過，給讀者留下了十分廣闊的想像空間。和孤苦無告的老翁相反，宦官騎馬翩翩而來，二話不說，「手把文書口稱勅，迴車叱牛牽向北」，幾個動作把他們的粗暴驕橫刻劃得淋漓盡致，極為傳神。

宮市是貞元末年對百姓直接危害最為深重的弊政。《順宗實錄》卷二記載：「嘗有農夫以驢負柴至城賣，遇宦者稱宮市取之，纔與絹數尺。」本詩應當是取材於這一事件。但據《實錄》記載，這位農夫感到柴薪被搶走，只有死路一條，於是奮起毆打宦者，事情鬧到皇帝那裡，最後以處罰宦官，賜農夫十匹絹收場。白居易刪去了故事中歌頌皇帝聖明的尾巴，因為他知道，強買強賣的宮市「交易」天天時時都在發生，受害者成千上萬，有幾人敢於反抗？反抗者又有幾人能得到皇帝的干預？經過他提煉處理後的詩歌，人物和故事無疑更為典型，更為接近生活的真實，從而具有更強烈的現實意義。

母別子　刺新間舊❶也。

【題　解】描寫一位因丈夫重娶而被趕出家門的母親和兒女生別離的場景，揭示古代婦女的悲慘命運。

母別子，子別母，白日無光哭聲苦。關西驃騎大將軍❷，去年破虜新策勳❸。勅賜金錢二百萬，洛陽迎得如花人。新人迎來舊人棄，掌上蓮花眼中刺❹。迎新棄舊未足悲，悲在君家留兩兒：一始扶行一初坐，坐啼行哭牽人衣。以汝夫婦新嬿婉❺，使我母子生別離。不如林中烏與鵲，母不失鶵❻雄伴雌；應似園中桃李樹，花落隨風子在枝。新人新人聽我語：「洛陽無限紅樓女❼，但願將軍重立功，更有新人勝於汝。」

【注　釋】❶新間舊　新人離間舊人。實際上是指男子的喜新厭舊。間，離間；使疏遠。❷關西句　關西，指函谷關以西。古代諺語說：「關西出將，關東出相。」見《後漢書・虞詡傳》。驃騎大將軍，漢代的武官名，唐代作為武散官官階的最高一級，不是實際的職事官。這裡是泛指高級的武將。❸去年句　虜，對敵人的蔑稱。策勳，把功勞寫在簡策上；立功。❹掌上句　本句分承前一句，掌上蓮花，指新人，得到寵愛。眼中刺，指舊人，遭到厭惡。❺嬿婉　一作燕婉，夫婦和睦恩愛。蘇武〈詩〉四首：「歡娛在今夕，嬿婉及良時。」❻鶵　同「雛」。幼鳥。❼紅樓女　富家女子。白居易〈秦中吟・議婚〉：「紅樓富家女，金縷繡羅襦。」

【語　譯】母親別兒女，兒女別親娘，哭聲淒慘白日也無光。關西的驃騎大將軍，去年作戰建立了大功勳。皇帝下令賞賜金錢二百萬，洛陽迎回了如花似玉的大美人。新人接回來舊人被拋棄，新人是掌上的荷花舊人成了眼中的刺。迎新棄舊還不算是最大的悲哀，最令人悲痛的是在你家留下了兩個小孩。一個剛會走路一個才能坐，能坐的啼哭會走的拽著我的衣。因為你們夫妻新婚和和美美，卻讓我們母子活活分離。還不如樹林中的烏鴉和喜鵲，雌雄相伴母鳥幼鳥總是在一起。應該是像園林中的桃李樹，花兒隨風飄零果實留樹枝。新人新人聽我的言語：「洛陽多的是紅樓富家女。但願將軍殺敵再立功，還會有新人勝過你。」

【研　析】古代女性地位低下，人身、經濟均不獨立，「幼從父，嫁從夫，老從子」，一生都要依附於男性。夫為妻綱更是根本原則，妻子只是供男人行樂和傳宗接代的工具，禮法規定，妻子只要犯了所謂「七出」之條，丈夫就可以將她拋棄。而在達官貴人家中，這種遺棄幾乎可以不需要任何理由。本篇所記敘的就是當時政治新貴肆意遺棄妻子的惡行。陳寅恪說：「樂天此篇摹寫生動，詞語憤激，似是直接見聞其事，而描述之於詩中者。惜未得確考，不知所謂『關西驃騎大將軍』指何人而言耳。」（《元白詩箋證稿》第五章）

白居易首先描繪母子生離的悽慘場面，然後說明將軍建功受賞迎新棄舊是使母子生離的原因，再以棄婦口吻訴說離別時的情景和心理：小兒女「坐啼行哭牽人衣」使她心如刀割，她羨慕林中烏鵲的雌雄相伴、母子相隨，哀嘆自己如園中桃李隨風飄零，於是激憤地告誡新人別得意太早：「但願將軍重立功，更有新人勝於汝。」我的今天也許就是你的明天！無情地鞭撻了無情寡恩的薄幸男子，控訴了摧殘人性和尊嚴的封建婚姻制度，表現了作者對不幸婦女的真摯同情。詩中以「白日無光」渲染環境氣氛，以掌上蓮花、眼中刺、烏鵲、桃李等比喻進行迎新棄舊的鮮明對比，都大大增強了詩的感染力。

井底引銀瓶❶　止淫奔❷也。

【題解】白居易從維護封建禮教的立場出發反對私奔，但這首詩卻記述了一個追求戀愛自由的美好女性的悲劇命運，客觀上批判了摧殘人性的禮教和封建家長制度。

井底引銀瓶，銀瓶欲上絲繩絕。石上磨玉簪，玉簪欲成中央折❸。瓶沉簪折知奈何？似妾❹今朝與君別！憶昔在家為女時，人言舉動有殊姿❺。嬋娟❻兩鬢秋蟬翼❼，宛轉雙蛾遠山色❽。笑隨戲伴❾後園中，此時與君未相識。妾弄青梅憑短牆，君騎白馬傍垂楊❿。牆頭馬上遙相顧，一見知君即斷腸⓫。知君斷腸共君語，君指南山松柏樹⓬。感君松柏化為心⓭，暗合雙鬟逐君去⓮。到君家舍五六年，君家大人⓯頻有言：聘則為妻奔是妾⓰，不堪主祀奉蘋蘩⓱。終知君家不可住，其奈⓲出門無去處！豈無父母在高堂⓳？亦有親情⓴滿故鄉。潛來㉑更不通消息，今日悲羞歸不得。為君一日恩，悞妾百年身㉒。寄言㉓癡小㉔人家女，慎勿將身輕許㉕人！

【注釋】❶引銀瓶　引，牽引；提起。銀瓶，汲水用的白色陶瓷瓶。銀瓶白而有光澤，隱喻美麗的少女。❷淫奔　私奔。指男女沒有父母之命、媒妁之言的私自結合。❸井底四句　託物起興，用汲水而絲繩斷、磨簪而玉簪折比喻男女愛情和幸福的被扼殺。絲繩，指汲水用的繩索。❹妾　舊時女子自稱的謙詞。❺人言句　舉動，舉止行動。殊姿，優美的姿態。❻嬋娟　形態美好貌。❼兩鬢秋蟬翼　形容兩鬢的頭髮黑而極薄，像蟬的翅膀。梁元帝〈登顏園故閣詩〉：

「妝成理蟬鬢，笑罷斂蛾眉。」❽宛轉句　宛轉，彎曲貌。雙蛾，雙眉。古人用蠶蛾的觸鬚比喻女子彎曲細長的眉毛，所以用蛾來代眉。遠山色，淡淡的青黑色。《西京雜記》卷二：「(卓)文君姣好，眉色如望遠山。」❾戲伴　玩耍的伙伴。❿妾弄二句　憑、傍，都是倚靠的意思。李白〈長干行〉：「郎騎竹馬來，繞床弄青梅。」白居易略加變化，描寫這對青年男女初戀時的美好情景。⓫一見句　意謂一見就知道你愛上了我。斷腸，形容極度思念或悲傷。⓬君指句　南山，終南山。《詩經・小雅・天保》：「如南山之壽，不騫不崩。如松柏之茂，無不爾或承。」南山長在，松柏經冬不凋，故指以為誓，表示自己永不變心。⓭感君句　鮑照〈中興歌〉：「梅花一時豔，竹葉千年色。願君松柏心，採照無窮極。」⓮暗合句　雙鬢，是古代少女的髮型，結婚時就把雙鬢合而為一，是已婚婦女的髮型。因為是背著家長私奔，所以只能「暗合」。逐，追隨。⓯大人　指父母。⓰聘則句　聘，下聘迎娶。指明媒正娶。奔，私奔。妾，小妾；側室。《禮記・內則》：「聘則為妻，奔則為妾。」⓱不堪句　不堪，不能勝任。祀，祭祀。奉，同「捧」。蘋蘩，兩種用於祭祀的植物。蘋，生在淺水中，葉有長柄，柄端四片小葉成田字形，也叫田字草。蘩，白蒿。《詩經・召南》有〈采蘋〉、〈采蘩〉，指採集蘋蘩用於祭祀。封建禮教認為妾不是主婦，不能作為主祭人捧祭品祭祀祖宗。⓲其柰　怎奈。⓳高堂　正房、正廳，家長所居。⓴親情　親人；親戚。王建〈新嫁娘詞〉：「遣郎鋪簟席，相並拜親情。」㉑潛來　偷著跑出來。㉒悞妾句　悞，同「誤」。耽誤。百年，一生。白居易〈詠懷〉：「人生百年內，疾速如過隙。」㉓寄言　捎話。㉔癡小　年幼無知。㉕許　託付；交給。

【語　譯】從井底提起汲水的銀瓶，銀瓶快要提上卻斷了井繩。石頭上打磨白玉髮簪，玉簪快要磨好卻從中折斷。銀瓶落井玉簪折斷又能怎麼辦？就像我今天與你分手一樣！回想從前在家做女兒沒出嫁，人們都說我行為舉止特別優雅。美好的鬢髮像秋蟬翅膀一樣薄，彎彎的眼眉像一抹遠山淡淡青黑。和同伴們一起在後花園中玩耍嬉戲，這時候我們還不曾相識。我把玩著青梅靠著矮牆，你騎著白馬傍著垂楊。一個牆頭一個馬上遠遠相望，一見就知道你愛上了我為我悲傷。知道你愛我才和你搭話，你指著南山的松柏樹賭了咒。松柏般貞堅的心意感動了我，暗暗梳合了雙鬢跟你走。到了你家五六年，你家父母常常把話傳：行聘娶來的是妻私奔就是妾，沒資格主持祭祀捧著蘋蘩祭祖先。終於知道在你家再也住不下去，無奈出了大門就沒地方可住！難道家中沒有父母在高堂？也還有許多親戚在家鄉。背著他們私奔後再沒有通過音訊，現在悲憤羞愧沒臉再回去。為了你一日的恩情，耽誤了我的一生。捎句話給那些年幼無知的女孩子，切莫把自己的終身輕易託付給別人！

【研　析】這是一首清新優美的敘事詩，也是一曲淒惋哀怨的愛情詠嘆調。詩用銀瓶沉、玉簪折起興，隱喻女主人公被迫和愛人分手的不幸遭遇，接下來就是她沉痛而委婉的自述。

情節在女主人公的追憶中漸次展開。作為一個荳蔻年華美麗少女，她「在家為女」時是父母的掌上明珠，得到人人的誇耀和稱讚。是一次後園的嬉戲改變了她的一生：「妾弄青梅憑短牆，君騎白馬傍垂楊。牆頭馬上遙相顧，一見知君即斷腸。」純潔無邪、天真嬌憨的她情竇初開，和陌生男子一見鍾情，熾烈燃燒的愛情之火使她迷失了靈智，和信誓旦旦的情郎相偕私奔。然而社會現實是殘酷的，他們的行為不為禮法所容，她在夫家既沒有名分更沒有地位，又沒有臉面重回父母身邊，天下之大卻沒有她容身之處，哪裡是她的歸屬呢？「慎勿將身輕許人」，實是沉痛至深憤慨至極的苦語！從表面看來，似乎作者把這種結局歸咎於女主人公「淫奔」的舉動或她情人的曖昧冷淡始亂終棄，實質上，在封建社會中，爭取愛情婚姻自由的個人行為永遠不可能與社會成俗和封建禮教相抗衡。人們所讀到的只是一個純潔少女被吃人禮教無情吞噬的故事，人們的同情永遠在她一邊。

在如怨如訴的追憶中，昔日家庭的溫馨歡樂、愛情的純真美好和今日的孤獨飄零、悔恨痛苦交織渾融，構成了互為表裡、交替疊現的複調敘述。詩融傳奇性、抒情性、勸誡性於一身，集合了諸多悲喜劇的要素，提供了再創作的廣闊天地，因此歷來受到人們的喜愛，元人白樸著名的雜劇《牆頭馬上》就是在它的基礎上創作的。

采詩官[1]　鑑前王亂亡之由也。

【題　解】這是〈新樂府〉組詩的最後一首，是一首總結歷代王朝滅亡原因的諷諭詩。指出歷代不置采詩官的結果是民情不達，奸臣蔽君，表達借詩來傳達民情、補察時政的政治理想。

采詩官，采詩聽歌導❷人言。言者無罪聞者誡❸，下流上通上下泰❹。周滅秦興至隋氏，十代❺采詩官不置。郊廟登歌讚君美❻，樂府豔詞悅君意❼。若求興諭規刺言❽，萬句千章無一字。不是❾章句無規刺，漸及朝廷絕諷議❿。諍臣杜口為冗員⓫，諫鼓高懸作虛器⓬。一人負扆常端默⓭，百辟入門兩自媚⓮。夕郎所賀皆德音⓯，春官每奏唯祥瑞⓰。君之堂兮千里遠，君之門兮九重閟⓱；君耳唯聞堂上言⓲，君眼不見門前事⓳。貪吏害民無所忌，奸臣蔽君無所畏。君不見：厲王⓴胡亥㉑之末年，群臣有利君無利！君兮君兮願聽此：欲開壅蔽㉒達人情，先向歌詩求諷刺。

【注釋】❶采詩官　搜集民間歌謠的官員。相傳周代有採詩官，通過採集民間歌謠使上層統治者了解民間風俗和政治得失。《漢書·藝文志》：「古有采詩之官，王者所以觀風俗，知得失，自考正也。」《漢書·食貨志》：「男女有不得其所者，因相與歌詠，各言其傷……孟春之月，群居者將散，行人振木鐸徇于路以采詩。獻之大師，比其音律，以聞於天子。故曰：『王者不窺牖戶而知天下。』」白居易很欣賞這種採詩制度，他作〈新樂府〉目的就是「惟歌生民病，願得天子知」，所以將本詩放在五十篇的末尾，以點明其作詩諷諫的旨意。❷導　誘導；啟發。❸言者句　本句的意思是說詩人微言婉諷，可以因為沒有干犯科條而不致得罪，當政者則可以引為鑑誡改正過失。《詩經·大序》：「上以風化下，下以風刺上，主文而譎諫，言之者無罪，聞之者足以戒，故曰風。」言者，指作歌的人。聞者，聽到的人。

指執政者。誡，警誡；引以為誡。❹下流句　本句的意思是，上下交流，意見互相溝通，就可以實現上下間的暢通和安泰。泰，通暢；安寧。《周易・泰卦》：「天地交而萬物通也，上下交而志同也。」❺十代　指秦、西漢、東漢、魏、晉、宋、齊、梁、陳、隋，一共十個朝代，都沒有置採詩官。❻郊廟句　郊廟，指朝廷的祭祀大典。郊，祭天。廟，祭祖。登歌，升堂奏歌。古代舉行祭典、大朝會時樂師登堂而歌。《樂府詩集》有「郊廟歌辭」。❼樂府句　樂府，指朝廷和宮中的音樂機構。豔詞，文詞美麗、內容浮豔的詩歌。❽若求句　興諭規刺言，指繼承了《詩經》比興的傳統反映現實生活諷刺揭露黑暗現象的作品。興諭，比興諷諭。規刺，規諫諷刺。❾不是　不只；不但。❿漸及句　影響所及朝廷裡規諫駁議的現象也漸漸絕跡了。意思是說文風影響到政治風氣。⓫諍臣句　諍臣，諫官，專司諫諍的官員。秦代設諫大夫，漢代以後設諫議大夫，唐代還增設拾遺、補闕，都專掌規諫諷諭。杜口，塞口，閉口不言。冗員，多餘的官員。⓬諫鼓句　諫鼓，一名登聞鼓，設在朝堂大門外，准許受冤屈的人捶鼓申冤。高懸，高高掛起。虛器，形同虛設的器具。⓭一人句　一人，指皇帝。負扆，背向著屏風。扆，畫有斧形花紋的屏風，古代天子朝見諸侯時負扆南面而立。見《淮南子・齊俗》。端默，端坐不言。⓮百辟句　百辟，原指諸侯，後來指百官。《詩經・大雅・假樂》：「百辟卿士，媚于天子。」入門，進入宮門。指上朝時。兩自媚，互相取媚，既奉承別人也誇耀自己。⓯夕郎句　夕郎，應劭《漢官儀》卷上：「黃門侍郎每日暮向青瑣門拜，謂之夕郎。」唐代稱門下省的給事中為「夕郎」或「夕拜」。德音，皇帝詔令的一種，用來宣布大赦、免稅等的恩詔。給事中的職責本是「駁正違失」，有封還詔書的權力。這裡是說給事中放棄了職責，只知道一味歌功頌德。⓰春官句　春官，周代官名，相當於唐代的禮部。祥瑞，吉祥符瑞。唐制，禮部掌管祥瑞。凡有大的祥瑞出現，禮部表奏，百官都要向皇帝祝賀，一般祥瑞則由禮部員外郎年終向皇帝統一報告。見《唐六典》卷四。⓱君之門句　九重，形容皇帝居處的深邃。《楚辭・九辯》：「豈不鬱陶而思君兮，君之門以九重。」閟，關閉。⓲堂上言　朝堂上大臣所言。⓳門前事　宮門以外的事。⓴厲王　指周厲王，西周末期暴君。國人對他不滿，他就使衛巫察訪有不滿言論的人，得到舉報就將其殺掉，弄得國中沒人敢說話，道路以目。大臣勸阻他說：「防民之口，甚於防水；水壅而潰，傷人必多，民亦如之。」厲王不聽。後國人叛亂，厲王出奔彘，死於彘。見《史記・周本紀》。㉑胡亥　秦二世，他受大宦官趙高蒙蔽，深居宮中，不和群臣見面，也不聽取任何意見，任憑趙高指鹿為馬，最後自殺身亡。見《史記・秦始皇本紀》。㉒壅蔽　壅塞蒙蔽。

【語　譯】採集詩歌的官，採集詩篇聽人歌唱引導大家把話說。說的人不加罪聽的人引以為誡，上下交流溝通君臣百姓都安泰。周朝滅亡秦國興起一直到隋朝，不再設置採詩官員已有十個朝代。郊天祭祖的歌都是一片頌揚君主聲，樂府歌詞浮豔只要使君主能高興。如果想找比興諷諭規諫諷刺的話，萬句千篇裡找不到一個字。哪只是歌辭中沒有規勸和諷刺，朝廷裡規諫和諷議也漸漸絕了跡。諫官們閉口不言尸位素餐，諫鼓高高懸掛著形同虛設。皇帝上朝背向屏風端坐默默無言，百官們進得宮門不是奉承別人就是誇自己。給事中總是恭賀皇帝降鴻恩從不駁議，禮部官員只要奏事就是報告吉祥符瑞。皇帝的宮殿離人們如有千里遠，皇宮的九重宮門重重鎖閉！皇帝的耳中塞滿了朝堂上阿諛奉承的話，皇帝的眼睛看不見宮門外種種情和事！貪黷的官吏殘害人民毫無顧忌，奸邪的大臣蒙蔽君主無所畏懼！您難道看不到：周厲王和秦二世的末年，都是這種情況不利國君只對群臣有利！君王啊君王，但願您能聽我一句話：要想打破閉塞蒙蔽去了解民情，先要向詩歌裡尋求諷刺！

【研　析】整個〈新樂府〉組詩也貫徹了「首句標其目，卒章顯其志」的寫作原則。首篇〈七德舞〉歌詠帝王創業維艱，以美始，本篇〈采詩官〉論述詩歌的社會功用和創作目的，以刺終，如「常山之蛇尾，與首篇有互相救護之用。其組織嚴密，非後世摹仿者所能企及也」（陳寅恪《元白詩箋證稿》第五章）。

詩將採詩制度的興廢和政事的良窳、王朝的興替聯繫起來，對現實「章句無規刺」，「朝廷絕諷議」的現象表示了深切的擔憂。批判的矛頭直指貪吏奸臣、阿諛佞臣，甚至「負扆端默」的皇帝。在伴君如伴虎的時代，這需要何等的勇氣。儘管皇帝對他的建議並不熱心，採詩的辦法到底也沒實行，但這五十首詩作，每一首都深刻地反映了現實生活，尖銳地提出了重大的社會問題，表現出白居易憂國憂民的高尚情懷，敢於放言直論的堅貞品格，代表著他諷諭詩的最高成就。

寄唐生❶

【題解】這是一首寄給知己的五言古詩。約作於元和三年（西元八〇八年）至元和五年（西元八一〇年），長安。唐衢是位正直義士，也是白居易〈新樂府〉的知音，他們的友誼是政治思想、人格精神和文學觀點的深刻契合。所以詩的前半段揭示這位友人經常痛哭的實質：關心國家安危，憂慮時事，為忠臣義士屢遭迫害而鬱憤悲傷。詩的後半段敘述白氏〈新樂府〉的創作動機、基本傾向和藝術特色，體現了白氏諷諭現實的主張，成為白氏重要的詩歌理論綱領。

賈誼哭時事❷，阮籍哭路歧❸。唐生今亦哭，異代❹同其悲。唐生者何人？五十寒且飢。不悲口無食，不悲身無衣；所悲忠與義❺，悲甚則哭之。太尉擊賊日❻，尚書叱盜時❼。大夫死兇寇❽，諫議謫蠻夷❾。每見如此事，聲發涕輒隨。往往聞其風，俗士猶或非❿。憐君頭半白，其志竟不衰。我亦君之徒⓫，鬱鬱⓬何所為？不能發聲哭，轉作樂府詩⓭。篇篇無空文⓮，句句必盡規⓯。功高虞人箴⓰，痛甚騷人辭⓱。非求宮律⓲高，不務文字奇；惟歌生民病⓳，願得天子知。未得天子知，甘受時人嗤。藥良氣味苦⓴，琴淡音聲稀㉑。不懼權豪怒，亦任親朋譏。人竟無奈何，呼作狂男兒。每逢群動息㉒，或遇雲霧披㉓；但自高聲歌，庶幾㉔天聽卑㉕。

歌哭雖異名，所感則同歸。寄君三十章㉖，與君為哭詞。

【注　釋】❶唐生　唐衢。生，讀書人的通稱。猶後世稱「先生」。唐衢，滎陽人。多次應進士舉，未第。能詩，關心國家大事，讀到他人文章有所傷嘆，常常痛哭流涕，所以人們稱唐衢善哭。事跡見《舊唐書・唐衢傳》。唐衢死後，白居易作〈傷唐衢二首〉其二說：「遂作〈秦中吟〉，……惟有唐衢見，知我平生志；一讀興歎嗟，再吟垂涕泗。」可見唐衢是白居易的知音。詩其一又說：「憐君儒家子，不得詩書力。五十著青衫，試官無祿食。遺文僅千首，六義無差忒。散在京索間，何人為收得？」可見他晚景和身後的淒涼。❷賈誼句　賈誼，西漢初著名政治家。數上疏陳政事，言時弊，為文帝賞識，受到一些老臣的忌妒，出為長沙王太傅，後遷梁懷王太傅，因梁王落馬死，覺得自己沒盡到太傅的職責，憂傷而死，年三十三歲。賈誼〈陳政事疏〉：「臣竊惟事勢，可為痛哭者一，可為流涕者二，可為長太息者六。」陳述的是當時令人極為擔憂的九件軍國大事。❸阮籍句　阮籍，魏、晉之間人。官至步兵校尉，不滿司馬氏集團殘酷屠殺異己的政策，內心苦悶，常借飲酒來逃避現實。《晉書・阮籍傳》：「時率意獨駕，不由徑路，車跡所窮，輒慟哭而反。」路歧，岔路口。相傳戰國時思想家楊朱見歧路而哭，因為可以往南也可以往北。阮籍〈詠懷〉之二十三：「楊朱泣岐路。」這裡白居易將二件事合為一事來使用。❹異代　不同的時代。❺忠與義　忠臣和義士。❻太尉句　白居易自注：「段太尉以笏擊朱泚。」太尉，三公之一，正一品。段太尉，段秀實。唐德宗時官至涇原節度使、司農卿。建中末年，朱泚謀反，占據長安，自立為皇帝，國號大秦，改元應天，召段秀實參與逆謀。秀實在朝堂上用朝笏痛擊朱泚，被朱泚殺害。德宗在奉天，追贈他為太尉。事見《舊唐書・段秀實傳》。❼尚書句　白居易自注：「顏尚書叱李希烈。」尚書，尚書省六部的長官。顏尚書，顏真卿，琅琊臨沂人。唐德宗朝官至刑部尚書、太子太師。淮西節度使李希烈反叛，宰相盧杞借刀殺人，派真卿前往淮西宣慰，被希烈扣留。希烈百般利誘威逼，要以他為偽宰相，真卿堅決不從，痛罵叛賊，被縊殺。死後，諡文忠。事見《舊唐書・顏真卿傳》。❽大夫句　白居易自注：「陸大夫為亂兵所害。」大夫，御史大夫，御史臺的長官。陸大夫，指陸長源。貞元間，為宣武軍節度行軍馬。十五年，宣武軍節度使董晉卒，以長源為御史大夫、宣武軍節度使，揚言要整頓軍紀，被亂兵所殺。事見《舊唐書・陸長源傳》。❾諫議句　白居易自注：「陽諫議左遷道州。」諫議，諫議大夫，官階最高的諫官。陽諫議，指陽城。蠻夷，西南方蠻荒之地。這裡指道州，今湖南道縣。唐德宗時陽城為諫議大夫，曾彈劾德宗寵信的佞臣裴延齡，堅決反對任命裴延齡為宰相，後被貶為道州刺史，死在道州。事見《舊唐書・陽城傳》。❿非　非議；批評。⓫徒　徒黨；同道。⓬鬱鬱　憂鬱貌。⓭樂府詩　指〈新樂府〉、〈秦中吟〉等針砭時弊的歌詩。⓮空文　空泛的文字。指內容與時政和民生疾苦無關。⓯盡規　盡規勸諷諫之道。⓰虞人箴　虞人，古代掌管山澤苑囿的官。箴，一種以規勸告誡為主旨的文體。周太史辛甲，曾命百官各作箴辭，規戒王的過失，虞人也作了一篇，規誡王不要沉迷於田獵，稱為「虞人之箴」。見《左傳・襄公四年》。⓱騷人辭　騷人，指屈原。他所作的〈離騷〉對楚辭一類作品和後人有巨大的影響，楚辭體的作品被稱為騷體，屈原和楚辭的其他作者被稱為騷人。〈離騷〉痛心於楚懷王信任讒佞，政治黑暗，民生多艱，中有「長太息以掩涕兮，哀民生之多艱」，「攬茹蕙以掩涕兮，霑余襟之浪浪」等沉痛詩句。⓲宮律　音律。宮聲為五音之首。⓳生民病　百姓的疾苦。⓴藥良句　《史記・留侯世家》：「良藥苦口而利於病，忠言逆耳而利於行。」㉑瑟淡句　瑟，古代一種絃樂器。淡，雅淡。指樂曲的旋律比較簡單。比喻諷諫詩歌樸素無華。《太平御覽》卷五七六引《禮記》：「清廟之瑟，朱絃而疏越，一唱而三嘆，有遺音者也。此雅淡之樂也。言至和不在於音，故不須絚絃促柱以慆人心也。」㉒群動息　指入夜。陶淵明〈飲酒〉其七：「日入群動息，歸鳥趨林鳴。」群動，各種生物。㉓雲霧披　雲霧散開。指日出天晴。《世說新語・賞譽》：「披雲霧，見青天。」古人常常用雲霧遮蔽日月比喻小人蒙蔽君主。陸賈《新語・慎微》：「邪臣之障賢，猶浮雲之蔽日月也。」所以「雲霧披」也可能暗喻著皇帝注意傾聽下面意見的時候。㉔庶幾　也許可以，表希望。㉕天聽卑　上天神明可以洞察人間最卑微的地方。指帝王能夠瞭解民情。《史記・宋微子世家》：「天高聽卑。」㉖三十章　三十首詩歌。應當指白居易所作〈新樂府〉詩的一部分。

【語譯】賈誼為國家時事痛哭，阮籍遇到分岔路口痛哭。唐生現在也痛哭，朝代不同卻有著同樣的悲苦。唐生是什麼人？年過五十缺食少衣裳。不為自己沒有飯吃悲痛，不為自己沒有衣穿憂傷；悲傷的是忠臣和義士，悲痛到極點就為他們痛哭一場。太尉段秀實痛擊逆賊朱泚的日子，顏真卿尚書怒斥叛臣李希烈的時候，陸長源大夫被汴州亂軍殺害，諫議大夫陽城被貶謫到蠻荒之地道州。每每遇到諸如此類的事情，就會放聲痛哭眼淚相隨流。聽到唐衢這種痛哭的作風，有些世俗的人往往加以責備。可嘆你頭髮已經半白，關懷國事的志向竟然毫不衰退。我也算得上是你的同道，內心憂傷抑鬱又能做點什麼？既然不能放聲哭一場，只能轉而創作樂府詩歌。沒有一篇是內容空洞的文字，每句詩定要盡規勸諷諫的責任。功業高過了虞人的箴，悲痛超過了〈離騷〉一類作品。不追求音韻格律的高妙，也不追求遣辭造語的奇巧；只是歌唱百姓的疾苦，希望得到皇帝的知曉。如果不被皇帝知道，甘心遭到世人的嗤笑。能治病的好藥總有苦味道，清廟的瑟彈出的音符稀少卻奏出雅淡的曲調。不害怕權豪貴要的憤怒，也聽任親戚朋友去譏誚。人們拿我毫無辦法，竟給我一個狂男子的稱號。每當萬物活動停止的悄悄深夜，或者遇到雲開霧散的晴天豔陽高照，只是獨自一人高聲歌唱，希望我卑微的聲音皇帝能聽到。歌唱和哭泣雖然名稱不同，使我們或哭或歌卻是相同的懷抱。寄給你我寫的三十篇詩，給你用作痛哭的材料！

【研　析】詩塑造了兩位守志抗世的奇男子。一個是唐衢，儘管沉淪不偶，缺衣少食，卻憂念國事，為朝政昏暗、奸佞當道、藩鎮跋扈、忠臣義士慘遭殺害或無罪遠貶而憤慨悲傷，痛哭流涕。一個是詩人自己，和唐衢一樣關心國計民生，卻以長歌當哭，全身心地投入樂府詩歌的創作，力圖反映現實的黑暗，生民的疾苦，使下情能為皇帝知曉。兩人都不懼權豪的憤怒，不理親朋的嘲笑和世俗之責備，或以痛哭，或以歌唱，以抒發憂國憂民的懷抱。詩慷慨激昂，感情充沛流走，千載之下，仍然具有震撼人心的藝術力量。

白居易另有〈傷唐衢〉二首，其中第二首敘述唐衢和自己志同道合的情況，對理解本詩有很大的幫助，錄如下：「憶昨元和初，忝備諫官位。是時兵革後，生民正憔悴。但傷民病痛，不識時忌諱。遂作〈秦中吟〉，一吟悲一事。貴人皆怪怒，閒人亦非訾。天高未及聞，荊棘生滿地。惟有唐衢見，知我平生志。一讀興歎嗟，再吟垂涕泗。因和三十韻，手題遠緘寄。致吾陳（子昂）杜（甫）間，賞愛非常意。此人無復見，此詩猶可貴。今日開篋看，蠹魚損文字。不知何處葬，欲問先歔欷。終去哭墳前，還君一掬淚。」

雜興❶三首（選一）

【題解】這是一組五言古風的諷諭詩。元和中作。原為三首，這裡選入其一。詩描寫楚王好色從禽的故事，借古諷今，告誡唐代的君王要吸取「色禽合為荒，刑政兩已衰」的教訓。

其一

楚王多內寵❷，傾國選嬪妃❸。又愛從禽❹樂，馳騁每相隨。錦韝臂花隼❺，羅袂控金羈❻。遂習❼宮中女，皆如馬上兒。色禽合為荒❽，刑政兩已衰❾。雲夢春仍獵❿，章華⓫夜不歸。東風二月天，春雁正離離⓬。美人挾銀鏑⓭，一發疊雙飛⓮。飛鴻驚斷行⓯，斂翅避蛾眉⓰。君王顧之笑，弓箭生光輝。迴眸⓱語君曰：「昔聞莊王⓲時，有一愚夫人，其名曰樊姬⓳。不有此遊樂，三載斷鮮肥⓴。」

【注釋】❶雜興　雜感。❷內寵　統治者所寵愛的人。這裡指姬妾。❸傾國句　傾國，在整個國中。傾，盡。嬪妃，妃子。嬪，宮廷中女官名。❹從禽　打獵時追逐禽獸。❺錦韝句　韝，皮革製的臂套，打獵時可以用來束衣袖或立鷹。錦韝，是用錦緞製作或裝飾的臂套。臂，手臂。這裡用作動詞，立於臂上。隼，即鶻，又名雀鷹，鷹鷂之屬，一種猛禽。❻羅袂句　羅袂，羅袖。這裡指女子羅袖中的手。金羈，黃金裝飾的馬絡頭。❼習　教習。❽色禽句　荒，迷亂；享樂過度。《逸周書・謚法》：「外內從亂曰荒，好樂怠政曰荒。」《尚書・五子之歌》：「內作色荒，外作禽荒……有一于此，罔或不亡。」❾刑政句　刑政，刑法和政令。刑法告訴人們什麼不可做，政令告訴人們當做什麼，是進行統治的兩大工具。衰，廢弛。❿雲夢句　雲夢，大澤名。司馬相如〈子虛賦〉：「臣聞楚有七澤，嘗見其一……名曰雲夢，雲夢者方九百里。」《呂氏春秋・至忠》：「荊莊哀王獵於雲夢，射隨兕，中之。」春仍獵，打獵應當在冬天農閒時進行，春獵，就是沒有節制。⓫章華　臺名，春秋時楚靈王造。《左傳・昭公七年》：「楚子成章華之臺，願與諸侯落之。」⓬離離　井然有序貌。沈約〈秋夜〉：「離離雁出雲。」⓭銀鏑　裝飾華美的箭。鏑，箭鏃。⓮一發句　發，射箭。疊，重疊；連中。雙飛，兩隻飛鳥。⓯飛鴻句　鴻，鴻雁。斷行，亂了行列；飛散。⓰斂翅句　斂翅，收束翅膀。避，退避。蛾眉，如蠶蛾觸鬚般細長彎曲的美眉。代指美女。⓱迴眸　回顧。眸，眼珠。⓲莊王　楚莊王，名侶，春秋時楚國君主。⓳樊姬　楚莊王夫人。《列女傳》卷二：「樊姬，楚莊王之夫人也。莊王即位，好狩獵，樊姬諫，不止，乃不食禽獸之肉。王改過，勤於政事。」⓴斷鮮肥　禁斷肉食。

【語　譯】楚王已有許多姬妾，還在全國挑選美女作嬪妃。又喜愛獵取禽獸，騎馬馳騁時妃子經常跟隨。織錦裝飾的臂韝上立著獵隼，羅袖中的纖纖玉手控制著韁轡。於是訓練宮中的婦女，一個個都像馬上的男兒。既愛色又好獵荒淫無度，刑法和政令全都弛廢。春天來了仍然到雲夢澤去狩獵，到了晚上還不回宮中章華臺過夜。東風吹拂的二月天，春天的大雁排列有序地北飛。美人拈取了華美的銀箭，一射就連中天上高飛的兩隻大雁。飛行中的大雁受驚分散，收束起翅膀避開王妃。君王迴顧大笑開懷，弓箭也顯得熠熠生輝。美人迴頭向著君王說：「聽說過去莊王時，有一個夫人其蠢無比，她的名字叫做樊姬。不喜愛狩獵遨遊，居然三年不吃禽獸的肉。」

【研　析】〈雜興三首〉都是借古諷今的諷諭詩。本詩中的楚靈王是春秋末期楚國一個臭名昭著的君主。他在位時，窮奢極欲，荒淫好色，大興土木，田獵無度，窮兵黷武。西元前五二九年，他的弟弟蔡公棄疾（即楚平王）發動政變，眾叛親離，靈王自縊而死。據史籍記載，唐憲宗後庭多嬖豔，又喜好遊獵，所以白居易此詩借古鑑今，勸誡憲宗吸取楚靈王「色禽合荒」造成「刑政兩衰」而自取滅亡的歷史教訓，用心良苦。

詩以楚靈王好色和從禽的事跡為題材，對宮中美人騎射田獵作重筆勾勒，從獵者衣飾鞍馬的鮮華，不分冬春晝夜出獵的無度，美人騎射技藝的精良高妙寫出靈王的驕奢淫逸。詩結尾通過一位美人之口，譏笑因諫莊王出獵而不食禽獸終於幫助莊王成為春秋霸主的樊姬是「愚夫人」，適足反襯靈王的荒淫無度和美人的無知愚蠢，形成辛辣的諷刺。和白居易諷諭詩往往好發議論相反，此詩褒貶之意全寓於記敘描寫之中，所以賀裳說：「此詩用意落筆，有無限曲折蘊藉。初讀之，不信其出白手也。」（《載酒園詩話又編》）

勸酒寄元九❶

【題　解】這是一首詠懷寄友的五言古體感傷詩，元和五年（西元八一〇年）秋作。當時元稹因為觸怒權貴被貶官到江陵。詩人勸誡他人生苦短，名利場中，風波險惡，不如沉醉在美酒裡，不問人間的是非。詩充滿了對世事的悲憤感。

薤葉有朝露❷，槿枝無宿花❸。君今亦如此，促促生有涯❹。既不逐禪僧，林
下學《楞伽》❺；又不隨道士，山中煉丹砂❻。百年夜分半❼，一歲春無多。何不
飲美酒？胡然❽自悲嗟❾！俗號銷❿憂藥，神速無以加⓫。一盃驅世慮⓬，兩盃反天
和⓭；三盃即酩酊⓮，或笑任狂歌⓯。陶陶⓰復兀兀⓱，吾孰知其他？況在名利途⓲，
平生有風波⓳。深心⓴藏陷穽㉑，巧言㉒織網羅㉓。舉目㉔非不見，不醉欲如何？

【注　釋】❶元九　元稹，排行第九。參見〈贈元稹〉注❶。元和初，元稹任監察御史，劾奏前東川節度使嚴礪擅自

徵收賦稅，籍沒百姓財物，又劾奏河南尹房式等違法事，得罪了許多權貴。元和五年夏，被貶為江陵府士曹參軍。白居易深感不平和憤懣，曾上〈論元稹第三狀〉等加以營救，尖銳地指出：「元稹守官正直，人所共知。自授御史已來，舉奏不避權勢。……人誰無私，因以挾恨，或假公議，將報私嫌，遂使誣謗之聲，上聞天聽。臣恐元稹左降已後……無人肯為陛下當官執法，無人肯為陛下嫉惡繩愆。內外權貴，親黨縱橫，有大過大罪者，必相容隱而已。」但憲宗不予理睬。元稹到了江陵，也寫了〈先醉〉、〈獨醉〉、〈宿醉〉、〈懼醉〉等十多首飲酒詩，白居易為了安慰元稹，也為了發洩自己內心的苦悶，便寫了這首詩寄他。元稹又寫了一首〈酬樂天勸醉〉作為回答。❷薤葉句　薤，一種多年生的草本植物，地下鱗莖和葉可食。朝露，清晨的露水，太陽一出就乾了。比喻人生短促。樂府古辭〈薤露〉：「薤上露，何易晞。露晞明朝更復落，人死一去何時歸。」曹操〈短歌行〉：「對酒當歌，人生幾何。譬如朝露，去日苦多。」❸槿枝句　槿，木槿，落葉灌木，夏秋開紅、白或紫色花，朝開暮落。宿花，隔夜的花。❹促促句　促促，短促、迅疾貌。涯，邊際。《莊子・養生主》：「吾生也有涯。」❺既不二句　禪僧，信仰禪宗的僧人。禪，梵語「禪那」的省稱，是靜思的意思。禪宗以打坐靜思為主要的修行方式。楞伽，指《楞伽經》，原為山名，在師子國，相傳佛在此說大乘經，所說的經名《楞伽經》。❻丹砂　硃砂，礦物名，是方士煉丹的主要材料。古人認為用丹砂等能煉成長生不老之藥。❼百年句　百年，指一生。夜分半，夜晚分去一半。❽胡然　為何。表示疑問或反詰。❾悲嗟　悲傷嘆息。❿銷消解。《文選》魏武帝〈短歌行〉：「何以解憂，唯有杜康。」李善注引《漢書》：「東方朔曰：『臣聞消憂者，莫非酒也。』」⓫加　超過。⓬世慮　世俗的憂愁。⓭反天和　回歸自然祥和的狀態。反，通「返」。天和，自然的祥和之氣。《莊子・知北遊》：「若正汝形，一汝視，天和將至。」⓮酩酊　大醉。⓯狂歌　狂放的歌唱。⓰陶陶　和樂貌。⓱兀兀　昏沉貌。⓲名利途　功名利祿之途；宦途。⓳平生句　平生，此生。風波，比喻糾紛和災難。按，此句疑為「平地生風波」或「平地有風波」之誤。劉禹錫〈竹枝詞〉：「長恨人心不如水，等閒平地起波瀾。」杜荀鶴〈將過湖南經馬當山廟因書三絕〉：「只怕馬當山下水，不知平地有風波。」都是一個意思。⓴深心　周密的心思。㉑陷穽　捕捉鳥獸或敵人的土坑。比喻陷害人的陰謀。㉒巧言　取悅於人的話語；花言巧語。《論語・學而》：「巧言令色，鮮矣仁。」㉓網羅　捕鳥的工具。㉔舉目　睜開眼睛。

【語　譯】清晨薤葉上的露水容易曬乾，木槿花朝開暮落過不了夜晚。現在我們也像槿花和朝露，短促的人生很快就會走完。既不去追隨修禪的僧侶，深林之下誦讀《楞伽》；也不去追隨道士，深山之中燒煉丹砂。人生百年黑夜占去了一半，一年四季春天還能有幾多？為什麼不斟起美酒來暢飲？為什麼要悲傷嗟嘆把自己來折磨？人們常說酒是消解憂愁的藥，效果神速沒什麼能超過。喝上一杯趕跑了世間的憂和愁，喝上兩杯回歸自然安泰又祥和，喝上三杯就醺醺大醉，高聲大笑任我縱情狂歌。昏昏沉沉又快快樂樂，哪還有別的什麼事情能糾纏我？況且我們已經走上了爭名奪利的仕途，平白無故風波興起真險惡。周密的心思隱藏著坑人的陷阱，花言巧語編織著捕人的網羅。這些只要一睜眼睛就能看得到，不喝得大醉你還能做什麼？

【研　析】白居易在左拾遺、翰林學士任上屢上疏狀，言事進諫，憲宗認為他「無禮於朕」（《舊唐書・白居易傳》），十分不快；他所作〈秦中吟〉、〈新樂府〉等詩更使權豪貴近「扼腕切齒」（〈與元九書〉）。元稹則因在監察御史任上舉劾大臣，不避權勢，也遭人嫉恨。元和五年三月，被以與宦官驛舍爭廳事為口實（詳見〈和答詩十首・序〉注釋）貶官為江陵士曹參軍。白居易三次上狀切諫，憲宗不予理睬。這年五月，白居易左拾遺秩滿，並未循例遷補闕，更未超授員外郎，而是轉為外官，授京兆府戶曹參軍，實際上被冷落疏遠。不久，寫了這首憂憤激烈的詩作，遠寄江陵的元稹。

詩以晨露木槿起興。人生苦短，百年中黑夜占一半，春天也不多，既在莽莽紅塵中，又不修禪學道，就只有飲酒。飲酒使人忘憂，使人麻醉，使人渾渾噩噩。何況，名利官場，風波險惡，更只有飲酒。鋪敘、排比、複沓、比喻、問答，行雲流水又跌宕起伏，構成詩歌奔騰洶湧的情感抒發，表達出紛至遝來而又難以傾吐的痛苦，鬱結於心，不能釋懷。這種痛苦的完全展現，在白居易詩集中尚是首次，標識著白居易的政治態度和人生觀已經開始了微妙的變化。

折劍頭❶

【題解】這是一首託物言志的詠物詩，為五言排律。寫在元和五年（西元八一〇年），當時元稹因不避權貴，敢於彈劾被貶官。所以詩人以折劍為喻，歌頌了他寧折毋曲的剛直精神，讚美他堅持鬥爭、無所顧惜的決心和勇氣。

拾得折劍頭，不知折之由。一握青蛇尾❷，數寸碧峰❸頭。疑是斬鯨鯢❹，不然刺蛟虬❺。缺落泥土中，委棄❻無人收。我有鄙介❼性，好剛不好柔；勿輕直折劍，猶勝曲全鉤❽。

【注釋】❶折劍頭　斷劍的劍頭。❷一握句　一握，一把。這裡指劍頭的大小。青蛇尾，比喻劍頭。青蛇，形容劍上青瑩的寒光。郭震〈寶劍篇〉：「精光黯黯青蛇色，文章片片綠龜文。」❸碧峰　青色山峰。比喻劍頭的鋒利。柳宗元〈與浩初上人同看山寄京華親故〉：「海畔尖山似劍鋩，秋來處處割愁腸。」❹鯨鯢　海中的鯨魚，雄曰鯨，雌曰鯢。比喻惡人。❺蛟虬　蛟，傳說中龍一類的動物。虬，有角的龍。蛟虬兇惡，為害百姓，晉周處曾除三害，其一即入水刺蛟。見《晉書・周處傳》。❻委棄　棄置；丟棄。❼鄙介　質樸耿直。❽曲全鉤　完整但彎曲的鉤。鉤，兵器名，似劍而曲。東漢順帝末年童謠說：「直如弦，死道邊。曲如鉤，反封侯。」見《後漢書・五行志一》。

【語譯】拾到一截斷劍的劍頭，不知道它折斷的緣由。大小一握如同青蛇尾寒光閃爍，長短數寸卻像青翠高聳的山峰頭。疑心它曾被用來斬殺鯨鯢，不然就是被用來刺殺蛟虬；現在殘缺不全落在泥土中，拋棄在一邊沒有人收。我的秉性生來質樸耿介，喜愛剛強正直討厭柔佞彎曲。不要輕視這因剛直而折斷的寶劍，它還是勝過那因柔曲而得保全完整的吳鉤！

【研　析】元稹因守官正直被貶為江陵府士曹參軍，白居易為作此詩，以折劍頭為喻，所以詠物即是詠人。首四句說明拾到斷劍並描述斷劍的形態，它雖殘缺短小，卻如青蛇之尾、碧峰之尖，凜凜風骨猶存，歌頌寶劍和元稹的堅強品質。次四句說明寶劍折斷的緣由，寶劍因斬鯨刺蛟而被折斷和拋棄，正與元稹彈劾藩鎮權貴遭貶謫相同，其不畏強暴的鬥爭精神值得歌頌，其不幸命運更值得同情。末四句表明自己的志向和態度，寧為「直折劍」，不作「曲全鉤」，勉勵元稹，且以自勉。字字詠折劍，沒有一個字說到元稹，但元稹的品質和精神自現，這正是詠物詩的高妙處。

元稹讀到此詩後，曾作〈和樂天折劍頭〉酬答：「聞君得折劍，一片雄心起。詎意鐵蛟龍，潛在延津水。風雲會一合，呼吸期萬里。雷震山嶽碎，電斬鯨鯢死。莫但寶劍頭，劍頭非此比。」白詩激起了貶謫中元稹的雄心壯志，以龍泉、太阿相許，希望風雲會合，乘時而起，和白居易共同實現斬鯨鯢、清朝政的理想。同聲相應，同氣相求，這類作品實不能當作一般怡情悅性的詩歌來讀。

和夢遊春❶詩一百韻并序

【題　解】這是一首長篇五言排律。作於元和五年（西元八一〇年），時詩人在長安任翰林學士。〈夢遊春〉是元稹追憶年輕時愛情、婚姻、仕宦歷程，「悔既往而悟將來」的作品，原詩七十韻。白居易和詩擴展為一百韻，重新陳述元稹與鶯鶯的愛情、與韋叢的婚姻以及仕宦生活，希望元稹能看破世事的虛妄，消除煩惱，回歸心境的平和。

微之既到江陵，又以〈夢遊春〉詩七十韻寄予，且題其序❷曰：「斯言也，不可使不知吾者知，知吾者亦不可使不知。樂天知吾也，吾不敢不使吾子知。」予辱斯言❸，三復其旨❹，大抵悔既往而悟將來也。然予以為，苟不悔不寤❺則已，若悔於此，則宜悟於彼也❻；反於彼而悟於妄，則宜歸於真也。況與足下外服儒風❼，內宗梵行❽者有日矣。而今而後，非覺路❾之返也，非空門❿之歸也，將安反乎？將安歸乎？今所和者，其卒章指歸於此⓫。夫感不甚則悔不熟，感不至則悟不深，故廣足下七十韻為一百韻，重為足下陳夢遊之中所以甚感者，敘婚仕之際所以至感者，欲使曲盡其妄，周知其非，然後返乎真，歸乎實。亦猶《法華經》⓬序火宅⓭、偈化城⓮，《維摩經》⓯入淫舍⓰、過酒肆⓱之義也。微之，微之，予斯文也，尤不可使不知吾者知，幸藏之云爾⓲。

【章　旨】說明和詩的緣由、詩的主要內容和寫作目的。

【注　釋】❶夢遊春　元稹所作追憶和鶯鶯、韋叢男女情愛的豔情詩。殘存的《元氏長慶集》未收，見於《才調集》卷五。遊春，象徵男女的情愛。以記夢的形式記述，旨在隱諱其事。元稹曾作傳奇《鶯鶯傳》記述張生遊河中與崔氏女子鶯鶯戀愛、張生始亂終棄的故事，後人認為實際上是元稹的自述。此後，元稹和韋夏卿的女兒韋叢（字成之）結婚，但韋叢元和四年去世，元稹作了〈遣悲懷〉等多篇詩作追悼。❷序　指元稹所作〈夢遊春〉詩的原序，已佚，只留下了白居易下面所引的數句。❸予辱句　辱，謙詞。斯言，指原序中將白居易引為知己的話。❹三復句　三復，反復多次。這裡是反復尋繹領會的意思。旨，旨趣；含意。❺寤　通「悟」。❻若悔二句　此，當指男女戀情事。彼，當指婚姻仕宦之事。元稹原詩的內容重點在與鶯鶯戀愛事，所以題為〈夢遊春〉。白居易和詩則重點說明婚姻仕宦之同為虛妄，但有所避忌，所以用「此」和「彼」來指代，而不明說，末尾還特別交待不要讓不了解自己的人知曉。❼服儒風　遵守儒家的傳統。服，服膺。❽宗梵行　歸向佛教清靜無欲的教義。《法苑珠林》卷六一：「彼亂已整，守以慈行，見怒能忍，是為梵行；至誠安徐，口無粗言，不瞋彼所，是為梵行；垂拱無為，不害眾生，無所嬈惱，是為梵行。」❾覺路　成佛正覺的道路。❿空門　指佛教，以為有色世界皆是虛妄，以空為入道之門。⓫其卒章句　卒章，末段，指本詩末尾自「吟君七十韻」已下一段，規勸元稹領悟佛教萬事皆空的旨意，不要執著沉迷於世俗的煩惱。⓬法華經　佛經名，即《妙法蓮華經》。⓭序火宅　述說火宅的故事。佛經把塵世比喻為著火的大宅，「眾生沒在其中，歡喜遊戲，不覺不知，不驚不怖，亦不生厭，不求解脫」。見《妙法蓮華經・譬喻品》。⓮偈化城　用偈語述說化城的譬喻。偈，佛經中的韻語。化城，法力幻化出的城池。比喻小乘所能達到的境界。《妙法蓮華經・化城喻品》講述這個譬喻後又用偈語的形式加以解說。⓯維摩經　即《維摩詰所說經》。維摩詰，是居士的名字。⓰淫舍　淫亂女子的居處。佛教戒淫。《維摩詰所說經・方便品》說，維摩詰在家修行，「入諸淫舍，示欲之過」，意思是「同其欲，然後示其過」。⓱過酒肆　佛教禁酒，但《維摩詰所說經・方便品》說維摩詰「入諸酒肆，能立其志」。⓲云爾　原作「爾云」，據馬元調本改。

【語譯】微之到了江陵以後，又把七十韻的〈夢遊春〉詩寄給了我，並且在詩的序中寫道：「這些話，不能讓不了解我的人知道，也不能讓了解我的人不知道。樂天是我的知己，我不敢不讓你知道。」我承蒙你這樣信賴，所以多次反復體會詩中的旨趣，大體上是追悔過去而覺悟未來。然而我認為，假如不追悔不覺悟那也就罷了，如果一旦對於這些事有了悔意，那麼對另外的事就應該有所覺悟；回顧另外的事而覺悟到一切都是虛妄，就應該回歸到真實。況且我和你外表服膺儒家的教化，內心信仰佛教的教旨已經有很長的時間了。從今以後，不返回覺路，不歸依佛門，又回到什麼地方去？又歸依什麼呢？現在我所和的詩篇，末一段的旨趣就在這裡。大凡感受不深切悔恨就不會很堅決，感受不強烈覺悟就不會很徹底，所以把你原來的七十韻詩擴大成為一百韻，重新為你陳述夢遊之中感受最為深切的，敘述你婚姻仕宦之間感受最為強烈的，想要詳盡地描述出其中的虛妄，全面地了解其中的謬誤，然後返回到真，回歸到實上面來。這和《法華經》要記述著火燃燒的大宅，念誦幻化城池的偈語，像《維摩詰經》說要進入淫女的居處和賣酒的店鋪，含義是一樣的啊。微之啊微之，我的這首詩，尤其不能讓不了解我的人知曉，希望你能把它好好地收藏起來。

昔君夢遊春，夢遊仙山曲❶。恍若有所遇❷，似愜平生欲❸。因尋昌蒲水❹，漸入桃花谷❺。到一紅樓❻家，愛之看不足。池流渡清泚❼，草嫩蹋綠蓐❽。門柳闇全低❾，簷櫻❿紅半熟。轉行深深院，過盡重重屋。烏龍臥不驚，青鳥飛相逐⓫。漸聞玉珮響，始辨珠履躅⓬。遙見窗下人，娉婷⓭十五六。霞光抱明月，蓮豔開初旭⓮。縹緲雲雨仙⓯，氛氳蘭麝馥⓰。風流薄梳洗⓱，時世寬裝束⓲。袖軟異文綾⓳，裾輕單絲縠⓴。裙腰銀線壓㉑，梳掌金筐蹙㉒。帶纈㉓紫蒲萄，袴花紅石竹㉔。凝情都未語，付意微相矚。眉斂遠山青㉕，鬟㉖低片雲綠。帳牽翡翠帶㉗，被解鴛鴦襆㉘。秀色似堪餐㉙，穠華如可掬㉚。半卷錦頭席㉛，斜鋪繡腰褥㉜。朱脣素指匀，粉汗紅綿撲㉝。心驚睡易覺，夢斷魂難續。籠委獨棲禽，劍分連理木㉞。存誠期有感㉟，誓志貞無黷㊱。京洛八九春，未曾花裡宿㊲。壯年徒自棄，佳會應無復㊳。

【章旨】記敘元稹和鶯鶯的戀情故事。著重鋪敘鶯鶯的居住環境、服飾打扮、美麗容顏，對元稹的深情蜜意以及元稹別後對她的相思。

【注　釋】❶曲　曲折處；深處。❷恍若句　恍，恍惚。有所遇，有所遇合。多指遇到神仙鬼怪等。《北夢瑣言》卷八：「人傳（顧）況父子皆有所遇，不知所適。」❸似愜句　愜，合。平生欲，平日所嚮往追求的。指情愛。《禮記・禮運》：「飲食男女，人之大欲存焉。」❹昌蒲水　指隱士或仙家居處附近的溪水。昌蒲，即菖蒲，水草名，相傳服食菖蒲花可以延年益壽。《抱朴子・仙藥》：「菖蒲須得生石上，一寸九節已上紫花者，尤善也。」❺桃花谷　陶淵明〈桃花源記〉記漁人緣溪行，忽逢桃花林，欲窮其林，遂至桃花源，此暗用其事。亦指仙境。❻紅樓　詩文中多以紅樓為女子所居。李白〈陌上贈美人〉：「美人一笑褰珠箔，遙指紅樓是妾家。」❼清泚　清澈水流。泚，澄澈。❽綠蓐　綠色的裀褥。蓐，草墊。❾闇全低　濃密低垂。闇，陰暗。❿簷櫻　屋簷旁的櫻桃。⓫烏龍二句　烏龍，犬名。晉張然有犬名烏龍，然妻與奴私通，謀殺張然，烏龍為救張然將奴咬傷。見舊題陶淵明《搜神後記》卷九。青鳥，傳說中西王母的信使。青鳥和烏龍都暗示著男女情愛。⓬珠履躅　指女子的腳步聲。珠履，用珍珠作裝飾的鞋子。躅，足跡。這裡指足音。⓭娉婷　姿態美好貌。⓮初旭　初升的朝日。⓯縹緲句　縹緲，幽微隱現貌。雲雨仙，指美貌的仙女。宋玉〈高唐賦〉記楚襄王夢見巫山神女，自云：「妾在巫山之陽，高丘之阻，旦為朝雲，莫（暮）為行雨，朝朝莫莫，陽臺之下。」李善注：「朝雲、行雨，神女之美也。」⓰氛氳句　氛氳，盛貌。蘭麝馥，蘭麝的芳香。麝，麝香，雄性香獐臍部的分泌物，有強烈的香味。⓱風流句　風流，流行的風俗。薄梳洗，淡妝。⓲時世句　時世，時代。這裡指當時流行、時髦。寬裝束，衣裳寬大，不同於〈上陽白髮人〉所說天寶末年的「小頭鞋履窄衣裳」。⓳異文綾　花色新奇的綾。綾，薄而有花紋的絲織品。⓴裾輕句　裾，衣的下襟。單絲縠，用單絲作線織成的縐紗。㉑壓　按捺；縫。秦韜玉〈貧女〉：「苦恨年年壓金線，為他人作嫁衣裳。」㉒梳掌句　梳掌，梳子梳齒以外的部分，因以手掌握持，故稱梳掌。蹙，擠緊成皺。這裡是緊束的意思。㉓帶纈　衣帶上印染的花紋。纈，織物上印染的花紋。㉔袴花句　袴，同「褲」。石竹，花名，草本植物，纖細而青翠，花有五色，單葉千葉，又有翦絨，嬌豔奪目，㛹娟動人。㉕眉斂句　斂，聚集；皺。遠山，比喻眉毛。《西京雜記》卷二：「（卓）文君姣好，眉色如望遠山。」㉖鬟　環狀的髮型。㉗翡翠帶　以翠鳥羽毛為裝飾或翡翠色的羅帶。㉘鴛鴦襆　繡有鴛鴦圖案的包袱。㉙秀色句　極力形容女子容貌的美麗。陸機〈日出東南隅行〉：「鮮膚一何潤，秀色若可餐。」㉚穠華句　穠華，盛開的花朵。掬，雙手捧取。㉛錦頭席　當是以錦緞包邊的席子。㉜繡腰褥　當是中部有刺繡花紋的裀褥。㉝撲　撲粉，以去汗漬。㉞籠委二句　喻指女子離去，只留下自己孤身一人。委，委棄。連理木，枝幹相連生長的樹。㉟期有感　期待著有所感應。意思是希望有一天出現奇跡，能再相會。㊱誓志句　誓志，立誓明志。貞無黷，忠貞不改。貞，正。黷，汙垢；玷汙。孔稚珪〈北山移文〉：「或先貞而後黷。」㊲京洛二句　京洛，長安、洛陽。八九春，據卞孝萱《元稹年譜》元稹貞元十六年在河中府和崔鶯鶯戀愛，後入京應舉，和崔分手，以後在長安為官，到元和五年已有十年。花裡宿，喻指接近女色。宿妓。元稹〈夢遊春七十韻〉：「覺來八九年，不向花迴顧。」㊳佳會句　佳會，美好的約會。無復，不再回來。

【語　譯】從前你曾在夢中遊春，來到了仙山的深處。恍恍惚惚好像有所遇合，正是平素心中所渴慕。找到那長滿菖蒲的溪流，漸漸進入了桃花盛開的山谷。來到一幢紅樓前面，喜歡得看也看不夠。渡過清澈的水流，走過嫩綠的草地像裀褥。門前的柳陰濃暗枝葉低垂，屋簷旁的櫻桃鮮紅已經半熟。走過了深深的庭院，穿過了重重的房屋。看到人來，躺著的狗兒安閒自在沒受驚，鳥兒飛來飛去相追逐。漸漸聽到了玉佩叮噹的響聲，開始分辨出珍珠繡鞋的足音。遠遠望見窗下的人，十五六歲儀容姣好裊裊婷婷。就像那萬道霞光簇擁出明月一輪，又像那朝日照耀著荷花盛開嬌豔萬分。隱隱約約好像那朝雲暮雨的巫山神女，散發著蘭麝的香氣濃郁芳馨。梳洗打扮入時薄施粉黛，衣裳寬大是流行的裝束。衣袖柔軟用花樣新奇的綾縫製，衣襟輕薄用的是單紗織成的紗縠。裙腰用銀線縫成，梳掌用金筐緊束。衣帶染印著一串串紫葡萄，褲上染印的是紅色的石竹。神情專注默默無語，傳遞深情的只有眼波微流。顰蹙的眉毛像青色的遠山，低垂的髮鬟像綠色的雲彩。羅帳上掛著翡翠色的錦帶，包著鴛鴦繡被的包袱也解開。你秀色可餐容顏多麼美好，像一朵鮮花可以捧在手中來賞玩。半捲著織錦包頭的床席，斜鋪著當中繡花的床褥。脣邊的口紅用白嫩的手指來抹勻，臉上的脂粉汗漬用紅色絲棉的粉撲來吸拭。心中不安好夢容易醒，夢醒以後不能再接續。像關閉在籠中獨宿的鳥，又像刀劍劈開的連枝木。存著一份真情期待能夠互相感通，立下誓言永不將內心的忠貞褻瀆。來到長安洛陽八九年，從沒在花街柳巷中夜宿。

鸞歌❶不重聞，鳳兆從茲卜❷。韋門女清貴，裴氏甥賢淑❸。羅扇夾花燈，金鞍攢繡轂❹。既傾南國貌❺，遂坦東牀腹❻。劉阮心❼漸忘，潘楊意方睦❽。新修履信第❾，初食尚書祿❿。九醞備聖賢⓫，八珍⓬窮水陸。秦家重簫史⓭，彥輔憐衛叔⓮。朝饌饋獨盤⓯，夜醪傾百斛⓰。親賓盛輝赫⓱，妓樂紛曄煜⓲。宿醉纔解酲⓳，朝歡俄枕麴⓴。飲過君子爭㉑，令甚將軍酷㉒。酩酊歌〈鷓鴣〉㉓，顛狂舞〈鴝鵒〉㉔。月流春夜短，日下秋天速。謝傅隙奔光㉕，蕭娘風過燭㉖。全凋蕣花㉗折，半死梧桐㉘禿。闇鏡對孤鸞㉙，哀弦留寡鵠㉚。淒淒隔幽顯㉛，冉冉移寒燠㉜。萬事此時休，百身何處贖㉝？提攜小兒女㉞，將領舊姻族㉟。再入朱門㊱行，一傍青樓㊲哭。櫪空無廄馬㊳，水涸失池鶩㊴。搖落㊵廢井梧，荒涼故籬菊。莓苔上几閣，塵土生琴筑㊶。舞榭綴蠨蛸㊷，歌梁聚蝙蝠㊸。嫁分紅粉妾，賣散蒼頭㊹僕。門客思徬徨㊺，家人泣咿噢㊻。

【章　旨】記述元稹與韋叢的結婚和韋叢的死，著重渲染了韋家當日的貴盛和韋夏卿死後門庭的破敗淒涼。

【注　釋】❶鸞歌　鸞鳥的歌唱。這裡代指和鶯鶯的歡情。鸞，相傳鳳凰一類神鳥。軒轅之丘有「鸞鳥自歌，鳳鳥自舞」。見《山海經・海外西經》。❷鳳兆句　鳳兆，鳳凰于飛的吉兆；結婚的喜兆。從茲，從此。卜，占卜。鳳，代指元稹的妻子韋叢。據卞孝萱《元稹年譜》，元稹貞元十九年（西元八〇三年）和韋叢結婚。❸韋門二句　韋門，指元稹岳父家。韋叢父韋夏卿官至東都留守、太子少保，屬京兆韋氏，門第顯赫。裴氏，指韋叢的外祖父家，韋叢的母親裴氏是開元朝宰相裴耀卿的孫女，給事中裴皋的女兒。均見呂溫〈韋夏卿神道碑〉。❹羅扇二句　羅扇，綾羅製的大扇。金鞍，黃金鑲嵌的馬鞍。繡轂，刺繡作幃幕的車子。轂，車輪中貫入車軸固定輻條的圓木。代指車。花燈、羅扇是婚禮上的用品。唐人舉行婚禮時要懸掛花燈，還要用扇子障蔽新娘，由新郎作卻扇、催妝等詩。金鞍、繡轂則是形容迎親送女時車馬的豪華。❺傾南國貌　有美麗的容顏。李延年〈李夫人歌〉：「北方有佳人，絕世而獨立。一顧傾人城，再顧傾人國。」曹植〈雜詩〉：「南國有佳人，容華若桃李。」❻坦東牀腹　坦腹臥於東床。指成為韋家的女婿。晉太尉郗鑒派人到王導家求婚，王導讓使者看了所有的子弟，使者回去後對郗鑒說，王家的子弟都很好，但聽到消息以後，都非常矜持，「惟一人在東牀坦腹食，獨若不聞」。郗鑒說：「正此佳婿邪？」訪問後，知道這個人是王羲之，就把女兒嫁給了他。事見《晉書・王羲之傳》。❼劉阮心　指元稹與鶯鶯的戀情。相傳漢明帝時人劉晨、阮肇同入天台山，遇到了仙女，居留十天後才回家。見《太平御覽》卷四一引《幽明錄》。❽潘楊句　潘楊，指婚姻的男女兩方。晉潘岳娶楊仲武的姑為妻，他所作〈楊仲武誄〉說：「潘楊之穆，有自來矣。」後人用來指姻親關係。睦，和睦；親厚。❾履信第　履信坊的第宅。韋夏卿在洛陽的履信坊有宅第。❿尚書祿　尚書的俸祿。貞元十九年韋夏卿自太子賓客遷東都留守時帶檢校工部尚書的官銜。見呂溫〈韋夏卿神道碑〉。元稹有〈陪韋尚書歸履信宅因贈韋氏兄弟〉詩。⓫九醞句　九醞，美酒。聖賢，清酒和濁酒。這裡指各種酒。《三國志・徐邈傳》：「平日醉客謂酒清者為聖人，濁者為賢人。」⓬八珍　原指八種很講究的烹飪方法。見《禮記・內則》。後泛指美味佳餚。⓭簫史　一作蕭史，秦穆公時人，善吹簫，娶穆公女弄玉為妻，夫婦吹簫引來鳳凰，後隨鳳凰飛去。事見《列仙傳》卷上。這裡代指元稹。⓮彥輔句　彥輔，晉樂廣字。衛叔，指衛玠，字叔寶，娶樂廣女為妻，人們說：「婦公冰清，女婿玉潤。」見《晉書・衛玠傳》。⓯朝饌句　饌，食物。饋，進獻。獨盤，單獨的盤子。意謂有特殊的待遇。⓰夜醪句　醪，濁酒。這裡指飲酒。斛，古代量器名，十斗為一斛。百斛，極言其多。⓱輝赫　顯耀。⓲妓樂句　妓樂，吹奏歌舞的妓人。曄煜，繁盛貌。班固〈兩都賦〉：「鐘鼓鏗鎗，管絃曄煜。」⓳宿醉句　宿醉，昨夜醉酒。解醒，酒醒。酲，病酒。⓴朝歡句　俄，俄頃，時間短暫。枕麴，躺在酒麴上，醉倒。麴，釀酒用的發酵物。劉伶〈酒德頌〉：「枕麴藉糟。」㉑飲過句　飲酒超過了君子之爭，意思是誰都不肯謙讓。《禮記・射義》：「孔子曰：『君子無所爭，必也射乎！揖讓而升，下而飲，其爭也君子。』」㉒令甚句　令，指酒令。酷，嚴格。㉓酩酊句　酩酊，大醉貌。鷓鴣，鳥名，也是歌曲名。許渾〈聽歌鷓鴣辭・序〉：「妓人善歌〈鷓鴣〉者，詞調清怨，往往在耳。」㉔鴝鵒　鳥名，也是舞名。王導辟謝尚為掾屬，正遇上王導宴請賓客，便對謝尚說：「聞君能作〈鴝鵒舞〉。一坐傾想，寧有此理不？」謝尚說：「佳。」當場跳起舞來，「俯仰在中，傍若無人」。見《晉書・謝尚傳》。㉕謝傳句　謝傳，東晉謝安，官至太傅。這裡借指韋夏卿，因病除太子少保。隙奔光，縫隙中轉眼即過的日光。比喻韋夏卿的死。韋夏卿死在元稹結婚後的第三年，即元和元年（西元八〇六年）。㉖蕭娘句　蕭娘，蕭姓女子。代指韋叢。《南史・蕭宏傳》記載，蕭宏帥梁軍侵魏，怯懦不前，魏人遺以巾幗，歌曰「不畏蕭娘與呂姥（呂僧珍），但畏合肥有韋武（韋叡）。」後作為女子的代稱。風過燭，喻指韋叢的死。樂府〈怨詩行〉古辭：「百年未幾時，奄若風吹燭。」據韓愈〈韋叢墓誌銘〉，韋叢死於元和四年七月九日，年二十七歲。㉗蕣花　即舜華，蕣是木槿的別名，其花朝開暮落。比喻韋叢早死。《詩經・鄭風・有女同車》：「有女同車，顏如舜華。」毛傳：「舜，木槿也。」㉘半死梧桐　比喻喪妻後的元稹。枚乘〈七發〉：「龍門之桐……其根半生半死。」㉙闇鏡句　闇鏡，昏暗的銅鏡，因無人使用而塵封銹澀。孤鸞，孤獨的鸞鳥，和下句的寡鵠都是比喻元稹。相傳鸞也是匹鳥，成雙成對，不能分開。罽賓國王得到一隻鸞鳥，三年不鳴，後見到鏡中的影子，「悲鳴沖霄，一奮而絕」。見《異苑》卷三。㉚哀弦句　哀弦，悲哀的樂曲。寡鵠，失偶的鶴。鵠，同「鶴」。相傳商代陵牧子娶妻五年無子，父兄將為他另娶，牧子為作琴曲〈別鶴操〉。見《古今注》卷中。陸厥〈李夫人及貴人歌〉：「寡鶴羈雌飛且止，彫梁翠壁網蜘蛛。」㉛淒淒句　淒淒，悲傷。幽顯，幽明；死生。㉜冉冉句　冉冉，漸進的樣子。寒燠，寒暑。燠，熱。㉝百身句　意思是自己死上一百次也不能補償死者。《詩經・秦風・黃鳥》：「如可贖兮，人百其身。」徐悱妻〈祭夫文〉：「一見無期，百身何贖！」㉞提攜句　提攜，牽扶。據韓愈〈韋叢墓誌銘〉，韋叢去世前，生了五胎，僅存一女。㉟將領句　將，攜帶。姻族，異姓和同姓的親戚。指元稹的家族和親戚。㊱朱門　達官貴人家漆成紅色的大門。指韋家的門。㊲青樓　指女子的居處。曹植〈美女篇〉：「借問女何居，乃在城南端。青樓臨大路，高門結重關。」㊳櫪空句　櫪，馬槽。廄，馬棚。㊴水涸句　池水乾涸，雁鶩不下。形容韋家園林的破敗荒涼。鶩，野鴨。㊵搖落　樹葉凋零。㊶筑　古代一種敲擊的絃樂器。㊷舞榭句　榭，蓋在臺上的屋。蠨蛸，一種蜘蛛。《詩經・豳風・東山》：「蠨蛸在戶。」鄭箋：「蠨蛸，小蜘蛛也。戶無人出入，則結網當之。」㊸歌梁句　歌梁，歌堂上橫梁。指歌堂。韓娥善歌，歌後「餘音繞梁欐，三日不絕」。見《列子・湯問》。蝙蝠，一種哺乳類動物，性畏光，常在夜間飛翔。蝙蝠聚集說明華燈歌唱久已不復舉行。㊹蒼頭　奴僕。㊺門客句　門客，門下的賓客。傍徨，來回走動，形容心緒不寧。㊻咿噢　同「噢咿」。內心悲傷。

【語譯】鸞鳥的歌聲再也聽不到，卻卜到了鳳凰于飛的吉兆。韋家女兒的門第高貴，裴氏的甥女賢惠善良品德好。家中羅扇環繞華燈高照，裝飾豪奢的車馬塞滿門前大道。既是傾城傾國的美貌淑女，你便成了坦腹東床的嬌客把她迎娶。昔日遊春夢仙的豔遇漸漸淡忘，夫妻間琴瑟和諧情真意篤。韋家履信里的第宅重新裝修，令岳遷官又享受尚書的俸祿。喝不完各種各樣的佳釀香醪，吃不完海味山珍飛禽走獸。如同秦穆公看重蕭史，好像樂廣憐愛衛叔。早餐時給你單獨準備菜餚，晚宴時百斛美酒讓你喝個夠。眾多陪宴的親友冠蓋如雲，妓樂奏起管絃嘈雜笙歌鼎沸。昨夜的酒意還沒有清醒，清晨的歡宴又喝得頹然大醉。爭著喝酒誰都不再是謙謙君子，巡行的酒令比將軍軍令還要嚴酷。醉醺醺還高唱著〈鷓鴣辭〉，狂興大發更跳起了〈鴝鵒舞〉。明月西流春天的夜晚太短促，白日西馳秋天來得太迅速。韋少保去世如同日光馳過間隙，韋氏夫人去世就像狂風吹滅蠟燭。她如同美麗的木槿花全都凋謝，你好像飽受摧殘的梧桐樹半死半活。就像孤單的鸞鳥獨對昏暗的銅鏡，滿腔哀傷只能在〈別鶴操〉的琴聲中來寄託。生死渺茫幽明永隔令人哀傷，歲月慢慢流逝寒來暑往。世間的萬事都成了春夢一場，死上一百次又怎能贖回你的蕭娘？牽著幼小的兒女，領著你的親人，再次走進韋家的門，來到她住過的樓旁痛哭一聲。馬廄空空沒有馬匹，池水乾涸再不見雁鴨成群。廢棄的水井邊梧桐凋落，籬邊原有的菊叢荒蕪冷清。青苔悄悄爬上了几案和亭閣，琴筑無人彈奏積滿了灰塵。舞榭歌臺到處牽綴著蜘蛛網，歌堂上蝙蝠飛聚再也聽不到繞梁三日的歌聲。歌舞妓妾都已出嫁遣散，家僮僕役也已賣給他人。門下的食客思念故主徬徨無計，家人們悲傷抽泣飲恨吞聲。

心期正蕭索❶，宦序仍拘跼❷。懷策入崤函，驅車辭郟鄏❸。逢時念〈既濟〉❹，
聚學思〈大畜〉❺。端詳筮仕著❻，磨拭穿楊鏃❼。始從讎校職❽，首中賢良目❾。

一拔侍瑤墀⑩，再升紆繡服⑪。誓酬君主寵，願使朝庭肅⑫。密勿奏封章⑬，清明操憲牘⑭。鷹韝⑮中病下，豸角⑯當邪觸。糺謬靜東周⑰，申冤動南蜀⑱。危言詆閹寺⑲，直氣忤鈞軸⑳。不忍曲作鈎㉑，乍能折為玉㉒。捫心㉓無愧畏，騰口有謗讟㉔。只要明是非，何曾虞㉕禍福？車摧太行路，劍落酆城獄㉖。襄漢問修途㉗，荊蠻指殊俗㉘。謫為江府掾㉙，遣事荊州牧㉚。趨走謁麾幢㉛，喧煩視鞭撲㉜。簿書㉝常自領，縲囚每親鞫㉞。竟日坐官曹㉟，經旬曠休沐㊱。宅荒渚宮㊲草，馬瘦畬田㊳粟。薄俸等涓毫㊴，微官同桎梏㊵。月中照形影㊶，天際辭骨肉㊷。鶴病翅羽垂，獸窮爪牙縮。行看㊸鬢間白，誰勸杯中綠㊹？時傷大野麟㊺，命問長沙鵩㊻。夏梅山雨漬㊼，秋瘴江雲毒。巴水㊽白茫茫，楚山青簇簇㊾。

【章　旨】記敘元稹的仕宦經歷以及他貶來江陵後的情況，讚揚他擔任監察御史剛直不阿，寧為玉折的精神，對他的被貶表示憤慨和同情。

【注　釋】❶心期句　這句指元稹既和鶯鶯分手，新婚的妻子又早逝，在婚姻愛情方面很不如意。心期，兩心相許。蕭索，抑鬱寂寞。❷宦序句　這句指元稹在官場也很不順利。宦序，官位。序，位次。拘跼，拘束窘迫，不能施展才幹。❸懷策二句　指元稹從洛陽來到長安參加科舉考試。策，同「冊」。書策。崤函，崤山與函谷關，是關中平原的重要屏障。入崤函，即赴長安。《史記‧陳涉世家》褚先生引賈誼〈過秦論〉：「秦孝公據殽函之固。」《集解》引韋昭曰：「殽，謂二殽。函，函谷關也。」二崤山在河南府永寧縣北，今河南澠池西南。唐代函谷關在河南府新安縣。郟鄏，周代王城所在地，在今河南洛陽西。《左傳・宣公三年》：「成王定鼎于郟鄏。」杜預注：「郟鄏，今河南也。」❹既濟　《周易》卦名。卦辭說：「既濟，亨，小利，貞。初吉終亂。」孔穎達疏：「濟者，濟渡之名。既者，皆盡之稱。萬事皆濟，故以既濟為名。……今日既濟之初，雖皆獲吉，若不進德修業，至於終極則危亂及之，故曰『初吉終亂』也。」❺大畜　《周易》卦名，卦辭說：「能畜止剛健，故曰大畜。」〈彖辭〉說：「大畜剛健，篤實輝光，日新其德。」思大畜就是要好好地充實自己。❻端詳句　端詳，仔細察看。筮仕著，占卜吉凶的卦象。古人出仕前先占卜吉凶，稱為筮仕。著，草名，古人用以占卜。❼磨拭句　磨利擦亮箭頭。比喻作好考試的準備。穿楊，百步穿楊。形容射箭技巧的高妙。《戰國策》卷二：「楚有養由基者，善射，去柳葉者百步而射之，百發百中。」鏃，箭頭。❽讎校職　從事典籍校對整理的官職。元稹貞元十九年中書判拔萃科後，授祕書省校書郎。❾賢良目　指制科。賢良方正能直言極諫科是唐代制舉考試科目之一，但實際上元稹、白居易元和元年是同登制科中的才識兼茂明於體用科。❿瑤墀　玉砌的臺階。宮殿的美稱。元稹登制科後被任命為左拾遺，「掌供奉諷諫」，是侍從皇帝的諫官。⓫再升句　紆，垂繫。這裡是穿著的意思。繡服，御史的官服。《漢書・百官公卿表上》：「侍御史有繡衣直指。」顏師古注：「衣以繡者，尊寵之也。」元稹任左拾遺時，母親去世，元和四年二月服喪期滿，被任命為監察御史。拾遺從八品上，監察御史正八品下，所以是升遷。⓬肅　整肅；清明。監察御史職掌監察，有彈劾百官的權力。⓭密勿句　密勿，盡心盡力地從事。封章，密封的奏章。⓮清明句　清明，清正光明。操，持。憲牘，憲官的奏簡。憲，法令。御史執法，所以御史臺稱為憲臺，其官員稱為憲官。古代憲官彈劾用白色的簡牘。⓯鷹韝　韝上的鷹。韝，皮製的袖套，出獵時用來立鷹，避免被鷹爪抓傷。古人將御史比喻作鷹隼等能搏擊眾鳥的猛禽。⓰豸角　即獬豸，傳說中一種神獸，遇到邪佞就用角去觸。所以用來比喻執法的官員。⓱糺謬句　糺謬，糾彈謬誤。東周，指東都洛陽，是東周的國都所在地。元稹元和四年為監察御史分司東都，當時浙西觀察使韓皋杖殺安吉縣令孫澥，徐州節度使王紹用驛傳運送監軍使宦官孟昇的靈柩，河南尹房式有不法行為，元稹都進行了彈劾。詳見《舊唐書・元稹傳》。⓲南蜀　指劍南東川，即東蜀，因為和上句「東周」重，所以改稱「南蜀」。元稹曾出使東蜀，劾奏已故東川節度使嚴礪擅自徵收賦稅，又沒收八十八戶百姓的田宅奴婢和錢物，東川七州的刺史都被責罰。見《舊唐書・元稹傳》。⓳危言句　危言，尖銳激烈的言詞。詆，抨擊。閹寺，指宦官。閹，被閹割的人。寺，寺人，宮中近侍小臣，多以閹人擔任。元和五年，元稹從洛陽回長安，在敷水驛和宦官劉士元爭廳，被劉士元以馬鞭擊傷面部。見《舊唐書・元稹傳》；又曾奏劾「飛龍使誘趙實家逃奴為養子」。見元稹〈文藁自敘〉。⑳鈞軸　鈞是製作陶器的轉輪，軸是旋轉車輪使車子行走最關鍵部件。代指執掌國政的宰相。㉑曲作鉤　作彎曲的鉤子。東漢順帝末年童謠說：「直如弦，死道邊。曲如鉤，反封侯。」見《後漢書・五行志一》。㉒乍能句　乍，正。折為玉，為玉折。《世說新語・言語》載毛玄語：「寧為蘭摧玉折，不作蕭敷艾榮。」㉓捫心　撫胸自問。捫，撫摸。㉔騰口句　騰口，沸騰之口。謗讟，反對埋怨的話。《抱朴子・廣譬》：「準的陳則流鏑赴焉，美名起則謗讟及焉。」㉕虞　擔心。㉖車摧二句　摧，摧折。太行，山名，在今河北、山西、河南三省交界處，以險峻著名。曹操〈苦寒行〉：「北上太行山，艱哉何巍巍。羊腸阪詰屈，車輪為之摧。」酆城，當作「豐城」，縣名，今屬江西。相傳古代兩柄神劍龍泉和太阿，被埋在豐城縣的獄中，張華夜晚發現斗牛間有紫氣，便派雷煥做豐城縣令，把劍從獄中的地下挖出。見《晉書・張華傳》。車摧劍落喻指元稹被貶官江陵。㉗襄漢句　襄漢，襄陽、漢水。漢水流經襄陽，元稹到江陵上任，經過襄陽。修途，漫長的旅途。㉘荊蠻句　荊蠻，古代中原諸國對楚人的稱呼。江陵府即荊州，春秋時是楚國的郢都。殊俗，不同的風俗。㉙江府掾　江陵府吏。掾，官吏的下屬。㉚牧　漢代州的長官。中唐時期，荊州刺史例兼荊南節度使。㉛趨走句　趨，快步走。謁，晉見長輩或上級。麾幢，旌旗儀仗。代指節度使。㉜視鞭撲　觀看對罪犯鞭打行刑之事。㉝簿書　簿籍文書。指各種公文。㉞縲囚句　縲囚，囚犯。縲，拘綁犯人的繩索。鞫，審訊。㉟竟日句　竟日，整天。官曹，府署。曹，分職治事的官署。㊱經旬句　這句是說官務繁忙顧不得休假。旬，十天。曠，缺。休沐，休假。唐制，每十天休息一天。㊲渚宮　春秋時楚國的別宮，在江陵。見《左傳・文公十年》，後因以為江陵的別稱。㊳畬田　實行刀耕火種粗放經營的田地。畬，以火燒荒後耕種。㊴涓毫　極言其少。涓，水滴。毫，鳥獸的細毛。㊵桎梏　拘囚犯人的木製刑具。㊶形影　身和影。指孤獨，形影相弔。㊷骨肉　比喻親人。㊸行看　眼看著。㊹杯中綠　杯中酒。綠，酒的顏色。㊺時傷句　時，時世。大野，春秋時魯國的藪澤名。麟，麒麟，傳說中的一種仁獸，天下太平才出現。魯哀公在大野獵獲了一隻麒麟，孔子認為亂世之中，麒麟不應當出現，說：「孰為來哉！孰為來哉！」泣下沾袍。見《公羊傳・哀公十四年》。㊻長沙鵩　長沙的鵩鳥。長沙，今屬湖南。鵩，山鴞，古人認為是一種不祥的鳥。西漢賈誼被貶為長沙王太傅，有鵩鳥來到他的座傍，賈誼自以為活不了多久，便作了〈鵩鳥賦〉，賦中向鵩詢問自己未來的吉凶和時間的遲速。㊼夏梅句　夏梅，江南初夏四月梅子黃時陰雨不斷，稱為梅雨。漬，汙損（衣裳）。㊽巴水　四川東部的水流，匯入長江，經三峽流至江陵。川東及三峽地區古代是巴子國，所以長江由三峽到江陵的一段也稱為巴江。㊾簇簇　攢聚貌。

【語　譯】愛情婚姻一再受挫心情抑鬱，為官也很不順利非常窘迫拘束。駕著車子離開河南，懷揣著書策來到了長安。遇到好時機希望萬事都順利，發憤學習一心要充實自己。仔細察看占卜仕途吉凶的蓍草，把百步穿楊的箭頭磨了又磨。先是擔任讎校典籍的校書郎，接著高中才識兼茂的制科。一開始擔任拾遺在玉階前侍奉皇帝，再次被提拔穿上了御史的繡衣。立誓要報答君主的信任恩寵，一心要為朝政清明竭盡心力。勤奮努力奏上密封的奏章，清正光明手握著彈劾的奏牘。像韝上的獵鷹有病才下韝，像豸獬神獸遇到邪佞就用角來觸。糾正謬誤使東都清靜安定，為百姓申冤震動了南方的巴蜀。尖銳的言詞抨擊了宦官，正直的氣節把宰相冒犯。不忍彎曲如鉤去謀取個人的富貴，寧願做堅貞的玉石把自身粉碎。撫胸自問沒有絲毫的畏懼和慚愧，利嘴讒口的謗語怨言卻揚揚沸沸。只要能辨明事情的曲直是非，個人的吉凶禍福早已置之度外。如同在險峻的太行路上摧輪折軸，如同寶劍流落沉埋在豐城監獄。登上經過襄陽漢水的漫漫旅途，眼見手指的全是荊楚的蠻荒異俗。被貶到江陵作小小的府吏，派來侍奉官長到荊州。小心翼翼在節度使的儀仗前謁見奔走，看人們吵吵嚷嚷鞭打百姓和牢囚。簿籍公文要親自督辦，囚禁的罪犯要親自審理。整天枯坐在官署中，十天一次的旬假也得不到休息。渚宮的住宅荒蕪長滿了野草，馬匹消瘦吃的是火耕地長出的糧料。微薄的薪俸少得可憐，卑微的官職就像拘押人犯的鐐銬。月光照著孤單的身影，天盡頭拋別了親人骨肉。像生病的白鶴低垂下翅膀羽毛，像落入陷阱的野獸把齒牙利爪收縮。眼看著白了青青的雙鬢，更有誰勸君更進一杯濁醪？感傷時世孔子為大野的麒麟哭泣，前途難料賈誼只好去問長沙的鵩鳥。夏日山中的梅雨汙損了衣裳，秋天江上的雲彩凝聚著瘴毒。只有那巴江的流水茫茫東去，楚地青蒼的山巒聚集攢簇。

吟君七十韻❶，是我心所蓄❷。既去誠莫追❸，將來幸前勗❹。欲除憂惱病，

當取禪經❺讀。須悟事皆空，無令念將屬❻。請思游春夢，此夢何閃倏❼！豔色即

空花，浮生乃焦穀❽。良姻在嘉偶，頃剋為單獨❾。入仕欲榮身，須臾成黜辱❿。合者離之始，樂兮憂所伏⓫。愁恨僧祇⓬長，歡榮剎那⓭促。覺悟因傍喻，迷執由當局⓮。膏明誘闇蛾⓯，陽焱奔癡鹿⓰。貪為苦聚落，愛是悲林麓⓱。水蕩無明波⓲，輪迴死生輻⓳。塵應甘露灑⓴，垢待醍醐㉑浴。障要智燈燒㉒，魔須慧刀戮㉓。外熏性易染㉔，內戰心難衄㉕。《法句》與《心王》㉖，期君日三復㉗！

【章旨】點明詩旨，希望元稹覺悟到一切皆是虛妄，從婚姻不幸和宦途失意的憂愁痛苦中徹底地解脫出來。

【注釋】❶七十韻　指元稹〈夢遊春七十韻〉。❷蓄　儲存。❸既去句　既去，已經過去或失去的事物。追，追悔。❹勗　勉勵。❺禪經　佛經。❻屬　接續；連續。❼請思二句　遊春夢，指與鶯鶯的戀情。閃倏，閃動倏忽。形容迅速。❽豔色二句　空花，空中的花。比喻虛幻的美好事物。浮生，人生。《莊子・刻意》：「其生兮浮，其死兮休。」故稱人生為浮生。焦穀，燒焦的穀粒，不可能再發芽。《維摩詰所說經・觀眾生品》：「菩薩觀眾生……如燋穀牙。」❾良姻二句　良姻，美滿姻緣。嘉偶，好的配偶。頃剋，即頃刻、片刻，極短的時間。為單獨，成為鰥夫。指元妻韋叢的死亡。❿須臾句　須臾，片刻。黜辱，貶謫屈辱。指元稹貶官江陵。⓫合者二句　離和合、憂和樂都互為因果。伏，隱伏。《老子》下篇：「福兮禍之所倚，禍兮福之所伏。」⓬僧祇　梵語阿僧祇的省略，意譯為無量、無數。⓭剎那　梵語的音譯，意為一念之間。指極短的時間。⓮覺悟二句　傍喻，以別的事物來作比喻。迷執，沉迷執著；不覺悟。當局，當局者迷。謂身當其事，看不清形勢和利害關係。⓯膏明句　膏，油脂。指燈燭。闇蛾，黑暗中的飛蛾。《大乘本生心地觀經》卷六：「譬如飛蛾見火光，以愛火故而競入。不知焰炷燒然力，委命火中甘自焚。世間凡夫亦如是，貪愛好色而追求。不知色欲染著人，還被火燒來眾苦。」⓰陽焱句　《諸法集要經》卷三：「如鹿為渴逼，奔趣於陽燄。由隨彼貪心，妄求於快樂。」渴鹿誤以為陽焰是水波，狂奔而至，結果不免渴死。陽焱，即陽焰，在日光中浮動的塵埃。焱，火花。⑰貪為二句　貪，貪欲。佛教認為是給人帶來煩惱最多的三毒之一。聚落，村落，百姓聚居的地方。愛，指貪愛，如愛妻子等。林麓，山林。麓，山腳下。聚落、林麓，猶言淵藪。形容其多。⑱無明波　佛教語，有愚闇、缺乏真知等意思。此指煩惱。《維摩詰所說經・佛道品》把煩惱比為大海，所以說「無明波」。⑲輪迴句　輪迴，回轉不息如車輪。佛教認為眾生輾轉生死在六道中，如車輪回轉。輻，車輪的輻條。這裡是說人如果被煩惱蒙蔽了靈智，就會永墮生死輪迴之中，不得超生。⑳塵應句　塵，灰塵。佛教以眼、耳、鼻、舌、身、意為六塵，因為它們能汙染人心，使人產生嗜欲。甘露，甘美的雨露。佛教用來比喻釋迦牟尼的教法，可以消除煩惱。㉑醍醐作乳酪凝成的酥上再加油，稱為醍醐，味道甘美。佛家以醍醐灌頂比喻佛法可以開啟人的智慧，使人頭腦清醒。㉒障要句　障，障礙。佛經中指各種煩惱。智燈，智慧的光明。比喻佛法。㉓魔須句　魔，梵語魔羅的省稱，意為障礙、擾亂、破壞。貪愛就是煩惱魔。慧刀，智慧的刀劍。比喻佛法。《維摩詰所說經・菩薩行品》：「以智慧劍，破煩惱賊。」㉔外熏句　外熏，外界的熏染。熏，用煙火熏灼。染，染色。指受外界影響而改變。㉕內戰句　內戰，內心交戰。衄，畏縮；退避。難衄，意思是不甘心放棄。㉖法句句　法句、心王，都是佛經經名。白居易自注：「微之常以《法句》及《心王頭陀經》相示，故申言以卒其志也。」據陳寅恪《元白詩箋證稿》第四章，今存《法句經》及《佛為心王菩薩說投陀經》殘本。見於日本《大正續藏經》二九〇一號及二八八六號，都是「淺俗偽造之經」。㉗三復　這裡指多次反復誦習。

【語　譯】吟誦你的〈夢遊春〉詩，你的想法我心中早有。逝去的一切確實無法再追回，將來的事還可以努力去追求。想要驅除煩惱和憂愁，只有捧著佛家的經書來誦讀。要覺悟到世上萬事皆是空，千萬不要老想著事情還可以再繼續。請想一想遊春的夢吧，這美夢消失得多麼迅速！美貌不過是空中虛無的鮮花，人生就像那燒焦不再發芽的稻穀。找到好的配偶可稱是美滿姻緣，頃刻間卻成了鰥夫寂寞孤獨。做官是為了自身的榮耀，轉眼間遭到貶黜自取其辱。會面是別離的開始，歡樂中隱藏著憂愁。憂愁怨恨無盡無休綿延長久，歡樂榮華轉瞬即逝時間短促。覺悟由於用其他的事物來比喻，身當其事者往往沉迷執著。光明的燈燭引誘著黑暗中的飛蛾，陽光下如水波閃爍的灰塵吸引來癡迷不悟口渴狂奔的麋鹿。貪是痛苦的淵藪，愛是悲傷的森林。人世苦海蕩漾著煩惱的波濤，生死輪迴六道的車輪旋轉不停。外物的塵埃只有用佛法的甘露來滌除，心頭的汙垢只有用智慧的醍醐來洗掉。貪愛的障礙要用智慧的明燈來破除，斬斷煩惱要用智慧的劍和刀。身外的熏灼容易改變人的習性，內心爭鬥貪愛之念卻不會輕易退縮。《法句經》和《心王頭陀經》，希望你每天反反復復來誦讀！

【研　析】元稹借「夢遊春」敘寫自己不便明言的豔情故事。白居易和作重新陳述元稹前此的經歷——和鶯鶯輕憐密愛的戀情如夢如幻、和韋叢奢華榮耀的婚姻轉眼成空、入仕後剛腸嫉惡的旋遭貶謫，直切人生憂惱愁怨的無盡無休、榮華歡樂的轉瞬即逝，都和遊春夢境相同，只有徹底摒棄貪愛，虔心禮佛，洗滌心靈的一切欲念，才能大徹大悟，永離煩惱。詩歌層次分明，敘事婉曲細膩，感情真摯濃郁，語言華美，韻律鏗鏘，所謂「屬對工，出調響，述情濃于牘札，敘事工于繪畫」（張揔《唐風懷》引孫月絳評），是一首優秀的長篇五言排律。

詩首段記敘元稹豔遇，先寫女子生活環境與庭院景物，自「漸聞玉珮響」始，至「遙見窗下人」，鏡頭逐漸拉近成為特寫，將容貌、服飾、體態、陳設一一道來，歷歷如見，兩情正濃時陡以「心驚睡易覺，夢斷魂難續」一筆扭轉。二三兩段誇張鋪敘婚後韋家生活的榮貴奢華和韋叢死後的荒涼破敗，登朝時的意氣風發和貶謫中的憔悴潦倒，形成鮮明強烈對比，極盡起伏跌宕之能事，且為下文「須悟事皆空」的議論作了很好的鋪墊。末段的議論組織大量佛經詞語典故，對偶排比，一氣呵成。元稹曾盛讚杜甫的排律成就非他人可及，他和白居易唱和，「或為千言，或為五百言律詩，以相投寄」，被人稱為「元和體」（元稹〈上令狐相公詩啟〉），爭相仿效。這首詩充分體現了長篇排律「鋪陳終始，排比聲韻，大或千言，次猶數百，詞氣豪邁而風調清深，屬對律切而脫棄凡近」（元稹〈唐故工部員外郎杜君墓係銘〉）的特點，可以一窺「元和體」的豐神逸韻。

和答詩十首并序（選一）

【題解】這是一組和元稹唱和的詩作。元和五年（西元八一〇年），元稹貶官江陵士曹參軍，到達江陵後，給白居易寄來了旅途中所寫的十七首詩，白居易讀後，立即和答了其中的十首，表達對摯友的同情和支持。因為十首詩的題目雖然都和元稹原詩相同，但有的詩的命意卻有所不同，所以白居易稱命意相同的為「和」詩，命意稍異的為「答」詩，統稱為「和答詩」。本書選入其中的一首。

五年春，微之❶從東臺❷來，不數日，又左轉為江陵士曹掾❸。詔下日，會予下內直❹歸，而微之已即路❺，邂逅❻相遇於街衢中。自永壽寺❼南，抵新昌里❽北，得馬上語別，語不過相勉保方寸❾、外形骸❿而已，因不暇及他。是夕，足下次于山北寺⓫。僕職役不得去⓬，命季弟⓭送行，且奉新詩一軸⓮，致於執事⓯，凡二十章，率有興比⓰，淫文豔韻⓱無一字焉。意者，欲足下在途諷讀，且以遣日時，銷憂懣，又有以張直氣⓲而扶壯心⓳也。及足下到江陵，寄在路所為詩十七章⓴，凡五六千言，言有為㉑，章有旨㉒，迨于宮律體裁，皆得作者風㉓。發緘㉔開卷，且喜且怪。僕思牛僧孺戒㉕，不能示他人，唯與杓直、拒非及樊宗師㉖輩三四人，時一吟讀，心甚貴重。然竊思之，豈僕所奉者二十章，遽能開㉗

足下聰明，使之然耶？抑㉘又不知足下是行也，天將屈足下之道，激足下之心，使感時發憤，而臻㉙於此耶？若兩不然者，何立意、措辭與足下前時詩，如此之相遠也？僕既羨足下詩，又憐足下心，盡欲引狂簡㉚而和之。屬直宿拘牽㉛，居無暇日，故不即時如意㉜。旬月來，多乞病假，假中稍閑，且摘卷中尤者㉝，繼成十章，亦不下三千言。其間所見，同者固不能自異，異者亦不能強同。同者謂之「和」，異者謂之「答」，并別錄〈和夢遊春㉞詩〉一章，各附于本篇之末。餘未和者，亦續致㉟之。頃者，在科試間，常與足下同筆硯㊱；每下筆時，輒㊲相顧，共患其意太切而理太周㊳。故理太周則辭繁，意太切則言激。然與足下為文，所長在於此，所病亦在於此。足下來序，果有詞犯文繁㊴之說。今僕所和者，猶前病也。待與足下相見日，各引所作，稍刪其煩而晦其義㊵焉。餘具書白。

【章　旨】這是組詩的序，詳細地記述了和元稹分別時的情況以及寫作〈和答詩十首〉的過程，讚揚元稹詩風的轉變與志節的堅定，並且對自己詩歌的優缺點進行了評論。

【注　釋】❶微之　元稹字。❷東臺　唐代御史臺在東都洛陽的分設機構。元稹以監察御史奉使東川，因為彈劾東川節度使嚴礪貪贓枉法事，牽涉面廣，得罪了腐朽的官僚集團和各大藩鎮，使還，被派遣分司東臺，帶有貶黜的性質。

❸又左轉句　左轉，左遷；貶官。官代以右為尊。江陵，江陵府，即荊州，中唐時是荊南節度使的治所，今屬湖北。掾，官員屬下輔佐的官吏。士曹掾，即士曹參軍，州刺史的屬吏，負責掌管津渡橋梁、車船房屋等事務。元和五年，元稹在洛陽得罪了權貴，被召回長安，住在華州敷水驛，宦官劉士元後至，和元稹爭奪上廳，並用馬鞭打傷元稹面部，憲宗沒有責罰宦官，反貶元稹為江陵士曹參軍。這實際上是宦官和守舊官僚集團藉機對他進行報復。遭到這次打擊後，元稹開始改變操守。❹內直　在宮中當值。皇宮稱為大內，時白居易官翰林學士，在大明宮翰林院值班。❺即路　登程；上路。❻邂逅　偶然相遇。❼永壽寺　在長安朱雀門街東第二街永樂坊。元稹就住在永壽寺南靖安坊的北街。❽新昌里　即新昌坊，在長安朱雀門街東第五街，白居易這時住在新昌里。❾保方寸　保持內心的志節。方寸，方寸之地。指心。❿外形骸　把形體置之度外。⓫足下句　足下，對同輩的敬稱，有時也用於下對上。次，住宿。山北寺，當在藍田縣藍田山北。喻鳧〈遊山北寺〉：「藍峰露秋院，灞水入春廚。」藍峰即藍田山。⓬僕職役句　僕，古時男子謙稱自己。職役，被職事所役使。去，離開。指去送行。⓭季弟　小弟。指白行簡。⓮一軸　一卷。唐代是寫本時代，書籍以卷軸裝為主。⓯執事　左右侍從的人。舊時書信中用作對對方的敬稱，表示不直指對方本人。⓰興比　即比興，《詩經》「六義」之二，是兩種傳統的表現手法。《詩經．大序》：「三曰比，四曰興。」孔穎達疏：「比，見今之失，不敢斥言，取比類以言之。興，見今之美，嫌於媚諛，取善事以喻勸之。」這裡指寄元稹詩中有寄託諷諭。⓱淫文豔韻　華美浮豔的文辭。⓲張直氣　伸張正氣。⓳扶壯心　助長壯志。⓴十七章　指《元氏長慶集》卷一〈思歸樂〉、〈春鳩〉以下共十七首詩，都寫在從長安赴江陵的途中。㉑言有為　每個字都是有所為而發。㉒章有旨　每篇詩都有深刻的含意。㉓迨于二句　迨于，至於。宮律，音律。宮為五音之首。作者，著書立說的人。古代帶有褒義。劉禹錫〈澈上人文集紀〉：「可謂入作者閫域，豈獨雄于詩僧間耶？」㉔發緘　打開書信的束繩或封口。㉕牛僧孺戒　指牛僧孺因直言得罪權貴的教訓。牛僧孺，字思黯。兩《唐書》有傳。元和三年，牛僧孺應賢良方正能直言極諫科制舉，對策第一，因在策文中指摘時政，得罪權貴，被授予關外的縣尉，考官楊於陵、韋貫之等都受牽連被貶官。白居易當時是覆試的考官，曾作〈論制科人狀〉為他們辯護。事詳見該文注釋。㉖杓直拒非及樊宗師　杓直，李建的字。李建是白居易好友，當時在朝為侍御史，後官至工部尚書，死後，白居易為作〈有唐善人墓碑〉。拒非，李復禮的字。李復禮貞元十八年和白居易同登書判拔萃科。樊宗師，字紹述，當時在長安擔任著作佐郎。此三人都是元、白的知交。㉗遽能開　突然能夠啟發。㉘抑　或者。㉙臻　至。㉚狂簡　志向遠大而處事疏闊。《論語．公冶長》：「子在陳曰：『歸與

歸與！吾黨之小子狂簡，斐然成章，不知所以裁之。』」朱熹注：「狂簡，志大而略於事也。」㉛屬直句　正趕上夜晚當值公務纏身。拘牽，拘束牽制。㉜即時如意　馬上實現自己的想法。㉝尤者　最好的。㉞夢遊春　指元稹的〈夢遊春七十韻〉，到江陵也寄給了白居易，白的和作擴大為一百韻。見其〈和夢遊春詩一百韻．序〉。㉟續致　接著致上。白居易意思是接著把沒有和答的詩歌寫完寄上。㊱頃者三句　頃者，往日。科試，指制科考試。同筆硯，一同學習。白居易〈策林．序〉：「元和初，予罷校書郎，與元微之將應制舉，退居於上都華陽觀，閉戶累月，揣摩當代之事……」㊲輒動輒；常常。㊳意太切而理太周　意思太直露，說理太周詳。㊴詞犯文繁　言語冒犯，文詞繁瑣。㊵晦其義　思想表達得曲折隱晦。

【語　譯】元和五年的春天，你從東都御史臺歸來，沒幾天，又貶官為江陵士曹參軍。詔令下達的那天，正趕上我從宮中當值下班回家，你卻已經上路，在街道中偶然相遇。從永壽寺南面，直到新昌坊的北面，得以在馬上告別，說的也不過是相互勉勵，要堅守志節，把自身的遷貶榮辱等置之度外罷了，所以也沒有時間談論其他的事。這天晚上，你住在山北寺，我因為公務纏身不能離開，讓小弟送行，並且奉上新作詩歌一卷給你，一共二十篇，大都有比興寄託，浮豔華美的文辭一個字都沒有。我的想法是，想讓你在旅途中吟誦諷讀，用它消磨時光，排遣憂憤，又可以用來張揚正氣、扶持壯心啊。等到你到了江陵，寄來在路上寫的詩歌十七篇，大約五六千字，字字都是有所為而發，篇篇都有深切的寓意，至於音律體裁都有作者的風範，自成一家。我打開封口，展開卷軸，既感到高興又十分驚訝。我想到牛僧孺直言得罪的教訓，不能拿給別人看，只和李建、李復禮、樊宗師等三四個人，時時拿出來吟詠誦讀，心裡把它看得十分珍貴。然而內心又常常想，難道是我送的二十首詩，能夠突然啟發你的聰明才智，使你的詩歌變成這樣的嗎？不然的話，不知道你這次行程是不是上天有意安排，使你的志業受到挫折，激勵你的心志，才使你感慨時局，發憤振作，從而達到這種境界的呢？如果這兩者都不是的話，為什麼你這些詩歌的主題思想、語言表達，和你先前的詩歌是這樣的不同呢？我既愛慕你的詩，又同情你的心，想運用我那疏闊的志向和低下的才能把你的詩全都和上一遍。正趕上我在宮中值夜班公務牽纏，平日沒有閒暇，所以沒能立即實現這個想法。一個月來，多請病假，假期中稍有空閒，就選擇詩卷中最好的，續成十首，也不少於三千字。詩中表達的意見，和你相同的固然不能標新立異，不同的也不能勉強附和。便把意見相同的叫作「和」某詩，不同的叫作「答」某詩，並且另外抄錄〈和夢遊春詩〉一首，分別附在你原詩的後面。其他沒有和作的，也會陸續奉和寄上。往日，在準備制科考試的時候，常常和你在一起學習。每當寫作的時候，我們動輒互相看看，都擔心所寫的文字意思過於直露，說理過於周詳。因為，說理過於詳盡，文辭就會繁瑣；意思過於直露，措辭就會激烈。然而，我和你的文字，優點在這些地方，不足也正在這些地方。你寄來的序中，果然有語言冒犯、文辭繁瑣的說法。現在我所和答的詩歌，仍然有上述的毛病。等到和你見面的時候，各自拿出自己的詩歌，再稍稍刪去其中繁瑣的文字，讓意思變得隱晦一些。其餘的事詳見信中的陳述。

和大觜烏❶

【題　解】這是一首寓言體的諷諭詩。貪婪昏暴的大嘴烏獲得主人的寵幸，慈孝辛勞的慈烏反遭殺戮，有搏擊之責的鷹隼羈於高墉，曾言事的鸚鵡囚在深籠。造成這種黑白顛倒混亂局面的正是主人也就是最高統治者的昏庸。詩充滿批判的戰鬥精神，鋒芒畢露，發人深省。

烏者種有二，名同性不同：觜小者慈孝❷，觜大者貪庸❸。觜大命又長，生來十餘冬。物老顏色變，頭毛白茸茸。飛來庭樹上，初但驚兒童。老巫❹生姦計，與烏意潛通❺。云「此非凡烏❻，遙見起敬恭；千歲乃一出，喜賀主人翁❼。祥瑞來白日❽，神聖占知風❾。陰作北斗使❿，能為人吉凶。此烏所止家，家產日夜豐。

上以致壽考⑪，下可宜田農。」主人富家子⑫，身老心童蒙⑬。隨巫拜復祝⑭，婦姑⑮亦相從。殺雞薦其肉，敬若禋六宗⑯。烏喜張大觜，飛接在虛空⑰。烏既飽膻腥⑱，巫亦饗⑲甘濃⑳。烏巫互相利，不復兩西東㉑；日日營巢窟，稍稍近房櫳㉒。雖生八九子，誰辨其雌雄㉓？群雛又成長，眾觜騁殘兇；探巢吞燕卵，入簇啄蠶蟲㉔。豈無乘秋隼㉕？羈絆委高墉㉖；但食烏殘肉㉗，無施搏擊功㉘。亦有能言鸚㉙，翅碧觜距㉚紅；暫曾說烏罪，囚閉在深籠。青青窗前柳，鬱鬱井上桐㉛；貪烏占棲息，慈烏獨不容。慈烏爾奚為㉜？來往何憧憧㉝。曉去先晨鼓，暮歸後昏鐘㉞。辛苦塵土間，飛啄禾黍叢。得食將哺母，飢腸不自充。主人憎慈烏，命子削彈弓：弦續會稽竹㉟，丸鑄荊山銅㊱。慈烏求母食，飛下爾庭中；數粒未入口，一丸已中胸。仰天號一聲，似欲訴蒼穹㊲：「反哺㊳日未足，非是惜微躬㊴。誰能持此冤，一為問化工㊵？胡然大觜烏，竟得天年㊶終？」

【注釋】❶大觜烏　白頸大嘴的烏鴉。元稹〈大觜烏〉詩，用大嘴烏比喻貪殘兇狠又深得皇帝寵信的朝廷重臣。❷觜小句　觜小者，指寒鴉，似烏鴉而形體略小，古人認為此鳥性孝，能反哺其母。慈孝，仁慈孝順。❸觜大句　觜大者，指大嘴烏。貪庸，貪婪昏庸。❹老巫　老巫師，古代從事通神明事鬼神的職業迷信者。比喻官場中那些老奸巨滑的佞臣。❺意潛通　暗中勾結。❻凡烏　普通常見的烏。❼主人翁　對主人的尊稱，詩中比喻皇帝。《漢書・東方朔傳》：「董君（偃）見尊不名，稱為『主人翁』。」❽祥瑞句　祥瑞，吉祥符瑞。白日，太陽，古人認為日中有金烏。《太平御覽》卷九二〇引《春秋元命苞》：「日中有三足烏，烏者陽精。」❾占知風　占知風向。古人在竿頭刻木為烏形，或置銅烏在高處，以測風向。《三輔黃圖》卷五引《述征記》：「長安宮南有靈臺，高十五仞。上有……相風銅烏，遇風乃動。」❿北斗使　北斗星的使者。《太平御覽》卷九二〇引《春秋運斗樞》：「瑤光星散為烏。」瑤光，北斗的第七顆星。古人認為北斗注死，南斗注生，所以對於北斗星特別敬畏。見《搜神記》卷三〈管輅〉條。⓫壽考　長壽。⓬富家子　有錢人。⓭心童蒙　智力低下猶如兒童。童蒙，智力未開的幼稚兒童。⓮祝　禱告；祈禱。⓯婦姑　泛指家裡的女眷。婦，妻。姑，婦女稱丈夫的母親。⓰殺雞二句　薦，進獻。禋，祭祀。六宗，古代尊祀的六神。《尚書·舜典》：「肆類於上帝，禋于六宗，望於山川，徧於群神。」關於六宗，諸說不一，漢伏勝、馬融謂指天、地及四季。⓱虛空　空中。⓲膻腥　牛羊肉等的腥臊味。代指肉食。⓳饗　通「享」。享受；享有。⓴甘濃　即甘膿。泛指美食。甘，味美。濃，味厚。㉑不復句　互相勾結，不再分開。㉒房櫳　泛指內室。櫳，窗櫺。這裡以內室喻指宮廷和帝王的近侍部門。㉓雖生二句　八九子，指其繁衍迅速。劉孝威〈烏生八九子〉：「城上烏，一年生九雛。」辨其雌雄，辨認牠們的性別。這裡指辨識其善惡。《詩經·小雅·正月》：「具曰予聖，誰知烏之雌雄！」㉔探巢二句　比喻貪殘官吏魚肉百姓。簇，用竹片或蘆葦紮成供桑蠶作繭的器具。燕卵、蠶蟲被烏啄食。㉕隼　鶻，又名雀鷹，兇猛善飛，搏擊眾鳥。比喻御史等執法的監察官吏。《漢書·五行志上》：「立秋而鷹隼擊。」同書〈孫寶傳〉：「以立秋日署（侯）文東部督郵。入見，勅曰：『今日鷹隼始擊，當順天氣，取姦惡，以成嚴霜之誅。』」㉖羈絆句　羈絆，用繩索繫住。委，棄置。墉，城牆。《周易·解卦》：「公用射隼于高墉之上。」㉗烏殘肉　大嘴烏吃剩的肉。㉘搏擊功　搏鬥擊殺眾鳥的本領。指彈劾貪官汙吏。㉙能言鸚　能說話的鸚鵡。這裡比喻補闕、拾遺等諫官。《禮記·曲禮上》：「鸚鵡能言，不離飛鳥。」㉚距　鳥爪。㉛青青二句　鬱鬱，茂盛貌。桐，梧桐。柳和桐都比喻朝廷的重要官位。古代傳說，鳳凰一類鳥非梧桐不棲，但梧桐已被大嘴烏所占據。㉜奚為　做什麼。㉝憧憧　往來不絕貌。㉞曉去二句　形容慈烏的忙碌辛勞。先晨鼓，在清晨的街鼓敲響之前。後昏鐘，在黃昏的鐘聲敲響之後。唐代京城實行宵禁，夜晚禁止通行。初唐時，根據馬周的建議用街鼓代替人的傳呼，作為開啟或關閉坊門，允許或禁止通行的信號。早晚也撞鐘，使聽到的人提高警覺。㉟弦續句　弦，弓弦。續，連接，將弦綁紮在弓上。會稽，郡名，唐為越州，今浙江紹興。箭，小竹。《爾雅·釋地》：「東南之美者，有會稽之竹箭焉。」㊱丸鑄句　丸，彈丸，彈鳥的工具。荊山，在今河南靈寶西。《史記·封禪書》：「黃帝采首山之銅，鑄鼎于荊山下。」這裡用荊山銅形容彈丸材質的精美。㊲蒼穹　青天。㊳反

哺　小鳥長大，覓食餵養其母，比喻子女報答父母的養育之恩。㊴微躬　微身，微賤的身軀。㊵化工　化育萬物的工匠；造物主；大自然的主宰。㊶天年　自然的壽數。《莊子．山木》：「此木以不材得終其天年。」

【語　譯】烏鳥有兩種，名稱相同秉性卻大不同：小嘴的烏仁慈孝順，大嘴的烏貪婪昏庸。大嘴烏嘴大壽命長，生下來活過了十幾冬。臨到老顏色有了改變，頭上的毛變得白茸茸。飛到庭院的大樹上，剛來時不過驚嚇了小兒童。老巫師想出一個奸狡的計謀，和烏的心思不謀而合暗相通。巫師說：「這可不是普通的鳥，遠遠看到就要肅然起敬把牠尊崇。牠一千年才出現一回，真要高興祝賀您這位主人翁。牠來自太陽是吉祥的鳥，牠神奇聖明能預知哪方會起風。牠暗地裡充當北斗七星的使者，能決定人們的禍福吉凶。只要牠到了誰的家，錢財就日夜不停滾滾往誰家流。牠最吉利的兆頭是使人長壽，起碼也讓你種上莊稼就得豐收。」主人是有錢人家的公子哥兒，一把年紀卻像小孩一樣懵懵懂懂。隨著巫師跪拜又祈禱，家裡的女眷也一起跟從。殺了雞敬獻上肉，恭恭敬敬像是祭六宗。大嘴烏高興地大張著嘴，接住祭肉飛舞在空中。大嘴烏吃飽了腥臊的肉，巫師也享用美味樂無窮。大嘴烏和巫師相勾結，從此不再分開來奔走西東。天天經營著洞穴窠巢，越來越靠近房屋簾櫳。雖然生了八九隻小烏，誰又能分辨牠們是雌還是雄？這一群小烏很快就長大，眾多的嘴巴恣意作惡行凶，探取燕巢中的燕蛋，啄食蠶簇上的蠶蟲。難道沒有搏擊秋空的鷹隼？被羈絆起來拴在高高的城牆上。只能撿一點大嘴烏吃剩的肉，不能去捕捉搏殺惡鳥展翅翱翔。也有會說話的鸚鵡鳥，翅膀碧綠嘴爪鮮紅，就因為曾經數說過烏的罪惡，至今還被拘囚在嚴實的鳥籠中。窗前的柳樹枝葉青青，井傍的梧桐鬱鬱蔥蔥，貪婪的大嘴烏霸占來棲息，獨獨慈烏卻無枝可容。慈烏慈烏你在幹什麼？為什麼不停地來去匆匆？街鼓沒敲響你就飛走，晚上回來時早已敲過了入夜的鐘。辛辛苦苦地往返在塵土裡，飛翔覓食在禾黍叢中。找到食物來餵養娘親，自己卻忍飢挨餓腹中空。主人憎恨慈烏，命兒子製作彈弓，綁弦的弓身用會稽的竹，彈丸鑄造用荊山的銅。慈烏為母親尋找食物，飛到了你的庭院中，幾粒糧食還沒吃進口，一顆彈丸正中前胸。仰天長長號叫一聲，好像是把衷情傾訴向青蒼的天空：「我痛心的是餵養回報母親還沒有多少時日，不是憐惜我弱小生命消逝太匆匆！誰能帶著我的冤情，為我問一問化育萬物的天公：為什麼貪婪殘暴的大嘴烏，反倒能夠平平安安得壽終？」

【研　析】這首詩以寓言的形式，對混亂黑暗的朝政作了繪聲繪色摹寫和深刻的揭露。生性貪暴的大嘴烏，本不足為惡，但牠一旦和「老巫」勾結起來，騙取了主人的信任，得以升堂入室，經營巢窟，大量繁衍，騁其殘凶，危害就大得無可估量。大嘴烏的凶殘、老巫的狡詐、主人的愚蒙都寫得有聲有色，可視為宦官、權臣和皇帝的象徵。在這種形勢下，象徵監察諫諍官員的鷹隼和鸚鵡，或被羈絆高墉，或被囚禁深籠，朝廷的一切就可以聽任權臣和宦者為所欲為了。末尾寫慈烏，辛勤勞作，反哺酬恩，卻遭到主人的憎惡和彈射，主人的昏憒糊塗可說到了極點，元稹的貶黜江陵，不就是生動的一例嗎？詩末慈烏搶地呼天的號訴，正是對黑暗政治的強烈控訴。詩的矛頭直指最高統治者，其諷刺的力度、非凡的勇氣和識見都非一般的寓言詩可比。

有木八首并序（選二）

【題　解】〈有木八首〉是一組五言古體的諷諭詩。約元和二年（西元八〇七年）至元和六年間長安作。詩共八首，分別歌詠了弱柳、櫻桃、洞庭橘、杜梨、野葛、水檉、凌霄、丹桂八種植物，象徵著不同類型和不同品質的人物，以寄寓褒貶之意。本集選了其中的其七、其八兩首。

余讀《漢書》❶列傳❷，見佞順婾阿❸、圖身❹忘國，如張禹❺輩者。見惑上蠱下❻、交亂君親❼，如江充❽輩者。見暴很跋扈❾、壅君樹黨❿，如梁冀⓫輩者。

見色仁行違⑫、先德後賊⑬，如王莽⑭輩者。又見外狀恢弘⑮、中無實用者。又見附離⑯權勢、隨之覆亡者。其初皆有動人之才，足以惑眾媚主，莫不合於始而敗於終也。因引風人、騷人之興⑰，賦〈有木〉八章，不獨諷前人，欲儆⑱後代爾。

【章　旨】說明寫作的緣起和寫作的目的。

【注　釋】❶漢書　這裡指東漢班固《漢書》和劉宋范曄《後漢書》，分別記錄了西漢和東漢的史事。❷列傳　紀傳體史書中一般人物的傳記，《史記》有「列傳七十」。❸佞順媕娿　佞順，和佞柔順。指巧言諂媚，隨聲附和。媕娿，猶豫不決，敷衍逢迎。韓愈〈石鼓歌〉：「中朝大官老於事，詎肯感激徒媕娿。」❹圖身　只顧自己。❺張禹　西漢人，漢成帝時，以師傅恩官至丞相，深得寵信。時外戚王鳳專權，禹卻只知購置產業，安排子婿，「持祿保位，被阿諛之譏」。事見《漢書・張禹傳》。❻惑上蠱下　蠱惑君主和臣下。❼交亂君親　挑撥皇帝家人之間的關係。❽江充　西漢趙國邯鄲人。以告發趙太子丹淫亂後宮，交通豪猾，得武帝召見，官至水衡都尉，大見信用。武帝病，江充見帝年老，恐怕死後被皇太子所殺，便妄稱武帝生病是巫蠱作祟，在太子宮中掘得桐木人，遂殺太子。太子臨死罵道：「趙虜，亂乃國王父子不足邪！乃復亂吾父子也！」事見《漢書・江充傳》。❾暴佷跋扈　殘暴兇橫。佷，同「狠」。❿壅君樹黨　蒙蔽君主，樹立黨羽。⓫梁冀　東漢人。順帝時，因姊妹為皇后、貴人，官至大將軍。性驕橫，權傾朝野。「四方調發，歲時貢獻，皆先輸上第於冀」，「百官遷召，皆先到冀門牋檄謝恩，然後敢詣尚書」。沖帝曾稱他為「跋扈將軍」，遂被冀鴆殺。事見《後漢書・梁冀傳》。⓬色仁行違　面色仁慈，行為乖戾。⓭先德後賊　先施仁德，後殃民竊國。⓮王莽　字巨君，西漢末孝元皇后之姪，為大司馬，秉政。哀帝死，莽迎立平帝，以己女為皇后，獨攬朝政，弒平帝，立孺子嬰，不久篡位自立，國號「新」。事見《漢書・王莽傳》。⓯恢弘　宏大壯偉。⓰附離　即附麗，依附。⓱因引風人句　引，引用；採用。風人，詩人。古代採集民歌稱為採風，採詩官和詩人都可稱「風人」。騷人，詩人，屈原作〈離騷〉，後人稱屈原等騷體詩作者為「騷人」。後泛指詩人。興，《詩經》的一種寫作手法，先詠他物以引起所詠之物。⑱儆使人警醒。

【語譯】我讀《漢書》中的人物傳記，看見有柔佞和順、猶豫敷衍、只考慮自己、不顧國家的，像張禹之類的人。又看見有蠱惑君主和朝廷、離間破壞君主骨肉之情的，像江充之類的人。又看見有殘暴專橫、蒙蔽君主、結黨營私的，像梁冀之類的人。又看見有外表仁慈、行為乖戾、先以仁德收買人心然後陰謀篡國的，像王莽之類的人。又看見形體壯偉、毫無真才實學的人。又看見依附權勢、隨即跟著敗亡的人。起初，他們都有動人的才華，足以迷惑眾人，討好君主，但沒有不是開始時投合而最後終於敗亡的。因此利用詩人的「興」的手法，寫下了〈有木〉詩八首，不單是譏諷前人，也是想要用它來警戒後人啊。

有木名凌霄❶

有木名凌霄，擢秀❷非孤標❸；偶依一株樹，遂抽百尺條❹。託根❺附樹身，
開花寄樹梢。自謂得其勢，無因有動搖。一日樹摧倒，獨立暫飄颻❻。疾風從東
起，吹折不終朝❼。朝為拂雲❽花，暮為委地樵❾。寄言立身❿者，勿學柔弱苗！

【注釋】❶有木名凌霄　本詩為組詩〈有木八首〉其七，原無詩題，此為注者所加。凌霄，花名，也叫紫葳，蔓生木本植物，攀援他物而生，高可至數丈。葉為羽狀複葉。夏秋之間開赭黃色花。可入藥。❷擢秀　枝條拔擢突出。❸孤標　獨立高聳。標，標竿。❹百尺條　高聳的枝條。左思〈詠史〉：「以彼徑寸莖，蔭此百尺條。」❺根　指凌霄花的氣根。《廣群芳譜》卷四三「凌霄花」：「蔓間鬚如蝎虎足，附樹上，甚堅牢。」❻飄颻　飄蕩。這裡指隨風搖擺。❼不終朝　不到一個早晨，極言時間之短。《老子》上篇：「飄風不終朝，驟雨不終日。」❽拂雲　拂拭雲彩。形容其高。❾委地樵　委棄堆積在地上的柴薪。❿立身　樹立己身，使有所成就。《孝經・開宗明義》：「立身行道，揚名於

後世，以顯父母，孝之終也。」

【語　譯】有一種樹木名叫凌霄，枝條高聳卻不能獨立不倚不靠。偶然依傍著一株大樹，這才抽出了百尺枝條。它的鬚根依附在大樹幹上，開出的花朵卻高居樹梢。自以為占據了很好的形勢，什麼都不能使它的地位動搖。有一天大樹突然摧折傾倒，凌霄木暫時失去依靠左擺右搖。大風突然從東邊刮過來，不一會就把它吹斷了。早上花枝還上拂雲霄，晚上就委棄地上只能當柴燒。奉勸想要造就自己的人，切莫學這柔軟脆弱的凌霄！

【研　析】白居易是詠物詩大家，詩作多達三百餘首。〈有木八首〉以組詩形式，分詠八種植物。前六章託弱柳等六種植物以諷諭元和政壇當權的種種人物，本章則借凌霄花諷刺附麗權勢的宵小。詩中描寫了凌霄花從依傍大樹而繁茂到隨大樹摧折而覆滅的過程，揭示那些趨炎附勢的小人雖可得志於一時，但終將隨著權貴的失勢而覆亡，警示想要成就一番事業的人，應當不黨不阿，培養堅強獨立的人格。詩前後對比鮮明，寓意深遠，語言質樸，頗近漢魏古詩。

有木名丹桂❶

有木名丹桂，四時香馥馥❷。花團夜雪明，葉剪春雲綠。風影清似水，霜枝
冷如玉。獨占小山幽❸，不容凡鳥❹宿。匠人❺愛芳直❻，裁截❼為廈屋❽。幹細力
未成，用之君自速❾。重任雖大過❿，直心終不曲。縱非梁棟材⓫，猶勝尋常木⓬。

【注　釋】❶有木名丹桂　本詩為組詩〈有木八首〉其八，原無詩題，此為注者所加。丹桂，開紅花的桂樹。《本草綱目》卷三四「箘桂」：「巖桂俗呼為木犀。其花有白者名銀桂，黃者名金桂，紅者名丹桂。有秋花者，春花者，四季

花者，逐月花者。」《南方草木狀》卷中則謂桂有三種：丹桂、箘桂、牡桂。其中「皮赤者」為丹桂。❷馥馥　香氣濃烈。❸小山幽　幽靜的小山。《楚辭・招隱士》：「桂樹叢生兮山之幽。」序云：「〈招隱士〉者，淮南小山之所作也。」這裡的小山語意雙關，既借用《楚辭》的典故，也用來表明桂樹的志節高尚，不同流俗。❹凡鳥　普通的鳥。《楚辭》王逸〈九思・守志〉：「桂樹列兮紛敷，吐紫華兮布條。實孔鸞兮所居，今其集兮惟鴞。」注：「孔鸞，大鳥。鴞，小鳥也。以其言名山宜神鳥處之，言朝廷宜賢者居位。」❺匠人　工匠。喻指皇帝。❻芳直　芳香正直。桂樹有大至合抱者，木質有強烈芳香。❼裁截　砍伐截斷。❽廈屋　大屋。比喻朝廷。❾自速　過於快；太早。❿大過　即太過。意思是責任過於重大。大，通「太」。⓫梁棟材　充當大梁的材料。指擔當朝廷重任。梁，屋梁。棟，屋中的正梁。《三國志・高柔傳》：「今公輔之臣，皆國家棟梁，民所瞻具。」⓬尋常木　一般的樹木。喻指庸庸碌碌的人。

【語譯】有一種樹木名叫丹桂，一年四季都香氣濃郁。它那團團的花簇如同夜間的白雪一樣明潔，樹葉就像從天空裁剪下來的春雲那麼碧綠。風中的樹影像水波那樣清澈，凌霜的枝幹冷傲如同美玉。它生長在小山上獨占清幽，決不容普通鳥兒來棲宿。工匠喜愛它芳香又正直，砍伐截斷來蓋大屋。樹幹細小還沒有完全長成，你拿來使用得未免太急速。雖然承擔責任重大遠遠超過了它的能力，但正直的內心始終不會彎曲。即使不是建造大廈的棟梁之材，還是遠遠勝過了尋常的樹木。

【研析】〈有木名丹桂〉和前七首分諷朝中形形色色封建官僚和趨炎附勢的小人不同，本詩中丹桂是詩人的自我寫照。花明如雪，葉綠如雲，影清似水，枝冷似玉，居處幽潔，枝幹芳直，既有外在的美好，又有內在的堅貞，遠勝尋常樹木，所以匠人青眼有加，「裁截為廈屋」，讓它承擔了遠遠超過它能力的重大責任。詩人把一切美好言語和優秀的品質都賦予了丹桂，用它來寄寓自己美好的政治理想，借物明志，物理渾然。

白氏以它為組詩的總結篇，寓意十分明確。在這個充斥著庸俗官僚政客的朝廷裡，他一定要保持凜然的節操，中立不倚，有所作為，這也可以看作白氏貫徹始終的為官之道。綜觀他一生，在文宗朝牛李黨爭愈演愈烈的時候，儘管他和牛僧孺有極好的私交，又是牛黨重要成員楊虞卿的從妹婿，但他對官僚的內部傾軋絲毫不感興趣。大和二年，他從刑部侍郎的高位上急流勇退，回到洛陽，以後就再也沒有回到過長安。

秋遊原❶上

【題　解】這是一首五言古體的閒適詩。元和六年（西元八一一年），白居易在長安京兆戶曹參軍、翰林學士任。四月，因母親陳氏病故停官，回到下邽義津鄉的金氏村居住。本詩作於元和七年七月，通過敘述秋日攜弟姪輩漫步渭村原上的聞見和感受，抒寫了詩人對閒適恬淡的田園生活和純樸真淳的人際關係的一種由衷的喜悅之情。

七月行已半❷，早涼天氣清。清晨起巾櫛❸，徐步出柴荊❹。露杖筇竹冷❺，風襟越蕉輕❻。閑攜弟姪輩，同上秋原行。新棗未全赤，晚瓜有餘馨❼。依依❽田家叟，設此❾相逢迎。自我到此村，往來❿白髮生。村中相識久，老幼皆有情。留連⓫向暮⓬歸，樹樹風蟬聲。是時新雨足，禾黍⓭夾道青。見此令人飽，何必待西成⓮？

【注　釋】❶原　寬闊平坦的高地。❷行已半　即將過去一半。❸巾櫛　洗沐用具。代指梳洗。巾用以拭手，櫛用以梳頭。❹柴荊　用柴禾做成的門。形容村居的貧寒簡陋。❺露杖句　露杖，露水沾溼的手杖。筇竹，竹名，因出產在邛都邛山而得名，因高節實中，常用以為手杖。❻風襟句　風襟，被風吹拂的衣襟。越，指今浙、閩、粵、桂等省，古代為百越之地。蕉，指蕉葛或蕉布，用芭蕉葉的纖維織成，輕薄，產於嶺南地區。❼馨　芳香。❽依依　戀戀不捨貌。表示親熱。❾設此　陳設了這些。此，指新棗、晚瓜。❿往來　指作者遷家下邽後，常來往於長安和下邽之間。⓫留連　捨不得離開。⓬向暮　快要天黑；傍晚。⓭禾黍　兩種穀物。泛指糧食作物。禾，古代指粟。即穀子，去殼後俗稱小米。黍，黃米子。即黏穀子。⓮西成　秋天成熟；豐收。《尚書・堯典》：「寅餞納日，平秩西成。」傳：「秋，西方，萬物成。」

【語　譯】七月眼看就要過去一半，早晨涼爽天朗氣清。清晨起來梳洗完畢，慢慢地走出了柴門。露水沾溼的筇竹手杖冰冷，秋風吹拂更顯得越蕉布的衣衫飄輕。閒暇時帶著弟弟和姪兒們，一起登上秋原漫步徐行。今年的新棗還沒有全變紅，晚熟的瓜還有剩餘的芳馨。熱情的田家老翁，搬出瓜棗來招待我們。自從我遷居回到渭村，常來常往不知不覺已是白髮星星。村中的人認識已經很久，老老少少都有深厚的感情。留連到傍晚才回家，棵棵樹上都隨風飄來了秋蟬的鳴聲。這時一場充沛的雨剛剛下過，道路兩旁的莊稼一片青青。看到這種景象已經使人感到飽足，何必定要等到秋天的好年成！

【研　析】下邽金氏村這片田園是白居易祖居之地，地處渭河北岸，土地平曠，交通方便。詩由一天中的開頭敘起，清晨起來感受到的早秋涼爽宜人，梳洗完畢後攜弟姪們原上信步漫遊，到處感受到的是鄉鄰們殷勤款待的親切和溫暖，見到的是新雨過後禾黍青青的原野。遙想即將到來的豐收場景，詩人感到無限的滿足和舒暢，留連忘返，直到傍晚還不想回去。詩語淡旨遠，充分體現出白詩醇厚平實的生活情味，一派恬靜淡遠的田園氣息，引人神往。

《唐宋詩醇》卷二一評此詩說：「樸實說去，一片真趣流行，非徒擬王、儲田家詩也。」的確，這首詩決非對王維、儲光羲田園詩的模擬，因為詩中有詩人真淳而濃烈的情感流注，說它受到杜甫〈羌村三首〉的影響似乎更加愜當一些。

適意❶二首（選一）

【題解】這是一組五言古體的閒適詩。這裡選入的是第一首。元和七年（西元八一二年）作於丁母憂退居金氏村時。詩人回顧自己早年飄泊動盪生活的艱辛，入仕後官場的險惡和理想的無法實現，對比渭上閒散自在的鄉村生活，不由得萌生了歸隱田園、獨善其身的念頭。

其一

十年為旅客，常有飢寒愁❷。三年作諫官❸，復多尸素❹羞。有酒不暇飲，有山不得遊。豈無平生志❺？拘牽❻不自由。一朝歸渭上❼，泛如不繫舟❽。置心世事外，無喜亦無憂。終日一蔬食，終年一布裘❾。寒來彌❿懶放⓫，數日一梳頭。朝睡足始起，夜酌醉即休。人心不過適⓬，適外復何求？

【注釋】❶適意　愜意；滿意。❷十年二句　建中四年冬，白居易隨家避兵亂逃難，曾旅居越中、苻離、襄陽、洛陽等地，又遇到父親白季庚病故，這十六七年中，一家人飽受兵亂飢寒之苦。直到貞元十六年進士及第後，生活才稍為安定。這裡說「十年」，是舉成數而言。❸諫官　指左拾遺。白居易元和三年五月到五年五月為左拾遺，首尾三年。❹尸素　尸位素餐，空食俸祿而不盡其職。尸，古代祭祀時代替死者接受祭祀的人。尸位，像尸一樣坐在接受祭祀的位置上卻無所事事。素餐，不勞而食。《詩經．魏風．伐檀》：「彼君子兮，不素餐兮。」❺平生志　平生的志向。這裡指隱居田園。❻拘牽　拘束牽絆。指世俗之事，特別是官職的拘牽。❼渭上　指下邽金氏村，在渭水的北邊。時白居易居母喪，在金氏村守制。❽泛如句　泛，飄浮。不繫舟，沒有繫纜繩的船，飄浮不定。形容不受世俗事務的牽累，心境虛無，自在遨遊。《莊子·列禦寇》：「巧者勞而智者憂，無能者無所求，飽食而遨遊，汎若不繫之舟，虛而遨遊者也。」❾布裘 布袍。❿彌 更加。⓫懶放 慵懶疏放，隨隨便便。⓬適 滿足；安適。

【語譯】十多年來旅途飄泊，常常為挨餓受凍犯愁。占據著諫官的位置有三年，又因為尸位素餐常感愧羞。有酒沒有閒暇去喝，有山不得空閒去遊。平生難道沒有隱居田園的志向嗎？被俗事拘束牽絆失去了自由。一旦回到渭水旁的故鄉，就像那沒繫纜繩的船兒任意飄流。塵世的俗事都不放在心上，既不特別高興也不再憂愁。天天吃的是瓜果蔬菜，長年穿的是褐衣布裘。天氣轉冷就更加懶散隨便，好幾天才梳一次頭。早上要睡足了才起床，晚間喝酒要醉了才罷休。人心所求的不過是一個安適，得到安適之後還有什麼可以追求？

【研 析】詩前半訴說前半生飄泊和為官的不自由，後半敘述退居渭村的自在懶散的生活，在對比見出自己對閒居生活的滿足和愜意，但實際上卻表現了他兼濟之志無法實現的痛苦矛盾心情。在他因母喪離職回下邽這幾年中，朝廷政局發生了一些變化，白居易的好友和在翰林院的同僚、敢於直言進諫的李絳被啟用為宰相，宦官頭子吐突承璀出為淮南監軍，削除藩鎮的事業也有所推進。如果白居易不離開朝廷，憑他的抱負與才能，並非沒有擢居要職、有所作為的可能。現在卻蟄居家鄉，在寂寞中聽任大好時光流逝，對於胸懷大志的他來說，無疑十分痛苦和無奈。所以，〈適意二首〉實際上是賦閒鄉居時複雜心態的顯現，既有眼前的安閒自在可喜，也有內心的煩悶苦惱不釋，還有自我勸解後的淡然。白居易〈適意〉其二說：「早歲從旅遊，頗諳時俗意。中年忝班列，備見朝廷事。作客誠已難，為臣尤不易。況予方且介，舉動多忤累。直道速我尤，詭遇非吾志。胸中十年內，消盡浩然氣。自從返田畝，頓覺無憂愧。蟠木用難施，浮雲心易遂。悠悠身與世，從此兩相棄！」可與本詩同讀。

采地黃❶者

【題　解】這是一首五言古體的諷諭詩。作於元和八年（西元八一三年）退居金氏村時。詩中記述了百姓挖掘地黃賣給富貴人家餵馬，以換取馬的飼料來度過荒年的悲慘故事，尖銳地揭露了貧富不均的社會現象，表達了對窮苦百姓的深切同情。

麥死春不雨，禾損秋早霜：歲晏❷無口食，田中采地黃。采之將何用？持以易餱糧❸。凌晨荷插❹去，薄暮❺不盈筐。攜來朱門家，賣與白面郎❻。與君啖❼肥馬，可使照地光❽。願易馬殘粟❾，救此苦飢腸！

【注　釋】❶地黃　一種多年生草本植物，屬玄參科，根和根部塊莖可以入藥。新鮮的稱鮮地黃或鮮生地，乾燥後稱乾地黃或生地，加工蒸製後稱熟地黃或熟地。❷歲晏　歲暮；年終。❸易餱糧　易，交換。餱糧，乾糧。這裡泛指糧食。❹荷插　背負著挖掘工具。插，通「鍤」。一種掘土的工具。❺薄暮　傍晚；黃昏。❻攜來二句　朱門，達官貴人家漆成紅色的門。白面郎，豪貴人家子弟。❼啖　食；餵。❽照地光　形容馬的皮毛光澤得發亮。唐玄宗有馬名叫照夜白。❾殘粟　吃剩的糧食。指馬的飼料。

【語　譯】春天乾旱麥苗都枯死，秋霜早來禾稻都損傷。年終沒有糧食吃，田野裡去挖地黃。挖來地黃做什麼？用它來換吃的糧。大清早扛著鍤去挖，到傍晚還沒有挖滿筐。拿著它來到富貴家，賣與白面團團的富家郎。賣給你餵你那肥壯的馬，能使牠皮毛潤澤發光把地面來照亮。願用它來換馬吃剩的飼料，救一救我這轆轆的飢腸！

【研　析】渭村閒居生活，使白居易有機會直接感受到農事艱辛和農民疾苦，創作了〈納粟〉、〈采地黃者〉、〈村居苦寒〉等一組反映農民疾苦的諷諭詩。

元和八年二月「久旱」，六月「積雨」，十一月「京畿水、旱、霜損田三萬八千頃」（《舊唐書・憲宗紀》），一連串的天災把廣大農民推到了死亡線的邊緣。本詩記錄了這年冬天大饑荒中農民悲慘生活的一組真實的鏡頭：採地黃和賣地黃。詩先記敘麥死、禾損、歲晏無糧的情況下饑民們「田中采地黃」。因為地黃不能療飢，這已出人意料。接著作者以問答的形式說明，採地黃是為了「易糇糧」。大災之年，地黃何以能換來糧食，這更增加了讀者的疑惑。接下來描寫採地黃的艱辛和賣地黃的情景，而最後採地黃者向朱門白面郎哀告的話才使人恍然，原來採來的地黃竟是用來換取富人家馬匹吃剩的飼料充飢！饑民和白面郎，人和馬命運竟然如此不同。全詩無一句評議，純用客觀敘述，但對社會不平提出了最強烈的抗議，對農民的苦難傾注了最深切的同情。

村居苦寒❶

【題　解】這是一首五言古體的諷諭詩。作於元和八年十二月，描寫饑荒之年嚴冬的大雪給廣大貧苦農民帶來的沉重災難，表現了作者愧疚的心情。

八年十二月，五日雪紛紛。竹柏皆凍死❷，況彼無衣民。迴觀村閭❸間，十室八九貧。北風利如劍，布絮不蔽身。唯燒蒿棘❹火，愁坐夜待晨。乃知大寒歲，農者尤苦辛。顧我當此日，草堂深掩門。褐裘覆絁被❺，坐臥有餘溫❻。幸免飢凍苦，又無壠畝勤❼。念彼❽深可愧，自問是何人！

【注　釋】❶苦寒　極寒；嚴寒。❷竹柏句　竹柏都是耐寒的植物，竹柏凍死。形容寒冷到了極點。《漢書・王莽傳》：「(天鳳三年二月)大雨雪，關東尤甚，深者一丈，竹柏或枯。」❸村閭　鄉村。古代以二十五家為閭。見《周禮・地官・大司徒》。這裡泛指鄉里。❹蒿棘　蒿草和荊棘。❺褐裘句　褐裘，布袍。褐，粗布。絁被，綢被。絁，粗綢。❻有餘溫　保持身體的溫暖還有餘裕。即非常暖和。❼壠畝勤　耕作的辛勤。壠畝，田野。壠，田壠，田地的分界。❽彼　指農人。

【語　譯】元和八年十二月五日，大雪紛紛地降落。竹子柏樹都被凍死，何況老百姓無衣無褐。回頭看一看村子裡，十家中有八九家一貧如洗。呼嘯的北風像刀劍一樣鋒利，布衣絮被不能完全遮蔽身體。只有弄來蒿草荊棘攏一堆火，等待天明傷心地火旁坐。這才知道特別寒冷的年頭，種田的人特別痛苦難過。看看這個時候的我自己，茅屋裡安居大門嚴嚴閉鎖。布袍上還加蓋著綢被，坐著躺著都非常暖和。既幸運地免受忍飢挨凍的苦，又不用在田野裡辛勤耕作。想起了那些農夫深深感到慚愧，問一聲自己：你是什麼人能過著這種生活！

【研　析】這首詩實際就是〈采地黃者〉的姊妹篇。元和八年冬，災民們在連遭天災、無衣無食的窘境中又遇到罕見的大雪，連耐寒的竹柏都被凍死，他們境遇之窘迫淒慘可想而知。詩用紀實手法，描寫了大雪中貧民們衣不蔽體、飢寒交迫、攏燃蒿棘、愁坐待晨的悲慘處境和絕望心理。末了詩人將自己的境況和貧民們作了比較，想到了自己不事勞動仍能過上粗堪溫飽的生活，倍感愧疚，深深自責。堅守傳統儒家民胞物與的仁愛精神，這正是白居易能夠敏銳地感受到普通百姓的苦痛並堅持在自己的詩歌中加以反映的原因。

新製布裘❶

【題解】這是一首五言古體的諷諭詩。和〈村居苦寒〉是同時的作品。詩人由自己穿上新製的溫暖棉袍，想到了普天下飢寒交迫的人們，發出了「安得萬里裘，蓋裹周四垠」的奇想，表現出人飢己飢、人溺己溺的高尚情懷，抒發了兼濟天下的抱負和理想。

桂布❷白似雪，吳綿❸軟於雲。布重綿且厚，為裘有餘溫。朝擁❹坐至暮，夜覆眠達晨。誰知嚴冬月❺，支體❻暖如春。中夕❼忽有念，撫裘起逡巡❽。丈夫貴兼濟，豈獨善一身❾？安得萬里裘，蓋裹周四垠❿？穩暖⓫皆如我，天下無寒人。

【注釋】❶布裘　布袍。這裡指棉袍。❷桂布　唐代桂州地區出產的用木棉纖維織成的布，色白，柔軟厚緻。桂州，今廣西桂林，唐代是桂管觀察使的治所。木棉樹一名古貝，又訛為吉貝，生長在嶺南。❸吳綿　吳地的絲綿。吳，指今江蘇蘇州一帶，盛產蠶絲。❹擁　抱持。這裡指披在身上。❺嚴冬月　冬季最寒冷的時節。❻支體　全身。支，同「肢」。四肢。體，身體。❼中夕　半夜。❽逡巡　徘徊。形容心中有所思忖。❾丈夫二句　兼濟，兼濟天下，同時救助天下的人，和「獨善其身」相對。《孟子・盡心》：「古之人得志澤加於民，不得志修身見於世；窮則獨善其身，達則兼善天下。」意思是如果能被君王任用，有了高的職位，就施行仁政，使老百姓受惠；如果沒有這種機會，就努力加強自身的道德修養。前者叫「兼善」，後者叫「獨善」。兼濟也就是兼善的意思。❿周四垠　周，遍及。四垠，指天下。垠，四方的邊遠處。⓫穩暖　安穩溫暖。

【語譯】桂州的木棉布白得像雪一樣，吳地的絲綿柔軟超過了天上的雲。厚重的桂布裡鋪上厚厚的絲綿，做成袍子暖暖和和能保溫。早上披著一直坐到傍晚，夜晚蓋著一覺睡到清晨。哪裡知道最寒冷的冬季，渾身上下竟都溫暖如春。半夜忽然有了感想，手摸布袍站起來回走不停。大丈夫可貴之處就是有兼濟天下的志向，哪能只顧自己獨善一身？如何能得到布袍寬廣千萬里，覆蓋包裹周全直到四方的邊境？讓人人都像我一樣舒適溫暖，普天下沒有一個受凍的人。

【研　析】這首詩雖然以新製布袍的溫暖舒適為描寫對象，但卻編入了「諷諭詩」而不是「閒適詩」中，因為對普天下百姓「無衣無食，何以卒歲」的同情和關懷才是詩的重心和主旨所在。在穿上新袍溫暖如春時，詩人在為萬千貧民焦慮，半夜「撫裘起逡巡」便是這種焦慮心情的外化。最後，作者終於找到了振奮心靈的方向，摒棄「獨善」而選擇「兼濟」。「安得萬里裘，蓋裹周四垠」就是要廣施仁政為百姓謀福祉。對閒居渭村的白居易來說，這當然並不現實，所以這實際上是對皇帝和在位者發出的呼籲和吶喊。

〈采地黃者〉、〈村居苦寒〉和本詩，都寫在元和八年冬，可以視為一組組詩。〈采地黃者〉純用外視角，客觀描寫災民衣食無著的悲慘處境，反映貧富懸殊的社會現象。〈村居苦寒〉由外而內，採用全知視角，由災民的苦難進而反省自身，抒寫內心愧疚之情。〈新製布裘〉則純用內視角，抒寫自己穿上新棉袍的感受和感想。三詩由外而內，記錄了白居易從為百姓苦難所震撼憂念到深感愧疚並進而思考尋找出路的心路歷程。

效陶潛體[1]詩十六首并序（選一）

【題　解】這是一組模仿陶淵明〈飲酒〉詩而作的詩歌，編入閒適詩中。原詩十六首，本書所選的是第十三首。詩寫在元和八年（西元八一三年）退居下邽金氏村時。詩將「獨醒」的屈原和沉醉的劉伶加以比較，表示要學習劉伶在沉醉中尋求快樂，從而抒發自己壯志難酬的痛苦和憤懣。

余退居渭上，杜門不出❷，時屬❸多雨，無以自娛❹。會家醞❺新熟，雨中獨飲，往往酣醉，終日不醒。懶放❻之心，彌覺自得❼。故得於此❽而有以忘於彼❾者。因詠陶淵明詩，適與意會，遂倣其體，成十六篇。醉中狂言❿，醒輒自哂⓫。然知我者，亦無隱焉。

【章　旨】這是組詩的總序，說明組詩寫作的時間、地點和寫作的緣由。

【注　釋】❶陶潛體　陶潛（西元三六五—四二七年），字淵明，潯陽柴桑（今江西九江）人。他生逢晉、宋易代之際，不能為五斗米折腰，辭官歸隱田園，後人私謚為「靖節先生」，《晉書》、《宋書》、《南史》都有傳。他的詩歌多寫田園隱居生活，語言平淡質樸，感情真摯淳厚，意境悠遠，自成一家，稱「陶潛體」或「陶體」，他也被尊崇為隱逸詩人之宗。白居易〈効陶潛體詩十六首〉就是模仿他的〈飲酒〉詩二十首寫成。❷杜門不出　關閉門戶，不和人交往接觸。❸屬　值；遇上。❹自娛　自尋樂趣；自以為樂。❺家醞　家中自釀的酒。❻懶放　懶散隨意。❼自得　自感得意或舒適。❽此　指酒中樂趣。❾彼　指民生疾苦等世間憂患。❿狂言　放肆妄誕的話語。⓫自哂　自己笑自己。

【語　譯】我停官閒居在渭水傍，閉門不出，這時遇上陰雨連綿，沒有什麼可以娛樂自己。正好家中釀造的新酒熟了，在雨中自斟自飲，常常喝得大醉，整日不醒。懶散的心，更加覺得愜意。因此得到了酒中樂趣，可以用來忘掉其他的事情。因為吟詠陶淵明的詩歌，剛好和我的心意相合，於是仿效他的風格，寫成十六首詩。沉醉中的放肆之言，清醒時看到總是覺得可笑。然而對於了解我的人，也用不著加以隱瞞。

其十三

楚王疑忠臣，江南放屈平❶。晉朝輕高士，林下棄劉伶❷。一人常獨醉，一人常獨醒❸。醒者多苦志❹，醉者多歡情。歡情信獨善❺，苦志竟何成❻？兀傲甕間臥❼，憔悴澤畔行❽；彼憂而此樂，道理甚分明。願君且飲酒，勿思身後名❾！

【注　釋】❶楚王二句　屈平，即屈原，名平。戰國時楚國人，官三閭大夫，因忠貞為國，受到讒毀，多次被斥逐。楚頃襄王聽信令尹子蘭和上官大夫等人的讒言，將屈原放逐到江南。屈原不忍以清白久居濁世，遂投水而死。事見《史記・屈原賈生列傳》。❷晉朝二句　高士，高尚之士。劉伶，字伯倫，西晉沛國（今安徽宿州）人。晉武帝泰始初，伶對朝廷策問，強調無為而治，以無用罷免。後和嵇康、阮籍、山濤、向秀等交遊，並稱為「竹林七賢」。事見《晉書》劉伶、嵇康等傳。❸一人二句　獨醉，指劉伶，平生嗜酒，以飲酒放誕來反抗虛偽名教和黑暗政治。他所作〈酒德頌〉說：「有大人先生……止則操卮執觚，動則挈榼提壺，惟酒是務，焉知其餘。」實際上是他自己的寫照。獨醒，指屈原。《楚辭・漁父》：「屈原既放，游於江潭，行吟澤畔；顏色憔悴，形容枯槁。漁父見而問之曰：『子非三閭大夫與？何故至於斯？』屈原曰：『舉世皆濁我獨清，眾人皆醉我獨醒，是以見放。』」❹苦志　痛苦的志向。謂因志向不能實現而痛苦。❺歡情句　信，誠然；的確。獨善，獨善其身。❻竟何成　竟然無所成就。❼兀傲句　兀傲，倔強高傲。甕，酒罈子。劉伶〈酒德頌〉說，大人先生的行為受到禮法之士的攻擊，「先生於是方捧甖承槽，銜杯漱醪，奮髯箕踞，枕麴藉糟，無思無慮，其樂陶陶。兀然而醉，豁爾而醒」。❽憔悴句　憔悴，容顏消瘦委頓貌。澤，水流會聚處。屈原行吟澤畔，形容憔悴，見注❸。❾身後名　死後的名聲。晉人張翰任心自適，不求當世，有人勸他說：「卿乃可縱適一時，獨不為身後名邪？」他回答說：「使我有身後名，不如即時一杯酒。」事見《晉書・張翰傳》。

【語　譯】楚王懷疑忠貞的臣子，把屈原放逐到江南。晉朝輕視高尚的賢士，劉伶被拋棄在林間。一個經常獨自飲酒沉醉，一個常常獨自清醒。清醒的人多因志向不得施展而痛苦，沉醉的人卻經常有快樂的心情。只求心情快樂確實僅僅是獨善其身，為理想而痛苦又能成就什麼事情？一個倔強傲岸在酒甕旁醉臥，一個憔悴枯槁在大澤邊行吟；那行吟者憂傷而這飲酒者快樂，道理清楚得不能再分明。希望您姑且喝下杯中的酒，不要去想死後的空名！

【研　析】這首詩是對序中「得於此而有以忘於彼」的具體詮釋。詩列舉屈原和劉伶加以對比：一個是忠而見逐，一個是賢而被棄；一個是獨醒而憔悴痛苦，一個是獨醉而兀傲快樂。同生活在黑暗混亂的時代，同是理想抱負無法實現，堅持「兼濟」之志者和「獨善其身」者採取了相反的生活態度和行為方式，也取得了不同的效果。於是作者得出結論，與其像屈原醒而憂倒不如像劉伶醉而樂。詩反映了作者在閒居時思想深處激烈的矛盾衝突，而這正源於他兼濟天下的抱負難以實現時的痛苦和憤怒。詩歌看似狂放曠達，實則沉痛憤激。

陶淵明的〈飲酒〉詩二十首，也是他隱逸與出世思想矛盾的反映。但是他厭惡惡濁的現實，知道自己無力改變它，於是在田園和醉鄉中營造著自己的理想世界，以傲視世俗的詐偽，追求自然和人生的本真。他那「結廬在人境，而無車馬喧。……采菊東籬下，悠然見南山」（〈飲酒〉其五）等詩篇，從大自然的美好景色中感悟到宇宙人生的真諦，沖淡平和，自然真率，和白居易〈効陶潛體詩十六首〉顯然大異其趣。白詩題名為「効陶潛體」，實有借他人酒杯，澆自己塊壘的意思。

夢裴相公❶

【題　解】這是一首懷念知己的五言古體感傷詩。元和九年（西元八一四年）作於退居金氏村時。詩記述自己和裴垍同值禁中的夢境，追念昔日的知遇之恩，對這位誼兼師友的賢相表達了深切的懷念和沉痛的哀悼。

五年生死隔❷，一夕魂夢通。夢中如往日，同直金鑾宮❸。髣髴金紫❹色，分明冰玉❺容。勤勤❻相眷意，亦與平生❼同。既寤❽知是夢，憫然❾情未終。追想當時事，何殊昨夜中？自我學心法❿，萬緣成一空⓫。今朝為君子，流涕一霑胸！

【注　釋】❶裴相公　裴垍，字弘中，河東聞喜（今屬山西）人。元和初，為翰林學士。三年九月拜中書侍郎、同平章事。五年因風疾罷相，元和六年病卒，年僅四十四歲。《舊唐書．裴垍傳》說：「垍雖年少，驟居相位，而器局峻整，有法度，雖大僚前輩，造請不敢干以私。」又說：「議者謂垍作相，才與時會，知無不為，于時朝無倖人，百度寖理，而再周遘疾，以至休謝，公論惜之。」裴垍善於賞識和提拔人才，元稹、白居易都曾得到他的眷顧。所以元稹在〈感夢〉一詩中回答僧人問有多少人像他這樣受到裴垍的恩遇時說：「我云滔滔眾，好直者皆是。唯我與白生，感遇同所以。」白生即指白居易。❷五年句　此詩作於元和九年，距元和六年裴垍死僅三年，距元和五年裴垍中風罷相，則首尾五年。❸同直句　直，同「值」。金鑾宮，金鑾殿，在唐代長安大明宮中，是東翰林院的所在地。沈括《夢溪筆談》卷一：「唐翰林院在禁中，乃人主燕居之所，玉堂、承明、金鑾殿皆在其間。」據丁居晦〈重修承旨學士壁記〉，裴垍永貞元年十二月二十五日自考功員外郎充翰林學士，元和三年四月二十五日拜戶部侍郎，出院；白居易元和二年十一月六日自盩厔尉充翰林學士，六年四月丁母憂退居下邽。元和二年十一月至三年四月，裴、白二人同時為翰林學士。❹金紫　金魚袋和紫色官服。唐代散官階至三品服紫，佩金魚袋。❺冰玉　冰清玉潤。比喻清潤的容顏和高潔的人品。❻勤勤　殷勤，情意懇切真摯。❼平生　平日，活著的時候。❽寤　醒來。❾憫然　哀傷貌。❿心法　佛教指佛經文字以外以心傳受的佛法為心法。這裡泛指佛教。白居易是佛教禪宗的信徒，禪宗主張不立語言文字，以心印心，頓悟成佛。⓫萬緣句　萬緣，一切因緣。佛教指產生結果的直接原因和促成這種結果的條件。空，佛教指超乎色相現實的境界，萬物從因緣生，都虛幻不實。

【語　譯】五年生死相隔絕，一夜忽然在夢中相逢。夢中好像和過去一樣，我們一起當值在翰林院的金鑾宮。彷彿你還穿著紫袍腰懸金魚袋，清楚的是你那清朗高潔的面容。懇切真誠的對我眷顧的情意，也和你生前完全相同。醒來以後才知道是場夢，哀傷久久地縈迴在心中。回想起那已成過眼雲煙的往事，和昨夜的夢又有什麼不同？自從我學習佛家的心法，知道萬事萬物一切皆空。現在為了君子您啊，卻眼淚長流沾溼了前胸！

【研　析】唐制「三年之喪」，實際上服喪期是二十七個月。元和八年七月，白居易服喪期滿，朝廷和藩鎮的鬥爭正在激烈進行，正是用人之際，但是李吉甫為相，掌握朝政。九年二月好友李絳罷相，宦官吐突承璀也被召回京師，白居易遲遲不得授官，四十二歲正處盛年的詩人，感到極度抑鬱失落。裴垍是憲宗信任的重臣，才德兼備，知人善任，風範凜然，是一位頗有作為的賢相，也是新興進士集團的領袖人物，對白居易非常賞識。但他在相位不過兩年多，就因風疾離開，旋即死去。所以當白居易夢見裴垍時，久被閒置的苦悶找到了一個最適合的宣洩點。

詩前半將夢境和回憶交織起來描寫，著力刻劃裴垍的服飾容顏，同直禁中的深情厚誼。後半描寫醒後的情狀和感受，放筆直書對昔日友誼和翰林當直往事的懷念，以及今日生死殊途的深切悲痛，純是一片真情流露。至於「勤勤相眷意」是何意，「追想當時事」是何事，作者都沒有明說，是因為其中有許多不足為外人道的苦衷在。

別行簡❶

【題　解】這是一首五言古體的感傷詩。元和九年（西元八一四年）夏，詩人的幼弟白行簡應劍南東川節度使盧坦的徵辟，遠赴蜀地的梓州擔任幕僚，詩人作詩送別，表達了深厚的骨肉之情。

漠漠❷病眼花，星星❸愁鬢雪。筋骸❹已衰憊，形影❺仍分訣。梓州二千里，劍門五六月❻。豈是遠行時，火雲燒棧熱❼。何言巾上淚，乃是腸中血。念此早歸來，莫作經年❽別！

【注釋】❶行簡　白行簡，白居易幼弟，字知退，貞元末進士及第，後官至主客員外郎、膳部郎中，寶曆二年（西元八二六年）冬卒。是傳奇〈李娃傳〉的作者，有《白郎中集》二十卷，已亡佚。馬調元本《白氏長慶集》此詩題下有白居易自注：「時行簡辟盧坦劍南東川府。」元和八年八月，盧坦任梓州刺史、劍南東川節度使。見《舊唐書・憲宗紀下》。白行簡被辟為東川節度掌書記當在九年夏。❷漠漠　模糊昏花貌。❸星星　形容兩鬢花白。《文選》謝靈運〈遊南亭〉：「慼慼感物歎，星星白髮垂。」李善注引左思〈白髮賦〉：「星星白髮，生於鬢垂。」❹筋骸　筋骨。指身體。❺形影　形和影相隨不離開。比喻兄弟的親密。❻梓州二句　梓州，今四川三台，中唐以後為劍南東川節度使治所。二千里，長安到梓州路程的約數。《元和郡縣圖志》卷三三「梓州」：「東北至上都取緜州路一千八百六十四里。」劍門，縣名，今四川劍閣，唐屬劍南東道劍州。境內有大劍山，相傳諸葛亮曾在此置劍門，在由秦入蜀的交通要道上，形勢險峻。❼火雲句　火雲，夏天熾熱時的赤雲。棧，棧道，傍山開鑿巖石以竹木架成的通道。《元和郡縣圖志》卷三三「劍州普安縣」：「劍閣道，自利州益昌縣界西南城，至大劍鎮合今驛道。秦惠王使張儀、司馬錯從石牛道伐蜀，即此也。後諸葛亮相蜀，又鑿石架空為飛梁閣道，以通行路。」❽經年　逾年；長年。

【語　譯】模糊的病眼一片昏花，斑斑雙鬢被憂愁染成了白雪。身子骨已經衰老疲憊不堪，形影不離的兄弟還要和我訣別。你遠赴兩千里外的梓州，經過劍門時正是炎天六月。這哪裡是出遠門的時節，火一樣的雲彩把棧道燒得如此炎熱。為什麼說手帕上沾溼的是淚水，這分明是我們身中流淌的鮮血。但願你常常想著它便早早歸來，不要和我作長年累月的分別！

【研　析】白季庚與白陳氏共生育四子，長子白幼文，次子居易、行簡和金剛奴。金剛奴少年夭折，白幼文長年任浮梁主簿，白行簡依伴著白居易長大。白居易擔當著長兄如父的角色，兄弟間十分友愛，手足情深。

詩題為送別，卻出人意外地從自己的多病衰老疲憊寫起，既點染出一片悲苦傷離氛圍，從送者方面寫出兄弟難捨難分的原因，貌似離題，實則緊扣題目。接下來才記述行簡此行的目的地和時間，二千里外，五六月天，劍門棧道，雲似火燃，寫盡了想像中路途遙遠艱辛和氣候的惡劣，從行者方面寫出兄弟難捨難分的原因。最後四句記敘兄弟二人和淚訣別的場景和臨別時的叮嚀囑咐，深情流注，真摯感人。詩緊扣題目，層層遞進，記敘描寫抒情水乳交融，情感奔放直露，在眾多以含蓄蘊藉見長的唐人送別詩中別具一格。

村夜❶

【題　解】這是一首七言絕句的寫景小詩。元和九年（西元八一四年）秋作於下邽金氏村。詩人描繪秋夜孤獨無眠時出門所見，透過自然景色展示出內心由抑鬱煩悶轉向寧靜舒展的情感變化。

霜草蒼蒼蟲切切❷，村南村北行人❸絕。獨出前門望野田❹，月明蕎麥❺花如雪。

【注　釋】❶村夜　鄉村的夜晚。村，指下邽縣的金氏村。❷霜草句　霜草，帶霜的草。蒼蒼，灰白色。切切，象聲詞，形容聲音的輕微。❸行人　出行的人。❹野田　原野的田地。❺蕎麥　一種糧食作物。草本，莖赤，葉為三角形，有長柄，花淡紅色或白色，子實磨麵如麥，可供食用。

【語　譯】帶霜的灰白色草叢中蟲聲切切，從村南到村北路上的行人已經斷絕。我獨自走出門來眺望村前的田野，月亮的清輝照耀著蕎麥花開如雪。

【研　析】詩勾勒了兩幅不同的鄉村秋夜的圖畫。一是村中的秋夜，夜深人靜，霜草蒼蒼，蟲聲切切。於是，不甘蟄居鄉村的詩人不耐眼前的孤獨淒清，深感衷情無人能與傾訴，「獨出前門望野田」，既是抑鬱煩悶到了極點時的衝決，也是變換環境的自我調適。果然，村外野田的秋夜別是一番景象：無邊無際的蕎麥花在皎潔月光下盛開，如同一片晶瑩剔透的白雪。於是詩人感官上得到極大的滿足，心靈也得到了極大的慰藉，重歸於安定平和。

詩的語言樸實無華，風格清新，韻味醇厚。和白居易其他詩歌多直露不同，融情入景，情景交融，通過景物的描繪創造意境，表現出感情和心理的微妙變化，十分含蓄宛轉，耐人尋味，是元、白「小碎篇章」中成熟的有代表性的作品。

遊悟真寺❶詩一百三十韻

【題解】這是一首記遊的五言古詩。元和九年（西元八一四年）八月作於京兆府藍田縣。詩詳盡地記敘了遊覽藍田縣王順山悟真寺的情況，描述了山中美妙的自然景色和豐富的人文景觀，抒發了詩人希望終老此山的隱逸情懷。

元和九年秋，八月月上弦❷。我遊悟真寺，寺在王順山❸。去❹山四五里，先聞水潺湲❺。自茲捨車馬，始涉藍溪灣❻。手拄青竹杖，足蹋白石灘。漸怪耳目曠❼，不聞人世諠。山下望山上，初疑不可攀；誰知中有路，盤折通巖巔❽。一息幡竿❾下，再休石龕❿邊。龕間長丈餘，門戶無扃關⓫；俯窺不見人，石髮⓬垂若鬟⓭。

驚出白蝙蝠⓮，雙飛如雪翻。迴首寺門望，青崖夾朱軒⓯；如擘⓰山腹開，置寺於其間。

【章　旨】交待悟真寺所在地和遊寺的時間，記敘登山經歷和途中所見景物。

【注　釋】❶悟真寺　在京兆府藍田縣（今屬陝西）東南二十里王順山上。宋敏求《長安志》卷一六：「崇法寺，即唐悟真寺也。在縣東南二十里王順山。白居易有詩述其靈，及後改名。」❷月上弦　農曆每月的初七或初八，地球上看到月亮形狀是滿月的一半，像張弓而弦直，亮面朝西，稱為「上弦」。下文有「三五月正圓」的詩句，可見這裡的「月上弦」並非正好是初七、初八，不過指月亮大體的形相。❸王順山　在藍田縣東南。駱天驤《類編長安志》卷六引《舊圖經》：「昔道人王順隱此。」❹去　距離。❺潺湲　水流貌。這裡指水流的聲音。❻始涉句　涉，步行渡水。藍溪灣，藍水的彎曲處。藍水，一名藍谷水。《類編長安志》卷六：「藍谷水，南自秦嶺西流，經藍關、藍橋，過王順山下，出藍谷，西北流入灞水。」❼曠　開闊。❽巖巔　巖石的山頂。❾幡竿　旗竿，常樹立在寺廟的前面。❿石龕　供奉神像或神主的小石閣。⓫扃關　門閂。⓬石髮　生長在水邊石上的髮狀苔藻。也生長在巖竇潮溼處。⓭鬟　環形髮髻。⓮白蝙蝠　馬縞《中華古今注》卷下：「蝙蝠一名仙鼠，一名飛鼠，五百歲色白。」蝙蝠白色，說明石龕的幽深和古老。⓯朱軒　紅色的殿堂。軒，堂的前沿，用欄干圍繞。⓰擘　用手分開。《文選》張衡〈西京賦〉：「綴以二華，巨靈贔屓，高掌遠蹠，以流河曲。」李善注引古語說：二山本是一山，「河之神以手擘開其上，足蹋離其下，中分為二，以通河流」。白詩正是在這個意義上用「擘」字，讚嘆悟真寺的建造非人力可為。

【語　譯】元和九年的秋天，正當八月月兒像弓弦。我來到悟真寺遊覽，寺就在藍田縣的王順山間。離山還有四五里，就聽到流水聲潺潺。從這裡開始捨棄車馬步行，涉水渡過了藍溪的水灣。手中拄著青竹的手杖，腳下踏著白石的淺灘。漸漸耳根清靜視野開闊令我驚異，再也聽不到人間的囂喧。從山下向山上望，起初疑心不能夠登攀；哪知道山中還有道路，盤旋曲折直通山巖之巔。第一次在旗幡下略事休息，再休息卻是在石龕旁邊。石龕中間有一丈多寬，門戶敞開沒有門閂；低頭下看看不見人的蹤跡，只見那下垂的石髮像髮鬟。驚起了兩隻白色的蝙蝠，雙雙翔舞像是白雪飛翻。回過頭來再望寺門，蒼翠的山崖夾著朱紅的佛殿；就好像是神靈用手掰開了山腹，把悟真寺穩穩安放在山的中間。

入門無平地，地窄虛空❶寬。房廊與臺殿，高下隨峰巒。巖崿無撮土❷，樹木多瘦堅。根株抱石長，屈曲蟲蛇蟠❸。松桂亂無行❹，四時鬱芊芊❺。枝梢嫋清吹❻，韻若風中絃❼。日月光不透，綠陰相交延。幽鳥時一聲，聞之似寒蟬❽。首憩賓位亭❾，就坐未及安。須臾開北戶，萬里明豁然❿。拂簷虹霏微⓫，遶棟⓬雲迴旋。赤日間白雨⓭，陰晴同一川⓮。野綠簇⓯草樹，眼界吞秦原⓰。渭水⓱細不見，漢陵⓲小於拳。卻顧⓳來時路，縈紆⓴映朱欄。歷歷㉑上山人，一一遙可觀。

【章　旨】描寫悟真寺的地理環境、建築格局、自然景物和俯瞰山下所見。敘述入寺後的總印象，景物清幽而地勢高迴，遠離塵世。

【注　釋】❶虛空　空中；空間。❷巖崿句　崿，山崖。撮土，很少的土壤。撮，量詞，用三個手指一次抓取的數量為一撮。《禮記．中庸》：「今夫地，一撮土之多。」❸蟠　盤曲；盤結。❹無行　不成行列，謂依山勢生長在石縫中。❺鬱芊芊　鬱，茂盛貌。芊芊，草木茂盛貌。❻枝梢句　嫋，搖動。清吹，清風。《詩經．鄭風．蘀兮》：「風其吹女。」❼韻若句　韻，和諧的音響。絃，指琴瑟一類的絃樂器。謝朓〈郡內高齋閑坐答呂法曹〉：「已有池上酌，復此風中琴。」❽寒蟬　蟬的一種，似蟬而小，青赤色。《文選》曹植〈贈白馬王彪〉：「寒蟬鳴我側。」李善注引蔡邕《月令章句》：「寒蟬應陰而鳴，鳴則天涼，故謂之寒蟬也。」❾首憩句　憩，休息。賓位亭，西面的亭子。《儀禮．公食大夫禮》：「公入門左。」鄭注：「左，西方，賓位也。」❿豁然　開朗貌。⓫虹霏微　虹彩朦朧。虹，陽光與空中的水氣映射而成的彩暈。霏微，朦朧貌。⑫棟　房屋的主梁。⑬白雨　暴雨；大雨。⑭陰晴句　川，河流。也指平野。一川，指渭水流經的關中平原。句謂一川之中有或晴或陰的不同氣候。形容眼界的開闊。⑮蔟　堆積；攢聚。⑯秦原　關中平原，春秋戰國時秦地。⑰渭水　黃河主要的支流之一。發源於甘肅渭源鳥雀山，東南流，橫貫今陝西南部關中平原，至潼關入黃河。⑱漢陵　漢代帝王的陵墓。長安西北有漢高祖長陵、惠帝安陵、景帝陽陵、武帝茂陵、昭帝平陵，合稱五陵。⑲顧　回頭看。⑳縈紆　縈迴曲折。㉑歷歷　分明貌。

【語譯】寺門裡面沒有平地，地勢狹窄空間卻很寬敞。高高低低依著峰巒的形勢，建造起房屋、迴廊、亭臺和殿堂。石巖間找不到一小撮泥土，山上的樹木大都勁瘦堅剛。樹根樹幹環抱著巖石生長，彎彎曲曲像盤結的蟲蛇一樣。松樹和桂樹零亂不成行列，一年四季繁茂青蒼。樹的枝梢在清風中搖曳，好像是美妙的琴聲隨風飄蕩。綠色的樹陰相交連綿一片，透不過日光和月光。幽深處的鳥兒偶爾叫上一聲，聽來就好像秋天寒蟬的吟唱。首先在西面的亭中休憩，剛剛落座還沒坐穩當。一會兒就打開了北面的門，放眼望去萬里之間一片光明豁然開朗。朦朧的虹彩飄拂在簷前，片片白雲縈繞著梁棟迴旋。遠方或紅日高照或大雨滂沱，陰天晴天在渭川原野上同時出現。平野一片綠色是攢聚著的草樹，開闊的視野囊括了秦地的川原。奔流的渭河細得看不見，雄偉的漢帝陵墓小如拳。回看來時登山的路，縈迴曲折的朱紅欄干掩映在山間，登山的人歷歷分明，雖然遙遠卻清晰可見。

前對多寶塔❶，風鐸鳴四端❷。欒櫨與戶牖❸，恰恰金碧繁❹。云昔迦葉佛❺，此地坐涅槃❻。至今鐵鉢❼在，當底手跡穿❽。西開玉像殿，白佛森比肩❾。抖擻塵埃衣❿，禮拜冰雪顏⓫。疊霜為袈裟⓬，貫雹為華鬘⓭；逼觀疑鬼功⓮，其跡非雕鐫。次登觀音堂⓯，未到聞栴檀⓰；上階脫雙履，斂足升淨筵⓱。六楹⓲排玉鏡，四座敷金鈿⑲；黑夜自光明，不待燈燭燃。眾寶互低昂，碧珮珊瑚幡⑳；風來似天樂，相觸聲珊珊㉑。白珠垂露凝，赤珠滴血殷㉒；點綴佛髻上，合為七寶㉓冠。雙瓶白琉璃㉔，色若秋水寒。隔瓶見舍利㉕，圓轉如金丹㉖。玉笛何代物？天人施祇園㉗：吹如秋鶴聲，可以降靈仙。是時秋方中，三五月正圓㉘。寶堂豁三門㉙，金魄㉚當其前。月與寶相射，晶光爭鮮妍㉛。照人心骨冷，竟夕不欲眠。

【章　旨】記敘遊覽悟真寺——多寶塔、玉像殿、觀音堂和夜宿寺中的聞見。金碧輝煌的殿堂，巧奪天工的佛像，眾多的寶物，清冷的夜色令詩人留連忘返。

【注　釋】❶多寶塔　即塔。相傳釋迦佛在靈鷲山說《法華經》時，有以金、銀、琉璃等七寶合成的塔從地中湧出，以作證明，稱為「多寶如來寶塔」。見《妙法蓮華經．見寶塔品》。❷風鐸句　風鐸，風鈴，懸掛在塔的簷角，因風吹振動發聲。四端，四面。此指四角。❸欒櫨句　欒櫨，柱上承接屋梁的木構件。彎曲的叫欒，直的叫櫨。戶牖，門窗。❹恰恰句　恰恰，自然和諧貌。字原作「袷袷」，據馬元調本改。金碧，黃金碧玉的顏色。指木製構件上的彩繪圖案。❺迦葉佛　指摩訶迦葉，摩竭陀國人。本事外道，後歸佛教，釋迦沒後，傳正法眼藏，為佛教長老。❻涅槃　梵語的音譯，意譯為滅度，謂脫離一切煩惱，進入自由無礙的境界。後也指僧人的死亡。❼鉢　僧侶的食器，形如覆鐘。❽手跡穿　因手常年捧持而存留磨穿的痕跡。❾白佛句　白佛，玉佛。森，森嚴。比肩，肩並肩。❿抖擻句　抖擻，抖動；振動。梵語音譯為頭陀。《法苑珠林》卷一〇〇：「西云頭陀，此云抖擻。能行此法，即能抖擻煩惱，去離貪著，如衣抖擻能去塵垢。」塵埃，佛教用以比喻煩惱。此語意雙關。⓫禮拜句　禮拜，行禮致敬。冰雪顏，聖潔的容顏。《莊子．逍遙遊》：「藐姑射之山有神人居焉，肌膚若冰雪，淖約若處子。」⓬疊霜句　霜，形容袈裟潔白。袈裟，僧衣。⓭貫雹句　貫雹，穿成一串的冰雹。比喻珠串的晶瑩透明。華鬘，古印度人的裝飾物，穿花為串，懸掛在身上或作頭飾，稱為華鬘。這裡指佛像頭上裝飾的珠串。⓮逼觀句　逼觀，近看。鬼功，鬼斧神工，非人力所為。⓯觀音堂　供奉觀世音的殿堂。觀音，即觀世音，佛教菩薩名，唐人避太宗李世民諱省「世」字。⑯栴檀　梵語「栴檀那」的省稱，香木名，一名檀香。⑰斂足句　斂足，停步。淨筵，潔淨的竹席。筵，泛指地上鋪設的席或地氈一類物品。⑱楹　堂前的柱子。⑲敷金鈿　鑲嵌著金花狀的裝飾物。敷，鋪設。⑳眾寶二句　眾寶，指下面提到的碧珮珊瑚幡。碧珮，青色玉珮，懸掛在旗幡上。珊瑚幡，裝飾有珊瑚的旗幡。珊瑚，南海中一種腔腸類動物，其骨骼相連，形如樹枝，色彩鮮豔，可作為裝飾品。㉑珊珊　玉佩撞擊聲。㉒殷　赤黑色。㉓七寶　佛教對七種寶物的合稱，有各種說法。《無量壽經》以金、銀、琉璃、頗梨、珊瑚、硨磲、瑪瑙為七寶。㉔琉璃　天然的寶石。㉕舍利　佛骨，梵語音譯為設利羅，亦稱舍利。《魏書・釋老志》：「佛既謝世，香木焚屍，靈骨分碎，大小如粒，擊之不壞，焚之亦不燋，或有光明神驗，胡言謂之舍利。弟子收奉，置之寶瓶，竭香花，致敬慕，建宮宇，謂為塔。」㉖金丹　方士為求長生用丹砂等燒煉成的藥丸。㉗天人句　天人，天上人。這裡當指帝王。施，布施。祇園，祇陀太子園。代指佛寺。須達長者要買下祇陀太子的園林，獻給佛作精舍，祇陀戲言要以黃金鋪滿園地才能出賣，須達使人象負金，將要鋪滿園地。祇陀覺得佛使人這樣輕財，必有大德，便要須達停止鋪金，以園地歸須達，樹木歸祇陀，二人共建精舍來供養佛。事見《法苑珠林》卷三九。㉘是時二句　秋方中，正當仲秋八月。三五，十五日。㉙寶堂句　寶堂，指佛寺。三門，寺廟正面的牌樓式建築，一般有三座，象徵空門、無相門、無作門等三解脫門。因為寺廟多居山中，也叫「山門」。㉚金魄　月亮。魄，月將出或將落時的黃色微光。《漢書・禮樂志二》載〈天馬歌〉：「月穆穆以金波。」㉛月與二句　寶，指佛寺。相射，相映。鮮妍，鮮明美好。

【語　譯】西亭的前面正對著多寶塔，四角的風鈴響聲叮噹。欒櫨和門窗上，繁複的彩繪金碧輝煌。據說從前的摩訶迦葉，就在這裡成佛向西方。他用過的鐵缽至今還在，手指摩穿的痕跡還留在缽底上。西邊敞開的是玉佛殿，白玉佛像寶相莊嚴肩並肩。我抖一抖沾滿塵埃的衣衫，頂禮跪拜在冰雪般容顏聖潔的佛像前。佛像那層層皺摺的袈裟潔白像霜雪，一串串排列晶瑩如冰雹的是佛頂的華鬘；近前細看懷疑是鬼神所為，不是人工所能雕鐫。接下來瞻仰觀音堂，沒到堂前遠遠就聞到栴檀的香氣；登上臺階就脫掉一雙鞋子，停步不前登上了潔淨的坐席。六根大柱上懸掛著一排玉鏡，四面的寶座用金花來鑲嵌；黑夜裡自然一片光明，用不著把燈燭燃點。碧玉、珊瑚一類珍寶多種多樣，高高低低點綴在旗幡上。清風吹來如同天上的仙樂飄揚，相互碰撞的聲音叮叮噹噹。白色的珠玉像露珠下垂晶瑩閃爍，紅色的寶石鮮血一般紅光豔豔，點綴在佛像的髮髻上，合成七寶冠高貴莊嚴。佛前供奉著一對琉璃寶瓶，像秋水一樣瑩澈使人望而生寒。透過寶瓶看到瓶中的舍利子，圓轉光潔猶如金丹。那枝玉笛是哪個朝代的物件？皇帝信奉佛法布施給寺院，吹起來宛如秋天仙鶴的鳴聲，可以感動仙靈下降到人間。這時正當仲秋八月，十五的月亮團團圓圓。寶剎的山門大敞開，明月正對山門前。月光和寶剎相輝映，晶光四射鬥豔爭妍。月光照在身上寒徹心骨，整整一晚都不想睡眠。

曉尋南塔路，亂竹低嬋娟❶；林幽不逢人，寒蝶飛翾翾❷。山果不識名，離離夾道蕃❸；足以療飢乏，摘嘗味甘酸。道南藍谷神❹，紫傘❺白紙錢。若歲有水旱，詔使修蘋蘩❻；以地清淨故，獻奠無葷羶❼。危石疊四五，嵬嵬欹且刓❽；造物者❾何意，堆在巖東偏；冷滑無人迹，苔點如花牋❿。我來登上頭，下臨不測淵⓫；目眩手足掉⓬，不敢低頭看。風從石下生，薄人而上摶⓭：衣服似羽翮⓮，開張欲飛騫⓯。巉巉⓰三面峰，峰尖刀劍攢⓱；往往白雲過，決⓲開露青天。

【章　旨】敘述宿寺次日清晨漫遊山寺所見景物。

【注　釋】❶嬋娟　美好貌。孟郊〈嬋娟篇〉：「竹嬋娟，籠曉煙。」❷翾翾　小飛貌。❸離離句　離離，羅列貌。周元範〈和白太守揀貢橘〉：「離離朱實綠叢中。」蕃，眾多。❹藍谷神　藍谷或藍谷水的神。藍谷在藍田縣東南二十里。藍水流經藍谷，又名藍谷水。均見駱天驤《類編長安志》卷六。❺紫傘　紫色的傘蓋，是神像的儀仗。❻修蘋

蘩　整治祭品，進行祭祀。蘋蘩，田字草和白蒿兩種草本植物，古人用作祭品。❼獻奠句　獻奠，進獻。奠，祭奠，獻上祭品。葷膻，牛羊雞鴨等肉類。❽嵓嵬句　嵓嵬，山石高下重疊貌。欹，傾側。刓，陡峭如刀削。❾造物者　創造萬物的人。❿花牋　印有花紋的彩色信紙。⓫不測淵　深不見底的深淵。⓬手足掉　手腳不聽指揮，不好使。⓭薄人句　薄，逼近。摶，盤旋。《莊子·逍遙遊》：「摶扶搖而上者九萬里。」⓮羽翮　羽毛；翅膀。翮，鳥翅上粗大堅硬的翎毛。⓯飛騫　飛翔。⓰嶁嶁　山峰聳起貌。原作「嶫嶫」，字書無「嶫」字，據馬元調本改。⓱攢　聚集。⓲決斬斷。《莊子·說劍》：天子之劍，「上決浮雲，下絕地紀」。

【語　譯】拂曉去尋南面的塔，紛亂低垂的篁竹令人愛憐；林木深幽沒有人影，寒氣裡只有蝴蝶飛舞翩翾。山中的野果不知道名字，果實纍纍生長在路兩邊；可以驅除飢餓和困倦，摘來品嘗味道酸又甜。道路南邊有個藍谷神祠，上張紫傘蓋地下有白紙錢。如果有了水災或旱災，皇帝就下令派使者來祭奠；因為神祠就在清淨的佛寺旁，獻上的祭品沒有魚肉葷羶。四五塊大石疊在一起，高聳傾側陡峭得像刀削一般；不知道萬物創造者怎麼想，為什麼堆在山巖偏僻的東邊？又冷又滑從來沒人走，青苔點點像印上花紋的信牋。我來攀登在大石上面，底下是見不到底的萬丈深淵；眼睛暈眩手腳都不聽使喚，更不敢低頭向下看一眼。風從石頭下刮起來，緊貼著人身向上盤旋；身上的衣服變成了翅膀，張開著好像要飛向雲天。三面山峰巒高高聳峙，尖尖的山峰攢聚像刀劍；時時有白雲從這裡飄過，被峰尖割斷這才露出青天。

西北日落時，夕暉紅團團；千里翠屏❶外，走下丹砂丸❷。東南月上時，夜氣青漫漫❸；百丈碧潭底，寫出黃金盤❹。藍水色似藍❺，日夜長潺潺❻；周迴繞山轉，下視如青環。或鋪為慢流，或激為奔湍❼；泓澄❽最深處，浮出蛟龍涎❾。側身入其中，懸磴❿尤險難。捫蘿踏樛木⓫，下逐飲澗猨⓬。雪迸⓭起白鷺，錦跳驚紅鱣⑭。歇定方幽瀲，濯去支體煩⑮。淺深皆洞澈⑯，可照腦與肝。但愛清見底，欲尋不知源。東崖饒⑰怪石，積甃蒼琅玕⑱；溫潤⑲發於外，其間韞璵璠⑳。卞和㉑死已久，良玉多棄捐；或時洩光彩，夜與星月連。中頂最高峰，拄天青玉竿；⿰鼠冋⿰鼠令㉒上不得，豈我能攀援？上有白蓮池，素葩覆清瀾。聞名不可到，處所非人寰。又有一片石，大如方尺甎㉓；插在半壁上，其下萬仞㉔懸。云有過去師，坐得無生禪㉕；號為定心石㉖，長老㉗世相傳。卻上謁仙祠，蔓草生綿綿㉘。昔聞王氏子，羽化升上玄㉙。其西曬藥臺，猶對芝朮㉚田。時復明月夜，上聞黃鶴言㉛。迴尋畫龍堂，二叟鬢髮斑。想見聽法時，歡喜禮印壇；復歸泉窟下，化作龍蜿蜒。階前石孔在，欲雨生白烟㉜。往有寫經㉝僧，身靜心精專。感彼雲外鴿，群飛千翩翩；來添硯中水，去吸巖底泉；一日三往復，時節長不愆㉞。經成號聖僧，弟子名楊難；誦此蓮花偈㉟，數滿百億千；身壞口不壞，舌根如紅蓮。顱骨今不見，石函尚存焉。粉壁有吳畫㊱，筆彩依舊鮮。素屏有褚書㊲，墨色如新乾。靈境與異跡，周覽無不殫㊳。一遊五晝夜，欲返仍盤桓㊴。

【章　旨】記敘續遊的見聞。概括描寫山中日落和月出的壯觀，依次記敘藍水、東崖和中峰的景物，對中峰的白蓮池、定心石、王順祠，特別是畫龍堂的景物和傳說記敘尤為詳盡，表現出對於靈山神跡的嚮往和留戀之情。

【注釋】❶翠屏　青翠的屏風。比喻青山。❷丹砂丸　即金丹。比喻夕陽。丹砂，朱紅色的礦物質，煉丹的主要原料。❸漫漫　瀰漫貌。❹百丈二句　碧潭，比喻山谷中青漫漫的霧氣。寫，通「瀉」。傾瀉。黃金盤，比喻月亮。❺似藍　像靛青所染。藍，植物名，一名蓼藍，其葉可作染料，即靛青。❻潺潺　流水聲。❼或激句　激，阻遏水勢。指水石相激。奔湍，急流。❽泓澄　水清深貌。泓，水深。澄，水清。❾蛟龍涎　指水中的泡沫之類。涎，口中分泌的黏液。❿懸磴　陡峭的石階。⓫捫蘿句　捫，摸。這裡指攀援。蘿，女蘿，一種寄生攀援植物。這裡泛指藤蔓。樛木，枝條向下彎曲的樹。⓬猨　同「猿」。⓭迸　噴散。⓮鱣　鯉魚。⓯支體煩　身體的煩熱和疲累。支，通「肢」。⓰洞澈　清澈，清可見底。⓱饒　多。⓲積甃句　甃，磚石。這裡指山石。蒼，深青色。琅玕，似玉的美石，色青。⓳溫潤　溫暖潤澤，是玉的特性。《禮記・聘義》：「夫昔者君子比德于玉焉。溫潤而澤，仁也。」《荀子・勸學》：「玉在山而草木潤。」⓴韞璵璠　蘊藏著美玉。璵璠，春秋時魯國的美玉。《太平寰宇記》卷二六「藍田縣」：「《漢・地理志》曰：『藍田本秦孝公置，其山出美玉。』《周禮》曰：『玉之美者曰球，其次曰藍田。』蓋以縣出美玉，故名。」㉑卞和　春秋楚國的玉工，他發現一塊玉璞，先後獻給楚厲王和楚武王，被認為是欺詐，受刖刑截去雙腳。楚文王即位，他抱著玉璞哭於荊山之下，文王使人理璞，得稀世寶玉，名「和氏璧」。事見《韓非子・和氏》。㉒鼨鼢　斑鼠。㉓甎　同「磚」。㉔萬仞　極言其高。古代以八尺為仞。㉕無生禪　指佛法。佛教謂萬物的實體無生無滅。王維〈秋夜獨坐〉：「欲知除老病，唯有學無生。」㉖定心石　可使內心安定的石頭。定，佛教謂定止心於一境，不使搖動。㉗長老　年德均高的僧人。㉘卻上二句　謁，拜見。仙祠，指王順的神祠。綿綿，連綿不斷貌。㉙昔聞二句　王氏子，指王順。羽化，如鳥生長羽翼，成仙。上玄，天。《歷世真仙體道通鑑》卷三五：「王順採藥於終南山，得道。今終南山有王順峰，靈應昭彰，至今不絕。」㉚芝朮　靈芝和白朮，古人認為服食可以延年益壽。《唐新修本草》卷六：芝，「久服輕身不老，延年長生」；朮，「久服輕身延年，不饑」。㉛黃鶴言　借用丁令威化鶴的故事。《搜神後記》卷一：「丁令威本遼東人，學道于靈虛山，後化鶴歸遼，集城門華表柱。時有少年舉弓欲射之，鶴乃飛，徘徊空中而言曰：『有鳥有鳥丁令威，去家千年今始歸。城郭如故人民非，何不學仙冢纍纍。』」蘇耽也有成仙後化鶴歸來奉勸世人學道的故事。見《神仙傳》。本句是說王順成仙後常化鶴歸來勸度世人。㉜迴尋八句　八句所說傳說今已不傳。古代佛道二教有許多關於佛法降龍，龍來聽法，龍能變化大小或幻化人形，龍能行雨等故事，八句大約是說，畫龍堂中圖畫了一個故事，曾經有兩條龍，化為老叟，來聽佛法，後復歸水中洞窟，堂前二龍呆過的小洞還在，下雨前還往往有白霧湧出。禮，禮拜。印壇，說法印心的壇場。壇，土臺，舉行祭祀儀式或宗教徒說教行法的場所。泉窟，水中的洞穴。蜿蜒，彎曲貌。石孔，指龍變小所存的小洞。白烟，白色水霧，相傳龍行雨前有白霧出現。㉝寫經　抄寫經書。抄寫經書，傳播佛教，所以也是一種功德。㉞愆　差錯。《天中記》卷三八：「藍田王順山悟真寺有高僧寫《涅槃經》，群鴿自空中銜水添硯，水竭畢至。」㉟蓮花偈　解說佛法精義的偈語。偈，梵語「偈陀」省稱，意譯為「頌」，佛經中的韻語。《大般涅槃經》卷一四：佛過去作婆羅門，在雪山中修菩薩行，帝釋變化為羅剎像來考驗他，宣說過去佛所說的半偈「諸行無常，是生滅法」。佛聽到半偈，心中歡喜，說：「說是半偈，啟悟我心，猶如半月，漸開蓮華。」㊱吳畫　吳道子的畫。吳道子，名道玄，唐玄宗時人。其畫筆法超妙，尤長於山水及釋道人物。㊲褚書　褚遂良的書法。褚遂良，河南陽翟人。唐太宗、高宗朝宰相，官至中書令。長於書法，尤長於真書。㊳殫　盡。㊴盤桓　徘徊；逗留。

【語　譯】西北方日落的時候，紅色的夕陽團團圓圓，像一顆朱紅丹砂煉成的藥丸，迅速滾到千里外青山後面。東南方月出的時候，夜晚青色的寒霧彌漫山間，好像是從碧綠的百丈深潭的潭底，傾瀉出一個黃金製成的圓盤。藍谷水的顏色藍得像靛青染出，日夜流淌水聲潺潺，紆迴曲折繞著王順山流，從山上看去像青碧的玉環。有時河道寬闊水流平緩，有時被巖石阻擋形成飛流急湍。清澄渟滀最深的地方，泡沫浮出像蛟龍的口涎。側著身子往水傍走去，陡峭高懸的石磴特別艱險。手攀藤蔓踏著盤曲的樹枝，向下追隨到溪邊飲水的野猿。雪花迸散是白鷺向空中飛起，織錦跳盪是受驚的紅鯉躍出波瀾。在溪邊歇夠了才開始洗臉漱口，洗去了全身的疲累和憂煩。藍水的深處淺處都清澈見底，清澈得簡直可以照徹人的腦和肝。只是愛它清澈見底，想找源頭卻不知源頭在哪邊。東面的山崖怪石很多，蒼翠重疊的是似玉的美石琅玕，溫暖潤澤的玉氣散發在石表面，璵璠美玉就蘊藏在石中間。卞和死去已經很久很久，美玉無人鑑別多被拋一邊，有時玉的光彩偶爾外洩，到夜晚和星月的光輝連成一片。王順山中峰的峰頂最高峻，就像是支撐著天空的翠玉竿，高得連斑鼠都爬不上去，我哪裡有能力去攀援？據說上面有一個白蓮池，潔白的荷花覆蓋著清澈的波瀾。只聽說過白蓮池卻不能親自去看一看，那裡不是塵世人間。又有一塊石頭，大小像一尺見方的磚，插在峭壁的正中間，下面就是萬丈深淵。人們傳說過去有一位僧人，修習佛法在石上坐禪，稱這塊石頭為「定心石」，這傳說是長老們世世代代相傳。再上去拜謁王順祠，蔓生的野草連綿一片。過去聽說過王家的王順，修行成道得昇天。祠宇的西邊是晾曬仙藥的平臺，還對著當年生長靈芝白朮的藥田。有時遇到明月高照的夜晚，還可以聽到歸來的仙鶴口吐人言。回過頭再來尋訪畫龍堂，壁畫中的兩位老人鬢髮斑斑。想像他們聆聽佛法的時候，歡天喜地禮拜講壇，後來回到泉水的洞窟中，又變回龍身曲折蜿蜒。臺階前的小石孔依然在，天要下雨就會冒出白煙。過去有位僧人抄寫佛經，心靈精誠專一清靜無染。感動了那天上的鴿子上千隻，成群結隊地飛舞翩翩。飛來給硯池裡添上淨水，飛去到山巖下汲取清泉，一天之中多次往返，從不誤事不管歲月多麼悠遠。佛經抄完人們稱他「聖僧」，有個弟子叫楊難，天天念誦經中的偈語，念誦了百千上億遍。死後身體腐壞口卻不腐壞，舌根新鮮紅潤像紅蓮。他的頭骨現在已經看不到，保存頭骨的石匣至今在堂前。雪白的牆壁上有吳道子的畫，筆跡色彩依舊新鮮。素淨的屏風上有褚遂良的字，墨色像新寫的不久前才乾。靈佛的境界和神異的遺跡，全都遊覽一一看遍。一遊就是五個夜晚和白天，臨到回去時仍舊依依不捨徘徊留連。

我本山中人❶，誤為時網❷牽。牽率❸使讀書，推挽令効官❹。既登文字科❺，又忝諫諍員❻。拙直不合時，無益同素餐❼。以此自慚惕❽，戚戚❾常寡歡。無成心力盡，未老形骸❿殘。今來脫簪組⓫，始覺離⓬憂患；及為山水遊，彌得縱疏頑⓭。野麋斷羈絆，行走無拘攣⓮。池魚⓯放入海，一往何時還！身著居士⓰衣，手把《南華篇》⑰；終來此山住，永謝區中緣⑱。我今四十餘⑲，從此終身閑；若以七十期⑳，猶得三十年。

【章　旨】最後抒發遊山寺後的感想，點明詩旨，表明擺脫世俗塵網歸隱山林的願望。

【注　釋】❶山中人　指隱士。屈原〈九歌．山鬼〉：「山中人兮芳杜若，飲石泉兮蔭松柏。」❷時網　世俗的網羅。❸牽率　被牽引，非出於自願。❹推挽句　推挽，推動牽引。効官，做官效力。❺文字科　白居易貞元十六年登進士科，貞元十九年登書判拔萃科，元和元年四月登才識兼茂明於體用科。❻又忝句　忝，辱，有愧於，謙辭。諫諍員，掌諫諍的官員。指左拾遺。❼素餐　不勞而食。《詩經．魏風．伐檀》：「彼君子兮，不素餐兮。」❽慚惕　羞愧惶恐。❾戚戚　憂傷貌。❿形骸　形體。⓫簪組　指官職。簪，髮簪，用以束髮加冠。組，官印上的彩色絲帶。白居易元和六年丁母憂歸下邽，到現在已閒居三年多。⓬離　擺脫。⓭彌得句　彌，更加。縱，放任。疏頑，疏放愚頑。⓮野麋二句　麋，麋鹿。羈絆，羈縻維繫。這裡指羈縻的繩索。拘攣，互相牽扯。⓯池魚　池中的魚。潘岳〈秋興賦〉：「攝官承乏，猥廁朝列，夙興晏寢，匪遑底寧，譬猶池魚籠鳥，有江湖山藪之思。」⓰居士　在家的佛教徒。⓱南華篇　即《莊子》，相傳西周時莊周及其弟子所著，是道教的主要經典。唐玄宗尊崇道教，天寶元年詔封莊子為「南華真人」，稱《莊子》為《南華真經》。⓲永謝句　謝，辭別。區中緣，塵世的俗緣。謝靈運〈登江中孤嶼〉：「想像崑山姿，緬邈區中緣。」⓳四十餘　元和九年白居易四十三歲。⓴期　期約。

【語　譯】我本是山林藪澤中的人，誤入世俗的羅網被拘束纏牽。牽纏著讓我來讀書，推拉著讓我去做官。既登上了文字的科第，又忝列為諫諍的官員。生性笨拙直率不合時宜，毫無助益等於是尸位素餐。因此我慚愧又惶恐，內心憂懼常常抑鬱寡歡。一事無成心力耗盡，沒到年老身體已經衰朽不堪。現在擺脫了官宦簪組的拘束，才覺得一身輕快無憂無患。等到出來遊山玩水時，更得以隨心所欲懶散愚頑。像麋鹿掙斷了繩索，自由地奔跑沒有羈絆。像池魚回到大海中，一去永遠不回還！身上穿著居士的服裝，手中拿著《南華真經》的篇簡。終究要來這座山中居住，永遠告別世俗的塵緣。我現在已經四十多歲，從今後一身一世得清閒，如果能夠活到七十歲，還能自由自在活上三十年。

【研　析】在《白居易集》中乃至整個中國詩歌史上，這篇長達一千三百字的山水詩是難得一見的巨製鴻篇。全詩「但用平韻，而逐層鋪敘，沛然有餘，無一語冗弱」（趙翼《甌北詩話》卷四），「平鋪直敘，不用意，不用力，不用章法，畫工化工，天造地設，不可有二」（錢良擇《唐音審體》），較之〈長恨歌〉、〈琵琶引〉毫不遜色，故南宋詩人楊萬里嘆為「絕唱」（《誠齋詩話》）。

詩記遊歷悟真寺的聞見，完全採用遊記的寫法。前四句點明因遊寺而登山，年月日都一一敘出。「去山四五里」以下寫初登山及寺外所見景物，而以「迴首寺門望，青崖夾朱軒；如擘山腹開，置寺於其間」稍作停頓，已令人疑為仙境，無限神往。「入門無平地」以下寫入寺所見，從庭院中景物寫到寺中多寶塔、玉像殿、觀音堂以及宿寺所見夜景，而以「竟夕不欲眠」作一小結。「曉尋南塔路」以下則記敘入山次日後數日中山中所見，依次記敘藍谷神祠、南峰、日落和月出的壯觀、藍水、東崖和中峰的白蓮池、定心石、王順祠、畫龍堂、吳畫、褚書等，而以「一遊五晝夜，欲返仍盤桓」作總的收束。「我本山中人」以下則抒發感慨，表達永居此山的願望。山中景物歷歷在目，「洋洋灑灑，一氣讀去，幾於千巖競秀，萬壑爭流，目不給賞矣。就其中細尋之，則步驟井然，一絲不紊。」（《唐宋詩醇》卷二一）

詩歌的引人入勝處，還在於詩中所記敘的大量景物，峰、崖、溪、石，塔、亭、堂、殿，寺院、祠宇，仙蹤、佛跡，吳畫、褚書，各有特色。如寫寺庭院中樹木的瘦堅蟠曲濃陰密蔽，玉像殿佛像的巧奪天工，觀音堂珍寶的琳瑯滿目，月寺爭輝的清寒夜色，巖東疊石的冷滑高危，繞山藍水的泓澄和急湍，還有那畫龍堂、白蓮池、定心石、王順祠等引人遐思的神話傳說等等，形象生動，特點鮮明，詩情畫意彌漫其間，令人有身臨其境之感。人們往往將此詩和韓愈著名長詩〈南山〉加以比較。趙翼說：「〈南山〉詩但儱侗摹寫山景……而以之移寫他山，亦可通用。〈悟真寺〉詩……一處寫一處景物，不可移易他處，較〈南山〉詩似更過之。」（《甌北詩話》卷四）《唐宋詩醇》評云：「韓愈〈南山〉詩以奇肆勝，此以秀折勝，可謂匹敵。謝靈運遊山詩、柳宗元山水記素稱奇構，以彼方此，不無廣狹之別矣。」認為此詩氣度恢宏而又描寫深曲，是很有見地的。

通篇寫山寺的深邃寂寥，恍若仙境，結語「我本山中人，誤為時網牽……終來此山住，永謝區中緣」更傾訴了他對名山勝景的嚮慕，頗存出世之想。但這年冬天，白居易被召歸朝任太子左贊善大夫。儘管這是一個閒散的東宮侍從官，但不甘獨善的他終於捲入政治鬥爭的漩渦，遠貶江州。從此，不用說歸隱藍田，就連悟真寺之遊也不可再得了。

欲與元八❶卜鄰❷，先有是贈

【題解】這是一首贈友人的七言律詩。元和十年（西元八一五年）春作於長安太子左贊善大夫任上。詩抒寫和元宗簡親密無間的友情，描繪了想像中比鄰而居時寧靜淡泊的生活，表達了想和友人世代為鄰的美好願望。

平生心迹最相親❸，欲隱牆東不為身❹。明月好同三徑❺夜，綠楊宜作兩家春。

每因暫出猶思伴，豈得安居❻不擇鄰❼？可獨終身數相見❽？子孫長作隔牆人❾！

【注釋】❶元八　元宗簡，字居敬，行八，河南（今河南洛陽）人。曾登進士第，元和中歷官監察御史、尚書郎官，長慶元年冬卒於京兆少尹任，有文集三十卷，已亡佚。他是白居易的好友之一，死後，白居易曾為作〈故京兆元少尹文集序〉，稱讚他「若職業之恭慎，居處之莊潔，操行之貞端，襟靈之曠淡，骨肉之敦愛，丘園之安樂，山水風月之趣，琴酒嘯詠之態，與人久要，遇物多情，皆布在章句中」，所以和白居易志趣相投，引為知己。❷卜鄰　占卜以選擇好鄰居。《左傳．昭公三年》：「且諺曰：『非宅是卜，惟鄰是卜。』二三子先卜鄰矣。」❸平生句 心迹，思想行為。相親，互相親近。❹欲隱句 隱牆東，在牆東隱居。《後漢書．逢萌傳》：「萌與同郡徐房、平原李子雲、王君公相友善。並曉陰陽，懷德穢行。房與子雲養徒各千人，君公遭亂獨不去，儈牛自隱。時人謂之論曰：『避世牆東王君公。』」不為身，不為身謀。這裡說自己不是效法王君公隱居，而是珍惜和元宗簡的友情才選擇和他作鄰居。❺三徑 庭院中的三條小路。代指隱者的庭院。趙岐《三輔決錄．逃名》：「蔣詡歸鄉里，荊棘塞門，舍中有三徑，不出，唯求仲、羊仲從之遊。」❻安居 安穩地生活。❼擇鄰 選擇好的鄰居。相傳孟子幼年，鄰里的環境很差，他母親為了使他能有一個較好的學習環境，曾三次遷居。事見劉向《列女傳》。❽可獨句 可獨，豈獨。數，多次；頻頻。❾隔牆人 隔壁的鄰居。

【語　譯】一生中心意行事和你最親近，想和你做鄰居不是為了自身。夜晚的明月可以在庭院小徑中共同賞玩，嫩綠的楊柳適宜我們兩家共度芳春。每每短暫外出尚且想念好同伴，安穩的日常生活中怎能不選擇好芳鄰？哪只是為了終生能夠頻頻相見？還要子子孫孫永遠做隔牆居住的人！

【研　析】元和九年十月，李吉甫去世，清廉剛正的韋貫之為相，加上白居易在翰林院同僚崔群、錢徽的援引，這年冬天，白居易得以還朝，結束了四年多的閒居生活。但是他所擔任的左贊善大夫是東宮「掌傳令，諷過失，贊禮儀，以經教授諸郡王」的侍從官，閒散冷清，又要辛苦地朝參，所以詩人很不得志，往往在友情中尋找慰藉。元宗簡是他這一時期往來較為密切的友人之一。

詩用「最相親」一語統攝全篇，用「不為身」引起下文對兩家關係的合寫。月夜春朝的良辰美景，兩家人能共同享受；比鄰而居兩家人可以時常見面，以免互相思念；不僅兩人常相見，兩家人子子孫孫可以永遠作鄰居。詩層層深入，愈轉愈深，於淡雅文詞和淡泊詩境中見出感情的深厚淳真。

醉後卻寄元九❶

【題解】這是一首贈別友人的七言絕句。元和十年（西元八一五年）三月作於長安太子左贊善大夫任上。詩記敘匆匆分別時的情況，抒發了對元稹再次外放通州的同情和憤慨。

蒲池村❷裡匆匆別，灃水橋邊兀兀迴❸。行到城門❹殘酒醒，萬重離恨❺一時來！

【注釋】❶元九　參見前〈贈元稹〉注釋。元和五年，元稹被貶為江陵士曹參軍。九年，為山南東道節度使從事。十年春，奉詔回到長安，三月又出為通州（州治在今四川達縣）司馬。元稹〈酬樂天東南行詩一百韻・序〉：「元和十年三月十五日，予司馬通州。二十九日，與樂天於鄠東蒲池村別，各賦一絕。」就是指白居易這首詩。❷蒲池村　在京兆府鄠縣（今陝西戶縣）東部，灃水橋的西邊。❸灃水句　灃水，源出鄠縣終南山灃谷，北流經鄠縣、長安縣，至咸陽縣東南注入渭水。兀兀，昏沉貌。元稹〈灃西別樂天、博載、樊宗憲、李景信兩秀才、姪谷，三月三十日相餞送〉：「忽到灃西總歸去，一身騎馬向通州。」❹城門　指長安城的西門。白居易〈城西別元九詩〉：「城西三月三十日，別友辭春兩恨多。」❺離恨　離別的悵恨之情。

【語譯】蒲池村裡匆匆忙忙地分別，灃水橋邊昏昏沉沉地返回。走到長安城門才從殘餘的醉意中清醒，千萬重離別的悵恨一時間都湧上心來！

【研析】元稹是白居易志同道合的「同心友」（〈贈元稹〉），因得罪權貴被貶一別六年，這次回京，時僅一月，又不得不「一身騎馬向通州」。離筵餞別之時，真令人有「忽漫相逢是別筵」（杜甫〈送路六侍御入朝〉）之感，但杜、路的離別主要是戰亂造成的，而元、白的分離卻主要和政治、官場的風雲變化有關，無法直接傾訴，所以他只用最經濟的筆墨描繪了送行者的歸程及其狀態心理：由蒲池村、澧水至長安，由匆匆、兀兀而清醒。「匆匆」寫別時感覺，正所謂「別時容易」，相聚恨短（實際上白居易送元稹至蒲池村，同宿旅店，次日方別，時間很充分）。「兀兀」寫歸途中的狀態，昏沉麻木。「行到城門殘酒醒」，這才點明匆匆、兀兀的原因，清醒後，萬重離恨一時湧上心頭，這才是作者最為痛苦的時刻。詩生動地反映了送行者心理活動的真實過程，於虛處傳神，直透紙背，是元和體小詩的精彩之作。

贈杓直❶

【題　解】這是一首贈友人的五言古詩，白居易編入閒適詩中。詩作於元和十年（西元八一五年），當時白居易為太子左贊善大夫，雖然官階已至正五品上，但屬於皇太子東宮，職責是「掌傳令，諷過失，贊禮儀，以經教授諸郡王」（《新唐書‧百官志四上》），內心非常苦悶，所以通過贈詩向同朝為官的好友李建傾訴。

世路重祿位❷，恓恓者孔宣❸。人情愛年壽❹，夭死者顏淵❺。二人如何人？不奈❻命與天！我今信多幸，撫己❼愧前賢。已年四十四，又為五品官❽。況茲知足外❾，別有所安焉。早年以身代❿，直赴〈逍遙〉篇⓫。近歲將心地，迴向南宗禪⓬。外順世間法⓭，內脫區中緣⓮。進不厭朝市⓯，退不戀人寰。自吾得此心，投足⑯無不安。體非道引⑰適，意無江湖⑱閑。有興或飲酒，無事多掩關⑲。寂靜夜深坐，安穩日高眠。秋不苦長夜，春不惜流年⑳。委形老小外㉑，忘懷㉒生死間。昨日共君語，與余心膂然㉓。此道不可道㉔，因君聊強言。

【注釋】❶杓直　李建，字杓直，隴西人。舉進士，授校書郎，德宗用為右拾遺、翰林學士，累官至工部尚書，長慶元年卒。是白居易、元稹的好友。李建死後，元稹為撰寫墓誌，白居易為撰寫〈有唐善人墓碑〉。❷世路句　世路，世道；世間。祿位，俸祿與官位。指官職。❸恓恓句　恓恓，同「棲棲」。忙碌不安貌。孔宣，指孔子。唐開元二十七年，詔追封孔子為文宣王。見《新唐書・禮樂志五》。孔子為實現「仁政」理想，奔走於各國諸侯之間，晚年著書立說，教授弟子，終身忙碌。《論語・憲問》：「微生畝謂孔子曰：『丘何為是棲棲者與？無乃為佞乎？』」❹人情句　人情，人之常情。年壽，壽數。指高壽。❺夭死句　夭死，早死。顏淵，顏回，字子淵，孔子的優秀弟子。《史記・仲尼弟子列傳》：「回年二十九，髮盡白，蚤死。孔子哭之慟，曰：『自吾有回，門人益親。』魯哀公問：『弟子孰為好學？』孔子對曰：『有顏回者好學，不遷怒，不貳過。不幸短命死矣，今也則亡（無）。』」❻不奈　無奈。❼撫己　撫拍自己，捫心自問。❽五品官　當時白居易官太子左贊善大夫，官階是正五品上。❾況茲句　茲，此。知足，知道滿足。《老子》下篇：「知足不辱，知止不殆，可以長久。」❿身代　身世，避唐太宗諱改。⓫直赴句　赴，奔向。逍遙篇，《莊子》首篇〈逍遙遊〉，其主旨是說：事物有大小之別，但如果「放於自得之場，則物任其性，事稱其能，各當其分，逍遙一也」。唐玄宗尊崇道教，設道舉科，安史亂後社會動亂，知足保和的老莊思想風靡一時，童年的白居易也受到很深的影響。⓬近歲二句　心地，即心。佛教認為三界唯心，心如大地能滋生萬物，隨緣生一切諸法，故稱心地。南宗禪，佛教禪宗的南宗，禪宗五祖弘忍有弟子慧能、神秀，分為南北二宗。南宗六祖慧能在韶州曹溪傳法，主張以心印心，不立文字，不依言語，講究頓悟，見性成佛，開禪宗南宗一派。⓭世間法　世俗的禮法習俗等。⓮區中緣　塵世間的俗緣。謝靈運〈登江中孤嶼〉：「想像崑山姿，緬邈區中緣。」⓯朝市　朝廷與集市，為名利之場。晉王康琚〈反招隱詩〉：「小隱隱陵藪，大隱隱朝市。」⓰投足　舉手投足；一舉一動。⓱道引　即導引。古代醫家的一種養生術，通過呼吸俯仰，屈伸手足，使氣血流通，身體健康。⑱江湖　江河湖海。指可以自由自在生活的地方。《莊子・大宗師》：「泉涸，魚相與處於陸，相呴以濕，相濡以沫，不如相忘於江湖。」《史記・貨殖列傳》：「(范蠡) 乃乘扁舟浮於江湖。」⑲掩關　閉門。⑳流年　流逝的光陰。㉑委形句　謂不以身體的衰朽年輕為意。委形，賦予形體。《莊子・知北遊》：「舜曰：『吾身非吾有也，孰有之哉？』(丞) 曰：『是天地之委形也。』」老小，年老和年幼。指高壽和短命。㉒忘懷　不介意；不放在心上。㉓心膂然　像心膂一樣。膂，脊骨。心和膂都是人體的重要部分，用來比喻親信應作為骨幹的人。㉔此道句　前「道」指道理；後「道」，說。《老子》上篇：「道可道，非常道。」河上公注：「常道當以無為養神，無事安民，含光藏暉，滅迹匿端，不可稱道。」

【語　譯】世俗的人都看重高官厚祿，孔聖人一生棲棲惶惶奔走在列國間。人之常情都喜歡年高壽永，年輕早死的卻是賢人顏淵。他們兩位都是什麼樣的人啊？也奈何不了命運和蒼天！現在的我確實十分幸運，撫胸自問愧對昔日的聖賢。年紀已經四十有四，又當上了五品的官員。況且除了知止知足以外，還有更好的方法求得安然。早年因為身世的緣故，直接接受了《莊子》的〈逍遙〉篇。近來這些年，心地轉向了南宗禪。外表隨順世俗的人情禮法，內心卻擺脫了世間的塵緣。入世為官時對市朝名利並不討厭，罷官閒居時也不留戀世俗人間。自從我體會到這種心法，舉手投足無不處之泰然。身體康泰不靠導引的方法，心意閒適也不一定要置身湖海田園。有時心裡高興就喝上一杯濁酒，閒來無事往往就把大門關掩。寂靜的深夜裡修禪靜坐，太陽高照還在安穩高眠。秋夜漫漫不覺得悲苦，春光易老也不去哀憐。形體是造化賦予壽夭何須在意，生生死死全不放在心間。昨天和你談話，你我心意相同契合無間。其中的道理不可言傳，因為你才勉為其難說了這一大篇。

【研　析】和前面的〈欲與元八卜鄰，先有是贈〉一樣，這也是一首贈友人的詩，反映了白居易在太子左贊善大夫任上向友情尋求慰藉，以排遣內心苦悶所作的努力。不同的是，與元宗簡詩旨在尋求日常生活中的快樂，本詩則旨在尋求精神上徹底的解脫。

這首詩是研究白居易心路歷程的重要資料，標誌著詩人後期處世哲學核心「中隱」觀念的形成。本書前此所選的〈松齋自題〉，明顯地反映出「才小分易足，心寬體長舒。充腸皆美食，容膝即安居」等知止知足的思想，嚮往「非賤非貴」、「材與不材」、「非智非愚」的中間境界。是中隱思想的較早流露。〈適意〉重在抒寫不得釋懷的煩悶與自我勸解後的淡然，將二者共同融入閒靜隱居的心態。本詩則把他仕途蹭蹬的遭際，歸結為人力不可抗拒的「命」和「天」，在這個基礎上，他「外順世間法，內脫區中緣」。進不厭朝市，退不戀人寰」，「有興或飲酒，無事多掩關」，「委形老小外，忘懷生死間」，實際上是認同一種外儒而內釋道的人生哲學。至此，白居易的「中隱」有了較清晰的行為表徵和明確的思想基礎。

讀張籍❶古樂府❷

【題解】這是一首五言古體的諷諭詩。詩作於元和十年（西元八一五年），但白居易在編集時把它放在卷一「諷諭詩」的第二首，可見對於這首詩的重視。作者稱讚張籍的樂府詩繼承了《詩經》「風雅比興」的優秀傳統，既惋嘆他的樂府不為時人所重，也同情他沉淪下僚窮老病眼的不幸處境，更借此再次闡明自己的詩歌創作理論主張。

張君何為者？業文三十春❸。尤工樂府詩，舉代少其倫❹。為詩意如何？六義
互鋪陳❺。風雅比興❻外，未嘗著空文❼。讀君〈學仙〉詩❽，可諷放佚君❾。讀君
〈董公詩〉❿，可誨貪暴臣⓫。讀君〈商女〉詩⓬，可感悍婦⓭仁。讀君〈勤齊〉
詩⓮，可勸薄夫敦⓯。上可裨教化⓰，舒之⓱濟萬民；下可理情性⓲，卷⓳之善一身。

始從青衿歲[20]，迨[21]此白髮新。日夜秉筆[22]吟，心苦力亦勤。時無采詩官[23]，委棄如泥塵。恐君百歲後，滅沒[24]人不聞。願藏中祕書[25]，百代不湮淪[26]；願播內樂府[27]，時得聞至尊[28]。言者志之苗[29]，行者文之根[30]。所以讀君詩，亦知君為人。如何欲五十，官小身賤貧[31]；病眼街西住[32]，無人行到門！

【注釋】❶張籍　字文昌，和州（今安徽和縣）人，祖籍蘇州。貞元十五年登進士第，元和初，為太常寺太祝，十年不改官。後歷國子博士、水部員外郎、主客郎中，大和三或四年終於國子司業任上，有《張籍詩集》七卷傳世。❷古樂府　漢魏以來樂府機構搜集創作的樂府詩。這裡指後人沿用樂府舊題創作的樂府詩。❸業文句　業文，以文為業。指從事詩文創作。春，年。❹舉代句　舉代，舉世，整個世間。這裡避唐太宗諱改「世」為「代」。倫，等倫，相比類。張籍今存樂府詩九十首，有古題，也有新題，多以俗言俗事入詩，但含蓄雋永，開掘甚深。和詩人王建齊名並稱，時號「張王樂府」。姚合〈贈張籍太祝〉曾稱讚說：「絕妙江南曲，淒涼怨女詩。古風無手敵，新語是人知。飛動應由格，功夫過卻奇。麟臺添集卷，樂府換歌詞……」❺六義句　《詩經・大序》：「故《詩》有六義焉，一曰風，二曰賦，三曰比，四曰興，五曰雅，六曰頌。」今人認為風、雅、頌是詩的三種體裁或分類，賦、比、興則是詩的三種表現手法。互鋪陳，指交替使用各種藝術手段來表現思想內容。鋪陳，鋪敘。❻風雅比興　風，各地的民歌。《詩經・大序》：「上以風化下，下以風刺上，主文而譎諫，言之者無罪，聞之者足以戒，故曰風。」雅，朝廷正樂，西周王畿的樂歌。《詩經・大序》：「雅者，正也，言王政之所廢興也。」比，以物譬喻。興，借物以起興。白居易倡導樂府詩創作，主要是為了繼承《詩經》關懷現實社會政治和民生疾苦的傳統，充分運用美刺比興的創作手法，以發揮詩歌的教化功能。❼空文　空洞的詩文。指與社會政治、民生疾苦無關的作品。❽學仙詩　張籍〈學仙〉詩。見《全唐詩》卷三八三。詩中敘述一個學仙人煉丹服食求仙而終於夭傷的故事，揭露神仙術士的虛妄。❾放佚君　放縱淫佚的帝王。唐代皇帝迷信服食丹藥，妄想長生，多有中毒致死者。❿董公詩　張籍〈董公詩〉。見《全唐詩》卷三八三。董公，董晉，德宗貞元十二年以宰相出為宣武軍節度使，單車赴鎮，曉諭士卒，安定軍心，消弭禍亂，輕刑薄賦，百姓豐足。⓫貪

暴臣　貪婪殘暴的臣子。指不服從唐中央王朝政令的藩鎮。⑫商女詩　張籍詩篇，今已不存。⑬悍婦　兇狠蠻橫的婦人。⑭勸齊詩　張籍詩篇，今已不存。⑮可勸句　勸，勸勉；鼓勵。薄夫，輕浮淺薄的男子。敦，敦厚。《孟子・萬章下》：「故聞柳下惠之風者，鄙夫寬，薄夫敦。」⑯裨教化　裨，輔助。教化，政教風化。《詩經・大序》：「風，風也，教也。風以動之，教以化之。」⑰舒之　舒展它。指把樂府詩的作用加以推廣和擴大。⑱理情性　理，治理。情性，感情和性格。⑲卷　同「捲」。收斂；縮小。⑳青衿歲　讀書學習時。《詩經・鄭風・子衿》：「青青子衿，悠悠我心。」毛傳：「青衿，青領也，學子之所服。」後稱士子為青衿。㉑迨　及；到。㉒秉筆　持筆。㉓采詩官　相傳古代搜集民間歌謠的官員。參見〈新樂府・采詩官〉注❶。㉔淪沒　毀壞；散失。㉕中祕書　宮中的藏書。劉向曾校「中祕書」。見《漢書・成帝紀》。這裡指唐代皇家藏書處。㉖湮淪　埋沒。㉗內樂府　指宮中的音樂機構。唐代宮中有內教坊、梨園等。《舊唐書・職官志二》：「內教坊。武德已來，置於禁中，以按習雅樂，以中官人充使。」㉘至尊　皇帝。㉙言者句　語言文字，是人的思想意志生發出來的苗。白居易〈與元九書〉：「詩者根情，苗言，華聲，實義。」㉚行者句　人們的行為活動是詩文創作憑藉的根。㉛如何二句　白居易元和十一年作〈與元九書〉：「張籍五十，未離一太祝。」據《新唐書・百官志》，太祝，正九品上，「掌出納神主；祭祀則跪讀祭文；卿省牲則循牲告充，牽以授太官」。張籍做此官已近十年。㉜病眼句　張籍曾患眼病，自作〈患眼〉詩：「三年患眼今年校……看花猶似未分明。」街西，指長安城朱雀街西。唐代長安城以朱雀門大街為界，東西各五十四坊，街東屬萬年縣，街西屬長安縣。孟郊作〈贈張籍〉，稱他為「西明寺後窮瞎張太祝」。白居易〈酬張十八訪宿見贈〉：「遠從延康里，來訪曲江濱。」延康里是朱雀街西第三街從北第七坊，有西明寺及張籍宅。見徐松《唐兩京城坊考》卷四。

【語　譯】張先生是做什麼的呢？以文為業已經三十個冬春。尤其擅長寫作樂府詩，普天下很少有人能和你比倫。你作詩的意圖是什麼？交替使用《詩經》的「六義」來描寫鋪陳。作品都關係政治教化繼承了比興美刺的傳統，從不寫那種空洞無物的詩文。讀你的〈學仙〉詩，可以諷諭那些放縱淫佚的人君。讀你的〈董公詩〉，可以教育那些貪婪殘暴的藩鎮大臣。讀你的〈商女〉詩，可以感化兇蠻的婦女懂得仁恕慈愛。讀你的〈勸齊〉詩，可以鼓勵輕浮的男子變得樸實忠誠。對上來說可以裨補政教風化，推廣開來可以救助萬千百姓。對下來說可以陶冶人的情感秉性，縮小來說也可以獨善自己一身。從穿上青衫讀書的年歲起，到現在頭上不斷增添白髮星星，日日夜夜握筆吟哦，費盡了心血勞損了精神。當代沒有設置採詩的官員，它們被棄置就如泥土灰塵。恐怕你百年之後，就都會毀壞散失沒有人知道它們。但願它們能收藏在宮中的圖書館中，代代流傳永不湮沒沉淪。但願它們能譜上樂曲在宮中傳唱，時時能讓皇帝知聞。語言是思想意志生發出來的苗，行為活動是詩歌憑藉的根。所以讀到你的詩歌，也就知道你的為人。為什麼將近五十歲，官職卑微一身低賤又貧困？害著眼病住在朱雀門大街的西面，沒有一個人來到你的家門！

【研　析】通常人們認為張籍、王建的樂府詩影響並開啟了元、白的新樂府，也有人認為張、王新樂府詩受到了元、白新樂府的影響。總之，張籍樂府詩的比興美刺精神，深契白居易的諷諭詩旨。

本詩分為兩部分。詩的前一部分主要是讚美張籍古樂府並借以闡明自己的詩歌理論。詩在盛讚張籍樂府卓越成就後，就以「為詩意如何」設問，對其取得成就的原因作出回答。白居易用「風雅比興外，未嘗著空文」高度概括了張籍樂府詩的最大特點，並歷舉他的具體作品，闡明它們有益政教的重大社會意義，明確地闡述並有力地證明了自己的詩歌理論主張。第二部分，則著重刻劃張籍嘔心瀝血為詩而詩和詩人都同遭委棄的不幸命運，寄寓深沉的感慨。作者從寫人入手，轉向論詩，最後歸結到詩和詩人的命運，緊扣〈讀張籍古樂府〉詩題，一氣呵成，首尾呼應。詩歌語言流暢，議論精辟，感情充沛，既為張籍和他的樂府悲哀，更為社會和時代悲哀，因為白居易自己的新樂府也沒有更好的命運。

贈楊祕書巨源❶

【題　解】這是一首贈友人的七言律詩。元和十年（西元八一五年）作於長安太子左贊善大夫任上，當時白居易認識楊巨源不久。詩中描述了楊巨源的聲名、為人、秉性和際遇，既讚嘆欣賞他和他的詩歌，也為他的貧老不偶而惋惜。

早聞一箭取遼城❷，相識雖新有故情❸。清句三朝誰是敵❹？白鬚四海半為兄❺。貧家薙草❻時時入，瘦馬尋花❼處處行。不用更教詩過好❽，折君官職是聲名❾。

【注釋】❶楊祕書巨源　楊巨源，字景山，河中（今山西永濟）人。貞元五年進士第，元和中歷任祕書郎、太常博士、虞部員外郎，長慶四年，以國子司業致仕，回到家鄉，宰相為照顧他的生活，安排他作河中少尹。祕書，祕書郎的省稱，屬祕書省，從六品上，掌四部圖籍。楊巨源早有詩名，和李益、令狐楚、劉禹錫等均有唱和。有《楊巨源詩》一卷傳世。❷早聞句　白居易自注：「楊嘗有〈贈盧洺州〉詩云：『三刀夢益州，一箭取遼城。』由是知名。」遼城，朱金城《白居易集箋校》謂當作「聊城」，用魯仲連為書以箭射入聊城中，助田單攻取聊城事。見《史記・魯仲連鄒陽列傳》。李白〈五月東魯行答汶上翁〉：「我以一箭書，能取聊城功。」盧洺州，盧頊。《太平御覽》卷二六三：「德宗命王虔休幕客昭義軍節度掌書記盧頊為洺州別駕，知州事，賜緋魚袋，賞有功也。時元誼據洺州，頊白虔休，請入城說下之。頊見誼為陳利害，誼請隨頊歸朝，故頊不次授官。」「一箭取聊城」即指此事。❸故情　故舊之情。❹清句　清句，清新詩句。三朝，指德宗、順宗、憲宗三朝。❺白鬚句　四海，四海之內的人。半為兄，大多數尊稱他為兄長。據韓愈〈送楊少尹序〉，長慶四年楊巨源年七十，當生於天寶十四載（西元七五五年），比白居易大十七歲。❻薙草　除草。❼尋花　尋花問柳，尋覓遊賞美好的景物，也是尋覓作詩的材料。《因話錄》卷二：「（楊）巨源在元和中詩韻不為新語，體律務實，功夫頗深，自旦至暮，吟咏不輟。」自注：「巨源年老頭數搖，人言吟詩多致得。」❽不用句　教，使；令。過好，太好。❾折君句　折，折損。聲名，名聲。古人認為才華太高、名聲太大往往折損官職壽算。白居易〈序洛詩〉說：「文士多數奇，詩人尤命薄。」〈醉贈劉二十八使君〉：「亦知合被才名折，二十三年折太多。」都是這個意思。

【語譯】早就讀到你的名句「一箭取遼城」，雖然相識不久卻有著老交情。清新詩句在三個朝代中誰是你的敵手？鬍鬚花白四海之內人們多半稱你為兄。家境貧窮割草人常進入你長滿雜草的庭院，騎著瘦馬尋花問柳到處遊行。用不著再把詩寫得太好，折損官位的正是你的詩名！

【研　析】楊巨源和張籍、王建、劉禹錫、元稹等人都是好友，各有詩歌唱和。元稹〈鶯鶯傳〉說，在張生和鶯鶯分手後，「所善楊巨源好屬詞，因為賦〈崔娘詩〉一絕」，可見元、楊的親密關係。白居易和元稹是密友，又早聞楊巨源「一箭取遼城」的名句，可謂神交已久，所以在和楊巨源新識後不久就作詩以贈。

詩以「早聞」二字領起，道出神交已久，仰慕之殷，下句「相識雖新有故情」就承接得自然而不突兀。頷聯讚頌他三朝無敵、四海稱兄，正面寫他詩名之大，年歲之高，正從「早聞」兩字生發，進一步抒發仰慕之情。頸聯一轉，描寫楊巨源的近況，庭中長滿雜草，割草人可隨意進入，雖然年高，卻仍然騎著羸馬到處遊賞，尋詩覓句。既見出他的貧困潦倒境遇，也可見他安貧樂道，平易待人，吟詠不輟的品德。末聯收束，對巨源提出勸告，「不用更教詩過好，折君官職是聲名」，既是對他詩歌的讚美，又對他貧老官卑的境況表示了深切的同情！

詩前三聯極力鋪寫楊巨源詩名之大，聲譽之隆，吟詠之勤，結尾陡然扭轉，以勸告楊不要把詩做得過好收束，力撥千斤，語氣平靜而內心沉痛。一年以後，白居易在〈與元九書〉中說：「古人云：『名者公器，不可以多取。』僕是何者？竊時之名已多……今之迍窮，理固然也。」從這首詩來看，顯然，官閒職冷的詩人這時就已經預感到自己不會有比楊巨源更好的命運了。

自誨❶

【題　解】這是一首歌謠體的韻文，原集編入卷三九「銘贊箴謠偈」中。元和十年（西元八一五年）六月，宰相武元衡在上朝途中被藩鎮派遣的刺客刺殺，白居易上疏請捕刺客。宰相以白居易為東宮官，先於諫官言事，忌恨白居易的人又誣奏他母親是看花墜井而死，白居易卻寫了〈賞花〉、〈新井〉等詩，有傷名教，八月，宰相奏貶為江州刺史，詔貶為江州司馬。寫作本詩時，作者在長安等候發落，心情苦悶頹喪到極點，精神瀕於崩潰邊緣。題目說「自誨」，意思是要吸取這次事件教訓，從今後不再關心國計民生，過一種醉生夢死的生活，其實充滿了「信而見疑，忠而被謗」的冤憤和痛苦，可以看作他思想轉變的分界點。

樂天樂天，來與汝言：汝宜拳拳❷，終身行焉。物有萬類，錮❸人如鎖；事有萬感，爇❹人如火。萬類遞來❺，鎖汝形骸；使汝未老，形枯如柴。萬感遞至，火汝心懷；使汝未死，心化為灰❻。樂天樂天，可不大哀❼！汝胡不懲往❽而念來❾？人生百歲七十稀❿，設使與汝七十期⓫，汝今年已四十四，卻後⓬二十六年能幾時？汝不思二十五六年來事？疾速倏忽⓭如一寐⓮。往日來日皆瞥然⓯，胡為自苦⓰於其間？樂天樂天，可不大哀！而今而後，汝宜飢而食，渴而飲；晝而興⓱，夜而寢。無浪喜⓲，無妄憂⓳；病則臥，死則休。此中⓴是汝家，此中是汝鄉，汝何捨此而去，自取其遑遑㉑？遑遑兮欲安往哉？樂天樂天歸去來㉒！

【注釋】❶自誨　自我訓誨。❷拳拳　勤勉貌。❸錮　禁錮。❹爇　燒；燒灼。❺遞來　一個接一個到來。遞，交替；輪流。❻心化為灰　形容內心極度消沉失望。《莊子．齊物論》：「形固可使如槁木，而心固可使如死灰乎？」❼大哀　最大的悲哀。指心死。即麻木冷淡，完全喪失信心和希望。《莊子．田子方》：「夫哀莫大於心死。」❽懲往　從過去吸取教訓。懲，警誡。❾念來　考慮將來；為今後打算。❿人生句　杜甫〈曲江二首〉其二：「酒債尋常行處有，人生七十古來稀。」⓫七十期　指活到七十歲。期，會。⓬卻後　已後。卻，後。⓭倏忽　迅速；一轉眼。⓮一寐　一覺；一夢。⓯瞥然　迅速貌。瞥，目光掠過。⓰自苦　自己受苦；自尋苦惱。⓱興　起來。《詩經・衛風・氓》：「夙興夜寐。」⓲浪喜　無緣無故高興。⓳妄憂　無緣無故憂傷。指替國家和百姓擔憂。⓴此中　指上述「飢而食……死則休」那種不問身外之事的麻木生活。㉑遑遑　匆忙貌。陶淵明〈歸去來兮辭〉：「已矣乎！寓形宇內復幾時？曷不委心任去留？胡為遑遑欲何之？」㉒歸去來　歸去，歸隱。來，助詞。《晉書・陶潛傳》：「以為彭澤令。……郡遣督郵至縣，吏白曰：『應束帶見之。』潛歎曰：『吾不能為五斗米折腰，拳拳事鄉里小人邪！』義熙二年，解印去縣，乃賦〈歸去來〉。」

【語　譯】樂天啊樂天，說給你聽：你應當努力，終生奉行。世間外物有千萬種，禁錮人如同枷鎖；事情能觸發千萬種情感，烤灼人如同烈火。千萬種外物輪番到來，禁錮了你的形骸，使你還沒到老年，就已經枯槁如柴。千萬種情感交替到來，燒灼著你的胸懷，使你還沒有死去，就已經心如死灰。樂天啊樂天，難道這不是最大的悲哀！你為什麼不從過去吸取教訓，好好籌劃自己的未來？人生百年，活到七十歲的十分稀少，假設讓你活到七十歲，今年已經四十四，以後的二十六年時間能有多少？你不想一想二十五六年來的事？飛快地過去像睡了一大覺。過去和未來的日子都轉瞬即逝，何苦在這短短歲月中自尋煩惱？樂天啊樂天，難道這不是最大的悲哀！從今以後，你應該餓了就吃飯，渴了就喝水，白天起床，晚上睡覺。不要隨便高興，也不要胡亂擔憂，病了就躺下，死了就萬事皆休。這裡有你的家園，這裡有你的故鄉，你為什麼要拋棄離開，弄得自己整天匆匆忙忙？你匆匆忙忙想到哪裡去呢？樂天啊樂天，趕快抽身引退回家鄉！

【研　析】宰相被刺殺，詩人因「急請捕賊以雪國恥」而蒙上不白之冤，有的人落井下石對他誣蔑陷害，這種打擊和傷害是前所未有的。思前想後，痛感仕途險惡，人心難測，沉重的幻滅感和失落感吞噬著他的心靈，往日憂勤國事的拳拳之心，冰冷如灰。這強加的莫須有罪名，使他感到無比的冤屈和羞辱，他無處可訴，於是便用「自誨」的形式作了盡情的宣洩。

詩用排比複沓的四言句開始，傾瀉世間事物給自己帶來的種種痛苦，語氣還稍稍平和。自「樂天樂天，可不大哀」以下，以一連串反問形式自責，採用完全散文化的長句，語氣越來越強硬，感情越來越激動，有力地抒發了內心的痛苦和悔恨。第二個「樂天樂天，可不大哀」以下，告誡自己今後應當更換另一種生活方式，改用三字句和五字句，語氣稍見和緩，但他所表現的是一個不再關心國事民生、醉生夢死的行屍走肉的形象，和緩中更見悲憤。末尾「歸去來」的大聲疾呼，其實恰是不能忘記也無法做到的悲痛至極的反語，故倍見沉痛。詩完全不受形式和格律的拘束，自由奔放，正是他精神上憤怒痛苦到臨界點的表現。

無可奈何❶

【題解】這是一首騷體詩。作於元和十年（西元八一五年）。詩將人一生不能自主的生死窮通歸結於時和命，勸誡自己要委順隨化，知足保和，達到自己固然不能奈何時命、時命也不能奈何自己的境界。

無可奈何兮！白日走而朱顏頹❷，少日往而老日催。生者不住兮，死者不迴。況乎寵辱❸豐顇❹之外物❺，又何嘗不十去而一來！去不可挽❻兮，來不可推。無可奈何兮！已焉哉！惟天長而地久，前無始兮後無終。嗟吾生之幾何？寄瞬息❼乎其中！又如太倉之稊米❽，委一粒於萬鍾❾。何不與道逍遙❿，委化⓫從容⓬？縱心放志⓭，洩洩融融⓮。胡為乎分愛惡於生死，繫憂喜於窮通⓯？倔強⓰其骨髓⓱，齟齬⓲其心胸。合冰炭⓳以交戰，秖自苦兮厥躬⓴！彼造物者㉑，于何不為？此與化者㉒，云何不隨？或煦㉓或吹，或盛或衰；雖千變與萬化，委一順以貫之㉔。為彼何非？為此何是㉕？誰冥㉖此心？夢蝶之子㉗。何禍非福？何吉非凶㉘？誰達此觀？喪馬之翁㉙。俾吾為秋毫之杪㉚，吾亦自足，不見其小。俾吾為泰山之阿㉛，吾亦無餘，不見其多。是以達人㉜，靜則脗然㉝與陰㉞合迹㉟，動則浩然㊱與陽同波㊲。委順㊳而已，孰知其他？時耶命耶？吾其無奈彼何。委耶順耶？彼亦無奈吾何。夫兩無奈何，然後能冥至順㊴而合大和㊵。故吾所以飲大和，扣㊶至順，而為無可奈何之歌。

【注釋】❶無可奈何　沒有辦法。❷朱顏穨　容貌衰老。朱顏，青春紅潤的容顏。穨，同「頹」。衰老。❸寵辱　榮寵與恥辱。《世說新語・棲逸》：「阮光祿在東山，蕭然無事，常內足於懷。有人以問王右軍，右軍曰：『此君近不驚寵辱，雖古之沉冥，何以過此。』」❹豐顇　富足與窮悴。❺外物　身外之物。指功名富貴等。《莊子・外物》：「外物不可必，故龍逢誅，比干戮，箕子狂，惡來死，桀紂亡。」❻挽　牽挽；拉住。❼瞬息　眨眼呼吸。形容極短的時間。❽又如句　太倉，古代京師的大糧倉。稊米，小米粒。稊，一種形似稗的草，實極小。《莊子・秋水》：「計中國之海內，不似稊米之在太倉乎？」❾鍾　古代的容量單位，六斛四斗為一鍾，亦有八斛或十斛為一鍾之制。❿逍遙　優遊自得；安閒自在。《莊子・逍遙遊》以鯤鵬和學鳩、大椿和朝菌為喻，說明「小大雖殊，而放於自得之場，則物任其性，事稱其能，各當其分，逍遙一也，豈容勝負於其間哉」。⓫委化　隨任大自然的變化。⓬從容　悠閒舒緩，不慌不忙。⓭縱心放志　放縱心志，不加約束。⓮洩洩融融　和樂舒暢貌。《左傳・隱公元年》：「公入而賦：『大隧之中，其樂也融融。』姜出而賦：『大隧之外，其樂也洩洩。』」⑮窮通　困厄與顯達。⑯倔強　強硬直傲，不屈於人。⑰骨髓　比喻內心深處。⑱齟齬　上下牙齒對不齊。比喻意見不合，互相抵觸。⑲冰炭　冰塊和炭火。比喻性質相反，不能相容。《莊子・人間世》郭象注：「人喜懼戰於胸中，固已結冰炭於五藏矣。」⑳厥躬　其身。㉑造物者　創造萬物的主宰。㉒與化者　參與變化的萬事萬物。㉓煦　和暖。疑當作「呴」，輕吹。王充《論衡・祀義》：「風，猶人之有吹煦也。」白居易〈省試性習相遠近賦〉：「一氣脈分，任吹煦而為寒為暑。」㉔貫之　貫通它。《論語・里仁》：「吾道一以貫之。」㉕為彼二句　意謂不應當區別彼我、是非。《莊子・齊物論》：「是亦彼也，彼亦是也。彼亦一是非，此亦一是非。」郭象注：「此亦自是而非彼，彼亦自是而非此，此與彼各有一是一非於體中也。」㉖冥　暗合；領會。㉗夢蝶之子　指莊周，東周時的思想家。子，對男子的敬稱。《莊子・齊物論》：「昔者莊周夢為胡蝶，栩栩然胡蝶也，自喻適志與，不知周也。俄然覺，則蘧蘧然周也。」㉘何禍二句　意謂吉凶禍福互為因果，可以互相轉化。《老子》下篇：「禍兮福所倚，福兮禍所伏。」㉙喪馬之翁　《淮南子・人間》：「夫禍福之轉而相生，其變難見也。近塞上之人有善術者，馬無故亡而入胡，人皆弔之。其父曰：『此何遽不為福乎？』居數月，其馬將胡駿馬而歸，人皆賀之。其父曰：『此何遽不能為禍乎？』家富良馬，其子好騎，墮而折其髀，人皆弔之。其父曰：『此何不遽為福乎？』居一年，胡人大入塞，丁壯者引弦而戰，近塞之人死者十九，此獨以跛之故，父子相保。故福之為禍，禍之為福，化不可極，深不可測也。」㉚秋毫之杪　細毛的末端。形容極小。秋毫，秋天鳥獸初生的細毛。杪，末端。㉛泰山之阿　泰山的彎曲處。阿，山阿。《文選》宋玉〈風賦〉：「緣泰山之阿。」李善注：「阿，曲也。」《莊子・齊物論》：「天下莫大於秋豪之末，而大（太）山為小。」㉜達人　通達事理的人。賈誼〈鵩鳥賦〉：「達人大觀兮物無不可。」㉝脗然　完全符合、渾然一體貌。脗，同「吻」。㉞陰　和下句的「陽」相對，古代指貫通自然和社會的兩大對立面，天地萬物都由陰陽二氣化生。㉟合迹　泯合蹤跡。㊱浩然　廣大壯闊貌。㊲同波　同其波瀾，物動則動。《莊子・天道》：「知天樂者，其生也天行，其死也物化，靜而與陰同德，動而與陽同波。」㊳委順　順從。指順應自然。㊴冥至順　合於至順。至順，完全順應，毫不抵觸。㊵大和　即太和，陰陽二氣和合形成的和諧元氣。《周易・乾・彖》：「保合大和，乃利貞。」㊶扣　扣問。

【語　譯】無可奈何啊！白日飛馳而紅顏衰頹，青春年華已經消逝而桑榆晚景不斷相催。生者不停地衰老，死者無法追回。何況寵榮與恥辱、豐足與貧困那些身外之物，又何嘗不是離去十分才有一分到來！離去的無可挽回，要來的終歸要來。無可奈何啊！罷了吧！只有天地才能存在得永遠長久，以前無所謂開始以後也沒有盡頭。可嘆人的一生能有多少時光？在天地間像眨眼呼吸那樣短暫！又好像小小的一粒米，棄置在盛放萬鍾之粟的太倉中間。為什麼不順應自然優遊自在，從從容容隨順著自然的變化安排？放縱自己的心志，是何等和樂暢快。為什麼愛生惡死要把生死區別看待？為什麼通喜窮憂要把憂樂和窮通聯繫起來？骨子裡強硬傲直不肯屈服，讓矛盾鬥爭充滿胸懷，像是有炭火和冰塊在交戰，徒然使自己痛苦難捱！那創造萬物的主宰者，有什麼事情不能作為？這些參與變化的，怎麼能夠不適應它變化相隨？造物者輕吁或者急吹，與化者興盛或者衰頹，雖然千變萬化無盡無窮，用同一個委順的辦法來貫通。造物者又有什麼是？與化者又有什麼非？誰能領會到這個道理？是那夢為蝴蝶的莊子。什麼災禍不是福？什麼吉祥不是凶？誰能具備這種認識？只有失馬的塞上老翁。讓我成為秋天鳥獸毫毛的尖尖，我也很滿足，不認為太小。讓我成為宏偉泰山的一部分，也沒有剩餘，不見得就多。因此通達事理的人，靜止的時候就和陰氣渾然一體泯合蹤跡，行動的時候就和陽氣同其波瀾廣大壯闊。順應自然罷了，哪裡知道其他？時勢呀，命運呀，我拿它們毫無辦法！跟隨呀，順從呀，時命拿我也毫無辦法。彼此都無可奈何，然後才能暗合至順之道，保全太和之氣。所以我飽飲太和的元氣，扣問委順之道的精義，寫下了無可奈何之歌！

【研　析】這首詩，是白居易在人生道路上遭受了巨大打擊之後所作。詩以「無可奈何」發端，說的是自己對自然的人的衰老死亡、社會的寵辱豐顇的去來無可奈何。而詩末以「無可奈何」結束，則是另一個意義。是說他認識到，對於時勢和命運他都無可奈何，只有「與道逍遙，委化從容」，一死生，齊窮通，「縱浪大化中，不喜亦不懼」（陶淵明〈形影神〉），才能使時勢和命運對自己也無可奈何，達到「冥至順而合大和」的自在境界。這種認識，是他歸向老莊哲學的結果。他後來在〈長慶二年七月自中書舍人出守杭州路次藍溪作〉中說：「置懷齊寵辱，委順隨行止。我自得此心，於茲十年矣。」說明他接受老莊思想在元和十年貶江州前後，自此至長慶二年首尾僅七年，十年是舉成數而言。

詩先敘說人在時命前的無可奈何，接著說明與時命抗爭的徒勞和自苦，然後說明委運隨化的自在和逍遙，最後得出結論，要採取「委順而已」的人生態度，滔滔汩汩，一氣呵成。詩中使用了《莊子》、《列子》中的寓言，又大量運用排比、重沓、對比、比喻的手法，既帶有人生哲理思考的色彩，又生動鮮明而不流於枯槁晦澀。但生活在現實中的詩人事實上無法泯滅一切是非，做到身如槁木而心如死灰，他也沒有放棄所堅守的道德原則和政治立場，所以，這首歌只是他複雜的內心矛盾中一個方面的反映。

讀史❶五首（選二）

【題解】〈讀史五首〉是讀史詠懷的組詩，元和十年（西元八一五年）六、七月間作，約略與前〈自誨〉同時。詩借古代歷史人物抒發自身內心的憤懣和不平。這裡選入的是其中的第二和第四首，是對於攻擊者和誣陷者的回答。

其二

禍患如棼絲，其來無端緒❷。馬遷下蠶室❸，嵇康就囹圄❹；抱冤志氣屈，忍恥形神沮❺。當彼戮辱時，奮飛無翅羽❻。商山有黃綺❼，潁川有巢許❽。何不從之遊，超然離網罟❾？山林少羈鞅❿，世路多艱阻⓫。寄謝伐檀人，慎勿嗟窮處⓬。

【注釋】❶讀史　即詠史，是古詩的一種體式，借歌詠歷史人物事件發表對於現實的看法。《文選》卷二一王粲、左思等均有〈詠史〉詩。❷禍患二句　棼絲，亂絲。棼，紊亂。《左傳・隱公四年》：「臣聞以德和民，不聞以亂。以亂，猶治絲而棼之也。」端緒，頭緒。指端倪或徵兆。❸馬遷句　馬遷，司馬遷，字子長，漢武帝時官太史令。因為上書替投降匈奴的李陵辯解，激怒武帝，被處宮刑。他忍辱負重，終於完成不朽的史學著作《史記》。事見《漢書・司馬遷傳》。蠶室，養蠶的溫室。這裡指宮刑行刑的地方。《漢書・張安世傳》顏師古注：「凡養蠶者，欲其溫而早成，故為密室蓄火以置之。而新腐刑亦有中風之患，須入密室乃得以全，因呼為蠶室耳。」❹嵇康句　嵇康，字叔夜，三國魏譙（今安徽宿縣）人。仕魏，官至中散大夫。時司馬氏專權，嵇康採取不合作態度，藐視權貴，和阮籍等遊於竹林，稱為「竹林七賢」。後友人呂安被捕，辭相證引，遂被收入獄中，為司馬昭所殺。事見《晉書・嵇康傳》。囹圄，監獄。❺抱冤二句　抱冤，懷冤，心中感到冤屈。志氣屈，志向和豪氣不能伸張。形神沮，形骸與精神沮喪。司馬遷〈報任安書〉自言在遭宮刑後「腸一日而九迴，居則忽忽若有所亡，出則不知所如往。每念斯恥，未嘗不汗發背霑衣也」。《晉書・嵇康傳》：「康性慎言行，一旦縲紲，乃作〈幽憤詩〉曰：『……理弊患結，卒致囹圄。對答鄙訊，縶此幽阻。……雖曰義直，神辱志沮。』」❻當彼二句　戮辱，受刑被辱。奮飛，鳥振翼高飛。❼商山句　商山，在今陝西商縣東。黃綺，夏黃公、綺里季的合稱。相傳二人秦末時和東園公、甪里先生避亂隱居商山，至漢高祖時，年皆八十餘，鬚髮皓白，稱「商山四皓」。高祖欲廢太子，呂后用張良計，迎四皓以輔佐太子，遂安劉氏。事見《史記・留侯世家》。❽潁川句　潁川，即潁水，源出河南登封西南，東南流注入淮河。巢許，巢父和許由，傳說唐堯時高士，隱於潁水之陽。堯讓天下於許由，許由不受，將此事告知巢父，巢父說：「汝何不隱汝形，藏汝光，若非吾友也。」許由感到慚愧，以為「貪言」弄髒了自己的耳朵，便到水邊洗耳，終身不復相見。事見皇甫謐《高士傳》卷上。❾超然句　超然，離塵脫俗貌。網罟，捕獵魚類和鳥獸的工具。比喻世俗名利的羈絆。❿羈鞅　比喻束縛。羈，馬絡頭。鞅，牛韁繩。⓫世路句　指人心險惡。白居易〈太行路〉：「行路難，不在水，不在山；只在人情反覆間。」⓬寄謝二句　寄謝，寄語告訴。伐檀人，指沒有被任用的人。《詩經・魏風・伐檀》指責貴族霸占伐檀人的勞動成果，是一群吃白食的寄生蟲。〈小序〉說：「〈伐檀〉，刺貪也。在位貪鄙，無功而受祿。君子不得進仕耳。」窮處，處窮，處在窮困低賤的地位。

【語譯】禍害憂患如同一團亂絲，它的到來沒有絲毫頭緒。司馬遷被送進蠶室接受宮刑，嵇康被投入監獄，心懷冤屈志向氣節無法伸張，忍受恥辱形骸精神同樣沮喪。當他們受刑被辱的時候，想奮起飛翔卻沒有翅膀。秦末的四皓逃避動亂隱居商山，唐堯時巢父和許由遠離人世在潁川隱居。為什麼不跟隨他們優遊山水，超然物外遠離塵世羅網的牽拘？山林中沒有名韁利鎖的羈絆，世間的道路充滿著艱險崎嶇。捎句話告訴那些不得進仕的人，切莫要嘆息自己窮困獨處。

【研　析】這組詩題為〈讀史〉，實際上是一組詠懷言志詩，不過詩中運用了較多的歷史典故而已。白居易被貶的一大罪名，是「先諫官言事」。當時，宰相在上朝途中被刺殺，這是唐朝開國以來從未曾有的駭人聽聞的重大事件。白居易「首上疏論其冤，急請捕賊以雪國恥」，正是一心為國的表現，但宰相卻因「宮官非諫職，不當先諫官言事」對他進行處分，這顯然是挾嫌報復的行為。所以白居易以此詩抒發了「忠而見疑，信而被謗」的悲憤。

詩以禍患如棼絲的比興手法發端，先舉前賢司馬遷、嵇康慘遭戮辱、抱冤忍恥、志屈神沮的史實，以傾訴自己忠心言事反遭打擊的冤憤和悲苦，然後借古代逍遙山林的高士商山四皓、巢父、許由對比，表達自己誤入仕途、退身苦晚的悔恨。最後用自己的切身體會告誡後人切莫再蹈覆轍，語意格外沉痛。

其四

含沙射人影❶，雖病人不知。巧言❷構人罪，至死人不疑。掇蜂殺愛子❸，掩鼻戮寵姬❹。弘恭陷蕭望❺，趙高謀李斯❻。陰德既必報，陰禍豈虛施❼？人事雖可罔❽，天道終難欺。明則有刑辟❾，幽則有神祇。苟免❿勿私喜，鬼得而誅之。

【注　釋】❶含沙句　《詩經．小雅．何人斯》：「為鬼為蜮，則不可得。」鄭箋：「蜮……狀如鼈，三足，一名射工，俗呼之水弩，在水中含沙射人，一云射人影。」❷巧言　動聽的語言。《詩經．小雅．巧言》：「巧言如簧，顏之厚矣。」〈小序〉：「〈巧言〉，刺幽王也。大夫傷於讒，故作是詩也。」❸掇蜂句　掇，拾。《文選》陸機〈君子行〉：「掇蜂滅天道。」劉良注：「尹吉甫前妻子伯奇，後妻子伯封。後妻欲其子為太子，言於吉甫曰：『伯奇好妾。若不信，王上臺觀之。』後母取蜂，除其毒而置於衣領之中，使伯奇視而殺之。吉甫使讓伯奇。使者見袖有死蜂，以白吉甫。吉甫使追之，已投于河矣。」❹掩鼻句　寵姬，得寵的姬妾。魏王贈楚王美人，甚得寵幸。夫人鄭袖告訴寵姬說：「王甚悅愛子，然惡子之鼻，子見王，常掩鼻，則王長幸子矣。」寵姬聽從，每見楚王，常掩鼻。楚王問鄭袖寵姬何故掩鼻，鄭袖說：「頃嘗言惡聞王臭。」王怒，命人割去寵姬的鼻子。事見《韓非子・內儲說下》。❺弘恭句　弘恭，西漢元帝時宦官，官中書令。蕭望，蕭望之，宣帝時官太子太傅、前將軍，受遺詔輔政，領尚書事，建言「罷中書宦官」，元帝不從。後弘恭、石顯等誣奏蕭望之朋黨，專擅權勢，將下獄，遂飲鴆自殺。事見《漢書・蕭望之傳》。❻趙高句　趙高，秦時宦者，秦始皇死，與李斯矯詔殺太子扶蘇，立胡亥為二世皇帝，旋又殺李斯，自立為丞相。後為子嬰所殺。李斯，戰國楚人。後入秦，說秦王并吞六國。六國統一後，為秦相。秦二世即位，趙高欲專朝政，誣奏李斯謀反，殺之，夷其三族。事見《史記・李斯列傳》。❼陰德二句　陰德，暗中施德於他人。《淮南子・人間》：「有陰德者必有陽報。」陰禍，暗中的災禍。虛施，空加。❽罔　欺罔。❾刑辟　刑法。辟，法律。❿苟免　僥倖逃脫。

【語　譯】水中的蜮含沙射中人的影子，人得了疾病還不自知。花言巧語羅織人的罪名，被誣的人到死還不懷疑。設下拾蜂的毒計就讓君王逼死了愛子，教人掩鼻的方法就使楚王將劓刑加於寵姬。蕭望之被弘恭陷害而飲鴆自盡，李斯被趙高誣陷被合族誅夷。暗中積下陰德必定會有好報，暗中害人的人豈能就自在逍遙？世間的事縱然可以欺瞞於一時，天道的懲罰終究難以遁逃。人世間有法令刑律的懲處，冥冥中的神祇明察秋毫。僥倖躲過切莫要高興太早，鬼神的誅戮遲早會要來到。

【研　析】白居易被貶的第二大罪名是「無行」。《舊唐書・白居易傳》說：當時，「有素惡居易者，掎摭居易，言浮華無行，其母因看花墮井而死，而居易作〈賞花〉及〈新井〉詩，甚傷名教，不宜置彼周行。」如果說指責他「先諫官言事」還只是挾嫌報復，這一種說法就是直接的誣陷和誹謗了（對此，陳振孫《白文公年譜》引《闕史》等已有所揭露），按照這種說法，白居易已經成為大不孝的名教罪人。

本詩就是為回答這種誣陷而作。所以，前一詩還有總結經驗教訓之類的話，本詩則直截揭露誣陷者的無恥伎倆和可恥下場。詩以誣陷者的陰險與被誣者的無察對比來起興，列舉歷史上掇蜂、掩鼻等無所不用其極的卑鄙誣陷手段，蕭望之、李斯等被誣陷而冤死的著名歷史人物，聲言誣陷者即使逃過了法律的懲罰，也必將遭到天道的報應。「苟免勿私喜，鬼得而誅之。」則幾乎成了切齒的咒詈了。

兩詩秉承左思借詠史以抒懷的優良傳統，但聲情卻倍覺淒厲。這次事件及隨後的貶謫對白居易身心摧殘極為嚴重，成為白居易由兼濟向獨善轉變的重大轉捩點，對他的思想和創作影響深遠。

寄微之三首（選一）

【題解】這是一首五言古風的感傷詩。元和十年（西元八一五年）秋，白居易被貶為江州司馬，自長安取道襄陽，沿漢水、長江赴江州。本詩及以下數詩都作於赴江州途中。本詩作於襄陽，原為三首，這裡選入的是其二。詩回憶兩人宦海浮沉萍飄蓬轉的行蹤，慨嘆人生升沉聚散的無常，傾訴了無盡的相思和遭貶謫的痛苦。

其二

君遊襄陽日，我在長安住❶。今君在通州❷，我過襄陽去。襄陽九里郭❸，樓雉❹連雲樹。顧此稍依依❺，是君舊遊處。蒼茫蒹葭水❻，中有潯陽❼路。此去更相思，江西❽少親故。

【注釋】❶君遊二句　襄陽，即襄州，今湖北襄樊。元稹元和五年貶江陵士曹參軍時，曾遊襄陽，有〈襄陽道〉、〈襄陽為盧竇紀事〉等詩。元稹〈渡漢江〉：「襄陽今日渡江瀆。」當時白居易尚在長安任翰林學士。❷通州　州治在今四川達縣。元稹元和十年初出為通州司馬，白居易曾在長安餞送。參見〈醉後卻寄元九〉注釋。❸郭　外城。這裡指城墻。❹樓雉　城樓和城牆上的雉堞。雉堞，城上如齒狀的矮牆。❺顧此句　顧，回看。依依，依戀不捨貌。❻蒼茫句　蒼茫，廣闊無邊貌。蒹葭水，指漢水。襄陽東臨漢水。蒹葭，兩種水草。《詩經・秦風・蒹葭》：「蒹葭蒼蒼，白露為霜。所謂伊人，在水一方，溯洄從之，道阻且長。」說「蒹葭水」，包含著對遠方故人的思念。❼潯陽　郡名，即江州，州治在潯陽縣。❽江西　江南西道。中唐以後分江南道為東西兩道，江南西道轄洪、饒、虔、吉、江、袁、信、撫八州，設觀察使，治所在洪州，即今江西南昌。

【語　譯】你遊歷襄陽的時候，我正在長安居住。現在你身在通州，我卻路過襄陽而去。襄陽城郭有九里長，高峻的城樓雉堞連著天邊的雲霞草樹。看到襄陽城我依依不捨，因為這是你曾經遊賞的去處。城下的漢江蒹葭蒼蒼茫茫一片，中間是通往我被貶謫的潯陽的道路。這一去相思之情更加難以排遣，到江西人地生疏更是無親無故。

【研　析】元和十年秋，白居易貶為江州司馬，「左降詔下，明日而東」(〈與楊虞卿書〉)。在經受被誣陷和貶謫的痛苦時，友情和親情對他特別顯得珍貴。所以當他行至襄陽，自然想起了遠在通州的元稹。

詩首敘行程，「襄陽」、「長安」、「通州」、「襄陽」四個地名迴環疊出，既記元稹和自己的行蹤，隱含飄泊轉蓬聚散無常的悲愴，也表達了對元稹的強烈思念。接著描敘來襄陽所見所感：城郭雄偉高峻遠連雲樹一如往昔，使他想起元稹的舊遊而依依不捨；城下蒹葭蒼蒼的茫茫漢水通向潯陽(江州)，在那裡無親無故將更加思念元稹。詩以襄陽為中心，將兩人行蹤、眼前景物、昔日歡情、未來愁苦聯結在一起，相思之情流溢其間，哀婉至深。

《唐宋詩醇》評云：「清空一氣如話……令人心惻惻殊難為懷。似古樂府，似蘇、李『河梁』詩，似杜甫〈夢李白〉二章。要自成為香山之詩，惟其真也。詩文到真處，則千古流傳，不可磨滅矣。」(卷二一)至為的當。

登郢州❶白雪樓❷

【題　解】這是一首寫景抒懷的七絕。本詩作於元和十年（西元八一五年）秋郢州。詩寫登郢州白雪樓所見所思，抒發了自己對故鄉和京師的留戀，對國事的關懷和憂慮。

白雪樓中一❸望鄉，青山簇簇❹水茫茫❺。朝來渡口逢京使❻，說道煙塵近洛陽❼。

【注　釋】❶郢州　州名，治所在今湖北鍾祥。白居易從長安（今陝西西安）到江州（今江西九江）取道藍田、商山，出武關，沿漢水、長江東下，所以經過郢州。❷白雪樓　在郢州城西。《輿地紀勝》卷八四「郢州・白雪樓」引《圖經》：「子城三面墉基皆天造。正西絕壁，下臨漢江，白雪樓冠其上。」宋玉〈對楚王問〉中說，有客在郢中歌〈陽春白雪〉之曲，樓因此得名。《全唐文》卷七六九王棨〈白雪樓賦〉：「余嘗自雍南遊，經過郢州。此地曾歌乎〈白雪〉，後人因創其朱樓。」❸一　加強語氣的助詞。❹簇簇　攢聚貌。❺水茫茫　水，指漢水。茫茫，水浩大無邊際貌。《輿地紀勝》卷八四引李緯〈白雪樓記〉：「憑欄下瞰，百有十尺。郡峰列其前，巨浸奔其下。」❻京使　京城來的使者。❼說道句　煙塵，代指戰火。洛陽，唐代東都，今屬河南。白居易自注：「時淮西寇未平。」淮西寇，指淮西（治所蔡州，今河南汝南）節度使吳元濟，當時據淮西反叛，以兵攻掠河南汝州、許州、陽翟等地，逼進洛陽。元和十年八月，淄青平盧節度使李師道和嵩山僧圓淨謀反，在東都進奏院伏兵數百人，欲乘洛陽無兵，焚燒宮殿，肆行剽掠，被東都留守呂元膺平定。事見《舊唐書・憲宗紀下》。

【語　譯】登上白雪樓回望家鄉，青山重疊攢聚漢水浩浩湯湯。早晨在渡口遇到京城來的使者，說是戰亂兵火正在逼近東都洛陽。

【研　析】這首詩寫在貶謫途中。郢州的白雪樓是當地著名景觀，得名於宋玉關於郢中〈陽春白雪〉歌唱的古老傳說，白居易登臨眺望的目的正和三國時避亂荊蠻的王粲相同，「登茲樓以四望兮，聊暇日以消憂」（王粲〈登樓賦〉）。但眺望所見卻只是「青山簇簇水茫茫」，正所謂「西望長安不見家」，「長安不見使人愁」，已是令人愁腸百結了。何況，早晨在渡口聽到京使傳來的消息，說是藩鎮叛亂燃起的戰火已經燒到洛陽附近了。這不但使他在思念家鄉親人的同時更增添了對國家前途命運的憂慮，而且，詩人正是因為上疏請搜捕藩鎮派來刺殺宰相的刺客才被貶謫的，「一封朝奏九重天」的結果卻是自己的夕貶潯陽，想到這裡，怎能不憂心如焚，痛心疾首？真是「憂從中來，不可斷絕」了。四句小詩，層層遞進，境愈轉愈深，情愈轉愈濃。和杜甫的名作〈登岳陽樓〉相比，雖景象壯闊稍有遜色，而含蓄蘊藉則猶有過之。

浦❶中夜泊

【題　解】這是一首寫景的七言絕句，作於元和十年（西元八一五年）自長安赴江州途中。詩描寫夜泊時所見蕭瑟深秋景象，抒寫貶謫途中落寞孤寂的情懷。

闇❷上江隄還獨立❸，水風霜氣夜稜稜❹。迴看深浦停舟處，蘆荻❺花中一點燈。

【注　釋】❶浦　河流注入江海的地方。浦中風浪較小，可以停泊船隻。❷闇　昏暗。❸獨立　獨自佇立。❹稜稜　嚴寒貌。《文選》鮑照〈蕪城賦〉：「稜稜霜氣，蔌蔌風威。」李善注：「稜稜霜氣，嚴冬之貌。」❺蘆荻　蘆，蘆葦，生長在淺水或水邊的多年生草本植物，葉狹長，開白花，莖可編簾席或苫蓋房屋。荻，草名，和蘆葦相似，葉稍闊，開紫花。

【語　譯】昏暗中登上江堤獨自佇立，夜晚的江風挾帶著凜凜寒霜。向泊舟的浦口深處回頭一望，只見蘆荻花中一點燈火昏黃。

【研　析】七言絕句宜於深而不宜於淺，宜於婉曲而不宜於平直。在這首語言淺切如話的七絕小詩中，最大的特點是詩人構思的深曲委婉。它首寫詩人夜泊江中登堤閒步的一個鏡頭：在黑暗中詩人獨立江堤，寒夜漫漫，霜風淒緊。兩句已寫盡詩人在貶謫途中的孤獨寂寥和前程昏漠渺茫之感。三四句是寫從堤上回看泊舟之景：在幽淒寒冷的浦中蘆荻深處，自己那葉小舟中一盞油燈透露出一點昏黃的微光。這微弱而昏黃的燈光，在茫茫黑暗蔌蔌霜風之中似乎帶來了一絲溫暖，也給極度孤寂落寞的詩人帶來了些些的慰藉與希望。詩融情入景，以景寫情，勾勒了兩幅圖景而以「獨立」、「迴看」兩個動作貫串起來，使這起首便見尾的七言小詩顯得深曲委婉，搖曳多姿。

夜聞歌者❶

【題　解】這是一首五言古體的感傷詩。作於元和十年（西元八一五年）秋赴江州途經鄂州時。詩敘述夜泊鸚鵡洲聽到鄰船歌聲和尋訪歌者的故事，為歌者也是為詩人訴說出一種難以言傳的傷痛之情。人們多以為此詩就是〈琵琶引〉的藍本。

夜泊鸚鵡洲❷，秋江月澄澈❸。鄰船有歌者，發調堪愁絕❹。歌罷繼以泣，泣聲通❺復咽。尋聲見其人，有婦顏如雪。獨倚帆檣❻立，娉婷❼十七八。夜淚似真珠❽，雙雙墮明月❾。借問誰家婦，歌泣何淒切？一問一霑襟，低眉❿終不說。

【注　釋】❶夜聞歌者　題下白居易自注：「宿鄂州。」鄂州，州治在江夏縣，今湖北武漢武昌。❷鸚鵡洲　在江夏縣西南二里長江中。後漢末，黃祖為江夏太守，祖長子射，大宴賓客於洲上。時有人獻鸚鵡，遂命禰衡作〈鸚鵡賦〉，文詞美麗，後人因號洲為鸚鵡洲。❸澄澈　澄清透明。❹堪愁絕　能使人愁煞。堪，可以；能夠。❺通　通暢。指哭出了聲。❻帆檣　掛風帆的桅桿。❼娉婷　姿態美好貌。❽真珠　同「珍珠」。❾明月　既指月光，又指珍珠。比喻眼淚，語意雙關。❿低眉　斂眉，愁眉不展。

【語　譯】夜晚泊船在鸚鵡洲，秋月高照江天一片空明清澈。鄰近的船上有人唱歌，發聲取調悲苦能令人愁腸百結。唱完歌接著就哭泣，一會兒哭出了聲一會兒抽抽咽咽。循著聲音尋去見到了唱歌的人，是一位婦女容顏白如雪。獨自靠著掛帆的桅桿站，婷婷玉立年紀十七八。夜晚啼哭眼淚灑落像珍珠，在月光下一顆一顆往下落。請問你是誰家的婦女，歌聲哭聲為什麼這樣淒淒切切？問一句哭一聲眼淚沾溼衣襟，低著頭皺著眉始終不說。

【研　析】這是一首「含不盡之意見於言外」的美詩。首先景美。禰衡賦及其悲劇命運給鸚鵡洲留下淒迷的人文積澱，崔顥〈黃鶴樓〉的詩句給「芳草萋萋」的鸚鵡洲塗上了濃厚的歷史滄桑。首兩句筆法架空，描寫秋江月色空明中的鸚鵡洲，更見其澄靜之美。其次歌美。音樂以悲哀為美，鄰船歌聲令聽者愁絕，正是歌聲至為感人的最高境界。最後是人美。繼使人愁絕的歌聲後是哀切的哭泣。不由得勾惹起聽者和讀者莫大的疑問：她為什麼哭？為什麼歌唱後再哭？為什麼大聲哭後又哽咽抽泣，哭得那麼久？於是，我們和詩人一起尋訪這位歌人：原來她容顏絕美，她風姿綽約，她青春年少，她哭泣淒美……問她哭泣的原因，是飄零的身世？是遇人不淑？她始終不說，只用哭泣來回答。詩戛然而止，於是，不需再去追問什麼，什麼都不用說破，我們卻似乎什麼都感覺到了。也知道她的歌美，不止是伎藝高妙，而是她已經將全部感情和生命都傾注在歌聲之中了。如果說〈琵琶引〉是一幅筆畫細膩的仕女工筆畫，〈夜聞歌者〉就是一幅暈染了一枝紅色臘梅的白雪圖。景和境，一少一多，人和意，一淡一疏，我們卻同樣讀到了完滿。

盧侍御與崔評事❶為予於黃鶴樓❷致宴，宴罷同望

【題　解】這是一首即景抒情的七言律詩。詩作於元和十年（西元八一五年）秋赴江州途經鄂州時，詩描寫遷謫途中友人在黃鶴樓宴請遊眺的情事，良辰美景，賞心樂事，卻不能排遣內心深處的憂愁。

江邊黃鶴古時樓，勞致華筵❸待我遊。楚思❹淼茫❺雲水冷，商聲清脆管絃秋❻。
白花浪濺頭陀寺❼，紅葉林籠鸚鵡洲❽。總是平生未行處，醉來堪賞醒堪愁！

【注　釋】❶盧侍御與崔評事　白居易友人。侍御，唐人對監察御史和殿中侍御史的稱謂。評事，大理評事，大理寺的官員。詩作於鄂州（今湖北武昌），當時是鄂岳觀察使的治所，盧、崔二人當分別以監察御史和大理評事佐鄂岳觀察使幕，其名俱不詳。❷黃鶴樓　在鄂州長江邊蛇山（古稱黃鵠山）黃鵠磯上，下臨長江，三國時所建。相傳仙人子安曾乘黃鶴過此，又傳三國時蜀國費文禕登仙，嘗駕黃鶴憩此，因得名。❸華筵　精美的筵席。❹楚思　楚地的心緒、情思。鄂州古屬楚國。鮑照〈送別王宣城詩〉：「發郢流楚思，涉淇興衛情。」❺淼茫　水廣遠貌。❻商聲句　商聲，悽愴的聲音。此指歌聲。管絃，管樂器和絃樂器。代指音樂。秋，充滿秋意。指蕭瑟淒涼。❼頭陀寺　在鄂州，劉宋大明五年沙門慧宗所建。見《文選》王巾〈頭陀寺碑〉。《元和郡縣圖志》卷二七「鄂州江夏縣」：「頭陀寺在縣東南二里。」《塵史》卷二：「『白花浪濺頭陀寺，紅葉林籠鸚鵡洲。』句則美矣，然頭陀寺在郡城之東絕頂處，西去大江最遠，風濤雖惡，何由及之？或曰：甚之之辭。如峻極於天之謂也。」❽鸚鵡洲　見前詩注❷。

【語　譯】長江邊上古老的黃鶴樓，煩勞二位備辦了精美筵席等我一遊。楚鄉的情思浩渺悠遠白雲江水都帶著寒意，歌聲清脆宛轉管絃樂曲悲涼蕭瑟就像這清秋。雪白浪花在頭陀寺旁飛濺，經霜的紅葉林籠罩著鸚鵡洲。全都是平生沒有到過的勝境，沉醉時可供賞玩清醒時只能增添滿腹的憂愁！

【研　析】這是一首記敘遊宴的詩，但這次宴會是友人在他貶謫的旅途中安排的，所以寫來別具一格。

黃鶴名樓，友人盛意，華筵美酒，爽朗高秋，眼前是淼茫雲水，耳畔是清脆管絃，還有那白浪濺拍的頭陀寺，紅葉籠罩的鸚鵡洲，都是平生久聞其名而未曾遊歷的美景，「四美具，二難并」，應當是人生最為快意的時刻了。可是末句陡然一轉，「醉來堪賞醒堪愁」，卻將這一切快意全都轉化成了苦痛，所有在常人看來美好的事物全都成了獻愁供恨的材料！不為別的，就因為詩人受到冤屈而被貶南來，內心充滿了痛苦和哀傷。沒有這末句，前面寫得再好再美，也只是一首普通的遊宴詩。有了這一句，全詩皆活，景物越美，就越能反襯心中哀痛之深，這正是「以麗景寫哀情」的高妙手法。至如中二聯寫景，有聲有色，色彩鮮明，充盈著動的激蕩和靜的淒迷，融合在浩淼雲水、蕭瑟管絃之中，構成情景和諧渾融之境，倒是次要的了。

雨中題衰柳❶

【題　解】這是一首詠物的七言絕句。元和十年（西元八一五年）深秋作於自長安赴江州途中。詩以深秋寒風冷雨摧殘的衰柳自況，沉痛地訴說了自己橫遭迫害貶謫江州的悲涼際遇。

濕屈❷青條折，寒飄黃葉多。不知秋雨意，更遣欲如何！

【注　釋】❶衰柳　衰敗的垂柳。❷屈　屈曲；彎曲。

【語　譯】雨水浸淫把青青的枝條壓彎折斷，凜冽寒風將枯黃的葉子紛紛吹落。不知道綿綿秋雨是什麼意思，還要我這衰殘的垂柳如何！

【研　析】詠物貴在「體物肖形，傳神寫意」，既要緊扣所詠事物的具體特點，又要寄寓詩人的濃烈感情。此詩有兩個意象，一是「衰柳」，柳本不衰，它枝條青青，有著頑強的生命力。可連綿的「秋雨」挾著寒風從不停歇，毫不留情地摧殘著它，使它最終零落殘折，衰敗不堪。柳已如此，但風雨的摧殘仍然並未停止，「更遣欲如何」就是它悲哀而絕望的呼喊，尤見沉痛。詩人用比喻和象徵的手法，濃墨營造出濃郁的悲情氛圍，用擬人手法賦予衰柳以人的情感，不明言所詠之情，而詠嘆自身橫遭多種打擊迫害的主旨自現。

舟中讀元九❶詩

【題　解】這是懷念元稹的一首七言絕句。元和十年（西元八一五年）作於赴江州的旅途中。詩描寫深夜舟中讀元稹詩卷的情景，抒寫了貶謫途中寂寞痛苦和深切思念友人的心情。

把❷君詩卷❸燈前讀，詩盡燈殘天未明。眼痛滅燈猶闇❹坐，逆風❺吹浪打船聲。

【注　釋】❶元九　元稹，時在通州司馬任上。❷把　拿著。❸詩卷　抄寫詩的卷子。唐代還是抄本時代，書籍多為卷軸裝。❹闇　黑暗。❺逆風　與船行方向相反的風。

【語　譯】拿著你的詩卷在燈前誦讀，詩卷讀完燈光暗淡天還沒有亮。眼睛脹痛燈火熄滅仍然在黑暗中獨坐，只聽到逆風掀起波浪拍打船舷的聲響。

【研析】詩成功地塑造了一位心境極度淒苦的詩人形象。對於遭受到重大打擊的詩人來說，同氣相求、同病相憐的摯友元稹的詩卷是他苦悶而漫長的旅途中最好的慰藉。他在小舟上就著微弱的油燈吃力地通宵誦讀友人的詩作，既隱含對元稹的思念，也引發同是天涯淪落人的共鳴。

詩讀完了，天快亮了，燈也滅了，詩人在黑暗裡獨坐，為什麼不去睡覺？詩人沒有回答，而是描繪了一幅畫面：他靜坐在黑暗的小船中，打頭逆風掀起巨浪，船在逆風巨浪中艱難地前行。這是對眼前景物的如實描繪，更是在險惡的仕途中坎坷顛躓的自己的象徵，也是在風狂雨暴中動蕩飄搖的國家的象徵。詩以「燈」為敘事抒情的線索，由「燈前」而「燈殘」而「燈滅」，一句一轉，愈轉愈深。末句以景抒情，更把沉鬱的感情推向頂點，導向開放式的結尾，餘味無窮。

放言❶五首 并序（選二）

【題解】〈放言五首〉是由五首七律組成的政治抒情組詩，本集選入其一、其三兩首。詩是元和十年（西元八一五年）秋赴江州的途中為和元稹〈放言〉五首而作。詩放論社會人生中的真偽、禍福、貴賤、貧富、生死等問題，相信隨著時間的推移，一切都可能向相反的方面轉化，表現出一種非常達觀的態度。

元九在江陵時，有〈放言〉長句詩五首❷，韻高而體律，意古而詞新。予每詠之，甚覺有味，雖前輩深於詩❸者，未有此作。唯李頎❹有云：「濟水至清河自濁❺，周公❻大聖接輿❼狂。」斯句近之矣。予出佐潯陽❽，未屆❾所任，舟中多暇，江上獨吟，因綴五篇，以續其意耳。

【章　旨】說明組詩寫作的原因和創作的特點。

【注　釋】❶放言　放肆其言，不加節制。❷元九二句　元九，元稹，元和五年貶為江陵士曹參軍。元稹在江陵期間曾作〈放言〉七律五首。見《元氏長慶集》卷一八，此為和作。長句，七言詩。❸深於詩　詩歌方面造詣高深。❹李頎　唐玄宗時著名詩人，進士及第，官至新鄉尉，長於歌行和七律，有《李頎詩集》三卷傳世。白居易所引是他〈雜興〉詩中的兩句。❺濟水句　濟水，水名，原分南濟、北濟。北濟在黃河北，源出河南濟源王屋山，注入黃河。南濟則東流入海。其河道屢經變遷，今黃河南已無濟水。至清，李頎原詩作「自清」，當是。河，黃河。❻周公　姬旦，周文王子，輔佐武王滅紂，建立周朝，封於魯，後又佐周成王，後世尊為聖人。❼接輿　春秋楚人。《論語・微子》：「楚狂接輿歌而過孔子，曰：『鳳兮鳳兮，何德之衰！往者不可諫，來者猶可追。已而已而，今之從政者殆而！』」孔穎達疏：「接輿，楚人，姓陸，名通，字接輿。昭王時，政令無常，乃被髮佯狂不仕，時人謂之『楚狂』也。」❽出佐潯陽　出為江州司馬。佐，為僚佐。司馬，是刺史的僚佐。潯陽，郡名，即江州。❾屆　至；到達。

【語　譯】元稹在江陵的時候，有〈放言〉七言律詩五首，氣韻高遠而詩體卻是律詩，含意古樸而詞語非常新穎。我每每吟誦它們，覺得很有味道，即使造詣很高的前輩詩人，也沒有這樣的作品。只有李頎的詩說：「濟水清者自清黃河濁者自濁，周公是大聖人接輿卻是狂人。」這樣的詩句就很接近了。我自京城貶出為江州司馬，還沒到達任所，船中多閒暇，在江上獨自吟誦，因此寫下了五首詩，接續元稹詩的意思罷了。

其一

朝真暮偽何人辨？古往今來底事❶無？但愛臧生能詐聖❷，可知甯子解佯愚❸？草螢有耀❹終非火，荷露雖團豈是珠❺？不取燔柴❻兼照乘❼，可憐❽光彩亦何殊❾？

【注釋】❶底事　何事。指朝真暮偽一類的事。❷但愛句　臧生，臧武仲，即臧孫紇，春秋魯臣。詐聖，詐偽多智而被稱為聖人。《左傳・襄公二十二年》：「臧武仲如晉，雨，過御叔。御叔在其邑，將飲酒，曰：『焉用聖人？』」杜預注：「武仲多知（智），時人謂之聖。」❸可知句　甯子，甯武子，即甯俞，春秋衛臣。佯愚，韜光養晦，假裝愚拙。《論語・公冶長》：「甯武子，邦有道則知，邦無道則愚。其知可及也，其愚不可及也。」❹草螢有耀　草螢，螢火蟲，古人以為腐草所化。耀，光芒。❺荷露句　荷露，荷葉上的露水。團，圓。❻燔柴　燃燒柴火。指大火。古代舉行祭天儀式時，將玉帛、犧牲等放在堆積的木柴上焚燒，稱為「燔柴」。❼照乘　照耀車乘。指大珠。相傳戰國時魏惠王的珍珠，珠光能照亮前後二十四輛車子。見《史記・田敬仲完世家》。❽可憐　可愛。❾何殊　有什麼不同。

【語譯】早晨真實晚上虛偽有誰來辨別，古往今來什麼樣的怪事沒有出現？只喜愛臧武仲詐偽多智便稱之為聖人，你可知甯武子卻佯裝愚拙把鋒芒收斂？腐草化成的螢火蟲雖然發光終究不是火焰，荷葉上的露水哪裡是珍珠雖然它和珍珠一樣溜圓？不把燔柴大火、照乘寶珠和螢火荷露來比較，單看它們光彩可愛又怎麼能夠鑑辨？

【研析】元稹得罪權臣和宦官被貶江陵後，曾創作〈放言〉五首以抒發憤懣。白居易在貶江州司馬的旅途中，重讀此詩，引起強烈共鳴，遂續作追和。

本詩縱論如何辨明世間的真偽。開篇就以反問概括指出「朝真暮偽」是無時無之、無奇不有的現象，接著舉歷史人物和自然現象加以證明：臧武仲多詐而被稱為聖，甯武子多智而佯裝愚，螢蟲能發光如火，荷葉上露團團如珠。最後指出識別真偽的有效方法就是比較，將螢火蟲和祭天的大火、荷上露和照乘的珍珠放在一起比較，它們是偽火偽珠的本質就無所遁形了。詩全用議論，舉證取譬，一氣呵成，充分顯示了無所顧忌、暢所欲言這一「放言」特色。而大量使用反詰句，一問接一問，一直問到底，更使這一特色得到最強烈的發揮。

詩巧妙地運用了博喻和對比的手法。特別是從古代經典和日常生活中就近取譬，不僅以歷史為喻，也以自然現象為喻，不僅說明真偽易混用比喻，說明如何辨別真偽也用比喻，把抽象的議論化為具體可感的形象，既加強了說服力，又使人不覺枯燥。這裡我們不難看到《韓非子》和佛經的影響。

其三

贈君一法決狐疑❶，不用鑽龜與祝蓍❷。試玉要燒三日滿❸，辨材須待七年期❹。周公恐懼流言後❺，王莽謙恭未篡時❻。向使❼當初身便死，一生真偽復誰知！

【注　釋】❶決狐疑　作出決斷。狐疑，懷疑。俗傳狐性多疑，所以稱多疑猶豫不決為狐疑。❷不用句　鑽龜、祝蓍，古代占卜的兩種方法。龜，指烏龜的甲殼。古人在龜甲上燒灼鑽眼，根據龜甲上出現裂紋的多少和走向等來判斷行事的吉凶。祝，祝禱。蓍，蓍草，一種多年生草本植物，古人用它的莖來占卜。❸試玉句　白居易自注：「真玉燒三日不熱。」《淮南子・俶真》：「鍾山之玉，炊以爐炭，三日三夜而色澤不變。」❹辨材句　白居易自注：「豫章木生七年而後知。」《史記・司馬相如列傳》：「其樹楩枏豫章。」《正義》：「豫，今之枕木也。章，今之樟木也。二木生至七年，枕、樟乃可分別。」❺周公句　周公，姬旦，周武王的弟弟，成王的叔父。武王死，成王年幼，周公攝政，其弟管叔、蔡叔在國中散布流言，說周公將不利於成王。周公恐懼，避居於東二年。管叔、蔡叔叛亂被平定後，成王在金縢之匱中發現武王病重時周公請以自身代武王去死的祝辭，這才醒悟。事見《尚書・金縢》。❻王莽句　王莽，字巨君，前漢末孝元皇后的姪子，為大司馬，秉政。哀帝死，莽迎立平帝，以己女為皇后，獨攬朝政，後弒平帝，立孺子嬰，不久又篡位自立，國號「新」。《漢書・王莽傳》記載，王莽在篡位以前「爵位愈尊，節操愈謙」，「事事謙退，動而固辭」，儼然是一個謙約退讓的君子。❼向使　假使。

【語　譯】送你一個在猶豫時作出決斷的好方法，用不著祝禱蓍草也不用燒鑽龜甲。鑑別玉石要燒滿三天三夜，分辨木材要等它生長七年。周公在流言四起後心生恐懼，王莽在篡位以前退讓恭謙。假使在這時他們就死去，誰知道他們一生是忠還是奸！

【研　析】詩人首先說自己有一個決疑妙法，又說此法勝過蓍龜占卜，於是引起讀者強烈的疑問和期待。以下全都是對此法為何法的說明：是玉是石要燒三天才曉得，是樟是枕要長七年才知道，周公死在流言四起的時候，誰知道他是大聖人？王莽死在謙恭下士的時候，誰知道他是竊國大盜？詩人用富含理趣的比喻和史實說明：要全面認識人或事物，往往要經過很長的時間，時間才是檢驗一切最好的試金石。所以當自己在遭遇挫折被攻擊誣陷時，應當堅定信心，相信時間和歷史一定會作出公正的結論。

詩在設置什麼是決疑法的疑念後，連舉「試玉」、「辨材」、周公、王莽四例，如懸流飛瀑，一瀉而下，勢不可擋。但這四例都是論據，要對它們稍加思索歸納之後才能發現論點也就是答案，所以直而不露，耐人尋味，發人深省。

江樓聞砧❶

【題　解】這是一首五言絕句，原集編於感傷詩中。元和十年（西元八一五年）十月作於江州。詩人剛到江州，深夜高樓上聽到搗衣的砧聲，勾起對故園的深深思念。

江人授衣晚❷，十月始聞砧。一夕高樓月，萬里故園❸心！

【注　釋】❶砧　搗衣用的墊石。這裡指搗衣的聲音。唐代婦女每於秋夜搗衣，即把未經縫製的衣料放在砧石上拍打，使它鬆軟，以備趕製冬衣之用。所以客居在外的人，聽到砧聲後往往容易勾起思鄉和思親之情。❷江人句　江，江州。授衣，授以冬衣。《詩經・豳風・七月》：「七月流火，九月授衣。」江州在江南，天氣暖和，所以搗衣、授衣都比北方晚。❸故園　指詩人的家鄉華州下邽金氏村。

【語　譯】江州人的冬衣穿得很遲，十月才聽到搗衣的聲音。通宵達旦在高樓上仰望明月，砧聲陣陣敲打著我萬里之外思念故園的心！

【研　析】古代婦女秋夜為家人趕製寒衣，寄給遠方的遊子征人，因此搗衣的砧聲中飽含著親情鄉思，成為古典詩歌中常見的意象，更不乏「長安一片月，萬戶搗衣聲」（李白〈子夜吳歌〉）、「千家砧杵共秋聲」（錢起〈樂遊原晴望上中書李侍郎〉）之類的名篇名句。可是，白居易的聞砧詩仍然給我們以新的感覺，新的享受。十月已是冬天，在北方早已過搗衣的時節了，身在江州的詩人突然聽到砧聲，怎能不聞聲而心驚？於是遷謫意、故園情一時都湧上心頭，一夕不寐，望月高樓，思念萬里之外的故鄉。三、四兩句，在廣闊而明淨的空間背景下，展現了詩人獨倚危樓遠眺的形象，從而將他內心深處飄泊遠貶的憂傷、對遠方家鄉親人的思念和盤托出，意境渾然天成。二十字淡淡流出，語簡而意豐。

歲晚旅望❶

【題　解】這是一首即景抒情的七言律詩。元和十年（西元八一五年）冬作於江州司馬任上。詩描繪了歲暮窮陰黃昏欲雪時令人壓抑的景象，抒寫了羈旅貶謫中痛苦憂傷的心情。

朝來暮去星霜換❷，陰慘陽舒氣序牽❸。萬物秋霜能壞色❹，四時冬日最凋年❺。

煙波半露新沙地，鳥雀群飛欲雪天。向晚蒼蒼❻南北望，窮陰❼旅思兩無邊！

【注　釋】❶歲晚旅望　歲晚，歲末；冬天。旅望，旅途或客中眺望。❷星霜換　時節遷徙更換。星辰旋轉，霜露至時而降，所以用星霜指代時節和年歲。❸陰慘句　陰慘陽舒，秋冬悲戚春夏舒暢。古人以春夏、晴和為陽，秋冬、雨雪為陰。氣序，即時序。氣，指節氣。牽，牽動；影響（人的心情）。張衡〈西京賦〉：「夫人在陽時則舒，在陰時則慘，此牽乎天者也。」《文心雕龍・物色》：「春秋代序，陰陽慘舒，物色之動，心亦搖焉。」❹壞色　變色；死亡。《釋名・釋天》：「霜，喪也。其氣慘毒，物皆喪也。」❺凋年　使歲月凋殘。鮑照〈舞鶴賦〉：「於是窮陰殺節，急景凋年。」❻蒼蒼　渺茫無際貌。❼窮陰　濃密的陰雲。薛道衡〈出塞〉：「絕漠三秋暮，窮陰萬里生。」

【語　譯】白晝來黑夜走時節迅速改變，陰時悲傷陽時舒暢心情和時序關聯。秋日的嚴霜能使萬物變色死亡，四季中最易凋殘年歲的就是冬天。浩渺煙波中開始露出新的沙地，大雪將降鳥雀成群地飛舞盤旋。黃昏時暮色蒼茫向四方眺望，只有濃密陰雲客居愁思充塞在天地之間！

【研　析】此詩全從題目「歲晚旅望」四字生發。首聯寫時節轉換的迅速，寓人生苦短的感慨。次聯承接首聯，既泛寫秋冬來臨的「星霜換」，也寫其「壞色」、「凋年」令人傷慘。頸聯寫眼前景物，煙波中新沙地露出，天空中鳥雀群飛，似有生意，但水落石出正是冬日景象，鳥雀飛旋則是降雪的徵兆，意似轉折而實為承接前意而加以具象化。詩人獨立蒼茫，極目四望，天宇中陰雲密布，有著沉重的壓迫感，詩人的羈愁旅思也就充塞在這茫茫天地之間了。詩從瞬息變幻的時節著筆，以歲暮黃昏的廣漠陰冷來渲染內心的愁苦，深刻展示了因政治迫害貶謫所遭受的心靈創傷。

《唐宋詩醇》卷二三評此詩云：「倚天拔地，字字奇警，與杜甫〈閣夜〉詩極相似。」按杜甫〈閣夜〉云：「歲暮陰陽催短景，天涯霜雪霽寒宵。五更鼓角聲悲壯，三峽星河影動搖。野哭千家聞戰伐，夷歌數處起漁樵。臥龍躍馬終黃土，人事音書漫寂寥。」二詩雖同是歲暮感時，然白詩前四句議論泛泛，在含蘊豐厚、氣象闊大、造語精警等方面，難以和杜詩頡頏。《詩醇》所云，實為皮相之論。

編集拙詩，成一十五卷❶，因題卷末，戲贈元九、李二十❷

【題解】這是一首贈友人元稹、李紳的七言律詩。元和十年（西元八一五年）歲末作於江州司馬任上。詩亦莊亦諧，抒發了編成詩集十五卷之後自鳴得意之情以及因詩遭貶的憤慨之意。

一篇〈長恨〉有〈風〉情❸，十首〈秦吟〉近正聲❹。每被老元偷格律❺，苦教短李伏歌行❻。世間富貴應無分❼，身後文章合❽有名。莫怪氣粗言語大❾，新排❿十五卷詩成。

【注釋】❶一十五卷　白居易〈與元九書〉：「僕數月來，檢討囊袠中，得新舊詩，各以類分，分為卷目。自拾遺來，凡所適所感關於美刺興比者，又自武德訖元和，因事立題題為〈新樂府〉者，共一百五十首，謂之『諷諭詩』。又或退公獨處，或移病閑居，知足保和，吟玩情性者一百首，謂之『閑適詩』。又有事物牽於外，情理動於內，隨感遇而形於歎詠者一百首，謂之『感傷詩』。又有五言、七言、長句、絕句，自一百韻至兩韻者四百餘首，謂之『雜律詩』。凡為十五卷，約八百首。」❷元九李二十　元稹、李紳。李紳，字公垂，無錫人，排行第二十。元和初登進士第，授國子助教，拜左拾遺，歷翰林學士、中書舍人，後累官至宰相、淮南節度使。兩《唐書》有傳。李紳是新樂府的重要作者之一。據元稹〈和李校書新題樂府二十首序〉，他曾作新樂府二十首，元稹、白居易〈上陽白髮人〉、〈西涼伎〉、〈縛戎人〉等詩都是和他唱和之作。❸一篇句　長恨，〈長恨歌〉。參見〈長恨歌〉及注釋。風情，《詩經》中〈國風〉的精神。〈國風〉是民俗歌謠。《詩經．大序》：「上以風化下，下以風刺上，主文而譎諫，言之者無罪，聞之者足以戒，故曰『風』。」〈長恨歌〉正是「主文而譎諫」的作品。❹十首句　秦吟，〈秦中吟〉，共十首，都是反映民生疾苦的作品。參見所選〈秦中吟〉詩及注釋。正聲，指《詩經‧小雅》中的詩歌，有許多政治諷刺詩。《詩經‧大序》：「雅者正也，言王政之所由興廢也。」❺每被句　老元，元稹。偷格律，模仿風格聲律。白居易原注：「元九向江陵日，嘗以拙詩一軸贈行，自後格變。」白居易說元稹到江陵後的詩，「言有為，章有旨，迨于宮律體裁，皆得作者風」。見前〈和答詩十首‧序〉。❻苦教句　苦教，極力使。短李，李紳。白居易〈代書詩一百韻寄微之〉：「笑勸迂辛酒，閑吟短李詩。」自注：「辛大丘度性迂嗜酒，李二十紳形短能詩，故當時有『迂辛』『短李』之號。」伏，心服。歌行，詩體名，由古樂府演變而成。以七言為主，可換韻，句式、格律、聲韻都比較自由。白居易原注：「李二十常自負歌行，近見予樂府五十首，默然心服。」❼應無分　大約沒有緣分。❽合　應當。❾言語大　語言虛誇誕妄。❿排　編排。

【語　譯】一篇〈長恨歌〉頗能得〈國風〉的精神，十首〈秦中吟〉更為接近〈小雅〉那雅正的歌聲。詩歌格律常常被老元偷偷學習模仿，盡力讓短李低頭佩服的卻是長篇歌行。人世間的富貴大概和我沒有緣分，死後我的詩歌卻一定會大有聲名。說起話來口氣大言語浮誇莫要奇怪，一十五卷的詩集最近已經編成。

【研　析】詩抒發詩集編成後的感想，因為和元稹、李紳是志同道合、詩歌酬和的詩友，所以寄詩二人，讓他們分享自己的快意。

詩前四句是對自己詩集的自我評價。首二句舉出詩集中代表作品〈長恨歌〉、〈秦中吟〉而以「有〈風〉情」「近正聲」自讚，態度嚴肅，是對自己詩歌內容繼承風雅比興傳統的充分肯定，次二句戲稱詩友為「老元」「短李」，譏笑他們「偷格律」、「伏歌行」，則是對自己詩歌技巧方面成就的充分肯定，一莊一諧，相映成趣，殊途同歸，充滿了成就感和自豪感。頸聯一轉說到自己的處境，被貶江州只用「富貴應無分」一語輕輕帶過，隨即斷言「身後文章合有名」，表示了詩歌將流傳千古的堅定信心，對比之中，自豪之意，更進一層。最後二句總括全詩並點題，寫的既是實情，也有在友人面前自謙之意，十分得體。詩放筆直書，笑謔放浪，既蘊淳厚真摯的友情，又見傲岸不羈的狂態。白居易在〈與元九書〉中說，貶謫江州和他那些使權豪貴近扼腕切齒的詩歌有關，對自己的詩歌成就的充分肯定和讚揚，正是對於打擊迫害者們的渺視和蔑視。

讀李杜❶詩集，因題卷後

【題　解】這是一首五言排律的感懷詩。元和十年（西元八一五年）冬在江州作。詩人讀李白、杜甫詩卷，對他們的不幸遭遇產生了深切同情和共鳴，也認識到他們遭遇不幸正是他們的詩歌取得成就的原因，因此寫了這首詩，用以自慰自勉並勉慰友人。

翰林江左日❷，員外劍南時❸。不得高官職，仍逢苦亂離❹。暮年逋客❺恨，
浮世❻謫仙❼悲。吟詠❽流千古，聲名動四夷❾。文場供秀句❿，樂府⓫待新辭。天
意君須會，人間要好詩。

【注　釋】❶李杜　唐代詩人李白、杜甫的合稱。李白有《草堂集》二十卷。杜甫有《杜甫集》六十卷。李、杜詩歌，一豪放飄逸、清麗自然，一雄偉渾成、沉鬱頓挫，分別被尊稱為「詩仙」和「詩聖」，代表中國古典詩歌的兩大高峰。❷翰林句　翰林，指李白，唐玄宗天寶初年曾經供奉翰林，人稱「李翰林」。江左，江東。自蕪湖以下的長江下游由西南流向東北，所以這段長江的南岸，即今蘇、皖兩省的江南地區，稱為江東或江左。安史亂起時，李白正在江東，因為參加永王璘幕府而被流放夜郎。後遇赦放歸，晚年流落在金陵、當塗一帶，死後葬在當塗的青山，都屬江左地區。❸員外句　員外，指杜甫，代宗初年在成都嚴武幕中，曾授檢校工部員外郎、劍南節度參謀。故人稱「杜工部」或「杜員外」。劍南，劍南道，唐初十道之一，以在劍閣之南得名，治所在益州，今四川成都。肅宗時，杜甫任左拾遺，因上疏營救房琯，觸怒肅宗，被貶為華州司功參軍。後李輔國專權，關輔大饑，杜甫棄官攜家小飄泊流離，經秦州等地輾轉到達劍南成都，在蜀中居住了一段時間。這裡用劍南作為杜甫在安史亂後行蹤的代表。❹亂離　因動亂而逃亡，流

離失所。❺逋客　無官失意的人。指杜甫。嚴武死後，杜甫失去依靠，沒有官職。不久蜀中動亂，他攜家出峽至夔州，後又至江陵、湖南，死在湖南，飽嘗顛沛流離之苦。❻浮世　人世，舊時認為世事虛浮無定，故稱。❼謫仙　謫降人世的神仙。指李白。白居易原注：「賀監知章目李白為謫仙人。」孟棨《本事詩・高逸》：「李太白初自蜀至京師，舍於逆旅。賀監知章聞其名，首訪之。既奇其姿，復請所為文。出〈蜀道難〉以示之。讀未竟，稱歎者數四，號為『謫仙』。」❽吟詠　諷誦詩歌。此指詩歌。❾四夷　古代對華夏族以外民族的蔑稱。這裡泛指境外各國。❿文場句　文場，猶言文壇。秀句，美好的詩句。初唐元兢曾撰《詩人秀句》二卷。⓫樂府　官府或宮庭的音樂機構。

【語　譯】李翰林白江東流落日，杜員外甫劍南飄泊時，既沒有得到高的官職，還遭逢苦難顛沛流離。杜甫晚年失意滿懷家國之恨，人稱謫仙人的李白面對亂世無限傷悲。他們的詩篇卻流傳千秋萬代，他們的聲名震動了四境外的夷狄。文壇傳誦著他們清麗的詩句，樂府譜曲等待創作新的歌辭。上天的意旨你應該好好領會，人世間需要有好的歌詩！

【研　析】白居易對於李白、杜甫十分景仰，對於他們的不幸更十分同情（參見〈與元九書〉），所以本詩實際上是夫子自道，是對前〈編集拙詩，成一十五卷……〉的補充。

詩前半六句敘述李、杜晚年飄泊沉淪的悲恨，後六句則讚頌他們詩歌「吟詠流千古，聲名動四夷」的不朽成就，並進而說明取得成就的原因。「天意君須會，人間要好詩。」正是亂離飄泊的不幸，造就了他們不朽的詩歌。這實際上既是對自己詩歌的自我肯定，也是對自己遭遇的自我安慰。詩分三層，結構清晰，由低迴傷悼到高昂奮發，情感旋律流暢而舒展。

白居易後來在〈序洛詩〉中曾對本詩中思想作了更明晰地表述：「予歷覽古今歌詩，自〈風〉、〈騷〉之後，蘇、李以還，次及鮑、謝徒，迄于李、杜輩，……多因讒冤譴逐，征戍行旅，凍餒病老，存歿別離，情發於中，文形於外。故憤憂怨傷之作，通計今古，什八九焉。世所謂文士多數奇，詩人尤命薄，於斯見矣。」歐陽脩「蓋愈窮則愈工，然則非詩能窮人，殆窮者而後工也」（〈梅聖俞詩集序〉）的結論，就是對這一思想的高度概括和進一步發展。

夜雪

已訝衾❶枕冷，復見窗戶明。夜深知雪重❷，時聞折竹聲。

【題　解】這是一首寫景的五言絕句。元和十一年（西元八一六年）春江州作。作者從觸覺、視覺、知覺、聽覺四個層次，將夜裡悄然降下的一場大雪寫得真實生動，趣味盎然。

【注　釋】❶衾　被子。❷重　厚重。

【語　譯】被子枕頭冰冷已經令人驚訝，又看見窗戶變得通明透亮。夜深了才知道下了厚厚的一場雪，因為時時聽到竹子被壓斷的聲響。

【研　析】寫雪難，寫夜雪尤難，但白居易卻用了二十個字將一場夜雪寫得生動而傳神。

首句從衾枕冰涼的觸覺寫氣溫驟降的寒冷，次句從窗戶明亮的視覺寫夜晚奇特的光明。兩句製造了同一個懸念，卻造成意脈的拗折，自然中見機鋒。第三句順延到知覺，點明夜深雪重，是對於懸念的回答，而之所以能作出判斷則是源於聽覺，因為時時聽到竹枝被大雪壓折的聲音，於是作者和讀者同時恍然大悟。後二句用倒敘，平淡細膩中有曲折。「折竹聲」於夜深「時聞」，見冬夜寂靜；「已」、「復」、「時」三個虛詞運用入妙，暗示著時間流逝、徹夜無眠。詩含蓄地寫出了詩人謫居中的孤寂淒苦，味外之旨綿邈悠長。

陶淵明曾有「傾耳無希聲，在目皓已潔」（〈癸卯歲十二月中作與從弟敬遠〉）的詠雪名句，白居易此詩巧妙地作側面烘托，從虛處落筆，同樣寫得出神入化。

端居❶詠懷

【題　解】這是一首詠懷的七言律詩。元和十一年（西元八一六年）作於江州司馬任。詩借憂心國事而被貶的賈誼自喻，將他和放曠思歸的張翰對比，在對往事的悔恨中寄寓著內心的不平。

賈生俟罪心相似❷，張翰思歸事不如❸。斜日早知驚鵩鳥❹，秋風悔不憶鱸魚❺！胸襟曾貯匡時策❻，懷袖猶殘〈諫獵書〉❼。從此萬緣都擺落❽，欲攜妻子買山居❾。

【注　釋】❶端居　安居。❷賈生句　賈生，賈誼，西漢洛陽人。年二十餘，漢文帝召為博士，遷太中大夫，改革秦法，更定律令，甚得文帝信任，欲任以公卿之位。遭到周勃、灌嬰等老臣的讒毀，說他是「年少初學，專欲擅權，紛亂諸事」，被貶為長沙王太傅。詳見《史記・屈原賈生列傳》。參見前〈寄唐生〉注❷。俟罪，待罪。賈誼被貶長沙，經過湘水，作〈弔屈原文〉，開篇說：「恭承嘉惠兮，俟罪長沙。」❸張翰句　張翰，字季鷹，晉代吳郡吳人。齊王冏辟為大司馬東曹掾。時天下紛亂不安，翰見秋風起，想起了吳中的菰菜、蓴羹、鱸魚膾，說：「人生貴得適志，何能羈宦數千里以要名爵乎！」便回到家鄉，不久齊王冏果敗。事見《晉書・張翰傳》。❹斜日句　斜日，日斜；天將暮。鵩鳥，又名山鴞，夜間啼叫，聲音難聽，人以為凶鳥，入宅將不利於主人。賈誼〈鵩鳥賦〉：「單閼之歲兮四月孟夏，庚子日斜兮鵩集予舍，止于座隅兮貌甚閒暇。異物來萃兮私怪其故，發書占之兮讖言其度，曰：『野鳥入室，主人將去。』」此句意謂自己早已知道會有貶謫的事。❺秋風句　鱸魚，一種巨口細鱗的魚，松江所產的鱸魚味道特別鮮美。此句意謂悔不該沒有及早歸隱田園。❻匡時策　匡正時弊的對策。賈誼時「天下初定，制度疏闊，諸侯王僭擬，地過古制」，「誼數上疏陳政事，多所欲匡建」。見《漢書·賈誼傳》。白居易為左拾遺、翰林學士時也有〈論制科人〉、〈論于頔裴均〉、〈論和糴〉等數十道疏狀，論及制舉、進奉等時政。❼諫獵書　司馬相如曾作〈諫獵書〉。見蕭統《文選》。賈誼〈治安策〉中也有「夫射獵之娛與安危之機孰急」一類的話。這裡代指白居易的諫書。❽從此句　萬緣，一切因緣。指一切世俗的事物。佛教以產生某種結果的原因和條件為因緣。擺落，擺脫；拋在一邊。❾買山居　歸隱。《世說新語·排調》：「支道林就深公買印山，深公答曰：『未聞巢由買山而隱。』」後世以「買山」為隱居的代稱。白居易元和十二年在江州廬山築有草堂。詳見其〈草堂記〉。

【語　譯】賈誼被貶待罪長沙的心情和我相似，張翰歸隱故鄉的行事卻令我自愧不如。早料到總有一天會像賈誼遭貶在日斜時驚見不祥的鵩鳥，現在真悔恨沒有及早抽身像張翰見秋風起而思念故鄉的鱸魚。胸襟中也曾經貯藏著濟世匡時的方略，懷袖裡還殘留著直言極諫的奏疏。從今後一切世間的俗事全都拋卻，只想帶著妻子兒女買一片山林來隱居。

【研　析】這是一首典型的詠史抒懷詩。它通過歷史人物賈誼的才高被貶與張翰的歸隱故鄉，反復對比，傾訴詩人內心仕和隱各執一端的劇烈矛盾。現實與理想的衝突，激起詩人強烈的不滿，「胸襟」一聯頗有「刑天舞干戚，猛志固常在」（陶淵明〈讀山海經〉）的味道。所以儘管最後有擺落萬緣、合家歸隱的表示，也只是憤激的反語，內心矛盾並沒有真正獲得徹底的解決。

詩的章法有獨特之處。詩首聯借賈誼、張翰比喻自己近況，一正一反，兩兩對比。頷聯依次分承首二句，表明自己早知今日，後悔已遲。頸聯一轉寫過去，所承接的是一、三兩句，說明「俟罪」的原因是「匡時」、「諫獵」，與賈誼相似；尾聯又一轉寫今後，所承接的則是二、四兩句，說明自己打算效法張翰，「買山」隱居。兼濟與歸隱，過去和現在，處處對比，句句不離賈、張事，又句句說著自己。

訪陶公舊宅❶并序

【題　解】這是一首五言古體的懷古詩。元和十一年（西元八一六年）作於江州。白居易訪問陶淵明舊居，觀其遺跡，想其為人，對淵明的高潔品格表達了由衷的讚美和欣羨之情。

予夙慕❷陶淵明為人，往歲渭川❸閑居，嘗有〈傚陶體詩十六首〉❹。今遊廬山❺，經柴桑❻，過栗里❼，思其人，訪其宅，不能默默❽，又題此詩云。

【章　旨】這是詩的小序，說明寫作的緣由。

【注　釋】❶陶公舊宅　詩人陶淵明的故居，在江州西南五十里柴桑山。見《太平寰宇記》卷一一一「江州」。❷夙慕　素來仰慕。❸渭川　渭水，白居易元和六年至十年曾退居華州下邽渭水北金氏村。見前〈秋遊原上〉題解。❹傚陶體詩十六首　見前〈効陶潛體詩十六首〉。❺廬山　山名，在今江西九江市南二十五里。❻柴桑　古縣名，西漢置，因縣西南柴桑山得名，縣治在今江西九江市西南。❼栗里　在今江西九江西南，是陶潛自家中赴廬山往返經過的地方。見蕭統〈陶淵明傳〉。《太平寰宇記》卷一一一「江州」：「栗里原在廬山南，當澗有陶公醉石。」❽默默　不說話。這裡指沒有寫詩。

【語　譯】我素來仰慕陶淵明的為人，過去引退閒居在渭水傍時，曾經寫過〈傚陶潛體詩十六首〉。現在遊覽廬山，經過柴桑和栗里，思慕陶先生，拜訪他的故居，不能默默沒有任何表示，便又題寫了這首詩。

垢塵❶不污玉，靈鳳不啄羶❷。嗚呼陶靖節，生彼晉宋間：心實有所守，口終不能言❸。永惟孤竹子，拂衣首陽山❹。夷齊各一身❺，窮餓未為難。先生有五男❻，與之同飢寒❼。腸中食不充❽，身上衣不完。連徵竟不起❾，斯可謂真賢。我生君之後，相去五百年❿；每讀〈五柳傳〉⓫，目想心拳拳⓬。昔常詠遺風，著為十六篇⓭。今來訪故宅，森⓮若君在前。不慕樽有酒⓯，不慕琴無絃⓰；慕君遺榮利⓱，老死此丘園⓲。柴桑古村落，栗里舊山川；不見籬下菊⓳，但餘墟中烟⓴。子孫雖無聞㉑，族氏㉒猶未遷；每逢姓陶人，使我心依然㉓。

【注釋】❶垢塵　汙垢灰塵。《管子・水地》：「夫玉之所貴者，九德出焉。……鮮而不垢，潔也。」❷靈鳳句　靈鳳，鳳凰，是傳說中的神鳥。羶，牛羊的腥臊氣。代指肉類。鵷雛不吃腐鼠，非梧桐不棲，非練實不食，非醴泉不飲。見《莊子・秋水》。鵷雛就是鳳凰一類的鳥。❸嗚呼四句　嗚呼，嘆息之詞。陶靖節，即陶淵明，死後友人私謚為「靖節先生」。晉宋，指東晉和劉宋兩個朝代。有所守，指陶淵明自認為是東晉的臣民，不願在劉宋王朝做官。守，操守；堅持。《宋書・陶潛傳》：「自以曾祖（陶侃）晉世宰輔，恥復屈身後代。自高祖（宋高祖劉裕）王業漸隆，不復肯仕。所著文章，皆題其年月，義熙以前，則書晉氏年號，自永初以來唯云甲子而已。」這種說法雖然早已有之，但並不符合事實，陶淵明入宋以前的詩文中也有「唯云甲子」的情況。他的棄官歸隱主要是不滿黑暗現實，而不是表示對一朝一姓的忠誠。❹永惟二句　永惟，永思，長久懷念。孤竹子，指伯夷、叔齊，商代孤竹國國君的兒子。拂衣，振衣，抖擻衣服去掉塵垢。意即歸隱。首陽山，一稱雷首山，在今山西永濟南。孤竹君傳位於次子叔齊，叔齊讓給伯夷，二人互相推讓，便逃歸周。曾勸阻周武王起兵討伐商紂，商亡後，義不食周粟，隱居首陽山，採薇而食，終於餓死。事見《史記・伯夷列傳》。陶淵明有〈擬古詩・少時壯且厲〉，曾表示對伯夷、叔齊的懷念。❺各一身　各僅自身一人。

指伯夷、叔齊沒有家室的拖累。❻五男　陶淵明有儼、俟、份、佚、佟五子。見其〈與子儼等疏〉。❼同飢寒　一起挨餓受凍。陶淵明〈與子儼等疏〉：「僶俛辭世，使汝等幼而飢寒。」❽不充　不足。❾連徵句　連徵，接連被朝廷或官府徵聘去做官。起，出任。據《宋書‧陶潛傳》，州曾舉陶淵明為主簿，又義熙末朝廷徵淵明為著作佐郎，均不就。❿五百年　陶淵明生於晉哀帝興寧三年（西元三六五年），白居易生於唐代宗大曆七年（西元七七二年），相距四百多年，五百年是個約數。⓫五柳傳　陶淵明〈五柳先生傳〉：「先生不知何許人也，亦不詳其姓字，宅邊有五柳樹，因以為號焉。」實際上是描繪自己甘於貧困、不慕榮利、忘懷得失、怡然自樂的生活。⓬拳拳　情意懇切貌。⓭昔常二句　遺風，餘風。十六篇，指白居易在渭上金氏村閒居時所作〈效陶潛體詩十六首〉。⓮森　森然，嚴肅貌。⓯樽有酒　陶淵明〈歸去來辭〉：「有酒盈尊。」陶淵明「性嗜酒」，作有〈飲酒〉二十首。⓰琴無絃　《宋書‧陶潛傳》：「潛不解音聲，而畜素琴一張，無弦。每有酒適，輒撫弄以寄其意。」⓱遺榮利　輕視、放棄榮華富貴。⓲丘園　丘山田園；鄉村。陶淵明〈歸園田居〉：「少無適俗韻，性本愛丘山。……開荒南野際，守拙歸園田。」⓳籬下菊　陶淵明〈飲酒〉其五：「采菊東籬下，悠然見南山。」⓴墟中烟　村落中的炊煙。陶淵明〈歸園田居〉其一：「曖曖遠人村，依依墟里煙。」㉑無聞　沒有聲名。㉒族氏　家族姓氏。㉓依然　依依不捨貌。

【語　譯】 汙垢和灰塵不能夠玷汙玉石，神異的鳳凰不會去啄食腥臊。啊！靖節先生，生活在那晉宋之間，心中確實有所堅持，口裡始終不能明言。先生懷念孤竹國王子伯夷、叔齊，欽仰他們拂衣高蹈隱居在首陽山。伯夷、叔齊都是孑然一身，想要吃飽穿暖不是大困難。先生卻有五個兒子，和先生一起忍飢受寒。腸胃裡沒有充足的食物，身上沒有完整的衣衫。朝廷官府多次徵辟都不出仕，可稱得上是真正的賢良！我生長的時代比先生晚，相隔差不多有五百年，每每讀到你的〈五柳先生傳〉，眼中凝想心裡情意拳拳。過去曾歌詠你的流風餘韻，寫成〈効陶潛體詩〉十六篇。今天我來尋訪你的故居，莊嚴肅穆好像你就在眼前。不羨慕你酒杯裡常有酒，不羨慕你素琴上不張絃；只仰慕你拋棄榮華和富貴，甘心老死在村野田園。柴桑還是那古老的村落，栗里還是那昔日的山川，可再也看不見東籬下的菊花，只有那墟落裡還留下裊裊炊煙。你的子孫雖然默默無聞，你的家族仍然聚居在這裡沒有搬遷。每次只要遇上姓陶的人，都使我心中充滿了依戀！

【研　析】詩以玉、鳳起興，比喻陶淵明高貴純潔的品德，直接進行正面讚頌；接著補敘昔日的仰慕之情和詩歌追和之作；最後說到訪其舊宅，睹其物，誦其詩，想見其人，表達深切的敬仰懷念之情，層次分明。貫串全詩的是對陶淵明「真隱」的衷心讚美。首層說，因為陶淵明全家歸隱，較之伯夷、叔齊更難，可謂「真賢」；次層說，因為陶淵明忘懷得失，怡然自樂，過的是〈五柳先生傳〉所描寫的真隱者生活，所以令人「目想心拳拳」；末層說，因為陶淵明「老死此丘園」，始終如一，所以即使見到村中姓陶的人都肅然起敬，依依不捨。

白居易讚賞陶淵明反映了他經歷宦海風波後萌生的退隱思想，陶淵明的精神全面影響了白居易的思想和生活。但是，白居易雖然稱道陶淵明的行為，卻難以真正做到。他在詩文中常常提到自己因有「家累」而不能歸隱，他多次表示要歸隱而終於沒有實行，他最後採取了一種變通的形式，將陶淵明的隱逸情懷和生活情趣引入「中隱」的生存方式之中，為官吏們開了學陶的方便之門。

題潯陽樓❶

【題　解】這是一首寫景抒懷的五言古詩，元和十一年（西元八一六年）江州作。詩人登樓遠眺潯陽秀美的江山風物，緬懷前代詩人的高風逸韻，抒發了由衷的讚美之情。

常愛陶彭澤❷，文思何高玄❸。又怪韋江州❹，詩情亦清閒❺。今朝登此樓，
有以知其然❻。大江❼寒見底，匡山青倚天❽。深夜湓浦❾月，平旦鑪峰烟❿。清輝

與靈氣，日夕供文篇。我無二人才，孰為⑪來其間？因高⑫偶成句，俯仰愧江山⑬！

【注釋】❶潯陽樓　江州州城的城樓。江州在天寶年間一度改名潯陽郡，州治即在潯陽縣。白居易〈江州司馬廳記〉：「由是郡南樓山、北樓水……」知郡城城樓有山水之勝。今江西九江市長江濱有潯陽樓，是後世所建。❷陶彭澤　陶淵明，晉義熙元年曾任彭澤令，後辭官歸隱，故後人稱他為「陶彭澤」。❸高玄　高妙。❹韋江州　韋應物（約西元七三五—七九一年），字義博，京兆杜陵（今陝西西安）人。天寶中以門蔭為玄宗三衛近侍。安史亂後，先後任洛陽丞、河南兵曹、京兆功曹、滁州刺史等職。德宗貞元中，任江州刺史、左司郎中，終官蘇州刺史，世稱「韋江州」、「韋左司」或「韋蘇州」。他的詩歌效法陶淵明，多寫田園生活。白居易在〈與元九書〉中曾稱讚說：「近歲韋蘇州歌行，才麗之外，頗近興諷。其五言詩，又高雅閒澹，自成一家之體，今之秉筆者，誰能及之？」❺清閒　清麗閒澹。❻知其然　知道其所以如此的原因。❼大江　長江。❽匡山句　匡山，即廬山。《元和郡縣圖志》卷二八「江州潯陽縣」：「廬山在縣東三十二里。本名鄣山，昔匡俗字子孝，隱淪潛景，廬於此山，漢武帝拜為大明公，俗號廬君，故山取號。周環五百餘里。」青倚天，山色青蒼，高聳插天。❾湓浦　水名，即湓水，經江州流入長江。❿平旦句　平旦，清晨。鑪峰，香爐峰，廬山的北峰，形如香爐，因臨近鄱陽湖，水蒸氣常年鬱結山頂，終年雲霧瀰漫如香煙繚繞。李白〈望廬山瀑布〉：「日照香爐生紫煙。」⓫孰為　為何。⓬因高　憑高。指登臨潯陽城樓。⓭俯仰句　俯仰，低頭和抬頭。此句意謂低頭抬頭都愧對江山勝景。

【語譯】我向來愛慕彭澤縣令陶淵明，他的文思多麼高妙難以追攀！使我驚奇的又有江州刺史韋應物，他的詩歌情致清雅閒澹。今天我登上這潯陽城樓，才知道他們的詩歌為什麼能這樣。大江東去寒冷的江水澄澈見底，廬山鬱鬱蒼蒼山峰高入雲際。夜深的湓浦水月色映照著波光，清晨的香爐峰瀰漫著迷茫的霧氣。是這裡山水雲月的清輝和靈氣，日日夜夜為他們的詩文創作把養料供給。我沒有陶、韋二公的才華，為什麼也來到這裡？登上高樓偶然寫下了這些詩句，俯仰可見的江山勝景使我慚愧不已。

【研析】張說的岳州詩特別淒惋，人們常以為「得江山助」（《新唐書‧張說傳》）。本詩正是從這個角度出發，歌頌登臨潯陽樓所見江州的江山風物。詩首先通過和江州有關的兩位詩人陶淵明、韋應物的美好詩章讚美江州山水，以表現對陶、韋二位崇高人格、淡泊襟懷和高妙詩篇的追慕。中間六句正面寫江州江山之美，說明陶、韋詩美是得江山之助。末四句則歸結到自己貶謫來此，愧對美好江山。

中間六句對登潯陽樓所見景物的描寫是詩的重點和亮點。長江寒碧澄澈見底，廬山青蒼高聳倚天，湓浦月皎潔幽冷，香爐峰霧繞雲遮，詩人精心選擇江州最具代表性的景物，寫出了山水的清輝和靈氣，是它們為詩人提供了素材，也給詩人以心靈的慰藉。「我無二人才，孰為來其間」二句不可只作謙抑語看，實際上也點出自己貶謫來此的背景，正表現出他在山水煙月和先哲遺風中猶不得釋的孤寂情懷。

琵琶引❶并序

【題解】這是一首感傷詩，是一篇歌行體的長篇敘事作品，和〈長恨歌〉並稱雙璧。詩作於元和十一年（西元八一六年）秋，它記述作者送客潯陽江頭夜聞琵琶的故事，描繪了琵琶女精湛的彈奏技藝和她淪落天涯的悲慘命運，以寄託自身的遷謫之感。

元和十年，予左遷九江郡司馬❷。明年秋，送客湓浦口❸，聞舟船中夜彈琵琶者。聽其音，錚錚❹然有京都聲❺。問其人，本長安倡女❻，嘗學琵琶於穆、曹二善才❼，年長色衰，委身❽為賈人❾婦。遂命酒❿，使快彈⓫數曲。曲罷，憫默⓬。自敘少小時歡樂事，今漂淪⓭憔悴，轉徙⓮於江湖間。予出官二年⓯，恬然⑯自安，感斯人⑰言，是夕始覺有遷謫⑱意。因為長句，歌以贈之。凡六百一十二言⑲，命⑳曰〈琵琶行〉。

【章　旨】說明寫作此詩的時間、地點和緣由，點明傷嘆琵琶女的不幸並自傷遷謫的題旨。

【注　釋】❶琵琶引　琵琶，絃樂器名，有四絃或六絃的區別，曲首長頸，下呈橢圓形，表面平而背面圓，舊用撥子彈奏，唐以後廢撥用手。引，琴曲的一種體裁。本詩序和正文都作「行」。「行」，樂曲，樂府歌辭的體裁之一。作「引」疑因「行」字行草與「引」字形近而誤。❷予左遷句　左遷，貶官。九江郡，即江州，隋大業中改為九江郡，唐玄宗時一度改稱潯陽郡，治所在今江西九江。司馬，州的屬官，「掌貳府州之事，以紀綱眾務，通判列曹，歲終則更入奏計」（《唐六典》卷三〇）。但到中唐，「郡佐之職，移於部從事」，「司馬之事盡去」（白居易〈江州司馬廳記〉），成為有名無實的閒官。❸湓浦口　湓水流入長江處，在江西九江市西。河流注入江處稱為浦。❹錚錚　象聲詞，形容聲音鏗鏘動聽。❺京都聲　長安樂師演奏的韻味。❻倡女　娼妓。這裡指以歌舞音樂娛人的女子。❼穆曹二善才　穆、曹兩位琵琶名手。善才，唐代用來稱呼彈琵琶的藝人或樂師。意為「能手」。段安節《樂府雜錄・琵琶》：「貞元中有王芬、曹保保。其子善才，其孫曹綱，皆襲所藝。」穆善才，不詳。❽委身　將自身交給他人。這裡指女子出嫁。❾賈人　商人。❿命酒　命人置酒。⓫快彈　即興演奏。⓬憫默　哀傷沉默。⓭漂淪　漂泊淪落。⓮轉徙　轉移遷徙。⓯予出官句　出官，離開長安在外地為官。唐人重京官而輕外職，作者元和十年八月離開長安赴江州，至此已有兩個年頭。⓰恬然　安然，不在意貌。⓱斯人　此人。指琵琶女。⓲遷謫　官吏因罪降職外放。⓳六百一十二言　六百一十二字。此詩實際有六百一十六字。「二」字當是「六」字之誤。⓴命　命名。

【語　譯】元和十年，我貶官為江州司馬。第二年秋天，到湓浦口送客，夜晚聽到船中有人在彈奏琵琶。聆聽彈奏的聲音鏗鏘悅耳，有京城琵琶名手演奏的韻味。問那個彈奏的人，說本來是長安的樂伎，曾經向穆善才和曹善才學習彈奏琵琶，年紀大了，容顏衰老，嫁給商人做妻室。於是命人置酒，讓她即興彈奏了幾支曲子。演奏完畢，哀傷地沉默無語。她自述年少時的歡樂情事，現在卻飄泊淪落，容顏憔悴，在江湖間輾轉遷徙。我從長安貶到江州為官已經兩年，心中恬靜安然，受她這番話感染，這天晚上才開始有被貶謫的感覺。因此寫作七言歌行贈送給她，一共六百一十六個字，命名為〈琵琶行〉。

潯陽江❶頭夜送客，楓葉荻花❷秋索索❸。主人下馬客在船，舉酒欲飲無管絃❹。
醉不成歡慘❺將別，別時茫茫❻江浸月❼。忽聞水上琵琶聲，主人忘歸客不發❽。

【章　旨】記敘送客江頭聽到琵琶聲的情況，交待故事發生的時間、地點、環境、人物，渲染氣氛，為琵琶女的出場作鋪墊。

【注　釋】❶潯陽江　長江流經江州的一段。潯陽，是江州州治所在的縣名。❷楓葉荻花　楓，落葉喬木，葉呈掌狀三裂，邊緣有鋸齒，秋後鮮紅如血。荻，水邊生多年草本植物，類蘆葦，常合稱「蘆荻」，或互相替代。蘆葦秋天開白花，荻開紫花。楓葉、荻花都是秋天具有代表性的景色。❸索索　一作「瑟瑟」，義同。指風吹草木聲。❹管絃　吹奏的管樂器和彈奏的絃樂器。代指音樂。❺慘　慘淡，情緒消沉低落。❻茫茫　曠遠貌。❼江浸月　月亮倒影在江中，宛若月亮浸在江中一樣。❽發　出發；開船。

【語　譯】夜晚在潯陽江邊送客，楓葉荻花在秋風中響聲瑟瑟。主人下馬和客人一道上了船，舉起酒杯飲酒卻沒有絲竹管絃。喝得很不痛快情緒低沉即將告別，分別時江水茫茫江心浸著一輪明月。忽然聽到水上傳來了彈奏琵琶的聲音，主人忘記回去客人也忘了出發。

尋聲闇問❶彈者誰？琵琶聲停欲語遲❷。移船相近邀相見，添酒迴燈❸重開宴；千呼萬喚始出來，猶把❹琵琶半遮面。轉軸撥絃三兩聲❺，未成曲調先有情。

絃絃掩抑聲聲思❻，似訴平生不得意。低眉信手續續彈❼，說盡心中無限事。輕攏慢撚抹復挑❽，初為〈霓裳〉❾後〈綠腰〉❿。大絃嘈嘈如急雨⓫，小絃切切如私語⓬。嘈嘈切切錯雜⓭彈，大珠小珠落玉盤。間關鶯語花底滑⓮，幽咽泉流水下難⓯。冰泉冷澀絃疑絕⓰，疑絕不通聲暫歇。別有幽愁暗恨生，此時無聲勝有聲。銀瓶乍破水漿迸⓱，鐵騎⓲突出刀槍鳴。曲終收撥當心畫⓳，四絃一聲如裂帛⓴。東舟西舫㉑悄無言，唯見江心秋月白。

【章　旨】記敘琵琶女演奏的情況，重點描繪她精湛的彈奏技藝。

【注　釋】❶闇問　悄悄詢問。❷遲　遲疑；猶豫。❸迴燈　添油撥芯，使燈光轉亮。❹把　手拿著。❺轉軸句　轉軸撥絃以調絃校音，寫彈奏前的準備。❻絃絃句　絃絃，每根絃。掩抑，聲音低沉抑鬱。思，情思。❼低眉句　低眉，斂眉，神情專注貌。信手，隨手。續續，連續不斷。❽輕攏句　攏，用指叩絃；撚，用指揉絃：這兩種是左手的指法。抹，順手往下撥；挑，反手回撥：這兩種是右手的運撥法。❾霓裳　樂曲名，即〈霓裳羽衣曲〉。❿綠腰　一作〈六么〉，唐大曲名，即〈樂世〉。本名〈祿要〉，就樂工所進曲調，錄要成譜，因以為名。⓫大絃句　大絃，指琵琶四絃中較粗的絃。嘈嘈，聲音粗壯厚重。⓬小絃句　小絃，指較細的絃。切切，聲音細微急促。私語，悄悄的耳語。⓭錯雜　交錯混雜。⓮間關句　間關，鳥鳴聲。鶯語，黃鶯的鳴叫。滑，形容聲音的流暢宛轉。⓯幽咽句　幽咽，流水聲。形容聲音的微弱低沉。樂府〈隴頭歌辭〉：「隴頭流水，鳴聲嗚咽。」水下難，段玉裁校當作「冰下難」，言聲音如同冰下流泉，時受梗阻，若斷若續，所以下句說「冰泉冷澀」。⓰冰泉句　冷澀，寒冷滯澀。疑，通「凝」。凝結。⓱銀瓶句　銀瓶，用來汲水的白色陶瓷瓶。乍破，突然破裂。迸，四面噴濺。⓲鐵騎　披著鐵甲的戰馬。⓳曲終句　撥，彈奏時用以撥絃的撥子。當心畫，對著四絃的中心用力一劃。⓴裂帛　像猛然撕開布帛時發出的聲響。㉑舫　小船。

【語譯】循著聲音尋訪輕聲詢問彈琵琶的是誰？彈奏的聲音停止似乎要答話卻又在遲疑。把座船划到她船隻附近請她出來相見，添上酒菜撥亮燈火重開筵宴。呼喚了千萬聲才肯出來，仍然手持琵琶半遮著臉面。轉動琴軸撥動琴絃試彈了三兩聲，還沒彈奏樂曲就已經傳達出感情。每根絃每一聲都低沉抑鬱有著深沉的憂思，似乎在傾訴著一生的不得志。皺起雙眉接連不斷信手彈，盡情訴說心中無限的往事。輕叩慢揉順手下撥又反手回挑，先奏〈霓裳羽衣曲〉後來彈〈綠腰〉。粗絃的聲音洪大厚重像狂風驟雨，細絃的聲音細微急促像切切私語。大而厚和細而急的聲音交錯撥彈，就像大大小小的珍珠落入玉盤。有時像是那花叢中黃鶯的鳴聲流利宛轉，有時像是那冰下的水流聲微弱低咽。冰下的泉流寒冷滯澀似乎絃為之凝固斷絕，凝固不流時聲音暫時停歇。這時又有別的愁情恨意暗暗產生，沒有音樂聲卻勝過了有樂聲。忽然好像銀瓶突然被打破瓶水四濺，又像那披著鐵甲的戰馬奔突而出刀槍轟鳴。樂曲將終用撥子在琵琶中心重重一劃，四絃同時發聲像布帛被猛然撕裂。東西兩邊的船上都寂靜無聲，只見江心浸著一輪白色的秋月。

沉吟❶放撥插絃中，整頓衣裳起斂容❷。自言本是京城女，家在蝦蟇陵❸下住。十三學得琵琶成，名屬教坊第一部❹。曲罷曾教善才伏，粧成每被秋娘❺妒。五陵年少❻爭纏頭❼，一曲紅綃❽不知數。鈿頭雲篦擊節碎❾，血色羅裙翻酒汙❿。今年歡笑復明年，秋月春風等閑⓫度。弟走從軍阿姨⓬死，暮去朝來顏色故⓭。門前冷落鞍馬稀，老大嫁作商人婦。商人重利輕別離，前月浮梁⓮買茶去。去來江口守空船，遶船月明江水寒。夜深忽夢少年事，夢啼粧淚紅闌干⓯。

【章　旨】記述琵琶女訴說自身不幸的身世。

【注　釋】❶沉吟　思量忖度，欲語遲疑。❷斂容　收斂起面部的表情。整衣、斂容都是表示恭敬嚴肅。❸蝦蟇陵　即下馬陵，其地在長安東南曲江附近，是歌女聚居地。李肇《國史補》卷下：「舊說：董仲舒墓，門人過皆下馬，故謂之下馬陵，後語訛為蝦蟇陵。」❹名屬句　教坊，唐代官府所設教習歌舞技藝的機構，有左右教坊、內教坊等。崔令欽《教坊記》：「西京右教坊在光宅坊，左教坊在延政坊。右多善歌，左多工舞，蓋相因成習。」第一部，坐部。唐代樂隊分為坐部伎和立部伎，坐部貴而立部賤。部，猶今之樂班、樂隊。第一也隱含最為優秀的意思。❺秋娘　長安的名伎，白氏有〈和元九與呂二同宿話舊感贈〉：「聞道秋娘猶且在，至今時復問微之。」❻五陵年少　指豪門貴族的子弟。五陵，指漢長陵、安陵、陽陵、茂陵、平陵，都在長安附近。漢代曾大量遷徙高官、富人和州郡豪傑充奉陵邑，加強對他們的控制。所以「五陵年少」是豪貴子弟的代稱。❼纏頭　歌舞表演結束後以絲織品之類作為賞賜，叫纏頭彩。❽綃　生絲織成的薄絹。❾鈿頭句　鈿頭雲篦，鑲嵌了金玉珠寶的雲形髮梳。擊節，擊打節拍。❿翻酒汙　被打翻的酒弄髒。⓫等閑　隨隨便便。⓬阿姨　鴇母；養母。⓭顏色故　容顏衰老。⓮浮梁　唐代饒州的屬縣名，今屬江西，在景德鎮北。浮梁唐代是茶葉的集散地。《元和郡縣圖志》卷二八「饒州浮梁縣」：「每歲出茶七百萬馱，稅十五餘萬貫。」⓯闌干　縱橫貌。

【語　譯】她默默無言地將撥子緩緩插入絃中，整理衣衫站起來露出嚴肅的面容。說自己本是京城長安的女子，家就在蝦蟇陵旁邊居住。學習琵琶十三歲就出了師，名字屬於教坊的第一部。樂曲彈罷曾使琵琶國手嘆伏，化妝完畢常被秋娘一類名伎忌妒。豪貴人家的公子哥兒爭著贈送纏頭，彈罷一曲得到的綢緞綾羅不計其數。擊節嘆賞把金珠鑲嵌的雲形髮篦敲碎，潑翻的美酒把猩紅色的羅裙涴汙。縱情歡笑一年又一年，秋月春風的好時光隨隨便便空度過。弟弟從軍養母也死亡，光陰流逝容顏改變人老去。門前冷冷清清再沒有離鞍駿馬往來，年齡老大才嫁作了商人婦。商人看重利潤輕視離別，上個月前去浮梁買茶葉。來來去去只在江口獨守空船，四周是寒冷的江水和明月。深夜忽然夢見年輕時的往事如煙，夢中啼哭脂粉和著淚水縱橫滿面。

我聞琵琶已歎息，又聞此語重唧唧❶。同是天涯淪落人❷，相逢何必曾相識！我從去年辭帝京❸，謫居臥病潯陽城。潯陽小處❹無音樂，終歲不聞絲竹聲。住近湓江❺地低濕，黃蘆苦竹❻繞宅生。其間旦暮聞何物？杜鵑啼哭猿哀鳴❼。春江花朝秋月夜，往往取酒還獨傾❽。豈無山歌與村笛？嘔啞嘲哳❾難為聽。今夜聞君琵琶語，如聽仙樂耳暫明。莫辭更坐彈一曲，為君飜❿作〈琵琶行〉。感我此言良久⓫立，卻坐促絃⓬絃轉急。淒淒⓭不似向前聲⓮，滿座重聞皆掩泣⓯。就中泣下誰最多？江州司馬青衫⓰濕！

【章　旨】敘述作者聽曲後的感懷，由琵琶女的淪落傷感自己被貶謫的身世。

【注　釋】❶唧唧　嘆息聲。❷同是句　天涯，天邊。比喻遙遠的異鄉。淪落，失意流落。❸帝京　長安。❹小處　小地方。一本作「地僻」。❺湓江　即湓水，今名龍開河。源出江西瑞昌西清湓山，東流經九江城下注入長江。❻黃蘆苦竹　黃蘆，即蘆葦，秋後葉變枯黃。苦竹，竹名，其竹筍味苦。黃蘆苦竹。形容江州景物的荒涼。❼杜鵑句　杜鵑，鳥名，即子規，一名巂周。張華《禽經註》：「巂周，甌越間曰怨鳥，夜啼達旦，血漬草木。……江介曰子規。」。猿哀鳴，古人認為猿啼聲悲哀，有「巴東三峽巫峽長，猿鳴三聲淚沾裳」的歌。見酈道元《水經注．江水》。❽獨傾　獨酌，獨自飲酒。❾嘔啞嘲哳　嘔啞，雜亂難聽的音樂聲。嘲哳，繁雜難聽的歌聲。❿飜　同「翻」。創新譜，填新詞，都叫「翻」。⓫良久　很久。⓬卻坐促絃　重新入座迅速快彈。⓭淒淒　悲傷貌。⓮向前聲　先前演奏時的聲音。⓯掩泣　掩面哭泣。⓰青衫　青色的官服。唐代官員的服色不決定於所任的職事官，而決定於所任階官的品級。元和十一年，樂天作此詩時，雖然職事官是從五品下的江州司馬，但階官卻是從九品下的將仕郎，所以只能著九品服色青衫。

【語　譯】聽到琵琶樂曲我已經在嘆息，又聽到這番話更使我長嘆不已。同是失意流落在遙遠異鄉的人，既是有緣相遇又何必曾經互相認識！自從去年我辭別京師長安，被貶謫拖著病身來到潯陽。潯陽偏僻的小地方沒有音樂，一年到頭都聽不到絲竹管絃的聲響。住所靠近湓水低窪又潮溼，蘆葦和苦竹環繞住宅叢生。這裡早早晚晚聽到的是什麼？只有那猿猴的哀啼和杜鵑的悲鳴。山花盛開的春晨和月照澄江的秋夕，面對美景良辰往往只能舉杯獨飲。難道沒有村俗的歌謠和山中的短笛？咿咿呀呀繁雜碎亂實在太難聽。今晚聽到你彈奏的琵琶樂曲，彷彿是仙樂耳中聽得格外分明。請坐下再彈一曲莫要推辭，我為你寫作一篇新詞〈琵琶行〉。我這番話感動得她久久站立，重新入座緊軸調絃絃聲變急。悲傷悽愴再也不像原來的聲音，座中的人聽了都掩面哭泣。一座之中誰的眼淚流得最多？江州司馬的青色衣衫全都沾溼！

【研　析】本詩是〈長恨歌〉的姊妹篇，都是白居易的長篇敘事名作。唐宣宗李忱〈弔白居易〉說：「童子解吟〈長恨曲〉，胡兒能唱〈琵琶篇〉。」就是指這兩首詩。

〈琵琶引〉主旨是記舟中送客夜聞琵琶事，借琵琶女「漂淪憔悴」的不幸身世，抒寫自己的「遷謫意」。詩以記述琵琶女的高超演奏伎藝和淪落不幸遭遇為主，而以自己的謫居臥病為輔，對琵琶女「天涯淪落」之恨抒寫得酣暢淋漓，正為白居易「遷謫意」的抒發張本。二者一實一虛，相輔相成，表現了「同是天涯淪落人，相逢何必曾相識」這一人生大憾的悲劇主題，從思想深度上有動人心魄之美。

詩中的音樂描寫極為高妙，被清人許為「摹寫聲音至文」（方扶南《李長吉詩集批註》卷一）。白居易運用大量生動比喻，按旋律起伏跌宕的自然進程鋪寫音樂，融視覺、聽覺、觸覺於一體，使抽象的聲音變得有形質而可感知，使人眼花繚亂、耳不暇接，顯示出高超的音樂欣賞水平和駕馭語言能力。更可貴的是，音樂的描寫是和琵琶女的身世扣合的，音樂的變化和她情緒的變化、心理活動的變化息息相關，交織成不即不離、交錯變換的複調敘述。從初聞琵琶時「主人忘歸客不發」，到初彈之後「東舟西舫悄無言，唯見江心秋月白」，到再彈之後的「滿座重聞皆掩泣……江州司馬青衫溼」，描寫了人們對琵琶女身世和音樂的了解不斷深化的過程，而這種了解正是樂曲真正被接受並引起共鳴的前提和條件。

全詩結構上也有一種精緻圓融之美。從小處看，前敘琵琶女所彈曲調，後敘琵琶女今昔身世，兩相對比，突出「天涯淪落」之悲，這是第一層結構。如果放大一點來看，詩前敘琵琶女，後敘自己，前顯而後隱；寫琵琶女自訴身世，詳昔而略今；寫作者形象，則詳今而略昔，只寫貶謫江州境況。這樣設計，既富有變化，筆法靈動，又互相映襯，突現了主題，使整個詩篇張弛有度，自然流暢。從全篇結構來看，以琵琶女的出場開始，以作者的出場作結，極盡鋪墊之能事。琵琶女出場，首先用秋夜送客的景物和情緒渲染，接著用空谷足音的琵琶曲音渲染，進而用移船相邀遭拒的情節渲染，寫盡她「千呼萬喚始出來，猶把琵琶半遮面」的羞怯悲傷心理。作者的出場，首先是聞樂嘆息的渲染，接著是自訴淒苦的渲染，進而是再聽琵琶滿座掩泣的渲染，寫盡「江州司馬青衫濕」的遷謫憂傷形象。以景入而以情結，以他人入而以己作結，既突出和深化了主題，又含蓄搖曳，餘音裊裊。

題元十八❶谿居❷

【題　解】這是一首七言古體的閒適詩。詩元和十一年（西元八一六年）秋作於江州。詩人探訪友人元集虛山居，描繪了隱居的清幽勝絕和主人的拳拳盛意，令人無限神往。

溪嵐❸漠漠❹樹重重，水檻山窗次第逢❺。晚葉尚開紅躑躅❻，秋房初結白芙蓉❼。聲來枕上千年鶴❽，影落杯中五老峰❾。更愧殷勤留客意，魚鮮飯細酒香濃。

【注　釋】❶元十八　元集虛，排行第十八，河南（今河南洛陽）人。元和中隱居廬山，後以協律郎佐桂管觀察使幕府。見白居易〈遊大林寺序〉、韓愈〈贈別元十八協律〉等詩。❷谿居　溪澗傍的住宅。❸溪嵐　溪澗中的霧氣。❹漠漠　瀰漫貌。❺水檻　水檻，臨水的欄干。山窗，向山開的窗戶。次第逢，依次相遇。❻紅躑躅　紅杜鵑的別稱。❼白芙蓉　白荷花。芙蓉，荷花的別名。東晉僧慧遠、慧永與劉遺民等十八人於廬山東林寺共修淨土之業，號白蓮社，謝靈運鑿東西二池種白蓮，求入社，慧遠以靈運心雜不許。見陳舜俞《廬山記》卷二。這裡暗用其事。❽千年鶴　相傳遼東人丁令威學道，後化鶴歸遼，口吐人言說：「有鳥有鳥丁令威，去家千年今始歸。城郭如故人民非，何不學仙冢纍纍！」事見《搜神後記》卷一。❾五老峰　廬山山峰名。《太平寰宇記》卷一一一「江州」：「五老峰在（廬）山東，懸崖突出，如五人相逐羅列之狀。」白居易〈題元十八溪亭〉自注：「亭在廬山東南五老峰下。」

【語　譯】溪谷裡水霧迷濛樹木重重，檻外溪水窗前青山一一收入眼中。紅色的杜鵑還有晚開的花朵，剛結蓮房的是秋日的白芙蓉。千年仙鶴的鳴聲傳來枕上，五老峰的身影倒映在杯中。主人殷勤留客的情意令我慚愧，鮮美的魚細軟的飯還有醇酒香濃。

【研　析】首聯寫溪居環境，由遠而近：遠觀重重雲樹掩映，宛如水墨圖畫，近觀則山光水色依次排闥而入，充滿動感。二、三兩聯狀山間景物，則由近而遠。秋晚時節，仍有山上杜鵑爛熳，水中蓮房初結，不難想像春朝夏日景物該是何等美好。遠方則有仙鶴飛鳴，五老峰聳峙，聲來枕上，影落杯中，閒臥、舉杯之時，都可以盡情賞玩，既寫出溪居的清幽、主人的閒逸，又引發人們對仙境的翩翩遐想。尾聯以主人殷勤留客作結，「魚鮮飯細酒香濃」，溪居食品的新鮮豐富，主人生活的自在安詳，都令人神往。

本詩的構圖、設色、情趣、意境，無不經過提純和淨化，體現了白居易向清幽山水尋求解脫的隱逸情懷，語言明白如話，保持了「白俗」的特點，卻飽含著濃郁的詩情畫意。

官舍❶內新鑿小池

【題　解】這是一首五言古體的閒適詩。元和十一年（西元八一六年）作於江州司馬任上。詩描寫在江州司馬宅中開鑿的小水池，借喻自己貶謫期間襟懷的坦蕩和心境的平和。

簾下開小池，盈盈❷水方積。中底鋪白沙，四隅甃❸青石。勿言不深廣，但取幽人❹適。泛灩❺微雨朝，泓澄❻明月夕。豈無大江❼水，波浪連天白？未如牀席前❽，方丈❾深盈尺。清淺可狎弄❿，昏煩聊漱滌⓫。最愛曉暝⓬時，一片秋天碧。

【注釋】❶官舍　指江州司馬官舍。❷盈盈　清澈貌。〈古詩十九首〉：「盈盈一水間，脈脈不得語。」❸甃　砌。❹幽人　幽居的人。白居易自指。❺泛灩　波光浮動貌。❻泓澄　水深清貌。❼大江　指長江，白居易江州官舍在江邊。《輿地紀勝》卷三〇「江州」：「白居易宅，白居易為司馬時所居，有湖居、大江之勝。」❽牀席前　床席的前面。極言其近便。❾方丈　一丈見方。❿狎弄　玩耍戲弄。⓫昏煩句　昏煩，昏亂煩悶。漱滌，洗漱。⓬曉暝　早晚。暝，日暮。

【語譯】簾前開鑿了一個小水池，清澈的池水已經蓄積。池底鋪上了一層白沙，池的四周砌上了青石。不要說池水既淺又狹小，只取它能使幽居的人安逸。微雨的早晨池面波光浮動，月明的夜晚池水深清澄澈。難道門前沒有大江水，白浪滔天茫茫無際？比不上小池近在床席前邊，一丈見方水深才一尺。池水清淺可供玩耍戲弄，昏亂煩悶時還可以盥漱洗滌。最令人喜愛的是那黃昏和拂曉，映照出秋日天空的一片澄碧。

【研析】白居易生性喜愛山水。他自說：「從幼迨老，若白屋，若朱門，凡所止，雖一日二日，輒覆簣土為臺，聚拳石為山，環斗水為池，其喜山水，病癖如此。」（〈草堂記〉）本詩就是記述他在江州官舍中「環斗水為池」一事。

詩從小池的外貌、功用、景色著筆，描摹小池雖小，但清淺可供狎弄，昏煩可供漱滌；早晚還映照出一片秋空的澄碧。似乎這是一首單純記事的詩，其實不然，詩中以「波浪連天白」的大江水來反襯小池的「一片秋天碧」，而且說後者才是他的「最愛」，所以有深意在。人們常說，「人情翻覆似波瀾」（王維〈酌酒與裴迪〉），「長恨人心不如水，等閒平地起波瀾」（劉禹錫〈竹枝詞〉）。白居易〈太行路〉也說：「行路難，不在水，不在山，只在人情反覆間。」詩中白波如山的大江顯然成了險惡的仕途和人心的象徵，而明淨澄泓的小池，卻象徵著詩人自己襟懷的坦蕩和貶謫後內心的平靜。詩的妙處就在超妙自然，寫來絲毫不著痕跡。

江南❶遇天寶❷樂叟❸

【題　解】 這是一首七言古體的感傷詩。元和十年（西元八一五年）至十三年作於江州。詩記敘一位老樂師的故事，通過對安史之亂前後樂叟遭遇和驪山華清宮景物的強烈對比，寄寓了對唐王朝國運衰頹的深沉感慨，也抒發了詩人自身貶謫流離的憂傷之情。

白頭病叟泣且言：「祿山未亂入梨園❹。能彈琵琶和法曲❺，多在華清隨至尊❻。是時天下太平久，年年十月坐朝元❼。千官起居環珮合❽，萬國會同❾車馬奔。金鈿照耀石甕寺❿，蘭麝薰煮溫湯源⓫。貴妃宛轉侍君側⓬，體弱不勝珠翠繁⓭。冬雪飄颻錦袍煖，春風蕩漾霓裳翻⓮。歡娛未足燕寇⓯至，弓勁馬肥胡語喧⓰。豳土人遷避夷狄⑰，鼎湖龍去哭軒轅⑱。從此漂淪到南土⑲，萬人死盡一身存。秋風江上浪無限，暮雨舟中酒一樽。涸魚久失風波勢⑳，枯草曾沾雨露恩㉑。」「我自秦㉒來君莫問，驪山渭水如荒村㉓。新豐㉔樹老籠明月，長生殿㉕闇鎖黃昏。紅葉紛紛蓋欹瓦㉖，綠苔重重封壞垣㉗。唯有中官作宮使㉘，每年寒食㉙一開門。」

【注釋】❶江南　指江州。唐初將全國分為十道，江州屬江南道。開元二十一年將江南道分為東西兩道，江州屬江南西道，治所在洪州，今江西南昌。❷天寶　唐玄宗李隆基的第三個年號（西元七四二—七五六年）。❸樂叟　老樂師。❹梨園　唐代宮中的音樂機構。❺法曲　原是道觀演奏的樂曲，樂器有鐃、鈸、磬、幢、簫、琵琶等。唐玄宗酷愛法曲，曾選坐部伎子弟三百，教於梨園。❻多在句　華清，華清宮，在昭應縣驪山，有溫泉華清池，天寶中玄宗每年十月到華清宮避寒，次年春天才回長安宮中。至尊，皇帝。❼朝元　閣名，在華清宮南驪山上，天寶二年建，次年十月有太上老君下降，改名降聖閣。見鄭嵎〈津陽門詩〉注。❽千官句　千官，眾多朝臣。起居，問候起居安否；請安。環珮，佩玉，官員身上的飾物。合，聚集。❾會同　百官及各國使者朝見天子。古代諸侯以事朝見帝王曰會，眾見曰同。後泛指朝會。❿金鈿句　金鈿，金花釵，婦女首飾。石甕寺，本名福嚴寺，因為在驪山華清宮東面半山下石甕谷中，又名石甕寺。開元年間建造華清宮所剩餘的材料都用於修繕石甕寺大殿，其中有玉石佛像、楊惠之所塑佛像，寺東巖下紅樓有王維所畫壁畫等，精妙無比。見鄭嵎〈津陽門詩〉注。⓫蘭麝句　蘭麝，蘭和麝香，都是香料名。溫湯源，溫泉的源頭，在華清宮九龍池上游。《南部新書》己卷：「驪山華清宮……繚垣之內，湯泉凡八九所，是御湯，周環數丈，悉砌以白石，瑩徹如玉。石面皆隱起魚龍花鳥之狀，千名萬品，不可殫記。」陳鴻〈長恨歌傳〉：「時每歲十月，駕幸華清宮，內外命婦，熠熠景從。浴日餘波，賜以湯沐。」⓬貴妃句　貴妃，指楊貴妃。參見〈長恨歌〉注釋。宛轉，姿態柔媚的樣子。⓭體弱句　不勝，禁不起。珠翠，泛指婦女的飾物。繁，繁多。本句極言楊貴妃體態的柔媚和飾物的盛多。⓮春風句　蕩漾，水波搖動。霓裳，如雲霓的彩色舞衣，〈霓裳羽衣舞〉的服飾。飜，同「翻」。⓯燕寇　指安祿山、史思明叛軍。天寶末年，安祿山在范陽起兵叛唐，當時兼領范陽、平盧、河東三鎮節度使，三鎮都屬古燕國的範圍。⑯胡語喧　胡語，安祿山是營州柳城雜種胡人，所率叛軍有奚、契丹、同羅等族，故士卒多胡語。喧，聲音大而繁雜。⑰豳土句　豳，古邑名，在今陝西旬邑西。夷狄，對邊境少數民族的蔑稱。古代東方的少數民族稱夷，北方少數民族稱狄。豳邑是周部族的發祥地之一，周人先祖公劉居此，到古公亶父時為避戎狄的侵掠，率周人遷至岐下（今陝西岐山縣）的周原。此句以古公避狄喻指天寶十五載安史叛軍攻破潼關唐玄宗被迫幸蜀一事。⑱鼎湖句　鼎湖，相傳黃帝昇天的地方。軒轅，黃帝，姓公孫，名軒轅。見《史記・五帝本紀》。相傳黃帝鑄鼎於荊山，鼎成之後，有龍垂胡髯下迎，黃帝乘龍上天，後世因名其處曰鼎湖。見《史記・封禪書》。這裡借喻寶應元年玄宗的死。⑲從此句　漂淪，飄泊淪落。南土，南方。⑳涸魚句　涸魚，因乾涸而失水的魚。風波，風起波動。指大水。㉑雨露恩　雨露滋潤草木的恩惠。比喻皇帝的恩惠。㉒秦　指長安，古秦國之地。秦都咸陽，在長安附近。㉓驪山句　驪山，在長安東昭應縣，華清宮在驪山上。渭水，關中主要的河流，注入黃河。㉔新豐　縣名，天寶中改名昭應，驪山、華清宮都在昭應縣境內。㉕長生殿　華清宮中有長生殿，名集靈臺。這裡指楊貴妃的寢宮。參見〈長恨歌〉注釋。㉖欹瓦　傾側不正的屋瓦。㉗壞垣　坍塌的牆垣。南唐張洎《賈氏譚錄》：「驪山華清宮，毀廢已久，今所存者唯繚垣而已。」㉘唯有句　中官，宦官。宮使，管理宮苑的官吏或宮中派出的使者，例由宦官充任。㉙寒食　節令名，在農曆清明前一日或二日。舊時有寒食禁火的習俗，唐代還有寒食祭獻陵寢及給百官假拜掃墳墓的規定。見《唐會要》卷二一及卷二三。

【語　譯】多病的白髮老翁哭著對我說：「我在安祿山叛亂前就是梨園的樂工，能夠彈奏琵琶和法曲，常常在華清宮追隨侍奉玄宗。那時節天下長時間太平無事，皇帝每年十月都來到華清宮。千官跪拜請安玉佩聲四合，萬國的使節來朝車水馬龍。妃嬪命婦的金釵照亮了石甕寺，溫泉水薰灼蒸騰把蘭麝芳香傳送。嬌媚的楊貴妃隨侍在君王身邊，體態柔弱承受不起滿身珠翠沉重。冬天大雪飄飄有溫暖的錦袍抵禦嚴寒，春天看霓裳舞衣在蕩漾的春風中翩翻。歡樂還沒盡情享受叛軍就已經來到，弓強馬壯到處是胡語喧喧。玄宗西幸成都像亶父避狄遷徙，不久後像黃帝在鼎湖乘龍而去離開人間。我從此飄泊淪落到南邊，千萬人都死光只剩我一身孑然。江上的秋風鼓蕩起波濤無限，黃昏時對著一樽清酒獨坐空船。就像水池乾涸魚兒早沒有風波的威勢可憑藉；又像枯草只能回憶雨露深恩想當年。」「我從秦地來秦中的情形你不必問，驪山渭水現在猶如荒涼的山村。新豐的樹木年深日久遮蔽了明月，陰暗的長生殿黃昏時緊閉了殿門。紛紛飄落的紅葉覆蓋了歪斜的屋瓦，層層生長的綠苔爬滿了坍塌的牆垣。只有宦官充當宮中使者前來打掃，一年一度在寒食節打開華清宮門。」

【研　析】此詩和〈琵琶引〉的構思及表現手法有許多相似之處，不過〈琵琶引〉主要抒寫天涯淪落的個人遷謫意，而本詩卻主要寫世事滄桑的國家興亡感。

全詩由老人哭訴和作者回答兩部分構成，結構異常清晰。作者通過「白頭病叟」的哭訴首先鋪陳安史亂前玄宗臨幸華清宮時熱鬧繁華的景象，然後摹寫安史亂後孑然一身漂淪南土時孤獨痛苦的生活，形成鮮明對比，傾訴國破家亡之恨，也揭示了玄宗奢靡腐化生活給人民帶來的深重災難。「我自秦來君莫問」暗示著老翁對秦地的懷念，引起詩人對今日華清宮的描述。於是詩人所見今日的驪山渭水一片荒涼破敗冷落景象，和老叟所說昔日情景形成第二重對比，表現出對唐王朝國運衰頹的無限感慨。一個是孤苦流落的天寶老叟，一個是力圖挽回國運而橫遭貶謫流落失意的詩人，往事既不堪回首，朝政又不得與聞，俯仰今昔，相對黯然，此景此情，令人淒然欲絕。

元和十二年，淮寇❶未平，詔停歲仗❷，憤然有感，率爾❸成章

【題　解】這是一首感懷時事的七言律詩。元和十二年（西元八一七年）春作於江州司馬任。詩抒發了作者聽到朝廷因藩鎮叛亂而罷朝會的消息後的感喟，既憤慨藩鎮的跋扈，也傷感朝廷的無能和自己的有志難伸。

聞停歲仗軫皇情❹，應為淮西寇未平。不分❺氣從歌裡發，無明❻心向酒中生。

愚計忽思飛短檄❼，狂心便欲請長纓❽。從來妄動❾多如此，自笑何曾得事成！

【注　釋】❶淮寇　淮西叛軍。元和九年九月淮西節度使吳少陽卒，其子元濟祕不發喪，自總兵權，起兵焚掠舞陽等縣。十月，朝廷派嚴綬為招撫使征討。十年春正月，朝廷下令削奪吳元濟官爵，嚴綬率兵到達蔡州邊界，平叛戰爭正式開始。事詳見《舊唐書・憲宗紀下》。❷歲仗　指元日的大朝會。仗，儀仗。元日大朝會，盛陳儀仗，稱為「歲仗」。這一天朝會時，供奉仗、散手仗列於殿上，黃麾仗等陳於殿庭，三衛三百人執扇立於兩廂。詳見《新唐書・儀衛志上》。《舊唐書・憲宗紀下》：「(元和)十二年春正月辛酉朔，以用兵不受朝賀。」❸率爾　輕遽，不假思索的樣子。❹軫皇情　皇帝心中傷痛。軫，痛。❺不分　不甘心；不平。❻無明　佛教語，謂愚闇、缺乏真知。《大乘義章》四：「言無明者，癡暗之心，體無慧明，故曰無明。」這裡實際上是反語，含有自嘲的意思。❼愚計句　愚計，愚蠢的想法。飛，指迅速傳遞。短檄，簡短的檄文。檄，文體名，用於申討對方的罪行。❽請長纓　請命出征。長纓，長繩。《漢書・終軍傳》：「南越與漢和親，乃遣軍使南越，說其王，欲令入朝，比內諸侯。軍自請：『願受長纓，必羈南越王而致之闕下。』」❾妄動　率意而行，沒有深思熟慮的行動。

【語　譯】聽說皇上內心傷痛停罷了元日的朝會，應該是因為淮西的叛亂還沒有平定。不平之氣伴著歌聲散發，愚暗之心隨著酒意產生。忽生愚想要起草聲討的短檄迅速傳遞，心中如癡如狂竟然想請纓殺敵去投軍。我一直就是像這樣不加思考率意行動，真可笑像我這樣怎麼能做成一件事情！

【研　析】安史亂後，河北諸藩鎮始終不服從朝廷的約束。元和年間淮西吳元濟的叛亂近在肘腋，更成了唐王朝的腹心之疾。元和十二年，已進行三年的征討戰爭進展甚微，所以憲宗被迫下詔停止每年元旦例行的大朝會。這在唐王朝的歷史上是罕有先例的。白居易聽到這個消息，氣憤填膺，寫下了這首詩。

詩以首聯寫皇帝因憂心淮西叛亂而罷元旦朝會，接著便以二、三兩聯寫詩人聽到這個消息後的行為和思想。叛藩跋扈驕橫，朝廷舉步維艱，這消息使詩人百感交集，憂心如搗，於是狂歌縱酒，以發洩不平之氣和無明之火，又動了要馬上草檄討賊，殺敵請纓，奔赴疆場的念頭。四句一氣呵成，滿腔憤怒如高山瀑流傾瀉而下，又如地下火山噴薄而出，其情其文，只有杜甫的〈聞官軍收河南河北〉一詩可相彷彿。但杜詩末聯以計劃北歸的行程結束，把聞訊後的高興和激動推向頂峰，此詩卻給憤怒和激情潑了一瓢冷水，以「自笑妄動」逆轉，變為冷靜思考後的自嘲自責：過去因上疏「急請捕賊」而落得遠貶江州的下場，現在為什麼還不能吸取教訓，遇事還是這樣衝動鹵莽？詩收得突兀，也收得酸楚而沉痛。在貶謫生涯中，詩人雖然寄情山水，棲心釋老，實際上始終沒有忘懷國事，內心也不可能達到真正的寧靜與平和。

南湖❶早春

【題　解】這是一首寫景的七言律詩。元和十二年（西元八一七年）正月作於江州司馬任。詩描寫鄱陽湖早春雨後生意盎然的明媚景色，反襯出詩人在貶所衰病失意的惡劣心情。

風迴雲斷❷雨初晴，反照湖邊暖復明❸。亂點碎紅山杏發，平鋪新綠水蘋❹生。
翅低白雁飛仍重❺，舌澀黃鸝語未成❻。不道❼江南春不好，年年衰病減心情❽！

【注　釋】❶南湖　鄱陽湖的南半部，自星子縣、甕子口以南稱南湖。❷風迴雲斷　風迴，風向回轉。雲斷，雲彩消散。❸反照句　反照，猶返照，落日。暖復明，溫暖而且明亮。❹蘋　多年生水生蕨類植物，莖橫臥在淺水的泥中，葉柄長，頂端集生四片小葉，一名「田字草」。❺翅低句　翅低，翅膀低垂。重，沉重。因雨打溼翅膀，所以沉重低垂。❻舌澀句　舌澀，舌頭不靈活。黃鸝，鳥名，即黃鶯，鳴聲宛轉。語未成，還不成腔調。❼不道　不是說。❽年年句　衰病，衰老多病。減心情，情緒逐漸低落。

【語　譯】風向回轉烏雲散盡雨過天晴，夕陽照耀下的南湖溫暖又光明。岸邊雜亂零碎的點點紅花是山杏開放，水面平鋪一層新鮮的嫩綠是蘋草初生。北飛的白雁雨溼翅垂顯得沉重，黃鶯的巧舌有些生澀唱不成宛轉的歌聲。不是說江南的春色不好，年復一年體弱多病使我逐漸失去了好心情！

【研　析】詩眼全在一「早」字。詩人選取了傍晚時分雨住天晴、返照映湖這一特定角度，著重描繪了山杏、水蘋、白雁、黃鸝這些頗具江南風情的景物：新雨初霽後，山杏花爭相綻放，水面的蘋草蓬勃生長，北去的鴻雁仍然奮力飛翔，黃鶯又把生澀的歌喉重放，一派生機勃勃的燦爛春光，南湖的早春神韻惟妙惟肖地躍然紙上。在遠離京城的謫居之地見到明媚清新的早春，詩人的情感是複雜的，既欣喜有所憧憬，又難以將原先心頭積存的愁苦完全擺脫。所以，詩尾落筆凝澀，情調重歸沉重。

人們往往認為白詩語言平易淺俗，事實卻不盡如此。像本詩中以「亂點」表現山花到處開放的蓬勃生機，以「飛仍重」表現雨後大雁奮力飛翔的姿態，都可見體物的工細，用詞的準確凝煉，不是一個「俗」字所能貶抑的。

登香鑪峰❶頂

【題　解】這是一首五言古體的閒適詩。元和十二年（西元八一七年）左右作於江州司馬任上。詩記敘登香鑪峰頂的經過和聞見，抒發了世網拘牽身不由己的感慨和對山水自然的嚮往之情。

迢迢❷香鑪峰，心存❸耳目想；終年牽物役❹，今日方一往。攀蘿蹋危石❺，

手足勞俯仰❻。同遊三四人，兩人不敢上。上到峰之頂，目眩神怳怳❼。高低有萬

尋❽，闊狹無數丈❾。不窮視聽界❿，焉識宇宙⓫廣？江水⓬細如繩，湓城⓭小於掌。

紛吾何屑屑⓮，未能脫塵鞅⓯。歸去思自嗟，低頭入蟻壤⓰！

【注　釋】❶香鑪峰　廬山峰名，在山北部。《太平寰宇記》卷一一一「江州德化縣」：「香爐峰在（廬）山西北，其峰尖圓，雲烟聚散如博山香爐之狀。」慧遠〈廬山記〉：「東南有香爐山，孤峰秀起，遊氣籠其上，則氤氳若香煙，白雲映其外，炳然與眾峰殊別。」❷迢迢　高貌。陸機〈擬西北有高樓〉：「高樓一何峻，迢迢峻而安。」❸心存　心中牽掛記念。❹終年句　終年，長年。牽，牽纏；羈絆。物役，被身外之物所役使。物，指世俗的事務。❺攀蘿句　蘿，藤蘿。泛指蔓生的植物。危石，高峻的巖石。❻俯仰　低頭和抬頭。這裡指上下攀爬。❼目眩句　眩，眼睛發花。悅悅，同「恍恍」。恍惚的樣子。❽尋　古長度單位，八尺為一尋。❾闊狹句　闊狹，寬窄。無數丈，不到數丈。❿不窮句　窮，窮盡。視聽界，視力和聽力能達到的範圍。⓫宇宙　天地。⓬江水　長江，其中流經江州的一段又名潯陽江。⓭湓城　一名湓口城，漢高帝六年灌嬰所築，唐江州州城即在湓城。見《元和郡縣圖志》卷二八。⓮紛吾句　紛，多貌。屑屑，勞碌不安貌。⓯塵鞅　塵世的羈絆牽累。鞅，古代套在拉車的馬頸上的皮套子。⓰蟻壤　蟻穴。比喻人世。李公佐〈南柯太守傳〉記淳于棼夢入大槐安國為駙馬享盡榮華富貴，夢醒後發現自己所到的不過是槐樹下的蟻穴，「上有積土壤，以為城閣臺殿之狀」。李肇為贊曰：「貴極祿位，權傾國都，達人視此，蟻聚何殊。」

【語　譯】高高矗立的香爐峰，耳聞目見使我心馳神往；長年累月被身外的事物驅使，今天才有機會攀登遊賞。攀援藤蘿踏著高危的巖石，手足並用辛辛苦苦攀爬上。同去遊玩的三四個人，卻有兩個人不敢上。爬上香爐峰的最高處，眼睛暈眩精神惝恍。峰頂到谷底何止萬尋，山頂的寬狹卻不到數丈。不遍歷耳目可以達到的世界，哪裡知道天地有多麼寬廣？大江水小得像一根纖細的繩子，湓口城的大小還不如手掌。我雜事多麼紛繁長年勞碌不安，始終沒有擺脫塵世的羈絆羅網。歸來時暗自嘆息思量，低著頭又回到蟻穴般的人世熙熙攘攘！

【研　析】這是一首記遊詩，它完整記敘了登歷香爐峰的全過程。首四句寫對香爐峰嚮往和得以一遊的喜悅，次四句寫登山的艱辛，再次八句寫登上峰頂所見，最後四句寫登山歸來及其感想。詩極力描寫的是山的高峻，攀爬的艱辛，遊伴的退縮，目眩神搖的感覺，高低萬尋和山頂闊才數丈的對比，江水如繩溢城如掌的山下景象，或正面描寫，或側面映襯，或直賦，或比喻，或對比，或誇張，詩人調動了多種藝術手段，應當說是寫得十分成功的。

但是詩人之意不在山，他牽掛的還是塵世，未遊時強調自己「牽物役」，遊覽時遺憾自己不能「脫塵鞅」，已遊後又無可奈何地「低頭入蟻壤」。所以，當他登上絕頂時，既沒有「一覽眾山小」（杜甫〈望嶽〉）的豪情，更沒有「悠然見南山」（陶淵明〈飲酒〉）的瀟灑，而是為自己的「屑屑」感到悲哀，就毫不足怪了。這次遊山活動正是苦悶困惑的詩人尋求出路而終於難以找到出路的心路歷程的外化。

建昌江❶

【題　解】這是一首即景抒情的七言絕句。元和十二年（西元八一七年）作於自江州赴洪州往來途中。詩描寫建昌江渡口待舟時一剎那間的感受，表現了遷謫感和思鄉情交織的複雜心境。

建昌江水縣門❷前，立馬❸教人喚渡船。忽似往年歸蔡渡❹，草風沙雨❺渭河邊。

【注　釋】❶建昌江　即修水，發源於洪州分寧縣（今江西修水）南幕阜山，東流經洪州建昌縣（今江西永修）南，注入鄱陽湖。江州屬江西觀察使，從江州到觀察使所在的洪州，往來要經過建昌縣。❷縣門　指建昌縣城的南門。❸立馬　駐馬；停馬。❹蔡渡　渭水上津渡，在華州下邽縣白居易故居金氏村附近，以漢孝子蔡順得名。王士禎《居易錄》卷一三：「偶閱《渭南縣圖經》云，渭水至臨潼縣交口渡東，入渭南境，又東折至縣城。……又東北折而流日蔡渡，以漢孝子蔡順得名。其地有蔡順碑，與樂天故居紫蘭村（即金氏村俗名）正隔渭河一水耳。」白居易〈重到渭上舊居〉：

「舊居清渭曲，開門當蔡渡。」❺草風沙雨　草上風，沙上雨。

【語　譯】建昌江水流過建昌縣城門前，停下馬來讓人呼喚擺渡的船。忽然覺得眼前正是前些年回家經過蔡渡的情景，彷彿置身在那微風青草細雨白沙的渭水旁邊。

【研　析】建昌江水流過城門前，作者立馬在水邊等待渡船。在這薄宦飄零忙裡偷閒一剎那，他忽然憶起幾年前回家的景象，似乎置身在渭水傍微風吹拂青草、細雨浸潤白沙的蔡渡。一片迷濛，無窮往事，湧上心頭。何處是家鄉，哪裡是他心靈之舟可以停泊的寧靜港灣……

詩的前二句純為鋪墊，後二句以景結情，點明主旨，含蓄襯托出詩人思念家鄉幽獨悽愴的心境，出語平淡而造境深遠，正是白居易寫景小詩的特點。光緒《江西通志》卷一一七說，建昌縣南有個喚渡亭，就因白居易此詩而得名。

西河❶雨夜送客

雲黑雨翛翛❷，江昏水闇流。有風催解纜❸，無月伴登樓。酒罷無多興❹，帆
開不少❺留。唯看一點火❻，遙認是行舟❼。

【題　解】這是一首餞別友人的五言律詩。元和十二年（西元八一七年）作於江州。詩描寫雨夜送別的情景，通過景物描寫表現出低沉抑鬱的心境，抒發了依依惜別的深情。

【注　釋】❶西河　《文苑英華》卷二七八作「江西」，詩編在《白氏長慶集》卷一六江州詩作中，當以作「江西」為是。❷翛翛　象聲詞，猶「蕭蕭」，雨聲。❸解纜　解開纜繩，開船出發。❹興　興致。❺少　同「稍」。❻火　指船

上的燈火。❼行舟　航行的船隻。

【語　譯】黑雲密布雨聲瀟瀟，浩蕩的江水在暗中奔流。只有陣陣江風催人解纜起航，沒有一絲星月之光伴我餞別登樓。別酒飲罷誰都提不起興致，船帆升起片刻都不再停留。江樓佇望只看見一點燈火，遙遙辨認是你那遠行的小舟。

【研　析】一個雨夜，詩人登上高樓宴別即將遠行的友人。「雲黑雨翛翛，江昏水闇流」，詩首兩句描寫別時景物已將陰暗景物和沉重氣氛渲染得無以復加，但是，接下來由「登樓」而「酒罷」，而「帆開」，而「遙認行舟」，記敘送別的全過程，充滿著一種更為逼仄憂傷、騷屑不寧的迅急之感。友人已經登舟出發，詩人仍在高樓佇立凝望，終於在茫茫黑夜昏暗江流中發現「一點火」，這大約就是友人的座舟吧。這發現帶來了一絲安慰，但更多的卻是別後的失落和悵惘。詩歌以景襯情，景物是昏闇蕭瑟的，感情是低沉壓抑的，離別是倉促短暫的，這一切都隱含著難以言說的愁苦，隱含著依依惜別的深情。

昭君怨❶

【題　解】這是一首詠史的七言律詩。元和十二年(西元八一七年)作於江州。詩人借王昭君的悲劇命運，抒寫自己忠心為國反遭貶謫的激憤，也反映了作者對君臣關係清醒而透澈的認識。

明妃風貌最娉婷❷，合在椒房應四星❸。只得當年備宮掖❹，何曾專夜奉幃屏❺？見疏從道迷圖畫❻，知屈那教配虜庭❼？自是君恩薄如紙，不須一向恨丹青❽！

【注　釋】❶昭君怨　樂府舊題。樂府「相和歌辭」有〈王明君〉，又作〈王昭君〉，漢人為憐昭君遠嫁而作，晉石崇自製新歌，多哀怨之聲。見《樂府詩集》卷二九。又樂府「琴曲歌辭」有〈昭君怨〉。《樂府詩集》卷五九：「昭君恨帝始不見遇，乃作怨思之歌。」昭君，王嬙。詳見前〈王昭君二首〉注❶。❷明妃句　明妃，即王昭君，西晉時避晉文帝司馬昭諱改稱「明妃」，後人多沿襲。風貌，風采容貌。娉婷，姿態美好貌。❸合在句　合，應該。椒房，後宮。漢代皇后所居的宮殿以花椒和泥塗壁，取溫暖芳香多子之義。四星，中宮句陳四星。古人以人事上應天象，以四星為后妃之象，「應四星」謂應為后妃。《史記．天官書》：「中宮……後句四星，末大星正妃，餘三星後宮之屬也。」❹備宮掖　備員後宮。備，備員；充數。宮掖，後宮。掖，掖庭，宮中旁舍，妃嬪居住的地方。班固〈西都賦〉：「後宮則有掖庭、椒房，后妃之室。」❺何曾句　專夜，侍寢。奉，侍奉。幃屏，幃幕屏風。代指寢息之所。❻見疏句　見疏，被疏遠。從道，任憑人說。迷圖畫，被畫像所迷惑。葛洪《西京雜記》卷二：「元帝後宮既多，不得常見，乃使畫工圖形，案圖召幸之，諸宮人皆賂畫工，多者十萬，少者亦不減五萬，獨王嬙不肯，遂不得見。匈奴入朝，求美人為閼氏，於是上案圖，以昭君行，及去，召見，貌為後宮第一，善應對，舉止嫻雅，帝悔之。而名籍已定，帝重信於外國，故不復更入。乃窮案其事，畫工皆棄市。」❼虜庭　指匈奴王庭。❽自是二句　兩句反映了白居易對君臣關係的清醒認識，寄寓了自己被貶江州的憤激之情。一向，一味地；總是。丹青，圖畫。丹砂和青雘是兩種礦石，可製繪畫的顏料。

【語　譯】昭君的風采容顏最美好，應該在皇宮充當妃嬪。當年卻只能備員後宮，哪曾得到過皇帝的臨幸？疏遠她還可以說是被醜陋的畫像迷惑，知道她含冤受屈為什麼還將她遠嫁匈奴王庭？君王的恩澤本來就薄得像張紙，用不著一味地埋怨畫工和丹青！

【研　析】《後漢書．南匈奴列傳》記載：「昭君……元帝時以良家子選入掖庭。時呼韓邪來朝，帝勑以宮女五人賜之。昭君入宮數歲，不得見御，積悲怨，乃請掖庭令求行。呼韓邪臨辭大會，帝召五女以示之。昭君豐容靚飾，光明漢宮，顧景裴回，竦動左右。帝見大驚，意欲留之，而難於失信，遂與匈奴。」和《西京雜記》所記不同，並沒有畫工索賄、按圖召幸、窮案畫工等事。白居易詩採用《西京雜記》的說法，但和他人將昭君的不幸歸結為畫工索賄不同，他認為，元帝疏遠昭君還勉強可以說是受了畫像的欺騙，但明知道她受了委屈還將她賜給匈奴又能怪罪誰呢？所以結論只能是「君恩薄如紙」，責任還在皇帝身上。白居易的遭遇正和昭君相似，他滿懷兼濟之志，報國之忱，卻橫遭陷害，憲宗明知他的冤屈，卻無情將他遠貶。明寫昭君，實寫自己，表現謫居江州的幽憤痛苦。

題舊寫真圖❶

【題　解】這首五言古體詩原在《白氏長慶集》卷七「閒適詩」中。何焯云：「此篇當編入感傷。」詩元和十二年（西元八一七年）作於江州司馬任上。通過十年前畫像和現狀的對比，抒發了年老憔悴、壯志未酬、病臥江城的精神苦悶。

我昔三十六，寫貌在丹青❷。我今四十六，衰顇臥江城❸。豈止十年老，曾與
眾苦并❹。一照舊圖畫，無復昔儀形❺。形影❻默相顧，如弟對老兄。況使他人見，
能不昧平生❼？羲和❽鞭日走，不為我少停。形骸屬日月❾，老去何足驚。所恨凌
烟閣❿，不得畫功名！

【注　釋】❶寫真圖　畫像。❷我昔二句　三十六，元和三年白居易三十六歲。寫貌，圖寫形貌；畫像。丹青，圖畫。此指畫像。白居易〈自題寫真〉：「我貌不自識，李放寫我真。」詩作於元和五年為翰林學士時。❸衰顇句　衰顇，衰老憔悴。江城，指江州，在長江邊。❹曾與句　眾苦，各種苦楚。佛教以人生為苦，有五苦、八苦等說。《大般涅槃經》

卷一二謂人生有生老病死苦、愛別離苦、怨憎會苦、求不得苦、五盛陰苦。并，會合。元和三年至十二年中白居易遭遇了母親白陳氏和長兄白幼文、幼弟金剛奴等去世和自己被貶謫江州的重大打擊。❺儀形　儀容形狀。❻形影　形體和影子。指自己和畫像。❼昧平生　從不認識。昧，不瞭解。平生，平素；往常。❽羲和　神話中為太陽駕車的神。《楚辭・離騷》：「吾令羲和弭節兮，望崦嵫而不迫。」王逸注：「羲和，日御也。」洪興祖補注：「虞世南引《淮南子》云：『爰止羲和，爰息六螭，是謂懸車。』注云：『日乘車，駕以六龍，羲和御之。』」❾形骸句　形骸，人的軀體。日月，時光。❿淩烟閣　皇宮中繪有功臣圖像的高閣。唐代淩烟閣在宮城神龍殿東。貞觀十七年，唐太宗曾命閻立本圖畫太原倡義及秦王府功臣長孫無忌、房玄齡、杜如晦、魏徵、尉遲敬德、秦叔寶等二十四人像於淩烟閣。見《大唐新語》卷一一。

【語　譯】從前我才三十六歲，曾經將自己的容貌化成圖形。我現在已經四十六歲，衰老憔悴臥病在江邊的潯陽城。何止是歲月逝去了十年整，還遭遇了許多痛苦和不幸。對照一下舊日的畫像，容顏體貌不再是昔日的光景。畫像中的我和我默默相對，尚且如同弟弟面對年長的老兄。何況他人見到現在的我，怎能不視同陌路素昧平生？羲和驅趕著日車奔走，不為我稍許留停。人的軀體屬於飛逝的時光，迅速衰老又何須吃驚？令我悵恨的是功名沒有成就，淩烟閣上不能畫上我的儀形！

【研　析】白居易初任翰林學士、左拾遺時，屢陳時政，請肴繫囚，蠲租稅，放宮人，絕進奉，憲宗大多採納，對他是信任的。但他的奏疏和詩歌直接抨擊藩鎮、宦官等權豪貴近，遭到他們的切齒忌恨，憲宗也開始疏遠他，他的仕途出現了嚴重的危機。他在元和五年所作〈自題寫真〉說：「我貌不自識，李放寫我真。靜觀神與骨，合是山中人。蒲柳質易朽，麋鹿心難馴。何事赤墀上，五年為侍臣？況多剛狷性，難與世同塵。不惟非貴相，但恐生禍因。宜當早罷去，收取雲泉身。」已經流露出危機感。

元和十二年，已是他貶謫江州的第三個年頭，面對十年前尚被重用時的畫像，想起十年來國事家事的巨大變化和自己被貶南來「衰頽臥江城」的現實，詩人不勝唏噓，感慨萬千。詩一開頭，這種今非昔比的悲苦情緒便如同江河決堤，一瀉千里。詩用昔日畫像與今日之我對比，以時間的迅猛流逝與功業無成對比，表現出理想與現實的巨大差距，反映出他此時仍有強烈的兼濟用世的願望。

山中獨吟

【題　解】這是一首五言古體的閒適詩。元和十二年（西元八一七年）作於江州。詩訴說自己貶來江州後，萬緣銷盡只有詠詩自娛但又不為世人理解的痛苦和悲傷。

人各有一癖❶，我癖在章句❷。萬緣❸皆已銷，此病❹獨未去。每逢美風景，或對好親故，高聲詠一篇，怳❺若與神遇❻。自為江上客❼，半在山中住❽。有時新詩成，獨上東巖路。身倚白石崖，手攀青桂樹❾；狂吟驚林壑❿，猿鳥皆窺覷⓫。恐為世所嗤，故就無人處⓬。

【注　釋】❶癖　嗜好。《晉書・杜預傳》：「時王濟解相馬，又甚愛之，而和嶠頗聚斂，預常稱『濟有馬癖，嶠有錢癖』。武帝聞之，謂預曰：『卿有何癖？』對曰：『臣有《左傳》癖。』」❷章句　指詩歌。《毛詩》每篇詩歌後都有「某詩若干章、章若干句」的話，故後人以「章句」指代詩歌。❸萬緣　一切因緣。指一切世俗的事物。佛教以產生某種結果的原因和條件為因緣。❹此病　指吟詩的嗜好。❺怳　恍惚。❻神遇　指從精神上去感知事物或事理。《莊子・養生主》：「臣以神遇而不以目視。」陸德明《釋文》引向秀曰：「暗與理會謂之神遇。」❼江上客　指貶官來江州。❽半在句　指一半的時間都住在廬山之中。白居易在江州司馬任上非常清閒，「可以從容於山水詩酒間」，又在廬山築有草堂，景色清幽絕佳，所以經常住在山中。參見白居易〈江州司馬廳記〉、〈草堂記〉。❾手攀句　《楚辭・招隱士》：「桂樹叢生兮山之幽，攀援桂枝兮聊淹留。」此暗用其意。❿林壑　山林泉壑。壑，山谷。⓫窺覷　窺看。⓬恐為二

句　嗤，嗤笑。就，靠近。

【語　譯】人各有自己的一種嗜好，我的嗜好就是詩歌。世間一切事物都已經看破，只有吟詩的嗜好不能擺脫。每當遇到優美的風景，或者和親朋好友來會合，都要高聲吟詩一首，恍惚像是精神上已經交流冥合。自從貶謫客居在江邊的潯陽城，一半時間都在廬山中居住。有時一首新詩剛剛寫成，就獨自登上通往東巖的道路。身靠著白石山崖，手攀著青青桂樹；狂放朗吟驚動了山林泉壑，山猿林鳥都來偷偷窺覷。生怕被世上的人譏嘲，所以來到這無人之處。

【研　析】白居易作詩抨擊時弊，得罪了權貴，被認為是「沽名」，是「詆訐」，是「訕謗」，終於被貶江州，但來江州後仍然吟詠不輟，不了解他的人稱他為「詩魔」，認為他「勞心靈，役聲氣，連朝接夕，不自知其苦，非魔而何?」（〈與元九書〉）本詩為此而作，前半敘述自己癖於詩的情況，後半描繪自己獨上東崖、倚石狂吟的形象。末二句「恐為世所嗤，故就無人處」，說出了山中獨吟的原因，訴說了自己的一片赤心不為皇帝接受，也不被世人理解的痛苦。

屈原〈遠遊〉曾自傷「遭沉濁而汙穢兮，獨鬱結其誰語」，《楚辭・漁父》則刻劃了一個因「舉世皆濁我獨清，眾人皆醉我獨醒」所以「顏色憔悴，形容枯槁」的「澤畔行吟」屈原形象。白居易〈山中獨吟〉，實際上以屈原自比，抒發其「蕭條異代不同時」的悲哀。

西樓❶

【題　解】這是一首即景抒情的五言律詩。詩元和十二年（西元八一七年）秋作於江州。通過描寫登樓所見景物，抒寫了遷謫中對家鄉的思念和對國事的關懷。

小郡❷大江邊，危樓❸夕照前。青蕪卑濕地❹，白露泬寥天❺。鄉國此時阻❻，家書何處傳？仍聞陳蔡戍❼，轉戰已三年❽！

【注　釋】❶西樓　江州州城的西樓。❷小郡　指江州，天寶中一度改名潯陽郡。唐代量戶口多少定州縣等第，開元時定四萬戶以上為上州，二萬五千戶為中州，不滿二萬戶為下州。見《唐會要》卷七〇。據《元和郡縣圖志》卷二八，江州開元中有二萬一千八百餘戶，到元和中下降到一萬七千九百餘戶，所以是「小郡」。❸危樓　高樓。❹青蕪句　蕪，叢生的雜草。卑濕，低窪潮溼。賈誼〈鵩鳥賦·序〉：「誼既以謫居長沙，長沙卑濕，誼自傷悼，以為壽不得長。迺為賦以自廣。」❺白露句　白露，秋天的露水。《詩經·秦風·蒹葭》：「蒹葭蒼蒼，白露為霜。」泬寥，曠蕩空寂貌。《楚辭·九辯》：「泬寥兮天高而氣清，寂寥兮收潦而水清。」王逸注：「泬寥，曠蕩空虛也。」相傳屈原忠而放逐，弟子宋玉作〈九辯〉以述其志。所以本句也隱含被放逐的悲哀。❻鄉國句　鄉國，家鄉故國。指長安。阻，阻隔，因為淮西戰亂，道路艱阻。❼陳蔡戍　陳州和蔡州有戰事。陳州，今河南淮陽。蔡州，今河南汝南。戍，屯兵守備。時淮西節度使吳元濟據蔡州反叛，唐王朝進兵征討。參見前〈元和十二年，淮寇未平，詔停歲仗，憤然有感，率爾成章〉注❶。❽三年　自元和十年發兵征討吳元濟，到元和十二年，首尾三年。

【語　譯】戶少人稀的潯陽郡的大江邊，夕陽餘暉映照在高聳的西樓前。地勢低窪潮溼長滿叢生的青草，長空曠遠寂寥正是白露為霜的秋天。通往家鄉故園的道路現在已經阻塞，寄給親人的家信能往哪兒遞傳？又聽說陳州、蔡州一帶仍然戰火紛飛，軍隊轉戰平叛戰爭已經進行了三年！

【研　析】小郡、大江、危樓、夕照，首聯寫西樓景物，將樓的位置及登樓時間寫出，意象闊大而蒼涼。次聯寫遠景，由地及天，承「小郡」用賈誼〈鵩鳥賦〉「卑濕」語，已寓遷謫之意；「白露泬寥」，則用〈蒹葭〉及〈九辯〉語，更融入了濃郁的悲秋之感和故國之思。頸聯一轉，抒家鄉阻隔，音信不通的思鄉念親之情。末聯說明戰火連綿且有擴大之勢，表達了對國事家事的深切憂念。詩由登高起興，以身居江州，心念長安為線索，抒寫遭逢兵亂，謫寓他鄉的秋感，而對國事的憂心、對家園的思念，也一韻一轉，層層遞進，自然流淌於筆端。全詩傷時憂國思鄉念親之情交織，語言凝煉，意境蒼涼，有沉鬱頓挫之風，故前人以為「神似杜甫」（《唐宋詩醇》卷二三）。

問劉十九❶

【題　解】這是一首邀約友人的五言絕句。元和十二年（西元八一七年）冬在江州司馬任上作。詩以質樸的語言表現了詩人和劉十九之間真率淳厚的情意。

綠螘新醅酒❷，紅泥小火爐。晚來天欲雪，能飲一盃無❸？

【注　釋】❶劉十九　名不詳，排行第十九。白居易在江州所作的詩中多次提到他，其中〈劉十九同宿〉稱他為「嵩陽劉處士」，知他是河南登封人，不仕，元和末在江州。❷綠螘句　綠螘，即「綠蟻」。指沒有過濾的酒表面的泡沫，色微綠，細如蟻。《文選》謝朓〈在郡臥病呈沈尚書〉：「綠蟻方獨持。」李善注引《釋名》：「酒有汎齊，浮蟻在上洗洗然。」醅，沒有過濾的酒。❸無　表疑問的語詞，相當於「嗎」。

【語　譯】新釀的酒面上漂浮著綠蟻般的泡沫，小小的溫酒用火爐用紅泥抹塗。入夜後天色陰沉大雪將下，能來我這裡共飲一杯嗎？

【研　析】詩為邀約友人飲酒賞雪而作，純用口語，脫口而出，不加修飾，自然天成。綠酒、紅爐和白雪相互映襯，著墨無多，色彩極為鮮明。酒已令人沉醉，何況還有主人頻頻邀約的拳拳情意，在這寒冷的雪夜裡就更令人感到無限溫暖了。被邀者怎能不馬上前去赴約呢？讀者不難想像隨之而來的一定是見面後把酒賞雪、圍爐夜話的歡快場景了。詩過濾掉一切渣滓，把酒意、情意、詩意濃縮在這首小詩中，展示出一種樸素真淳而又寧靜淡泊的人生境界，令人悠然神往。

夜送孟司功❶

【題　解】這是一首送別友人的五言律詩。元和十二年（西元八一七年）冬作於江州司馬任上。詩描寫黑夜送客江樓時所見風波險惡的景象，蘊含著對友人深切關懷的濃情厚意。

潯陽白司馬❷，夜送孟功曹❸。江闇管絃急❹，樓明燈火高。湖波翻似箭，霜草殺如刀❺。且莫開征棹❻，陰風❼正怒號！

【注　釋】❶孟司功　名不詳，時當任江州司功參軍事。司功，即司功參軍事，是府州的屬吏。《新唐書・百官志四下》：「功曹司功參軍事，掌考課、假使、祭祀、禮樂、學校、表疏、書啟、祿食、祥異、醫藥、卜筮、陳設、喪葬。」❷潯陽白司馬　江州白司馬。指白居易自己。潯陽，郡名，即江州。❸功曹　即司功參軍事。❹管絃急　音樂的聲音急促，像催人出行。❺霜草句　霜草，經霜的草。殺，凋敗。草枯黃後變硬，不復柔軟，所以說「如刀」。❻征棹　遠行的船隻。棹，划船的工具。❼陰風　陰慘慘的風；寒風。

【語　譯】潯陽郡的白司馬，夜晚送別孟功曹。江面漆黑管絃奏出樂曲分外急促，宴別的江樓通明燈火高照。湖中波浪翻滾奔激如箭，經霜的草凋敗枯黃鋒利如刀。暫且停下槳來不要開船，陰慘慘的寒風正在怒號！

【研　析】全詩寫景抒情交融。首聯交代時間和人物，起筆平平。頷聯寫送別之景，樓中燈火通明，樂聲急促，酒宴正酣，別意方濃，和樓外的「江闇」形成對比。頸聯承「江闇」寫樓外之景，水波似箭，霜草如刀，渲染出旅途的險惡，更增添了依依惜別之情，為下文勸友人暫留張本。末聯以天氣惡劣為由，勸其暫留，含情不盡。

前選白居易五律〈西河雨夜送客〉，全力營造昏黯景象和低沉氣氛，狀難言愁苦中的深摯友情，本詩則以送別處的光明歡快和旅途的寒冷險惡對比，寫勸其暫留時的關懷情意，各有千秋，皆臻其妙。

李白墓❶

【題　解】這是一首三韻小律。元和十三年（西元八一八年）作。作者憑弔李白墓，對這位偉大的詩人作了極高的評價，對他生前的落魄和死後的蕭條給予了深切的同情，借以抒發自己被貶謫的感傷和悲憤。

採石江邊李白墳❷，遶田無限草連雲。可憐荒隴❸窮泉❹骨，曾有驚天動地文❺。

但是詩人多薄命❻，就中淪落不過君❼！

【注　釋】❶李白墓　今在安徽馬鞍山市當塗縣青山。《輿地紀勝》卷一八「太平府」：「唐李白墓在縣東一十七里青山之北。李陽冰為當塗令，白往依之，悅謝家青山，欲終焉。寶應元年卒，葬龍山東。今采石亦有墓及太白藁殯之地，後遷龍山。元和十二年宣歙觀察使范傳正委當塗令諸葛縱改葬青山之址，去舊墳六里。」李白，參見〈讀李杜詩集，因題卷後〉注❶。當塗縣，唐屬宣州，白居易在江州司馬任時有可能因公赴宣州而作此詩。❷採石句　採石，即采石磯，一名牛渚磯，在今安徽馬鞍山市當塗縣長江邊，是牛渚山突出長江的部分。采石有李白墓，據《光明日報．文學遺產》第五九五期朱金城〈采石江邊李白墳辨疑〉一文考辨，采石的李白墓是李白的衣冠冢。❸荒隴　荒涼的墓地。

隴，通「壟」。墳墓。❹窮泉　地下深處。❺曾有句　驚天動地文，指李白詩歌。杜甫〈寄李十二白二十韻〉稱讚李白詩說：「筆落驚風雨，詩成泣鬼神。」賀知章見李白〈烏棲曲〉，嘆賞苦吟曰：「此詩可以泣鬼神矣！」見《本事詩・高逸》。❻但是句　但是，凡是；只要是。薄命，命運不好。❼就中句　就中，其中。淪落，落魄潦倒。過，超過。

【語　譯】采石磯的江邊李白的墳塋，環繞土田的無窮荒草遠連著天邊的雲。可憐你的枯骨深埋在這荒涼墓地九泉之下，卻曾經寫出過驚天地泣鬼神的詩文。凡是詩人大都沒有好命運，其中落魄潦倒的再沒有人超過您！

【研　析】李白與采石磯有不解之緣，他多次登覽，寫下過〈橫江詞〉、〈牛渚磯〉、〈夜泊牛渚懷古〉等著名詩篇，還留下了身著宮錦袍泛舟賞月、騎鯨上天、入水捉月等動人傳說。文人墨客在李白冢前多有題詠。

白居易這首三韻小律，首韻詠李白墓的荒涼冷落，次韻將其生前不幸死後淒涼和他偉大文學成就對比，末韻為他的不幸嘆息。簡潔洗練，慷慨悲涼。中間對比一聯，相形之下，使文學成就和淒涼身世各自更為突出。而「但是詩人多薄命，就中淪落不過君」的喟嘆，既是實感，也有借題發揮，抒一己鬱悒淒涼的身世之意。

醉中對紅葉

【題　解】這是一首即景抒情的五言絕句。元和十三年（西元八一八年）秋作於江州司馬任。詩以紅葉和醉貌襯托對比，抒發青春已逝功業未成的感慨。

臨風杪秋❶樹，對酒長年人❷。醉貌如霜葉，雖紅不是春。

【注　釋】❶杪秋　晚秋，九月。❷長年人　老年人。

【語　譯】晚秋九月風中的樹，對酒澆愁年老的人。醉酒的容顏和那經霜的秋葉一樣，雖然都是紅色卻不再是年少青春。

【研　析】這是一首情真意深的美詩。詩妙在特地拈出經霜變色的深秋樹，來比擬酒醉顏酡的老年人，以抒發青春已逝而功業未成的人生感喟，而又不予點破。醉中聊發少年狂，忽生奇想，彷彿以為自己還是青春年少。「醉貌如霜葉」，宛若飛來神思，既抓住二者的共同特點，又寫出老人的醉態。「雖紅不是春」，卻是清醒時的冷靜語，紅葉非春，醉貌更非年少。畫龍點睛，自哂自嘲，無窮感慨，湧上心頭。詩運用比興象徵手法，妙在若即若離而又不即不離間，巧奪天工，大化無工，是即景抒情和詠物寄寓的最高境界。正如清人劉宏煦、李悳《唐詩真趣編》評云：「言老邁之迴非少年也，感慨欲絕。奇情至理，忽在眼前，此亦謂會心處初不在遠也。」

後人寫老人醉貌的詩很多，鄭谷有「衰鬢霜供白，愁顏借酒紅」（〈乖慵〉），蘇軾有「兒童誤喜朱顏在，一笑那知是酒紅」（〈縱筆三首〉），陳師道有「髮短愁催白，顏衰酒借紅」（〈除夜對酒贈少章〉），白居易〈晏坐閒吟〉詩也說：「霜侵殘鬢無多黑，酒伴衰顏只暫紅。」然皆不及此詩入妙。

贈江客❶

【題　解】這是一首贈人的七絕。元和十三年（西元八一八年）晚秋江州作。詩描繪「江客」秋夜獨宿江上沙頭的孤淒，實際上是自傷懷抱。

江柳影寒新雨❷地，塞鴻❸聲急欲霜天。愁君獨向沙頭❹宿，水遶蘆花月滿船。

【注　釋】❶江客　江中旅客，不知姓名。題言「贈江客」，可能是見景生情而作詩贈與，也可能是以飄零的江客自寓，而實無其人。❷新雨　剛下的雨。❸塞鴻　塞外的鴻雁。大雁候鳥，秋季南來，春季北飛。❹沙頭　沙灘頭。李白〈長干行〉：「嫁與長干人，沙頭候風色。」

【語　譯】寒風中枝葉稀疏的楊柳顫抖在雨後的江邊，南來的塞雁鳴聲急促飛過嚴霜將至的長天。令我憂愁的是你獨自在沙灘頭歇宿，只有那繞船的蘆花江水和滿船的月光伴你孤眠。

【研　析】此詩的寫法甚奇特，自傷懷抱，卻從對方寫來，宛若在傾訴對江客孤淒處境的憐惜和擔憂，又像是拉開一定距離後對自我的回顧和憐惜，敘述視角重疊交錯，意蘊豐富，比直接抒懷要婉曲動人。

詩中的景物描寫是最見功力處。地面上新雨初停，稀疏弱柳在江風中顫抖，天空中嚴霜將至，塞雁南飛鳴聲淒急，在這暮秋寒冷淒清中，江客卻獨宿舟中，陪伴他的只有那無際的蘆花、繞船的江水和清冷的月光，漫漫長夜將如何度過？真是「這次第，怎一個愁字了得」了。四句詩，三句寫景，只第三句點出一個「愁」，承上啟下而全篇皆活。「水遠蘆花月滿船」，這愁已溶入茫茫無際的蘆花、江水和月色之中，充塞於天地之間了。以景寫情，臻於化境。賀鑄「試問閑愁都幾許，一川煙草，滿城風絮，梅子黃時雨」（〈青玉案〉），周邦彥「歸騎晚，纖纖池塘飛雨，斷腸院落，一簾風絮」（〈瑞龍吟〉）均可與相頡頏，但詩之境闊，詞之言長，韻味自別。

司馬宅❶

【題　解】這是一首即景抒情的感傷詩。元和十三年（西元八一八年）秋作於江州。詩通過描繪官宅荒涼冷落的蕭條景象，抒發謫居時內心的憂傷和不平。

雨徑綠蕪❷合，霜園❸紅葉多。蕭條❹司馬宅，門巷❺無人過。唯對大江水，秋風朝夕波❻。

【注　釋】❶司馬宅　指白居易貶江州後所居住的江州司馬官宅。《輿地紀勝》卷三〇「江州」：「白居易宅，白居易為司馬時所居，有湖、大江之勝。」白居易有〈官舍內新鑿小池〉、〈官舍閒題〉等詩詠及。❷綠蕪　綠色雜草。蕪，雜生的草。❸霜園　霜後的庭院。江南多楓樹和烏桕，葉經霜變紅。❹蕭條　冷清。❺門巷　門庭里巷。❻唯對二句　大江，即長江，江州司馬宅臨長江。白居易〈官舍內新鑿小池〉：「豈無大江水，波浪連天白。」二句寫宅前實景，但亦隱喻內心感情的激蕩不平，寄寓歲月無情流逝的感慨。

【語　譯】雨後的小路被雜亂的綠草埋沒，經霜的庭樹墜落的紅葉日漸增多。江州司馬的官舍蕭條冷落，門前的里巷沒有行人經過。只有面對著門前的大江，那秋風中不分朝暮滾滾東去的濤波。

【研　析】宛若彩線貫珠一般貫串全詩的意脈有二：一是時間，一是空間。你看，春去秋來，日月如梭，雨後小路還剛剛長滿綠草，轉瞬間又是紅葉鋪滿院落，不變的只有庭院蕭條門庭冷落，還有那秋風中滾滾東去的江波。從空間來說，詩寫司馬宅中所見景物，從庭院而里巷，而宅前大江，自內而外，由近及遠，景象愈來愈闊大，詩人的情緒也愈來愈激動，至面對大江水而一發不可收拾。末句「秋風朝夕波」既是即目所見實景，也是詩人內心激蕩不平情感的外化或物化。「子在川上曰：『逝者如斯夫，不舍晝夜。』」《論語・子罕》面對大江，詩人心潮澎湃，青春已逝的傷感，功業無成的悲哀，貶謫江城的痛苦，已一如江上波濤逐浪高了。起筆重在時間推移，纖細入微；中間承接，流轉自如；結尾重在空間意象，雄渾闊大，穿透力極強。三韻小詩，構思如此巧妙，含蘊如此豐富，非大手筆莫辨。

題岳陽樓❶

【題解】這是一首即景抒情的七言律詩。元和十三年十二月，白居易奉詔量移為忠州（今重慶忠縣）刺史，十四年（西元八一九年）春，從江州溯長江西上赴忠州，詩即寫於途經岳州時，在登樓所見洞庭春色的描繪中，流露出不得歸京的感傷和怨憤。

岳陽城下水漫漫❷，獨上危樓❸凭曲欄❹。春岸綠時連夢澤❺，夕波紅處近長安❻。猿攀樹立啼何苦，雁點湖飛渡亦難！此地唯堪畫圖障，華堂張與貴人看❼。

【注釋】❶岳陽樓　在今湖南岳陽，原為岳州城西門樓。《方輿勝覽》卷二九「岳州」：「岳陽樓在郡治西南，西面洞庭，左顧君山，不知創始為誰。唐開元四年，中書令張說出守是邦，日與才士登臨賦詠，自爾名著。」❷漫漫　廣遠無際，水大貌。❸危樓　高樓。❹曲欄　曲折的欄杆。❺夢澤　雲夢澤，古代藪澤名。司馬相如〈子虛賦〉：「臣聞楚有七澤，嘗見其一，未覩其餘也。臣之所見，蓋特其小小者耳，名曰雲夢。雲夢者，方九百里。」關於雲夢，其說不一，或云一澤，或云二澤，或云江北為雲，江南為夢。據漢、魏人記載，雲夢澤在南郡華容縣（今湖北潛江市西南），範圍不大。晉以後的經學家把它越說越大，一般都把洞庭湖包括在內。《元和郡縣圖志》卷二「岳州」：「巴丘湖又名青草湖，……俗云古雲夢澤也。」❻夕波句　寫想像中洞庭湖的遼闊。洞庭「湖水廣圓五百餘里，日月若出沒于其中」，見《水經注・湘水》。《晉書・明帝紀》：「幼而聰哲，為元帝所寵異。年數歲，嘗坐置膝前，屬長安使來，因問帝曰：『汝謂日與長安孰遠？』對曰：『長安近。不聞人從日邊來，居然可知也。』元帝異之。明日，宴群僚，又問之。對曰：『日近。』元帝失色，曰：『何乃異間者之言乎？』對曰：『舉目則見日，不見長安。』由是益奇之。」詩句也包含了「總為浮雲能蔽日，長安不見使人愁」（李白〈登金陵鳳凰臺〉）的感慨。❼此地二句　意謂登樓所見情景只能供華堂貴人賞玩，對遷客騷人來說只能增添失意的悵恨痛苦。唯堪，只可以。圖障，圖畫；畫幛。障，步障，布帷或屏風。華堂，建築宏偉華麗的廳堂。張，懸掛。

【語　譯】岳陽城下洞庭湖水一片白漫漫，我獨自登上高樓憑倚著曲折的欄干。春天的堤岸綠草初生和雲夢澤連成一片，落日西沉那水波紅處正接近長安。攀樹而立的猿猴啼聲多麼淒苦，點水飛翔的大雁想要飛渡也很困難。這個地方的景色只可以畫成圖畫障子，張掛在華麗的廳堂上讓達官貴人來賞玩。

【研　析】岳陽樓，前人題詠甚多，李白有〈與夏十二登岳陽樓〉，杜甫有〈陪裴使君登岳陽樓〉，其〈登岳陽樓〉一詩傳誦千古，尤使人有「眼前有景道不得，杜甫題詩在上頭」之感。但白居易此詩仍有其獨到之處。

白居易貶來江州，三年後方調任忠州刺史。忠州地處三峽，貧瘠落後，戶口稀少，自然及人文環境均遠遜江州。這次調動對詩人是又一次打擊，赴任時內心十分沉重壓抑。首聯寫登樓，天水漫漫，危樓獨上，已有怨憤意。中二聯寫景，岸綠、波紅，固然是明麗景色，但「連夢澤」、「近長安」、「猿啼苦」、「雁渡難」卻令人益增前途遙遠渺茫之感，怨憤已在其中。末聯「此地」句稍揚，「華堂」句更抑，意思是這裡的景物只堪貴人在華堂中賞玩，遷客騷人睹此則令人愁絕了。欲抑而先揚，先稍揚而後大抑，所以何焯評云：「落句怨憤極矣。」

詩寄託遙深，頷聯更是後人傳誦的名句。張舜民〈賣花聲・題岳陽樓〉：「回首夕陽紅盡處，應是長安。」就從此化出。

竹枝詞❶四首（選二）

【題　解】這是一組學習民歌寫成的歌辭。元和十四年（西元八一九年）作於忠州。詩保持了〈竹枝詞〉

歌詠地方風物的特色，但更多地是抒寫自己的遷謫之感。原詩四首，這裡選入二首。

其一

瞿唐峽❷口水煙低，白帝城❸頭月向西。唱到〈竹枝〉聲咽❹處，寒猿闇鳥❺一時啼。

【注　釋】❶竹枝詞　巴、渝（今重慶及湖北西部、四川東部一帶）的民歌。《樂府詩集》卷八一：「〈竹枝〉本出於巴、渝。唐貞元中，劉禹錫在沅、湘，以俚歌鄙陋，仍依騷人〈九歌〉作〈竹枝〉新辭九章，教里中兒歌之，由是盛於貞元、元和之間。」劉禹錫〈竹枝詞・序〉：「歲正月，余來建平，里中兒聯歌〈竹枝〉，吹短笛擊鼓以赴節，歌者揚袂睢舞，以曲多為賢。聆其音中黃鐘之羽，卒章激訐如吳聲，雖傖儜不可分，而含思宛轉，有淇濮之豔。」序長慶二年作於夔州。❷瞿唐峽　即瞿塘峽，又名廣溪峽、夔峽，在今重慶奉節境內，為長江三峽之一。《太平寰宇記》卷一四八「夔州奉節縣」：「瞿塘峽在州東一里，古西陵峽也。連崖千丈，奔流雷激，舟人為之恐懼。」❸白帝城　唐代夔州州治所在地。在今重慶奉節東白帝山上。《太平寰宇記》卷一四八「夔州」：「白帝城，即公孫述至魚復，有白龍出井中，因號魚復為白帝城。」❹聲咽　聲音咽斷。白居易〈竹枝詞〉其四：「江畔誰人唱〈竹枝〉，前聲咽斷後聲遲。」《雅論》卷一〇：「〈竹枝〉入絕句自劉（禹錫）始。而〈竹枝〉歌聲劉集未載也。《花間集》有孫光憲，《尊前集》有皇甫松，各數首，皆上四字一斷為『竹枝』，下三字一斷為『女兒』，皆歌中咽斷之聲也，但其音節不傳矣。」❺寒猿闇鳥　寒夜黑暗中的猿鳥。三峽中多猿，「每至晴初霜旦，林寒澗肅，常有高猿長嘯，屬引淒異。空谷傳響，哀轉久絕。故漁者歌曰：『巴東三峽巫峽長，猿鳴三聲淚沾裳！』」見《水經注・江水》。

【語　譯】瞿塘峽口水煙低迷，白帝城頭月亮已偏西。〈竹枝詞〉唱到悲涼咽斷處，棲宿在山林中的猿鳥都一起悲啼。

【研　析】王士禎曾說，〈竹枝詞〉內容的特點是「泛詠風俗」（《師友詩傳錄》）。其音樂的特點則是悲哀，所以白居易說，劉禹錫「能唱〈竹枝〉，聞者愁絕」（〈憶夢得〉題下注）。本詩歌詠夔人夜唱〈竹枝〉的情景，重點寫〈竹枝〉歌聲的淒咽。

瞿塘峽古稱「夔門」，兩山對峙，天開一線，峽張一門，形成「眾水會涪萬，瞿塘爭一門」（杜甫〈長江二首〉）的雄偉景象。可在寒寂的暗夜，詩人在逆水而上的舟中，只看到峽口內煙水淒迷，峽山頭古城高踞，悲苦的〈竹枝〉就在這裡唱起，一直唱到月亮偏西，悲悲切切，哽咽斷續，一時間峽中的寒猿暗鳥都隨之啼叫起來了。因遷謫失意而羈旅天涯、長夜無眠的詩人又情何以堪？詩以景寓情，含蓄宛轉，質而不俚，深得〈竹枝〉之意。

其二

〈竹枝〉苦怨❶怨何人？夜靜山空歇❷又聞。蠻兒巴女❸齊聲唱，愁殺❹江樓病使君❺！

【注釋】❶竹枝苦怨　「苦怨」是〈竹枝詞〉感情色彩的特色。劉禹錫〈堤上行〉：「〈桃葉〉傳情〈竹枝〉怨。」白居易〈竹枝詞〉其四：「怪來調苦緣詞苦」。❷歇　間歇；停止。❸蠻兒巴女　指忠州的青年男女。忠州春秋時屬楚國，人稱荊蠻。東漢末劉璋時曾改永寧（今巴縣至忠縣一帶）為巴郡，和巴東、巴西郡合稱「三巴」，所以又是「三巴」之地。❹愁殺　亦作「愁煞」，憂愁到極點。❺使君　白居易自謂。漢代稱呼太守為使君，白居易時任忠州刺史，相當於漢代的太守。

【語譯】〈竹枝詞〉聲情悲苦怨恨是把誰來怨？夜靜山空暫時停歇又傳來耳邊。巴蠻之地的青年男女齊聲歌唱，使我這臥病江樓的刺史愁腸百結無法排遣！

【研析】本詩寫江樓臥聽〈竹枝詞〉的感受。〈竹枝〉歌原本是悲苦哀怨的，唱到動情的時候歌聲忽然停歌，只留下了靜夜中的寂寂空山。「夜靜山空」，並不是真正的「空無」，而是前詩所說〈竹枝〉歌唱中的「聲咽」或組詩「其四」所說「前聲咽斷後聲遲」的「咽斷」。詩以寂寂之景承載聲情之境，以空間接續時間，頓挫變換而又含蓄飽滿，正所謂「此時無聲勝有聲」。經過空間的延展，悲悲切切的歌聲又突然響了起來，而且是「蠻兒巴女」用「傖儜」的蠻語齊聲歌唱，苦怨的〈竹枝〉聲情充斥在整個巴山蜀水，臥病江樓的詩人再也無法聽下去，無窮的羈旅愁、遷謫意盡在「愁殺」一語之中了。〈竹枝〉的怨苦聲情從聽歌的詩人感受中寫出，詩人的羈愁謫思則通過歌聲的描寫表現，二者的結合使全詩聲情並茂，情景交融。

陰雨

【題　解】這是一首即景生情的五言律詩。元和十四年（西元八一九年）秋作於忠州。詩描寫了秋日峽中陰雨景象和自己望闕思鄉的惡劣心情。

嵐霧❶今朝重，江山此地深。灘聲秋更急❷，峽氣曉多陰。望闕雲遮眼❸，思鄉雨滴心。將何慰幽獨❹？賴此北窗琴❺。

【注　釋】❶嵐霧　嵐，山中霧氣。霧，指水面霧氣。❷灘聲句　灘聲，江水和灘石相激發出的聲音。《蜀中名勝記》卷一九「忠州」：「《水經》曰：『江水又經虎鬚灘，灘水廣大，夏斷行旅。』今州西二里，有石梁三十餘丈，橫截江中，俗呼倒鬚灘，即其處。」秋更急，長江水勢秋天最大。《輿地紀勝》卷六九「岳州」引《岳陽志》：「荊江六七月間，其水暴漲，……亦謂之西水。其水極冷，俗云岷峨雪消所致。」❸望闕句　闕，宮殿門前的雙柱。代指皇帝所居。

遮眼，遮住眺望的視線。陸賈《新語・慎微》：「邪臣之賢，猶浮雲之蔽日月。」李白〈登金陵鳳凰臺〉：「總為浮雲能蔽日，長安不見使人愁。」❹幽獨　寂寞孤獨。❺北窗琴　晉陶淵明「夏月虛閑，高臥北窗之下，清風颯至，自謂羲皇上人。性不解音，而畜琴一張，絃徽不具，每朋酒之會，則撫而和之，曰：『但識琴中趣，何勞絃上聲。』」見《晉書・陶潛傳》。這裡合用二事。

【語　譯】山中江上的霧氣今朝特別濃重，忠州的山水顯得格外幽深。秋天江水流過險灘的聲音更加急促，拂曉峽中霧氣瀰漫天氣大多陰沉。遠眺長安宮闕雲霧遮住了我的視線，思念家鄉親人雨點一滴一滴敲打著我的心。用什麼來撫慰內心的孤獨和寂寞？只好依賴北窗之下的這一具素琴。

【研　析】忠州是今重慶忠縣，地處長江三峽上游，四川盆地的邊緣，山高水急，多陰雨濃霧，氣候炎熱潮溼。白居易從乾燥涼爽的北方來到忠縣，對於酷熱多變、多雨多霧的卑溼氣候極不適應。現在又逢連綿的陰雨，所以寫下了這首詩。

首四句寫峽中的環境和氣候。山嵐水霧，忠州原本荒僻的山水在霧氣迷濛之中，就顯得更加幽深和荒僻，秋天水漲，江水奔騰而下衝擊險灘暗礁的聲音更大更急，霧氣蒸騰使峽中的天氣更加陰沉。一切都壓得人透不過氣來，「今朝」、「此地」、「更」、「多」幾個詞語的疊加使用，使詩人的情緒到了無法忍受的地步。五、六句轉向寫自己思鄉望闕之情，欲望闕而雲遮望眼，擬思鄉而雨滴鄉心，只有用琴聲來排遣孤獨寂寞了。陰雨中，孤臣孽子，危涕墜心，百無聊賴遂和盤托出。詩由情及景，情景交融，轉折頓挫，沉鬱悲涼，甚近杜甫峽中詩作。

東坡❶種花二首

【題　解】這是兩首五言古詩。元和十五年（西元八二〇年）春作於忠州。第一首記述了種花賞花的情景，閒逸中透露出孤獨感傷的情懷，第二首記述養護花樹的情景，重在說明從養花中悟出為政的道理。

其一

持錢買花樹，城東坡上栽。但購有花者❷，不限桃杏梅。百果❸參雜種❹，千枝次第❺開。天時❻有早晚，地力❼無高低。紅者霞豔豔❽，白者雪皚皚❾。遊蜂❿遂不去，好鳥亦棲來。前有長流水，下有小平臺。時拂臺上石，一舉風前盃。花枝蔭⓫我頭，花蘂落我懷。獨酌復獨詠，不覺月平西⓬。巴俗⓭不愛花，竟春⓮無人來。唯此醉太守，盡日⓯不能迴。

【注　釋】❶東坡　在忠州城東，白居易有〈步東坡〉、〈別種東坡花樹二絕〉、〈西省對花憶忠州東坡新花樹，因寄題東樓〉等詩。❷有花者　指能開花的樹。❸百果　各種果樹。❹參雜種　摻雜、混合地栽種。❺次第　按先後順序；一一。❻天時　指果樹開花、結果的時節。❼地力　土地的生產能力。指肥沃貧瘠狀況。❽豔豔　明媚豔麗貌。❾皚皚　白貌。❿遊蜂　飛來飛去的蜜蜂。⓫蔭　遮蔽。⓬月平西　月將落，與西方地平線相平。⓭巴俗　巴人的習俗。忠州古為巴子國。⓮竟春　整個春天。⓯盡日　整日。

【語　譯】拿著錢買來花果樹木，在忠州城東的坡地上栽培。只要是能開花的都買來，不限於人們常見的桃杏梅。成百株果樹參差交錯種在一起，上千枝花朵依次一一綻開。果樹開花結果的時節有早有晚，土地肥沃貧瘠相同卻不會厚此薄彼。開紅花的紅得像彩霞那樣明麗絢爛，開白花的白得像白雪那樣潔淨白皙。飛來飛去的蜜蜂流連不去，鳴聲宛轉的小鳥也來這裡棲息。東坡前面有長年流淌的溪水，東坡下面有小小的平臺。時時拂去臺中石面上的塵埃，對著春風舉起了酒一杯。繁花盛開的樹枝遮蔽著我的頭，花朵的香蕊落入我胸懷。一個人自斟自飲自吟詠，不知不覺月落星沉都不離開。巴人的習俗不愛花，整個春天都沒有人來。只有我這位醉醺醺的太守，一天到晚在花中獨自徘徊。

【研析】本詩細寫在忠州東坡種花、賞花的樂趣。詩人靜觀物理，及時行樂，然世無知音，只有獨酌獨賞獨吟。孤獨的飲酒賞花身影，透露出深深的落寞感傷的情懷。

詩有二美。詩前半寫種花和花開的圖景。詩人移為政的仁心（也是佛心）於植物，拿出俸錢買花，不栽奇花異草，只栽普通常見的花果，種時既不加特殊照顧，種後也任它們自然生長，完全是一種平常的心態。花樹作為回報，也開得特別熱鬧和歡快，引逗得蜜蜂來遊，好鳥來棲，一派生意盎然、和樂安詳的景象。東坡花園寄寓著詩人希望政治清明百姓生活安定富庶的理想，但在現實生活中這只是烏托邦式的空想。所以，自「前有長流水」以下，詩人描繪了賞花的圖景。他在「竟春無人來」的花園中，獨自賞花，獨酌獨詠，從朝至暮，直到月落星沉，與天地花叢長相廝守。花之美無人欣賞，詩人愛花之心更無人理解。這種冷清的狀況，正和花開的熱鬧情景形成對比。一種淒涼而無可奈何的情緒遂油然而生。

其二

東坡春向暮❶，樹木今何如❷？漠漠❸花落盡，翳翳❹葉生初。每日領僮僕，荷鋤❺仍決渠❻，剗土壅其本，引泉溉其枯❼。小樹低數尺，大樹長丈餘。封植來幾時❽，高下齊扶疏❾。養樹既如此，養民亦何殊❿？將欲茂枝葉，必先救根株。云何⓫救根株？勸農⓬均賦租。云何茂枝葉？省事寬刑書⓭。移此為郡政⓮，庶幾甿俗蘇⓯。

【注釋】❶向暮 欲盡。❷何如 怎麼樣。❸漠漠 寂無聲息。❹翳翳 昏暗貌。形容樹陰濃密。❺荷鋤 肩負著鋤頭。❻決渠 開挖水渠。❼劃土二句 把果樹根部的土鏟平培好，引來泉水澆灌枯萎的果樹。劃，削去；鏟平。壅，培填，用土或肥料培在植物的根部。本，根。❽封植句 封植，培植。來幾時，言其經時未久。❾高下句 高下，高高低低。扶疏，枝葉茂盛疏密有致。❿殊 異；不同。⓫云何 如何；怎樣。⓬勸農 獎勵農業生產。⓭省事句 省事，減少擾民的工役，讓百姓休養生息。寬刑書，放寬法律的尺度。刑書，法律條文。⓮移此句 此，指種樹的道理。郡政，州郡的政務。⓯庶幾句 庶幾，差不多；或許可以，表示希望或推測。甿俗，民俗；風尚。蘇，復蘇。指從困苦中恢復過來。

【語譯】春天快要過去了，東坡的樹木現在怎麼樣？花朵已經無聲無息地落盡，濃密暗綠的新葉開始生長。每天領著小僮僕，扛著鋤頭來挖掘水渠，鏟平土壤培壅在樹的根部，引來泉水澆灌開始發黃的樹木。矮矮的小樹只有幾尺高，高大的樹木一丈還有餘。栽培種植到如今能有多久？隨著地勢的高低都繁茂生長枝葉扶疏。種養果樹既然如此，治理百姓又有什麼兩樣？想要使它們的枝葉茂盛，必定先要救治它們的根幹。怎樣才能救治根幹？只有鼓勵農業生產平均賦稅負擔。怎樣才能使枝繁葉茂？只有不生事擾民把法律的尺度放寬。用種樹的道理來處理州郡的政事，或許可以使農夫休養生息國泰民安。

【研析】本詩記敘養樹的情況，以養樹應當固其根本養其枝葉作比喻，說明養民的道理。全詩仍然分為兩個部分，前半寫養樹的情況，由花落葉生寫到封植後的高下扶疏，說得細緻而平淡。後半的議論在前半記敘的基礎上生發，提出「勸農均賦租」、「省事寬刑書」兩大措施，就近取譬，說理透徹，淺切明白。前首寫種花賞花，寓「獨善」之意，但也寄託仁政理想；後詩寫養花為政，寄「兼濟」之志，但也抒寫了閒適生活。但他的「兼濟」之志已由關懷朝廷大局、抨擊時弊轉向治理一方時的施行仁政、造福百姓，可見其思想的轉變，是他將吏與隱、兼濟與獨善調和起來的開始。

白居易這種處世態度和生活哲學對後代的文人產生了深刻的影響。儘管後世效陶、慕陶之風不絕，但很少有人效法陶淵明退隱躬耕，倒是白居易的為吏而隱卻成為許多人的生存方式。蘇軾貶謫黃州時，將城東的坡地稱為「東坡」，自號「東坡居士」，就是一個突出的例證。

巴水❶

【題　解】這是一首即景抒情的五言律詩。元和十五年（西元八二〇年）春作於忠州。詩在巴江春色的描寫中，流露出羈旅異鄉難以言說的惆悵。

城下巴江水，春來似麴塵❷。軟砂如渭曲❸，斜岸憶天津❹。影蘸新黃柳❺，香浮小白蘋❻。臨流搔首❼坐，惆悵❽為何人？

【注　釋】❶巴水　巴江，即嘉陵江。《太平寰宇記》卷一四八引譙周〈三巴記〉：「閬、白二水合流，自漢中至始寧城下入武陵，曲折三曲有如巴字，亦曰巴江，經峻峽中，謂之巴峽，即此水也。」這裡實指長江。嘉陵江至合州與涪江合流，南流至渝州注入長江，東北流經忠州城下。❷麴塵　酒麴上所生菌，色淡黃如塵，亦用以指淡黃色。❸渭曲　地名，在陝西大荔東南。此泛指渭水彎曲處，白居易故園在渭水北金氏村。❹天津　天津橋，在洛陽洛水上。《元和郡縣圖志》卷五「河南縣」：「天津橋在縣北四里，隋煬帝大業元年初造此橋，以架洛水。用大纜維舟，皆以鐵鎖鉤連之。……然洛水溢，浮橋輒壞。貞觀十四年更令石工累方石為腳。《爾雅》『箕、斗之間為天漢之津』，故取名焉。」❺影蘸　蘸，用物沾染液體。新黃柳　指新生出來的嫩柳，葉呈黃色。❻白蘋　水草，葉浮水面，夏秋開小白花，故稱白蘋，一名田字草。❼搔首　以手搔頭，焦急或有所思貌。《詩經・邶風・靜女》：「愛而不見，搔首踟躕。」❽惆悵　傷感；失意。

【語　譯】忠州城下的巴江水，入春後就好像酒麴上生成的淡黃色菌塵。細細的沙子就像渭水邊沙子一樣柔軟，斜斜的江岸使我想起洛陽橋橫跨著天漢之津。嫩黃的柳條蘸著江水和倒影相映成趣，漂浮的蘋草盛開著白色小花送來芳馨。在江流旁獨坐著頻頻搔首，憂愁傷感為的是什麼人？

【研　析】詩描摹的是忠州江邊的春色，卻用了比擬和聯想的手法，展現出憶念中北方長安、洛陽的美麗春光。正因是憶念中的景色，所以著色淡雅而神韻悠遠。首聯寫江水漸漲，顏色漸黃，有如麴塵，細膩表現出詩人對於時節推移的敏感，引發對北方故園的思念。眼前柔軟的細砂、斜斜的江岸，彷彿置身在關中渭水之濱，洛陽天津橋畔。水畔還有那蘸著江波搖曳的新柳，水中也有那暗香浮動的白蘋，原來春天已經到來了。中二聯組織成淡雅工緻畫卷，牽引出詩人對長安和故鄉的思念，流露天涯羈旅淡淡的哀愁。詩人臨流獨坐，「搔首踟躕」，自問為何人「惆悵」，委婉向讀者透露出「何日復歸來」的心聲。

自蜀江❶至洞庭湖口❷，有感而作

【題　解】這是一首懷古的五言古詩。元和十五年（西元八二〇年）夏，白居易被召回長安擔任尚書司門員外郎。詩人沿長江出峽，經過洞庭湖口，寫下了這首詩。表面上是有感於江水瀦為洞庭，侵占千里沃野，使大禹治水未竟全功，留下了禍患，實際上很可能是擔心唐憲宗雖然平定了李錡、劉闢、吳元濟、李師道等叛亂，但對藩鎮仍心存姑息，養癰為患。

江從西南來，浩浩無旦夕❸。長波逐若瀉❹，連山鑿如劈❺。千年不壅潰❻，
萬姓無墊溺❼。不爾民為魚，大哉禹之績❽！導岷❾既艱遠，距海無咫尺❿；胡為
不訖功，餘水斯委積⓫？洞庭與青草⓬，大小兩相敵⓭。混合⓮萬丈深，淼茫⓯千里

白。每歲秋夏時，浩大吞七澤⑯。水族窟穴⑰多，農人土地窄。我今尚嗟嘆，禹豈不愛惜？邈未究其由⑱，想古觀遺跡。疑此苗人頑，恃險不終役⑲。帝亦無奈何，留患與今昔⑳。水流天地內，如身有血脉。滯則為疽疣㉑，治之在鍼石㉒。安得禹復生，為唐水官伯㉓？手提倚天劍㉔，重來親指畫㉕。疏流㉖似剪紙，決壅同裂帛㉗。滲作膏腴田㉘，踏平魚鱉宅㉙。龍宮變閭里㉚，水府㉛生禾麥。坐添㉜百萬戶，書我司徒籍㉝。

【注釋】❶蜀江　指流經蜀地的長江。❷洞庭湖口　洞庭湖在今湖南、湖北二省交界處，原為中國第一大淡水湖。上世紀圍湖造田，水域面積已較鄱陽湖為小。《元和郡縣圖志》卷二七「岳州巴陵縣」：「洞庭湖在縣西南一里五十步，周回二百六十里。」湖口指洞庭湖和長江連通之口，在今岳陽城陵磯。❸浩浩句　浩浩，水盛大貌。無旦夕，不分晝夜。❹長波句　長波，長江。逐若瀉，波浪追逐就像傾瀉一樣。❺連山句　連山，連綿的山巒。指三峽兩岸的山。《水經注・江水》：「自三峽七百里中，兩岸連山，略無闕處。重巖疊嶂，隱天蔽日。」鑿，開鑿，相傳三峽為大禹所開鑿。如劈，像斧劈那樣，截然中分。《太平御覽》卷八二引《淮南子》：「堯之時，天下洪水。禹身執畚鍤……鑿江而通九路，辟五湖而定東海。」《水經注・江水》：「江水又東經廣溪峽，斯乃三峽之首也。……其峽，蓋自昔禹鑿以通江，郭景純所謂『巴東之峽，夏后疏鑿』者。」❻壅潰　阻塞或潰決。❼萬姓句　萬姓，萬民。墊溺，淹沒溺水。《尚書・益稷》：「洪水滔天，浩浩懷山襄陵，下民昏墊。」❽不爾二句　不爾，不然；否則。民為魚，百姓成為魚鱉。指遭受水災。禹，夏禹，相傳是舜的臣子，因為治水有功，舜將天下禪讓給他，成為夏朝開國的君主。《左傳・昭公元年》：「劉子曰：『美哉禹功，明德遠矣！微禹，吾其魚乎！』」❾導岷　疏導岷江。古代認為發源於岷山的岷江是長江的正源。《尚書・禹貢》：「岷山導江。」❿距海句　距海，至海。《尚書・益稷》引禹曰：「予決九川，距四海。」注：「距，至也。」無咫尺，意思是非常近。周代以寸為咫。這裡是說，比起上游劈山導江的艱巨工程，下游的工程較為容易。⑪胡為二句　訖功，完工；竟其全功。斯，此。指洞庭湖。委積，委棄充塞。⑫青草　湖名。《元和郡縣圖志》卷二七「岳州巴陵縣」：「巴丘湖，又名青草湖，在縣南七十九里。周迴二百六十里，俗云古雲夢澤也。」洞庭、青草兩湖相連，實為一湖。杜甫〈過青草湖〉：「洞庭遙在目，青草續為名。」⑬相敵　相匹敵。⑭混合　混和合併。⑮淼茫　水廣遠貌。郭璞〈江賦〉：「極泓量而海運，狀滔天以淼茫。」⑯七澤　眾多藪澤。司馬相如〈子虛賦〉：「臣聞楚有七澤，嘗見其一，未睹其餘也。」⑰水族窟穴　水生動物棲身的洞穴。王充《論衡・辨崇》：「鳥有巢棲，獸有窟穴，蟲魚介鱗，各有區處，猶人之有室宅樓臺也。」⑱邈未句　邈，遙遠。究其由，考查它的原因。⑲疑此二句　《尚書・益稷》記大禹的話說：治水的時候，「外薄四海，咸建五長，各迪有功。苗頑，弗即工。」意思是說，大禹平治水土之後，分封諸侯，各立功業。只有苗人恃險頑抗。苗，三苗，古代南方部族名。《史記・五帝本紀》裴駰《集解》引吳起曰：「三苗之國，左洞庭而右彭蠡。」頑，愚妄；不服從管理。終役，完工。⑳帝亦二句　帝，指舜帝。無奈何，無可奈何。今昔，現在和過去。這裡偏指現在。㉑滯則句　滯，停滯。疽疣，毒瘡和贅疣。㉒鍼石　金屬針和砭石，都是治病的工具。鍼，同「針」。㉓水官伯　水官之長。《尚書・舜典》：「僉曰：『伯禹作司空。』帝曰：『俞！咨禹，汝平水土，唯是懋哉！』」相傳唐堯時代，大禹為司空，掌工程製造，平治水土。唐代司空是正一品的三公之一，總領水政的都水使者官階為正五品上，和古代司空不相當。㉔倚天劍　極長的劍。宋玉〈大言賦〉：「方地為車，圓天為蓋，長劍耿耿倚天外。」㉕指畫　指揮規劃。㉖疏流　疏通水道。㉗決壅句　決壅，除去淤塞不通之處。裂帛，撕開布帛。㉘膏腴田　肥沃的土地。㉙魚鱉宅　泛指水族的窟穴。㉚龍宮句　龍宮，佛經中水中龍王的宮殿。這裡代指湖泊。閭里，指民居。古代以二十五家為閭，見《周禮・地官・大司徒》。又或以二十五家為里，見《周禮・地官・遂人》。㉛水府　神話中水神居住的地方。以上凡言水族、魚鱉、龍宮、水府，都是借以比喻藩鎮割據勢力。㉜坐添　平添；自然添出。㉝司徒籍　司徒的簿冊。指戶部的土地人口統計簿。司徒，周代官名，相當於唐代的戶部尚書。《周禮・地官》：「大司徒之職，掌建邦之土地之圖，與其人民之數，以佐王安擾邦國。」《新唐書・百官志一》：戶部尚書「掌天下土地、人民、錢穀之政，貢賦之差」。中唐以後，河北藩鎮不聽朝廷約束，自行除授官吏，不向朝廷上交戶口簿籍，更不將賦稅上繳中央財政，所以白居易希望削平藩鎮後能「坐添百萬戶」的人口和相應的賦稅收入。

【語　譯】大江從西南奔流而來，浩浩蕩蕩白天黑夜都不停息。江流源遠流長前波後浪追逐著傾瀉而下，連綿群山從中間鑿開好像用刀劍斬劈。歷盡千年既沒有壅塞也沒有衝決，沿江萬里的百姓沒有遭受洪水的漂溺。不然的話天下百姓都成了魚鱉，多麼偉大啊大禹的功績！從岷江疏導到洞庭湖口工程艱巨路途遙遠，從湖口到長江入海處里程很短工程容易。為什麼大禹不有始有終地完成這項工程，卻讓那剩餘的江水委蓄積聚在這裡？洞庭湖與青草湖，大小相當互相匹敵。兩湖的水混和會聚深有萬丈，浩淼渺茫白波千里無邊無際。每年到了夏秋江水上漲的時期，浩大的洞庭湖吞食楚地所有的藪澤。到處是魚鱉蝦蟹存身的洞窟，農民可以耕種的田地反而十分狹窄。現在我還為之嘆息不已，當年大禹難道會不知道愛惜？時代遙遠考察不出功虧一簣的原因，遙想古代觀察著往事留下的痕跡。疑心是這裡的三苗族頑愚抗命，依憑天險不把治水工程進行到底。舜帝也拿他們沒有辦法，這才使禍患一直留存到今日。江河在天地之間流動，就好像人身上的血脈，停滯就會成為毒瘡和贅疣，治療它要依靠銀針和砭石。怎麼才能讓大禹再回到人世，做大唐的水官之長來治理藪澤？手提著高倚天外的長劍，重新來親自指揮出謀劃策。疏通水流河道像剪紙那麼快利，除去壅塞淤積如同撕裂布帛。讓水灌溉土地形成肥沃的良田，踏平魚鱉蝦蟹棲息的窟宅。讓龍王宮殿變成百姓聚居的里巷民居，讓水神居住的洞府長出稻粱菽麥。平空增添了成百萬戶的人口，寫進戶部掌管的土地戶口的簿籍。

【研　析】號稱「八百里洞庭」的洞庭湖，是長江天然的洩洪池。自上世紀中葉以後，大規模圍湖造田使湖面日趨狹窄，大大降低了洩洪能力，人為地破壞了溼地對生態環境的調節作用，並不可取。白居易在本詩中也提出了「變湖為田」的主張，要讓「龍宮變閭里，水府生禾麥」，但詩的主旨並不在此。元和十五年正月，憲宗被宦官陳弘志毒殺。其年夏，白居易奉詔回京，行至洞庭湖口，有感於中，寫下此詩，實際上是擔心憲宗死後削藩政策難乎為繼，來之不易的中興局面付之東流。於是借洞庭湖來比喻桀驁不馴的藩鎮，希望唐王朝能重振朝綱，完成國家事實上的統一，使百姓真正過上安定富庶的日子。

詩前半寫浩蕩的長江和淼茫的洞庭湖，以寫景為主，但是在慨嘆大禹鑿岷導江的豐功偉績的同時，卻又奇怪他為什麼要留下占地甚廣的洞庭湖，而不畢其功於一役，於是引發後半的議論。詩人以為洞庭是苗人恃險罷役，因而留患至今，希望大禹復生，再平水土，使澤國龍宮成為富庶的漁米之鄉，既利百姓，又利國家。詩以象徵寓意，將描寫、記敘和議論緊密結合在一起，想像豐富瑰偉，描寫生動形象，議論奇特精辟，語言瘦硬，筆力雄健，詩風頗似韓愈，在白集中別開生面。

惻惻❶吟

【題解】這是一首沉痛的五言古體感懷詩。作於元和十五年（西元八二〇年）夏天自忠州歸長安的道中。詩描寫了自己經過六年貶謫生涯重返長安時的狀況，抒發了滿腔悲憤。

惻惻復惻惻，逐臣❷返鄉國❸。前事❹難重論❺，少年❻不再得！泥塗絳老頭斑白❼，炎瘴靈均面黎黑❽。六年❾不死卻歸來，道著❿姓名人不識！

【注釋】❶惻惻　傷痛。杜甫〈夢李白〉：「死別已吞聲，生別常惻惻。」❷逐臣　被朝廷貶謫放逐的臣子。❸鄉國　家鄉故國。指長安。❹前事　過去的事情。指白居易因越職言事被貶江州司馬一事，也包括他創作〈秦中吟〉、〈新樂府〉和屢上奏疏得罪權豪貴近的事。❺重論　重新理論。❻少年　古稱青年男子。此謂青春歲月。白居易作此詩時年已四十九歲。❼泥塗句　泥塗，爛泥。比喻卑下的地位。絳老，絳縣老人。斑白，頭髮花白。春秋時晉悼公夫人招待修築杞城的人員，絳縣有位老人也出席了，問他的年齡，他回答說：「臣小人也，不知紀年。臣生之歲正月甲子朔，四百有四十五甲子矣，其季于今，三之一也。」官吏們都不知道他的年歲，最後師曠推算出老人是七十三歲。晉國權臣趙武請老人輔佐政務，說：「使吾子辱在泥塗久矣，武之罪也。」事見《左傳・襄公三十年》。❽炎瘴句　炎瘴，南方溼熱致病的瘴氣。靈均，屈原的字。屈原〈離騷〉：「名余曰正則兮，字余曰靈均。」黎黑，黑中帶黃。黎，後作

「黧」。屈原忠而被讒，先後被楚懷王和楚頃襄王放逐，「至于江濱，被髮行吟澤畔，顏色憔悴，形容枯槁」，作〈懷沙〉之賦，懷石自沉汨羅而死。見《史記・屈原賈生列傳》。❾六年　白居易元和十年秋貶江州司馬，到十五年夏奉詔回長安，首尾六年。❿道著　說起。

【語　譯】傷惻啊傷惻，被放逐的臣子回到了家鄉故國。過去的事情難以重新評論，青春年華已經一去不能再得！就像屈居賤位的絳縣老人頭髮斑白，就像南方瘴氣使流放的屈原面目黧黑。貶謫六年還僥倖活著歸來，說起我的姓名人們都不認識！

【研　析】元和十五年憲宗暴死，吐突承璀也在擁立太子爭權中被殺，新入相的蕭俛是白居易元和元年制科的同年，他因此得以被詔歸朝，授尚書司門員外郎。當他經歷了六年遷謫生涯快回到長安時，卻一點也高興不起來，反而是百感交集。

詩以「惻惻」的反復詠嘆開頭，再點明內心傷惻的原因，先聲奪人。「前事」二句樸實平易，將十餘年來往事、感慨萬端心情和盤托出。政局如棋，人事更替，青春不再，再重論自己遭貶的是是非非已經沒有意義了，語氣已經十分沉痛。接下來描寫了兩個人所熟知的歷史人物，一是辱在泥塗頭髮班白的絳縣老人，一是流放瘴鄉面目黧黑的三閭大夫，用他們比況自己因遠貶而衰老憔悴的現狀，卻不說破，最後用「六年不死」總括貶謫中的萬苦千辛，用說出姓名人們還不相識來結束全詩，反映出包括自己在內的一切都發生了太大的變化，沉痛之中更增添了酸楚悲愴。詩超越個人的恩怨得失，更多地是抒寫沉重的歷史滄桑感，所以含蘊更為豐厚。

詩前半五言四句，後半七言四句，反映著情感由抑鬱低迴向奔放激越的轉變。詩用仄韻，一韻到底，八句中連押六韻，短促而密集的韻腳形成緊張急促的旋律，更充分地表達出詩人內心的慷慨不平。

勤政樓❶西老柳

【題　解】這是一首即景抒情的五言絕句。長慶二年（西元八二二年）作於長安中書舍人任上。詩借題詠勤政樓前閱盡滄桑的半枯楊柳，含蓄地抒發了傷嘆唐王朝國運陵替的悲情。

半朽臨風樹，多情立馬人。開元❷一株柳，長慶❸二年春。

【注　釋】❶勤政樓　即勤政務本之樓，在長安興慶宮中。駱天驤《類編長安志》卷三引《唐實錄》：「勤政樓在興慶宮南，開元八年造。每歲千秋節，酺飲於樓前。」❷開元　唐玄宗的第二個年號（西元七一三—七四三年），是唐王朝的全盛時期。❸長慶　唐穆宗年號（西元八二一—八二四年）。

【語　譯】風前半死半生的樹，駐馬深情凝視的人。開元年間種的一株柳，活到了長慶二年春。

【研　析】唐玄宗開元、天寶年間，是唐王朝全盛的時期，號稱「開天盛世」。勤政樓，是唐玄宗處理朝政的所在，又是舉行玄宗生日「千秋節」慶典的場所，因此它往往作為唐王朝盛衰的象徵物和見證者出現在中晚唐的詩作中。杜牧〈過勤政樓〉：「千秋佳節名空在，承露絲囊世已無。唯有紫苔偏稱意，年年因雨上金鋪。」就是如此。白詩大旨也約略相同。

但是白居易選取的景物更少也更小。他只選取了勤政樓前一株老柳樹，作為歷史滄桑、王朝盛衰的見證，其妙處在於全不說破。一株半朽臨風樹，還有一個深情駐馬看樹的人，用樹的衰朽比況人的衰老，這是第一層。老人同情見證了王朝盛衰的老樹，這是第二層。老人更為王朝國勢的衰頹嘆惋，這是第三層。由嘆老樹而嘆息自己的命運，這是第四層。末二句，寫老柳之老，由開元至長慶，閱盡滄桑，既回答了前面樹何以「半朽」，何以引得詩人「多情立馬」的原因，又寫出了詩人不盡的滄桑之感。百年間彈指即過，輝煌的盛世，顯赫的人物，都成過眼雲煙，無痕春夢，唯剩這衰殘楊柳獨對春風，怎能不令人傷心無限？詩蘊藉含蓄，正所謂「不著一字，盡得風流」（《唐宋詩醇》卷二三）。

採蓮曲❶

【題　解】這是一首舊題樂府詩。元和十五年（西元八二〇年）至長慶二年（西元八二二年）間在長安作。詩描寫一位採蓮姑娘邂逅情郎那一瞬間的神態和心理，極為生動傳神。

菱葉縈波❷荷颭風❸，荷花深處小船通。逢郎❹欲語低頭笑，碧玉搔頭❺落水中。

【注　釋】❶採蓮曲　樂府古題，梁武帝天監十一年冬，改西曲製〈江南弄〉，〈採蓮曲〉為其中七曲之一。見《樂府詩集》卷五〇引《古今樂錄》。其內容多描繪江南水鄉採蓮女的勞動生活以及對愛情的追求。❷縈波　縈繫波間，即隨水波蕩漾而搖動。❸颭風　在風中搖動。颭，風吹物動。❹郎　情郎。指採蓮女的心上人。❺碧玉搔頭　用碧玉做成的簪子。《西京雜記》卷二：「（漢）武帝過李夫人，就取玉簪搔頭，自此後宮人搔頭皆用玉，玉價倍貴焉。」故玉簪又叫「玉搔頭」。

【語　譯】菱葉隨波蕩漾荷葉在風中搖動，荷花深處採蓮的小船往來交通。遇到情郎剛要說話卻低著頭含羞微笑，頭上的碧玉簪悄悄地滑落水中。

【研　析】採蓮是民歌中常見的題材，早在漢代，就有「江南可采蓮，蓮葉何田田」（〈江南曲〉）的詩句。南北朝出現了專寫採蓮的〈採蓮曲〉。唐代，寫採蓮更成為一種時尚。在諸多佳作中，白居易此詩的描寫充滿生活情味，尤見婉曲細膩。

詩開篇描繪採蓮的美好景色，菱葉貼水蕩漾，荷花隨風搖曳，一派江南水鄉碧水紅花的明媚風光展現在讀者眼前。荷花的深處有小船往來交通，人們在歡快地採蓮，勞動給自然帶來了無限生機和活力。這時有一對情侶在採蓮時偶爾邂逅，於是我們見到採蓮女的一組特寫鏡頭，她又驚又喜，含情脈脈，想和情郎說話，但在許多女伴眾目睽睽之下，終於害羞地深深垂下了頭，她是那樣出神，那樣專注，以致頭上的玉簪悄悄地墜入水中而不自知。詩將少女由驚喜激動到羞澀矜持的心理變化過程描摹得分外傳神。

青門❶柳

【題　解】這是一首即景生情的七言絕句。元和十五年（西元八二〇年）至長慶二年（西元八二二年）間在長安作。詩在傷別的同時還寄寓了宦途難測的感慨。

青青❷一樹傷心色❸，曾入幾人離恨中！為近都門❹多送別，長條折盡❺減春風。

【注　釋】❶青門　漢長安城東南門，本名霸城門，俗因門色青，呼為青門。這裡指長安城東門，為東行送別之所。❷青青　茂盛貌。《詩經・衛風・淇奧》：「瞻彼淇奧，綠竹青青。」❸傷心色　令人傷心的顏色。❹都門　京都的城門。❺長條折盡　古人有折柳送別的習俗。《三輔黃圖》卷六：「霸橋在長安東，跨水作橋。漢人送客至此橋，折柳贈別。」這種習俗的起因未詳，或謂「柳」諧音「留」，或謂柳生命力特強，隨處可活。

【語　譯】一樹楊柳顏色青青看來令人傷心，曾經為多少人傳遞過別恨離情！因為靠近京都城門經常有人送別，長長的枝條攀折盡又減去了春色幾分。

【研　析】古代詩文中，楊柳和離別是不可分的。《詩經》就有「昔我往矣，楊柳依依」（〈豳風・東山〉）的名句。到了漢代，人們開始折柳送別。隋、唐以後，詠柳送別更是詩歌中常見的題材。此詩詠青門柳，青青柳色恰在送別之處，所以令人傷心欲絕。送行的人們不斷攀折，長條折盡，減損了春色，令送別者無柳可折，這就更加引起人們傷感了。詩層層深入，寫盡傷別之情。

但是，詩以「青門柳」為題，強調它生長的位置靠近「都門」，還有其特殊的意義。人們離開長安東行往往經由霸城門即漢代的青門，其中不少是貶降或外放的官員，青門柳可以說是世事迅速變幻的見證，歷盡滄桑，閱人多矣。所以，對柳的詠嘆也包含著世事無常、宦途難測的感慨，而不是一般的別緒離愁。

長相思❶

【題　解】這是一首古題樂府的感傷詩，作於長慶三年（西元八二三年）以前。詩人以第一人稱口吻，抒寫一位姑娘從秋到春對情人的刻骨相思和想與對方結為夫婦，恩愛一生的美好願望。

九月西風興，月冷霜華❷凝。思君秋夜長，一夜魂九升❸。二月東風來，草坼花心開❹。思君春日遲❺，一日腸九迴❻。妾住洛橋❼北，君住洛橋南。十五即相識，今年二十三。有如女蘿草，生在松之側❽；蔓短枝苦高，縈迴❾上不得。人言人有願❿，願至⓫天必成。願作遠方獸⓬，步步比肩行。願作深山木⓭，枝枝連理生。

【注　釋】❶長相思　樂府「雜曲歌辭」，內容多寫男女或友人久別相思之情。《樂府詩集》卷六九：「〈古詩〉曰：『客從遠方來，遺我一書札。上言長相思，下言久離別。』……長者久遠之辭，言行人久戍，寄書以遺所思也。」❷霜華　同「霜花」。即霜。霜為水霧凝成的細小的結晶體，故稱霜花。❸九升　多次飛揚。潘岳〈寡婦賦〉：「意忽怳以遷越兮，神一夕而九升。」張銑注：「言意迷亂遷越不定，其神一夕九度飛揚。」❹草坼句　坼，裂開。指種子發芽時外皮開裂。花心，花蕊。❺春日遲　春日長。遲，舒緩貌。《詩經・豳風・七月》：「春日遲遲，采蘩祁祁。」❻腸九迴　悲愁在胸中縈繞，難於排遣。司馬遷〈報任安書〉：「是以腸一日而九迴，居則忽忽若有所亡。」❼洛橋　洛陽洛水上的橋，有天津橋、中橋、新中橋等。《舊唐書・李昭德傳》：「初，都城洛水天津之東立德坊西南隅有中橋及利涉橋，以通行李。上元中，司農卿韋機始移中橋，置于安眾坊之左街，當長夏門，都人甚以為便。因廢利涉橋，所省萬計。」❽有如二句　女蘿，即松蘿，地衣類植物，多附生在松樹上，成絲狀下垂。一說亦泛指菟絲子。《詩經・小雅・頍弁》：「蔦與女蘿，施于松柏。」古人常以柔弱無根的女蘿、菟絲依附松柏，來比喻女子將終身託付給男子。❾縈迴　迴旋環繞。❿願　心願；願望。⓫至　至誠。⓬遠方獸　指比肩獸，蟨和邛邛岠虛二獸的合稱。相傳西方有獸名蟨，前足短，後足長，不能走而善覓食；邛邛岠虛前足長，後足短，善走而不能覓食。二獸互相依存，謂之比肩獸。《爾雅・釋地》：「西方有比肩獸焉，與邛邛岠虛比，為邛邛岠虛齧甘草。即有難，邛邛岠虛負而走，其名謂之蟨。」⓭深山木　此指連理枝，枝幹連在一起生長的樹。

【語　譯】深秋九月的西風刮起，月光寒冷凝結起嚴霜。思念你啊秋夜多漫長，一個晚上夢魂無數次飛揚。早春二月的東風吹來，嫩草發芽鮮花綻放。思念你啊遲遲的春日，一個白天千回百轉的是那相思的愁腸。妾住在洛陽橋的北頭，君住在洛陽橋的南方。從十五歲起就相識，到今年已度過八年時光。就像那柔弱的女蘿草，生長在高大的松樹旁，女蘿藤蔓短而松樹枝幹高，怎麼纏繞也攀援不上。人們說如果你有一個心願，只要是精誠所至上天就必定成全你的夢想。我願做遠方的比肩獸，能和你並肩行走步步相傍。我願做深山的連理木，枝幹相連和你共同生長。

【研　析】詩代女子立言，傾吐對情人的思慕之情。首八句寫秋夜、春日相思之苦，次八句回憶戀愛經過訴說不能結合的現狀，末六句寫結為夫婦的強烈願望，表現出女主人公純潔深摯的刻骨相思之情。詩寫相思之苦以景襯情，營造出時光的流逝中憂傷的意境。回憶相識相愛的經歷，既有愛情的甜蜜，也有不能結合的痛苦，道出悲劇的根源，使相思之苦更進一層。末尾渴望結為連理的傾訴，使感情更加熾熱纏綿，思念之情更見深沉凄苦。詩語言樸素，大量運用排比、比喻、誇張等藝術手段，具有濃烈的民歌風味。

白居易青年時期和一個名叫湘靈的女子曾經有過一段熱烈而沒有結果的愛情，他曾經寫過〈寄湘靈〉、〈冬至夜懷湘靈〉等詩以紀其事。他還有一首〈鄰女〉詩說：「娉婷十五勝天仙，白日姮娥旱地蓮。何處閑教鸚鵡語，碧紗窗下繡牀前。」和本詩「十五即相識，今年二十三」的追憶相符合。所以這首詩也可能是為思念湘靈而作，以表現自己的刻骨相思之情，不過採取了代湘靈立言的形式罷了。

婦人❶苦

【題解】這是一首五言古體的感傷詩。作於長慶三年（西元八二三年）以前，具體作年不詳。詩通過一位被冷落的妻子訴說婦女的痛苦和男女的不平等，體現了白居易同情女性的仁愛精神。

蟬鬢❷加意梳，蛾眉用心掃❸，幾度曉妝❹成，君看不言好。妾身重同穴❺，
君意輕偕老❻；惆悵❼去年來，心知未能道❽。今朝一開口，語少意何深！願引他
時事❾，移君此日心❿。人言夫婦親，義合如一身⓫；及至死生際⓬，何曾苦樂均⓭？
婦人一喪夫，終身守孤孑⓮；有如林中竹，忽被風吹折，一折不重生，枯死猶抱

節⑮。男兒若喪婦，能不暫傷情⑯？應似門前柳，逢春易發榮⑰，風吹一枝折，還有一枝生⑱。為君委曲言⑲，願君再三聽：須知婦人苦，從此莫相輕⑳。

【注　釋】❶婦人　已嫁婦女的通稱。❷蟬鬢　古代婦女的一種髮型，蟬翼黑薄而光潤，故以為比。崔豹《古今注》卷下〈雜注〉：「魏文帝宮人絕所愛者，有莫瓊樹……製蟬鬢，縹眇如蟬，故曰蟬鬢。」❸蛾眉句　蛾眉，女子秀美的眉毛，細長彎彎如同蠶蛾的觸鬚。掃，描畫。❹曉粧　晨妝，晨起梳妝。❺同穴　夫妻合葬一個墓穴。用來形容夫婦相愛之堅。《詩經・王風・大車》：「穀則異室，死則同穴。」❻偕老　一同活到老。常特指夫妻。《詩經・邶風・擊鼓》：「執子之手，與子偕老。」❼惆悵　失意而傷感。❽道　說出。❾他時事　來日事。指下面所說夫婦死生際的事。❿移君句　移，轉移；改變。此日心，指如今冷漠的心。⓫義合句　義合，以義結合。《禮記・昏義》：「男女有別而后夫婦有義，夫婦有義而后父子有親。」一身，猶言一體。《儀禮・喪服》：「夫妻一體也。」⓬死生際　生死分離的時刻。⓭均　平均；相同。⓮孤子　孤單。⓯抱節　竹抱節而生，雙關人的堅守節操。張正見〈賦得階前嫩竹〉：「欲知抱節成龍處，當於山路葛陂中。」古代對女子要求貞節，丈夫死後還要守節。班昭《女誡・專心第五》：「夫有再娶之義，婦無二適之文，故曰夫者天也。」⓰傷情　傷心。⓱發榮　萌芽生長。榮，草木茂盛。⓲一枝生　比喻男子再娶。⓳委曲言　曲折詳盡源源本本講清楚。委曲　曲折輾轉。⓴相輕　看輕；輕視。

【語　譯】蟬鬢用心用意地梳理，秀眉專心專意地描繪，多少次清晨妝梳完畢，你看了卻都不中意。妾身看重的是夫婦死則同穴，而你輕視的卻是夫婦白頭偕老，去年以來我就傷心難過，嘴裡沒說出來心裡卻明白知道。現在把心裡的話說出來，話語雖少但情意是多麼深！希望拿未來的情事，改變你現在冷淡的心。人們都說夫婦最親，以禮義結合如同一個人；等到生死離別的時刻，苦樂哪裡就能夠平均！婦女一死去丈夫，一輩子守寡孑然一身；就像林中的竹子，忽然被風吹折，一折斷就不能重新生長，枯死後還要堅守志節。男子如果死去了妻子，怎能不短時間的傷心？理應像門前的柳樹，到春天容易發芽繁盛，大風吹斷了一根枝條，還有另外的枝條重新發生。我為你委曲詳盡地陳說，請你再三反復地聆聽：應當了解婦女的痛苦，從今後不要把我看輕。

【研　析】這是一首第一人稱的代言體。詩人設身處地，以一位女子的口吻，細細傾訴她內心的痛苦與憂傷，心理描寫極為婉曲細膩。詩中充分運用對比的手法，將婦人對丈夫的深情與丈夫的薄情對比，寫出女子對被遺棄的擔心，用夫死後妻子必須終身守節和妻死後丈夫可以再娶對比，寫出婦女的痛苦和不平。最後，點出「須知婦人苦，從此莫相輕」，這既是對她的丈夫，也是對世上所有男子的勸誡。

白居易是一位寫了大量女性題材詩歌並且成就突出的詩人，他許多傳世的名篇都和女性有關。他從多個角度描寫了社會各階層的不同女性，代她們立言，表現出平等仁愛的人道主義精神。他的外祖母長期守寡，他的母親寡居後又患精神分裂的「心疾」，給他心理帶來深深的創傷，使他對婦女的不幸充滿同情。本詩反映了婦女被遺棄和寡居的痛苦，可以看出這種創傷的痕跡。

潛別離❶

【題　解】這是一首樂府詩。原集編在卷一二感傷詩中，當是長慶三年（西元八二三年）前作。詩中寫一對情人迫於種種客觀原因不能結合只能偷偷分手時刻骨銘心的痛苦。

不得哭，潛別離；不得語，暗相思；兩心之外無人知。深籠夜鎖獨棲鳥，利劍春斷連理枝。河水雖濁有清日❷，烏頭雖黑有白時❸。唯有潛離與暗別，彼此甘心無後期❹！

【注　釋】❶潛別離　祕密的離別。此詩《樂府詩集》卷七二收入「雜曲歌辭」中。《山堂肆考》卷一六一：「漢李陵詩：『良時不可再，離別在須臾。』故後人擬之為〈古別離〉也。後又有〈長別離〉、〈遠別離〉、〈新別離〉、〈暗別離〉、〈潛別離〉、〈苦別離〉等曲。」❷河水句　河，黃河。《太平御覽》卷六一引《物理論》：「河色黃，眾川之流，蓋濁之也。」又引《拾遺記》：「黃河千年一清，聖王之大瑞也。」❸烏頭句　烏，烏鴉。《太平御覽》卷九二〇引《燕丹子》：「燕太子丹質於秦，秦王遇之無禮，不得意，欲歸。秦王不聽，謬言令烏白頭、馬生角乃可。丹仰天嘆之，烏即白頭，馬為生角，秦王不得已而遣之。」這裡用河水清、烏頭白比喻最不可能發生的事也有可能發生。❹無後期　沒有後會的期約。

【語　譯】不能哭泣，只能偷偷地分離；不能說話，只能暗暗地相思；除了兩心相知之外，再也沒人知。就像那閉鎖籠中深夜獨自棲息的鳥，就像那春天被利劍斬斷的枝葉相連的樹枝。渾濁的黃河水也有澄清之日，烏鴉的黑頭也有變白之時。只有兩個人祕密的分手，心甘情願永遠再沒有相見之期！

【研　析】詩寫一對戀人因不能結合不得不偷偷訣別的痛苦心理。江淹〈別賦〉說：「黯然銷魂者，唯別而已矣！」可是這對戀人戀情無法公開，所以連人們通常以哭泣和叮嚀來告別也不可能，一切都只能深埋在兩心之中，這該是何等的悲哀！詩已經難乎為繼了，如獨棲鳥而夜鎖深籠，如連理枝而春遭利劍，詩人只好用兩個比喻來描述他們的悲慘處境。萬般無奈之中，他們還存在著一絲希冀，黃河尚有澄清之日，烏頭還有變白之時，難道他們的分手竟成永別嗎？但左思右想終於無計可施，只有「甘心無後期」了。以黃河清、烏頭白作比，可見其並不真的「甘心」分手，但終於不得不分手，所以更加痛苦。詩人把這種潛離暗別的痛苦可以說寫得淋漓盡致了。

白居易早年和湘靈相戀但因為種種原因而終於分手，由於有這種切身的情感體驗，所以寫得特別真切動人。

簡簡吟

【題　解】這是一首感傷詩。原集編在卷一二，當是長慶三年（西元八二三年）前作。詩描寫了少女簡簡美好容貌、才藝和氣質，對她的夭折表示痛惜。

蘇家小女名簡簡，芙蓉花腮柳葉眼❶。十一把鏡學點粧❷，十二抽針能繡裳❸。十三行坐事調品❹，不肯迷頭白地藏❺。玲瓏雲髻生菜樣❻，飄颻風袖薔薇香❼。殊姿異態不可狀❽，忽忽❾轉動如有光。二月繁霜殺桃李❿，明年欲嫁今年死。丈人阿母⓫勿悲啼，此女不是凡夫妻⓬。恐是天仙⓭謫人世，只合人間十三歲。大都好物不堅牢⓮，彩雲易散琉璃⓯脆！

【注　釋】❶芙蓉句　芙蓉，荷花的別名。又有木芙蓉，一名木蓮，深秋開花美麗，白色或粉紅色。腮，指面頰。《西京雜記》卷二：「文君姣好，眉色如望遠山，臉際常若芙蓉。」柳葉眼，柳葉眉下的眼睛。蕭繹〈樹名詩〉：「柳葉生眉上，珠璫搖鬢垂。」此稱「柳葉眼」，蓋變化言之。❷點粧　點額化妝。古代女性流行在額間貼花黃或花鈿，如梅花妝、初月妝等。❸繡裳　在衣裳上繡花。❹十三句　行坐，或行或坐。事調品，從事調絲品竹。指學習音樂。品，演奏樂器，如品簫等。❺不肯句　謂不肯作兒童捉迷藏的遊戲。迷頭，將頭遮掩。白地，空地。❻玲瓏句　謂鬢髮梳得像青菜那樣玲瓏精巧。玲瓏，精巧貌。生菜，新鮮可生吃的青菜，如萵苣、香菜等。❼飄颻句　謂隨風飄舞的衣袖散發著薔薇的清香。飄颻，隨風飄舞貌。風袖，飄動的袖子。❽殊姿句　殊姿，出眾的身姿。不可狀，不可名狀；無法形容。❾忽忽　不經意貌。❿二月句　謂簡簡遇病夭折。繁霜，濃霜。桃李，比喻美女。曹植〈美女篇〉：「南國有佳人，容華若桃李。」⓫丈人阿母　父親母親。⓬凡夫妻　凡人妻。凡夫，世俗的人，相對於天仙而言。⓭天仙　天上仙女。⓮堅牢　堅實牢固。⓯琉璃　天然的寶石。

【語　譯】蘇家小女兒名字叫簡簡，臉像芙蓉盛開眉如柳葉纖纖。十一歲手拿銅鏡學著點額梳妝，十二歲飛針走線繡衣裳。十三歲行坐之間調絲品竹，再不肯將頭遮掩隨著兒童在空地捉迷藏。精巧細緻的髮髻梳得像青菜那樣可愛，隨風飄搖的衣袖散發著薔薇的清香。與眾不同的美好姿態難以形容，不經意轉動身上就煥發青春的閃光。就像二月濃霜凍死了桃樹李樹，明年將要出嫁今年就夭亡。簡簡的父母啊不要悲傷哭泣，這個女孩不是凡夫俗子的妻。恐怕是天仙貶謫到人間，只應在世上生活到十三歲。美好的事物大都不牢固，彩雲容易消散寶石性脆容易打碎！

【研　析】白居易熱愛世間一切美好的事物，所以借少女蘇簡簡的夭折來抒發對美好事物的熱愛和憐惜之情。白居易又是一位善於描寫人物的大師，他只用了寥寥八句就把一位絕代風華的青春少女描繪得活靈活現。她天生麗質，多才多藝，十一學點妝，十二能繡裳，十三學調品，很快就出落成了一個風姿綽約、顧盼生光的大姑娘。「殊姿異態不可狀，忽忽轉動如有光。」她的身上處處都煥發出青春的光彩，這種青春的閃光才是她最動人的神韻！正當欲嫁時她卻突然夭折，於是詩人只好用是天上仙人來安慰她的父母，並且發出「大都好物不堅牢，彩雲易散琉璃脆」的感喟。彩雲、琉璃，喻體並舉，一纏綿，一斷決，一飄逸，一質實，一柔婉，一剛烈，正和簡簡的美好形象和性格若即若離，恰似只可意會，不可言傳。

花非花❶

【題　解】這是一首雜言體的感傷詩。原集編在卷一二，當是長慶三年（西元八二三年）前作。詩抒發一種對美好而短暫的事物的懷念悵惘之情。

花非花，霧非霧，夜半來，天明去。來如春夢幾多時，去似朝雲❷無覓處❸。

【注　釋】❶花非花　似花但又不是花。這是採用詩的首句作為題目。後人採此詩句法作詞，用〈花非花〉為調名。❷朝雲　早晨的雲霞。宋玉〈高唐賦〉記楚王遊高唐，夢見神女，來薦寢席，臨去時自云：「妾在巫山之陽，高丘之阻，旦為朝雲，暮為行雨，朝朝暮暮，陽臺之下。」於是為立廟，號曰「朝雲」。古代詩文多以「朝雲行雨」或「雲雨」隱喻男女情愛之事。❸無覓處　無處尋找。

【語　譯】像花又不是花，像霧又不是霧。半夜才到來，天明就離去。到來時像一場春夢時間短促，離去後像那朝霞不知歸於何處。

【研　析】此詩最大特點是朦朧。花，雖然美好卻容易凋謝，霧、春夢、朝雲，都是輕盈美好但又飄忽不定、難以捉摸的事物，夜更是黑暗迷茫，詩歌中又沒有出現比喻的本體，加之跳躍性很強，故呈現出超越具體主題的朦朧多義。主題應當是對往事的憶念，流露出淡淡的傷感。詩中用花、春夢、朝雲的意象，又有「夜半來，天明去」的描述，更容易使讀者聯想到男女的戀情，不過很難指實。

從體式上講，用三字句與七字句輪換，是當時民間歌謠三三七句式的活用，兼有聲律整飭與錯綜之美，極似小令，顯示早期文人詞和聲詩的血緣關係。

後宮詞❶

【題　解】這是一首寫宮怨的七言絕句。作於長慶三年（西元八二三年）前。詩寫一個失寵的宮女長夜難眠時所聞所感，寫出了她內心的苦楚哀怨和詩人的真摯同情。

淚盡羅巾❷夢不成，夜深前殿按歌聲❸。紅顏❹未老恩先斷，斜倚薰籠❺坐到明。

【注釋】❶後宮詞　以皇宮中生活為題材的詩。後宮，宮中后妃和宮女居住的地方。❷羅巾　絲織品的手帕。❸按歌聲　按樂曲節拍唱出的歌聲。❹紅顏　青春容貌，多指婦女。❺薰籠　薰衣的竹籠。

【語譯】眼淚流乾手帕溼透依然睡不成，夜深還聽見前殿傳來依照節拍唱出的歌聲。青春容貌還沒衰老皇帝的恩情先斷絕，斜靠在薰籠旁獨坐到天明。

【研析】這是一首著名的七言絕句。唐人寫失寵宮人哀怨的詩多借物寓悲，白居易此詩獨具匠心，直接正面描寫宮女被拋棄後長夜難眠的淒涼和落寞，尤為難能可貴。

「淚盡羅巾」寫她的神情，一個「盡」字，已把她前此的無限悲苦寫出。「夢不成」則寫淚盡的原因，她被冷落拋棄，希望在夢中尋找昔日歡笑或者夢見君王也不可得。「夜深」既點明她已哭泣多時，回映「淚盡」，又點出前殿歌舞歡樂的長久，和她的孤獨冷落形成強烈對照。思前想後，自己依然青春美貌卻遭拋棄，只有「斜倚薰籠坐到明」了。薰籠是薰衣的工具，薰衣既是她失寵後的工作，薰籠也使她在寒夜中感到一絲溫暖和慰藉。時間在推移，由哭泣到「淚盡」，由「夜深」而「到明」，君恩紙薄，無窮幽怨，盡在默默無語之中。詩極直率而又極含蓄，淺易中有思致，深切七絕之旨。它之所以被蘅塘退士選入《唐詩三百首》，成為家喻戶曉的名篇，絕不是偶然的。

衰病無趣❶，因吟所懷

【題　解】這是一首五言古體的感傷詩。長慶二年（西元八二二年）作於長安中書舍人任上。詩寫衰病中求郡歸隱的情懷，實際上是有感於長慶朝穆宗無能、朋黨漸起的政局，希望避開政治的漩渦，蒙上一層人生無奈的悲涼意緒。

朝餐多不飽，夜臥常少睡；自覺寢食間，都無少年味。平生好詩酒，今亦將捨棄。酒唯下藥❷飲，無復曾歡醉。詩多聽人吟，自不題一字。病姿引衰相❸，日夜相繼至。況當尚少❹朝，彌慚居近侍❺。終當❻求一郡❼，聚少漁樵費❽。合口❾便歸山，不問人間事。

【注　釋】❶衰病無趣　衰老生病沒有興致。❷下藥　伴藥，作藥引。❸衰相　衰老的外貌。❹尚少　崇尚年輕。指提拔任用青年人。《文選》張衡〈思玄賦〉李善注引《漢武故事》：「顏駟，不知何許人，漢文帝時為郎。至武帝，嘗輦過郎署，見駟尨眉皓髮，上問曰：『叟何時為郎，何其老也？』答曰：『臣文帝時為郎，文帝好文而臣好武。至景帝好美而臣貌醜。陛下即位，好少，而臣已老。是以三世不遇，故老於郎署。』」❺彌慚句　彌，更加。居近侍，居於接近和侍從皇帝的官職。長慶初，白居易拜主客郎中知制誥、中書舍人等職，為皇帝起草制誥詔令，是「近侍」的官員。❻終當　最終應當。❼求一郡　求得一個州，即請求外放為一個州刺史。❽聚少句　聚，聚集；攢集。少，少量。漁樵費，打魚砍柴的費用。指維持隱居生活的費用。唐代地方官員的薪俸高於朝廷的京官，所以在經濟困窘時往往請求外放。杜牧〈上宰相求杭州啟〉：「是作刺史，則一家骨肉四處皆泰。為京官，則一家骨肉四處皆困。」又〈上宰相求湖州第三啟〉：「今更得錢三百萬，資弟妹衣食之地，假使身死，亦無所恨。湖州三考，可遂此心。」❾合口合家的人口；全家人。

【語　譯】早上吃飯多數時候沒有食慾不知飢飽，晚上睡覺經常是輾轉反側難以入睡。自己感覺不論吃飯還是睡覺，都再沒有年輕時的那種滋味。平生一直喜愛吟詩飲酒，現在也將要把它們割捨拋棄。酒只在作藥引的時候喝一點，再也不像過去那樣歡樂沉醉。詩多半是聽別人吟詠，自己不再寫作一個字。生病的姿容引來衰老的相貌，夜以繼日接踵而至。何況當今是崇尚青年人的朝代，更加慚愧的是我這老人還官居近侍。總歸應當請求外放一個州郡，湊集一點點隱居的經費。到時候帶著全家回歸山林，不再過問人世間的是是非非。

【研　析】憲宗去世後，穆宗登基，昏聵荒淫，遊樂無度，《舊唐書・穆宗紀》有許多關於他「宴樂過多，畋遊無度」的記載。這時，牛李黨爭開始形成，元稹與裴度的矛盾也開始激化。白居易是牛黨要人楊虞卿的妹婿，和牛僧孺、元稹、裴度都是好友，又處在中書舍人這個接近皇帝的要職，是人們爭取的對象，所以處境非常尷尬。加之年事漸高，世情漸薄，於是請求外放。詩寫自己衰病懶散的生活，實有不得已的苦衷在。

詩描述自己衰病的情況，從「不飽」、「少睡」到捨棄詩酒，寫盡生活中了無興致的冷寂淡泊情懷。朝廷「尚少」而己已衰病，屢次上書，又不合時宜（參見下詩），不如自請離京，為一州刺史，還可以為將來的歸隱作好經濟上的準備。平淡中實有曲折微婉的深衷。

長慶二年七月自中書舍人❶出守杭州❷，路次❸藍溪❹作

【題　解】這是一首即景抒懷五言古詩。作於長慶二年（西元八二二年）七月赴杭州刺史任的途中。詩說

明自中書舍人出守杭州的緣由，追敘少年時對餘杭山水和太守的傾慕之情，抒發了踏上行程的興奮心情。

太原❺一男子，自顧庸且鄙❻。老逢不次恩❼，洗拔出泥滓❽。既居可言地❾，願助朝廷理；伏閤三上章❿，戇愚不稱旨⓫。聖人存大體⓬，優貸⓭容不死；鳳詔⓮停舍人，魚書除刺史⓯。置懷齊寵辱⓰，委順隨行止⓱；我自得此心，于茲十年矣⓲。餘杭乃名郡，郡郭臨江汜⓳；已想海門山⓴，潮聲來入耳。昔予貞元初，羈旅曾遊此，甚覺太守尊，亦諳魚酒美㉑。因生江海興㉒，每羨滄浪水㉓；尚擬拂衣㉔行，況今兼祿仕㉕。青山峰巒接，白日烟塵起㉖。東道既不通，改轅遂南指㉗。自秦窮楚越，浩蕩五千里㉘。聞有賢主人㉙，而多好山水。是行頗為愜㉚，所歷良可紀㉛。策馬㉜度藍溪，勝遊㉝從此始。

【注　釋】❶中書舍人　官名，屬中書省，「正六品上，掌侍進奏，參議表章。主詔旨制敕、璽書冊命，皆起草進畫；既下，則署行」。見《新唐書・百官志二》。❷出守杭州　出京為杭州刺史。杭州，今屬浙江。❸路次　途中停留。❹藍溪　藍水。這裡指藍橋驛，在京兆府藍田縣東南藍水上。自長安東南行出武關要從這裡經過。白居易赴江州任時曾作〈藍橋驛見元九詩〉。❺太原　今屬山西，是白居易祖籍。白居易〈故鞏縣令白府君事狀〉自承是秦將武安侯白起後人，秦始皇封起子白仲於太原，故子孫為太原人。❻庸且鄙　平庸而且淺薄。❼不次恩　越級提升之恩。不次，不按平常的次序。❽洗拔句　洗拔，洗去垢辱，提拔重用。泥滓，泥垢渣滓。比喻卑下的地位或恥辱。白居易元和十年被貶江州司馬，轉任忠州刺史，職位略有提升，但沒有脫離貶謫的處境。直到元和十五年正月憲宗死，穆宗繼位，政局發生改變，才被召回長安作尚書司門員外郎，再轉至中書舍人。❾可言地　擔任有進言資格的官職。中書舍人「掌侍進奏，參議表章」，是參議朝政的機要官員。❿伏閤句　伏閤，即拜伏在閤門便殿前。閤，宮中小門。唐代皇帝每年元日大朝會在含元殿，常朝在含元殿後的宣政殿，如果不御宣政殿而在其後的便殿紫宸殿召見官員，稱為「入閤」。三，多次。章，奏章。白居易歸朝後有〈論重考試進士事宜狀〉、〈論左降獨孤朗等狀〉、〈論行營狀〉等。⓫戇愚句　戇愚，剛直愚昧。不稱旨，不合皇帝的意。《舊唐書・白居易傳》：「時天子荒縱不法，執政非其人，制御乖方，河朔復亂。居易累上書論其事，天子不能用，乃求外任。」⓬聖人句　聖人，對皇帝的敬稱。存大體，顧全大局，考慮重要的原則或道理。⓭優貸　寬容免罪。⓮鳳詔　詔書。陸翽〈鄴中記〉：「石季龍與皇后在觀上，為詔書五色紙，著鳳口中，鳳既銜詔，侍人放數百丈緋繩，轆轤回轉，鳳凰飛下，謂之鳳詔。鳳凰以木作之，五色漆畫，腳皆用金。」⓯魚書句　魚書，唐代朝廷任免州郡長官所給的魚符和敕書。漢文帝二年始與郡國銅虎符、竹使符，右留京師，左與郡國，以為憑信。見《漢書・文帝紀》。隋唐時改為銅魚符。除，任命官職。⓰置懷句　置懷，放在心上。《詩經・小雅・谷風》：「將恐將懼，寘予于懷。」鄭箋：「寘，置也。置我於懷，言至親己也。」齊寵辱，把榮寵和恥辱等量齊觀。⓱委順句　委順，無為而順從自然安排。《莊子・知北遊》：「性命非汝有，是天地之委順也。」這裡指隨遇而安，順其自然。行止，行步止息，動靜進退。指人的行為舉動。⓲我自二句　此心，指齊寵辱之心。于茲，到現在。⓳餘杭二句　餘杭，郡名，即杭州，天寶中曾一度改名餘杭郡。郡郭，郡城，外城叫郭。江汜，江邊。杭州在浙江旁，浙江即錢塘江。⓴海門山，在杭州錢塘江入海處。《西溪叢語》卷上：「（浙江）夾岸有山，南曰龕，北曰赭，二山相對，謂之海門，岸狹勢逼，湧而為濤耳。」㉑昔予四句　貞元，唐德宗的第三個年號（西元七八五—八〇四年）。羈旅，作客寄居。此，指杭州、越州一帶。太守，漢代州郡的首長，唐代的刺史與之相當。諳，熟悉。白居易〈吳郡詩石記〉：「貞元初，韋應物為蘇州牧，房孺復為杭州牧，皆豪人也。韋嗜詩，房嗜酒，每與賓客一醉一詠，其風流雅韻多播於吳中，或目韋、房為詩酒仙。時予始年十四五，旅二郡，以幼賤不得與遊宴，尤覺其才調高而郡守尊。以當時心言，異日蘇、杭，苟獲一郡，足矣。」韋應物為蘇州、房孺復為杭州在貞元四至五年間，時白居易因避戰亂寓居杭越。㉒江海興　隱居的興致。《莊子・刻意》：「就藪澤，處閒曠，釣魚閒處，無為而已矣。此江海之士，避世之人。」㉓滄浪水　古水名，有漢水、漢水之別流、漢水之下流、夏水諸說。《楚辭・漁父》：「漁父歌曰：『滄浪之水清兮，可以濯吾纓；滄浪之水濁兮，可以濯吾足。』」後代指隱居之所。㉔拂衣　振衣而起。謂歸隱。㉕祿仕　居官食祿。㉖白日句　白日，白天。

烟塵，烽煙塵土。代指戰亂。長慶二年七月，汴州軍亂，逐節度使李愿，立牙將李岕為留後，朝廷派韓充為汴州節度使，以李岕為右金吾將軍，李岕不從，遂命陳許節度使李光顏等進討。事見《舊唐書‧穆宗紀》。㉗東道二句　意思是由於汴州駐軍叛亂，東路不通，白居易遂取道襄陽赴任。東道，東出的道路。指自長安取道洛陽、汴州，經運河至東南諸州的道路。改轅，猶改轍，改變行車的道路。南指，南行。指取道襄陽，順漢水、長江東下。㉘自秦二句　秦，指長安所在的關中地區，古為秦國之地。楚，指今長江中下游地區，古為楚國之地。越，指杭州所在的浙江流域地區，古為越國之地。五千里，杭州至長安里程的約數。據《元和郡縣圖志》卷二五，杭州至長安為三千四百里。㉙賢主人　好的東道主。指一路上所經州郡的行政長官。白居易有〈郢州贈別王八使君〉、〈贈江州李十使君員外十四韻〉等詩，即赴杭州途中贈別郢州刺史王鎰、江州刺史李渤等人之作。㉚是行句　是行，這次旅程。愜，快意；滿足。㉛良可紀　很值得記下來。㉜策馬　驅馬前行。策，馬鞭，以鞭鞭馬。㉝勝遊　快意的遊覽。

【語　譯】我是太原的一個男子，知道自己資質平庸見識膚淺。到了老年得到皇上特別的恩典，洗雪提拔才脫離貶謫的汙泥濁水之間。既然身居參議朝政的機要職務，願意輔佐朝廷實現長治久安的局面；這才拜伏閤門多次上書言事，卻又戇直愚魯不合皇上的心願。皇上顧全朝廷的大體，寬宏大量把我的殺身之罪赦免；降下詔書停罷中書舍人的職務，頒賜魚符敕書任命我為刺史出領州縣。心中把榮寵和恥辱等量齊觀，行止舉動一切都順其自然；自從我形成這種心態，到如今已經有整整十年。杭州是著名的州郡，州城緊靠著錢塘江邊；一接到詔書就想到杭州的海門山，錢塘江潮奔騰的聲音已經在耳畔迴旋。過去我在貞元初年，寄居為客時曾經遊覽這裡的山川，深感刺史作為一州之長的尊貴，也多次嘗到過杭州的酒美魚鮮。於是產生過遨遊江海的興致，常常羨慕濯足滄浪的生活盼望歸隱田園；本來就想振衣高蹈作吳越之行，何況現在到杭州去還兼有官職和俸錢。連綿的青山峰巒相接，青天白日汴州軍人作亂燃起烽烟。東去的道路既然不暢通，只好取道襄陽南行易轍改轅。從關中出發走遍楚地和吳越，遙遠浩蕩的里程有五千；聽說所到之處的主人都很好客，而且一路上山光水色美景無邊。這次旅行一定令人滿足快意，經歷聞見也值得記錄成篇。揚鞭驅馬渡過了藍溪水，愉快的旅途從此開始了第一天。

【研　析】白居易這次南行赴杭州，和元和十年赴江州都是取道襄陽漢水，但心情卻完全不同。詩的第一層寫出守的原因，既是因為他上書言事「戇愚不稱旨」因而外放，也是他眼看朝廷政局混亂、黨爭將起而自求解脫（參見前詩），所以一旦遂心，愉悅輕鬆之情溢於言表。第二層是寫他對於杭州的嚮往。遊杭州山水，做杭州刺史，是他青年時期的夙願，一旦既能遊賞，而且兼有官職俸祿，自然欣然前往。第三層則是寫這次行程。由於汴州軍亂，汴路不通，只能取道襄陽南行，但這並沒有減低他的興致。這一路上既有賢主人，又有好山水，所以是一次非常愉快的旅遊，不妨多寫些詩。於是詩人欣然命筆：「策馬度藍溪，勝遊從此始。」可以說，詩把他出行時興致勃勃、神采飛揚的情態寫得生動傳神，淋漓盡致。

當然，他自言「庸鄙」、「戇愚」，歌頌皇帝「存大體」和「優貸容不死」的恩德，這種輕鬆愉快的情緒背後仍有憂憤在，這在下面〈舟中晚起〉詩中就說得較為明白了。

舟中晚起

【題　解】這是一首即事抒情的七言律詩。長慶二年（西元八二二年）八月作於赴杭州途中。詩記敘旅途中懶散單調的船上生活，抒發了對於國事的關念和離開朝廷的不平。

日高猶掩水窗❶眠，枕簟❷清涼八月天。泊處或依沽酒店，宿時多伴釣魚船。
退身江海應無用，憂國朝廷自有賢。且向錢塘湖❸上去，冷吟❹閑醉二三年。

【注　釋】❶水窗　船上臨水的窗戶。❷枕簟　枕席。簟，竹席。❸錢塘湖　即錢唐湖，杭州西湖。❹冷吟　寂寞地獨自吟詩。

【語　譯】太陽高照仍然關上臨水的船窗高眠，正是秋高氣爽枕席清涼的八月天。船隻有時靠著沽酒的店鋪停泊，晚上睡覺大多依傍著漁翁的釣船。退身江海邊應該因為我毫無用處，憂心國事朝廷中自有賢德的官員。姑且到杭州的錢塘湖上去，寂寞地吟詩安閒地飲酒過上兩三年。

【研　析】前詩寫赴杭州任時的歡快心情，但等到旅途孤獨寂寞之時，內心的憤激和不平又難以遏抑，本詩就抒寫了憤激不平的一面。

詩首聯寫舟中的懶散生活，八月枕簟清涼，日上三竿，詩人仍然掩窗高臥。次聯寫寂寥而單調的水程，獨處舟中，夜宿或依酒店，或傍漁船。在這高臥艙中百無聊賴之時，想起了自己的處境，於是「退身江海應無用，憂國朝廷自有賢」一聯，不覺衝口而出。所謂「肉食者謀」，自己既被摒棄在朝廷之外、江海之上，朝廷國事就讓朝中那些賢臣們去謀劃吧。無可奈何，自己只有到杭州錢塘湖上「冷吟閑醉」，度過這兩三年刺史任期而已。這裡完全看不到前詩因外放杭州而興高采烈的情緒了。詩從閒適落筆，以閒淡的語言寫濃濃的寂寥情景和憤憤不平的心情，毫不著力，而情韻宛然。《唐宋詩醇》卷二四說此詩「命意深厚」，甚中肯綮，但說「直與杜甫同調」，則恐非白傅知音。

暮江吟

【題　解】這是一首寫景的七絕。長慶二年（西元八二二年）秋作於赴杭州途中。詩通過純淨的設色和生動的比喻，把秋江夕照和夜色寫得或色彩絢爛，或清寒靜謐。

一道殘陽鋪❶水中，半江瑟瑟❷半江紅。可憐九月初三夜，露似真珠❸月似弓。

【注　釋】❶鋪　指太陽光斜照在整個水面。❷瑟瑟　碧綠色寶石。形容背陰處江水碧綠的顏色。❸真珠　即珍珠。

【語　譯】一道夕陽的餘光平鋪在江面，一半江水碧綠另一半鮮紅。更可愛的是九月初三的夜晚，滴滴露水像珍珠一彎新月像一張弓。

【研　析】〈暮江吟〉著眼全在一個「暮」字，立意新奇。它並不是取謝朓〈晚登三山還望京邑〉「餘霞散成綺，澄江靜如練」的常見圖景，而是將江上黃昏與夜晚兩幅圖景對舉。寫夕陽，突現碧綠江水與鮮紅斜陽的絢爛；寫月夜，露水是彌漫是凝聚，月色是孤高是清峻，初生新月映照下生成的露珠晶瑩剔透，筆力纖微幽寂到極致。寫薄暮，是水天對比，色彩鮮亮，寫夜晚，是月露類舉，用「可憐」一詞勾勒出秋江的清寒靜謐。前者明麗飽滿，重實景，後者幽寂涵淡，重虛境，又共同構成秋江晚景，從時空上順延了「暮江」內涵，暗示出詩人由喜悅讚嘆到深宵無眠，到幽寂淡遠的心緒。

晚興❶

【題　解】這是一首即景詠懷的五言律詩。長慶二年（西元八二二年）在杭州刺史任上作。詩寫江城官署的晚景，在閒淡和冷靜的暮色中流露出內心的抑鬱和惆悵。

極浦❷收殘雨，高城駐落暉❸。山明虹半出，松闇鶴雙歸。將吏❹隨衙散❺，
文書❻入務❼稀。閑吟倚新竹，筠粉❽汙朱衣❾。

【注　釋】❶晚興　傍晚的感興。興，感興，因物而有所感發。❷極浦　遙遠的水邊。這裡指西湖。《楚辭・九歌・湘君》：「望涔陽兮極浦。」王逸注：「極，遠也；浦，水涯也。」❸落暉　夕陽的餘照。❹將吏　指刺史屬吏，將指

武吏，吏指文吏。❺隨衙散　隨著晚衙完畢散去。屬吏參見上級叫「衙」，早晚各一次，稱為朝衙、晚衙。白居易〈城上〉：「城上鼕鼕鼓，朝衙復晚衙。」❻文書　公文；案牘。❼務　官署名，多指徵收賦稅等官署。這裡泛指官署。❽筠粉　竹節上附著的白粉。❾汙朱衣　弄髒官服。朱衣，紅色官服。唐代刺史服緋，深紅色。

【語　譯】遠遠的湖畔零星的雨點漸漸停止，高高的城上留駐著落日的餘暉。鮮明的山色和半隱半現的彩虹相映照，濃密陰暗的松枝裡白鶴已經雙雙飛回。隨著晚衙結束文武僚吏紛紛散去，官署裡很少文牘需要處理。靠著新竹閒適地吟哦起詩句，竹上的白粉沾汙了刺史的緋衣。

【研　析】詩由遠而近，由自然而人事描寫了傍晚的景物：湖畔殘雨漸收，城樓斜日將落，山明彩虹將隱，松闇雙鶴將歸，僚吏退衙散去，文書案牘也十分稀少。一切都在歸去，只有一個未歸之人，即杭州刺史自己。他在衙退之後，來不及脫掉官服，卻倚竹閒吟，任由竹節的筠粉弄髒了紅色的官服。原來，前面所寫都是詩人倚竹所見。以未歸之人對萬物皆歸之景，點點滴滴，滲入心頭，給人以「萬族各有託，孤雲獨無依」（陶淵明〈詠貧士〉）之感。這說明，白居易來杭州後，儘管遠離政治傾軋的中心，儘管漸入正軌的杭州政務變得清閒，但內心並沒有得到真正平靜。他心靈的歸屬在何地？詩沒有回答，反而透出淡淡的遲暮與惆悵。詩不著一字議論，純用景物層層鋪墊映襯，筆墨淡遠疏冷。

醉後狂言，酬贈蕭、殷❶二協律❷

【題　解】這是一首託物言志的七言古風。長慶二年（西元八二二年）十一月作於杭州刺史任上。詩用裘為喻，抒發了要以仁愛和法度製作大裘「展覆杭州人」，即為廣大百姓謀求福祉的宏遠志向，表現了白居易一貫的民胞物與的精神。

餘杭邑客多羈貧❸，其間甚者蕭與殷。天寒身上猶衣葛，日高甑中未拂塵❹。

江城山寺十一月❺，北風吹砂雪紛紛。賓客不見綈袍惠❻，黎庶❼未霑襦袴恩❽。

此時太守❾自慚愧，重衣複衾❿有餘溫。因命染人與針女⓫，先製兩裘⓬贈二君。

吳緜細軟桂布密⓭，柔如狐腋⓮白似雲。勞將詩書⓯投贈我，如此小惠何足論⓰！

我有大裘君未見，寬廣和煖如陽春⓱。此裘非繒⓲亦非纊⓳，裁以法度絮以仁⓴。

刀尺鈍拙㉑製未畢，出亦不獨裹一身。若今在郡得五考㉒，與君展覆㉓杭州人。

【注釋】❶蕭殷　蕭，指蕭悅，時以協律郎為杭州屬吏。參見〈畫竹歌〉注❷。殷，殷堯藩，元和中進士，官協律郎，長慶中在杭州，後為永樂縣令，監察御史。白氏任盩厔尉時，兩人即已相識。❷協律　協律郎，太常寺屬官，「正八品上，掌和律呂」。❸餘杭句　餘杭，郡名，即杭州。邑客，僑居的非本土人士。羈貧，客居貧困。❹天寒二句　葛，一種多年生草本植物。這裡指用葛的纖維織成的葛布，又稱葛麻，因為透氣性強，多用來製作夏季的衣服。袁充年十餘歲，冬初尚衣葛衫。事見《北史・袁充傳》。甑，蒸飯的炊具。未拂塵，沒有撣去甑中灰塵。意思是沒有糧食做飯。東漢名士范冉，字史雲，桓帝時為萊蕪長，後遭黨人禁錮，賣卜於梁沛間，結草屋而居，妻紡績自給，有時糧盡，窮居自若，言貌不改，閭里歌曰：「甑中生塵范史雲，釜中生魚范萊蕪。」事見《後漢書・范冉傳》。❺江城句　江城，指杭州，臨錢塘江。山寺，當指靈隱寺，在杭州錢塘縣西十五里靈隱山。❻綈袍惠　綈袍，厚繒製的袍。戰國時魏國人范雎先事須賈，遭其笞辱幾死。後改名張祿逃往秦國，為秦相，權勢顯赫。魏聞秦將東伐，命須賈使秦，范雎喬裝敝衣往見，須賈不知，憐其寒而贈一綈袍。後知范雎即秦相張祿，惶恐請罪，范雎以須賈有贈袍念舊之情，寬恕了他。事見《史記・范雎蔡澤列傳》。❼黎庶　黎民百姓。❽襦袴恩　襦袴，短衣和褲子。泛指衣服。東漢廉範，字叔度，為蜀郡太守，政治清明，百姓富庶，當時人作歌頌揚說：「廉叔度，來何暮！不禁火，民安作。平生無襦今五袴！」見《後漢書・廉範傳》。❾太守　漢代郡的首長。這裡是白居易自指。唐代刺史相當於漢代太守。❿重衣複衾　多重的衣被。⑪因命句　染人，原是《周禮》中的官名，掌染絲帛等事。這裡泛指染布帛的工匠。針女，縫紉女工。⑫裘　皮衣。這裡代指布棉袍。⑬吳緜句　吳緜，吳郡（今江蘇蘇州）出產的絲綿。桂布，桂州（今廣西桂林）出產的木棉布。參見〈新製布裘〉注❷❸。⑭狐腋　狐狸腋下的毛皮，細軟輕暖，是製裘的上佳材料。《史記・趙世家》：「吾聞千羊之皮不如一狐之腋。」⑮詩書　指蕭殷二人感謝白居易贈裘的詩和書信。⑯何足論　不值一談。⑰陽春　溫暖的春天。古人以春夏為陽，秋冬為陰。⑱繒　絲織品的總稱。⑲纊　蠶絲綿絮。⑳裁以句　用法律制度去剪裁，用仁愛作綿絮。實際是法制與仁愛並用的寬威相濟的為政之道。㉑刀尺句　剪刀和尺，裁剪工具。鈍，不鋒利。指剪刀。拙，笨拙。指裁製技巧。這裡以刀尺鈍拙比喻自己為政辦事的能力低下。㉒五考　五次考核。指在任五年。唐代官員每年考核一次，一般經過三考就可以轉官。唐憲宗時，規定謫貶的官員須經五次考核方可調任。《舊唐書・憲宗紀下》：「（元和十二年七月）乙酉敕：『今後左降官及責授正員官等，宜從到任經五考滿，許量移。』」㉓展覆　展開並覆蓋。

【語　譯】杭州居住的人士多旅居貧困，其中最貧困的要數蕭悅與殷堯藩。天氣寒冷身上還穿著夏天的葛布衣，太陽高照飯甑還滿是灰塵無米做飯。十一月的杭州城外靈隱寺，北風吹起了細沙像大雪紛飛。賓客們得不到我贈送綈袍的恩德，老百姓得不到我仁政的實惠。這時我做刺史的深感慚愧，身上暖暖和和重衣又厚被。所以命令染布的工匠和縫衣女，先作兩件棉布袍送給二位。吳地的絲綿細軟桂州的木棉布厚密，輕白像雲彩柔軟暖和像狐腋的毛皮。有勞你們贈詩寫信來感謝我，這樣的小恩小惠哪裡值得一提！我有長大的棉袍二位還沒看見，寬大溫暖穿上像處在豔陽高照的春天。這件大袍的材料不用繒帛和絲綿，用仁愛作綿絮用法令制度來裁剪。工具不利技術不高還沒做完畢，做完了也不獨裹住個人的身體。如果讓我在杭州任滿五年期，和你們展開大袍覆蓋全杭州百姓大家都受益。

【研　析】詩的前半段寫贈布裘給蕭、殷二協律和二人以詩書報謝的事，但這只是敘述作詩緣由的引子，目的是引發後半段的議論。詩人認為製裘以贈貧士不過是「小惠」，推行「仁愛」和「法度」的政治，製作「大裘」「與君展覆杭州人」才是真正的大愛。白居易關心民生疾苦的崇高精神實可與杜甫「安得廣廈千萬間，大庇天下寒士俱歡顏」（〈茅屋為秋風所破歌〉）前後輝映。

白居易在忠州刺史任上所作〈東坡種花二首〉已經有「勸農均賦租……省事寬刑書，移此為郡政，庶幾甿俗蘇」的想法，希望在為政一方時盡可能為百姓辦些好事、實事。他在杭州刺史任治理西湖，就是他所辦好事之一。但在整個古代腐敗封建官僚政治體制中，個人的作用非常有限，而且任期很短，當州百姓的處境很難有根本的改善，所以詩歌中也常常流露無力改變現實的憤懣和哀傷。抒高尚情懷而常目之為「醉後狂言」，就是這個緣故。所以，何焯評云：「大材小用，又不久任，曰醉曰狂，傷之至也。」

錢塘湖❶春行

【題　解】這是一首寫西湖春景的七言律詩。長慶三年（西元八二三年）春作於杭州刺史任上。詩通過攝取一系列富有特徵的細節，鮮活地描繪出西湖早春的勝景，表現了詩人歡愉的心情。

孤山寺❷北賈亭❸西，水面初平雲腳❹低。幾處早鶯爭暖樹❺？誰家新燕啄春泥❻？亂花漸欲迷人眼，淺草纔能沒馬蹄。最愛湖東行不足❼，綠楊陰裡白沙隄❽。

【注　釋】❶錢塘湖　一作錢唐湖，即西湖，在今浙江杭州西。白居易〈錢唐湖石記〉：「錢唐湖一名上湖，周迴三十里。」《淳祐臨安志》卷八：「西湖，在郡西，舊名錢塘湖。源出于武林泉，周迴三十里。澄波浮山，自相映發，清華盛麗，不可模寫。朝暮四時，疑若天下景物，于此獨聚。」❷孤山寺　即永福寺，始建於陳天嘉初年，故址在今西湖中孤山上。元稹〈永福寺石壁法華經記〉：「永福寺，一名孤山寺，在杭州錢塘湖心孤山上。」❸賈亭　即賈公亭。《唐語林》卷六：「貞元中，賈全為杭州，於西湖造亭，為賈公亭。未五六十年，廢。」❹雲腳　下雨前後接近地面的雲氣。❺暖樹　背風向陽的樹。❻啄春泥　春日啣來築巢的泥土。❼不足　不夠；不厭。❽白沙隄　即今西湖白堤，又名斷橋堤，通往孤山，前人多誤以為白居易為杭州刺史所修。白居易〈杭州春望〉：「誰開湖寺西南路，草綠裙腰一帶斜？」自注：「孤山寺路在湖洲中，草綠時，望如裙腰。」知此堤白居易為刺史時已有。

【語　譯】孤山寺北賈公亭的西邊，湖水剛剛漲滿雲腳低垂水連著天。多少處早春的黃鶯在向陽的樹枝上爭鳴婉囀？銜著築巢泥土飛來飛去的是誰家的新燕？雜亂地爭相開放的繁花漸漸看花了遊人的雙眼，嫩綠的新草淺淺剛能把遊騎的蹄痕遮掩。最令我喜愛的是在湖的東邊，那綠柳濃陰覆蓋的白沙堤面。

【研　析】白居易寫了近三十首有關杭州西湖的詩，他可以說是「發現」並藝術地再現西湖之美的第一人。〈錢塘湖春行〉是他西湖詩中的名作。

首兩句點題，起筆就捭闔縱橫，視野闊遠：從北邊的孤山寺寫到西邊的賈公亭，西湖的人文勝景盡收眼底；春水平滿，雲腳低垂，水天相連而又相映，好一幅早春西湖的全景畫圖。中間二聯從細部來描繪西湖春景，早鶯、新燕、亂花、淺草，到處一片濃濃春意，勃勃生機。尤以「亂花漸欲迷人眼，淺草纔能沒馬蹄」最見早春風物的繽紛鮮嫩，踏青遊人的流連忘返。末句以寫「綠楊陰裡白沙隄」作結，隄在春行未到的「湖東」，只是遙望，所以餘味搖曳，更增含蘊不盡的韻味。前人用「風情宕漾」（趙臣瑗《山滿樓箋注唐詩七言律》）「娟秀無比」（《網師園唐詩箋》）來讚美它，洵不為過。

詩以寫景為主，但「象中有興」，在在處處都有詩人的身影。杭州湖山的秀美，政務步入正軌，社會趨於安定，都是白居易「春行」時身心輕鬆愉悅的原因，理解這一點，才能抓住感受詩的鑰匙。

杭州春望

【題　解】這是又一首寫西湖春景的七言律詩。長慶三年（西元八二三年）作於杭州刺史任上。詩交織描繪了杭州春望所見的自然美景、人文勝跡和物產風光，在明媚鮮妍、繁華富庶的景物風情中醞藏著濃郁的春意。

望海樓明照曙霞❶，護江隄❷白蹋晴沙。濤聲夜入伍員廟❸，柳色春藏蘇小家❹。紅袖織綾誇柿蔕❺，青旗沽酒趁梨花❻。誰開湖寺西南路❼？草綠裙腰一道斜❽。

【注釋】❶望海句　望海樓，白居易原注：「城東樓名望海樓。」《淳祐臨安志》卷五：「東樓，一名望海樓，在中和堂之北。《太平寰宇記》：『名望潮樓，在錢塘縣南一十三里，樓高一十丈，唐武德七年置。』」曙霞，朝霞。❷護江隄　杭州東南錢塘江岸築以抵擋海潮的大堤。❸伍員廟　在杭州胥山上。伍員，字子胥，春秋楚人。父兄均為楚平王殺害。子胥逃到吳國，助吳王闔廬打敗楚、越等國，成就霸業。後諫吳王伐齊而信越，為奸臣讒害，被夫差賜死。死前說：「抉吾眼縣（懸）吳東門之上，以觀越寇之入滅吳也。」吳王聽說後大怒，用皮袋盛其尸拋到江中。事見《史記・伍子胥列傳》。《吳越春秋・夫差內傳第五》：「（吳王）乃棄其軀，投之江中。子胥因隨流揚波，依潮來往，蕩激崩岸。」相傳伍員後來成為江潮之神，故錢塘江潮又稱「子胥濤」。❹蘇小家　蘇小，指南齊時錢塘名伎蘇小小，《玉臺新詠》卷一〇有〈錢唐蘇小歌〉一首。今西湖西泠橋畔有蘇小小墓。這裡以「蘇小家」代指歌女舞伎居住的地方。❺紅袖句　紅袖，代指婦女。這裡指織綾女。綾，一種薄而有花紋的絲織品。柿蔕，柿子的蔕。白居易原注：「杭州出柿蔕花者尤佳也。」這裡指綾上織有凸出的柿蔕狀花紋。明姜南《蓉塘詩話》：「所謂『柿蔕』，指綾之紋也。《夢粱錄》載杭土產綾曰柿蔕、狗腳，皆指其紋而言。」❻青旗句　青旗，酒家的酒旗。代指酒家。沽，買取。趁梨花，趕上梨花開放的時節。梨花，也是酒名。白居易原注：「其俗，釀酒趁梨花時熟，號為梨花春。」❼誰開句　湖寺，孤山寺，在西湖中孤山上。西南路，指由斷橋向西南通往湖中到孤山的長堤，即白沙堤，簡稱白堤。❽草綠句　白居易原注：「孤山寺路在湖洲中，草綠時，望如裙腰。」

【語　譯】鮮明的望海樓映照著絢爛的朝霞，白色護江堤上人們踐踏的是陽光照耀的細沙。深夜洶湧的江濤聲似乎被驅進了伍員廟裡，無邊春色就藏在那楊柳堆煙的歌舞人家。婦女們拿巧手織出美麗的柿蒂綾爭相誇耀，青色酒旗招引人們沽酒趁著到處盛開梨花。啊，是誰開闢了孤山寺西南邊的這條道路？是如茵綠草在美人腰間繫上了一條裙帶橫斜。

【研　析】前詩寫西湖早春，著眼在一「行」字，本詩寫杭州春景，落腳在一「望」字。詩人站在高處，縱目所見，絢爛朝霞和城郭高樓互相輝映，錢塘江堤上細沙在陽光下白得耀眼，這是從大處著眼，寫杭州的全景。伍員廟想見江潮的洶湧澎湃，蘇小家想見青樓的絲竹歌舞，一悲壯，一嫵媚，這是寫杭州的歷史人文景觀。柿蒂綾、梨花酒是杭州著名的物產，紅袖、青旗則寫出杭州作為商業都市的富庶繁華。落筆寫望中所見白沙堤，綠草茵茵如一條裙帶斜繫，輕柔嫵媚，把喧囂引向寧靜飄逸，正是杭州秀逸的靈魂。「欲把西湖比西子」，卻又沒有明說，風情萬種，令人浮想聯翩。

全詩八句，都是望中所見，一路鋪排開去，好像沒有章法，其實卻章法井然。柳永〈望海潮・錢塘懷古〉當脫胎於此。

早行林下

【題　解】這是一首即景抒情的五言律詩。長慶三年（西元八二三年）春作於杭州刺史任上。詩描寫晨起漫步林間的所見所感，清新靜謐的景物襯托出詩人閒適恬淡的心境。

披衣未冠櫛❶，晨起入前林。宿露❷殘花氣，朝光❸新葉陰。傍松人迹少，隔竹鳥聲深。閑倚小橋立，傾頭❹時一吟。

【注釋】❶冠櫛　梳髮戴帽。❷宿露　夜裡的露水。❸朝光　清晨的日光。❹傾頭　歪著頭。

【語譯】披上衣服沒有梳頭戴帽，清早起來走進屋前的樹林。隔夜露水還殘存著花朵的香氣，清晨日光照亮了新葉初生的樹陰。松樹旁邊很少行人的足跡，竹林深處傳來幽鳥的鳴聲。自由自在靠著小橋站立，側著頭時時把詩句朗吟。

【研析】此時白居易已是一位五十一歲的老人，他起得很早，沒有梳洗戴帽，披上衣服就到樹林中散步，因此有了這首恬靜的美詩。詩是他感受到清晨大自然復蘇寧靜的天籟之音：清新的空氣，幽靜的樹林，宿露花香，朝陽新葉，松竹叢中，人跡罕至，鳥聲時傳，這一切都使詩人神清氣爽，感受到全身心的自由與寧靜，於是斜倚小橋，把詩句吟誦。詩充滿了詩情畫意，閒適恬靜，淡雅自然，展現出白居易寫景詩的另外一種風格。

西湖❶晚歸，迴望孤山寺❷，贈諸客❸

【題解】這是一首即事寫景贈人的七言律詩。長慶三年（西元八二三年）作於杭州刺史任上。詩寫孤山寺聽經晚歸時所見，生動地描繪了舟中所見傍晚雨後西湖宜人的景色。

柳湖松島蓮花寺❹，晚動歸橈❺出道場❻。盧橘❼子低山雨重，栟櫚❽葉戰❾水風涼。煙波澹蕩❿搖空碧⓫，樓殿參差⓬倚夕陽。到岸請君迴首望，蓬萊宮⓭在海中(ㄓㄨㄥ)央(ㄧㄤ)。

【注釋】❶西湖 見前〈錢塘湖春行〉注❶。❷孤山寺 見前〈錢塘湖春行〉注❷。❸諸客 指和白居易同時參加孤山寺法會的僚佐和賓客。❹柳湖句 柳湖，指杭州西湖，岸邊多柳。松島，指孤山，在西湖湖心，多松。蓮花寺，佛寺。指孤山寺。佛家因蓮花清淨無染，用以比喻佛法，又稱淨土為蓮，稱寺院為蓮宇，佛座為蓮臺等等。❺橈 小槳。❻道場 佛教徒或道教徒誦經禮拜的場所。白居易〈華嚴經社石記〉記載，長慶二年，杭州龍興寺僧南操請靈隱寺僧道峰講《華嚴經》，於是發願，願勸十萬人，人轉《華嚴經》一部，白居易「即十萬人中一人」。道場當是指孤山寺類似的講經活動。❼盧橘 又名給客橙，金錢橘的別稱。賈思勰《齊民要術・橙》：「郭璞曰：『蜀中有給客橙，似橘而小，若柚而芳香。夏秋華實相繼。或如彈丸，或如手指。通歲食之。亦名盧橘。』」❽栟櫚 木名，即棕櫚樹。❾戰 顫動。❿澹蕩 同「澹宕」。水波搖動貌。⓫空碧 碧空；藍天。⓬參差 高高低低，不齊貌。⓭蓬萊宮 神仙宮殿。比喻湖中的孤山寺。蓬萊，是相傳東海中三神山之一。《史記・封禪書》：「自威、宣、燕昭使人入海求蓬萊、方丈、瀛洲。此三神山者，其傳在勃海中，去人不遠；患且至，則船風引而去。蓋嘗有至者，諸僊人及不死之藥皆在焉。其物禽獸盡白，而黃金為宮闕。」

【語譯】西湖湖心島上的孤山寺長松矗立柳枝掩映，傍晚划著小船歸去這才出了道場。山雨剛過壓彎枝頭的金橘顯得格外沉重，棕櫚樹葉輕輕顫動是水上微風送來陣陣清涼。霧氣迷濛碧波蕩漾藍天彷佛都在搖晃，高低參差的樓臺亭閣依倚著西下的斜陽。上了岸請你們回頭望一望，那就是蓬萊宮闕聳立在大海中央。

【研析】寫景詩重在把握遊蹤和觀察點。這首詩的遊蹤簡單，觀察點特出，寫晚歸渡湖，從湖上舟中觀賞孤山和西湖的景色。因為船是漸次離開孤山，所以先從孤山所見寫起，寫即目所見身邊和前方的美景，以湖邊柳、山上松、蓮花寺寫出孤山蒼翠和山寺的深邃，點明乘舟晚歸的題目。以下四句都是舟中回望之景：山雨後更顯鮮明沉重的金橘，水風中搖曳的棕櫚，湖上水天茫茫波光蕩漾，遠處夕陽映照樓閣參差。景物由小而大，由近而遠，觀察點的不斷變換，正見出小船漸行漸遠。末聯用「到岸請君迴首望，蓬萊宮在海中央」一語作結，想像瑰偉，充滿驚奇讚嘆之情。「到岸」句回映首聯的「晚動歸橈」，卻化板滯為靈活；「蓬萊」句回映首聯的「蓮花寺」，又變實寫為虛寫。而「蓬萊宮」正是望中所見倚夕陽的參差樓殿，「海中央」則是望中所見搖空碧的澹蕩煙波，迴環照應，針線綿密，絲絲入扣。

詩採用白描的手法寫景，語言平易，但用字生新，「重」、「戰」、「搖」、「倚」等詞語，富於表現力，都由錘煉得來，更使詩句剛健警拔。

孤山寺❶遇雨

拂波雲色重❷，灑葉雨聲繁。水鷺❸雙飛起，風荷一向❹翻。空濛連北岸❺，

蕭颯入東軒❻。或擬湖中宿❼，留船在寺門❽。

【題　解】這是一首寫西湖雨景的五言律詩。長慶三年（西元八二三年）夏作於杭州刺史任上。詩中細膩地描寫了在湖中孤山寺遇到驟雨的過程、雨中的景象和內心的感受。

【注　釋】❶孤山寺　在西湖孤山上，見前〈錢塘湖春行〉注❷。❷拂波句　拂波，拂過水面。指雲層很低。色重，顏色濃重。指烏雲沉沉。❸鷺　鳥類的一科，翼大尾短，嘴直而尖，頸和腿很長，常棲息在水邊，常見的有白鷺、蒼鷺等。❹一向　一片；一派。溫庭筠〈溪上行〉：「風翻荷葉一向白，雨濕蓼花千穗紅。」❺空濛句　空濛，雨霧迷茫貌。北岸，指西湖靠近斷橋和今保俶塔一面的堤岸。❻蕭颯句　蕭颯，風雨聲。軒，有窗檻的小室或長廊。此指孤山寺東面的禪房。❼湖中宿　留宿孤山寺。❽寺門　孤山寺門前的湖岸。

【語　譯】低拂湖水的雲層漸漸濃黑沉重，樹葉上飄灑的雨點聲音越來越頻繁。湖水中的白鷺雙雙飛走，急風中的荷葉全都翻轉。霧雨空濛直到岸邊都是白茫茫一片，蕭颯的風雨聲進入孤山寺的東軒。或許打算在湖上的寺中過夜，把小船留泊在寺門前的湖岸邊。

【研　析】詩寫西湖孤山寺遇雨的情景，先是湖面黑雲拂波，天色驟然昏暗，接著是雨點灑葉，聲響越來越大而密集，知道暴雨已經來臨。然後看到湖面上鷺鷥鳥雙雙飛起，荷葉被狂風吹得向一面翻捲，雨越來越大。終於，湖中岸上白茫茫空濛一片，狂風挾著雨點吹進了東軒，帶來蕭颯涼意。這場雨大約一時半會停不了，所以詩人想，今晚可能回不去了，留船寺門，準備就在這寺中過夜吧。從雲起開始，從聽覺、視覺、感覺寫遇雨的全過程，體物工細，生動傳神，使讀者如親臨其境。

江樓❶夕望招客

【題　解】這是一首寫景的七言律詩。長慶三年（西元八二三年）夏杭州刺史任上作。詩寫夏夜望海樓上遠眺所見，把杭州這座古老的江城夜色寫得歷歷如在目前，令人有「高處不勝寒」的感覺。

海天東望夕茫茫，山勢川形闊復長❷。燈火萬家❸城四畔❹，星河❺一道水中央❻。風吹古木晴天雨，月照平沙❼夏夜霜。能就❽江樓銷暑❾否？比君茅舍校清涼❿。

【注　釋】❶江樓　即杭州州城的東樓，又名望海樓、望潮樓。參見〈杭州春望〉注❶。❷山勢句　錢塘江入海處，有龕、赭二山，南北對峙如門，名海門山。水被夾束，每逢潮汛，如萬馬奔騰，蔚為奇觀。❸燈火萬家　形容人煙的稠密。據《元和郡縣圖志》卷二五，開元時期，杭州戶口達到八萬四千餘戶。中唐以後，由於較少受到戰爭的破壞，經濟繁榮，故呈現萬家燈火的繁榮景象。❹四畔　四邊。❺星河　銀河。❻水中央　錢塘江的江水中央。❼平沙　平坦的沙地。指江邊沙灘。❽就　到。❾銷暑　消夏；乘涼。❿比君句　茅舍，茅屋。校，通「較」。比較。

【語　譯】高樓上東望海天一片夜色茫茫，山川的形勢既開闊又綿長。州城四面已經是萬家燈火，一道銀河垂映在錢塘江水中央。天空晴朗風吹古樹發聲彷彿瀟瀟雨下，夏夜炎熱月光照耀沙灘好像潔白的寒霜。能到這江樓來消除暑熱嗎？比起你的茅舍來這兒真個清涼。

【研　析】詩寫望海樓登臨所見。遠眺則海天茫茫，山闊川長，氣象萬千；俯瞰則杭州城內萬家燈火，錢塘江心銀河倒映。前四句極目海天，俯仰今昔，景象雄奇，胸襟開豁，已覺先聲奪人。而頸聯尤為高妙，江風吹拂古木，瑟瑟作聲，疑是晴天降雨；月光照映沙灘，光明潔白，驚為夏夜來霜。出句以聲寫聲，對句以色寫色，在溽暑炎炎的夏夜，忽興秋雨寒霜的奇想，構築涼爽清冷的環境，聯想的效果是多麼奇妙，精神的享受何等暢快？最後用設問作結，邀客來江樓消暑，就自然順理成章，水到渠成。

蘇軾曾盛讚白居易「晚年詩極高妙」，並舉「風吹古木」一聯為例說：「此少時不到也。」（趙與時《侯鯖錄》卷七）《唐宋詩醇》卷二五評此詩，也說：「高瞻遠矚，坐馳可以役萬景。他人有此眼力，無此筆力。」當是指此詩景象闊大，氣勢宏偉，想像豐富，筆力勁健流轉而言。

官舍❶

【題　解】這是一首閒適詩。長慶三年（西元八二三年）夏杭州刺史任上作。詩描寫在官宅裡休沐時的日常生活，抒寫吏隱生涯中閒適恬淡歡樂的一面。

高樹換新葉，陰陰覆地隅❷。何言太守❸宅，有似幽人❹居。太守臥其下，閑慵❺兩有餘。起嘗一甌茗❻，行讀一卷書。早梅❼結青實，殘櫻❽落紅珠。稚女❾弄庭果，嬉戲牽人裾❿。是日晚彌靜，巢禽⓫下相呼；嘖嘖護兒鵲，啞啞母子烏⓬。豈唯云鳥爾⓭？吾亦引吾雛⓮！

【注　釋】❶官舍　指杭州刺史的官邸。❷陰陰句　陰陰，陰暗貌。地隅，指地面。隅，角落。❸太守　漢代郡的首長。代指刺史。❹幽人　幽隱之人；隱士。《周易．履卦》：「履道坦坦，幽人貞吉。」❺閑慵　閒暇慵懶。❻一甌茗　一杯茶。❼早梅　梅的一種。《廣群芳譜》卷五四「梅」：「實似杏，大者如小兒拳，小者如彈，熟則黃，微甘酸可啖。生純青酸甚。」又云：「早梅，四月熟。」❽殘櫻　櫻桃樹上殘留的櫻桃。❾稚女　幼女。白居易楊氏夫人生有四女，幼女羅子元和十二年（西元八一七年）生，長慶三年八歲。❿嬉戲句　嬉戲，玩耍。裾，衣服的前後襟。⓫巢禽　歸巢的禽鳥。⓬嘖嘖二句　嘖嘖，同「唶唶」。象聲詞，形容喜鵲叫聲。啞啞，象聲詞，形容烏鴉叫聲。《淮南子．原道》：「故夫烏之啞啞，鵲之唶唶，豈嘗為寒暑燥濕變其聲哉。」吳均〈城上烏〉：「凡生八九子，夜夜啼相呼。」⓭云鳥爾　即「鳥云爾」。云爾，如此。⓮吾亦句　引，帶領。雛，幼鳥。這裡指幼女阿羅。句式套用陶淵明〈讀山海經〉：「眾鳥欣有托，吾亦愛吾廬。」

【語　譯】高高樹上陳葉換成了新葉，濃密的樹陰覆蓋著地面。哪裡能叫做刺史的官邸，倒像是幽隱之士居住的宅院。刺史躺在樹陰底下，懶懶散散有的是空閒。有時坐起來品上一杯茶，有時漫步中庭讀一讀手中的書卷。早梅已經結出了青青的果實，樹上殘存的櫻桃落下像紅珠。小女兒要玩弄庭中的花果，笑著鬧著牽扯著我的衣裾。這一天天色漸晚更加寂靜，巢中的鳥兒飛鳴上下像互相招呼；嘖嘖飛鳴的是保護幼雛的喜鵲，啞啞啼叫的是母子親愛的慈烏。哪裡只有鳥兒是這樣的呢？我也牽領著我的小女阿羅！

【研　析】五言古詩以語言質實風格古淡為當行本色，這首詩就有魏晉詩歌古樸的真趣。詩以「官舍」為題，一開篇寫林木幽深的庭院，既是全景的畫面，也和「官舍」的詩題迥然異趣。然後鏡頭逐步拉近，寫宅中的人物和景物。先寫刺史，他或閒臥樹下，或起而品茶，或行而讀書，安閒懶散，自由自在。次寫幼女，戲弄庭果，牽人衣裾，一派天真爛漫。再寫禽鳥，日暮歸巢，上下鳴呼，一片和樂安詳。於是詩人也牽著幼女，回到了屋內。詩以寫人為主，而從朝至暮，將高樹換葉、青梅結實，櫻桃殘落、禽鳥相呼的自然景物穿插其間，一幅遠離塵世紛擾、和樂而充滿生活情趣的「幽居圖」宛在目前，這正是詩中傳達出來的境界。如果將其和詩題合觀，那就是一幅活生生的「吏隱圖」。

末句「吾亦引吾雛」套用陶淵明〈讀山海經〉「吾亦愛吾廬」的名句，詩旨亦歸結於此。而質樸的語言，淡遠的風格，對田園生活的摯愛，對家人兒女的真情，又使讀者有「豪華落盡見真淳」（元好問〈論詩三十首〉）之感。白居易可以說是陶淵明的真正繼承者。

江樓❶晚眺，景物鮮奇，吟玩成篇，寄水部張員外❷

【題　解】這是一首寫景寄人的七言律詩。長慶三年（西元八二三年）秋杭州刺史任上作。詩描寫傍晚雨霽後江城杭州鮮明奇麗的江天景色，如同一幅色彩絢麗的畫卷。

澹煙疏雨間斜陽❸，江色鮮明海氣涼。蜃散雲收破樓閣❹，虹殘水照斷橋梁❺。
風翻白浪花千片，雁點青天字一行❻。好著丹青圖寫取❼，題詩寄與水曹郎❽。

【注　釋】❶江樓　即杭州州城東樓。參見〈杭州春望〉注❶。❷水部張員外　指張籍。水部，官署名，屬尚書省工部，「掌津濟、船艫、渠梁、堤堰、溝洫、漁捕、運漕、碾磑之事」。長慶二年，張籍由國子博士遷水部員外郎。參見

〈讀張籍古樂府〉注❶。❸澹煙句　澹煙，淡淡的霧氣。間，隔開。❹蜃散句　蜃，大蛤。這裡指海市蜃樓，即海邊或沙漠中光線將遠處地面樓臺樹木的影子折射在空中形成的映象，古人認為是水中蛟、蜃等吐氣所形成。《史記・天官書》：「海旁蜃氣象樓臺。」《唐語林》卷七：「海上居人時見飛樓如結構之狀甚麗……皆〈天官書〉所謂蜃也。」樓閣，指空中虛幻的樓臺亭閣。❺虹殘句　虹，雨後天空中出現的彩色圓弧，因日光照射大氣中的水珠折射而成。橋梁，指虹，形狀如橋梁。❻字一行　大雁群飛有序，成人字形或一字形。這裡是說雁行點點像是形成了一行字跡。❼好著句　著，用；以。丹青，紅、青兩色顏料。泛指畫畫的顏料。圖寫取，畫下來。取，助動詞。❽水曹郎　即水部員外郎。指張籍。曹，官曹，分職治事的官署或部門。唐代尚書省分為二十四曹，水部是其中之一。郎，員外郎的簡稱。南朝著名詩人何遜曾為水曹郎，這裡也有比況張籍詩寫得好的意思。

【語譯】淡淡霧氣稀疏雨點中透射出落日的餘光，江色澄鮮明亮海風吹送著清涼。蜃氣浮雲消散樓閣的幻影慢慢破滅，彩虹漸漸殘缺就像折斷了的橋梁。江風掀起白浪如同漂浮著無數片花瓣，飛過青天的點點鴻雁彷彿寫下了字跡一行。這鮮奇的景物適宜用顏色描繪下來，題寫上詩句寄給你這位水部員外郎！

【研析】詩寫晚眺所見的景物，而又著意摹寫景物的「鮮奇」。雨將霽，日已出，在稀疏雨點和霏微霧氣中夕陽的餘光還是透了過來，照耀得江水鮮明有光，這是「鮮奇」。在水霧中出現了絢爛變幻的海市蜃樓和彩虹，這更是「鮮奇」；但隨後雲收霧散，蜃樓殘缺，虹橋斷裂，轉使人誤以蜃樓、虹橋為實有，則在「鮮奇」之外更增加了真實感。雲收雨過，地面是大江奔流，白波洶湧，如花千片，天上是大雁成群飛過長空，如字一行，又設置了構圖壯闊的景物，仍然「鮮奇」。前六句所描寫，從景物到色彩和構圖，都已具備。所以最後一聯以「好著丹青圖寫取，題詩寄與水曹郎」收束，就結得自然，緊扣題目，神完氣足了。

餘思❶未盡，加為六韻❷，重寄微之❸

【題解】這是一首和元稹唱和酬答的七言六韻排律。長慶三年（西元八二三年）秋作於杭州刺史任上。詩回憶兩人政治、文學道路的相似經歷，抒寫與這位摯友志同道合的知己之情和老而無子的感傷。

海內聲華併在身❹，篋中文字絕無倫❺。遙知獨對封章草❻，忽憶同為獻納臣❼。走筆往來盈卷軸❽，除官遞互掌絲綸❾。制從長慶辭高古❿，詩到元和體變新⓫。各有文姬才稚齒⓬，俱無通子繼餘塵⓭。琴書何必求王粲？與女猶勝與外人⓮。

【注釋】❶餘思　剩餘的詩思。❷六韻　六聯，詩歌逢雙句押韻，所以一韻兩句就是一聯。❸微之　元稹字。長慶三年八月，元稹自同州刺史授越州刺史、浙東觀察使，到任後整理了自己的詩文百餘卷，寫了一首題為〈郡務稍簡，因得整比舊詩並連綴焚削封章，繁委篋笥，僅逾百軸，偶成自歎，因寄樂天〉的詩寄白居易，主要是自嘆年老無兒。白居易作〈酬微之〉回答說：「滿袠填箱唱和詩，少年為戲老成悲。聲聲麗曲敲寒玉，句句妍辭綴色絲。吟玩獨當明月夜，傷嗟同是白頭時。由來才命相磨折，天遣無兒欲怨誰？」但覺得意猶未盡，於是又寫了這首詩寄給元稹。❹海內句　海內，四海之內；國內。聲華，聲譽榮華。指元稹既有詩名，又曾登相位。❺篋中句　篋，小箱。唐代書籍、文稿都是卷軸裝幀，插架或盛放在篋中。絕無倫，絕對無人可比。此二句下白居易原注：「美微之也。」❻遙知句　遙知，想見。封章草，奏章的草稿。臣子的奏疏如果涉及機密，都用皂囊封緘進上，叫封章，又名封事。草，草稿。❼忽憶句　獻納臣，進獻忠言的臣子。元和十五年五月，元稹為祠部郎中、知制誥，十二月，白居易為主客郎中、知制誥；長慶元年二月，元稹拜中書舍人，十月，白居易也拜中書舍人。中書舍人除負責起草詔敕外，還「掌侍進奏，參議表章」，知制誥實際上履行中書舍人的職責，所以兩人「同為獻納臣」。❽走筆句　走筆，揮筆疾書。往來，詩歌贈答。盈卷軸，寫滿卷子。將若干張紙黏連成長幅，用木棒等做軸捲起來，稱為一卷。白居易原注：「予與微之前後寄和詩數百篇，近代無如此多有也。」❾除官句　除官，即授官。遞互，交替；輪換。絲綸，制誥。綸，粗絲。《禮記・緇衣》：「王言如絲，其出如綸。」孔穎達疏：「王言初出，微細如絲，及其出行於外，言更漸大，如似綸也。」後因稱帝王詔敕為「絲綸」。白詩原注：「予除中書舍人，微之撰制。微之除翰林學士，予撰制詞。」白居易集中有〈元稹除中書舍人翰林學士賜紫金魚袋制〉，元稹集中有〈白居易授主客郎中知制誥制〉。❿制從句　制，制誥，皇帝的詔令。命為制，令為詔。長慶，唐穆宗年號，共四年（西元八二一—八二四年）。辭高古，文辭高雅古樸。白居易原注：「微之長慶初知制誥，文格高古，始變俗體，繼者效之也。」《元氏長慶集》卷四〇〈制誥序〉：「元和十五年，余始以祠部郎中知制誥，初約束不暇及。後累月，輒以古道干丞相，丞相信然之。又明年召入禁林，專掌內命。上好文，一日從容議及此。上曰：『通事舍人不知書，便其宜，宣贊之外無不可。』自是司言之臣，皆得追用古道，不從中覆。」《新唐書・元稹傳》：「擢祠部郎中知制誥，變詔書體，務純厚明切，盛傳一時。」⓫詩到句　元和，唐憲宗的年號，共十五年（西元八〇六—八二〇年）。體變新，詩體產生新的變化。白居易原注：「眾稱元、白為千字律詩，或號『元和格』。」這裡的「千字律詩」、「元和格」本專指兩人在元和年間次韻酬唱的長篇五言排律，後來詩家所說的「元和體」，則泛指元、白在元和時期的長篇排韻、流連光景淺切言情的小碎篇章和元稹的豔體詩。⓬各有句　文姬，蔡琰字，漢末人。白居易原注：「蔡邕無兒，有女琰，字文姬。」蔡琰「博學有才辨，又妙于音律」。《後漢書・列女傳》有傳。稚齒，年幼。⓭俱無句　通子，白氏原注：「陶潛小男名通子。」陶淵明有五子，幼子名通，見其〈責子〉詩。繼餘塵，繼續未竟的事業。⓮琴書二句　王粲，字仲宣，東漢末著名文學家，為「建安七子」之一。《三國志・魏書・王粲傳》：「獻帝西遷，粲徙長安，左中郎將蔡邕見而奇之。時邕才學顯著，貴重朝廷，常車騎填巷，賓客盈坐。聞粲在門，倒屣迎之。粲至，年既幼弱，容狀短小。一坐皆驚。邕曰：『此王公孫也，有異才，吾不如也。吾家書籍文章盡當與之。』」元稹來詩有「天遣兩家無嗣子，欲將文集與它誰」的傷感，所以白居易用「與女」句回答。

【語譯】四海之內的聲譽和榮耀都集中在你的一身，書箱中的詩文高妙絕沒有人可和你比倫。遙想你現在獨自面對著那些密奏封章的草稿，一定會突然回憶起我們當年同任進獻忠言的侍臣。揮毫題寫互相贈答的詩篇已經滿箱盈卷，都曾執掌制誥互相起草對方除授官職的制文。制誥從長慶中我們執掌以後變得文辭高雅古樸，詩歌到元和年間我們往來唱和變得體式一新。我們都各有女兒且還年紀幼小，我們都沒有兒子把未竟的事業繼承。何必像蔡邕一樣煞費苦心去尋求王粲那樣的才子？把琴書圖籍傳給女兒總要勝過傳給外姓人。

【研　析】元稹寄給白居易詩有嘆息年老無兒之句，白居易寫了一首〈酬微之〉作答，其中有「由來才命相磨折，天遣無兒欲怨誰」之句。可能白居易認為這句話措辭過於悲苦，用在元稹身上不太合適，所以又寫了這首詩，加為六韻，重新寄給元稹。

和第一次酬寄的詩不同，詩一開始就頌揚元稹的政治地位和文學成就，因為元稹除了無兒之外，詩歌頗有成就，後來官運更是亨通，前詩籠統說他命也不好，就很不確切了。二三兩聯，分別述說兩人交誼和文字因緣。值得注意的是，白居易這裡只說二人「同為獻納臣」，互相唱和詩特別多，又曾互相起草除官的制書，並沒有強調兩人的志同道合，因為元稹自元和末歸朝後交通宦官崔潭峻、魏弘簡等，扶搖直上，直至宰相，又「以瀆貨聞於時」，「素無操檢，人情不厭服」（《舊唐書・元稹傳》），所以白詩有所避諱。第四聯說元稹的文學成就，又只舉制詞高古和元和體二事，而且在注中特別說明「元和體」是指二人唱和的「千字律詩」即長篇排律而言，對於二人唱和詩中揭露時弊、抒發憤懣的作品並未提及。最後五六兩聯才說到二人相同處是都有女而無子，並且半開玩笑地說：「何必像蔡邕那樣把書籍文章留給王粲呢？留給女兒不比留給外姓人要好嗎？」作為對元稹也是對自己的安慰。

顯然，詩中說到自己和元稹的友誼和交往，處處都有所保留。但是，詩既稱讚了元稹又沒有違心之論和阿諛之詞，既有所保留又不傷彼此感情，其間的分寸可以說掌握得十分恰當。白居易曾經不滿意自己的文字過於直率，「意太切而理太周」（〈和答詩十首・序〉），又稱讚劉禹錫的文章「微婉」（〈哭劉尚書夢得二首〉），從這首詩看來，白居易也已經改變自己「意切理周」的作風了。

畫竹歌并引

【題　解】這是一首題畫的七言歌行。長慶三年（西元八二三年）左右作於杭州。詩讚揚了蕭悅高超的畫竹藝術，最後嘆其年老藝絕，說明贈畫的珍貴。

協律郎❶蕭悅❷善畫竹，舉時無倫❸。蕭亦甚自祕重❹，有終歲求其一竿一枝而不得者。知予天與好事❺，忽寫❻一十五竿，惠然❼見投❽。予厚其意，高其藝，無以答貺❾，作歌以報之，凡一百八十六字云。

【章　旨】這是詩的序，說明作詩的原因是酬答蕭悅所贈的畫竹。

【注　釋】❶協律郎　掌管調和音律的官員。《新唐書・百官志三》「太常寺」：「協律郎二人，正八品上，掌和律呂。」❷蕭悅　蘭陵人。唐代畫家，工畫竹，時以協律郎為杭州刺史白居易僚屬。張彥遠《歷代名畫錄》卷一〇：「蕭悅，協律郎，工竹，一色有雅趣。」《宣和畫譜》卷一五記載，宋代御府尚藏有蕭悅所畫〈烏節照碧〉、〈梅竹鶉鷯〉等畫五幀。白居易又有〈醉後狂言，酬贈蕭、殷二協律〉等詩。❸舉時無倫　舉時，猶言舉世、世上。無倫，無人可與相比。❹祕重　珍視寶重。❺天與好事　天生好事的性格。❻寫　圖畫。❼惠然　友善貌。❽見投　贈送。見，表示他人行為加於自己的助動詞。❾答貺　回贈。

【語　譯】協律郎蕭悅擅長畫竹，世上沒有人能和他相比。他自己也十分看重珍惜，有一年到頭求他畫一竿一枝竹子仍然得不到的。他知道我生來就喜歡多事，忽然畫了十五根竹子，好意地送給我。我深感他情意的深厚，畫技的高妙，沒有什麼可以回贈，寫了一首歌來回報他，一共一百八十六個字。

植物之中竹難寫，古今雖畫無似者。蕭郎❶下筆獨逼真，丹青以來❷唯一人。
人畫竹身肥擁腫❸，蕭畫莖瘦節節竦❹。人畫竹梢死羸垂❺，蕭畫枝活葉葉動。
不根而生從意生❻，不筍而成由筆成。野塘水邊碕岸❼側，森森❽兩叢十五莖。
嬋娟❾不失筠粉態❿，蕭颯盡得風煙情⓫。舉頭忽看不似畫，低耳靜聽疑有聲。
西叢七莖勁而健，省向天竺寺前石上見⓬。東叢八莖疏且寒，憶曾湘妃廟⓭裡雨中看。
幽姿遠思少人別⓮，與君相顧⓯空長歎。蕭郎蕭郎老可惜，手戰眼昏頭雪色。
自言便是絕筆⓰時，從今此竹尤難得⓱！

【注釋】❶蕭郎　蕭悅，唐人習稱男子為郎，蕭悅又官協律郎。❷丹青以來　指從有繪畫藝術以來。丹青，是繪畫的兩種顏料。代指繪畫。❸擁腫　同「臃腫」。肥胖而笨重。❹竦　聳立。❺羸垂　羸弱下垂，缺乏生氣。❻從意生　由筆意而生。指蕭悅能得竹的生動神韻並加以表現。❼碕岸　曲岸。❽森森　繁密高聳貌。❾嬋娟　美好貌。孟郊〈嬋娟篇〉：「竹嬋娟，籠曉煙。」❿筠粉態　指挺拔的姿態，堅貞的氣節。筠，竹節上青皮。粉，竹皮上附著的白粉。《禮記・禮器》：「其在人也，如竹箭之有筠也，如松柏之有心也……貫四時而不改柯易葉。」⓫蕭颯句　蕭颯，瀟灑自然。風煙情，風吹煙籠的情態。⓬省向句　省，醒悟；記起。向，從前。天竺寺，在杭州錢塘縣西十五里靈隱山飛來峰下。《淳祐臨安志》卷八「城西諸山・武林山」：「武林之南，南澗之陽，即天竺寺。……隋開皇中，大法師真觀于飛來峰下造之，峰既來自天竺，故以名焉。」杭州有上、中、下三天竺寺，唐代的天竺寺指下天竺寺。⓭湘妃廟即湘君廟，在今湖南岳陽洞庭湖君山上。《大明一統志》卷六二「岳州」：「黃陵廟，在瀟湘之尾，洞庭之口，前代立之以祠舜二妃者。唐韓愈有碑。蓋舜南巡，崩，葬蒼梧，二妃從之不及，溺死沅湘之間，故人為立廟。二妃世稱『湘君』，故洞庭君山又有湘君廟。」白居易從江州赴忠州任路經岳陽，當曾遊此祠。相傳舜死後，二妃從之不及，淚水灑在竹子上形成斑紋，名叫湘妃竹。見張華《博物志》卷八。⑭幽姿句　幽姿，嫻靜的姿態。遠思，高遠的情趣。別，識別；領會。⑮相顧　互相看著。⑯絕筆　不再提筆。指作家或畫家最後的作品。⑰難得　不易得到；寶貴。

【語　譯】植物當中以竹子最難圖畫，古今畫竹的沒有一個人能畫得傳神。唯獨蕭郎筆下的竹子畫得最逼真，自有繪畫藝術以來他是第一人。別人畫竹竹身畫得肥大臃腫，蕭郎畫的竹枝幹瘦勁挺拔節節聳立。別人畫竹枝梢柔弱下垂如同枯死，蕭郎畫的竹枝幹鮮活竹葉搖動充滿生機。沒有畫出竹根而是以畫意為根生出，不是由筍成長而是通過蕭郎的畫筆成長。繁茂高聳的十五竿青竹分作兩叢，生長在野塘水邊的曲岸旁。姿態美好卻沒有喪失青筠白粉竹節的堅貞，瀟灑自然畫盡了竹子風拂煙籠的情韻。抬頭一看忽然覺得它不像畫，低耳靜聽彷彿聽到蕭蕭的聲響。西邊一叢七竿竹勁健秀直，記得曾在天竺寺前的石上見過。東邊一叢八竿竹疏朗蕭散，記得曾在湘妃廟裡的雨中觀看。嫻靜的姿態高遠的情韻很少有人能夠領會，我只好與你相對空自長嘆。蕭郎啊蕭郎可惜你年已老邁，手顫抖眼昏花頭髮雪白。你自己說現在是封筆的時候，從今後這樣的畫竹尤其難得！

【研　析】竹是古人最喜愛的植物之一。白居易早年曾作〈養竹記〉，歌頌竹本固、性直、心空、節貞，有似賢者。所以當蕭悅贈給他所畫的竹時就作了這首歌回贈。

歌首四句對蕭悅的畫技作了高度的評價：「下筆獨逼真，丹青以來唯一人」。接著以對比的手法描述蕭悅畫竹的高妙，他畫的竹節疏莖瘦而不「擁腫」，枝活葉動而不「羸垂」，不求形全，但求神似，意到筆到，故竹挺拔鮮活的神韻全出，點明蕭悅畫竹逼真、獨步的原因，這是第二層。第三層描寫蕭悅所贈畫竹，先以「野塘」以下六句總寫，「野塘碕岸側」是竹的位置，「兩叢十五莖」是竹的數量和分布，「森森」、「嬋娟」、「蕭颯」是竹的姿態，「舉頭」二句是寫觀畫人的感受，疑為真竹，與前「獨逼真」、「唯一人」相呼應。「西叢」以下六句則是分寫。「西叢」七莖勁健，「東叢」八莖疏寒，前者在天竺寺前石上曾見，後者則在湘妃廟裡雨中曾看，既寫出兩叢竹的不同風神，又融入豐富想像和神話傳說，發人遐思，更與前「逼真」、「不似畫」再次呼應。然後以嘆息知音難逢稍作停頓。最後四句歸結到人，嘆息蕭悅人老體衰，行將絕筆，絕藝不傳，他的畫竹因此難得，其高情厚誼顯得更可寶貴。

唐人的題畫詩不是很多，這首詩和李白〈同族弟金城尉叔卿燭照山水壁畫歌〉、杜甫〈畫鷹〉、〈奉先劉少府新畫山水障歌〉、〈丹青引贈曹將軍霸〉等都是唐人題畫詩的名作。

別州民❶

【題　解】這是一首五言律詩。長慶四年（西元八二四年）五月，白居易自杭州刺史除太子左庶子分司東都，詩描繪了離開杭州時和百姓依依惜別的場景，總結了自己為刺史三年的功過，表現了愛民恤民的高尚情懷。

耆老遮歸路❷，壺漿滿別筵❸。甘棠❹無一樹，那得淚潸然❺？稅重多貧戶❻，
農飢足旱田❼。唯留一湖水，與汝救凶年❽。

【注　釋】❶州民　指杭州百姓。❷耆老句　耆老，老人。《禮記・曲禮》：「六十曰耆。」遮歸路，攔住歸去的道路。東漢侯霸曾為隨縣宰和淮平大尹，有政績，離任時，「百姓老弱相攜號哭，遮使者車，或當道而臥，皆曰：『願乞侯君復留期年。』」見《後漢書・侯霸傳》。這裡暗用這個典故。❸壺漿句　壺漿，以壺盛著酒漿。《孟子・梁惠王下》：「簞

食壺漿，以迎王師。」別筵，餞別的筵席。❹甘棠 木名，即棠梨。《詩經・召南・甘棠》：「蔽芾甘棠，勿剪勿伐，召伯所茇。」《史記・燕召公世家》：「周武王之滅紂，封召公於北燕……召公巡行鄉邑，有棠樹，決獄政事其下，自侯伯至庶人各得其所，無失職者。召公卒，而民人思召公之政，懷棠樹不敢伐，哥詠之，作〈甘棠〉之詩。」後人以「甘棠」稱頌官員的德政和遺愛。❺那得句 那得，哪裡值得。潸然，流淚貌。❻貧戶 貧困的人家。❼足旱田 受旱的田地很多。❽唯留二句 一湖水，指錢塘湖水。汝，你們。凶年，災荒之年。白居易原注：「今春，增築錢塘湖堤，貯水以防天旱，故云。」長慶四年春天，白居易動員州民修築西湖堤岸，增加蓄水量，以防旱災。白居易〈錢唐湖石記〉：「錢唐湖一名上湖，周迴三十里。北有石函，南有筧。凡放水溉田，每減一寸，可溉十五餘頃。每一復時，可復五十餘頃。」記中記載了杭州刺史應當知道的錢塘湖事四條，說明了湖水的管理方法。

【語 譯】杭州父老百姓遮攔在我回去的路上，酒漿菜餚擺滿了餞別的酒筵。我沒有留下召伯甘棠樹那樣的德政遺愛，哪裡值得你們依依不捨涕淚漣漣？貧困戶越來越多是由於賦稅沉重，農夫飢餓只因為到處是受旱的土田。唯有我留下的錢塘湖滿滿一湖春水，可以幫助你們度過那久旱無雨的災荒之年。

【研 析】貶謫江州後，白居易逐步由兼濟天下走上了獨善之路，但這並不影響他勤政愛民之心。不過他不再以揭露時弊等為己任，而是在力所能及時為百姓辦好事。在忠州，他提出「均賦租」、「寬刑書」以蘇甿俗（〈東坡種花二首〉），在杭州，他希望以「裁以法度絜以仁」的大裘遍覆杭人。在杭三年，他做了一些好事、實事，如詩中提到增加西湖蓄水量防旱，和〈錢唐湖石記〉所記疏通六口水井以解決百姓飲用水問題等。但個人的作用有限，不可能使百姓狀況有根本改善。因此百姓對他的離任依依不捨，而他也充滿愧疚之情。

詩首聯，實寫州民紛紛前來送別以至於耆老「遮路」壺漿「滿筵」，人數之多，情誼之真可以想見。頷聯借用召伯甘棠故事謙言自己並無德政，不值得大家這樣送別。其中「那得淚潸然」一語，承接首聯補敘了送者的狀態，使場面更為熱烈動人。頸聯一轉，寫杭州稅重多旱民貧農飢的現狀，既是直承頷聯「甘棠」句，又和州民熱情送別形成對比愈增愧疚。尾聯以「唯留一湖水，與汝救凶年」告別語作結，既自慰，又以慰州民，而此句承接頸聯「農飢足旱田」一句而來。八句詩娓娓道來，把詩人感動、愧疚、同情、欣慰的複雜心情和盤托出。詩中各聯環環相扣，圓轉自如，形成一個有機整體。

茅城驛❶

【題　解】這是一首即景抒情的五言律詩。長慶四年（西元八二四年）秋罷杭州刺史任回洛陽途中作。詩描寫途經汴河所見凋敝蕭條景象，表達了詩人對國事民生深切的關懷和憂慮。

汴河無景思❷，秋日又淒淒❸。地薄桑麻❹瘦，村貧屋舍低。早苗多間❺草，濁水半和泥。最是蕭條處，茅城驛向西❻。

【注　釋】❶茅城驛　驛站名。茅城在今安徽碭山縣黃河故道南，後改名毛城埔。❷汴河句　汴河，古水名，古稱卞水。指今河南滎陽西南索河，魏晉時自河南滎陽流經開封、徐州，注入泗水。隋開通濟渠，其中滎陽至開封一段利用汴水。唐人稱通濟渠為汴河，故稱由黃河至入淮的一段河道為古汴河。長慶二年，白居易自長安赴杭州，因汴路未通，才取襄陽路赴任，這次從杭州回洛陽走的就是汴河路。所以經過茅城驛。無景思，景物蕭條，毫無意趣。❸淒淒　冷落寂寥貌。《詩經・小雅・四月》：「秋日淒淒，百卉具腓。」❹桑麻　桑樹和麻。泛指農作物。❺間　雜。禾苗中夾雜野草，和下句稻田中汙泥渾濁都是亂世艱難、農田荒廢的景象。❻最是二句　意謂比起茅城驛站西邊來，汴河沿岸所見的上述景況還不算什麼。作者人還在茅城驛，所以這種情況是聽人們所說。

【語　譯】汴河上景象蕭條毫無意趣，又正逢秋天清清冷冷慘慘淒淒。貧瘠的土地上桑麻稻菽黃瘦，貧困的村子裡農夫的房屋又小又低。早生的禾苗間雜著許多野草，渾濁的水裡摻雜著一半稀泥。聽說最為蕭條冷落的地方，還在茅城驛站西。

【研　析】唐代安史亂後，河北諸鎮不遵朝廷約束，富庶的東南地區成為糧食和中央財政的主要來源地，自揚州經運河、汴河至洛陽的水道成為溝通南北的主要交通幹線。李敬方〈汴河直進船〉說：「汴水通淮利最多，生人為害亦相和。東南四十三州地，取盡脂膏是此河。」指的就是這種情況。在這種形勢下，汴州（今河南開封）成為兵家必爭之地，常常發生軍亂，汴河流域也屢遭戰亂，廬舍為墟。白居易此詩就反映了戰亂頻仍農村凋敝的景象。

秋天是成熟的季節、收穫的季節，白居易在茅城水驛所看到的卻是另一番「秋日淒淒」的景象。中二聯就具體描繪這種秋景：莊稼瘦小枯黃，農夫的茅屋又小又低，小苗間長滿雜草，田地裡半是汙泥，寫盡蕭條荒蕪貧窮凋敝的慘狀。而結尾說，從這裡往西去，比這裡還要蕭條，用傳聞來映襯，於虛處傳神，力透紙背，詩人憂傷的情思已經無遠弗屆了。同時所作〈汴河路有感〉說：「三十年前路，孤舟重往還。……啼襟與愁鬢，此日兩成斑。」將兩詩合看，就不難體會舊地重來的詩人那種悲苦的心情。

洛中偶作❶

【題　解】這是一首詠懷的五言古風。長慶四年（西元八二四年）冬洛陽太子左庶子分司東都任上作。詩總結了半生的宦海生涯，描述了分司洛中的閒散生活，透露出內心難以排遣的抑鬱和憤慨。

五年職翰林❷，四年涖潯陽❸。一年巴郡守❹，半年南宮郎❺。二年直綸閣❻，

三年刺史堂❼。凡此十五載❽，有詩千餘章❾。境興周萬象，土風備四方❿。獨無

洛中作，能不心悢悢⓫！今為春宮長⓬，始來遊此鄉⓭。徘徊伊澗上⓮，睥睨嵩少傍⓯。遇物輒一詠，一詠傾一觴⓰。筆下成釋憾⓱，卷中同補亡⓲。往往顧自哂⓳，眼昏鬚鬢蒼。不知老將至⓴，猶自放㉑詩狂！

【注釋】❶洛中偶作　洛中，指洛陽。長慶四年秋，白居易回到洛陽，以太子左庶子分司東都。白居易原注：「自此後在東都作。」❷五年句　職，任職。白居易元和二年十一月入翰林為學士，到元和六年四月丁母憂出院，首尾五年。❸四年句　蒞，蒞臨。指官員上任。潯陽，郡名，即江州。白居易元和十年秋自太子左贊善大夫貶江州司馬，到十三年十二月除忠州刺史，首尾四年。❹一年句　巴郡守，指忠州刺史。忠州，今重慶忠縣。《通典》卷一七五：「忠州，秦二漢之巴郡地。」白居易元和十四年春到忠州，次年夏召還長安，在忠州一年。❺半年句　南宮郎，尚書省郎官。南宮，本指天上南宮列宿，漢代用來指代尚書省。白居易元和十五年夏召為尚書司門員外郎，其年冬加知制誥。在南宮半年。❻二年句　直，當值；值班。綸閣，中書省。中書舍人或他官知制誥職掌制誥的起草，制誥稱「絲綸」，故稱中書省為「綸閣」。白居易元和十五年十二月為主客郎中、知制誥，次年遷中書舍人，到長慶二年七月出為杭州刺史，其間將近二年。❼三年句　刺史堂，坐於刺史大堂上，即為刺史。白居易長慶二年七月至長慶四年五月為杭州刺史，首尾三年。❽十五載　自元和二年（西元八〇七年）至長慶四年（西元八二四年），共十八年，其間丁母喪守制三年，任官十五年。❾千餘章　千多首。寫作本詩的次年，元稹在浙東觀察使任上為他編集《白氏長慶集》，「成五十卷，凡二千一百九十一首」。❿境興二句　境興，詩境中的感興。周，遍及。萬象，一切事物。土風，地方民俗風情。四方，天下；各處。⓫悢悢　惆悵；悲傷。⓬春宮長　指為太子左庶子。春宮，即東宮，太子所居。古人以四季配四方，東方為春。據《新唐書・百官志四上》，太子左庶子屬東宮，是左春坊的首長，從四品下，「掌侍從贊相，駁正啟奏，總領司經、典膳、藥藏、內直、典設、宮門六局」。⓭此鄉　指洛陽。這是白居易第一次為官洛陽。回洛陽後，他購得履道坊故散騎常侍楊憑宅，重加修葺，作為退居終老之地。⓮徘徊句　徘徊，來回走動。伊澗，二水名。伊水源出河南盧氏東南，東北流經洛陽注入洛河。澗水源出河南澠池縣東北，東流經新安、洛陽，注入洛河。⓯睥睨句　睥睨，斜看，高傲貌。這裡形容嘯傲林泉、藐視塵俗的姿態。嵩少，嵩山和少室山，在河南登封北。《元和郡縣圖志》卷五「河南府登封縣」：「嵩高山，在縣北八里，亦名外方山。又云東曰太室，西曰少室，嵩高總名，即中岳也。山高二十里，周迴一百三十里。」⑯一觴　一杯。觴，古代盛酒器。⑰釋憾　本指消除仇怨，這裡指消除集中沒有「洛中作」的遺憾。⑱補亡　補作亡佚的詩歌。《文選》有束皙〈補亡詩六首〉，補作《詩經》中〈南陔〉等六篇「有其義而亡其辭」的詩。李善注引王隱《晉書》，謂束皙「嘗覽古詩，惜其不補，故作詩以補之」。此是借用，同上句是互文，猶言補憾。⑲顧自哂　對著自己哂笑。哂，嘲笑。⑳不知句　不覺得自己已經老邁了，意謂暫時忘卻了憂愁。《論語．述而》：「葉公問孔子于子路，子路不對。子曰：『女奚不曰：其為人也，發憤忘食，樂以忘憂，不知老之將至云爾。』」王羲之〈蘭亭集序〉：「當其欣於所遇，暫得於己，快然自足，不知老之將至。」㉑放　放任；放縱。

【語　譯】在翰林院擔任了五年的學士，貶為江州司馬四年在潯陽。在古屬巴郡的忠州做了一年刺史，奉詔回京當了半年的尚書省員外郎。在中書省當值兩年起草制誥，外放杭州三年高坐刺史堂。遷徙調任一共經歷了十五載，寫下了二千多首詩章。詩境中的感興遍及萬事萬物，風土民情的描寫遍及四面八方。唯獨沒有在洛陽寫作的詩歌，內心中怎能不遺憾惆悵！現在擔任左庶子是東宮的官長，才來遊覽東都洛陽。徘徊徜徉在伊水澗水上，睥睨嘯傲在嵩山少室旁。遇到良辰美景往往賦詩一首，賦一首詩就要喝上酒一觴。用筆墨文字來消除內心的遺憾，在詩歌卷軸中來補救缺亡。常常看著自己就發聲哂笑，老眼昏花鬍鬚鬢髮都已蒼蒼，不知道自己已經年紀老邁，還在放聲吟詩作歌如癡如狂！

【研　析】長慶四年正月，穆宗暴死，十六歲的李湛繼位，是為敬宗。這個由宦官擁立的小皇帝，只知荒淫嬉戲，朝政被宦官把持，黨爭也日趨激烈，因此罷杭州北歸的白居易主動要求分司東都，並在洛陽履道坊購買了故散騎常侍楊憑的第宅，以為隱居韜晦之計。可太子左庶子畢竟是個閒冷官職，分司東都也與詩人的用世之心相違，怡然自得中，總自覺或不自覺地流露出難以排遣的失落與抑鬱。所以本詩當作反語讀。

詩的布局謀篇簡明清晰。前半極寫宦海沉浮，半生流寓，唯一可以自豪的是有詩千餘章，感喟良深。

「境興周萬象，土風備四方。獨無洛中作，能不心悢悢」既總結前事，道明洛中偶作緣由，內含幽憤，又引起後文。後半則描述來洛陽後的情況，極寫嘯傲山水、縱酒吟詩的狂態，捧出一顆遭逢亂世、淪落不偶的憤激心靈，貌似豁達，實有楚狂接輿之悲。

夢行簡❶

【題　解】這是一首思親的七言絕句。寶曆元年（西元八二五年）春作於洛陽太子左庶子任。詩中描寫春日在履道里新宅裡獨行獨吟獨睡並夢見弟弟行簡的情景，表達了對遠方親人的思念。

天氣妍和水色鮮❷，閑吟獨步小橋邊。池塘草綠❸無佳句，虛臥春窗夢阿憐❹。

【注　釋】❶行簡　白行簡，白居易三弟，時在長安為主客郎中。參見前〈別行簡〉注❶。❷天氣句　妍和，美好和煦。鮮，鮮明。❸池塘草綠　謝靈運〈登池上樓〉有「池塘生春草，園柳變鳴禽」的名句。❹虛臥句　句謂自己春天在窗下白白地夢見白行簡，未得佳句。虛臥，空臥。阿憐，即阿連，謝靈運對其從弟謝惠連的暱稱。這裡代指白行簡。《宋書・謝靈運傳》：「惠連幼有才悟而輕薄，不為父方明所知。靈運去永嘉，還始寧，時方明為會稽郡，靈運嘗自始寧至會稽造方明，過視惠連，大相知賞。……謂方明曰：『阿連才悟如此，而尊作常兒遇之。』」鍾嶸《詩品》卷中引《謝氏家錄》：「康樂（謝靈運，襲封康樂公）每對惠連，輒得佳語。後在永嘉西堂，思詩竟日不就。寤寐間，忽見惠連，即成『池塘生春草』。故嘗云：『此有神助，非吾語也。』」

【語　譯】天氣美好和煦池塘春水澄鮮，獨自閒散地行吟漫步在小橋邊。池塘邊的春草綠了卻沒有覓得好詩句，白白躺在春天的窗下夢見了我的阿連。

【研　析】白居易以太子左庶子分司洛陽，雖然內心並不得志，但卻是生活上最為安定的時期。履道坊楊憑宅，富於園林泉石之美，白居易買下後又作了精心修葺和進一步營造，使園中景物建築無不契合他的情趣愛尚，遊憩其間，感到十分自得和自適。這首詩就作於履道園中，在懷念親人的同時透露出閒適滿足的意緒。詩僅著了兩幅圖景，一是獨行獨吟小橋流水邊，著重描繪美好春光和自得的情懷，一是行吟累了，高臥窗下夢著了白行簡，顯見其心境的寧靜平和。但又遺憾雖夢見行簡卻不能像謝靈運夢見謝惠連得到好詩句，既表現了自己的思親之情，又讚美了才華橫溢的弟弟。筆墨雖少，卻意味雋永。

渡淮❶

【題　解】這是一首即事寫景的五言律詩。寶曆元年（西元八二五年）三月白居易被任命為蘇州刺史，詩作於赴蘇州途經楚州時，描繪傍晚渡過淮水時所見景物，想像夜晚清淮月色的美好，表現出內心的閒適和寧靜。

淮水東南闊❷，無風渡亦難。孤烟生乍直，遠樹望多圓❸。春浪棹❹聲急，夕

陽帆影❺殘。清流宜映月❻，今夜重吟看❼。

【注　釋】❶淮　淮水，源出河南桐柏山，東流後下游經淮陰漣山入海。東流經今安徽、江蘇注入洪澤湖。白居易從洛陽赴蘇州的行程是，沿汴河東南行，經運河至蘇州所以要在楚州淮陰渡過淮水。❷淮水句　即「東南淮水闊」之倒裝，淮水古與江、河、濟並稱「四瀆」，是中原四大水系之一。❸孤烟二句　脫胎自王維〈使至塞上〉：「大漠孤煙直，長河落日圓。」乍，初；始。❹棹　槳。此指划槳行船。❺帆影　風帆的影子。❻清流句　語本何遜〈與胡興安夜別〉：

「露濕寒塘草，月映清淮流。」為何遜名句。❼重吟看　再次吟誦何遜詩句觀看淮上月色。

【語　譯】東南方的淮水水面廣闊，沒有風力幫助想要渡過都很困難。一道炊煙剛剛出現就形成直線升起，樹木枝葉茂密遠望形狀溜圓。春天水大浪高划船的槳聲更顯急促，夕陽西下水面的帆影漸漸消殘。清澈的水流正宜和皎潔的月色相輝映，今晚可以重吟「月映清淮流」的詩句把清淮月色賞玩。

【研　析】寶曆元年早春，白居易曾作〈閑出覓春戲贈諸郎官〉詩，有「除卻髭鬚白一色，其餘未伏少年郎」之句，三月四日，下達了任命他為蘇州刺史的詔書。蘇州是富甲江南的大州，蘇州刺史又是白居易少年時最為羨慕的官職，所以，他此行心情特別舒暢，途中景色也寫得寧靜優美。

此詩是以渡淮的渡船為立足點，觀察視點卻不斷變化，使得畫面豐富，有立體感。首聯是初渡時的總體印象，東南的淮水匯聚眾水後水面寬闊，到了「無風渡亦難」的地步。頷聯寫舟中眺望的遠景，對岸景物模糊，但見孤煙直上，樹木團圓，可見水面之「闊」，令人心情頓為舒展。頸聯寫近景，水大浪高，夕陽帆影，動靜相宜。一個「急」字寫出水流的闊急，使船夫不得不提高划槳的頻率。一個「殘」字則寫出時間的推移，仍然與淮水之「闊」相關。末聯由夕陽聯想起夜晚可以重吟何遜〈月映清淮流〉的名句，再賞淮上清澈江水與皎潔月色交相輝映的美景，悠然神往，語盡而意不盡。

霓裳羽衣歌❶

【題　解】這是一首長篇歌行體的唱和詩。寶曆元年（西元八二五年）在蘇州刺史任上為和元稹〈霓裳羽衣歌〉而作。詩回憶宮中所見〈霓裳羽衣舞〉表演的節奏聲容，記述自己在仕宦遷轉中對樂舞思念、教習、尋求的情況，從一個側面反映了開元天寶時期經濟文化全面繁榮的盛況和安史亂後國力衰頹江河日下的局面，寄寓了無可奈何的傷悼之情。

我昔元和侍憲皇❷，曾陪內宴宴昭陽❸。千歌百舞不可數，就中最愛〈霓裳舞〉。舞時寒食❹春風天，玉鉤欄下香桉前❺。桉前舞者顏如玉❻，不著人家俗衣服❼。虹裳霞帔步搖冠❽，鈿瓔纍纍珮珊珊❾。娉婷似不任羅綺❿，顧聽樂懸行復止⓫。磬簫箏笛遞相攙，擊擫彈吹聲邐迤⓬。散序六奏未動衣⓭，陽臺宿雲慵不飛⓮。中序擘騞初入拍⓯，秋竹竿裂春冰拆。飄然轉旋迴雪輕⓰，嫣然縱送游龍驚⓱；〈小垂手〉⓲後柳無力，斜曳裾時雲欲生⓳。烟蛾斂略不勝態⓴，風袖低昂如有情㉑。上元點鬟招萼綠㉒，王母揮袂別飛瓊㉓。繁音急節十二遍㉔，跳珠撼玉何鏗錚㉕。翔鸞舞了卻收翅㉖，唳鶴曲終長引聲㉗。

【章　旨】回憶元和年間侍從宮中所見〈霓裳羽衣舞〉表演的情況。依次記敘表演的時間、地點、音樂和舞蹈，描繪了舞蹈表演的全過程。

【注　釋】❶霓裳羽衣歌　霓裳羽衣，唐代大型音樂舞蹈名。〈霓裳羽衣曲〉屬商調曲，時號越調。本傳自西涼，名〈婆羅門〉，開元中河西節度使楊敬述獻，後經玄宗潤色並改名。楊貴妃善為此舞，唐宮中多奏此樂，以後流布四方，各地節鎮亦可排演。安史亂後，譜調已不全。此歌所詠為〈霓裳羽衣舞〉。題下白居易原注：「和微之。」當是元稹先作〈霓裳羽衣歌〉寄白，白作歌和之。元稹原詩已不存。❷我昔句　憲皇，唐憲宗李純，憲宗是他的廟號。元和，唐憲宗的年號，共十五年。元和二年至六年，白居易為翰林學士，是陪侍從的近臣。❸曾陪句　內宴，宮中的宴會。宮中稱為「大內」。昭陽，漢代宮殿名。代指唐代宮殿。❹寒食　節令名，在農曆清明前一日或二日。❺玉鉤句　玉鉤欄，曲折的漢白玉欄杆。香桉，即香案，放置香爐的几案。❻如玉　形容美好有光澤。〈古詩十九首〉：「燕趙多佳人，美者顏如玉。」❼俗衣服　世俗的衣裳。〈霓裳羽衣舞〉表演者，白衣虹裳，作仙人裝束。❽虹裳句　虹裳，以色彩斑斕如虹的衣料製成的裙子。霞帔，彩色的披肩。帔，披於肩上的衣飾。步搖冠，上有步搖的冠。《釋名・釋首飾》：「步搖上有垂珠，步則搖動也。」❾鈿瓔句　鈿瓔，以黃金鑲嵌的瓔珞。瓔珞是用珠玉串連而成的裝飾品。纍纍，多而下垂貌。珊珊，玉珮撞擊聲。❿娉婷句　娉婷，身姿輕盈曼妙貌。不任羅綺，形容體態纖弱輕盈。不任，不勝；承受不起。羅綺，絲織品。指絲織品製成的衣服。⓫顧聽句　顧聽，注意傾聽。樂懸，懸掛在樂架上的編鐘等樂器。指樂聲。⓬磬簫二句　白居易原注：「凡法曲之初，眾樂不齊，唯金石絲竹次第發聲。〈霓裳〉序初，亦復如是。」磬簫箏笛，都是樂器名。唐代的磬，已是缽形，和古代懸掛在樂架上的石磬不同。遞相攙，交互彈奏加入。擊擫彈吹，上面四種樂器的演奏手法，擊磬，擫簫，彈箏，吹笛。擫，同「擪」。用手指按壓。邐迤，曲折延綿。⓭散序句　散序，隋唐燕樂大曲的開始部分，散板，節奏自由，用樂器獨奏、輪奏或合奏，不歌不舞。六奏，奏六遍。未動衣，舞者不動。白居易原注：「散序六遍無拍，故不舞也。」⓮陽臺句　陽臺，傳說中楚襄王和巫山神女相會的地方。宿雲，停止的雲。比喻舞者的靜止狀態。慵，困倦。參見前〈花非花〉注❷。⓯中序句　中序，〈霓裳羽衣曲〉的中段。白居易原注：「中序始有拍，亦名拍序。」擘騞，象聲詞，形容急促爆發性的聲音。入拍，合拍，有強烈的節奏感。大約進入中序後，音樂聲突然變化，所以下文用「秋竹竿裂春冰坼」來形容。⓰飄然句　飄然，迅疾貌。轉旋，旋轉。迴雪，迴旋的雪花。比喻舞者迴旋的狀態。曹植〈洛神賦〉：「飄颻兮若流風之迴雪。」⓱嫣然句　嫣然，美好貌。縱送，身體疾進。游龍，蜿蜒游動的龍。曹植〈洛神賦〉：「翩若驚鴻，婉若游龍。」李善注：「翩翩然若鴻雁之驚，婉婉然如游龍之升。」驚，受驚。⓲小垂手　舞名，以垂手為舞蹈的動作特徵。《樂府詩集》卷七六引〈樂府解題〉：「〈大垂手〉、〈小垂手〉，皆言舞而垂其手也。」⓳斜曳句　斜曳，斜著牽引。裾，衣服的前後襟。此指裙裾，裙幅。以上四句白居易原注：「四句皆〈霓裳舞〉之初態。」⓴烟蛾句　烟蛾，指淡黑色的眉毛。蛾，蛾眉。斂略，時蹙時開。不勝態，有許多無法形容的姿態。㉑風袖句　風袖，隨風飄拂的長袖。低昂，或低垂或飄揚。㉒上元句　上元，上元夫人，神話中的仙女。傳說西王母降漢宮時，曾邀上元夫人來參加漢武帝的宴會。事見〈漢武帝內傳〉。點鬟，指點頭上的鬟髻。萼綠，萼綠華，傳說中女仙。事見陶弘景《真誥》。㉓王母句　王母，西王母，神話中的女神，曾會見過周穆王和漢武帝。見〈穆天子傳〉和〈漢武帝內傳〉。揮袂，揮袖。飛瓊，許飛瓊，傳說中西王母的侍女。見〈漢武帝內傳〉。白居易原注：「許飛瓊、萼綠華，皆女仙也。」㉔繁音句　繁音急節，繁富的樂音，急促的節奏。十二遍，白居易原注：「〈霓裳曲〉十二遍而終。」㉕跳珠句　跳珠撼玉，跳動的珍珠和攪動的玉塊。形容樂曲聲音如同珠玉撞擊清脆悅耳。鏗錚，象聲詞，形容金石琴瑟等清脆之聲。㉖翔鸞句　翔鸞，飛翔的鸞鳥。比喻舞女。鸞，傳說中鳳凰一類的鳥。㉗唳鶴句　唳鶴，高鳴的仙鶴。唳，鶴鳴叫聲，高亢嘹亮。長引聲，聲音拖得很長。白居易原注：「凡曲將畢，皆聲拍促速，唯〈霓裳〉之末，長引一聲也。」

【語　譯】我過去在元和中侍奉憲宗皇帝，曾經在宮中叨陪筵宴。看到的歌舞不計其數，其中〈霓裳羽衣舞〉最令我喜愛懷念。寒食節那春風和煦的豔陽天，表演就在漢白玉曲欄下的香案前。案前的舞女容顏美好如玉，穿的不是世俗人家的普通衣衫。衣裳如虹霓披肩像雲霞頭戴步搖冠，金鈿瓔珞纍纍串串環佩響聲珊珊。身姿輕盈曼妙好像承受不了羅綺的衣衫，傾聽著音樂走著走著又停止不前。磬、簫、箏、笛都次第加入，或擊或擫或彈或吹樂聲婉曲延綿。散序奏了六遍舞者衣衫還是不動，好像是陽臺的彩雲不飛慵懶地靜臥安眠。進入中序音樂聲擘騞節奏感強烈，就像秋天的竹竿爆開春天的河冰坼裂。舞女們飄然起舞像風中的雪花輕盈迴旋，突然前進宛若受驚的游龍姿態美好迅捷；〈小垂手〉的舞姿長袖低垂像弱柳迎風無力，斜曳著舞裙下緣就像彩雲起自天邊。黛眉有時顰蹙有時舒展千姿百態無法形容，長袖迎風時而低垂時而飄舉彷彿情意綿綿。好像是上元夫人指點雙鬟在呼喚萼綠華，又像是西王母揮舞著衣袖告別飛瓊女仙。音節繁複節奏急促演奏了十二遍，就像珍珠跳動玉塊碰撞聲鏦錚鏗然。舞女舞罷像飛翔的鸞鳥收攏了牠的翅膀，樂曲結束時的音符高亢悠長就像鶴唳長天。

當時乍見驚心目❶，凝視諦聽殊未足❷。一落人間八九年❸，耳冷❹不曾聞此曲。湓城但聽山魈語❺，巴峽唯聞杜鵑哭❻。移領錢唐第二年❼，始有心情問絲竹❽。玲瓏箜篌謝好箏❾，陳寵觱篥沈平笙❿；清絃脆管纖纖手⓫，教得〈霓裳〉一曲成。

虛白亭⑫前湖水畔，前後秪應三度按⑬。便除庶子拋卻來⑭，聞道如今各星散⑮。今年五月⑯至蘇州，朝鐘暮角⑰催白頭；貪看案牘常侵夜⑱，不聽笙歌直到秋。秋來無事多閑悶，忽憶〈霓裳〉無處問。聞君部內多樂徒⑲，問有〈霓裳舞〉者無。答云七縣十萬戶⑳，無人知有〈霓裳舞〉。唯寄長歌㉑與我來，題作〈霓裳羽衣譜〉㉒。四幅花牋碧間紅㉓，〈霓裳〉實錄㉔在其中。千姿萬狀分明見，恰與昭陽舞者同。眼前髣髴覩形質㉕，昔日今朝想如一㉖；疑從魂夢呼召來，似著丹青㉗圖寫出。

【章旨】分三層記敘自己離開朝廷後的仕宦遷轉中對〈霓裳羽衣舞〉無時或忘，既傷感自己被貶謫和仕宦遷徙的遭遇，也痛惜〈霓裳羽衣舞〉的失傳。

【注釋】❶驚心目　驚心眩目，動人心魄，眼花繚亂。❷凝視句　凝視，目不轉睛地看。諦聽，仔細聽。❸一落句　人間，相對於天上而言。唐人詩文往往把皇宮京師比做天上。白居易元和六年丁母憂出翰林學士院離開長安，到十五年回朝，其間約有八、九年。❹耳冷　耳邊冷清。指聽不到音樂。❺湓城句　湓城，江州州治，古為湓口城。白居易曾為江州司馬。山魈語，山魈的啼叫。山魈，是山中一種動物，形似猴，頭大面長，狀貌醜陋。❻巴峽句　巴峽，指巴縣以東江面的石洞峽、銅鑼峽、明月峽，即《華陽國志・巴志》所稱的巴郡三峽。這裡代指忠州。白居易原注：「予自江州司馬轉忠州刺史。」杜鵑，鳥名，又名杜宇、子規，相傳為古蜀王杜宇的魂魄所化，鳴聲哀切。❼移領句　移，移官；調任。領，掌管。錢唐，即錢塘，郡名，即杭州。第二年，指長慶三年。❽問絲竹　欣賞、留意音樂。絲竹，管絃樂器。❾玲瓏句　白居易原注：「自玲瓏以下，皆杭之名妓。」玲瓏，商玲瓏，杭州歌伎。白居易〈醉歌〉自注：「示妓人商玲瓏。」箜篌，古代絃樂器，二十三絃，有豎式和臥式兩種。謝好，杭州名伎。白居易有〈代謝好答崔員外詩〉。❿陳寵句　觱篥，古管樂器名，以竹為管，有九孔，管口插有蘆葦製的哨子，又稱「笳管」、「頭管」。本出西域龜茲，後傳入內地，為隋唐燕樂及唐宋教坊樂的重要樂器。笙，管樂器名，一般用十三根長短不同的竹管製成。⓫清絃句　清絃脆管，清脆的管絃樂器。絃承上箜篌和箏而言，管承上觱篥和笙而言。清和脆，互文見義。纖纖手，女子細長的手。〈古詩十九首〉：「娥娥紅粉粧，纖纖出素手。」⓬虛白亭　大曆年間杭州刺史相里造所建。白居易〈冷泉亭記〉：「先是領郡者，有相里君，造虛白亭。」⓭前後句　秖，同「祗」。只。三度，三次。按，按習；排演。⓮便除句　除，授官。庶子，指左庶子。長慶四年五月，白居易授太子左庶子分司東都。拋卻來，拋開。來，助詞。⓯星散　分散。⓰今年五月　指敬宗寶曆元年（西元八二五年）五月，白居易到蘇州任。⓱朝鐘暮角　早上佛寺的鐘聲，晚上軍營的號角聲。⓲侵夜　犯夜；到深夜。⓳聞君句　君，指元稹，長慶三年即為越州刺史、浙東觀察使。部內，管轄之內。樂徒，樂工。⓴答云句　七縣，越州管會稽、山陰、諸暨、餘姚、上虞、蕭山、剡縣七縣。十萬戶，指開元時期越州戶口。據《元和郡縣圖志》卷二六，越州開元中十萬七千六百四十五戶，元和中銳減至二萬六百八十五戶。㉑長歌　長篇歌行。元稹此詩已失傳。㉒霓裳羽衣譜　據下文讀譜後的描述及「楊氏創聲君造譜」之句，〈霓裳羽衣譜〉應當指元稹寫作的詩篇，因為它詳細記述了〈霓裳羽衣舞〉的情況，所以白居易稱之為〈霓裳羽衣譜〉。沈括《夢溪筆談》卷五：「蒲州逍遙樓楣上有唐人橫書類梵字，相傳是〈霓裳譜〉，字訓不通，莫知是非。」㉓四幅句　四幅，四張。花牋，精緻華美的紙。碧間紅，紅、綠二種顏色相間。㉔實錄　如實地記錄。㉕覩形質　看見舞蹈實況。㉖昔日句　昔日，指當年宮中所見。今朝，指今日元稹長歌所描繪。想如一，想像中完全一樣。㉗丹青　紅、青兩種繪畫顏料。代指圖畫。

【語　譯】當初乍看到只覺得驚心動魄眼花繚亂，仔細觀看傾聽這才覺得怎麼著都看不夠。哪知道一離開京城就是八九年，耳邊冷冷清清再不曾聽過這舞曲。江州的湓城只能聽到山魈的怪叫，忠州的巴峽只能聽到杜鵑鳴聲如啼哭。移官擔任杭州刺史的第二年，才有心情詢問伎樂和絲竹。商玲瓏的箜篌謝好的箏，陳寵吹的觱篥沈平吹的笙；清脆的管絃纖細的手，教成了一曲〈霓裳羽衣曲〉。就在虛白亭前的西湖旁邊，前前後後只排演了三遍。我授官庶子回洛陽便把這事拋開，聽說他們現在已經雲飛雨散。今年五月來到蘇州，佛寺晨鐘城頭夜角催人白頭；貪圖處理文案常常到深夜，沒有時間聽音樂歌唱從夏忙到秋。入秋以來事務減少閒得發悶，忽然記起〈霓裳羽衣曲〉無處打聽。聽說你管轄範圍內樂工很多，詢問有沒有會跳〈霓裳舞〉的人。你回答說越州所管七縣十萬戶，沒有人知道〈霓裳羽衣舞〉。只將一首長篇歌行寄給我，題目就叫作〈霓裳羽衣譜〉。四幅精美的箋紙綠中又間紅，〈霓裳羽衣舞〉的實況記錄在其中。分明看見舞女表演時的千姿萬態，恰和當年宮中所見完全相同。眼前彷彿看到舞者的姿態和身影，當年所見和今朝所想宛然如一；好像是從魂夢中呼喚召回，又像是在圖畫中用丹青畫出。

我愛〈霓裳〉君合知❶，發於歌詠形於詩❷。君不見，我歌云：驚破〈霓裳羽衣曲〉❸。又不見，我詩云：曲愛〈霓裳〉未拍時❹。由來能事皆有主❺，楊氏創聲❻君造譜。君言此舞難得人，須是傾城可憐女❼。吳妖小玉飛作烟❽，越豔西施化為土❾。嬌花巧笑久寂寥❿，娃館苧蘿空處所⓫。如君所言誠有是⓬，君試從容⓭聽我語：若求國色始翻傳⓮，但恐人間廢此舞。妍蚩優劣寧相遠⓯？大都只在人擡舉⓰。李娟張態⓱君莫嫌，亦擬隨宜且教取⓲。

【章旨】針對元稹來詩中謂舞者當是「傾城可憐女」的意見，提出應當便宜行事，教授普通樂伎，使〈霓裳羽衣舞〉不致廢棄失傳。

【注釋】❶合知　應該知道。❷發於句　情感流露在歌唱裡，表現在詩歌中。❸驚破句　白居易原注：「〈長恨歌〉云。」白居易〈長恨歌〉：「漁陽鼙鼓動地來，驚破〈霓裳羽衣曲〉。」❹曲愛句　白氏原注：「錢唐詩云。」錢唐，即錢塘，郡名，即杭州。白居易告別杭州時作〈重題別東樓〉：「宴宜雲髻新梳後，曲愛〈霓裳〉未拍時。」未拍時，沒有整飭的節拍時。指散序的音樂，為散板。❺由來句　由來，從來。能事，所擅長的事。謂優秀的技藝。主，為主；

主持。❻楊氏創聲　白居易原注：「開元中，西涼府節度楊敬述造。」❼傾城可憐女　可愛的絕色女子。傾城，傾國。形容極其美貌。李延年〈李夫人歌〉：「北方有佳人，絕世而獨立。一見傾人城，再見傾人國。」可憐，可愛。❽吳妖句　吳妖，吳國美女。妖，美豔。白居易原注：「夫差女小玉死後，形見於王，其母抱之，霏微若煙霧散空。」❾越豔句　越豔，越國豔姬。西施，相傳春秋末年越國美女。越王句踐兵敗，范蠡取西施獻於吳王夫差，吳王沉湎女色，遂為越所滅。事見《吳越春秋・句踐陰謀外傳》。❿嬌花句　嬌花，喻美貌。巧笑，嬌媚笑容。《詩經・衛風・碩人》：「巧笑倩兮，美目盼兮。」寂寥，空虛。⓫娃館句　娃館，即館娃宮，春秋時吳王夫差為西施所造，故址在今江蘇蘇州西南靈巖山上。苧羅，指苧羅山，相傳西施是越州諸暨縣南五里苧蘿山人。見《吳越春秋・句踐陰謀外傳》。從「君言此舞難得人」到「娃館苧羅空處所」，都是轉述元稹原詩大意。⓬誠有是　確實如此。⓭從容　不慌不忙；慢慢地。⓮若求句　國色，姿色極美女子，容貌為一國之冠。《公羊傳・僖公十年》：「驪姬者，國色也。」翻傳，傳授。⓯妍蚩句　妍蚩，美醜。蚩，同「媸」。醜陋。寧相遠，哪裡會相差很遠。⓰擡舉　稱讚；捧場。⓱李娟張態　白居易原注：「娟、態，蘇妓之名。」⓲亦擬句　擬，準備；打算。隨宜，便宜行事。教取，教給。

【語　譯】我喜愛〈霓裳羽衣〉歌舞你應該知道，發為歌詠表現在詩歌中為數不少。你難道沒看見，我的〈長恨歌〉中說「驚破〈霓裳羽衣曲〉」？又沒看見，我還有「曲愛〈霓裳〉未拍時」的詩句？從來一切優秀技藝都有人為創造之主，開元中楊敬述創作樂曲你又為它造了舞譜。你說這個舞蹈很難物色到合適人才，表演者必須是傾國傾城的可愛美女。可是蘇州美女吳王幼女小玉早已幻作飛煙，會稽美女越國西施也已化為塵土。嬌豔容顏動人笑靨久已成空，館娃宮、苧蘿山只空留她們居住的處所。你所說的雖然的確是實際情況，還是請你嘗試慢慢聽我言語：如果一定要找到絕色美女才開始傳習，只怕人世間不會再有〈霓裳羽衣舞〉。人的相貌美醜哪會相差太遠？大都只在於人們的吹噓和擡舉。李娟、張態這樣的蘇州樂伎你不要嫌厭，我打算便宜行事姑且教她們學這個舞。

【研　析】白居易極喜愛音樂，每到一處，必有記錄當地歌兒舞女的詩。因此，他的詩集裡，有關唐代音樂的資料很多。這首詩和自注描寫了他所看到的〈霓裳羽衣曲〉的實況，成為古代文獻中對〈霓裳羽衣曲〉最為完整的寶貴記錄。它和〈長恨歌〉、〈琵琶引〉一樣，融敘事、描寫、議論、抒情於一體，通過這個大型歌舞的表演和流傳情況的記述，抒發了國運陵夷、盛世不再的悲慨，是白居易的又一長篇佳製。

此詩同樣具備結構完整而層次分明的特點。全詩分為三個部分。第一部分描寫在宮中親見的〈霓裳羽衣舞〉歌舞表演的盛況。第二部分記敘離京後對樂舞思念、教習、尋求的情況。第三層再說到自己對此舞的深厚感情，以和元稹詩意作結，但希望元稹降低對舞者條件的要求，盡快教習，免使失傳。正所謂「敘次分明，層層照應，可當一篇〈霓裳羽衣記〉」（《唐宋詩醇》卷二四）。

詩中宮庭歌舞表演的描寫和〈琵琶引〉的音樂描寫同樣高妙。表演在寒食春風中、玉欄香案前開始，詩人運用鋪敘、比喻、想像手法，或實或虛、繪聲繪形地展現了表演的全過程。從舞女的容貌、著裝、出場，寫到散序音樂的奏起，各種樂器的次第加入，再寫到入拍後表演者起舞，再寫到不斷變化的美妙舞姿，中間還穿插了音樂節奏的種種變化，使讀者耳聞目睹樂舞的節奏聲容。直到「翔鸞舞了卻收翅，唳鶴曲終長引聲」，樂舞結束，舞姿、樂聲似乎還在我們的眼前耳畔迴旋。詩中以「宿雲慵不飛」比喻舞者的佇立，以「柳無力」「雲欲生」分別形容垂手時和曳裙而舞時的舞姿，都惟妙惟肖，美不勝收，令人嘆為觀止。

將自己的仕宦遷徙和對樂舞思念、教習、尋求聯繫起來寫，是本詩又一特點。詩的第二層先以「當時乍見驚心目」承上，再以「一落人間」二句開啟自己貶謫後經歷的敘述：江州和忠州地處荒僻談不到觀賞音樂；在杭州三度組織排練〈霓裳曲〉，但匆匆離任樂伎星散；在蘇州徵求舞者不得，所幸得到元稹舞譜，彷彿重現宮中舞蹈的盛況。將自己的謫宦飄零身世和樂舞的散失湮沒聯繫起來，不但寫出樂舞尋求與復原的艱難，更在和盛唐樂舞表演盛況的對比中見出世事的滄桑，國運的陵替，深化了主題。結尾期望元稹盡快復原樂舞，就順理成章了。正因為詩歌把〈霓裳羽衣舞〉和唐王朝及作者的命運聯繫在一起來寫，使全詩籠罩著濃濃的懷舊感傷意緒，「情致纏綿往復，極一唱三歎之妙」（《唐宋詩醇》卷二四）。

小童薛陽陶吹觱篥歌❶

【題解】這是一首歌行體的唱和詩。寶曆元年（西元八二五年）秋在蘇州刺史任上作。白居易在詩中敘述了薛陽陶兩次演奏的經過，繪聲繪色地描述了觱篥的演奏效果，對他高超的技藝給予了熱情的讚美。

翦削乾蘆插寒竹❷，九孔漏聲五音足❸。近來吹者誰得名？關璀老死李袞生❹。袞今又老誰其嗣❺？薛氏樂童年十二。指點之下師授聲❻，含嚼之間天與氣❼。潤州❽城高霜月明，吟霜思月欲發聲。山頭江底何悄悄？猿鳥不喘魚龍聽❾。翕然聲作疑管裂❿，詘然⓫聲盡疑刀截；有時婉軟無筋骨，有時頓挫生稜節⓬。急聲圓轉促不斷，轢轢轔轔似珠貫⓭。緩聲展引長有條⓮，有條直直如筆描。下聲乍墜石沉重⓯，高聲忽舉雲飄蕭⓰。明日公堂⓱陳宴席，主人⓲命樂娛賓客。碎絲細竹徒紛紛⓳，宮調⓴一聲雄出群；眾音覼縷不落道㉑，有如部伍隨將軍㉒。嗟爾陽陶方稚齒㉓，下手發聲已如此。若教頭白吹不休，但恐聲名壓關李㉔。

【注釋】❶小童薛陽陶吹觱篥歌　白居易原注：「和浙西李大夫作。」李大夫，李德裕，長慶二年（西元八二二年）至大和三年（西元八二九年）為潤州刺史、浙西觀察使，兼御史大夫。薛陽陶，李德裕的樂童，時年十二歲。觱篥，樂器名。《樂府雜錄》：「觱篥者，本龜茲國樂也，亦曰悲栗，有類于笳。」《桂苑叢談》記載，唐懿宗咸通十四年，李蔚為淮南節度使，聽說浙右小校薛陽陶監押度支運米入城，問得即是當年李德裕的樂童，問及往日蘆管之事，陶因獻李德裕、陸暢、元稹、白居易所撰歌，並吹奏觱篥。「其管絕微，每于一觱篥管中常容三管也。聲如天際自然而來，情思寬閑。」❷剪削句　乾蘆，乾枯的蘆葦，用以製作觱篥的吹嘴。寒竹，寒冬採伐的竹，質地堅牢，聲音清脆。觱篥主體是用竹管製成。❸九孔句　九孔，古時觱篥九孔，上八下一，今管孔則為上七下一。漏聲，吹出聲音。五音足，具備宮、商、角、徵、羽五個基本音階。意思是能吹奏各種宮調。❹關璀句　關璀、李袞，當時著名的觱篥演奏家，事跡不詳。李肇《國史補》卷下有「李袞善歌」的記載，但不言善吹觱篥，不知是否同一人。❺嗣　繼承者。❻授聲　傳授樂曲的吹奏方法。❼含嚼句　含嚼，即吞吐，觱篥兩種不同的吹奏法。含時把吹嘴都吞進去，則發出寬而壯的音。嚼時吹嘴吐至唇齒之間，則發出窄而高的音。天與氣，天賦予的中氣。❽潤州　今江蘇鎮江市，唐代是浙西觀察使治所，蘇、杭兩州都屬浙西觀察使管轄。❾猿鳥句　鳥，顧本作「烏」，據《全唐詩》改。不喘，不喘息；屏住呼吸。魚龍聽，形容樂聲的高妙。魚龍，泛指水族。《荀子・勸學》：「昔者瓠巴鼓瑟而流魚出聽，伯牙鼓琴而六馬仰秣。」❿翕然句　翕然，即翕如，盛貌。疑管裂，指樂音高亢清脆，聽者懷疑觱篥竹管要裂開。白居易〈霓裳羽衣歌〉形容樂聲有「秋竹竿裂春冰拆」的詩句。⓫詘然　戛然而止貌。《禮記・聘義》：「叩之其聲清越以長，其終詘然，樂也。」注：「詘，截止貌也。」⓬有時二句　婉軟，委婉柔軟。頓挫，聲調高低抑揚，有停頓轉折。稜節，稜角和節。節是草木條幹間堅實結節的部分。⓭急聲二句　圓轉，流利宛轉。轢轢轔轔，象聲詞，形容清脆而急速的聲音。珠貫，珠串。常形容樂聲宛轉流暢。《禮記・樂記》：「故歌者……累累乎端如貫珠。」⓮緩聲句　緩聲，舒緩的聲音。展引，伸展拉長。⓯下聲句　下聲，低音。乍墜，突然落下。⓰高聲句　舉，高揚。飄蕭，飄逸瀟灑。⓱公堂　官署的廳堂。⓲主人　指李德裕。⓳碎絲句　碎絲細竹，聲音瑣屑細碎的管絃樂器。徒紛紛，徒然紛紜喧擾。⓴宮調　曲調的總稱。以宮聲為主的調式稱為宮，以商、角、徵等其他各聲為主的調式稱為調。這裡泛指樂曲。㉑眾音句　眾音，其他管絃樂器發出的聲音。覼縷，宛轉而有條理。不落道，不離道。指不離開主旋律。㉒有如句　部伍，部曲行伍，軍隊的編制單位。《史記・李將軍列傳》：「及出擊胡，而（李）廣行無部伍行陳。」司馬貞《索隱》：「〈百官志〉云，將軍領軍皆有部曲。大將軍營五部，部校尉一人，部下有曲，曲有軍候一人也。」㉓嗟爾句　嗟爾，讚嘆之辭。稚齒，年幼；少年。㉔關李　即前面所說的關璀和李袞。

【語　譯】剪削乾燥蘆葦做成吹嘴插入觱篥的竹管，九個孔發聲能吹奏出各種各樣的樂曲。最近吹觱篥的人誰最有名？關璀年老死去隨後有李袞出生。李袞現在年老有誰來承繼？姓薛的樂童年紀才十二。師傳指點傳授吹奏的技藝，吹奏時就有天生的渾厚中氣。高聳的潤州城上秋夜的月色光明，霜中月下沉吟思索將要發聲。山頂江底為什麼這般靜悄悄？猿鳥都屏住呼吸魚龍在側耳傾聽。高亢的觱篥聲突然吹響似乎觱篥管將要爆裂，戛然而止沒有聲音又疑心是被利刃斬截；有時聲音委婉柔軟像是沒有筋骨，有時抑揚頓挫節奏分明像是有稜有節。急促的樂音流利宛轉急而不斷，轢轢轔轔就像那累累的珠串。舒緩的樂音伸展拉長成一條，宛如筆墨描畫出筆直的一線。陡轉成低音像大石突然墜落般沉重，忽然又轉入高音像雲彩瀟灑飄蕩在藍天。明天一早在官署的廳堂大排宴席，主人召來樂工演出招待賓客。那些瑣屑細碎的絲竹管絃徒然喧擾紛紜，觱篥吹出雄壯高亢的一聲就會壓倒一切聲音；其他樂器只能緊緊追隨它的旋律，猶如部曲行伍追隨著統帥大將軍。薛陽陶啊你還只有小小的年紀，出手吹奏就有這樣高超的技藝。假若讓你一直到老吹個不停，恐怕你的名聲一定會壓倒關和李。

【研　析】全詩以讚美薛陽陶高超技藝發端，以絕大部分篇幅描寫其兩次演奏特別是深夜演奏的情況，最後以預言他將大有聲名結束。主次分明，首尾照應，筆力峭勁，詞意奇警。更可貴的是，它使我們再一次領略到白居易將縹緲音樂化為絕妙文字的高妙手段。

詩寫薛陽陶吹奏技藝的高妙，大量使用了鋪墊和映襯的手法。先寫樂器用蘆管和九孔的竹管製成，簡易但能吹奏繁富樂曲，見其演奏不易，是第一層。關璀、李袞名家在前，難乎為繼，十二歲的小童竟習成絕藝，是第二層。「欲發聲」時，霜月明，夜悄悄，猿鳥魚龍屏息傾聽，這是第三層。公堂一吹，雄出眾音，眾樂如部伍隨將軍，是第四層。設想其吹奏一生，成就將不可限量，是第五層。層層鋪墊，將觱篥演奏效果推向極致。

詩自「翕然聲作疑管裂」以下十句描寫深夜吹奏的情況，是詩的主體部分。十句中採用了大量比喻、想像、誇張、對比等手法，不但使縹緲樂音具象化，有質可感，而且描繪出旋律的從先聲奪人到截然靜止，從柔軟纏綿到鏗鏘有力，從急促流轉到舒緩酣暢，最後由低到高不斷攀升，達到直上雲霄如白雲飄蕭的高潮。下面次日公堂演奏的正面描寫則以「雄出群」一筆帶過，只作側面烘托。詩中正面描寫與多層側面烘托相輔相成，各臻其妙。

和微之聽妻❶彈別鶴操❷，因為解釋其義，依韻加四句❸

【題　解】這是一首唱和的五言古詩。寶曆元年（西元八二五年）作於蘇州刺史任上。詩針對元稹自傷無子，追述了陵牧子創作琴曲〈別鶴操〉的本事，認為有妻偕老要勝過陵牧子夫妻的生別離，借以勸慰元稹，同時排解自己無子的痛苦。

義重莫若妻，生離不如死；誓將死同穴❹，其奈生無子❺。商陵追禮教❻，婦出❼不能止。舅姑明日辭❽，夫妻中夜❾起。起聞雙鶴別，若與人相似。聽其悲唳聲❿，亦如不得已⓫。青田⓬八九月，遼城⓭一萬里；徘徊去住雲⓮，嗚咽東西水⓯。寫之在琴曲，聽者酸心髓⓰。況當秋月彈，先入憂人⓱耳。怨抑掩朱絃⓲，沉吟⓳停玉指。一聞無兒歎，相念兩如此⓴。無兒雖薄命㉑，有妻偕老㉒矣。幸免㉓生別離，猶勝商陵氏。

【注　釋】❶妻　指元稹繼室裴淑，字柔之，善琴。《雲溪友議》卷下：「(元稹)繼室河東裴氏，字柔之。」元稹有〈黃草峽聽柔之琴二首〉。❷別鶴操　樂府琴曲名。崔豹《古今注》卷中：「〈別鶴操〉，商陵牧子所作也。娶妻五年而無子，父兄將為之改娶。妻聞之，中夜起，倚戶而悲嘯。牧子聞之，愴然而悲，乃歌曰：『將乖比翼隔天端，山川悠遠路漫漫，攬衣不寢食忘餐！』後人因為樂章焉。」後用以指夫妻分離，抒發別情。❸依韻加四句　用原詩的韻作詩，再增加四句。《元氏長慶集》卷二一〈聽妻彈別鶴操〉：「〈別鶴〉聲聲怨夜弦，聞君此奏欲潸然。商瞿五十知無子，便付琴書與仲宣。」為七言絕句，與白氏此詩五言十四韻不符，元稹應當別有一首五言十二韻詩，已亡佚。❹死同穴　死後同葬一個墓穴。《詩經・王風・大車》：「穀則異室，死則同穴。」後以「死同穴」形容夫婦相愛之堅。❺其奈句　其奈，怎奈；無奈。生無子，活著而沒有子嗣。元稹和白居易都老而無子。白居易〈吟前篇寄微之〉：「何事遣君還似我，髭鬚早白亦無兒。」❻商陵句　商陵，商代陵牧子。迫禮教，迫於禮法名教。❼出　逐出。古代有將婦女遺棄逐出的條文。《儀禮・喪服》：「出妻之子為母。」唐賈公彥疏：「七出者：無子，一也；淫佚，二也；不事舅姑，三也；口舌，四也；盜竊，五也；妒忌，六也；惡疾，七也。」陵牧子的妻子，是因為「無子」被逐出夫家。❽舅姑句　舅姑，婦女稱丈夫的父母，俗稱公婆。句是「明旦辭舅姑」的倒裝。❾中夜　半夜。❿悲唳聲　悲傷的鳴叫。唳，鶴、雁等鳥高亢的鳴叫。⓫不得已　無可奈何；不能不如此。⓬青田　縣名，唐屬處州，今屬浙江，以產青田鶴聞名。⓭遼城　遼東城，今遼寧遼陽。遼東有丁令威，學道得仙，後化鶴歸鄉，止於城門華表。事見舊題陶淵明《搜神後記》卷一。⓮去住雲　或去或住的雲彩。形容如雲彩飄浮無定，再難相聚。蔡琰〈胡笳十八拍〉：「十有二拍兮哀樂均，去住兩情兮難具陳。」⓯嗚咽句　嗚咽，形容水流聲的淒切。蔡琰〈胡笳十八拍〉：「夜聞隴水兮聲嗚咽。」東西水，或東或西的流水。比喻會合無期。樂府〈白頭吟〉古辭：「蹀躞御溝上，溝水東西流。」《西京雜記》卷三：「(司馬)相如將聘茂陵人女為妾，卓文君作〈白頭吟〉以自絕，相如乃止。」⓰心髓　心臟骨髓。指身心深處。⓱憂人　憂傷的人。指元稹。⓲怨抑句　怨抑，怨恨抑鬱。掩朱絃，撫摸琴絃，停止彈奏。朱絃，用熟絲製的紅色琴絃。⓳沉吟　深思不語。⓴兩如此　兩人的情況都相同。指元、白二人這時都無子。㉑薄命　命運不好。㉒偕老　共同生活到老。㉓幸免　僥倖避免。

【語　譯】情義深重沒有人超過妻子，活生生地永遠分離還不如去死；曾經發誓死後要夫妻同穴合葬，無奈生活在一起卻沒有生育子嗣。商代陵牧子迫於禮法名教，妻子被逐出不能阻止。明天一早要拜別公婆，夫婦兩人半夜便起床。起來後聽見雌雄雙鶴離別的叫聲，好像和人的分別沒有兩樣。聽到牠們悲哀的鳴叫聲，也好像是被逼無奈無法可想。青田縣八九月的時節，和遼東城相隔有萬里；如同一去一留的雲彩留連徘徊，如同東西分流的流水嗚咽悲悽。把這悲傷痛苦譜寫到琴曲中，使聽的人內心酸楚深入骨髓。何況你的妻子對著秋夜的月亮彈起這個曲調，進入到你那本已憂傷痛苦的人的耳裡。於是心中哀怨抑鬱撫摸著瑤琴，無語深思停下了彈奏的手指。我一聽到你嘆息沒有子嗣，就想到我的情況也是如此。沒有兒子雖然是命運不好，卻有妻子可以共同生活到老。僥倖避免了夫妻活生生的分離，比商代的陵牧子不知勝過多少。

【研　析】本詩的重點在於解釋〈別鶴操〉樂曲的含義。元稹五言十二韻的〈聽妻彈別鶴操〉原詩已經亡佚。從白居易和詩看，原詩是元稹因聽妻子彈〈別鶴操〉，從陵牧子夫妻因無子而不得不離異想到自己也無子，所以十分悲哀，發出了「無兒」的嘆息。白居易認為，這是不了解〈別鶴操〉的真意在於傷嘆夫婦的生別離，無子只是分別的原因。所以重為解釋，又在後面加上了「無兒雖薄命，有妻偕老矣。幸免生別離，猶勝商陵氏」四句。

詩用了大部分篇幅描述陵牧子夫妻永訣的痛苦情狀和想像中〈別鶴操〉創作的過程，夫妻即將分離，中夜聞雙鶴分別的鳴唳，遂寫入琴曲。「況當秋月彈」四句，則是寫裴柔之彈〈別鶴操〉和元稹聽琴的情狀。「一聞」以下則是白居易以身說法，說明夫妻「偕老」，與陵牧子「生別離」的情況截然不同，不僅不應悲傷，而應當深自慶幸。應當說，這首詩對《古今注》中所說的陵牧子的故事作了生動的演繹，如果說其中關於夫婦生別離和音樂的描寫也很高妙，那已是餘事了。

真娘墓❶

【題　解】這是一首雜言的感傷詩。寶曆元年（西元八二五年）或二年作於蘇州刺史任上。借哀嘆惋惜名伎真娘，抒發世間一切美好的事物都難以久駐的傷感。

真娘墓，虎丘道❷；不識真娘鏡中面，唯見真娘墓頭草。霜摧桃李❸風折蓮，真娘死時猶少年。脂膚荑手❹不牢固，世間有物難留連❺。難留連，易銷歇❻，塞北花，江南雪❼。

【注　釋】❶真娘墓　白居易原注：「墓在虎丘寺」。在蘇州虎丘山虎丘寺傍。真娘，唐代名伎。李紳〈真娘墓詩序〉：「吳之妓人，歌舞有名者，死葬于吳武（虎）丘寺前，吳中少年從其志也。墓多花草，以蔽其上。」范攄《雲溪友議》卷中：「真娘者，吳國之佳人也，時人比于蘇小小，死葬吳宮之側。行客感其華麗，競為詩題於墓樹，櫛比鱗臻。」❷虎丘道　虎丘山前道路。虎丘山一名海湧山，在今江蘇蘇州西北，相傳吳王闔閭葬此，其上有虎丘寺。《吳郡志》卷三二：「雲巖寺，即虎丘山寺，晉司徒王珣及弟司空王珉之別業也。咸和二年捨以為寺，即劍池而分東西，今合為一。寺之勝聞天下，四方遊客過吳者，未有不訪焉。」❸桃李　桃花與李花。比喻美女。《詩經・召南・何彼襛矣》：「何彼襛矣，華如桃李。」曹植〈雜詩〉：「南國有佳人，容華若桃李。」❹脂膚荑手　如凝脂般的肌膚和白嫩柔潤的手。《詩經・衛風・碩人》：「手如柔荑，膚如凝脂。」荑，茅草嫩芽。脂，脂肪。❺世間句　有物，事物，此指美好事物。《文苑英華》、《全唐詩》作「尤物」。留連，留下。❻銷歇　消失停止。❼塞北二句　塞北，長城以北。也用來泛指北方邊境地區。塞北苦寒，花易凋萎；江南溫暖，雪易融化。

【語　譯】真娘的墳墓，在虎丘山的大道邊；沒有見過真娘活著時的容顏，只看到真娘墳上的青草芊綿。嚴霜摧折了桃李狂風吹折了紅蓮，真娘死時還只是青春少年。凝脂般肌膚柔嫩的玉手都不牢固，世上的美好事物都難留住。難得留住，容易消歇，就像那塞北的花，江南的雪。

【研　析】唐人題詠真娘的詩很多，這是其中非常傑出的一首。與其說詩是在傷悼一個早逝的青年歌女，倒不如說是抒寫世間一切美好事物都難以留駐的感傷。詩對真娘的容顏即「鏡中面」只用「不識」二字帶過，就直接寫到真娘「墓頭草」，連用「霜摧桃李風折蓮」兩個比喻，痛惜真娘的早夭，悵惘傷感之情躍然紙上。接下來的「脂膚荑手」已不再是描寫真娘，而是作為一種美好事物的代表了。詩人說美好事物都「不牢固」、「難留連」，已經在重複；接著又重複「難留連」，又以反義詞「易銷歇」再作同義的重複；意猶未足，又連用「塞北花，江南雪」兩個比喻再加以強調，如果沒有深哀積怨，恐不至此，誰說重複是囉嗦，是多餘的呢？大約隱痛早就深埋在詩人的心底，不過因真娘墓觸動而一發不可收拾罷了。

詩雜用三、七言句式和頂真格，錯落有致，圓轉如珠，使韻律分外優美。末二句以雙喻作對，又是暗喻，空靈而含蓄。

自詠五首❶（選一）

【題　解】這是一首詠懷的五言古詩，是〈自詠五首〉中的第二首。寶曆二年（西元八二六年）作於蘇州刺史任上。抒寫作者厭倦官場，想休官卻又不能休官的矛盾複雜心情。

其二

一家五十口❷，一郡十萬戶❸；出為差科頭❹，入為衣食主❺。水旱合心憂❻，飢寒須手撫❼。何異食蓼蟲❽，不知苦是苦！

【注　釋】❶自詠五首　白居易〈答劉禹錫白太守行〉有「臥乞百日告，起吟五篇詩」之語，自注：「謂將罷官〈自詠五首〉。」❷五十口　白居易全家包括奴婢在內的人口數。❸一郡句　一郡，指吳郡，即蘇州。十萬戶，蘇州的戶口數。據《元和郡縣圖志》卷二六，元和年間蘇州的戶數是十萬八百零八戶。❹出為句　出，走出家門。差科頭，官府中徵收賦稅派遣勞役的頭目。此指為蘇州刺史，含有自嘲的意思。❺入為句　入，回到家裡。衣食主，一家老小穿衣吃飯的主宰，意謂一家生活全靠他的俸祿維持。❻水旱句　水旱，水旱災害。合，應該。這句承「出為」句，指州政。❼飢寒句　手撫，親自安撫。這句承「入為」句，指家事。❽食蓼蟲　以苦蓼為食的蟲。蓼，一年生或多年生草本植物，花小，白色或淺紅色，生長在水邊或水中，味辛辣。《楚辭・七諫・怨世》：「桂蠹不知所淹留兮，蓼蟲不知徙乎葵菜。」王逸注：「言蓼蟲處辛烈，食苦惡，不能知徙於葵菜，食甘美，終以困苦而癯瘦也。以喻己修潔白，不能變志易行以求祿位，亦將終身貧賤而困窮也。」鮑照〈代放歌行〉：「蓼蟲避葵堇，習苦不言非。」

【語　譯】一家上上下下五十口人，一郡大大小小十多萬戶；出了家門就是一郡內徵收賦稅派遣勞役的大頭目，回到家裡就是負擔一家老小吃穿住用的當家主。州境內出現了旱澇災害應當要心裡憂慮，家中人飢餓寒冷必須要親自安撫。這和那吃苦蓼的蟲子又有什麼區別，不知道那苦蓼是辛辣無比的苦！

【研　析】白居易來蘇州後，蘇州遭受嚴重旱災，辦理刺史的煩劇公務，詩人付出了大量的時間和精力。他經常是「清旦方堆案，黃昏始退公。可憐朝暮景，銷在兩衙中」（〈秋寄微之十二韻〉）。寶曆二年二月，五十五歲老人一次騎馬出遊不慎摔傷了腰腳，又因嗜酒傷肺，經常咳嗽，視力也嚴重衰退。所以這年五月就告病請了長假，九月就自動停官。詩寫在告病之後，停官之前。

詩訴說的就是面對煩劇郡務和眾多家口的不堪重負之苦。前面六句將一州公務和一家家事兩兩對比著來寫，一大一小，一重一輕，但同樣是當家人，大事同樣要承擔責任負責處理，無法擺脫也不應擺脫，所以最後合兩事為一事，把自己比做吃慣苦而不知苦的「食蓼蟲」，說明自己還會這樣繼續生活下去。詩中稱自己這個一州之長為「差科頭」，又自比為「食蓼蟲」，充滿了苦澀的味道。

別蘇州

【題　解】這是一首告別蘇州的五言古詩。寶曆二年（西元八二六年）五月，白居易以眼病肺傷請假，百日期滿後罷官西歸。詩是這年九月離開蘇州時所作，描寫了離任時吏民夾岸遠送依依不捨的感人場面，表現出他對蘇州和蘇州百姓的深厚感情。

浩浩姑蘇民❶，鬱鬱長洲城❷。來慚荷寵命❸，去愧無能名❹。青紫行將吏❺，斑白列黎甿❻。一時臨水拜，十里隨舟行。餞筵❼猶未收，征棹❽不可停。稍隔烟樹色❾，尚聞絲竹聲❿。悵望武丘路⓫，沉吟滸水亭⓬。還鄉信有興⓭，去郡能無情⓮？

【注　釋】❶浩浩句　浩浩，浩大貌。這裡指蘇州百姓送行的隊伍。姑蘇，山名，即姑胥山，在蘇州西南，又為蘇州別稱。劉禹錫〈白太守行〉：「聞有白太守，拋官歸舊谿。蘇州十萬戶，盡作嬰兒啼。」❷鬱鬱句　鬱鬱，茂盛貌。長洲，苑名，春秋時為吳王闔閭遊獵處，故址在今江蘇蘇州西南，武后時設長洲縣。這裡代指蘇州。❸荷寵命　荷戴恩寵的任命。❹能名　官吏能幹的名聲。❺青紫句　青紫，著青色和紫色公服。文吏八品九品服青。唐代低級胥吏服粗紫的衫袍或衫襖。詳見《唐會要》卷三一「輿服」。將吏，泛指文武官吏。❻斑白句　斑白，頭髮黑白相雜。指老年人。黎甿，黎民，指蘇州城的百姓。❼餞筵　送別的筵席。❽征棹　遠行的船。棹，划船工具。❾稍隔句　稍，漸漸。烟樹，霧氣籠罩的林木。❿絲竹聲　音樂聲。絲竹，絲線和竹管，是製作絃樂器和管樂器的主要材料。⓫悵望句　悵望，悵惘地看望或想望。武丘，即虎丘。避唐太祖李虎諱改「武」。參見前〈真娘墓〉注❷。⓬沉吟句　沉吟，深思。滸水，即許浦，又稱滸浦，在常熟縣北七十里，流入長江。⓭信有興　誠然興致很高。白居易此次返京，心情比較好。⓮去郡句　去郡，離開蘇州。能，豈能。無情，沒有情義；沒有感情。

【語　譯】浩浩蕩蕩的姑蘇百姓，鬱鬱蔥蔥的長洲古城。來的時候身荷皇帝恩寵深感愧赧，離開時更慚愧沒有能吏的名聲。走著送行的是穿青著紫的文武官吏，夾道列隊相送的是頭髮斑白的黎民百姓。來到運河旁同時在水邊拜別，夾岸十里跟著船隻送行。離別的筵席還遲遲沒有結束，歸去的行舟已經不能再留停。霧氣籠罩的林木漸漸阻隔了視線，還能聽到送行的絲竹管絃聲。悵惘地遙望著虎丘山的道路，低頭沉思在那滸浦的長亭。回歸故鄉誠然令人高興，離開蘇州哪能毫不動情？

【研　析】唐制，官吏請假滿百日，就自動停官。白居易擔任蘇州刺史只一年，遠未到任期，但由於身體欠佳，友人裴度、韋處厚又新擔任宰相，所以急於去官，請假長告。離開蘇州時，他的心情是高興又歉疚的，蘇州吏民也夾岸相送。劉禹錫作〈白太守行〉歌其事，有「蘇州十萬戶，盡作嬰兒啼」之句，可見場面的盛大和熱烈。此詩先總說自己面對送行百姓和蘇州城的愧赧心情，接著描述送行的盛況和送者的深厚情意，最後以自己別後的留戀之情作結。送者與行者互相映襯，首尾照應，雖然沒有驚人之句，卻把一個關懷百姓的官吏和百姓之間的情意樸實地寫出，在吏治腐敗的舊時代，是十分難能可貴的。

醉贈劉二十八使君❶

【題　解】這是一首即席贈友的七言律詩。寶曆二年（西元八二六年）秋末冬初，白居易從蘇州回洛陽，在揚州遇到罷和州刺史回洛陽的劉禹錫，詩作於初逢的席上。詩中稱讚劉禹錫的才華聲望，對他遭受政治迫害一貶二十三年給予了無限的同情。

為我引杯❷添酒飲，與君把筯擊盤❸歌。詩稱國手徒為爾❹，命壓人頭不奈何❺！舉眼風光長寂寞❻，滿朝官職獨蹉跎❼。亦知合被才名折❽，二十三年❾折太多！

【注　釋】❶劉二十八使君　劉禹錫，排行第二十八，洛陽人，貞元九年進士，永貞中官屯田員外郎，參與永貞革新。憲宗即位，貶朗州司馬。元和十年量移連州刺史。長慶中，歷夔、和兩州刺史。寶曆二年秋，劉禹錫罷和州刺史回洛陽，和罷蘇州刺史白居易在揚州相逢，同遊半月，然後結伴北歸洛陽。時劉禹錫方罷刺史任，故白居易尊稱他為使君。❷引杯　舉杯。❸把筯擊盤　拿著筷子敲擊杯盤，是擊打節拍，也是一種發洩憤懣的方式。筯，同「箸」。❹詩稱句　國手，一國中某項技藝最為出眾的人。徒為爾，白白努力，無人賞識。徒，空。爾，語詞。❺命壓句　命壓人頭，指劉禹錫多年的貶謫。命，命運。不奈何，無可奈何。❻舉眼句　舉眼，抬頭看去。風光，風景。長寂寞，總是孤獨冷清。是說貶謫中心情不好，風光再好也無心賞玩。❼滿朝句　官職，這裡指官員。蹉跎，失足；顛躓。❽亦知句　合，當；應當。折，折損；減損。❾二十三年　劉禹錫從永貞元年（西元八〇五年）貶朗州司馬，到寶曆二年（西元八二六年），首尾僅二十二年。

【語　譯】請你為我高舉酒杯斟滿美酒盡情來喝，讓我為你拿起筷子敲擊杯盤引吭高歌。你詩名再高人稱「國手」也只是白白忙碌，不幸的命運壓在頭上讓你無可奈何！放眼看去風景美好你卻常常落落寡歡，文武官員滿朝獨有你失意蹉跎。也知道才華名氣太大會將你的官職折損，但一折就是二十三年也未免太多！

【研　析】白居易和劉禹錫是中唐兩位傑出的詩人，又是大曆七年（西元七七二年）出生的同齡人，兩人神交已久。元和中劉禹錫被貶朗州時，白居易就曾寄詩百篇給劉，劉作〈翰林白二十二學士見寄詩一百篇，因以答貺〉，稱讚白詩如「郢人斤斲無痕跡，仙人衣裳棄刀尺」。此後，白居易任中書舍人、杭蘇二州刺史，兩人有了更多的詩歌酬唱，後來編成《劉白唱和集》傳世。

揚州相逢是兩人的第一次見面。劉禹錫因參加革新活動被貶二十二年，白居易也同情革新，後又因反對宦官和藩鎮而被貶江州，兩人有類似的政治立場和仕宦經歷，同病相憐，所以白居易在詩中對劉所表示的深切同情和強烈憤慨，實際上也是夫子自道。詩首聯「引杯添酒飲」、「把筯擊盤歌」一連用六個動作、四個動賓詞組，宣洩胸中的不平之氣。而「為我」、「與君」正是互文見義，說明不平既為君也為我而發。頷聯稱讚劉禹錫「詩稱國手」，痛惜他「命壓人頭」，正承上說明痛飲狂歌的原因，而才與命兩兩對舉，相形之下，更見不平。頸聯說到近況，則是以「舉眼風光」、「滿朝官職」和劉之「長寂寞」、「獨蹉跎」分別在句中對比，更進一層，「長」、「獨」二字下得更為沉痛。尾聯語氣一變，反說劉禹錫「合被才名折」，而以「二十三年折太多」之嘆息結束，回應「詩稱國手」，似貶實褒，使詩更增波瀾，而不平之意自於言外見之。

劉禹錫和詩〈酬樂天揚州初逢席上見贈〉：「巴山楚水淒涼地，二十三年棄置身。懷舊空吟聞笛賦，到鄉翻似爛柯人。沉舟側畔千帆過，病樹前頭萬木春。今日聽君歌一曲，暫憑杯酒長精神。」在憤懣不平中表現出開朗樂觀、不向命運屈服的積極人生態度，可與白詩同讀。

寄殷協律❶

【題解】這是一首寄人的七言律詩。大和二年（西元八二八年）春，白居易以祕書監出使洛陽，詩在洛陽作。詩回憶在蘇、杭二州任刺史時度過的美好歲月，深深懷念江南舊遊，感慨這樣的日子已一去不復返。

五歲優遊同過日❷，一朝消散似浮雲。琴詩酒伴皆拋我，雪月花時最憶君。

幾度聽〈雞〉歌〈白日〉，亦曾騎馬詠紅裙❸。吳娘暮雨蕭蕭曲❹，自別江南更不聞。

【注　釋】❶寄殷協律　白居易原注：「多敘江南舊遊。」殷協律，殷堯藩，白居易為杭、蘇二州刺史時的僚屬。參見〈醉後狂言，酬贈蕭、殷二協律〉注❶。❷五歲句　五歲，白居易任杭州刺史三年，任蘇州刺史二年，共得五年。❸幾度二句　白居易原注：「予在杭州日有歌云：『聽唱〈黃雞〉與〈白日〉。』又有詩云：『著紅騎馬是何人。』」白居易〈醉歌・示妓人商玲瓏〉：「誰道使君不解歌？聽唱〈黃雞〉與〈白日〉。黃雞催曉丑時鳴，白日催年酉前沒。」白居易〈代賣薪女贈諸妓〉：「亂蓬為鬢布為巾，曉踏寒山自負薪。一種錢唐江畔女，著紅騎馬是何人。」〈黃雞〉、〈白日〉皆歌曲名。紅裙，代指騎馬的官伎。白居易把杭州所作詩句嵌入這二句詩中，以詠昔日聽歌優遊的生活。❹吳娘句　白居易原注：「江南吳二娘曲詞云：『暮雨蕭蕭郎不歸。』」吳娘，吳二娘，杭州名伎。有〈長相思〉詞：「深花枝，淺花枝，深淺花枝相間時。花枝難似伊。巫山高，巫山低，暮雨瀟瀟郎不歸。空房獨守時。」見楊慎《升庵詩話》卷四。

【語　譯】悠閒自得地一起度過了五年歲月，一旦分手就消散得像天上的浮雲。撫琴吟詩飲酒的伴侶都拋棄了我，雪飛花發月明的時節我最思念就是殷君。多少次我們一起聽唱〈黃雞〉和〈白日〉，也曾經共同吟詠那騎馬的官伎身著紅裙。還有那吳二娘「暮雨蕭蕭郎不歸」的曲詞，自從告別江南就再也沒聽到過她的歌聲。

【研　析】這是一首追憶江南舊遊寄友人的詩。所寄友人殷堯藩是中唐一位頗有名氣的詩人，既是白居易任蘇、杭二州刺史時的僚屬，也是白居易的酒朋詩侶之一。

詩從追憶和殷堯藩的交往開始，五歲同優遊，一朝如雲散，對比之中見人生聚散無常，寓傷嘆之感。頷聯「琴詩酒伴皆拋我」緊承次句「似浮雲」而來，更增惆悵，又引出下句，點明寄詩殷堯藩之意，「雪月花時」無人為伴，只有為詩以寄情了。頸聯反承首句，「聽〈雞〉歌〈白日〉」、「騎馬詠紅裙」都是優遊的情景，色調明麗，情緒歡愉，但加上「幾度」、「亦曾」就成了回憶，有往事不堪回首的感傷。尾聯第七句「吳娘暮雨蕭蕭曲」還是回憶，第八句卻回應次句，不但吳娘之曲，「琴詩酒伴」、聽歌、騎馬、詠詩的「五歲優遊」生活全都「消散似浮雲」，被「更不聞」三字一股腦收拾淨盡，懷舊淒涼悵惘之情顯得一發而不可收拾。詩沒有遵循人們常說的七律起承轉合的模式，而是以意為之，揮灑自如，方東澍說，此詩「見章法、用筆用意隨手宛轉變化之妙」（《昭昧詹言》卷一八），是很的當的評價。

詩將自己的詩句作為事典使用，再加注釋說明，這在唐人詩中是頗為罕見的，也為人詬病。但本詩中事典得到後人反復使用，蘇軾有「休將白髮唱〈黃雞〉」（〈浣溪紗〉）等名句，陳維崧有「奈把酒聽歌，幾番不是，暮雨瀟瀟，記吳娘曲子」（〈齊天樂・暮春風雨〉）之語。王士禎《帶經堂詩話》稱此詩末聯「極是佳句」，還舉出自己用吳娘曲作典的兩首七絕為證，可見詩的流傳還在於詩的本身，有沒有注釋似乎不起決定性作用。

對酒五首（選一）

【題　解】這是一首諷諭詩。是由五首七絕組成的組詩中的第二首，大和三年（西元八二九年）春作於長安刑部侍郎任上。這時朝廷中牛李黨爭方熾，白居易抱著不偏袒任何一方的態度，置身事外，詩在超脫之中透露出他對仕途和人生濃重的幻滅感。

其二

蝸牛角❶上爭何事？石火光❷中寄此身！隨富隨貧且歡樂❸，不開口笑是癡人❹。

【注　釋】❶蝸牛角　形容極小的地方。《莊子・則陽》：「有國于蝸之左角者曰觸氏，有國於蝸之右角者曰蠻氏，時相與爭地而戰，伏屍數萬，逐北旬有五日而後反。」莊子通過寓言嘲弄譴責諸侯之間的不義戰爭，白居易用來指牛李黨爭。❷石火光　敲擊石頭時迸出的火星。比喻生命的短暫易逝。《新論・惜時》：「人之短生，猶如石火，炯然以過，唯立德貽愛為不朽也。」白居易認為生命如此短暫，不應該消耗在殘酷的權力鬥爭上。白居易〈寓意五首〉其二：「權勢去尤速，瞥若石火光。」意相近。❸隨富句　隨，隨順；聽任。且，姑且。❹不開句　開口笑，《莊子・盜跖》：「人上壽百歲，中壽八十，下壽六十，除病瘦死喪憂患，其中開口而笑者，一月之中，不過四五日而已矣！」癡人，愚笨之人。

【語　譯】蝸牛觸角上鬥爭能爭什麼大事？在那敲石迸出火花般短促的人生中寄託此身。聽任是富貴或貧窮都應該快快樂樂，不天天開口笑的就是最愚笨的人！

【研　析】大和二年春，白居易自洛陽出使回長安後調任刑部侍郎。身居刑部副首長的要職並沒給他帶來愉悅與興奮，相反，朝中愈演愈烈的「牛李黨爭」卻給他帶來無窮煩惱。白居易妻兄楊虞卿是牛黨的重要成員，牛黨黨人經常在離白居易居住的新昌坊很近的靖恭坊楊宅聚會，楊宅因此被稱「行中書」，即朝廷之外的決策機構。飽經滄桑的白居易對官情本已淡薄，對分朋結黨的事更不感興趣，但處在高位要津又不能完全緘默不言，所以處境十分尷尬。詩就是對此而發，借用《莊子》的寓言，把朋黨之爭比作蝸牛觸角裡的蠻觸之爭，渺小無謂，人生如敲石之光，轉瞬即過，何不隨分知足，自得其樂，天天開口大笑？這種人生態度，既來源於老莊思想，也符合儒家「獨善」的精神。這說明，晚年的白居易，很注意在政治上保護自己免遭傷害。所以他在處理和政治問題有關的敏感題材時，往往採用寓言或詠史的形式。次年三月，他請病假百日期滿，回到洛陽，就是更進一步避開政治漩渦的中心以保護自身的具體行動。

繡婦❶歎

【題　解】這是一首詠懷的七言律詩。大和三年（西元八二九年）春在長安刑部侍郎任上作。詩中描繪了一位繡女春日思念丈夫無心刺繡的幽微心理，實際上是訴說自己難以為人理解的尷尬的政治處境。

連枝花樣繡羅襦❷，本擬新年餉小姑❸。自覺逢春饒悵望❹，誰能每日趁功夫❺！針頭不解愁眉結❻，線縷❼難穿淚臉珠。雖凭繡牀❽都不繡，同牀繡伴得知無❾？

【注　釋】❶繡婦　從事刺繡的女子。刺繡是古代婦女的女紅之一。❷連枝句　連枝，兩棵樹枝條相連一起生長，喻夫妻。花樣，繡花用的底樣。羅襦，綢製短衣。❸餉小姑　贈送給丈夫的妹妹。❹饒悵望　多惆悵地眺望或想望。❺趁功夫　趕時間。趁，追逐。功夫，時間。元稹〈琵琶〉：「使君自恨常多事，不得工夫夜夜聽。」❻針頭句　針頭，針尖。代指繡針。愁眉結，綰在一起的眉毛。婦女做針線活時，遇到線頭打結，往往用針挑開。❼線縷　絲線。❽凭繡牀　靠著刺繡的架子。❾無　否，疑問語氣詞。

【語　譯】在絲綢短衣上繡上連理枝的花樣，本打算在新年來到時送給小姑。自己覺得到了春天就更加惆悵地想望，誰能每天都抓緊時間把活計趕出！針頭挑不開我緊鎖的愁眉，絲線穿不起我臉上的淚珠。雖然靠著繡床卻根本沒刺繡，和我一起刺繡的女伴你們知道不？

【研　析】大和二年，裴度、韋處厚為相，白居易好友崔群、李絳都在朝為官。十二月，韋處厚突然病逝，次年二月，李絳外放，曾在白居易貶江州事件中落井下石的王涯入朝為官，牛黨黨魁李宗閔即將入相，白居易不得不請病告長假，百日滿後，辭去刑部侍郎職務，以太子賓客分司東都。從此，再也沒有重回長安。他心裡很清楚這次隱退的後果，所以，接連作了〈繡婦歎〉、〈春詞〉、〈恨詞〉等詩，隱晦地抒發內心的抑鬱。

〈繡婦歎〉承載嚴肅的政治內容，卻採用閨怨的題材，惟妙惟肖地描摹出繡婦婉曲的幽怨心理。她對夫君的殷殷熱望和癡癡渴念，她冰清玉潔卻無人賞惜，她希望能繡好羅襦饋贈小姑而又無心趕製，她滿腹憂愁卻又無處訴說，無不契合士大夫不被君恩的怨憤心理，也無不契合他身居重地希望為國出力而又無法出力的窘迫處境，深具含蓄婉曲之美。從前詩和本詩，不難看出白居易晚年詩風由直切向微婉的轉變。

春詞

【題　解】這是一首詠懷的七言絕句。大和三年（西元八二九年）春在長安刑部侍郎任上作。詩描寫一位傷春的少婦，背人而立，情緒抑鬱，愁鎖眉心，聯繫大和三年長安的形勢和白居易請告歸洛的行為，當別有寓意。

低花樹映小粧樓❶，春入眉心❷兩點愁。斜倚欄干臂❸鸚鵡，思量❹何事不迴頭？

【注　釋】❶粧樓　婦女居住的繡樓。❷眉心　雙眉之間。❸臂　手臂，用作動詞，站立在臂上。❹思量　思索；想。

【語　譯】滿樹繁花低垂映襯著小小的妝樓，春思凝結在眉心蹙成兩點緊鎖的愁。斜靠著欄干手臂上立著鸚鵡，是在思忖著什麼事情總也不回頭？

【研　析】〈春詞〉和〈繡婦歎〉同時作，也是表現內心抑鬱與怨悱的作品，但筆法的委婉幽深尤有過之。〈繡婦歎〉直擊內心，〈春詞〉則是一幅美人春意圖：在「低花樹映小粧樓」上，一位少婦臂立鸚鵡，斜倚欄干，凝眉久佇，頭也不回。為什麼她被閉鎖在小樓幽居裡？為什麼她面對爛漫春花和無邊春色卻愁眉不展？為什麼她是那樣地孤獨，善解人意的鸚鵡也不能使她舒展一下眉頭？她癡癡凝望到底在想些什麼？令人想像無限。詩寥寥幾筆就勾勒出了她那失魂落魄心不在焉的神韻。蘇軾〈續麗人行〉說：「畫工欲畫無窮意，背立東風初破睡。若教回首卻嫣然，陽城下蔡俱風靡。」又說：「君不見孟光舉案與齊眉，何曾背面傷春啼。」蘇詩雖是為題唐代畫家周昉〈背面欠伸內人〉畫而作，卻對白居易這首詩只寫背影的高妙處作了最恰當不過的詮釋。劉禹錫有〈和樂天春詞〉，是為和本詩而作：「新妝粉面下朱樓，深鎖春光一院愁。行到中庭數花朵，蜻蜓飛上玉搔頭。」內容筆法如出一轍。

歸履道宅❶

【題　解】這是一首詠懷的五言律詩。大和三年（西元八二九年）春末，白居易請假百日滿，停刑部侍郎任，授太子賓客分司東都，回到洛陽。詩作於四月初歸洛陽履道宅時，抒寫詩人回到家中那種遠離政治風暴中心後如釋重負的輕鬆和滿足感。

驛吏引藤輿❷，家僮開竹扉❸。往時多暫住❹，今日是長歸❺。眼下有衣食❻，
耳邊無是非❼。不論貧與富，飲水亦應肥。

【注　釋】❶履道宅　洛陽履道坊的宅第。履道坊在洛陽長夏門東第四街。長慶四年，白居易罷杭州刺史以左庶子分司東都，在履道里購買了已故散騎常侍楊憑的宅子，廣十七畝，竹木池館，有林泉之致。白居易再加修繕，作為後半生養老的住所。詳見〈池上篇〉及其注釋。❷驛吏句　驛吏，驛站的胥吏。唐制，三十里置一驛，從長安到洛陽有長樂、敷水、潼關、甘棠等十多個驛站。引，引領。藤輿，藤製的轎子，供老年人乘坐。❸竹扉　用竹子編造的門。代指履道里宅院的大門。❹往時句　往時，過去。暫住，暫時居住。白居易長慶四年秋為左庶子分司購得此宅，次年三月出任蘇州刺史。大和元年元月，白居易從蘇州回到洛陽，這年冬天因公出使洛陽，都曾在履道宅小住。❺長歸　歸來永遠不再離開。白居易大和三年四月回洛陽後，再沒有離開過這裡。❻有衣食　白居易時任太子賓客，正三品，俸祿豐厚，所以衣食無憂。❼無是非　沒有朝廷政治的褒貶是非和互相傾軋。太子賓客本是閒散官員，又分司在洛陽，所以遠離政治的漩渦。

【語　譯】驛吏引領著藤轎來到家中，家僮打開了宅院的門扉。過去回來都是暫時居住，這次卻是永久地回歸。眼前有穿有吃衣食無憂，耳邊聽不到爾虞我詐的是是非非。從今後不管貧窮還是富有，喝口水都能夠心寬體肥。

【研　析】這是白居易從長安回到洛陽後所寫的一首詩。在獲得太子賓客分司東都的任命後，經過半個多月的長途旅行，他終於回到了洛陽履道宅的故居，一種如釋重負的輕鬆感油然而生，所以寫下了這首詩歌。

首聯寫歸家，當他乘坐藤轎經過長途跋涉終於回到洛陽，看到了家門的「竹扉」，心中是多麼舒坦和踏實。所以他心中的第一個念頭就是，過去回來是暫住，這次再也不離開了。接下來再寫這樣決定的原因：一是衣食無憂，不必要離開；二是徹底擺脫了政治是非的困擾，不應該離開。在這裡，輕鬆舒適而又平安無憂，人生至此，夫復何求！「不論貧與富，飲水亦應肥。」這就是歸來最大的好處，也是詩人最明確的選擇。語言雖然樸實，態度卻異常堅決。此後，他就再也沒有離開過這裡，直到會昌六年去世，在履道宅度過了十八年時光。

中隱❶

【題解】這是一首說理詠懷的五言古詩。大和三年（西元八二九年）秋在洛陽太子賓客分司東都任上作。詩中描述了自己的悠閒生活，認為「隱在留司官」的「中隱」才是一種最好的隱居方式，此後，獨善其身的處世哲學在白居易的思想中占據了主導地位。

大隱住朝市，小隱入丘樊❷。丘樊太冷落，朝市太囂諠❸。不如作中隱，隱在留司官❹。似出復似處❺，非忙亦非閑。不勞心與力，又免飢與寒。終歲無公事，隨月有俸錢❻。君若好登臨❼，城南有秋山❽。君若愛遊蕩❾，城東有春園❿。君若欲一醉，時出赴賓筵⓫。洛中多君子，可以恣歡言⓬。君若欲高臥⓭，但自深掩關⓮。亦無車馬客⓯，造次⓰到門前。人生處一世，其道⓱難兩全：賤即苦凍餒⓲，貴則多憂患⓳。唯此中隱士，致身⓴吉且安；窮通與豐約㉑，正在四者㉒間。

【注釋】❶中隱　隱於留臺、分司一類閒官。❷大隱二句　朝市，朝廷市肆，爭名爭利的地方。丘樊，山林丘園。東晉王康琚〈反招隱詩〉：「小隱隱陵藪，大隱隱朝市。」丘樊和陵藪，意思相同。❸囂諠　吵鬧。❹留司官　留臺分司的官員。唐代分設在陪都洛陽的中央機構稱留臺，官員稱為分司官。唐玄宗天寶以後，皇帝從沒到過洛陽，洛陽的分司官形同虛設。❺似出句　出，出仕。處，隱退。❻隨月句　隨月，按月。俸錢，官吏所得的薪俸。❼登臨　登山臨水。❽秋山　指龍門山。在洛陽城南。《水經注・伊水》：「伊水又北入伊闕，昔大禹疏以通水，兩山相對，望之若闕，伊水歷其間北流，故謂之伊闕矣。」隋以後稱龍門。白居易〈修香山寺記〉：「洛都四郊山水之勝，龍門首焉。」❾遊蕩　遊逛。❿城東句　洛陽多園林。《洛陽名園記》：「唐貞觀、開元之間，公卿貴戚開館列第於東都者，號千有餘邸。」劉禹錫〈城東閑遊〉：「借問池臺主，多居要路津。千金買絕境，永日屬閑人。」⓫賓筵　宴客的筵席。⓬洛中二句　君子，泛指有才德的人。大和三年，白居易在洛陽有許多朋友，如東都留守令狐楚、河南尹馮宿、太子賓客皇甫鏞、太子左右庶子分司蕭籍和蘇弘、太常少卿崔玄亮等。恣，恣意，放縱無拘束。歡言，快樂地敘談。陶淵明〈讀山海經〉：「歡言酌春酒，摘我園中蔬。」⓭高臥　安臥，悠閒地躺著。《晉書．陶潛傳》：「嘗言夏月虛閑，高臥北窗之下，清風颯至，自謂羲皇上人。」⓮掩關　關門。⓯車馬客　指貴客。陸機〈門有車馬客行〉：「門有車馬客，駕言發故鄉。」⓰造次　輕易；隨便。⓱道　生活的道路。⓲苦凍餒　為寒冷與飢餓所煎熬；飢寒交迫。⓳憂患　憂慮禍患。⓴致身　使自身達到。㉑窮通句　窮通，困厄與顯達。豐約，豐厚富裕與省減簡約。㉒四者　指窮、通、豐、約。

【語　譯】大隱士隱居在朝廷和集市裡面，小隱士躲進了山林鄉村中間。山林鄉村太冷冷清清，朝廷集市又太熱鬧囂喧。不如做中等的隱士，隱居在分司東都的官員間。好像是出仕又像是在隱居，不太繁忙也不完全空閒。不用勞神不費體力，還免得忍飢挨餓受風寒。一年到頭沒有公事辦，每月都可以照領俸料錢。你如果喜愛遊山玩水，洛陽城南邊有龍門山。你如果喜歡到處遊逛，洛陽城東面有許多林園。你如果想要謀一醉，可以時時出門去赴宴。洛陽有很多才德兼備的人，可以盡情歡笑快樂地來談天。你如果想要悠閒地睡上一覺，只要把自己的大門緊緊關。也沒有乘車騎馬的貴客，隨便地來到你的門前。人生活在世上這一輩子，許多事情往往不能兩全：地位卑賤就苦於饑寒交迫，地位尊貴時憂慮禍患來連翩。只有這隱在留司官的人，使自身達到吉祥又平安；既不困厄也不顯達，既不豐厚也不算拮据，我就正處在這四者的中間。

【研　析】隱逸作為中國古代特有的文化現象，對士人的人格理想和審美心理產生過深遠影響。禮崩樂壞的先秦時代，儒家強調士人「天下有道則見，無道則隱」，道家主張無為而無不為，全身養性以避害遠禍。

他們的隱逸山林的小隱方式，構建了士人隱逸的人格模式和處世哲學。漢代，在強大的中央集權政治的擠壓下，東方朔提出「避世金馬門」的大隱方式，為士人在仕與隱、超越與順從的夾縫中找到一條明哲保身的出路。到中唐時期，士人既不甘貧居蓬戶的小隱，而宦官專權，黨爭激烈使大隱也行不通，於是白居易融合儒家「樂天知命」、道家「知足知止」、釋家「隨緣自適」，提出「中隱」的主張。它巧妙地調和了政治上的窮通、經濟上的豐約，找到了一條處於入世、出世之間的中間道路，對宋以後士人有著巨大影響。但中隱既喪失了儒家以隱逸作入世前後權宜之計的精神指向，又缺乏道家以隱逸抗爭現實的批判精神，淪為解決生計和存身保命的現實策略，使隱逸的超越精神蕩然無存。這也正是儘管中隱成為白居易晚年人生哲學的核心，卻並不能幫助詩人在嗣後的中隱生活中完全泯滅政治良知而徹底歸於平靜的根本原因。

這首詩是白居易對於中隱生活的最全面的說明。他首先將「中隱」和「大隱」、「小隱」加以比較，給中隱以明確的定位，然後詳盡描述了中隱的種種好處，最後點明中隱的實質是處於貴賤也就是窮通與豐約四者之間的最佳生活方式。詩並不怎樣高明，但對於我們理解白居易晚年的思想、生活和創作卻有很大的幫助。

阿崔❶

【題解】這是一首詠幼子的五言排律。大和四年（西元八三〇年）春作於太子賓客分司東都任上。詩生動地描寫了老年得子的情況和喜不自勝的心情。

謝病臥東都❷，羸然❸一老夫。孤單同伯道❹，遲暮過商瞿❺。豈料鬢成雪，方看掌弄珠❻。已衰寧❼望有？雖晚亦勝無。蘭入前春夢❽，桑懸昨日弧❾。里閭❿多慶賀，親戚共歡娛。膩剃新胎髮⓫，香繃小繡襦⓬。玉芽開手爪，蘇顆點肌膚⓭。弓冶⓮將傳汝，琴書勿墜吾⓯。未能知壽夭⓰，何暇慮賢愚。乳氣初離殼，啼聲漸變雛⓱。何時能反哺⓲，供養白頭烏⓳？

【注釋】❶阿崔　即崔兒，白居易子，大和三年（西元八三九年）冬生，大和五年夭折。❷謝病句　謝病，託病引退。東都，洛陽。❸羸然　衰弱生病貌。❹伯道　晉鄧攸的字。鄧攸歷任河東、吳郡和會稽太守，官至尚書右僕射。永嘉末，因避石勒兵亂，攜子姪逃難，途中遇險，棄去己子，保全姪兒，後終無子。《晉書》有傳。《世說新語・賞譽》：「謝太傅重鄧僕射，常言：『天地無知，使伯道無兒。』」❺遲暮句　遲暮，晚年。《楚辭・離騷》：「惟草木之零落兮，恐美人之遲暮。」商瞿，春秋魯人，字子木，孔子弟子，少孔子二十九歲，從孔子學《易》。見《史記・仲尼弟子列傳》。《索隱》云：「瞿年三十八無子，母欲更娶室。孔子曰：『瞿過四十當有五丈夫子。』果然。」白居易本年五十八歲，故云「遲暮過商瞿」。❻掌弄珠　同「掌上珠」。比喻極受疼愛的人，後多指極受父母鍾愛的兒女。江淹〈傷愛子賦〉：「痛掌珠之愛子。」❼寧　豈；難道。❽蘭入句　蘭入夢，是將得子的吉兆。《左傳・宣公三年》：「鄭文公有賤妾曰燕姞，夢天使與己蘭，曰：『余為伯儵。余，而祖也。以是為而子。以蘭有國香，人服媚之如是。』既而文公見之，與之蘭而御之。辭曰：『妾不才，幸而有子。將不信，敢徵蘭乎？』公曰：『諾。』生穆公，名之曰蘭。」❾桑懸句　弧，弓。古時男子出生，以桑木作弓，蓬草為矢，射天地四方，象徵男兒應有志於四方。棗據〈雜詩〉：「士生則懸弧，有事在四方。」❿里閭　里巷；鄉里。此指鄰里。⓫膩剃句　膩，柔膩。胎髮，嬰兒從母腹中帶來的頭髮。⓬香繃句　繃，束負小兒的寬布帶。小繡襦，繡花的小短襖。⓭玉芽二句　玉芽，嫩芽的美稱。比喻幼兒的手指。蘇顆，顆粒狀的酥。蘇，同「酥」。一種牛羊乳製成的食品。這裡是形容皮膚的柔軟潤澤和光潔。⓮弓冶　製弓和冶鑄。《禮記・學記》：「良冶之子必學為裘，良弓之子必學為箕。」後用弓冶指父子世世相傳的事業。⓯琴書句　琴書，琴和書籍。墜吾，丟棄了我的家風。墜，喪失；敗壞。⓰壽夭　長壽和夭折。⓱乳氣二句　謂阿崔剛生下來還帶著奶腥氣，啼聲卻像個幼兒那麼洪亮。乳氣，奶腥氣。離殼，剛生下來。這是把阿崔比作剛孵化出的小鳥。雛，幼鳥。⑱反哺　烏雛長大，銜食哺養其母。⑲白頭烏　比喻年老的父母，白居易自指。

【語　譯】告病引退閒臥在東都，羸弱多病的一個老頭。孤孤單單和鄧攸一樣沒有兒子，年紀老大遠遠超過四十得子的商瞿。哪裡料想到鬢髮都已雪白，才看到自己可弄於掌上的明珠。已經衰老哪裡還指望能生兒子？即使生得太晚也聊勝於無。去年春天夢見蘭草得到了生子的吉兆，昨天就在門上掛上了蓬矢桑弧。鄰里街坊都來慶賀，親戚們也都共享這快樂歡娛。剃去了纖細柔軟的胎髮，穿上小繡襖裹上芳香的繃布。手指伸開就像白玉般的嫩芽，乳酪般潤澤的是你那光潔的皮膚。我的技藝都將傳給你，不要墜失家聲繼承我的琴書。不知道你將來長壽還是夭折，哪有工夫考慮你是聰慧還是拙愚。還帶著奶腥味像小鳥剛離蛋殼，啼哭聲漸漸洪亮已經像隻幼雛。什麼時候才能像慈烏一樣反哺，侍奉供養生你養你的白頭老烏？

【研　析】白居易老而無子，傷感之情常常表現在詩中。大和三年冬，他五十八歲，喜得男子，小名阿崔。老蚌生珠，真是喜不自勝。於是寫了這首詩。

詩首四句寫自己老而無子的羸老孤獨景況，辛酸沉痛，次四句寫老來得子的喜出望外，情真意切，兩兩對比，相得益彰。「蘭入」以下寫小兒初生的情況，從受孕、出生、鄰里親友來賀一直寫到小兒柔軟胎髮、香繃繡襦、如玉手爪、如酥肌膚。老人得子，仔細端詳，鍾愛關切，情見乎辭，所以「形容無所不至」（《瀛奎律髓》卷四三）。最後擔心阿崔不壽，以希望他能快快成長，繼承家業，不墜弓裘，為自己養老作結。「喜極，不覺慮其將來，軟語心酸，逼真老人情景」（《唐宋詩醇》卷二五），這正是白居易最擅長的地方。

大和五年，白居易擔心的不幸終於發生，阿崔得病夭折，他寫下一首〈哭崔兒〉：「掌珠一顆兒三歲，髮雪千莖父六旬。豈料汝先為異物，常憂吾不見成人。悲腸自斷非因劍，啼眼加昏不是塵。懷抱又空天默默，依前重作鄧攸身！」無子始終是詩人晚年家庭生活中最大的憾恨。更何況，晚年痛失幼子，大喜接踵而至大悲，較通常的「白髮人送黑髮人」更悲痛沉重。此二詩，讀者可對比閱讀、品味。

逢舊❶

【題　解】這是一首即事抒情的五言絕句。大和三年（西元八二九年）至五年作於洛陽。詩描寫與舊友久別重逢時既喜悅又悲哀的複雜情感，流露出濃濃的人生如夢、萬事皆空的悲慨。

久別偶相逢，俱疑是夢中。即今❷歡樂事，放盞❸又成空。

【注　釋】❶逢舊　遇上老朋友。舊，故舊；老友。❷即今　就是現在。❸放盞　放下酒杯。

【語　譯】長久分別偶然才得相逢，我們都在懷疑這是不是在夢中。就是現在相逢飲酒看來十分歡樂，放下酒杯互相道別歡樂馬上又成空。

【研　析】這首小詩好就好在它寫出了心靈深處一閃即逝的喜而復悲、乍喜還悲，這是人人都曾有過卻是絕大部分人都無法道得出的感受，浸潤著生活閱歷與人生體味，極易引起讀者共鳴。寫從久別到相逢，到相疑，到共飲，到放盞，到分別的過程，情緒由喜到疑，到歡，到悲，一句一轉，流走如珠，僅僅用了二十個字，從這裡不難看出白居易提純意境、錘煉語言的高超能力。

天津橋❶

【題解】這是一首寫景的七言律詩。大和五年（西元八三一年）春作於洛陽河南尹任上。描寫拂曉前天津橋所見洛浦寧靜美好的景色，抒發詩人喜悅之情。

津橋東北斗亭❷西，到此令人詩思迷❸。眉月晚生神女浦❹，臉波春傍窈娘堤❺。

柳絲嫋嫋風繰出❻，草縷茸茸雨剪齊❼。報道前驅少呼喝❽，恐驚黃鳥❾不成啼。

【注釋】❶天津橋　在河南洛陽洛水上。《元和郡縣圖志》卷五「河南府河南縣」：「天津橋在縣北四里，隋煬帝大業元年初造此橋，以架洛水。用大纜維舟，皆以鐵鎖鉤連之，南北夾路對起四樓，其樓為日月表勝之象。然洛水溢，浮橋輒壞。貞觀十四年更令石工累方石為腳。《爾雅》：『斗牛之間為天漢之津。』故名取焉。」❷斗亭　斗門亭。洛水自天津橋流向東北，經惠訓坊西，分出一道為漕渠；分流之處，置斗門控制水流，上有橋，橋上有亭，叫斗門亭。見《唐兩京城坊考》卷五。❸詩思迷　作詩的思路迷亂。意謂景物優美，令人目不暇接，詩思泉湧。❹眉月句　眉月，如眉的新月。神女浦，洛浦。曹植〈洛神賦〉：「黃初三年，余朝京師，還濟洛川。古人有言，斯水之神，名曰宓妃。」張衡〈思玄賦〉：「召洛浦之宓妃。」❺臉波句　臉波，眼波。本以水波形容婦女目光清瑩流轉，這裡是用眼波來形容水波的清澈流動。臉，同「瞼」。眼瞼。窈娘堤，在洛水天津橋附近。窈娘是喬氏家的青衣，能歌舞，為武三思所得，後自沉於洛水。見《太平廣記》卷三六一引〈甘澤謠〉。元稹〈送友封〉：「窈娘堤抱古天津。」❻柳絲句　柳絲，柳枝，細長如絲。嫋嫋，輕盈柔美貌。繰，同「繅」。從蠶繭中抽絲。❼草縷句　草縷，草絲；細嫩的草。茸茸，柔細濃密貌。❽報道句　報道，告知。前驅，官員出行時走在前面的儀仗。呼喝，官員外出時，前導差役喝令行人讓路。❾黃鳥　黃鶯。

【語　譯】天津橋東北斗門亭西，眼前的景色令人詩思迷離。彎眉一樣的新月在神女浦的夜空冉冉升起，美人眼波一樣的春水輕柔地拍打著窈娘堤。輕盈柔弱的柳絲是春風抽絲般繰出，堤上濃密柔細的青草是春雨剪齊。告訴前面的儀仗不要吆呼喝道，恐怕驚嚇了黃鶯不敢放聲啼。

【研　析】大和四年十二月，東都留守崔弘禮卒，河南尹韋弘景出任東都留守，調太子賓客分司白居易為河南尹。接到敕書時他有些遲疑，但終於因為「厚俸」而接受了。

洛陽洛水上的天津橋，既是溝通洛水南北的交通要道，也是一處景色優美的去處，白居易曾在一些詩中對它的春景、雪景、夜景等作了描繪。從「眉月晚生」一語看，這首詩寫的應當是晨景。大和五年春，白居易擔任河南尹任，作為河南府的最高長官，每天清晨都要去坐衙，接受下級官吏的衙參，所以很早就出了門。行至天津橋時，詩人為美麗的春光所吸引，不禁忙裡偷閒觀賞了一番，寫下了這首詩。

首聯寫所在的位置，而以「詩思迷」一語概括自己總體的感受。以下全從這三個字生發。頷聯寫洛水，由於是拂曉，一彎晚升的新月斜映在洛浦，春水綠波拍打著堤岸，這已經美不勝收了。而且浦是神女浦，堤是窈娘堤，新月如眉，水波疑眼，神話傳聞和眼前景物交織，亦幻亦真，神女、窈娘「翩若驚鴻，宛若游龍」，「髣髴兮若輕雲之蔽月，飄颻兮若流風之迴雪」（曹植〈洛神賦〉）的身影宛在眼前，怎能不「令人詩思迷」呢？頸聯轉向岸上之景，裊裊柳絲在春風中搖曳，茸茸細草在春雨滋潤下生長。一個「繰」字，一個「剪」字，化無情的風雨為有情，春意盎然，可以說無處不在了，又怎能不「令人詩思迷」呢？詩人想像，在蕩漾碧波旁的綠柳蔭中能聽到黃鶯啼叫，那就更加美妙了，於是命令大煞風景的儀仗隊不要喝道。詩就在這種期待中結束了，留給讀者的卻是無窮的回味。

履道❶池上作

【題解】這是一首即景抒情的七言律詩。大和五年（西元八三一年）三月洛陽河南尹任上作。詩描寫回家所見園林既生意蓬勃又缺乏管理日漸荒蕪的景象，亦喜亦憂，表現了作者熱愛林下生活，希望回到半官半隱生活狀態的急切心情。

家池動作經旬別，松竹禽魚好在無❷？樹暗小巢藏巧婦❸，渠荒新葉長慈姑❹。
不因車馬時時到，豈覺林園日日蕪！猶喜春深公事❺少，每來花下得踟躕❻。

【注釋】❶履道　唐代洛陽坊里名，在長夏門東第四街從南第二坊。白居易宅在履道坊，有林池竹木之勝。參見〈池上篇〉及注釋。❷家池二句　經旬，十來天。唐制，官員每旬休息一天。好在無，安好嗎。無，表疑問的語氣詞。❸巧婦　鳥名，又名工雀、巧雀，即鷦鷯，形狀類似黃雀而小，能用荻花絮作囊狀的巢。❹慈姑　一作茨菰或慈菰，植物名，根部的塊莖可以食用，也可以入藥。❺公事　官府事務。白居易大和四年被任命為河南尹。❻踟躕　徘徊逗留。

【語譯】和家中園池分別動輒就是十多天，松竹魚鳥都還安好不？樹陰變得濃密小小鳥巢中藏著巧婦，荒廢的水渠中長出新葉的是慈姑。如果不是我乘車騎馬常回來看一看，哪裡知道林園一天比一天更荒蕪！還慶幸暮春時府中公事不太繁忙，每次回來都能得到徘徊花下的歡娛。

【研析】白居易在擔任河南尹期間，經常要到府中處理公務，很少在履道宅中居住。看到宅中林園日漸荒蕪的情況，他寫下了這首詩。

本詩首聯設問。因為唐人休的是旬假，「九日驅馳一日閑」（韋應物〈休假日訪王侍御不遇〉），所以在經句別後非常關心園池中物的情況，松、竹、魚、鳥一一問到，倍覺親切。頷聯作答，樹暗、巢成、渠荒、菇長，寫出園池的細微變化。小巢藏在樹中，慈姑沒於荒草，不是細緻觀察絕難發現，詩人的深切關懷和亦憂亦喜的心情於此可見。頸聯轉向寫自己的心情，說幸好自己有空就回家看看，才感到林園越來越荒涼，既對任河南尹能常回家比較滿意，又對松竹禽魚有負疚的感覺。尾聯又一轉，高興春深時公事不忙，能常來賞花，不至於完全辜負園中景物。詩特別細膩平實，宛若在對老朋友親切交談，寧靜清幽的園池才是詩人不可分離的精神家園。

新製綾襖❶成，感而有詠

【題　解】這是一首詠懷的七言排律。大和五年（西元八三一年）冬在洛陽河南尹任上作。作者由自己新製綾襖聯想到世上還有許多無衣禦寒的百姓，重申「爭得大裘長萬丈，與君都蓋洛陽城」的願望，表現出民胞物與的精神。

水波文❷襖造新成，綾軟緜勻❸溫復輕。晨興好擁向陽坐❹，晚出宜披踏雪行。鶴氅毳疏無實事❺，木綿花冷得虛名❻。宴安往往歡侵夜❼，臥穩昏昏睡到明❽。百姓多寒無可救❾，一身獨煖亦何情❿！心中為念農桑⓫苦，耳裡如聞飢凍聲。爭得大裘長萬丈，與君都蓋洛陽城⓬？

【注　釋】❶綾襖　綾製作的棉襖。綾，細薄而有花紋的絲織品。❷水波文　綾上織的水波花紋。文，同「紋」。❸緜

匀　絲綿鋪得均匀。❹晨興句　興，起來。向陽，面朝太陽。❺鶴氅句　鶴氅，鳥羽製成的裘，用作外套，披之如鶴形，故稱「鶴氅」。毳疏，羽毛稀疏。毳，鳥獸細毛。無實事，沒有實際作用；不暖和。《晉書・王恭傳》：「嘗被鶴氅裘，涉雪而行，孟昶窺見之，歎曰：『此真神仙中人也！』」❻木綿句　木綿，實指木棉，落葉喬木，又名攀枝花、英雄樹。果實形長橢圓，中有白棉，可絮茵褥。花冷，木棉花不暖和。得虛名，徒有空名。❼宴安句　宴安，安逸。侵夜，犯夜；至深夜。❽臥穩句　臥穩，睡得安穩。昏昏，沉睡貌。❾無可救　沒有辦法救助。❿何情　何以為情；怎麼能過意得去。⓫農桑　農耕與蠶桑。泛指農業生產。⓬爭得二句　爭得，怎得；如何能得。大裘，大皮衣。與君，替你，虛指。

【語　譯】水波花紋的棉襖新製成，綾子柔軟絲綿均匀溫暖又輕盈。早晨起來正好擁著它朝著太陽坐，傍晚出門適合披著它踏著積雪行。鶴氅的羽毛稀疏不切實用，木棉的花絮不暖徒有虛名。感到安逸常常尋歡作樂到深夜，睡覺安穩昏昏沉沉一覺到天明。百姓大多在挨凍沒有辦法救助，我一個人穿得暖和又何以為情！心裡念的是農耕桑織的辛苦，耳裡如同聽到挨餓受凍人的哭聲。怎樣才能得到萬丈長的大皮襖，與你一起覆蓋著整個洛陽城？

【研　析】詩前八句寫新製綾襖的輕暖舒適，後六句聯想到飢寒的百姓，發出了「爭得大裘長萬丈，與君都蓋洛陽城」的奇想。《白居易集》中以新製衣裘為題材的詩有三首。每當他穿上或製作了溫暖的新袍襖，就會自疚自責，想到無衣禦寒的貧苦百姓，發出「安得萬里裘，蓋裹周四垠。穩暖皆如我，天下無寒人」（〈新製布裘〉），「我有大裘君未見……與君展覆杭州人」（〈醉後狂言，酬贈蕭、殷二協律〉）的奇想。這種人飢己飢、人溺己溺的精神是令人感動的，他提出製作「仁政」的大裘，「裁以法度絮以仁」也是難能可貴的。人們往往將它們和杜甫的〈茅屋為秋風所破歌〉相提並論，認為二人都是「先天下之憂而憂者」（都穆《南濠詩話》）。但是杜甫詩寫在自己的茅屋破後，身處凍餒之時，白居易詩卻都是寫在自己飽暖安穩之際，給讀者的感受不能不有所區別。何況，詩從題材、內容到處理方式和藝術手法都使人有似曾相識之感，缺乏創造性和新鮮感，而這正是藝術品的致命傷。

憶舊遊❶

【題　解】這是一首回憶蘇州舊遊的七言古詩。大和六年（西元八三二年）春在洛陽河南尹任上作。詩抒寫昔日無限美好的優遊歲月，而今物是人非，佳人已逝，友人多亡，宛若一場春夢，流露出濃厚的傷感情緒。

憶舊遊，舊遊安在❷哉？舊遊之人半白首❸，舊遊之地多蒼苔❹。江南舊遊凡幾處？就中最憶吳江隈❺。長洲苑❻綠柳萬樹，齊雲樓❼春酒一盃。閶門曉嚴旗鼓出❽，皐橋夕鬧船舫迴❾。修娥慢臉❿燈下醉，急管繁絃頭上催⓫。六七年前狂爛熳⓬，三千里外思徘徊⓭。李娟張態一春夢，周五殷三歸夜臺⓮。虎丘⓯月色為誰好？娃宮⓰花枝應自開。賴得劉郎解吟詠⓱，江山氣色合歸來⓲。

【注　釋】❶憶舊遊　舊遊，昔日的遊覽。白居易原注：「寄劉蘇州。」大和五年十月，劉禹錫自禮部郎中、集賢學士授蘇州刺史，白居易回憶當年任蘇州刺史時的人和事寫成此詩寄給劉禹錫，劉作了〈樂天寄憶舊遊，因作報白君以答〉詩。❷安在　何在。❸白首　白頭。❹蒼苔　青色苔蘚。❺吳江隈　吳江邊。吳江，即吳淞江，太湖最大的支流，東北流合黃埔江入海。隈，水流彎曲處。❻長洲苑　相傳春秋時吳王夫差的苑囿。參見前〈別蘇州〉注❷。❼齊雲樓　在蘇州州治後子城上，唐曹恭王所建。白居易〈吳中好風景〉：「改號齊雲樓，重開武丘路。」❽閶門句　閶門，蘇州西門。曉嚴，拂曉戒嚴。旗鼓，旗幟和鼓。古代官員在出行的儀仗隊中使用。❾皐橋句　皐橋，在閶門內。《吳郡志》

卷一七：「皋橋，在吳縣西北閶門內。漢議郎皋伯通居此橋側，因名之。」船舫，船。舫，有艙室的船。❿修娥慢臉　修長的眉毛，美麗的臉龐。泛指歌伎。娥，當作「蛾」。慢，用同「曼」。⓫急管句　急管繁絃，節奏急促樂音紛繁的音樂。頭上催，催送頭上的日月。⓬六七句　六七年，白居易寶曆二年（西元八二六年）離開蘇州至此已首尾七年。爛熳，同「爛漫」。狂放不拘形跡。⓭三千句　三千里，據《元和郡縣圖志》卷二五，蘇州西北至東都二千一百七十里，「三千」蓋舉成數。徘徊，往返迴旋；縈念。⓮李娟二句　白居易原注：「娟、態，蘇州妓名。周、殷，蘇州從事。」周五，周元範。殷三，殷堯藩。大和六年，兩人已卒。春夢，比喻事物的易逝。夜臺，墳墓。⓯虎丘　山名，在今江蘇蘇州西北，亦名海湧山。相傳吳王闔閭葬此，其上有虎丘塔、雲巖寺、劍池、千人石等古跡。⓰娃宮　館娃宮，相傳春秋時吳王夫差為西施所建，舊址在今江蘇蘇州西南靈巖山，為靈巖寺。⓱賴得句　賴得，幸虧；好在。劉郎，指劉禹錫。唐人稱男子為郎，劉禹錫〈再遊玄都觀〉詩自稱「前度劉郎」。解吟詠，會作詩歌。⓲江山句　氣色，氣象；景色。本句謂江山美景有人欣賞當另有一番氣象。

【語　譯】思念舊遊，舊遊在哪裡？舊遊的同伴大半白了頭，舊遊的地方多半長上了青苔。江南的舊遊有多少處？其中蘇州的吳江邊令我最難忘懷。長洲苑一片翠綠垂柳萬株，齊雲樓春意盎然美酒一杯。清晨還在戒嚴就旗鼓喧喧出了閶門，傍晚熱熱鬧鬧乘船從皋橋返回。華燈下歌伎們修長眉毛美麗臉龐令人沉醉，急促紛繁的音樂把頭上的日月頻催。六七年前縱情放浪不拘形跡，現在在三千里外的思念流連縈迴。逝去的李娟、張態宛若一場春夢，周五、殷三也都已被黃土掩埋。虎丘山的月色為誰美好？館娃宮的花枝現在為誰綻開？幸好新任刺史劉郎你的詩歌高妙，江山的景色氣象應該再回來。

【研　析】大和五年冬，劉禹錫被任命為蘇州刺史，路過洛陽時停留了十五天，和白居易朝觴夕詠，極歡而別。白居易曾任蘇州刺史，於是他回憶在蘇州的美好時光，寫成這首詩寄給劉禹錫。

詩開始四句點明題目，「人半白首」，「地多蒼苔」，不僅人非，物也不復當年景象，充滿了傷感。接著回憶舊遊的歡樂，先點出蘇州「吳江隈」是「最憶」之處，再從自然和人文的優美景物，曉嚴早出的排場，乘舟晚歸的喧鬧，酒筵的伎樂歌舞寫盡舊遊的美好，風月中有清雅，詩酒中有繁華。然後以「狂爛熳」三字該括上文的舊遊，以「思徘徊」引出下文的傷感。「李娟」「虎丘」二句寫舊遊之地的寂寞，回應首四句，但一用陳述語氣，一用詢問口吻，富於變化。最後說，得劉禹錫這位詩人做主人，江山風物有了知音，應該會出現新的氣象，點明寄詩之意，寄寓了濃重的懷舊和傷感之情。

代鶴❶

【題　解】這是一首寓言體的五言古詩。大和七年（西元八三三年）夏秋間作於洛陽太子賓客分司任上。詩中借鶴的自白，訴說自己為感皇恩，誤入樊籠，抱負不得施展的痛苦。

我本海上鶴，偶逢江南客❷。感君一顧恩❸，同來洛陽陌❹。洛陽寡族類❺，皎皎❻唯兩翼。貌是天與高❼，色非日浴白❽。主人誠可戀，其奈軒庭窄❾！飲啄雜雞群❿，年深損標格⓫。故鄉渺何處？雲水重重隔。誰念深籠中，七換摩天翮⓬！

【注　釋】❶代鶴　代鶴立言。白居易寶曆二年（西元八二六年）秋末罷蘇州刺史任，攜帶了兩隻鶴回到洛陽。離蘇州時作〈自喜〉說：「身兼妻子都三口，鶴與琴書共一船。」〈舟中夜坐〉：「秋鶴一雙船一隻，夜深相伴月明中。」本詩全以鶴的口氣說出。❷江南客　旅居江南的人。指任蘇州刺史的白居易。❸一顧恩　賞識提拔的恩惠。一顧，看一眼。《戰國策・燕策二》有馬經伯樂一顧而身價十倍的說法，所以後人以「一顧」比喻受人稱揚或提攜。❹洛陽陌　洛陽城。陌，道路。洛陽有銅駝陌。《太平寰宇記》卷三引陸機〈洛陽記〉：「俗語曰：金馬門外聚群賢，銅駝陌上多少年。」❺寡族類　少同類。❻皎皎　潔白貌。❼貌是句　猶言「貌高是天與」，謂鶴的高潔品貌是上天賦予。❽色非

句　猶言「色白非日浴」，謂鶴潔白的羽毛天然，不是天天洗白的。❾其奈句　其奈，怎奈；無奈。軒庭，軒車庭院。軒，一種曲輈有轓的車。《左傳・閔公二年》：「衛懿公好鶴，鶴有乘軒者。」杜預注：「軒，大夫車。」❿飲啄句　飲啄，飲水啄食。雞群，喻平庸之輩。《世說新語・容止》：「有人語王戎曰：『嵇延祖卓卓如野鶴之在雞群。』」⓫年深句　年深，時間久遠。標格，風標品格。⓬七換句　摩天，迫近藍天。形容極高。翮，鳥羽中的大翎。代指鳥羽。大和元年至七年，已經換了七次羽毛。

【語　譯】我本來是海邊的白鶴，偶然遇上旅居江南的旅客。感念你看得起我的恩惠，和你一同來到洛陽履道宅。洛陽很少有我的同類，唯有我兩個翅膀潔白。高貴的狀貌是上天賦予，潔白的羽毛不是每天洗浴洗白。主人誠然值得我留戀，無奈你的軒車庭院太狹窄！飲水啄食夾雜在雞群裡面，年深日久損害了我的風標品格。家鄉渺遠在什麼地方？雲霧山水重重阻隔。有誰想到我被深鎖在籠中，已經七次更換了高飛摩天的羽翮！

【研　析】大和七年二月，李德裕入相，白居易妻兄楊虞卿被貶為常州刺史。長安政局出現了重大的變化。雖然白居易主觀上極力避免捲入黨爭，但由於和楊氏結褵，客觀上總不免帶有濃重的牛黨色彩。據《北夢瑣言》卷一記載，劉禹錫曾問李德裕讀過白居易文集沒有，李德裕找出了滿是灰塵的《白居易集》，剛打開就捲上，對劉說：「吾於此人不足久矣。其文章精絕，何必覽焉。但恐迴吾之心，所以不欲看覽。」可見兩人的隔閡疏遠。四月，白居易被免去河南尹職務，重為太子賓客分司。本詩就作於這一年的夏、秋間。

詩首四句說鶴被主人從蘇州攜歸洛陽，接著便訴說在洛陽的生活：首先是自己貌高尚，色皎潔，孤獨沒有同類；其次是居處環境狹窄，不得不和雞鶩同群。於是想到雲水渺茫的故鄉，哀傷自己空有摩天的羽翼而被深鎖籠中不能施展。完全代替鶴訴說牠的經歷和心情，卻又處處是在說自己秉性高潔，志向遠大，環境惡濁，表現自己既不願與世俗和光同塵，又不能實現自己的抱負理想的苦悶，所以「比意深遠」（《唐宋詩醇》卷二五）。

感舊詩卷

夜深吟罷一長吁❶，老淚燈前濕白鬚。二十年前舊詩卷，十人酬和九人無！

【題 解】這是一首詠懷的七言絕句。大和七年（西元八三三年）作於洛陽太子賓客分司東都任上。抒寫夜深時翻閱舊詩卷時的感傷和痛苦。

【注 釋】❶吁 嘆息。

【語 譯】夜深吟罷詩卷長長嘆息一聲，燈前老淚縱橫浸溼了白鬍鬚。二十年前的舊詩卷，酬唱的友人十人倒有九人亡故！

【研 析】大和七年白居易六十三歲。近兩年來，他的親朋好友元稹、崔群、崔玄亮、楊歸厚、皇甫湜等相繼亡故，孤獨與寂寞時常來襲，每有觸念，深慟於心。這首詩描寫了一個翻閱舊詩卷的生活斷面：翻閱舊詩卷，往事如在目前，但唱和友人大都化為異物，於是感慨係之，淚下沾鬚，長吁短嘆。但是詩人採用了倒敘手法，先聲奪人，先寫場景，吟罷長吁，淚下溼鬚，再寫翻閱詩卷，感念故人多逝，說明吁泣的緣由。二十字中有跌宕起伏，丘壑縱橫之致，但又全不費氣力，語淺意深，真摯感人，生活氣息極濃烈。

楊柳枝❶詞八首（選三）

【題解】這是為〈楊柳枝〉曲寫作的歌詞，原為八首，這裡選取其一、其四、其六。大和八年（西元八三四年）前後作於洛陽太子賓客分司任上。其一勸人來聽洛下新聲〈楊柳枝〉。其四寫風定後的楊柳，寄寓盛時過後的感慨。其六歌詠柳枝（樊素）天真爛漫的少女形象。

其一

〈六么〉〈水調〉家家唱❷，〈白雪〉〈梅花〉處處吹❸。古歌舊曲君休聽，聽取新翻❹〈楊柳枝〉。

【注釋】❶楊柳枝　段安節《樂府雜錄》：「〈楊柳枝〉，白傅閒居洛邑時作，後入教坊。」白居易〈楊柳枝二十韻〉原注：「〈楊柳枝〉，洛下新聲也。洛下之小妓有善歌之者，詞章音韻聽可動人，故賦之。」樂府梁鼓角橫吹曲有〈折楊柳〉，崔令欽〈教坊記〉有〈楊柳枝〉，白居易所作〈楊柳枝〉，當是在原有曲調的基礎上加以改造，譜作新詞。❷六么句　六么，又作「綠腰」，唐大曲名，即〈樂世〉。本名〈錄要〉，就樂工所進曲調，錄要成譜，因以為名。水調，曲調名，相傳隋煬帝開汴河，自造〈水調〉。《唐音癸籤》卷一三：「〈水調〉及〈新水調〉，並商調曲也。唐曲凡十一疊，前五疊為歌，後六疊為入破，其歌第五疊五言，調聲最為怨切。」❸白雪句　白雪，古琴曲名，相傳為春秋師曠所作，商調曲。梅花，即〈梅花落〉，漢樂府橫吹曲名。《樂府詩集》卷二四：「〈梅花落〉，本笛中曲也。按唐大角曲亦有……〈大梅花〉、〈小梅花〉等曲，今其聲猶有存者。」❹新翻　在舊曲的基礎上製作新曲，填新詞。

【語譯】〈六么〉、〈水調〉家家都在唱，〈白雪〉、〈梅花〉到處都在吹。古老陳舊的歌曲你不要去聽，請聽新翻造的〈楊柳枝〉。

【研　析】〈楊柳枝〉是中唐時期出現的新曲，歌詞為七言四句，和〈竹枝詞〉相似。但〈楊柳枝〉由舊曲翻造而來，〈竹枝詞〉卻是來自巴渝民歌；從內容來看，〈楊柳枝〉專詠楊柳，於詠柳中寓取風情，〈竹枝詞〉卻泛詠風土。白居易和劉禹錫都創作了較多的〈楊柳枝〉和〈竹枝詞〉。

本詞首唱，寫詩人勸人來聽洛下新聲〈楊柳枝〉，與劉禹錫〈楊柳枝詞九首〉其一中名句「勸君莫奏前朝曲，聽唱新翻〈楊柳枝〉」意思相同。詩純用口語，輕淺通俗，明白如話，不乏兩人創作流行新曲的喜悅之情。

其四

紅板江橋青酒旗，館娃宮❶暖日斜時。可憐雨歇東風定，萬樹千條各自垂。

【注　釋】❶館娃宮　吳王夫差為西施建造的宮殿，故址在蘇州西靈巖山上。

【語　譯】紅色欄干的江橋邊飄揚著青色的酒旗，館娃宮沐浴著夕陽溫暖的餘暉。可憐雨停了東風不再吹拂，成千上萬的柳樹枝條都無力低垂。

【研　析】詩詠柳而不說柳，又不詠柳樹隨風飄拂的婀娜多姿，而寫雨歇風定後柳枝的無力低垂，另有一種風致。因為詩並非純粹詠物，而是借柳枝作興亡之嘆。紅板青旗，斜日館娃，都在鬱鬱蔥蔥的楊柳掩映之中，但一是繁華市井，一是深邃王宮，實有天壤之別。而在雨歇風定之時，萬千柳枝都無力低垂，串起盛時一過卑微與尊貴皆歸蕭條之意，所以用「可憐」概括。詩妙在於閒冷處傳神，「只寫景，不入情，情自無限」（黃生《唐詩摘鈔》）。

其六

蘇家小女❶舊知名，楊柳風前別有情。剝條盤作銀環樣❷，卷葉❸吹為玉笛聲。

【注　釋】❶蘇家小女　指蘇小小，南齊名伎。錢易《南部新書》戊：「白樂天任杭州刺史，攜妓還洛，後卻遣回錢唐。故劉禹錫有詩答曰：『其那（奈）錢唐蘇小小，憶君淚染石榴裙。』」這裡可能是借蘇小小指柳枝，即歌伎樊素。❷剝條　條，柳條。銀環，手鐲。❸卷葉　把楊柳的嫩葉折起，用以放在嘴裡吹奏。

【語　譯】蘇家的小女從來就有名，在春風吹拂的楊柳前別有風情。把柳條剝去皮盤曲成銀手鐲的模樣，捲起柳葉吹出了玉笛的聲音。

【研　析】樊素是白居易任杭州刺史時帶回的歌伎，因為她「綽綽有歌舞態，善唱〈楊枝〉，人多以曲名名之，由是名聞洛下」。開成四年，白居易得風痺之疾，放伎賣馬，將她遣放，為她作了〈不能忘情吟〉，又寫了一首〈別柳枝〉：「兩枝楊柳小樓中，裊娜多年伴病翁。明日放歸歸去後，世間應不要春風。」這首詩寫的很可能就是白居易初見樊素的情景。

詩以人寫柳，以柳喻人，寫一個活潑慧黠的美麗少女，把柳條盤曲成銀手鐲，用捲起的柳葉吹出了玉笛的樂音，她就是那春風中嫋娜搖曳、生機蓬勃的楊柳，所有的愛戀都凝聚在「風前別有情」一句上了！寫此詩時，距白居易為杭州刺史已有十多年，但當年的情景深印腦海，已經成為詩人心底美好的永恆，所以寫來仍舊浪漫動人。

池上❶二絕

【題解】兩首都是寫景的五言絕句。大和九年（西元八三五年）夏作於洛陽太子賓客分司任上。詩寫履道宅中池上的閒適生活。前一首寫與山僧對弈，表現隱退生活的閒淡恬靜。後一首描繪了一幅小女娃的採蓮圖，充滿濃郁生活氣息。

其一

山僧❷對棋坐，局上竹陰清。映竹❸無人見，時聞下子聲❹。

【注釋】❶池上　指白居易洛陽履道宅中的池塘。白居易有〈池上篇〉。❷山僧　山寺中的僧人。❸映竹　竹子掩映遮蔽。❹下子聲　在棋局上落子的聲音。

【語譯】山僧面對著棋局坐著，棋局上竹枝的陰影帶來清涼。竹子掩映遮蔽沒人能夠看到，時時傳來落子的聲響。

【研析】本詩寫履道宅中園林的寧靜，畫面由近而遠，人物由有到無，景物由色到聲，寫盡竹林的深幽寧靜和人物心境的空寂虛無。「映竹」二句，以聲寫聲，表現竹林的空寂，雖從王維「空山不見人，但聞人語響」（王維《輞川集・鹿柴》）化出，但和山僧對弈、翠竹掩映的畫面相配合，自別有一番情趣。

其二

小娃撐小艇❶，偷採白蓮❷迴。不解藏蹤跡❸，浮萍❹一道開。

【注　釋】❶小娃句　小娃，少女。撐，用篙抵住水底使船行進。❷白蓮　白色的荷花，是白居易罷蘇州刺史時帶回。❸不解句　解，懂得；知道。蹤跡，行動留下的痕跡。❹浮萍　浮生在水面上的一種草本植物。

【語　譯】小女娃撐著小船，悄悄地採摘白蓮回來。不知道掩飾她的行跡，船後有條水道是浮萍被小艇衝開。

【研　析】前詩寫履道宅中竹林的靜謐，本詩寫宅中池上的活動。淘氣的小女娃獨自撐船偷偷地去採蓮回來，可稚嫩的她只專注於採蓮，又不知道掩飾自己的行動，於是船兒把池中的浮萍衝開，形成了一條鮮明的水道，暴露了她的蹤跡。顯然，她自以為得計的偷採行動，早已在大人的關懷和注視之下了。這是一個多麼生動而富於生活情趣的畫面。池上也十分安靜，但人物的活動使它平添無限的生機。末二句，真是神來之筆。二詩都用白描，詩人觀察細膩，煉意造境，都入化無痕，說明白居易晚年詩歌已經達到爐火純青的境界。

讀莊子❶

【題　解】這是一首帶有哲理意味和議論色彩的七言絕句。大和八年（西元八三四年）作於洛陽太子賓客分司任上。詩贊成莊子齊物的思想，但認為善惡是非仍須分清，不能混為一談，說明白居易晚年雖然韜光自晦，遠禍避害，但對於官場的鬥爭仍然有他自己的看法。

莊生齊物同歸一❷，我道同中有不同。遂性逍遙雖一致❸，鸞凰終校勝蛇蟲❹。

【注　釋】❶莊子　先秦道家的代表著作，戰國時莊周和他的後學所撰，共存三十三篇。唐玄宗時尊為《南華真經》。

❷莊生句　莊生，名周，戰國宋國蒙人。齊物，春秋戰國時老莊學派的一種哲學思想，認為宇宙間一切事物，如生死壽夭，是非得失，物我有無，都是相對的，可以轉化的，並將這種相對性絕對化，否認其間質的差別，主張同等看待。同歸一，同歸一致。《莊子・齊物論》：「天地與我並生，而萬物與我為一。」❸遂性句　遂性，順應本性。逍遙，優遊自得；閒放不拘。《莊子・逍遙遊》郭象注：「夫小大雖殊，而放於自得之場，則物任其性，事稱其能，各當其分，逍遙一也，豈容勝負於其間哉！」本句謂萬物能各遂其性，逍遙自得，這點和莊子一致。❹鸞凰句　鸞凰，即鸞鳳，瑞鳥名。常以喻賢德之人。校，比較。蛇蟲，比喻陰險小人。此句謂萬物之間善惡是非，仍有區別，不能等同起來。這是白居易和莊子思想不同的地方。

【語　譯】莊子認為萬物都應同等看待歸於一致，我說萬物相同之中仍然有不同。萬物各遂其性逍遙自得這一點我們雖然一致，但比較起來鸞鳳終究要勝過蛇蟲。

【研　析】白居易的主導思想是正統的儒家思想，他一生以輔佐君王，濟世救民為政治理想。嚮往山林、中隱或歸老時，都從來沒有完全停止對國事和民生的關注，他的佛老思想和儒家思想不是對立排斥而是互補調適的關係。自從貶謫江州後，他嚮往山林隱居生活，後來又提出了「中隱」的主張，自穆宗長慶二年外放杭州刺史後，未再提出任何針對時事的批評建議，直至去世。但由於他始終堅持儒家的政治理想，所以實際上並沒有獲得內心真正的平靜，詩中也不時有憂憤情懷閃現，外表雖然曠達，內心卻是孤獨痛苦的。

這首詩題為〈讀莊子〉，實際上闡述了他對社會人生的看法，也表明了他堅持正統儒家思想的立場。他認為，儘管人生在世可以和光同塵，委順隨化，但賢愚、正邪、善惡的分別終究不能抹殺，而這正是白居易晚期思想的閃光點。

閑臥有所思二首（選一）

【題　解】這是一首感事詠懷的七言律詩。本書所選是組詩中的第一首。大和九年（西元八三五年）秋作於洛陽太子賓客分司任上。詩人想起朝廷黨爭中紛紛貶謫的逐臣遷客，既為親友擔心和惋惜，也慶幸自己遠離風波難測的名利場得以自在安閒度過餘生。

其一

向夕褰簾❶臥枕琴，微涼入戶起開襟❷。偶因明月清風夜，忽想遷臣逐客❸心。

何處投荒❹初恐懼？誰人遶澤正悲吟❺？始知洛下❻分司坐，一日安閑直萬金。

【注　釋】❶褰簾　掀開簾子。❷微涼句　微涼，微風。涼，涼風。開襟，披襟，敞開衣襟。陶淵明〈與子儼等疏〉：「五六月中北窗下臥，遇涼風暫至，自謂是羲皇上人。」宋玉〈風賦〉：「楚襄王遊於蘭臺之宮，有風颯然而至，王乃披襟而當之曰：『快哉此風！』」這裡暗用這兩個典故表現自己的暢快。❸遷臣逐客　即逐臣遷客，被貶逐的人。據《舊唐書・文宗紀下》，大和九年六月，京兆尹楊虞卿坐家人妖言惑眾勒令歸家，宰相李宗閔坐貶明州刺史。七月，楊虞卿貶虔州司馬。李宗閔再貶處州長史，吏部侍郎李漢等一大批官員同時被貶。其中楊虞卿是白居易妻的從兄。❹投荒　流放到邊遠荒僻處。❺誰人句　遶澤，環繞水澤行走。《楚辭・漁父》：「屈原既放，游于江潭，行吟澤畔，顏色憔悴，形容枯槁。」❻洛下　即洛陽。

【語　譯】將要天黑掀開簾子枕琴而臥，微微涼風吹進屋裡我起來敞開了衣襟。偶然遇到了這個明月清風的美好夜晚，忽然想起了被貶謫流放的官員們。他們被流放到什麼荒僻的地方才開始感到恐懼？他們中有誰像屈原一樣在繞著水澤悲吟?我這才知道能在洛陽分司官署中坐著,這一天的安適閒逸抵得上萬兩黃金。

【研 析】大和九年,長安政局波詭雲譎。被文宗所倚重的李訓、鄭注,密謀誅除宦官,為了控制局勢,進行著緊鑼密鼓的準備。四月,宰相李德裕、路隨相繼遭貶。六月,牛黨宰相李宗閔被遠貶。七月,京兆尹楊虞卿、吏部侍郎李漢、刑部侍郎蕭澣、工部侍郎崔侑、吏部郎中張諷、考功郎中蘇滌、戶部郎中楊敬之等一大批官員被貶。政局發生劇烈動蕩,人人自危,給身居洛陽的白居易以強烈的震撼。詩即為此而作。

詩首聯寫自己由「臥」而「起」,用陶淵明、宋玉文中的典故來形容自己閒臥時涼風入戶帶來的舒適和愜意。頷聯承接「起」字,寫「思」。因「起」得以享受夜晚「明月清風」的美好,於是想起一干被貶逐的官員,他們心裡在想些什麼?頸聯轉向寫想像中被貶官員的情況,他們身在何處?他們是否心懷恐懼?是否在繞澤悲吟?和他們相比,不論是肉體上還是精神上,自己是何等安閒自在,於是不由得發出「一日安閒直萬金」的感嘆,結束全詩。詩由自己想到逐客,最後又回到自己,承轉自如,於強烈對照見無窮感慨。要知道,正如此詩其二「今日憐君嶺南去,當時笑我洛中來」所說,這些逐臣中有的人曾經譏笑過急流勇退回到洛陽的白居易,所以這種感嘆就更加意味深長了。

九年十一月二十一日感事而作❶

【題 解】這是一首感事詠懷的七言律詩。詩作於大和九年(西元八三五年)十一月洛陽太子賓客分司任上。詩為在長安發生的甘露之變而作。既同情許多官員和友人慘遭宦官殺戮,也慶幸自己及早抽身躲過了一場災難。

禍福茫茫不可期❷，大都早退似先知❸。當君白首同歸❹日，是我青山❺獨往時。顧索素琴應不暇❻，憶牽黃犬定難追❼。麒麟作脯龍為醢❽，何似泥中曳尾龜❾！

【注釋】❶九年十一月二十一日感事而作　白居易原注：「其日獨遊香山寺。」香山寺在洛陽南龍門伊水傍。大和九年十一月二十一日，宰相李訓、鄭注等謀誅宦官，詐言金吾仗內石榴樹上有甘露，請文宗觀看，宦官發現金吾仗內伏有軍士，遂扶文宗入內，發兵誅殺宰相王涯、賈餗、舒元輿、李訓、節度使王璠、郭行餘、鄭注等共十餘家，史稱「甘露之變」。白居易有感於此事，便作詩抒感。❷禍福句　禍福，偏指災禍。茫茫，渺茫。不可期，不能預料。❸大都句　早退，及早抽身引退。先知，先知先覺；有先見之明。《老子》上篇：「功成名遂身退，天之道。」❹白首同歸　《世說新語．仇隙》：「孫秀既恨石崇不與綠珠，又憾潘岳昔遇之不能禮。……後收石崇、歐陽堅石，同日收岳。石先送市，亦不相知。潘後至，石謂潘曰：『安仁，卿亦復爾邪？』潘曰：『可謂白首同所歸』。潘〈金谷集詩〉云：『投分寄石友，白首同所歸。』乃成其讖。」白首同歸，原指友誼堅貞，至老不變，後轉指年齡皆老而同時死亡。這裡用潘、石二人典故哀悼事變中被殺的友人。❺青山　據白居易原注，指龍門山。前此二年，舒元輿在洛陽，曾經常和白居易同遊龍門，甘露之變中，宰相舒元輿、賈餗同日被殺，正是白居易獨遊龍門香山寺之時。❻顧索句　索，索取。素琴，沒有華麗裝飾的琴。《世說新語．雅量》：「嵇中散（康）臨刑東市，神氣不變。索琴彈之，奏〈廣陵散〉。曲終，曰：『袁孝尼嘗請學此散，吾靳固不與，〈廣陵散〉於今絕矣！』」不暇，來不及。❼憶牽句　秦二世時，趙高誣李斯謀反，夷三族。李斯在臨刑前謂次子曰：「吾欲與若復牽黃犬俱出上蔡東門逐狡兔，豈可得乎？」事見《史記．李斯列傳》。定難追，一定難以追悔。指來不及追悔。❽麒麟句　麒麟，傳說中的仁獸。比喻傑出的人物。脯，肉乾。《列仙傳》記載，仙人王方平宴請麻姑，用麒麟肉作菜。醢，肉醬。《左傳．昭公二十九年》：「夏后嘉之，賜氏曰禦龍，以更豕韋之後。龍一雌死，潛醢以食夏后。」❾何似句　何似，何如；比……怎麼樣。泥中曳尾龜，在汙泥中拖著尾巴爬行的烏龜。《莊子．秋水》：「莊子釣于濮水，楚王使大夫二人往先焉，曰：『願以境內累矣。』」莊子持竿不顧，曰：『吾聞楚有神龜，死已三千歲矣，王巾笥而藏之廟堂之上。此龜者，寧其死為留骨而貴乎？寧其生而曳尾于塗中乎？』二大夫曰：『寧生而曳尾塗中。』莊子曰：『往矣！吾將曳尾塗中。』」二句的意思是，與其做龍和麒麟而被人宰割，倒不如做一隻在泥中拖著尾巴爬行得以偷生的烏龜。

【語　譯】禍福渺渺茫茫不可預期，及早抽身引退的人大都像是先覺先知。當你們年老白頭同遭殺害之日，正是我在龍門香山寺獨自遊覽之時。來不及像嵇康臨刑時回頭索取琴來彈，也來不及像李斯臨刑時對不能再牽黃犬狩獵感到追悔。麒麟做了肉乾蛟龍成了肉醬，倒不如做一隻在爛泥中拖著尾巴爬行的烏龜！

【研　析】「甘露之變」是文宗想要誅殺宦官卻遭宦官反噬造成的宰相藩鎮等十餘家被族滅、死亡達千人的政治慘劇，對晚唐政治影響深遠。此後，閹黨更加跋扈，文宗哀嘆受制於家奴，抑鬱而終，朝臣不再敢作非分之想，士人深埋恐怖陰影。白居易一連寫了本詩和〈即事重題〉、〈詠史〉三首詩歌反映這一事件，都直書時間，沉痛悲憤，顯示了非凡的勇氣。

此詩主要是同情被殺的朝官，慶幸自己能及早抽身免禍。首聯就點明禍福難料，應當及早抽身。頷聯記述甘露之變發生這天的情況來證實這一點，白居易在洛陽獨遊龍門山，宰相們在長安全都被殺。頸聯承「白首同歸」寫朝官被倉惶殺害的慘狀，還不如嵇康、李斯死在刑場，或從容索琴彈奏，或追嘆昔日自由生活不可再得，宛轉地表示了自己的同情。最後將被殺官員比做成了肉乾肉醬的麒麟和龍，把自己比做活著曳尾泥中的龜，再一次進行對比，慶幸自己能及早抽身，倖免於禍，回應首聯。

詩的特點一是反復使用對比的手法，二是大量運用成語典故，使表達委婉。因為曾對白居易貶江州落井下石的王涯也在被殺的宰相之列，有人認為頷聯是對王涯之死「幸災樂禍」。但詩是有感於整個事件而發，白居易所同情的是包括好友舒元輿、賈餗等在內所有死難官員，已經超越了個人的恩怨，蘇軾指出：「樂天豈幸人之禍者哉？蓋悲也。」（《東坡志林》卷一）這才是正確的理解。

哭師皐❶

【題　解】這是一首七言古詩體的挽歌。開成元年（西元八三六年）作於洛陽太子少傅分司任上。詩描寫送妻兄楊虞卿下葬的情景，對他因捲入黨爭而貶死南方表示了沉痛的哀悼和惋惜。

南康丹旐引魂迴❷，洛陽籃舁❸送葬去。北邙❹原邊尹村畔，月苦烟愁❺夜過半。妻孥兄弟號一聲❻，十二人腸一時斷。往者❼何人送者誰？樂天哭別師皐時。平生分義❽向人盡，今日哀冤❾唯我知。我知何益徒垂淚，籃輿迴竿馬迴轡❿。何日重聞〈掃市歌〉？誰家收得琵琶妓⓫？蕭蕭風樹白楊影⓬，蒼蒼露草青蒿氣⓭。更就⓮墳邊哭一聲，與君此別終天地⓯！

【注　釋】❶師皐　楊虞卿，字師皐，虢州弘農（今河南靈寶北）人。元和五年進士擢第，又應博學宏辭科。元和末，累官至監察御史。牛僧孺、李宗閔輔政，引為左司郎中、諫議大夫、弘文館學士、給事中，是牛黨中的重要人物。大和七年被貶為常州刺史。八年，李宗閔為相，入朝為工部侍郎、京兆尹。九年六月，李宗閔貶明州刺史，再貶處州長史，楊虞卿亦貶虔州司馬，再貶虔州司戶，是年冬，卒於貶所。事見兩《唐書》本傳。❷南康句　南康，即虔州，今江西贛州，天寶中曾改為南康郡。丹旐，即丹旌，祭祀或喪禮所用的紅色銘旌，上書死者的姓名官位。引魂，招魂，招引亡靈。❸籃舁　即籃輿，供人乘坐的人力交通工具，類似後世的轎子，白居易晚年在洛陽，因年老出門常乘籃輿。❹北邙　山名，即邙山，在洛陽之北，東漢以來王侯公卿多葬於此。❺月苦烟愁　愁人眼中的淒冷月色，迷濛夜霧，如苦如愁。❻妻孥句　妻孥，妻子兒女。兄弟，古代對親戚的統稱。《詩經・小雅・伐木》：「籩豆有踐，兄弟無遠。」鄭玄箋：「兄弟，父之黨，母之黨。」號，哭而有言；痛哭聲。❼往者　死者。❽分義　情分；情誼。❾哀冤　哀傷和冤屈。據《舊唐書・楊虞卿傳》記載，大和九年六月，長安謠傳鄭注要用兒童心肝為皇帝合金丹，密旨大量捕捉兒童，民間十分恐懼。御史大夫李固言嫉恨楊虞卿朋黨，就上奏說謠言出自京兆尹的從人，於是文宗大怒，下令將當時任京兆尹的楊虞卿逮捕，虞卿弟楊漢公和兒子楊知進等八人自繫檛鼓訴冤，才從監獄中放出，第二天貶虔州司馬，再貶虔州司戶，死在虔州。❿籃輿句　迴竿，回頭，掉頭往回走。竿，抬籃輿的竹竿。迴轡，回馬。轡，駕馭牲口用的韁繩。⓫何日二句　白居易原注：「師皋醉後善歌〈掃市詞〉。又有小妓，攻琵琶，不知今落何處。」⓬蕭蕭句　蕭蕭，象聲詞，風聲。白楊，高大喬木，多植於墳墓上。〈古詩十九首〉：「驅車上東門，遙望郭北墓。白楊何蕭蕭，松柏夾廣路。」⓭蒼蒼句　蒼蒼，盛貌。露草，沾有露水的草。青蒿，一種草本植物，也叫「香蒿」。崔豹《古今注》卷中：「〈薤露〉〈蒿里〉，并喪歌也。……言人命如薤上之露易晞滅也。」亦謂人死魂魄歸乎蒿里。⓮就　靠近；來到。⓯終天地　與天地相終始；永遠。

【語　譯】虔州的丹旐招引亡魂回，洛陽的籃輿護送靈柩下葬去。北邙山高崗的尹村邊，月色淒苦愁霧迷茫夜晚已過去一半。妻兒親族痛哭長號一聲，送葬的十二個人一時都肝腸寸斷。死者是什麼人送葬的人又是誰？是樂天哭著向師皋告別來。師皋平生對人重情分講義氣，今日的哀傷冤屈唯有我知。我知道也沒有用徒然流淚，籃輿竹竿調轉頭馬匹也返回。哪天能再聽到你的〈掃市歌〉？誰家又收留了你的琵琶伎？風中蕭蕭的白楊樹投下了陰影，沾滿露水的草叢中飄散著青蒿氣。再來到你墳前哭上一聲，和你這次分別後相見永無期！

【研　析】楊虞卿是白居易妻子的從兄，大和九年由京兆尹貶為虔州司戶，冬天死在虔州。他是牛黨的骨幹人物。當時長安有諺語說：「太牢（牛，指牛僧孺）手，少牢（羊，指楊虞卿）口，南北東西何處走。」《牛羊日曆》又說：「欲入舉場，先問蘇張。蘇張猶可，三楊（楊汝士、虞卿、漢公兄弟三人）殺我。」《唐摭言》卷七）他的家被稱為「行中書」（《南部新書》己卷），即在宮外操縱政局的衙門，可見其炙手可熱的情況。在楊虞卿生前，白居易有意和他保持一定的距離，但對他的貶死仍然十分沉痛，親自「籃舁送葬」，並以詩悼念。

詩寫親友們為楊虞卿送葬的過程，前六句寫送葬的情況，中四句寫與楊虞卿的關係，末八句寫葬後欲回的情景。詩一再描寫「月苦烟愁」、「蕭蕭白楊」、「蒼蒼露草」以渲染氣氛，又特別點出下葬時已是「夜過半」，送葬者只有十二個人，可見葬禮的冷落淒涼。詩人「籃舁送葬」，又在將回時「更就墳邊哭一聲」，作最後的告別，可見二人關係的深厚和內心的沉痛。但寫到楊虞卿卻只說「何日重聞〈掃市歌〉，誰家收得琵琶妓」，對他的評價也只有「平生分義向人盡，今日哀冤唯我知」兩句，讚揚他講義氣，能為他人出死力，對他成為政治鬥爭犧牲品感到痛心和惋惜，對他熱衷名利參與黨爭卻顯然有所保留，用語是很有分寸的。

二月二日❶

【題解】這是一首即景抒情的七言絕句。開成元年（西元八三六年）二月在洛陽太子少傅分司任上作。描寫早春二月一群少年在小雨初晴後騎馬踏青的情景。

二月二日新雨晴，草牙菜甲❷一時生。輕衫細馬❸春年少，十字津頭❹一字行❺。

【注釋】❶二月二日　唐代蜀中以這一天為「踏青節」，長安也舉行「拾菜」等郊遊活動。《歲時廣記》卷一：「蜀中風俗，舊以二月二日為踏青節，都人士女，絡繹遊賞，緹幕歌酒，散在四郊。」《類說》卷六引《秦中歲時記》：「二月二日，曲江拾菜，士民遊觀甚盛。」❷草牙菜甲　草和菜的嫩芽。牙，通「芽」。甲，種子的外殼。這裡指甲坼，外殼裂開，即發芽。❸細馬　好馬。唐代太僕寺馬分左右監，細馬即良馬，稱左，粗馬稱右。見《舊唐書・職官志三》。❹十字津頭　十字水的渡口。洛陽有十字水，劉禹錫〈酬令狐相公寄賀遷拜之什〉：「十字清波遶宅墻。」李商隱有〈十字水期韋潘侍御同年不至……〉詩，均在洛陽作。❺一字行　一字排開行走。一字排開，妨礙別人行走，所以是旁若無人或盛氣淩人的姿態。

【語　譯】二月二日春雨後天氣晴明，草芽菜芽一時間都萌發出生。穿著輕薄衣衫騎著駿馬的青春年少，在十字水的渡頭排成一字並肩前行。

【研　析】大和九年十月，白居易被任命為同州刺史，他稱病堅決不去上任，朝廷改任他為太子少傅分司，官正二品，品高祿厚。從此開始了「七年少傅」的晚年生活。

早春二月，春風和暢，天氣晴明，草芽菜甲，一時萌發，一群衣著光鮮的青年騎著駿馬前去郊遊採菜，他們一字排開，在十字水的津渡前馳騁，意氣飛揚，旁若無人。這就是這首小詩描繪的場景。但在這畫面之外，卻有一位冷眼旁觀的年逾花甲的詩人。大好春光使他的心情似乎變得舒暢了，而這群青年卻使他彷彿看到自己過去的影子，於是觸景生情，一種青春不再的失落和悵惘油然而生。詩淺切流暢，清新自然，含蓄深遠。

秋涼閑臥

【題　解】這是一首即景抒情的五言古詩。開成二年（西元八三七年）七月作於洛陽太子少傅分司任上。描寫庭院早秋景象，反映了晚年閒居臥病中寂寞孤獨的心情。

殘暑晝猶長❶，早涼秋尚嫩❷。露荷散清香，風竹含疏韻❸。幽閑竟日臥❹，衰病無人問。薄暮❺宅門前，槐花深一寸❻。

【注　釋】❶殘暑句　殘暑，夏天已過，暑熱已退。晝猶長，每年夏至白晝最長，之後漸短，到冬至最短。所以早秋「晝猶長」。❷秋尚嫩　指秋天剛到，秋意未濃，相對於秋深為「老」而言。嫩，指開始或輕微的狀態。❸疏韻　淡雅的韻致。❹幽閑句　幽閑，清靜閒適。竟日，整天。❺薄暮　傍晚。❻槐花句　槐花，槐樹的花。槐樹是中國北方常見的一種觀賞性喬木，舊曆六月開黃白色的花。深一寸，言無人來往也無人打掃。形容居處的冷淡寂寞。

【語　譯】暑氣消退白天還很長，秋天剛到早晚感到微涼，帶露的荷花散發著清新的香氣，竹枝在微風中搖曳韻致疏朗。清靜閒適一天到晚躺著，衰老多病沒有人來探訪。傍晚時宅院的大門前，落下一寸深的槐花鋪在地上。

【研　析】本詩是寫太子少傅分司不問世事的悠閒生活，感受純從「閑臥」二字出。從早到晚，經常閒臥，才感受得到節序物候的細微變化。夏天已過，但白天還很長，暑氣沒有完全消退，秋意並不濃厚，只有早上的微風送來一絲涼意，告訴人們秋天來了。觸目所見，荷花帶著露水，仍然清香撲鼻，翠竹在風中搖曳，卻使人感到有疏朗的韻致。整天病臥家中，無人來訪，門前地上落滿了槐花，都快有一寸深了。所有的景色都透出一種寂寥難言的孤獨之感。

憶江南❶詞三首

【題　解】這是三首題詠江南風物的詞。開成三年（西元八三八年）在洛陽太子少傅分司任上作。三首詞分別表達了作者晚年對江南、杭州和蘇州美好風物和優遊歲月的懷念。

其一

江南好，風景舊曾諳❷：日出江花紅勝火，春來江水綠如藍❸。能不憶江南？

【注　釋】❶憶江南　詞牌名。白居易原注：「此曲亦名〈謝秋娘〉，每首五句。」《樂府詩集》卷八二「近代曲辭」：「〈憶江南〉，一曰〈望江南〉。《樂府雜錄》曰：『〈望江南〉本名〈謝秋娘〉，李德裕鎮浙西為妾謝秋娘所製，後改為〈望江南〉。』」但此調代宗大曆中就已經流行，《樂府雜錄》所說缺乏根據。江南，具體指長江下游南岸地區，今江蘇南部和浙江一帶。❷舊曾諳　舊時曾經熟悉。諳，熟悉。❸綠如藍　比蓼藍還要綠。藍，蓼藍，一年生草本植物，屬蓼科，葉形似蓼而味不辛，乾後變暗藍色，可加工成靛青，作染料。如，用同「於」。

【語　譯】江南好，江南的風景過去都曾經熟悉遊玩：太陽照耀下的江畔紅花紅得賽過火焰，春天的江水碧綠綠得超過蓼藍。怎麼能夠不懷念江南？

【研　析】白居易少年時期曾到過江南，晚年又為蘇、杭二州刺史，江南風物給他留下無數美好的回憶。這三首詞，抒寫對美麗富饒的江南水鄉的深切懷念，但各有側重。這一首泛詠江南「風景」，著重寫色彩：紅日高照，照得江邊的紅花紅得勝過火焰；春回大地，茵茵綠色襯得一江碧綠春水綠過蓼藍。紅的明豔熱烈，綠的濃郁清新，色彩相襯又相生，描繪出江南春天最為顯著的「千里鶯啼綠映紅」（杜牧〈江南春絕句〉）的特色，最直觀地顯示出江南大地的勃勃生機，美不勝收。

其二

江南憶，最憶是杭州：山寺月中尋桂子❶，郡亭枕上看潮頭❷。何日更重遊？

【注　釋】❶山寺句　山寺，指靈隱、天竺等寺，在靈隱山。月中，月下。桂子，桂樹結的實。這裡指神話中月中桂樹所結的實。白居易〈東城桂〉自注：「舊說杭州天竺寺每歲秋中有月桂子墜。」又〈留題天竺靈隱兩寺〉自注：「天竺嘗有月中桂子落。」宋之問〈靈隱寺〉：「桂子月中落，天香雲外飄。」《南部新書》庚卷：「杭州靈隱山多桂，寺僧云：『此月中種也。』至今中秋望夜，往往子墜，寺僧亦嘗拾得。」❷郡亭句　郡亭，疑即杭州城東樓。白居易〈東樓南望八韻〉：「不厭東南望，江樓對海門。風濤生有信，天水合無痕。」潮頭，潮水的前部，也是波浪的峰頂。《水經注・漸江水》：「縣東有定、包諸山，皆西臨浙江。水流於兩山之間，江川急濬，兼濤水晝夜再來，來應時刻。常以月晦及望尤大，至二月、八月最高，峨峨二丈有餘。」

【語　譯】想念江南，最想念的就是杭州：月下在山寺中尋找月桂飄落的桂子，在郡樓中臥看錢塘江潮的潮頭。什麼時候才能夠故地重遊？

【研　析】這首詞寫杭州，著重寫自然景物。詩人描寫了兩個杭州遊賞的場景：一是在山寺中探幽覓勝，尋找月中桂子；一是在郡樓上騁目遠眺，縱觀錢塘江濤。遊者一行一臥，一動一靜；景物一幽深靜止，悄無聲息，一壯闊動蕩，澎湃喧豗，相映成趣，各臻其妙，且和吳剛伐桂，伍員驅濤的神話傳說相聯繫，令人無限神往。

其三

江南憶，其次憶吳宮❶：吳酒一盃春竹葉❷，吳娃雙舞醉芙蓉❸。早晚❹復相逢？

【注　釋】❶吳宮　指館娃宮，春秋時吳王夫差為西施所建，在蘇州西南靈巖山上。此代指蘇州。❷吳酒句　春，冬釀春熟的酒，或春釀秋冬始熟的酒，唐人美酒多以「春」字為名，如劍南春等。竹葉，美酒名。張華〈輕薄篇〉：「蒼梧竹葉清，宜城九醞酒。」❸吳娃句　吳娃，吳地美女。吳地稱美女為娃。醉芙蓉，紅色的荷花。形容舞伎的美。敬宗朝，浙東貢舞女二人，每歌舞罷，藏於金屋寶帳中。宮中語曰：「寶帳香重重，一雙紅芙蓉。」見蘇鶚《杜陽雜編》卷中。❹早晚　何日；幾時。

【語　譯】想念江南，其次就想念蘇州的館娃宮：蘇州的一杯美酒像竹葉清那樣香醇，蘇州美女雙雙起舞面頰酡紅像水上的芙蓉。什麼時候能夠再相逢？

【研　析】這首詞寫蘇州，著重寫遊宴。蘇州富庶繁華，所以以蘇州人文景觀，即歷史遺跡和旖旎風光作為代表。歷史上，蘇州有吳王夫差為美人西施修建的館娃宮，現在，有那可和「竹葉清」比美的吳地美酒，還有美麗多情的蘇州女兒，她們婀娜的舞姿，令人想起那在風中搖曳的荷花，都令人沉醉。

三首詞分別描寫江南的色彩美、自然景物美、人文景物美，各自獨立又互為補充。三詞分別以「江南好」或「江南憶」開篇，以中間一聯白描景物為主體，寫其神韻，再以深情喟嘆作結，既有統一的主題和相同的結構，收反復詠嘆的效果，又有錯綜變化之美。

新沐浴❶

【題　解】這是一首即事詠懷的五言古詩。開成三年（西元八三八年）冬在洛陽太子少傅分司任上作。詩人由自己沐浴進餐後的溫暖舒泰聯想到嚴冬裡的窮苦百姓，深深同情他們的痛苦，充滿著自慚自責的精神。

形適外無恙❷，心恬❸內無憂。夜來新沐浴，肌髮舒且柔。寬裁夾烏帽❹，厚絮長白裘❺。裘溫裹我足，帽暖覆我頭。先進酒一盃，次舉粥一甌❻。半酣半飽時，四體春悠悠❼。是月歲陰暮❽，慘冽❾天地愁。白日冷無光，黃河凍不流。何處征戍行❿？何人羈旅遊⓫？窮途絕糧客⓬，寒獄無燈囚⓭。勞生⓮彼何苦！遂性我何優⓯！撫心⓰但自愧，孰知其所由⓱。

【注　釋】❶新沐浴　剛洗完澡。❷形適句　適，舒服。恙，疾病。❸恬　恬然，安靜坦然。❹夾烏帽　夾層的烏紗帽。隋唐貴族官吏多戴烏紗帽，後來上下通用，又逐漸廢除，改用折上巾，烏紗帽成為在家閒居的便帽，又稱烏帽。❺厚絮句　絮，鋪絮。長白裘，白色桂布做的長棉袍。❻甌　小盆。❼四體句　四體，四肢。春悠悠，像春天一樣和暖舒泰。❽歲陰暮　年末十二月的陰天。❾慘冽　慘澹寒冷。❿征戍行　遠行戍守的人在行進。⓫羈旅遊　在異鄉作客漂流。⓬窮途句　窮途，路的盡頭。比喻困窘的境地。絕糧客，斷了糧的旅客。⓭寒獄句　寒冷的監獄中連油燈的溫暖都沒有的囚犯。白居易〈歌舞〉：「豈知閿鄉獄，中有凍死囚。」他曾作〈奏閿鄉縣禁囚狀〉，指出獄中犯人大多是因無法交納賦稅而被關押的貧苦百姓。⓮勞生　為生存而辛苦勞累。《莊子・大宗師》：「夫大塊載我以形，勞我以生，佚我以老，息我以死。」⓯遂性句　遂性，順適性情。優，優裕。指生活安逸。⓰撫心　撫摸胸口，反省自問。⓱所由　所自；所從來。

【語　譯】身體舒泰沒有疾病，心裡坦然沒有憂愁。晚上剛剛洗過了澡，肌膚頭髮都感到舒服又輕柔。寬鬆剪裁的夾層烏紗帽，厚厚鋪絮的長長白布裘。溫暖的棉袍裹著我的腳，暖和的烏帽蓋著我的頭。首先喝上一杯酒，接著端起一小盆粥。酒意半酣腹中半飽的時候，四肢舒泰像春天一樣暖悠悠。這月是年終的十二月，陰雲密布寒風凜冽天地為之憂愁。太陽寒冷的光芒暗淡，結冰的黃河河水不再流。什麼地方遠戍的士兵已經開拔？什麼人在異鄉為客到處漂流？在窮途末路時斷了糧的旅客，寒冷監獄裡連油燈都沒有的囚徒。他們為生活操勞是多麼辛苦！順適自己情性的我又是多麼自在優遊！撫胸自問只有感到慚愧，也不知道這是什麼緣由。

【研　析】詩分三部分。首段描寫一個嚴冬夜晚，年逾古稀的老人舒舒服服地浸泡了熱水澡，換上了柔軟而溫暖的棉衣夾帽，飲酒進食，盡情享受著沐浴後溫飽豐足生活的幸福。然而屋外凜冽寒風觸動了他的心，詩進入第二層次，想到普天下為了生存在死亡線上苦苦掙扎的廣大百姓，征夫、遊子、饑民、獄囚，他們是多麼艱辛和淒苦。對比之下，詩人深深為他們感到不平。但是一千多年前的詩人無法認識到造成貧富不均的根本原因，自慚自愧，不得釋懷，只能以「孰知其所由」來結束自己的詩篇。詩平實而沉痛，表現了詩人終身一貫的憂念民生疾苦的情懷。

浪淘沙❶詞六首（選三）

【題　解】這是一組詞作。大和八年（西元八三四年）前後在洛陽太子少傅分司任上作。原為六首，這裡選入其二、其三和其四。其二直接描繪大浪淘沙的景象。其三抒寫風浪中羈旅天涯的孤苦。其四寫思婦對離人的刻骨思念。

其二

白浪茫茫與海連，平沙❷浩浩四無邊。暮去朝來淘❸不住，遂令東海變桑田❹。

【注　釋】❶浪淘沙　唐教坊曲名，《樂府詩集》列為「近代曲辭」，創自唐劉禹錫、白居易，為小曲，單調二十八字，七言四句，三平韻。五代以後別製新體，成為詞牌之一。❷平沙　泛指沙岸。❸淘　用水沖洗；沖刷。❹東海變桑田　大海變成農田。比喻世事巨大迅速的變化。《神仙傳‧王遠》：「麻姑自說云：『接侍以來，已見東海三為桑田。向到蓬萊，水淺於往者會時略半也，豈將復還為陵陸乎？』」（王）方平曰：『東海行復揚塵耳。』」

【語　譯】茫茫的雪白浪花與海相連，平坦的沙灘遼闊一望無邊。晚去朝來不停地淘洗沖刷，致使東海變成了種桑的農田。

【研　析】〈浪淘沙〉是唐教坊曲名。白居易和劉禹錫都創作了一組樂府體的七言絕句〈浪淘沙詞〉，既保留了樂府歌詞淺切曉暢風味，又有文人詩歌典雅優美的風致。本詞抒寫大浪淘沙，暮去朝來，永不停止，滄海變成桑田，世事不斷變遷，時間就是這樣不斷流逝了。詩以空間的變化寫時間的推移，景象闊大而意境蒼涼。

其三

青草湖❶中萬里程，黃梅雨❷裡一人行。愁見灘頭夜泊處，風翻暗浪打船聲。

【注　釋】❶青草湖　在洞庭湖南，兩湖相連。參見前〈自蜀江至洞庭湖口，有感而作〉注⑫。❷黃梅雨　江南春末夏初梅子黃熟時節的雨，也叫「梅雨」或「霉雨」，往往一下就是十天半月，連綿不斷。

【語　譯】到青草湖已經走過了萬里路程，黃梅時節的連綿細雨中還在獨自前行。看到灘頭夜晚泊船處就犯愁，不忍聽那黑暗中風吹波浪拍打小船的聲音。

【研　析】詞的主人公是遊子。全篇集中筆力描摹羈旅的悽楚感受。萬里行程，舉目無親，又來到一望無涯的青草湖上，遇上了連綿不斷的黃梅雨，已是愁苦不堪。後半遙想入夜灘頭獨宿，黑暗中小船在狂風掀起的波浪下不停顛簸，聽著波浪拍打著船舷的單調聲音，那更是憂從中來，不可斷絕了。遊子天涯羈旅的孤單，回家無望的痛苦，全從景物環境描摹中出，不直接言情，情自無限。

其四

借問❶江潮與海水，何似❷君情與妾心？相恨不如潮有信❸，相思始覺海非深！

【注釋】❶借問　古詩中常見的假設性問語。❷何似　哪裡像。比……怎麼樣。用反問的語氣表示勝過或不如。似，顧本作「以」，據汪立名本《樂府詩集》、《全唐詩》改。❸潮有信　潮水漲落有定時，所以說「有信」。李益〈江南曲〉：「早知潮有信，嫁與弄潮兒。」

【語譯】請問錢塘江潮和大海的水，哪裡像你的情和我的心？恨你遠不如潮水那樣守信用，想起你來才覺得大海沒有我情深！

【研析】本詞主人公是女子。大約她和情郎早就信誓旦旦有了期約，情郎發誓一定會像潮水般守信，女子則保證自己的情意深如海洋。然而男子久久不至，於是女子在獨白中傾訴了自己的怨憤。詞以設問開始，劈空而來，「江潮」與「海水」哪能用來比喻郎情與女意！因為你根本不像潮水那樣守信用，而我的深情卻遠不是大海所可以比擬的啊。詩成功借用「江潮」與「海水」意象，運用民歌中常用的對比、比喻、反襯等手法，把思婦心理的變化和相思之情的刻骨銘心刻劃得惟妙惟肖。

西樓獨立

【題解】這是一首即興抒情的七言絕句。開成四年（西元八三九年）作於洛陽太子少傅分司任上。詩描繪了路人眼中自己的形象，含蓄地道出他回洛陽後生活和思想的真實。

身著白衣❶頭似雪，時時醉立小樓中。路人迴顧應相怪❷，十一年❸來見此翁。

【注　釋】❶白衣　古代平民服。這裡指家居的便服。❷相怪　奇怪。❸十一年　白居易從大和三年（西元八二九年）春為太子賓客分司東都到開成四年（西元八三九年），已有十一年。

【語　譯】身穿白色的衣衫頭髮也白如雪，時常醉醺醺地站立在小樓中。路過的行人看見了應當奇怪，十一年來總是看到這個老翁。

【研　析】一襲白衫，一頭白髮，一副醉態，癡癡呆呆，老翁獨立小樓，十一年如一日，路人回顧應以為怪，但習以為常又不以為怪了。這就是詩中所描繪的這個人物，也是六十八歲的白居易為自己所畫的小像。他為什麼沉醉？他在望什麼？看來他生活安逸優裕，內心卻孤單寂寞。路人只看到他的外表，卻難以窺見他那情感豐富的內心，不為人理解，這才是最大的悲哀。詩人還有〈醉吟先生傳〉一文，可相參讀。

長相思❶二首（選一）

【題　解】這是一首寫離恨的小詞。黃昇《花庵詞選》「唐詞」中原為二首，此調為其二。在白集為其一。作於詩人晚年。抒寫對遠方的人的刻骨相思之情。也可能是開成五年後為懷念歌人樊素而作。

其一

汴水❷流，泗水❸流，流到瓜洲古渡頭❹，吳山❺點點愁。　思悠悠❻，恨悠悠，恨到歸時方始休，月明人倚樓。

【注　釋】❶長相思　唐教坊曲名，後用為詞牌名，因南朝梁陳樂府〈長相思〉而得名，又名〈雙紅豆〉、〈憶多嬌〉。❷汴水　汴渠，由隋以前汴河故道至河南商丘，改東南經安徽宿縣、靈壁、泗縣入淮河。❸泗水　發源於山東泗水縣，流經曲阜、徐州等地，至洪澤湖附近入淮。❹流到句　瓜洲古渡，在江蘇邗江縣南大運河入長江處，與鎮江市隔江斜對，向為長江南北水運交通要衝。瓜洲，本為江中沙洲，沙漸長，狀如瓜字，故名。渡頭，渡口。❺吳山　泛指吳地的山。自揚州瓜洲渡渡江後，過潤州即是蘇州，為古代吳國都會。❻悠悠　連綿不盡貌。

【語　譯】汴水流，泗水流，流到瓜洲的古老渡頭，點點的吳山都凝恨含愁。　思悠悠，恨悠悠，恨到他歸來才能罷休，明月下遙望獨自倚高樓。

【研　析】詞是懷念遠在江南的一位異性。開成五年三月，白居易因患風痺之疾，將原籍杭州的青年歌伎樊素遣回，這首詞可能就是為懷念她而作（參見〈楊柳枝詞八首〉其六注釋及研析）。

此詞寫對遠方情人的思念，上半寫望中所見，實則是寫想像中從洛陽經由汴水、泗水、瓜洲到江南的行程，詩人的心也隨著流水一道越走越遠，直到吳中，彷彿看到天邊的吳山，依然點點含愁。下半則直接抒情，但是思和恨的「悠悠」，和前面流水相映襯，令人感到汴、泗、長江的悠悠水流也同樣含愁不盡，只有到重見之時才是盡頭。末一句才畫出思念悵恨的人，明月高照，小樓獨倚，傷心無限。三十六字的小詞中，「水」、「流」、「到」、「恨」，多次疊用，「點點」、「悠悠」既是疊音詞，又加重複使用，使音韻極為和美。流水和情思，似比非比，更增加了情思的悱惻纏綿，無盡的哀怨憂傷，就洋溢在這明淨空靈的景色、清麗曉暢的語言、和諧流走的韻律中。

閑題家池❶，寄王屋❷張道士❸

【題　解】這是一首言志寄友人的五言古詩。開成五年（西元八四〇年）作於洛陽太子少傅分司東都任上。詩抒寫優遊家中池上的隱逸情懷，表明自己的志向。

有石白磷磷❹，有水清潺潺❺，有叟頭似雪，婆娑❻乎其間。進不趨要路，退不入深山❼。深山太濩落❽，要路多險艱。不如家池上，樂逸❾無憂患。有食適吾口，有酒酡吾顏❿。恍惚遊醉鄉⓫，希夷造玄關⓬。五千言⓭下悟，十二年⓮來閑。富者我不顧，貴者我不攀；唯有天壇子⓯，時來一往還⓰。

【注　釋】❶家池　洛陽履道里白居易宅中的池塘。參見白居易〈池上篇序〉。❷王屋　山名，在今山西陽城、垣曲及河南濟源三縣之間，晉、豫二省交界處。《通志・地理略》：「王屋山在濟源縣西八十里，形如王者車蓋，故名。」❸張道士　名抱元，王屋山道士。白居易有〈對鏡偶吟贈張道士抱元〉、〈病中數會張道士見諷以此答之〉等詩。❹磷磷　水石明淨貌。劉楨〈贈從弟〉：「汎汎東流水，磷磷水中石。」❺潺潺　水流動貌，也形容水聲。❻婆娑　盤桓；停留。班彪〈北征賦〉：「登障隧而遙望兮，聊須臾以婆娑。」李善注：「婆娑，容與之貌也。」❼進不二句　進，出仕。要路，顯要的地位。退，退隱。❽濩落　空廓。指深山人跡罕至，過於空曠寂寞。❾樂逸　快樂安逸。❿酡吾顏　使我臉紅。酡，飲酒後臉色變紅。⓫恍惚句　恍惚，神志不清。醉鄉，指醉酒後神志不清的境界。王績〈醉鄉記〉：「阮嗣宗、陶淵明等十數人，並游於醉鄉。」⓬希夷句　希夷，《老子》上篇：「視之不見名曰夷，聽之不聞名曰希。」河上公注：「無色曰夷，無聲曰希。」後因以形容虛寂玄妙。造，拜訪。玄關，佛教稱入道的法門。這裡指進入逍遙的境界。⓭五千言　指《老子》，相傳為春秋末老子李耳所著，唐玄宗時尊為《道德經》。《史記・老子韓非列傳》：「老子迺著書上下篇，言道德之意五千言而去，莫知所終。」⓮十二年　白居易大和二年退居洛陽，到開成五年已有十二年。⓯天壇子　當是道士張抱元的道號。天壇，王屋山的絕頂。《大明一統志》卷二八「懷慶府」：「天壇山，在濟源縣西一百二十里王屋山北。山峰突兀，其東曰日精，西曰月華。絕頂有石壇，名清虛小有洞天。旦夕有五色影，夜有仙燈。即唐司馬承禎得道之所。」⓰往還　交遊；來往。

【語　譯】有潔白明淨的石子，有清澈潺湲的水流，有一個頭白如雪的老叟，自由自在地在池上優遊。做官不追求顯要的地位，退隱不進入幽僻的深山。深山裡過於空虛寂寞，地位高有許多危險艱難。倒不如優遊在家中的池上，快樂安逸沒有憂慮和禍患。有食物適合我的口味，有美酒染紅我的容顏。恍恍惚惚地遨遊醉鄉，虛寂玄妙地敲開玄關。五千言裡感悟人生，十二年來舒適閒散。富足的人我不羨慕回顧，顯貴的人我不巴結高攀；只有王屋山的天壇子，時常和我交遊往還。

【研　析】開成五年春，長安政局又發生巨大變化。正月，受大宦官仇士良脅迫的唐文宗在「甘露之變」四年後抑鬱而死。宰相楊嗣復、李珏等欲遵文宗旨意奉皇太子（文宗無子，以敬宗六子成美為皇太子）監國，宦官仇士良、魚弘志等以為擁立之功不在自己，便矯詔立穆宗第五子李瀍為皇太弟，即皇帝位，是為武宗。文宗楊賢妃、陳王成美、安王溶被賜死，楊嗣復、李珏被遠貶，李德裕被任命為宰相，於是白居易寫了這首詩表明自己的態度。詩描繪了履道宅池上的美景優遊，重申隱在留司官的眾多世俗樂趣，與險惡朝局形成鮮明的對比，以表白自己安於現狀無意攀附進取的胸懷。

遇物感興，因示子弟❶

【題　解】這是一首訓誡子弟的五言古詩。唐武宗會昌元年（西元八四一年）在洛陽太子少傅分司任上作。詩總結了自己一生的立身行事，認為處於「強弱剛柔間」才是永保終吉之道。

聖擇狂夫言❷，俗信老人語❸。我有老狂詞❹，聽之吾語❺汝。吾觀器用❻中，劍銳鋒多傷。吾觀形骸內，勁骨齒先亡❼。寄言處世者❽，不可苦剛強❾。龜性愚且善，鳩心鈍無惡；人賤拾支床❿，鶻欺擒暖腳⓫。寄言立身者⓬，不得全柔弱。彼因羅禍難⓭，此未免憂患⓮。于何保終吉⓯？強弱剛柔間。上遵周孔訓⓰，旁鑑老莊言⑰；不唯鞭其後⑱，亦要軛其先⑲。

【注　釋】❶子弟　子姪輩。❷聖擇句　聖，聖人。擇，採擇。狂夫，無知妄為的人。《史記．淮陰侯列傳》：「臣聞智者千慮，必有一失；愚者千慮，必有一得。故曰：『狂夫之言，聖人擇焉。』」❸俗信句　俗，凡俗。此指普通人。《周書．韋孝寬傳》：「世稱老人多智，善為軍謀。」俗語說：「不聽老人言，吃虧在眼前。」❹老狂詞　老邁狂直之言。❺語　告訴。❻器用　器物用具。此專指兵器。❼吾觀二句　形骸，人的軀體。勁骨，強勁的骨骼。《淮南子．原道》：「故兵強則滅，木強則折，革固則裂，齒堅於舌而先之弊。是故柔弱者，生之於幹也；而堅強者，死之徒也。」❽寄言句　寄言，寄語；捎句話。處世，生活在世上。特指在世間有所作為。《晉書．謝安傳》：「出則漁弋山水，入則言詠屬文，無處世意。」❾苦剛強　一味地剛強、僵硬。劉向《說苑．敬慎》：「人之生也柔弱，其死也剛強；萬物草木之生也柔脆，其死也枯槁。因此觀之，柔弱者生之徒也，剛強者死之徒也。」❿人賤句　賤，以之為賤；瞧不起。支床，支撐著床。《史記．龜策列傳》：「南方老人用龜支床足，行二十餘歲，老人死，移床，龜尚生不死。」⓫鶻欺句　鶻，鷙鳥名，即隼，捕殺鳩、雀等小鳥。暖腳，放在巢中使自己的腳暖和。《正字通》：「鶻多義，冬欇鳥之盈握者，夜燠其爪掌，旦縱之。」李邕〈鶻賦〉：「營全鳩以自煖，往害命以招益，信終夜而懷仁，仍詰旦而見釋。」⓬立身者　想樹立己身的人。⓭彼因句　彼，指「苦剛強」。罹禍難，遭遇禍害災難。⓮此未句　此，指「全柔弱」。憂患，憂慮禍患。⓯終吉　最終的平安。⓰周孔訓　周公、孔子的訓誡。周公旦和孔丘都是古代儒家所尊崇的聖人。⓱旁鑑句　鑑，借鑑；參考。老莊言，老子李耳和莊子莊周的學說，即《老子》和《莊子》，是道家的基本典籍。⓲鞭其後　鞭打走在最後的牲畜。即針對已出現的問題採取對策。《莊子．達生》：「善養生者，若牧羊然，視其後者而鞭之。」郭象注：「鞭其後者，去其不及也。」⓳軛其先　給走在前面的牲畜套上車軛。即在問題尚未出現時加以預防。軛，駕車時套在牲口頸上的曲木。

【語　譯】聖人也採擇無知狂妄者的言論，俗人也說要聽信老年人的意見。我有老年人狂妄愚直之言，告訴你們要好好聽著牢記心間。我觀察各種兵器之中，鋒利的寶劍往往受到損傷。我觀察人的身體之中，堅硬的牙齒往往先掉光。寄語想在世上有所作為的人，不可以一味地逞剛強。烏龜的性格笨拙又和善，斑鳩的心思遲鈍從不為非作惡。人們瞧不起烏龜用牠來支床，鶻鳥欺壓斑鳩用牠來暖腳。捎句話給想樹立身名成就事業的人，也不能完全柔弱。一味剛強因此會遭遇禍難，完全柔弱也不能免除憂患。如何來保住最終的平安？要處身在強弱剛柔之間。對上遵守周公、孔子的教訓，從旁借鑑老子、莊子的哲言；不僅要在出現問題後及時解決，也還要加以預防把禍患杜絕在發生之前。

【研　析】在行將致仕之際，白居易刻意寫作了這首反思畢生處世經驗的五言詩，教訓晚輩。了解了它，就抓住了白氏後期思想的一把鑰匙。詩提出了安身立命的根本：要處於強與弱、剛與柔之間。不能太剛強，太剛強就會被折斷，如同白居易元和間為元稹所作的〈折劍頭〉；也不能全柔弱，全柔弱就沒有骨氣和能力，遭人蔑視，任人宰割；嚴守儒家，旁通佛老；不僅要補牢於亡羊之後，更要綢繆於未雨之前。他在中書舍人任上自請外放杭州，在蘇州刺史、刑部侍郎、河南尹、太子少傅分司任上都是因請假告病滿百日而自動停官，拒不接受同州刺史的任命，正是遵循了這些原則，因而終於得以優遊終老。詩可說是他一生經歷的總結，給人警醒。

綜觀白氏一生行跡，中年後從「兼濟」轉向「獨善」，在牛李黨爭中持「不介入」態度，客觀上固然是痛感時不可為，不願捲入爭名逐利的政治傾軋，作無謂犧牲；主觀上，介然有守，不願隨俗俯仰，與世浮沉，正是他追求人格獨立與自我完善的表現。

李留守相公❶見過❷，池上❸汎舟舉酒，話及翰林❹舊事，因成四韻❺以獻之

【題　解】這是一首即事詠懷贈人的五言律詩。會昌元年（西元八四一年）秋在洛陽作，時以刑部尚書致仕。詩描寫李程來訪的情景，抒發人生如夢、壯志未酬的悲慨。

引棹❻尋池岸，移樽就菊叢❼。何言濟川後❽，相訪釣船❾中。白首故情在❿，青雲⓫往事空。同時六學士⓬，五相一漁翁⓭！

【注　釋】❶李留守相公　李程，字表臣，李唐宗室。貞元十二年進士及第，累官至監察御史、翰林學士、知制誥、中書舍人，敬宗朝以吏部侍郎同平章事。兩《唐書》有傳。留守，東都留守。唐太宗伐高麗，置京城留守，此後皇帝不在京師時，京師均置留守。洛陽是東都，自玄宗天寶以後皇帝沒來過，所以也置留守。《新唐書・李程傳》：「武宗立，為東都留守，卒。」❷見過　猶來訪。見，表示動作的涉及者。❸池上　白居易履道宅中的池塘。❹翰林　翰林院，李程和白居易元和中都曾擔任過翰林學士。❺四韻　詩兩句為一韻，四韻即八句。❻引棹　舉棹；划船。棹，船槳。❼移樽句　移樽，把酒杯移動。就，靠近。❽何言句　何言，哪知；哪裡想到。郭震〈古劍篇〉：「何言中路遭棄捐，零落漂零古獄邊。」濟川，渡河。《書・說命上》記殷高宗命傳說為相之詞說：「若濟巨川，用汝作舟楫。」楫，船槳；划船工具。後多用來比喻為相輔佐帝王。長慶四年李程曾相敬宗。❾釣船　釣魚船。白居易履道宅池上有從蘇州帶回的青板舫。見〈池上篇序〉。這裡雙關隱居避世的意思。范蠡既雪會稽之恥，「乃乘扁舟，浮於江湖」。見《史記・貨殖列傳》。❿白首句　白首，白頭，猶言年老。故情，故人之情。⓫青雲　比喻顯赫的官職。揚雄〈解嘲〉：「當途者升青雲，失路者委溝渠。」這裡指二人同在翰林院任學士。這是接近皇帝的機要職務，唐人都十分羨慕，比做「登瀛洲」，也就是說如同登仙。⓬同時句　同時，指白居易元和二年初入翰林院為學士時。六學士，指李程、王涯、裴垍、李絳、崔群及白居易自己，共六人，元和二年均在翰林。詳見岑仲勉《唐集質疑》「同時六學士」條。⓭五相句　五相，指裴垍、李絳、王涯、崔群（四人相唐憲宗）及李程（相唐敬宗）。一漁翁，白居易自指。杜甫〈秋興八首〉其七：「江湖滿地一漁翁。」

【語　譯】舉槳划船尋找池邊的靠岸處，把酒筵移到岸上靠近菊花叢。哪裡想到你在當了宰相之後，還會屈尊過訪來到我這釣魚的小船中。頭髮都已經雪白故人的情誼還在，年輕時平步青雲在翰林院的往事都已成空。同在翰林院的六位學士，五位都當了宰相只有我一個漁翁！

【研　析】會昌元年春天，白居易滿七十歲，請長假滿百日以後，就停了太子少傅分司的官職，完全閒居家中。秋天，七十六歲的東都留守李程到家中拜訪。李程元和初和白居易同在翰林院。但李程是唐王朝宗室子弟，長慶四年為宰相，後屢更方鎮，官至正一品的司空。白居易貶官江州後，兩人很少往來，所以，他這次到訪使詩人十分高興和激動。

首聯記敘李程的來訪，完全是老友會面的情景：兩人在池上泛舟飲酒，意猶未盡，於是回到岸上，在菊花叢中重開筵宴。次聯寫自己會面時心情，因為他完全沒想到曾為宰相、現在又貴為留守的李程會屈尊來到他的漁船中。對比中見身分懸殊，更見意外和興奮激動。頸聯寫談話的內容，也就是題目中的「話及翰林舊事」了。兩人都已老邁，但老交情還在，說起年輕時翰林院的舊事，不勝感慨，一切都如夢中。末聯承接「往事」，以一語概括兩人命運，同時六學士，李程等五人都當了宰相，只有自己名位不達，現在更成了賦閒的漁翁。引棹、釣船、漁翁，處處緊扣池上泛舟事。濟川舟和釣魚船，宰相和漁翁，白首和青雲的對比，倍增寥落和哀傷。

池鶴❶八絕句（選二）

【題　解】這是一組寓言體的七言絕句，共八首，分別由雞、烏、鳶、鵝四種禽鳥和鶴一贈一答構成。會昌元年（西元八四一年）或二年作於洛陽。這裡選入的是其一、其二即雞、鶴贈答的兩首。雞不滿人們的輕雞重鶴，鶴認為自己不受豢養，潔身自好，要遠比「爭伉儷泥中鬬」的雞高尚。

池上有鶴，介然不群❷，烏、鳶、雞、鵝次第嘲噪❸，諸禽似有所誚❹，鶴亦時復一鳴。予非冶長❺，不通其意，因戲與贈答❻，以意斟酌之❼，聊亦自取笑耳。

【章　旨】這是組詩的序，說明組詩寫作的緣由、內容和形式的特點。顧本原作題下注，據汪立名本移正。

【注　釋】❶池鶴　白居易洛陽履道里宅中池上有鶴。❷介然不群　介然，堅定不移貌。不群，傲然獨立貌。❸次第嘲噪　依次嘲笑叫噪。❹誚　責備；嘲諷。❺冶長　公冶長，孔子弟子，名長，字子長，或云字子芝，春秋齊人。孔子謂其賢，以女妻之。相傳他能懂得鳥語。《論語集解義疏》卷三引〈論釋〉，載有他因懂鳥語而被囚和獲釋的故事。❻贈答　以詩文互相贈送酬答。❼以意句　揣度牠們的意思。

【語　譯】池塘上有白鶴，耿介高潔，傲然獨立，烏、鳶、雞、鵝依次嘲笑叫噪，眾鳥似乎有所譏誚，白鶴也不時長鳴一聲。我並不是公冶長，不能通曉牠們的意思，因此開玩笑地為牠們作了相互贈答的詩，揣度牠們各自的意思，姑且用來博自己一笑罷了。

雞贈鶴

一聲警露君能薄❶，五德司晨我用多❷。不會悠悠時俗士❸，重君輕我意如何？

【注　釋】❶一聲句　警露，在露中警戒。《藝文類聚》卷九〇引周處《風土記》：「鳴鶴戒露。此鳥性警，至八月白露降，流於草上，滴滴有聲，因即高鳴相警，移徙所宿處，慮有變害也。」能薄，能力很小。❷五德句　五德，雞有文、武、勇、仁、信五種美德。《韓詩外傳》卷二：「君獨不見夫雞乎？首戴冠者，文也；足傅距者，武也；敵在前敢鬬，勇也；得食相告，仁也；守夜不失時，信也。雞有此五德，君猶日瀹而食之者，何也？」司晨，報曉。《尸子》卷下：「使星司夜，月司時，猶使雞司晨也。」❸不會句　不會，不理解。悠悠，眾多貌。《史記・孔子世家》：「桀溺曰：『悠悠者天下皆是也。』」時俗士，世俗平庸之人。

【語　譯】你只會在露水中長鳴報警才能太少，我五德俱備司晨報曉用處多多。不知道那眾多的世俗之人，為什麼這樣看重你而輕視我？

【研　析】白居易晚年為了全身避禍，遇到重大的時事政治問題或涉及敏感的人際關係又有感於中不得不發時，往往採用寓言詩的形式，這一組詩可以作為代表。詩人借雞的口，對自己的品德和司晨的功勞大肆誇耀，對鶴只能警露大加貶抑，並且攻擊人們看重鶴而輕視雞。揭示了庸俗官僚淺薄虛偽的面目，惟妙惟肖表現他們自鳴得意的神情和強烈的嫉妒心理。詩鋒芒內斂，輕鬆而富於幽默感，正是諷刺藝術的高超境界。

鶴答雞

爾爭伉儷泥中鬪❶，吾整羽儀❷松上棲。不可遣❸他天下眼，卻輕野鶴重家雞❹。

【注　釋】❶爾爭句　爾，你。指雞。爭伉儷，爭奪配偶。指雄雞爭奪雌雞。泥中鬪，形容爭鬥場所的汙濁。❷羽儀　羽毛儀表。《周易・漸卦》：「鴻漸于陸；其羽可用為儀。」孔穎達疏：「處高而能不以位自累，則其羽可用為物之儀表，可貴可法也。」後因以「羽儀」比喻人居高位而有才德，被人尊重或堪為楷模。這裡語意雙關。❸遣　令；使。❹卻輕句　野鶴，山林野外的鶴，詩文中常以閒雲野鶴來比喻隱士。家雞，家中飼養的雞。《法書要錄》卷三王僧虔〈論書〉：「庾征西翼書少時與右軍（王羲之）齊名。右軍後進，庾猶不忿，在荊州與都下人書曰：『小兒輩賤家雞，皆學逸少書，須吾還，當比之。』」這裡用「家雞」字面，指飽食朝廷俸祿而又庸碌無為的官僚。

【語　譯】你們為爭奪配偶在汙泥中爭鬥不已，我整理好羽毛儀容在高松上棲息。不可以使天下人的眼光，輕視自在飛翔的野鶴而看重飼養的家雞。

【研　析】本詩是鶴對於雞的回答。詩比較了雞和鶴的不同習性，雞處在卑汙的泥中，為了自身的利益互相爭鬥，鶴卻是高棲在長松之上，修整儀容，注意自身的品德修養。所以世人重野鶴而輕家雞，這種看法不當改變，也不會改變。詩特地稱雞為「家雞」，雖是借用庾翼的話，但道出了雞的本質，受人豢養，供人宰殺，和「野鶴」的無拘無束，自由自在形成強烈對比，說明二者高下有天壤之別。與前首恢諧幽默不同，此詩語氣莊重嚴肅，正深契鶴獨立特行的內在美。

北窗竹石

【題　解】這是一首詠物的五言古詩。會昌二年（西元八四二年）作於洛陽。詩抒寫對北窗下青石、翠竹的深情依戀，透露出晚年內心的孤獨和寂寞。

一片瑟瑟❶石，數竿青青竹，向我如有情，依然❷看不足。況臨北簷下，復近西塘曲。筠風散餘清❸，苔雨❹含微綠。有妻❺亦衰老，無子方煢獨❻。莫掩夜窗扉❼，共渠❽相伴宿。

【注　釋】❶瑟瑟　碧綠色寶石。此指碧綠色。❷依然　依戀的樣子。❸筠風句　筠風，竹林中的風。餘清，剩餘的清涼。❹苔雨　雨水潤溼的青苔。❺妻　指妻子楊氏，楊虞卿從妹，元和三年與白居易結婚。據李商隱〈唐刑部尚書致仕贈尚書右僕射太原白公墓碑銘〉，大中三年，白居易妻楊氏尚健在。❻煢獨　孤獨。煢，無兄弟。獨，老而無子。這裡偏指無子。白居易一生只得阿崔一子，三歲夭折。❼窗扉　窗扇。❽渠　他。指竹石。

【語　譯】一片碧綠的青石，數竿青青的翠竹，面對著我好像情意拳拳，我總戀戀不捨地看也看不夠。況且它們臨近北窗的下邊，又靠近西邊池塘的彎曲。竹間的風吹送來殘餘的涼意，雨溼的石上青苔透出微微的嫩綠。妻子雖在但也已年老體衰，沒有兒子我正是煢煢孤獨。不要在晚上關閉窗戶，讓我和它們一道相伴同宿。

【研　析】白居易履道宅園中「有竹千竿」，園中點綴著罷杭州刺史攜歸的天竺石和其他奇石，他晚年詩中吟詠園中竹石，如「上有青青竹，竹間多白石」（〈北亭〉），「向我如有情，依然看不足」（〈北窗竹石〉），「最愛返窗臥，秋風枝有聲」（〈新栽竹〉）等，都有著深厚的情意。本詩是專為臥室中北窗下的竹石而作，這裡的竹石離他生活起居最近，接觸最多，情感也就格外深厚。

白居易愛北窗竹石，不僅因為它們品性貞潔，色澤鮮明，更因為它們「向我如有情」，又近在北窗屋簷下，可以時時陪伴這個孤獨寂寞的老人，便成了他淒涼晚景中的最好的伴侶。所以，最後詩人自顧妻老無子的處境，提出夜晚要打開北窗，讓竹石相伴同宿了。這是何等酸苦的情調，簡直是欲哭無淚了。白居易的晚年，物質生活是優裕的，但對於老人來說，孤獨和寂寞比貧窮更為可怕。白居易將這種老年人的淒涼寂寞之情，用詩歌真切而深刻地表現出來了，這在詩歌史上還是極為罕見的。

達哉樂天行❶

【題　解】這是一首詠懷的七言歌行。會昌二年（西元八四二年）作於洛陽。詩寫自己已停少傅分司未得致仕俸祿時經濟窘迫的情況，表現出一種極為豁達樂觀、樂天知命的人生態度。

達哉達哉白樂天，分司東都十三年❷。七旬纔滿冠已掛❸，半祿未及車先懸❹。或伴游客春行樂❺，或隨山僧夜坐禪❻。二年忘卻問家事，門庭多草廚少烟。庖童❼朝告鹽米盡，侍婢暮訴衣裳穿❽。妻孥❾不悅甥姪悶，而我醉臥方陶然❿。起來與爾畫生計⓫，薄產處置有後先。先賣南坊⓬十畝園，次賣東郭⓭五頃田。然後兼賣所居宅，髣髴獲緡二三千⓮。半與爾充衣食費，半與吾供酒肉錢。吾今已年七十一，眼昏鬚白頭風眩⓯。但恐此錢用不盡，即先朝露歸夜泉⓰。未歸且住亦不惡，飢餐樂飲安穩眠。死生無可無不可⓱，達哉達哉白樂天！

【注釋】❶達哉樂天行　達，豁達；達觀。樂天，白居易字。語意雙關。《周易．繫辭上》：「樂天知命，故不憂。」調樂於順應天命，即樂於自己的處境就不會有憂慮。行，古代詩歌的一種體裁。❷十三年　白居易大和三年（西元八二九年）授太子賓客分司東都，到會昌元年（西元八四一年）停太子少傅分司任，首尾已十三年。❸七旬　七旬，七十歲。《禮記．曲禮》：「大夫七十而致事。」古代以七十為官僚退休的適當年齡。冠已掛，已經辭去官職。《後漢書．逢萌傳》：「時王莽殺其子宇，萌謂友人曰：『三綱絕矣，不去，禍將及人。』即解冠掛東都城門，歸將家屬浮海，客于遼東。」後因稱辭官、棄官為「掛冠」。會昌元年，白居易請告滿百日，停太子少傅分司，時年七十。❹半祿句　半祿，一半俸祿。唐制，退休的致仕官，發放正員官一半的俸祿。見《唐會要》卷九〇。未及，沒有發放。車先懸，先退休。《白虎通．致仕》：「臣七十懸車致仕者，臣以執事趨走為職，七十陽道極，耳目不聰明，跛踦之屬，是以退去避賢者，所以長廉恥也。懸車，示不用也。」後以懸車代指退休。白居易停太子少傅的官後，沒有馬上給他退休的待遇，直到會昌二年才以刑部尚書致仕，享受半俸。❺行樂　遊戲取樂。❻坐禪　佛教徒靜坐息心的一種修行方式。❼庖童　廚房裡的侍童。指奴僕。❽穿　穿孔；破爛。❾妻孥　妻子和兒女。❿陶然　和樂貌。⓫畫生計　安排謀生的辦法。⓬南坊　指履道坊，在洛陽城東南部。據白居易〈池上篇〉，履道宅園有十七畝。⓭東郭　東城外。郭，外城。⓮髣髴句　髣髴，大約。獲緡二三千，得錢二三千緡。緡，古代穿銅錢的繩子，也是計錢的單位，一緡相當於一貫。古代以千錢為一貫，二三千緡就是二三百萬錢。⓯風眩　眩暈的一種，又稱風頭眩。白居易在六十八歲時，得頭暈病。⓰即先句　朝露，早晨易乾的露水。比喻人生的短促。《漢書・蘇武傳》：「人生如朝露，何久自苦如此！」顏師古注：「朝露見日則晞，人命短促亦如之。」歸夜泉，指死亡。夜泉，冥間；地下。⓱無可無不可　《論語・微子》載孔子語：「我則異於是，無可無不可。」後多指對人對事不拘成見或依違兩可。這裡指死生二者皆可。

【語　譯】達觀啊達觀的白樂天，分司東都洛陽已經十三年。七十歲剛滿就辭去了官職，致仕官的半俸還沒得到就先退休回家園。有時陪著遊客在春天尋歡作樂，有時跟隨山寺的僧人在夜晚坐禪。二年來忘記過問家中的事務，門前庭院多雜草廚房少炊煙。廚房的童僕早上報告鹽米都用盡，侍奉的婢女晚上訴說衣服破爛沒法再穿。妻女不高興外甥姪兒輩都很煩悶，我卻醉醺醺躺著其樂陶然。爬起來為你們安排謀生的辦法，處置微薄的產業也應該有後有先。先賣掉履道坊中的十畝林園，接下來再賣洛陽城東的五頃田。然後再賣現在居住的宅子，大約可以賣得二三百萬錢。一半給你們充當衣食費，一半給我做沽酒買肉錢。我今年已經七十一歲，老眼昏花鬚鬢雪白頭暈眩。只怕這筆錢還沒有用完，就已經壽終正寢入黃泉。沒有死去暫時活著也不壞，餓了吃飯高興就喝酒安穩高眠。或死或生都還不錯，達觀啊達觀的白樂天！

【研　析】會昌元年春，白居易年滿七十，請百日假滿，官職停罷，自動退休。唐制，「曾任五品以上清資官以理去職者，所司具錄名奏……與致仕」（《唐會要》卷六七），致仕後可以領取半俸。太子少傅從二品，自然應當享受這個待遇。但由於李德裕等李黨人士當政，長期沒有給他辦理退休手續，不能領取治仕官俸祿。此後一年多，一直靠他多年為官的餘俸度日，經濟拮据，所以作詩以明志。

本詩前半寫掛冠後生活和生計艱難的情況，後半寫籌劃變賣土田宅院以供衣食的打算，表白自己不慕榮利、委順自適的淡泊情懷。詩中寫近年生活情況時說：「二年忘卻問家事，門庭多草廚少烟。庖童朝告鹽米盡，侍婢暮訴衣裳穿。」儘管他這時還不至於到饔飧不繼的地步，但盡量節約開支的情況總還是有的，所以長安親友來信「憂問貧乏」（〈醉中得上都親友書，以予停俸多時，憂問貧乏……〉），在這種情況仍能保持高尚氣節和達觀態度，是難能可貴的。這也是他能得到後人廣泛讚譽的原因。詩完全生活化、口語化，已大開宋詩聲口。

哭劉尚書夢得❶二首（選一）

【題解】這是一首悼念友人的七言律詩。會昌二年（西元八四二年）秋在洛陽作。原為兩首，這裡選入其一。詩抒寫晚年和劉禹錫的親密交往、深厚友情，高度讚揚了劉的文學成就，對他的去世表示了深切的悼念。

其一

四海齊名白與劉❷，百年交分兩綢繆❸。同貧同病退閑日❹，一死一生臨老頭❺。

盃酒英雄君與操❻，文章微婉我知丘❼。賢豪雖歿精靈在❽，應共微之❾地下遊。

【注釋】❶劉尚書夢得　劉禹錫，字夢得，曾因參加永貞革新被貶二十三年，寶曆二年罷和州刺史回到洛陽，任主客、禮部二郎中，出為蘇州、汝州、同州三州刺史。開成元年，授太子賓客分司東都，遂和白居易同在洛陽。會昌元年，劉禹錫加檢校禮部尚書，會昌二年秋去世，贈兵部尚書，所以稱「劉尚書」。❷四海句　四海，四海之內，猶言天下。齊名，齊名並稱。白居易晚年與劉禹錫並稱「劉白」。見白居易《劉白唱和集解》。❸百年句　百年，一生。人生上壽百歲。交分，交情。綢繆，指情意殷切。李陵〈與蘇武詩〉：「獨有盈觴酒，與子結綢繆。」❹同貧句　開成元年（西元八三六年）至死，劉禹錫先後以太子賓客、祕書監分司東都，白居易以太子少傅分司東都，同在洛陽，開成三年劉禹錫患足疾，四年白居易患風痹之疾，所以二人同貧同病，同過著閒退的生活。❺一死句　一死一生，《史記・

汲鄭列傳》：「始翟公為廷尉，賓客闐門，及廢，門外可設雀羅。翟公復為廷尉，賓客欲往，翟公乃大署其門曰：『一死一生，乃知交情。一貧一富，乃知交態。一貴一賤，交情乃見。』」臨老頭，臨到老年的時候。❻盃酒句　白居易原注：「曹公曰：『天下英雄，唯使君與操耳。』」《三國志‧蜀書‧先主紀》：「曹公從容謂先主曰：『今天下英雄，唯使君與操耳。本初之徒，不足數也。』先主方食，失匕箸。」是曹操在喝酒時向劉備說的話，所以後人說是「盃酒論英雄」。這裡作者以曹操和劉備比擬劉禹錫和自己，是因為二人早年都熱心於政治革新，志同道合的緣故。❼文章句　白居易原注：「仲尼云：『後世知丘者《春秋》。』又云：『《春秋》之旨微而婉也。』」丘即孔子，名丘，字仲尼。孔子修完《春秋》後，曾慨嘆曰：「知我者其唯《春秋》乎？罪我者其唯《春秋》乎？」見《孟子‧滕文公下》。微婉，隱約委婉。微婉並不是孔子的原話，而是杜預評價《春秋》的話。杜預〈春秋左傳序〉：「《春秋》為例之情有五：一曰微而顯。……三曰婉而成章……」白居易嘗病自己為文過於質直，所以對劉禹錫詩文微婉特別服膺。❽賢豪句　賢豪，賢士豪俊。代指劉禹錫。白居易曾說：「彭城劉夢得，詩豪者也。」（《劉白唱和集解》）歿，死。精靈，靈魂。❾微之　元稹，字微之，大和五年（西元八三一年）去世。

【語　譯】四海之內齊名並稱的就數白和劉，一生中的交誼情分特別親密深厚。一樣的貧窮生病同在洛陽過著閒散隱退生活，臨到老年卻一生一死不得不分手。我們都曾銳意改革有曹操以天下英雄自命的豪氣，你的詩文幽微委婉其中深意只有我才能了解透。像你這樣的傑出之士雖然死去英靈還在，應該和元微之一道在地下遨遊。

【研　析】劉禹錫是白居易晚年最親密的友人，他們年齒相同，才名相當，早年志氣相投，有相似的貶謫經歷，晚年情意相合，都在洛陽閒度餘生。劉禹錫的人品氣節和文學才能為白居易深深敬佩。在他逝世後，白居易寫了這兩首詩悼念他。第二首著重抒發自己的傷悼之情，本詩則重點頌揚劉禹錫的革新精神和文學成就。

詩首聯說兩人「四海齊名」，一生「交分綢繆」，從文學和感情著眼，敘盡兩人交誼。頷聯承「交分」，追敘兩人七年「退閑」同居洛陽的生活，傾訴一旦生死分離的傷悼，沉痛深摯。頸聯異峰突起，用曹操杯酒論英雄稱頌劉禹錫銳意改革以天下為己任的英雄氣概，用孔子作《春秋》微言大義稱頌劉禹錫詩文口誅筆伐而又措詞「微婉」，點明他敬服劉禹錫而能成為知交的原因。尾聯以推想劉禹錫英靈不泯，當和元稹並遊地下作結，回應首聯，充分表現了這位「詩豪」永不屈服的頑強鬥爭精神，是對他最好的頌揚和祝禱。

開龍門八節石灘❶詩二首并序（選一）

【題　解】這是一組即事詠懷的七言律詩，會昌四年（西元八四四年）在洛陽作，時以刑部尚書致仕。原為二首，這裡選入其二。詩抒發了作者在垂暮之年出資開鑿石灘免除船工百姓苦難的歡悅之情。

東都龍門潭之南有八節灘、九峭石，船筏過此，例反破傷❷。舟人楫師❸，推挽束縛❹，大寒之月，裸跣❺水中，飢凍有聲，聞於終夜。予嘗有願❻，力及則救之。會昌四年，有悲智僧❼道遇，適同發心❽，經營開鑿，貧者出力，仁者❾施財。嗚呼！從古有礙之險，未來無窮之苦，忽乎❿一旦盡除去之。茲吾所用適願快心、拔苦施樂⓫者耳，豈獨以功德⓬福報⓭為意哉？因作二詩，刻題⓮石上。以其地屬寺⓯，事因僧，故多引僧言⓰見志⓱。

【章　旨】記敘開鑿龍門八節灘的原因、經過，說明作詩和詩中多用僧言的原因。

【注釋】❶龍門八節石灘 龍門，山名，在洛陽南，和香山隔伊水東西相對，形如闕門，故又名伊闕。八節石灘，在龍門南伊水中。❷例反破傷 經常被顛覆撞壞。例，照例；經常。反，通「翻」。❸檝師 搖槳的船工。檝，同「楫」。❹推挽束縛 推挽，推拉。指船擱淺時。束縛，捆綁。指船破損修補時。❺躶跣 光著身子。躶，同「裸」。跣，光著腳，不穿鞋襪。❻願 祈禱神佛許下的酬謝。❼悲智僧 慈悲與智慧的僧人。悲智，佛教語。智者，上求菩提，屬於利己。悲者，下化眾生，屬於利人。❽發心 產生願望。❾仁者 輕財好施的人。❿忽乎 忽然；一下子。⓫適願快心拔苦施樂 實現了願望心中愉快，拯人苦難布施快樂。⓬功德 佛教徒行善、誦經念佛等。此指積善。⓭福報 福德的報應。⓮刻題 古人在紙上題寫好詩句，請匠人拓石上，然後依墨印鑿好。⓯寺 當時龍門有十寺。這裡應當是指香山寺，臨龍門潭。白居易有〈重修香山寺畢題二十二韻以紀之〉：「波翻八灘雪，堰護一潭油。」「八灘」即八節灘，「潭」即龍門潭。⓰僧言 佛教的語言，如詩中「八寒陰獄」、「慈悲」等即是。⓱見志 表達思想。見，通「現」。

【語譯】東都洛陽龍門潭的南邊有八節灘、九峭石，船隻筏子經過這裡經常被撞翻碰破。船上的舟子船工前拉後推，捆綁修補，在嚴寒季節，光著腳在水裡拉縴修船，發出飢餓和寒冷的呼號，整晚都能聽得到。我曾經許下願，只要力所能及就要救助他們。會昌四年，有慈悲智慧的僧人道遇，正好和我有著同樣的心願，共同籌劃開鑿的事情，貧困的人出勞力，樂善好施的人出錢財。啊！自古以來有障礙的天險，未來無窮無盡的痛苦，忽然一朝全部除掉了，這就是我用以實現願望內心快樂，又拯救了別人的苦難給人以快樂的事情啊，哪裡單單是為了行善積德希望得到好的福報呢？因此寫了兩首詩，題寫鐫刻在石上。因為這個地方屬於香山寺，事情又由僧人發起，所以多用佛經的語言來表達思想。

其二

七十三翁旦暮身❶，誓開險路作通津❷。夜舟過此無傾覆❸，朝脛❹從今免苦辛。十里叱灘❺變河漢❻，八寒陰獄❼化陽春❽。我身雖歿❾心長在，闇施❿慈悲⓫

與後人。

【注　釋】❶旦暮身　快死的人。旦暮，從早到晚。喻時間短促。《戰國策・魏策一》：「魏且旦暮亡矣。」❷通津　四通八達的渡口。❸傾覆　傾側顛覆。❹朝脛　朝涉之脛。這裡指冬天赤腳涉水的船工縴夫。《尚書・泰誓下》說，殷紂「斮朝涉之脛，剖賢人之心」。傳：「冬月見朝涉水者，謂其脛耐寒，斮而視之。」這裡借用其字面。❺叱灘　長江三峽中有名的險灘，一名黃魔灘，在湖北秭歸西。這裡代指八節灘。❻河漢　銀河。比喻水面寬闊流速緩慢的河流。❼八寒陰獄　白居易原注：「八寒地獄，見《佛名》及《涅槃經》，故以八節灘為比。」佛經說地獄在八大獄外還有十六小地獄，即八寒冰，八炎火。見《翻譯名義集》卷七〈地獄篇〉。❽陽春　溫暖的春天。❾歿　死亡。❿闇施　暗中施與。⓫慈悲　佛教語，慈指仁愛而給眾生以安樂，悲指憐憫眾生而拔除其苦難。後也泛指仁慈而富有同情心，樂於施捨救助。

【語　譯】七十三歲的老翁早晚是要死的人，發誓要把險灘開鑿成大道通津。讓夜晚經過的船隻再也不會傾斜顛覆，讓船工縴夫免除寒冬早上赤腳涉水的苦辛。十里險灘變成了銀河一樣寬闊平穩的河道，陰冷的八寒地獄和暖像陽春。我的身子雖然會死亡愛心卻長在，冥冥中把仁慈悲憫之心施捨給後人。

【研　析】七十三歲的詩人，在他風燭殘年、行將就木時候，不顧自己本不寬裕的經濟狀況，出資開鑿八節灘，為窮苦百姓謀實際的利益，這正是他欲以萬里大裘覆蓋天下窮人的理想的具體表現。當工程竣工時，詩人興奮不已，寫下了這首詩。

首聯寫自己發願鑿灘。鑿灘不易，以垂暮高齡而發願鑿灘就更為不易。次聯寫鑿灘的目的，是為了免除舟船傾覆、船工辛苦，是出於仁愛或慈悲的人道精神。頸聯轉向寫鑿灘後的效果，險灘變河漢，地獄化陽春，詩人高興之情難以言傳。尾聯收束，以第七句「身歿」回應「旦暮身」，以第八句回應次句，人雖死但精神將永存，險灘的開鑿將永遠為後人造福，這使詩人感到無限欣慰。詩抒寫了白居易悲天憫人憂念民生的博大情懷，為他即將逝去的生命畫上了完美句號。

禽蟲十二章❶并序（選二）

【題　解】這是由十二首寓言體七絕組成的組詩。會昌三年（西元八四三年）至六年中作於洛陽，時以刑部尚書致仕。這裡選入了其六、其七共二首。組詩是信手拈來，隨感而發，不是作於一時。其六借羔羊馴順遭殺戮悲甘露之變中眾高官闔家被害。其七說世上人們爭權奪利的渺小和可笑。

莊、列寓言❷，〈風〉、〈騷〉比興❸，多假蟲鳥以為筌蹄❹。故《詩》義始於〈關雎〉、〈鵲巢〉❺，道說先乎鯤、鵬、蜩、鷃之類是也❻。予閑居乘興，偶作一十二章，頗類志怪放言❼，每章可致一哂❽。一哂之外，亦有以自警其衰耄封執❾之惑焉。頃❿如此作，多與故人微之、夢得共之⓫。微之、夢得嘗云：「此乃九奏⓬中新聲⓭，八珍⓮中異味⓯也。有旨⓰哉！有旨哉！」今則獨吟，想二君在目⓱，能無恨乎！

【章　旨】這是組詩的序，說明寫作的原因和寓意，並表示對亡友的悼念。

【注　釋】❶禽蟲十二章　禽蟲，鳥獸蟲魚等動物的總稱。十二章，十二首。❷莊列寓言　莊周所著《莊子》與列禦寇所著《列子》，都多用寓言來闡明哲理。《莊子・寓言》：「寓言十九。」❸風騷比興　《詩經》和《楚辭》所用的比興手法。風，《詩經》中的〈國風〉。代指《詩經》。騷，屈原所作〈離騷〉。代指騷體的《楚辭》。比興，《詩經》六義中「比」和「興」的並稱，比是以彼物比此物；興是先言他物，以引起所詠之辭。❹多假句　假，借。筌蹄，捕魚的竹器和捕兔的網。代指達到目的的手段和工具。《莊子・外物》：「筌者所以在魚，得魚而忘筌；蹄者所以在兔，得兔而忘蹄。言者所以在意，得意而忘言。」荃，又作「筌」。❺故詩句　詩義，《詩經》的「六義」。據《詩經・大序》，詩有風、賦、比、興、雅、頌「六義」，始於十五國風，十五國風又始於〈周南〉、〈召南〉，〈周南〉始於〈關雎〉，〈召南〉始於〈鵲巢〉。〈關雎〉和〈鵲巢〉分別用「關關雎鳩」和「維鵲有巢」引起男女婚姻之事。❻道說句　道說，道家的學說。鯤鵬，寓言中的大魚和大鳥。蜩，蟬。鷃，斥鷃，一種小鳥。《莊子・逍遙遊》：「北溟有魚，其名為鯤，鯤之大不知其幾千里也。化而為鳥，其名為鵬，鵬之背不知其幾千里也。怒而飛，其翼若垂天之雲。」但是鵬卻受到了蜩和學鳩、斥鷃等小鳥的嘲笑。這個寓言主要是說明事物雖有大小的區別，但只要物任其性，事稱其能。各當其分，同樣逍遙。❼志怪放言　志怪，記述怪異之事。《莊子・逍遙遊》：「《齊諧》者，志怪者也。」放言，放縱其言，不受拘束。❽一哂　一笑。❾衰耄封執　衰老閉塞固執。❿頃　往常。⓫共之　共同欣賞。⓬九奏　古代傳說中藝術成就最高的雅樂。《尚書・益稷》：「〈簫韶〉九成，鳳凰來儀。」孔穎達疏：「成，謂樂曲成也。鄭云：成，猶終也。每曲一終，必變更奏。故經言九成，傳言九奏，《周禮》謂之九變，其實一也。」⓭新聲　新創作的樂曲。⓮八珍　古代八種很講究的菜餚烹調方法。後代多指八種珍稀的食品。⓯異味　特異的美味。⓰有旨　有味道；有意義。⓱在目　在眼前，如同活著。

【語　譯】莊周、列禦寇的寓言故事，《詩經》、《楚辭》的比興手法，大多假借鳥獸蟲魚來作為表達思想的手段。所以《詩經》的「六義」從〈關雎〉和〈鵲巢〉開始，道家的學說先從鯤、鵬、蜩和斥鷃說起，就是這類情況。我閒居家中，偶然乘著高興寫了十二首詩，類似記述怪異並且放縱其言，每首詩可博人一笑。一笑之外，也有用來警惕自己，不要陷於衰老閉塞固執的迷誤中的意思。過去這樣的作品，多半是和老朋友元微之、劉夢得共同欣賞。微之和夢得曾經說：「這是九奏雅樂中的新聲，是八珍美食中的異味。有味道啊！有味道啊！」現在卻只有我獨自吟哦，想起元、劉二位如在眼前，怎能沒有遺憾呢！

其六

獸中❶刀槍多怒吼，鳥遭羅弋❷盡哀鳴。羔羊口在緣何事，闇死屠門無一聲❸？

【注釋】❶中　被命中。❷羅弋　捕鳥的工具。羅，網。弋，繫有繩子用來射鳥的箭。❸闇死句　白居易原注：「有所悲也。」闇，愚昧；糊塗。屠門，屠宰牲畜的地方；肉鋪。

【語譯】野獸被刀槍刺中大多怒吼，鳥雀遭羅網捕殺都要哀鳴。為什麼小羊羔有口又有舌，糊裡糊塗被屠宰卻一聲也不吭？

【研析】本詩當為悲嘆「甘露事變」中慘遭殺害的官吏而作。據史書記載，甘露事變本來是在文宗支持下朝官謀誅宦官的行動，當時謊稱金吾仗舍內石榴樹上降下了甘露（甜的露水，是祥瑞之物），請文宗去觀看，但由於事機不密，宦官發現帷幕後埋伏了軍士，馬上脅迫文宗進入內宮。隨即遣神策軍持刀入宮，逢人便殺，接著關閉城門進行大搜捕，殺死一千多人，參預其事的李訓、鄭注、舒元輿和不知情的宰相王涯、賈餗等十數家被族誅，牽連很廣。詩用羔羊比喻朝官，批評他們過於軟弱，毫無準備，毫無反抗，同羔羊一般任人屠殺。這也是他感慨立身行事「不得全柔弱」（〈遇物感興，因示子弟〉）的由來。

其七

蟭螟❶殺敵蚊巢上，蠻觸❷交爭蝸角中。應似諸天觀下界❸，一微塵❹內鬭英雄。

【注釋】❶蟭螟　即焦螟，傳說中的一種極微小的蟲。《晏子春秋・外篇》：「東海有蟲，巢於蚊睫，再乳再飛，而蚊不為驚。臣嬰不知其名，而東海漁者，命曰焦冥。」❷蠻觸　《莊子・則陽》：「有國于蝸之左角者曰觸氏，有國於蝸之右角者曰蠻氏，時相與爭地而戰，伏屍數萬，逐北，旬有五日而後反。」❸應似句　諸天，佛教語。指護法眾天神。佛經言欲界有六天，色界之四禪有十八天，無色界之四處有四天，其他尚有日天、月天、韋馱天等諸天神，總稱之曰諸天。下界，人間，相對天上而言。❹微塵　佛教語，色體的極小者稱為「極塵」，極塵的七倍謂之「微塵」，常用以指極細小的物質。白居易自注：「自照也。」

【語　譯】蟭螟在蚊子巢穴裡殺敵，蠻氏和觸氏在蝸牛的觸角上戰鬥，應該就像是諸天神佛看人間世界，是在一粒微塵裡面來爭雄。

【研　析】文宗朝，朝官分為朋黨，黨爭白熱化。詩借用釋老的寓言說理，形象生動，批判朝廷上黨爭，紛紛擾擾，看似轟轟烈烈，煞有介事，但在冷眼旁觀的人看來，不過和蚊睫蟭螟、蝸角蠻觸一樣，毫無意義，和諸天神佛看下界一樣，渺小不足道。詩人對此不勝厭倦，作此警世，亦是自警。

自詠老身❶，示諸❷家屬

【題　解】這是一首自詠晚年生活的五言排律。會昌六年（西元八四六年）作於洛陽，時以刑部尚書致仕。詩描述了一位風燭殘年的老人平淡單調的日常生活，也包含了詩人生命行將終結時的體味和感悟。

壽及七十五，俸霑五十千❸。夫妻偕老❹日，甥姪聚居❺年。粥美嘗新米，袍溫換故緜。家居雖濩落❻，眷屬幸團圓。置榻素屏下，移爐青帳前❼。書聽孫子❽讀，湯看侍兒煎。走筆還詩債❾，抽衣當❿藥錢。支分⓫閑事了，爬背⓬向陽眠。

【注　釋】❶老身　老人的自稱。❷諸　兼詞，相當於「之於」。❸五十千　五十貫。《唐會要》卷九一載貞元四年百官俸錢數：「六尚書、御史大夫、太子三少，各一百貫文。」白居易以刑部尚書致仕，給半俸，為五十貫。❹偕老　相偕到老。❺聚居　集中居住。古人認為兄弟不分家，是家庭和睦友愛的表現。❻濩落　空廓。指家無長物，不富裕。❼置榻二句　素屏　白色的屏風。白居易〈三謠・素屏謠〉：「素屏素屏，孰為乎不文不飾，不丹不青。……欲爾保真而全白。」青帳，青色的床帳。青帳、素屏，都是說器用的樸素。❽孫子　指外孫談玉童。白居易無子，婿談弘謨會昌二年卒後，女阿羅攜外孫玉童來洛陽歸養，至會昌六年時已七歲。❾走筆句　走筆，揮毫疾書。詩債，謂他人索詩，或寄來詩作來不及酬答，如同欠債。❿當　典當；抵押。⓫支分　處置；安排。⓬爬背　爬搔背部；搔癢。相傳麻姑指爪如鳥爪，蔡經見之，心中念曰：「背大癢時，得此爪以爬背當佳。」見《神仙傳》。爬，原作「把」，據馬元調本改。

【語　譯】年紀到了七十五歲，每月半俸還有五十貫錢。夫妻已經白頭相偕到老，外甥姪兒一起居住多年。品嘗著新米熬出美味的粥，穿著的布袍溫暖剛換掉舊絲綿。家居的器用雖然簡單樸素，所幸的是一家人團團圓圓。床榻安置在潔白的屏風下，火爐移到青色的床帳前。書聽小外孫來朗讀，湯藥看著侍婢給我煎。有時塗抹寫字償還詩債，有時拿出衣服抵當買藥錢。閒雜的事務都打點停當，搔搔後背在太陽底下安眠。

【研　析】李商隱〈唐刑部尚書致仕，贈尚書右僕射太原白公墓碑銘〉：「公以致仕刑部尚書，年七十五，會昌六年八月，薨東都，贈右僕射。」此詩當是會昌六年正月所作。會昌中，白居易逝世的前幾年，李德裕當政，牛黨之人大多被排斥，權力鬥爭仍然激烈，詩人撫今追昔，隨興觸發，描寫眼前一家團聚、安閒平淡的生活，以反映對人生的體味與感悟，認為只要家小團圓，粗衣疏食也是幸福平安。詩也沒用什麼技法，平鋪直敘，描寫了一位臥床老人日常生活，平淡自然，從細節處傳達出美好神韻，一切都返樸歸真。

文注

傷遠行賦

【題 解】這是一篇抒情小賦。作於貞元十五年（西元七九九年）間從饒州浮梁回洛陽的路上。抒寫了旅途艱危和思鄉念親之情。

貞元❶十五年春，吾兄❷吏于浮梁❸，分微祿以歸養，命予負米❹而還鄉。出郊野兮愁予，夫何道路之茫茫❺！茫茫兮二千五百，自鄱陽❻而歸洛陽。朝濟乎大江❼，暮登乎高崗，山險巇❽，路屈曲，甚孟門與太行❾。楓林鬱❿其百尋⓫，涵瘴煙之蒼蒼⓬。其中闃⓭其無人，唯鷓鴣⓮之飛翔。水有含沙⓯之毒蟲，山有當路之虎狼。況乎雲雷作⓰而風雨晦⓱，忽𩃎靄⓲兮不見暘⓳。涉泥濘兮僕夫重腿⓴，陟崔嵬兮征馬玄黃㉑。步一步兮不可進，獨中路兮傍徨㉒！

【章 旨】記述遠行的時間、行程和出行的原因，描述旅途的艱危。

【注 釋】❶貞元　唐德宗第三個年號，共二十年（西元七八五—八〇四年）。❷吾兄　白幼文，白居易長兄。白居易〈襄州別駕府君（白季庚）事狀〉：「有子四人，長曰幼文，前饒州浮梁縣主簿。次曰居易，前京兆府戶曹參軍、翰林學士。」❸浮梁　饒州屬縣，在今江西景德鎮北。❹負米　背負糧米。指攜帶錢物以奉養父母。孔子學生子路曾說，過去他事奉父母的時候，「常食藜藿之實而為親負米百里之外」。見《說苑・建本》。❺茫茫　遙遠渺茫。❻鄱陽　郡名，即饒州，州治在今江西波陽。據《元和郡縣圖志》卷二八，饒州至東都洛陽的實際里程是二千三百二十里。❼朝濟句　濟，渡過。大江，長江。饒州在長江南。❽險巇　崎嶇險惡。❾甚孟門句　甚，超過。孟門，山名，即壺口山，在陝西宜川縣東北、山西吉縣西，綿亙黃河兩岸。太行，山名，在今河北、山西兩省交界處。孟門、太行都以險阻著稱。劉孝標〈廣絕交論〉：「嗚呼！世路險巇，一至于此！太行孟門，豈云嶄絕！」❿鬱　叢集茂密。⓫尋　古代長度單位，八尺為尋。⓬蒼蒼　茫茫無際貌。⓭閴　寂靜。《周易．豐卦》：「闚其戶，閴其無人。」⓮鷓鴣　南方鳥名。《太平御覽》卷九二四引《異物志》：「鷓鴣，其形似雌雞，其志懷南不思北，其名〔自〕呼，飛但南不北。」⓯含沙　古代一種傳說中的毒蟲，一名蜮。相傳牠能在水中含沙射影，使人致病。⓰作　興起。⓱晦　陰暗。⓲霮䨴　陰晦不明貌。霮，同「渰」。陰雲密布貌。⓳暘　日出；天晴。⓴涉泥濘句　涉，行走。泥濘，汙泥。重腿，腳腫病。重，通「腫」。㉑陟崔嵬句　陟，登上。崔嵬，山高大貌。玄黃　馬病貌。《詩經．周南．卷耳》：「陟彼高岡，我馬玄黃。」㉒徬徨　徘徊不前。

【語　譯】貞元十五年的春天，我哥哥做官遠在饒州的浮梁，分出微薄的俸祿奉養父母，命我攜帶錢米回家鄉。來到郊外啊令我憂愁，那歸家的道路多麼遙遠渺茫！遙遠渺茫的二千五百里啊，從鄱陽回到洛陽。早晨渡過長江，傍晚登上高崗，山嶺高峻險阻，道路彎曲漫長，超過那以險峻著稱的孟門和太行。茂密的楓林高竦百丈，瘴煙籠罩一片蒼茫。山林中靜悄悄地沒有人，只有鷓鴣鳥在展翅飛翔。水裡有含沙射影的毒蟲，山中有當道的虎豹豺狼。何況雲起雷震風雨交加，頃刻間陰晦昏黑不見陽光。走在泥濘中的僕人腿腳腫脹，馬兒疲病是因為攀登高峻的山崗。一步一步地走也走不動，獨自在半路中彷徨。

噫！昔我往兮，春草始芳；今我來兮，秋風其涼❶。獨行踽踽❷兮惜晝短，孤宿煢煢❸兮愁夜長。況太夫人抱疾而在堂❹，自我行役❺，諒❻夙夜❼而憂傷。惟母念子之心，心可測而可量。雖割慈❽而不言，終蘊結乎中腸❾。曰予弟❿兮侍左右，固就養而無方⑪，雖溫清⑫之靡闕，詎⑬當我之在傍？無羽翼以輕舉，羨歸雲之飛揚。惟晝夜與寢食，之⑭心曷⑮其弭忘⑯？投山館以寓宿，夜緜緜而未央⑰。獨展轉而不寐，候東方之晨光。雖則驅征車而遵⑱歸路，猶自流鄉淚之浪浪⑲。

【章旨】抒寫對高堂老母思念之情。

【注釋】❶昔我四句 襲用《詩經・小雅・采薇》：「昔我往矣，楊柳依依。今我來思，雨雪霏霏。」其涼，涼爽。其，語詞。《詩經・邶風・北風》：「北風其涼。」❷踽踽 獨行貌。❸煢煢 孤零貌。❹況太夫人句 太夫人，白居易的母親陳氏。據白居易〈襄州別駕府君事狀〉和〈唐太原白氏之殤墓誌銘〉，陳氏是詩人陳潤的女兒，十五歲嫁給白季庚，生幼文、居易、行簡、幼美四子，元和六年卒，年五十七。白季庚卒後，諸子年幼，陳氏「親執詩書，晝夜教導，恂恂善誘，未嘗以一篚一杖加之」，諸子皆以文學仕進，「實夫人慈訓所致」。抱疚，患病。在堂，在家。堂，正房，父母所居。❺行役 因公出行。這裡泛指出行。❻諒 料想。❼夙夜 日夜。❽割慈 割捨慈愛，忍受別離之苦。江淹〈別賦〉：「割慈忍愛，離邦去里。」❾中腸 內心。❿弟 指白行簡。居易幼弟幼美貞元八年夭折。⓫就養而無方 在父母左右奉養。無方，無常。謂或左或右，不固定在哪一邊。《禮記・檀弓上》：「事親有隱而無犯，左右就養無方。」鄭玄注：「左右，謂扶持之。方，猶常也。子則然，無常人。」孔穎達疏：「謂子在親左相右相而奉持之。……不常遣一人在左，一人在右，故云無常人。」⓬溫清 清，涼。冬溫夏清，冬天則溫以禦其寒，夏天則清以致其涼。指侍奉父母日常起居。《禮記・曲禮上》：「凡為人子之禮，冬溫而夏清，昏定而晨省。」⓭詎 豈。⓮之 此。⓯曷 何時。⓰弭忘 忘記。《詩經・小雅・沔水》：「心之憂矣，不可弭忘。」毛傳：「弭，止也。」⓱未央 未盡。⓲遵 順著。⓳浪浪 淚流貌。

【語譯】唉！往日我離開時，春草開始散發芳香；今天我歸來時，已經是秋風送來涼爽。一個人行走只可惜白晝太短，孤眠獨宿又愁那黑夜漫長。何況老母親生病在家中，自我出門後想必是日夜憂傷。想那母親思念兒子的心，可以揣測到那感情是多麼深廣。雖然她強忍著離別之苦默默無言，內心一定始終充滿悲傷。我的弟弟在她的左右侍候，固然可以盡心奉養，雖然冬溫夏清不會有闕失，怎麼能代替我在她的身旁？只恨我沒長出可以飛翔的翅膀，羨慕那歸去的雲彩在天空飛揚。不管白天黑夜吃飯睡覺，心中的思念什麼時候能夠遺忘？投宿在山間的館舍，沒有盡頭的黑夜是那樣漫長。獨自輾轉不能入睡，等候著東方黎明的曙光。雖然駕著車子踏上了歸途，思鄉的淚水仍然在不停地流淌。

【研　析】貞元中，戰亂災荒頻仍。白居易童年時，因為父親白季庚為徐州別駕，全家迫從鄭州新鄭遷到了徐州的符離，貞元十年（西元七九四年）白季庚在襄陽去世後，全家又遷到洛陽。十五年春，白居易來到長兄饒州浮梁縣主簿白季文處，秋天參加宣州進士選拔的考試，獲得解送的資格，於是從浮梁回洛陽探家，寫下了這篇賦。這篇抒情小賦具有顯著的散文化特點。名為賦，也具有賦用韻、駢偶、鋪陳等特徵，但從構思和布局而言，既沒有漢賦的分類鋪陳，也沒有律賦的程式，全用白描很少用典，語言也更加散文化。全文分為兩部分，第一部分描寫旅途的艱危，後一部分抒寫對母親的思念。古代交通很不便利，旅途充滿危險艱辛，又遠離家鄉和親人，使出行者產生強烈的陌生感、孤獨感和飄泊感，加深了人們對家鄉和親人的思念。兩部分相輔相成，相得益彰。文中景物描寫和氣氛渲染都很生動。思念母親，卻寫母親念子，擔心弟弟侍候的不周，寫到自己恨不得脅生雙翼回到母親身旁以及晝夜思念之情，層層遞進鋪陳，把遠行遊子的傷痛寫得非常感人。

得景❶娶妻三年無子，舅姑❷將出❸之；訴云歸無所從

【題　解】這是白居易貞元十八年（西元八〇二年）為應吏部考試所擬作的一百道判詞中的一道。原題申述判的事由，是這道判詞的「由頭」。因為是虛擬的試題，所以在前面加了一個「得」字。訴訟中丈夫一

方稱與妻子結婚三年沒有子嗣父母要將她棄逐，妻子一方則自訴回到娘家後沒有依靠，於是作者代表官方做出判決，不許棄逐，表現了白居易對婦女的同情。

承家不嗣❹，禮許仳離❺；去室❻無歸，義難棄背。景將崇繼代❼，是用娶妻。百兩❽有行，既啟飛鳳之兆❾；三年無子，遂操〈別鵠〉❿之音。將去舅姑，終鮮親族。雖配無生育，誠合比於斷絃⓫；而歸靡⓬適從，庶⓭可同於束蘊⓮。固難效於牧子，宜自哀於鄧攸⓯。無抑有辭⓰，請從不去。

【注釋】❶景　丙，因避唐高祖父親李昞諱改。這裡指代某人。❷舅姑　公婆。❸出　逐出；遺棄。❹不嗣　沒有後代；無子。❺仳離　分離。特指婦女的被遺棄。《詩經・王風・中谷有蓷》：「有女仳離，嘅其嘆矣。」古代禮法有「七出」之條，如果妻子犯了無子、淫佚、不事舅姑、口舌、盜竊、妬忌、惡疾七條中的任何一條，夫家就可以將她棄逐。見《儀禮・喪服》「出妻之子為母」疏。❻去室　被夫家遺棄。❼繼代　接續後代。❽百兩　指婚車。兩，同「輛」。《詩經・召南・鵲巢》：「之子于歸，百兩御之。」毛傳：「百兩，百乘也。諸侯之子嫁於諸侯，送御皆百乘。」❾飛鳳之兆　夫妻生活美滿幸福的預兆。鳳凰是傳說中的靈鳥，雄曰鳳，雌曰凰。《詩經・大雅・卷阿》：「鳳凰于飛，翽翽其羽。」原意是鳳凰比翼齊飛，振動翅膀發出翽翽的聲音，後人用來比喻夫婦和好親愛。❿別鵠　即別鶴。指古代琴曲〈別鶴操〉，相傳為商代陵牧子所作。崔豹《古今注》卷中：「〈別鶴操〉，商陵牧子所作也。娶妻五年而無子，父兄將為之改娶。妻聞之，中夜起，倚戶而悲嘯。牧子聞之，愴然而悲，乃歌曰：『將乖比翼隔天端，山川悠遠路漫漫，攬衣不寢食忘餐。』後人因為樂章焉。」⓫斷絃　斷了的琴絃。古代用琴瑟和諧比喻夫妻生活和美，所以用斷絃比喻妻子死亡。⓬靡　無。⓭庶　庶幾；差不多。⓮束蘊　即束縕，捆紮成把狀的麻絮。《漢書・蒯通傳》記一則寓言：「里婦夜亡肉，姑以為盜，怒而逐之。婦晨去，過所善諸母，語以事而謝之。里母曰：『女（汝）安行，我今令而（爾）

家追女矣。』即束縕請火於亡肉家，曰：『昨暮夜犬得肉，爭鬭相殺，請火治之。』亡肉家遽追呼其婦。」「同於束縕」意思是應當像對待寓言中的里婦一樣對待丙妻，不予斥逐。⓯鄧攸　晉人，字伯道。石勒之亂中，他擔著兒子和姪兒逃難，因無力兼顧，於是和妻子商量，拋棄了自己的兒子，只帶了姪兒逃難。但後來他的妻子一直沒有生育。當時人說：「天道無知，使鄧伯道無兒。」事見《晉書・鄧攸傳》。⓰無抑有辭　無，通「毋」。不要。抑，壓制。有辭，有申辯之辭。

【語　譯】結婚後沒有生育兒子，禮法允許離異；但是離婚後無家可歸，從道義上說又難以拋棄。某丙很重視傳宗接代，因此才娶了妻室。接親的車子出發，已經結為效鳳凰于飛的夫婦；三年沒有子嗣，就彈起了〈別鶴操〉要和妻子分離。丙妻將要離開公公婆婆，又沒有親戚族人可以投靠。雖然結婚以後沒有生下兒子，的確等於沒有妻室；但是回到娘家無依無靠，差不多可以和因鄰母「束蘊請火」才不被拋棄的婦女一樣看待。某丙難以效仿陵牧子休掉妻子，而應當傷嘆自己像無子的鄧攸一樣命運不好。不要壓制她的申辯，請按不許棄逐處理。

【研　析】判詞引據經典和故實，用極少的駢偶文字對複雜的事物作出分析和判斷，可以綜合考察作者處理政務和駕馭文字的能力，所以唐代吏部銓選以身（體貌）、言（口才）、書（書法）、判（判詞）來考核人才的優劣，決定去取，又將「書判拔萃」列為制舉考試科目。讀書士子都十分重視判詞的寫作。白居易所擬作的判詞往往能兼顧人情、事理、法律，判決公正，用典確切，文詞簡練，一下子就在長安流傳開來，被禮部應考的舉子和吏部候選補的官吏「傳為準的」（〈與元九書〉），爭相模仿。

唐代法律關於婚姻問題有「七出」、「三不去」的明確規定。《唐律疏議》卷一四「妻無七出而出之」條說：「諸妻……雖犯七出，有三不去而出之者，杖一百。」所謂「三不去」，其中一條是「有所受無所歸」。所以判詞中的這位婦女雖然無子，符合「七出」之條，但「歸無所從」，又在「三不去」之列。白居易判決不許棄逐，既符合當時的法律規定，也合乎人情和事理，維護了婦女的合法權益。所以南宋洪邁舉這一判文說：「若此之類，不背人情，合於法意，援經引史，比喻甚明」，「讀之愈多，使人不厭」《容齋續筆》卷一二「龍筋鳳髓判」）。

得丁為郡歲凶❶，奏請賑給百姓，制未下散❷之，本使❸科其專命；丁云恐人❹困

【題　解】這是白居易貞元十八年（西元八〇二年）為應吏部考試前所擬作的一百道判詞中的一道。原題所述這道判詞的事由是：某丁擔任州刺史時州中發生饑荒，上表請求開倉給百姓發放糧米。朝廷的命令沒有頒下，某丁便開倉發放，本道使臣判處某丁擅作主張，某丁抗訴說恐怕百姓困苦。白居易認為某丁的行為雖然對有關規定稍有違反，但是有利於國家和百姓，判決應當赦免某丁的過失。

臨邦❺匡乏❻，情本由衷；為國救災，美終歸上❼。丁分條❽出守，求瘼❾居心。歲不順成❿，人既憂於二鬴⓫；公有滯積⓬，戶將饑⓭於一鍾⓮。是輸⓯濟眾⓰之誠，允叶⓱分憂⓲之政。然以事雖上請，恩未下流，稍違主守⓳之文，遽見職司⓴之舉㉑。使以未有君命，何其速歟；郡以苟利國家，專之可也。卹貧振廩㉒，鄧攸㉓雖見免官；矯制㉔發倉，汲黯㉕不聞獲罪。請宥自專之過，用旌㉖共理之心。

【注　釋】❶凶　饑荒。❷散　分散；發放。《尚書・武成》：「散鹿臺之財，發鉅橋之粟。」❸本使　本道使臣。這

裡指該州所在道的節度使或觀察使。❹人　即「民」，避唐太宗李世民諱改。❺臨邦　為地方長官。臨，治理。邦，指州郡。唐人稱州刺史為邦伯。❻匡乏　救助困乏的人。❼上　皇帝。❽分條　分取詔條。條，法令；條文。❾求瘼　訪求百姓疾苦。❿順成　莊稼順四時成熟，豐收。⓫二鬴　指很少的糧食。鬴，同「釜」。量器。四升為豆，四豆為區，四區為鬴。《周禮・均人》注：「豐年，人食四鬴之歲也。人食三鬴為中歲，人食二鬴為無歲，歲無贏儲也。」⓬滯積　貯積很久的糧食。《左傳・襄公九年》：「國無滯積，亦無困人。」⓭餼　贈送。⓮鍾　古代容量單位，六斛四斗為一鍾，也有說八斛或十斛為一鍾的。《左傳・襄公二十九年》：「鄭子展卒，子皮即位，於是鄭飢而未及麥，民病，子皮以子展之命餼國人粟，戶一鍾。」⓯輸　進獻；表達。⓰濟眾　救濟眾人於患難之中。《論語・雍也》：「子貢曰：『如有博施於民而能濟眾，何如？可謂仁乎？』」⓱允叶　確實符合。⓲分憂　分擔憂慮。古人認為地方長官應當為皇帝分憂。孫逖〈授翟璋等諸州刺史制〉：「重寄所難，分憂是屬。」⓳主守　負責看守。《爾雅・釋鳥》郭璞注：「今涸澤鳥……常在澤中，見人輒鳴喚不去，有似主守之官。」⓴職司　主管，主管的官員或部門。韓愈〈賀雨表〉：「臣職司京邑，祈禱實頻。」㉑舉　舉劾。㉒振廩　開放倉廩。振，通「賑」。《左傳・文公十六年》：「振廩同食。」注：「振，發也。」㉓鄧攸　字伯道，晉人。為吳郡太守，「時郡中大饑，攸表振貸，未報，乃輒開倉救之。臺遣散騎常侍桓彝、虞駿慰勞饑人，觀聽善不，乃劾攸以擅出穀，俄而有詔原之。」見《晉書・鄧攸傳》。㉔矯制　假託朝命以行事。㉕汲黯　字長孺，西漢濮陽人。漢武帝時，奉命出使，回朝後報告說：「臣過河內，河內貧人傷水旱萬餘家，或父子相食，臣謹以便宜持節發河內倉粟以振貧民。請歸節，伏矯制辠」，武帝認為他做得對，沒有處分他。事見《漢書・汲黯傳》。㉖旌　表彰。

【語譯】出任地方長官救助貧乏，愛民之情本來發自內心；為國家賑濟災荒，善政美名最終還是歸於皇上。某丁奉詔條出為一方守吏，能把訪求民間疾苦放在心中。年成歉收，百姓已經為缺少糧食擔憂；官府有陳年的貯積，給每戶發放賑災的糧食。這正是表達救助百姓的誠意，完全符合地方長吏為君主分憂的政令。但是，由於事情雖然已經向上請示，朝廷的恩旨沒有降下，稍稍違背了負責看守（糧倉）的官員應當遵守的條文，於是馬上遭到了主管部門的舉劾。本道使臣認為君主的詔書還沒有頒下就開倉放賑，行動過於迅速；州郡刺史認為只要對國家有利，專擅也是可以的。散發倉米撫卹貧民，鄧攸雖然因此一度罷官；假託朝廷命令開倉放賑，汲黯並沒有因此得罪。請赦免某丁私自專擅的過失，以表彰他協助天子治理國家的忠心。

【研　析】在君主專權的封建社會中，一切重大的政令都必須得到皇帝本人的批准。而官吏未經批准，矯詔行事，是極為嚴重的罪名。在發生饑荒時，某丁作為州刺史，既要維護一方的穩定，又要遵守朝廷的約束，在兩難的情況下，選擇了擅自開倉放賑，遭到上級的科責，是十分正常的事情。白居易的判詞卻指出：刺史的行為雖有專擅之嫌，但是利在百姓，功在國家，美歸皇上，正是忠心為國的表現，履行了地方官為皇帝分憂的職責，應當表彰。實際上是對那些不顧百姓死活和國家安危只知唯諾因循、固祿持寵的官僚的抨擊。

《唐大詔令集》卷四唐代宗〈改元永泰赦〉：「刺史縣令，與朕分憂。凋瘵之人，切須撫字。」卷一二三唐德宗〈平朱泚後車駕還京赦〉：「二千石之任，所以分憂共理也。」判詞從頭到尾既緊緊抓住了這個道理，又大量引據經史，特別是人所熟知的古代名臣子產、鄧攸、汲黯開倉救災的故事，所以寫得理直氣壯，振振有詞，令人無從反駁。

得州府貢士❶或市井❷之子孫，為省司❸所詰；申稱群萃之秀出者❹，不合限以常科❺

【題　解】這是白居易貞元十八年（西元八〇二年）為應吏部考試所擬作的一百道判詞中的一道。原題所述這道判的事由是：地方州府進送京師的鄉貢進士中有人是商賈的子孫，遭到禮部的詰難，州府申辯說該人在貢士中是最為優秀傑出的，不應該受一般性規定的限制。白居易主張選拔人才要「唯賢是求」，而不應該單看出身，判定州府的申辯有據，尚書省的詰難無理。

惟賢是求，何賤之有？況士之秀者，而人其捨諸❻？惟彼郡貢，或稱市籍❼。非我族類❽，則嫌雜以蕭蘭❾；舉爾所知❿，安得棄其翹楚⓫？誠其惡於裨敗⓬，諒難捨其茂異⓭。揀金⓮於砂礫，豈為類賤而不收？度木於澗松⓯，寧以地卑而見棄？但恐所舉失德，不可以賤廢人。況乎識度⓰冠時，出自牛醫⓱之後；心計成務⓲，擢於賈豎⓳之中。在往事而足徵⓴，何常科而是限？州申有據，省詰非宜。

【注釋】❶貢士　鄉貢進士，州府選送京師參加科舉考試的士子。❷市井　進行買賣交易的地方。這裡指商販。❸省司　指尚書省禮部有關官署。唐代進士考試原由尚書省吏部考功員外郎主持，開元二十四年後，改由尚書省禮部侍郎主持。❹群萃之秀出者　同類中的傑出人才。群萃，群類。秀出，傑出。《孟子・公孫丑上》：「出於其類，拔乎其萃。」❺常科　一般性規定。科，法令。❻諸　「之乎」的合音。❼市籍　商賈的戶籍。秦、漢時重農抑商，規定商賈的子孫不得做官。《全唐文》卷一四九褚遂良〈請廢在官諸司捉錢表〉說：「大唐制令，憲章古昔，商估之人，亦不居官位。」商估子孫是否可以應舉雖然沒有明文的規定，但社會上對於商賈出身的人仍有歧視。❽非我族類　不是我的同族。語出《左傳・成公三年》，這裡指該鄉貢進士不是士人出身。❾蕭蘭　惡草艾蒿和芳香的蘭草。分別比喻小人和君子。《楚辭・離騷》：「蘭芷變而不芳，荃蕙化而為茅。何昔日之芳草兮，今直為此蕭艾也？」❿舉爾所知　《論語・子路》：「曰：『焉知賢才而舉之？』曰：『舉爾所知，爾所不知，人其舍諸？』」⓫翹楚　草木高聳的枝條。比喻傑出的人才。《詩經・周南・漢廣》：「翹翹錯薪，言刈其楚。」毛傳：「楚，雜薪之中尤翹翹者。」⓬裨敗　疑為「稗販」的形誤。稗販，買賤賣貴以牟利。指商賈的出身。⓭茂異　卓越的人才。唐代制科考試有「茂才異等科」。⓮揀金　揀選黃金。鍾嶸《詩品》：「陸（機）文如披沙簡金，往往見寶。」⓯澗松　山澗中的松樹。喻指出身微賤的優秀人才。左思〈詠史〉：「鬱鬱澗底松，離離山上苗，以彼徑寸莖，蔭此百尺條。世胄攝高位，英俊沉下僚。」⓰識度　見識器度。⓱牛醫　為牛治病的獸醫。東漢黃憲，字叔度，「世貧賤，父為牛醫」，人稱「牛醫兒」，當時名士都佩服他的識度，郭泰稱他「汪汪若千頃陂，澄之不清，淆之不濁，不可量也」。事見《後漢書・黃憲傳》。⓲心計成務　用心算成就天下大事。這裡指西漢的桑弘羊，出身商賈，武帝時曾任治粟都尉，領大司農，全力推行鹽鐵酒類官賣政策，後官至御史大夫。《漢書・食貨志》：「桑弘羊……洛陽賈人之子，以心計。」顏師古注：「不用籌算。」⑲賈豎　對商人的賤稱。《漢書・公孫弘等傳贊》：「弘羊擢於賈豎。」⑳徵　證明；驗證。

【語　譯】只要賢才就應當徵求，怎麼能單看他的出身是否微賤？何況是舉子中出類拔萃的，人們難道可以將他捨棄嗎？考慮該州所送鄉貢進士，有人認為他出身商賈不應當推舉。不是同類的人，固然有蕭蘭混雜的嫌疑；但要求州府推舉所了解的人才，怎麼能把其中特別優秀的拋棄？誠然人們並不喜歡買賣牟利的事，但遇到優秀人才又確實難於割捨。在砂礫中淘取黃金，難道會因為金生在低賤處而不收取？量度選取木材，難道會因為澗底的長松所處卑下而拋棄？怕只怕所舉薦的人品質不好，不能夠單因為出身卑賤而廢棄不用。並且黃憲識度冠於當時，出自牛醫的後代；桑弘羊能以心算成就天下的大事，是從商人中提拔起來的。這些在歷史上有據可查，為什麼要沿用一般性規定來加以限制？州府的申辯有根據，尚書省的詰問不妥當。

【研　析】這道判詞實際上是一篇短小精悍的駁論。判詞一開頭，就用兩個四字句明確提出科舉取士應當「惟賢是求」的正面觀點，反駁了以出身決定去取的主張，語氣堅定有力。接下來，舉出詰難者的觀點加以駁斥。首先說明只要是賢才就應當選送而不應「以賤廢人」的一般道理，然後以黃金和長松作為比喻說明不可「以賤廢人」，最後引證東漢的黃憲和西漢的桑弘羊出身微賤，卻成為名士和重臣的史實說明不當「以賤廢人」。高屋建瓴，一氣呵成，有破竹之勢。

養竹記

【題　解】這是一篇記敘文。貞元十九年（西元八〇三年）春，白居易登書判拔萃科，被授予祕書省校書郎的官職，借居在長安已故宰相關播的宅第中。他看到園中的竹林遭人隨意砍伐，毫無生意，便精心加以養護，並寫下了這篇文章記載其事，用竹子比喻賢才，說明賢才難得，能夠識別和提拔使用賢才的人更為難得。

竹似賢，何哉？竹本❶固，固以樹德，君子見其本則思善建不拔❷者。竹性直，直以立身，君子見其性則思中立不倚❸者。竹心空，空以體道❹，君子見其心則思應用虛受❺者。竹節貞❻，貞以立志，君子見其節則思砥礪名行❼夷險❽一致者。夫❾如是，故君子人多樹❿之為庭實⓫焉。

【章　旨】說明竹的品質似賢者，是君子喜歡種竹的原因。

【注　釋】❶本　根。❷善建不拔　善於樹立而不動搖傾倒。《老子》下篇：「善建者不拔。」王弼注：「固其根而後營其末，故不拔也。」❸中立不倚　立身正直，不阿附取容。《禮記・中庸》：「中立而不倚，強哉矯。」❹體道　體察領悟道理。❺應用虛受　適應需要虛心接受事物。《周易・咸卦》：「山上有澤，咸。君子以虛受人。」王弼注：「以虛受人，物乃感應。」孔穎達疏：「君子……空虛其懷，不自有實，受納於懷，無所棄遺，以此感人，莫不皆應。」❻貞　正；專一。❼砥礪名行　磨煉名聲和品行。《三國志・魏書・杜恕傳》裴松之注引《杜氏新書》：「（李）豐砥礪名行，以要世譽。」❽夷險　平安或危險。《藝文類聚》卷五一梁武帝〈初封諸功臣詔〉：「忠勤茂德，夷險一致。」❾夫　句首的發語詞。❿樹　種植。⓫庭實　原指陳列在庭中的禮品或貢品，這裡指庭院中的植物。《左傳・莊公二十二年》：「庭實旅百。」《後漢書・班固傳》：「於是庭實千品，旨酒萬鍾。」李賢注：「庭實，貢獻之物也。」

【語　譯】竹子像賢者，為什麼呢？竹子的根牢固，道德修養的樹立應當牢固，君子看到竹子的根就會想到善於培養道德而堅守不移的人。竹子生性正直，立身行事應當正直，君子見到竹子就會想到立身正直不阿不黨的人。竹子中心空虛，體察事物的道理應當虛心，君子見到竹子就會想到適應需要虛心接受事物的人。竹節貞正，立志當堅貞如一，君子見到竹子就會想到磨礪節操不論在順境或逆境中都能始終如一的人。正因為如此，所以君子大多栽種竹子作為庭院中的觀賞植物。

貞元十九年春，居易以拔萃❶選及第，授校書郎❷，始於長安求假居處❸，得常樂里❹故關相國❺私第之東亭而處之。明日，履及❻于亭之東南隅，見叢竹於斯❼，枝葉殄瘁❽，無聲無色。詢于關氏之老❾，則曰：「此相國之手植者。自相國捐館❿，他人假居，由是篋篚者⓫斬⓬焉，篲箒者⓭刈⓮焉。刑餘⓯之材，長無尋⓰焉，數無百焉，又有凡草木雜生其中，菶茸⓱薈鬱⓲，有無竹之心⓳焉。」居易惜其嘗經長者⓴之手，而見賤㉑俗人之目，翦棄若是，本性猶存，乃芟㉒蘙薈㉓，除糞壤㉔，疏㉕其間，封㉖其下，不終日而畢。於是日出有清陰，風來有清聲，依依然，欣欣然，若有情於感遇也。

【章　旨】記述東亭竹叢的不幸遭遇和作者同情養護叢竹的情況。

【注　釋】❶拔萃　書判拔萃科的省稱，唐代制科的一種。白居易和元稹等同登貞元十九年書判拔萃科。❷校書郎　唐代祕書省的官員，正九品上，負責校理典籍，糾正錯謬。❸求假居處　尋找寄居的寓所。假居，借屋或租屋而居。

❹常樂里　長安中坊名。在朱雀門街東第五街。❺關相國　關播，字務元，衛州汲縣人。唐德宗建中三年拜相，貞元十三年卒。《舊唐書》卷一三〇、《新唐書》卷一五一有傳。❻履及　走到。❼斯　此。指東亭的東南角。❽殄瘁　枯萎憔悴。❾老　家臣。這裡指老僕。《左傳·哀公十五年》有「孔氏之老欒寧」，《史記·衛康叔世家》裴駰《集解》引服虔曰：「家臣曰老。」❿捐館　捐棄館舍，對死亡的諱稱。⓫筐篚者　編竹器的人。竹器方曰筐，圓曰篚。⓬斬　砍伐。⓭篲箒者　編掃帚的人。⓮刈　切割。⓯刑餘　受過刑罰。這裡指竹子曾被砍伐摧殘。司馬遷受宮刑後曾作〈報任安書〉，自稱「刑餘之人，無所比數」。⓰無尋　不到一尋。尋，古代長度單位，八尺為尋。⓱蓁茸　雜草叢生貌。⓲薈鬱　草木繁茂貌。⓳無竹之心　消滅、壓倒竹子的心。⓴長者　年德俱高的人。㉑見賤　被輕視。㉒芟　除去。㉓翳薈　叢生的草木。㉔糞壤　汙穢的土壤。㉕疏　疏通。指除去竹叢中的雜草雜樹使通風良好。㉖封　培土。

【語　譯】貞元十九年春天，居易因為參加書判拔萃科考試及第，被授予校書郎的官職，才在長安尋找寄居的寓所，得到常樂里已故宰相關播私宅的東亭來居住。第二天，走到亭子的東南角，在那兒看到了一叢竹子，枝葉乾枯憔悴，毫無生氣。向關家的老僕詢問，老僕說：「這是關相國親手栽種的。自從相國去世，房子租借給別人居住，由此編筐籃的人來砍伐，編掃帚的人也來割取。砍伐剩下的竹子，高不滿一尋，數量不到一百竿，又有普通草木夾雜生長其中，雜亂無章，茂密繁盛，似乎要將竹子覆蓋消滅。」我憐惜它曾經過年高德劭的人親手栽培，而被俗人看得很卑賤，斬伐棄置到了這種地步，卻仍然能夠保持竹子的本性，於是便芟除叢生的雜草，清除汙穢的垃圾，使竹叢中疏朗通風，給竹子的根部培上土壤，不到一天就完工了。於是，太陽出來時有涼爽的竹陰，微風吹拂時有清泠的聲響，竹子也依依向人，欣欣向榮，好像在感激知音的知遇之情一樣。

嗟乎！竹，植物也，於人何有哉！以其有似於賢，而人猶愛惜之，封植之，況其真賢者乎！然則竹之於草木，猶賢之於眾庶❶。嗚呼！竹不能自異，惟人異之；賢不能自異，惟用賢者異之。故作〈養竹記〉，書于亭之壁，以貽❷其後之居斯者，亦欲以聞於今之用賢者云❸。

【章　旨】發表感慨，總結全文，點明「賢不能自異，惟用賢者異之」的題旨和寫作的目的。

【注　釋】❶眾庶　普通百姓。❷貽　贈送。❸云　語尾助詞。

【語　譯】唉！竹子是植物啊，和人有什麼關係呢！不過因為它像賢者，人們仍然愛惜它，種植它，給它培土，何況是真正的賢者呢！這樣看來，竹子和其他草木，就像賢者和普通百姓一樣。啊！竹子不能使自己區別於其他植物，只有人才能使它區別開來；賢者不能使自己區別於普通人，只有能任用賢者的人才能使他區別開來。所以作了這篇〈養竹記〉，書寫在亭子的牆壁上，留贈給後來居住在這裡的人，也想要當今任用賢者的人知道這個道理。

【研　析】這是一篇將記敘與議論、描寫、抒情巧妙而緊密地結合在一起的優秀散文。全文以「養竹」為中心，而又分成三個層次。第一層以議論為主，將竹和賢者的品質加以比較，抒發了對竹的讚美之情，說明竹子和賢者的關係和賢者愛竹的原因，為下文敘事和議論的展開作了鋪墊。第二層記敘自己養竹之事，通過叢竹得到養護前後情況的對比抒發了對竹的憐惜之情，說明竹子需要養護的道理。第三層則以議論為主，說明賢者和竹子一樣需要人的賞識和提拔，寄寓了和韓愈「千里馬常有，而伯樂不常有」相同的深沉感慨。

本文文筆極為洗練簡潔而又富於變化。首段用四個排比句分別說明竹本固、性直、心空、節貞，與賢者樹德固、立身直、體道空、立志貞相同，大量運用經史中詞語，使文字簡省而極具說服力。中段記敘「養竹」之事，語言長短相雜，駢散相間，把叢竹被棄置斬伐時「枝葉殄瘁，無聲無色」和經過精心養護後「日出有清陰，風來有清聲，依依然，欣欣然」的情況作了鮮明的對比，筆端深情流注。末段點明題旨，總結全文，言簡意深，議論全從前二段生發，給人以水到渠成之感。

辨興亡之由

由善惡之積。

【題解】本文是一篇對策文，選自白居易《策林》，是其中的第十四篇，作於元和元年（西元八〇六年），長安。本篇回答國家興亡是只和百姓有關還是也和君主有關的問題，指出國家興亡主要在於善政和暴政的積累，既繫於民，更繫於君；只要君王能修己安民，以百姓的憂樂為憂樂，國家就一定會興盛。

問：萬姓親怨之由，百王❶興亡之漸❷，將獨繫❸於人❹乎？抑亦繫於君乎？

【章旨】這是策試的考題。問國家興亡的根本原因和條件是什麼。

【注釋】❶百王　歷代帝王。❷漸　條件。❸繫　聯繫；涉及。❹人　民；百姓。這裡避唐太宗李世民諱改為「人」，下同。

【語譯】問：萬民百姓親附或者怨懟的起因，歷代帝王興盛或者衰亡的條件，是僅僅關涉到百姓呢，還是也關涉到君主呢？

臣觀前代，邦之興，由得人也；邦之亡，由失人也。得其人，失其人，非一朝一夕之故，其所由來者漸❶矣！天地不能頓❷為寒暑，必漸於春秋；人君不能頓為興亡，必漸於善惡。善不積，不能勃焉❸而興；惡不積，不能忽焉❹而亡。善與惡，始繫於君也；興與亡，終繫於人也。何則？君苟有善，人必知之；知之又知之，其心歸之；歸之又歸之，則載舟之水❺由是積焉。君苟有惡，人亦知之；知之又知之，其心去之；去之又去之，則覆舟之水❻由是作焉。故曰：至高而危者，君也；至愚而不可欺者，人也。聖王知其然，故則天上不息❼之道以修己，法地下不動❽之德以安人。修己者，慎於中❾也，慄然❿如履春冰⓫。安人者，敬其下也，懍乎⓬若馭朽索⓭。猶懼其未也，加以樂人之樂，人亦樂其樂；憂人之憂，人亦憂其憂⓮。憂樂⓯同於人，敬慎著於己，如是而不興者，反是而不亡者，自生人⓰已來，未之有也。臣愚以為百王興亡之漸，在於此也。

【章旨】這是對於策問的回答。說明興亡由於善惡的積累，始繫於君主，終繫於百姓。

【注釋】❶漸　逐步發展。《周易．坤卦．文言》：「其所由來者漸矣。」❷頓　頓時；突然。❸勃焉　迅速貌。《後漢書．陳蕃傳》：「其興也勃焉。」❹忽焉　迅速貌。《左傳．莊公十一年》：「其亡也忽焉。」❺載舟之水　指擁戴君主的百姓。《荀子．哀公》：「君者舟也，庶人者水也。水則載舟，水則覆舟。」❻覆舟之水　指反抗顛覆君主的百姓。❼不息　不停地運動。《周易．乾卦》：「象曰：天行健，君子以自強不息。」❽不動　靜止。《周易．坤卦．文言》：「坤……至靜而德方。」孔穎達疏：「地體不動是至靜。」❾中　內心。❿慄然　悚懼貌。《晉書．王湛傳》：「(王)濟才氣抗邁，於湛略無子姪之敬，既聞其言，不覺慄然，心形俱肅。」⓫履春冰　走在春天將化的冰上。《詩經．小雅．小旻》：「戰戰兢兢，如臨深淵，如履薄冰。」⓬懍乎　肅然敬畏貌。⓭馭朽索　用腐朽的韁繩駕馭車馬。

《尚書・五子之歌》：「予臨兆民，凜乎若朽索之馭六馬。」⓮加以四句　《孟子・梁惠王下》：「樂民之樂者，民亦樂其樂；憂民之憂者，民亦憂其憂。」⓯憂樂　原無「憂」字，據《文苑英華》補。⓰生人　即生民，猶言人類誕生。《詩經・大雅・生民》：「厥初生民，時維姜嫄。」《孟子・公孫丑上》：「自生民以來，未有盛於孔子也。」

【語　譯】臣考察前代，國家的興盛由於得民心，國家的衰亡由於失民心。得民心或失民心，不是一朝一夕的原因，而是逐步發展而來的啊！天地不能驟然形成嚴寒或酷暑，必定通過春季和秋季的積累漸進；國君不能驟然造成國家的興盛或衰亡，必然通過善政或暴政的積累。沒有善政的積累，國家不能忽然迅速興盛；沒有暴政的積累，國家不會忽然迅速滅亡。為善或為惡，一開始是關係到君主的；興盛或滅亡，最終就關涉到百姓了。為什麼呢？君主如果施行善政，百姓一定會知道；知道了君主施行的一件又一件善政，百姓的心就歸向了；民心不斷地歸向，百姓的擁戴就像承載船隻的水一樣聚積起來了。君主如果推行暴政，百姓也會知道；知道了君主推行的一件又一件暴政，百姓的心就背離了；民心不斷地背離，百姓的反抗就像顛覆船隻的水一樣形成了。所以說，地位最崇高而又最危險的是君主啊，最愚笨但卻不可欺騙的是百姓啊。聖明的君王知道這一點，所以上取法天象運行不息的道理不斷加強自身的修養，下效法大地穩定不動的德行來安定百姓。加強自身修養，就是保持內心的戒慎，兢兢業業地好像在春天的冰上行走。安定百姓，就是敬重下民，戰戰兢兢地好像用腐朽的韁繩駕馭著奔馳的車馬。又害怕這樣做還不夠，還要把百姓的快樂當作自己的快樂，百姓也就把君主的快樂當作自己的快樂；把百姓的憂愁當作自己的憂愁，百姓也就把君主的憂愁當作自己的憂愁。憂樂和百姓相同，敬畏謹慎卻顯著地表現在自身上，君主這樣做了而國家不興盛的，君主不這樣做而國家不衰亡的，自人類誕生還沒有出現過。微臣愚笨，以為歷代君主興盛和衰亡的條件，就在這裡了。

【研　析】對策是科舉考試的一種形式。考官依據當時的政教得失擬出題目，叫策問。考生作文回答，提出自己的看法和建議，叫對策。據白居易《策林・序》，元和元年居易罷校書郎後，和元稹一道寄居在長安華陽觀，準備參加制科考試，「閉戶累月，揣摩當代之事」，擬出七十五個策問試題，並加以對答。這年四月，兩人同登才識兼茂明於體用科。這些模擬試卷在考試時應用得不多，但白居易自認為花了很大的精力，不能拋棄，所以編為《策林》四卷。在這些習作中同樣體現了白氏的政治、文學主張。

這篇策文，回答了國家興亡和君有關還是和民有關的問題。白居易認為國家興亡，是由於得民心或失民心，實際上根子卻在君主那裡。他首先指出國之興亡是由於人心的向背，而人心的向背又由於國君善惡的積累。所以，善惡始繫於君，興亡則終繫於民。在這個基礎上他提出君主不但要「修己」、「安人」，做到「慎於中」而「敬其下」，還要與百姓同憂樂，才能使國家興盛。他的觀點雖由來有自，但是把問題分析得如此的明白透徹，尖銳地提到國家滅亡是君主自己推翻了自己的高度，是難能可貴的。

文章醇正流暢，語言平易而論述深刻。其中大量運用《六經》子、史中的義理和語詞，有的還曾為唐代明君賢臣所用，載入史冊。如水舟、朽索之喻就是。魏徵〈論時政第二疏〉：「怨不在大，所畏惟人（民），載舟覆舟，所宜深慎。奔車朽索，其可忽乎！」貞觀十八年太宗見太子乘舟，便說：「舟所以比人君，水所以比黎庶。水能載舟，亦能覆舟。爾方為人主，可不畏懼？」（《貞觀政要》卷四）這些都加強了文章的說服力。

人之困窮由君之奢欲

【題解】這是《策林》的第二十一篇。回答百姓困窮的原因是什麼的問題，指出百姓的困窮是由於君主奢侈無度，不能節儉。

問：近古❶已來，君❷天下者，皆患人❸之困，而不知困之由；皆欲人之安，而不得安之術。今欲轉勞為逸，用富易貧，究困之由，矯❹其失於既往；求安之術，致其利於將來。審而行之，以康❺天下。

【章旨】這是策試的考題。問百姓困窮的原因是什麼。

【注釋】❶近古　距離當今不遠的古代。❷君　用如動詞，為天下君；君臨。❸人　民；百姓，此避唐太宗李世民諱改。下同。❹矯　糾正。❺康　安樂；使安樂。

【語譯】問：從距今不遠的古代以來，為天下君主的，都為百姓的困窮憂慮，卻不知道之所以困窮的原因；都想要使百姓安定，卻沒有掌握安定百姓的辦法。現在想要變勞苦為安逸，用富庶代替貧困，弄清百姓困窮的原因，糾正過去的失誤，尋求安定百姓的方法，以便有利於未來。審察然後施行，使天下安樂。

臣聞：近古已來，君天下者，皆患人之困，而不知困之由；皆欲人之安，而不得安之術。臣雖狂瞽❶，然粗知之。臣竊觀前代人庶❷之貧困者，由官吏之縱欲❸也；官吏之縱欲者，由君上之不能節儉也。何則？天下之人億兆也，君者一而已矣。以億兆之人奉其一君，則君之居處，雖極土木之功，殫❹金玉之飾；君之衣食，雖窮海陸之味，盡文采之華；君之耳目，雖慆❺鄭衛之音❻，厭燕趙之色❼；君之心體，雖倦畋漁❽之樂，疲轍跡之遊❾，猶未合❿擾於人，傷於物。何者？以至多奉至少故也。然則一縱一放，而弊⓫及於人者，又何哉？蓋以君之命行於左右[12]，左右頒於方鎮[13]，方鎮布于州牧[14]，州牧達于縣宰[15]，縣宰下於鄉吏，鄉吏傳於村胥[16]，然後至於人焉。自君至人[17]，等級若是，所求既眾，所費滋多。則君取其一，而臣已取其百矣。所謂上開一源，下生百端[18]者也。豈直若此而已哉？蓋亦君好則臣為，上行則下效。故上苟好奢，則天下貪冒[19]之吏將肆心[20]焉；上苟好利，則天下聚斂之臣[21]將寘力[22]焉。雷動風行，日引月長[23]，上益其侈，下成其私，其費盡出於人，人實何堪其弊？此又為害十倍於前也。夫如是，則君之躁靜[24]，為人勞逸之本；君之奢儉，為人富貧之源。故一節其情，而下有以獲其福；一肆其欲，而下有以罹其殃[25]。一出善言，則天下之心同其喜；一違善道，則天下之心共其憂。蓋百姓之殃，不在乎鬼神；百姓之福，不在乎天地，在乎君之躁靜奢儉而已。是以聖王之修身化下也，宮室有制，服食有度，聲色[26]有節，畋遊有時，不徇己情，不窮己欲，不殫人力，不耗人財。夫然，故誠發乎心，德形乎身，政加乎人，化達乎天下。以此禁吏，則貪欲之吏不得不廉矣；以此牧人[27]，則貧困之人不得不安矣。困之由，安之術，以臣所見，其在茲乎？

【章　旨】這是對於策問的回答。說明百姓貧困的原因在於君主不能節儉，安定百姓的方法就在於君主的節儉。

【注　釋】❶狂瞽　狂悖不明，書疏中用作謙詞。❷人庶　民庶；百姓。《管子・國蓄》：「人君鑄錢立幣，民庶之通施也。」❸縱欲　放縱嗜欲，貪得無厭。❹殫　盡。❺慆　懈怠。這裡指疲於（聽美妙音樂）。❻鄭衛之音　春秋戰國時鄭、衛兩國的民間音樂。因不同於雅樂，被儒家斥為「亂世之音」。這裡泛指淫靡動人的音樂。❼燕趙之色　指美女。燕趙，戰國時燕國和趙國，在今河北及山西北部一帶。〈古詩十九首〉：「燕趙多佳人，美者顏如玉。」❽畋漁　打獵釣魚。❾轍跡之遊　周遊天下。轍跡，車轍馬跡。《左傳・昭公十二年》：「昔（周）穆王欲肆其心，周行天下，將皆必有車轍馬迹焉。」顏延之〈應詔觀北湖田收〉：「周御窮轍迹，夏載歷山川。」❿合　應該。《文苑英華》作「至」，《全唐文》作「全」。⓫弊　弊病。⓬左右　左右大臣。⓭方鎮　掌握一方軍政大權的長官。指唐代的節度使、觀察使。⓮州牧　州刺史。漢代稱州的首長為「牧」。⓯縣宰　縣令。⓰村胥　村的小吏。唐代兩京及州縣郭內為坊，郊外為村，村坊都有「正」，以司督察。見《唐六典》卷三。⓱人　《全唐文》作「臣」。⓲上開一源下生百端　魏徵〈論治道疏〉：「況上啟其源，下必有甚。川壅而潰，其傷必多。欲使凡百黎元何所措手足？此則君開一源，下生百端。」⓳貪冒　貪圖財利。《左傳・成公十二年》：「諸侯貪冒，侵欲不忌。」⓴肆心　放縱其心，恣意妄為。㉑聚斂之臣　搜括財貨的臣子。《禮記・大學》：「百乘之家，不畜聚斂之臣。與其有聚斂之臣，寧有盜臣。」㉒寘力　盡力。㉓日引月長　隨時間推移而增長。引，拉長。㉔躁靜　躁動和安靜。㉕罹其殃　遭到災禍。㉖聲色　指音樂歌舞之類。㉗牧人　牧民，治理百姓。

【語　譯】臣聽說：距今不遠的古代以來，為天下君主的，都為百姓的困窮憂慮，卻不知道之所以困窮的原因；都想要使百姓安定，卻沒有掌握安定百姓的辦法。臣雖然愚妄無知，但粗略地了解一些。臣私下觀察前代百姓貧困的原因，由於官吏的貪求無厭；而官吏貪求無厭的原因，則是由於君主不能節儉。為什麼呢？天下百姓有億兆之多，君主不過一個人罷了。以億兆的百姓來奉養一個君主，那麼，即使君主的居處窮極土木的工程和金玉的裝飾，即使君主的衣食窮盡江海陸地的美味和色彩圖案華美的織物，即使君主的耳目對淫靡的音樂和燕趙的美人已經感到厭倦，即使君主的身心因追求田獵漁釣的快樂和周遍天下的巡遊而感到疲憊，仍然不應該會驚擾到百姓，有損於國家的事務。為什麼呢？用最多的人來侍奉最少的人啊。然而一放縱開了，流弊就會傷害到百姓，這又是什麼原因呢？那是因為君主的命令讓左右大臣來施行，左右大臣頒發給地方藩鎮，地方藩鎮傳布給州刺史，州刺史下達給屬縣的縣令，縣令下達給鄉的小吏，鄉的小吏下達給村的村正，然後才能到達老百姓那裡。從君主到百姓，等級像這樣多，求取的人既然多，所消費的就越來越多。那麼君主取得一份，臣下已經取得百份了。這就是人們所說上面只要開一個口子，下面就產生一百個事項啊。哪裡僅僅只是如此呢？那又因為君主喜好臣下就去做，上面施行下面就仿效。所以皇帝假如愛好奢侈，那天下貪好財貨的官吏就可以恣意而為了；皇帝如果喜好財利，那天下搜括財貨的官吏就可以盡力而為了。像雷動風行那樣迅速，天天月月在蔓延滋長。上面越來越奢侈，下面滿足個人的貪欲，這些費用全都出在百姓身上，百姓怎麼能承受得起這種弊病？這造成的損害又是以前的十倍了。正因為如此，所以君主的躁動或安靜是百姓辛勞或安逸的根本；君主的奢侈或節儉是百姓富有或貧窮的根源。所以只要節制一下感情，下面就有人會得到一些福祉；只要放縱一下嗜欲，下面就有人會遭到一些災禍。說出一句好話，天下人的心都一起高興；違背一次正道，天下人的心都一起擔憂。因為百姓的災禍不在於鬼神，百姓的福祉不在於天地，就在於君主的躁動或安靜、奢侈或節儉罷了。因此，聖明的君主加強自身修養改變下面的風氣，宮室居處有制度，飲食衣服有限度，歌樂女色有節制，田獵出遊有時節，不完全順從自己的情感，不徹底滿足自己的慾望，不用完百姓的人力，不耗盡百姓的財力。正因為這樣，所以真誠發自內心，道德表現在自身，德政施加於百姓，教化遍及於天下。用它來制約官吏，那貪財的官吏不得不清廉了；用它來管理百姓，那貧困的百姓不可能不安定了。百姓窮困的原因，安定百姓的辦法，按照微臣的看法，恐怕就在於這裡了。

【研　析】這篇策文，回答了有關百姓困窮原因和安定百姓方法的問題。白居易一針見血地指出，百姓困窮是官吏聚斂盤剝的結果，而官吏的貪婪則源於君主的奢欲。他首先說明君主一個人的奢欲，對於百姓並沒有很大的影響；但是封建統治層次繁多，官員數量龐大，「上開一源，下生百端」，加之上行下效，「上益其侈，下成其私」，百姓就不堪其弊了。既維護了皇帝的臉面，又說明了利害的關係，容易被皇帝所接受。最後說明百姓的禍福全在皇帝的躁靜奢儉，提出安民的方法首先在於皇帝的節制奢欲，「修身化下」。文章對於皇帝的奢欲進行了委婉而又嚴正的批評，說理透辟。

安史之亂後，由於河北藩鎮不向朝廷繳納賦稅，加之連年戰亂，百姓的負擔本來就十分沉重。朱泚之亂時，國庫空虛，皇帝不時向地方「宣索」，地方也有進奉，以後形成慣例，巧立名目，橫徵暴斂，從方鎮大員到刺史、判官，都傾力進奉，號為「羨餘」，除了討好皇帝外，還大肆中飽私囊。「節度使或託言密旨，乘此盜貿官物。諸道有謫罰官吏入其財者，刻祿廩、通津達道者稅之，蒔蔬藝果者稅之，死亡者稅之。節度觀察交代，或先期稅入以為進奉。然十獻其二三耳，其餘沒入，不可勝紀。」（《舊唐書・食貨志上》）廣大百姓，苦不堪言。白居易〈秦中吟・重賦〉對此作了形象的描述，可與本篇共讀。

採詩　以補察時政。

【題　解】這是《策林》的第六十九篇。回答是否應當設置採詩官員的問題，指出設置採詩官可以補察時政，有利於國家。

問：聖人之致理❶也，在乎酌❷人言，察人情，而後行為政，順為教者也。然則一人之耳，安得徧聞天下之言乎？一人之心，安得盡知天下之情乎？今欲立採詩之官❸，開諷刺之道，察其得失之政，通其上下之情，子大夫❹以為如何？

【章　旨】這是策試的考題。問設立採詩官員是否妥當。

【注　釋】❶致理　猶「致治」，達到治理。這裡避唐高宗李治諱改「治」為「理」。❷酌　斟酌；考慮。❸採詩之官　相傳古代有收集詩歌的官員。見於《漢書・藝文志》。《漢書・食貨志》說：「孟春之月，群居者將散，行人振木鐸徇于路，以採詩，獻之大（太）師，比其音律，以聞於天子。」先秦典籍中未見採詩官的記載，所以後人懷疑這是漢代人依據漢代樂府採詩情況作出的推測之詞。❹子大夫　皇帝對臣子的敬稱。大夫是古代的官名，前面加上「子」字，表示尊敬。

【語　譯】問：聖人的治理國家，在於考慮百姓的言論，體察百姓的疾苦，然後加以施行形成政令，順應它形成教化。然而一個人的耳中，哪能聽到天下所有的言論呢？一個人的心智，哪能知曉天下所有的民情呢？現在想要設置採詩的官員，開諷刺的言路，來察知為政的得失，使上下的想法能夠相互溝通，諸位賢臣認為怎麼樣？

臣聞：聖王酌人之言，補己之過，所以立理本，導化源也，將在乎選觀風之使❶，建採詩之官，俾❷乎歌詠之聲，諷刺之興，日採於下，歲獻於上者也。所謂「言之者無罪，聞之者足以自誡❸」。大凡人之感於事，則必動於情，然後興於嗟嘆，發於吟詠，而形於歌詩矣❹。故聞〈蓼蕭〉❺之詩，則知澤及四海也。聞〈華黍〉❻之詠，則知時和歲豐也。聞〈北風〉❼之言，則知威虐及人也。聞〈碩鼠〉❽之刺，則知重斂❾於下也。聞「廣袖高髻❿」之謠，則知風俗之奢蕩⓫也。聞「誰其穫者婦與姑⓬」之言，則知征役⓭之廢業⓮也。故國風之盛衰，由斯而見也；王政之得失，由斯而聞也；人情之哀樂，由斯而知也。然後君臣親覽而斟酌焉：政之廢者修之，闕者補之；人之憂者樂之，勞者逸之。所謂善防川⑮者，決⑯之使導；善理人者，宣⑰之使言。故政有毫髮之善，下必知也；教有錙銖之失⑱，上必聞也。則上之誠明，何憂乎不下達？下之利病，何患乎不上知？上下交和，內外胥悅⑲。若此而不臻至理，不致昇平，自開闢⑳以來，未之聞也。《老子》曰：「不出戶，知天下。」㉑斯之謂歟！

【章　旨】這是對於策問的回答。指出設置採詩官可以察知民情的哀樂、風俗的盛衰、政教的得失，從而達到「上下交和，內外胥悅」的至治，所以應當設置採詩官員。

【注　釋】❶觀風之使　觀察風俗得失的使臣。《禮記・王制》：「命太師陳詩以觀民風。」❷俾　使。❸所謂二句　《詩經・大序》：「上以風化下，下以風刺上，主文而譎諫，言之者無罪，聞之者足以戒，故曰風。」❹大凡人五句　《詩經・大序》：「情動於中，而形於言。言之不足，故嗟嘆之。嗟嘆之不足，故永（詠）歌之。」❺蓼蕭　長大的蕭蒿。《詩經・小雅・蓼蕭》：「蓼彼蕭斯，零露湑兮。既見君子，我心寫兮。燕笑語兮，是以有譽處兮。」鄭箋說，蕭比喻四海的諸侯，露比喻王者的恩澤。〈小序〉說：「〈蓼蕭〉，澤及四海也。」❻華黍　各本作「禾黍」，據《毛詩正義》改。《詩經・小雅》有〈華黍〉，是亡詩的篇名。〈小序〉說：「〈華黍〉，時和歲豐，宜黍稷也。」有其義而亡其辭。❼北風　《詩經・邶風》篇名，〈小序〉說：「〈北風〉，刺虐也。衛國並為威虐，百姓不親，莫不相攜持而去焉。」❽碩鼠　大鼠，《詩經・魏風》篇名。〈小序〉說：「〈碩鼠〉，刺重斂也。國人刺其君重斂蠶食於民，不修其政，貪而畏人，若大鼠也。」❾重斂　沉重的賦稅。❿廣袖高髻　寬大的衣袖和高聳的髮髻。《後漢書・馬廖傳》引長安謠諺：「城中好高髻，四方高一尺。城中好廣眉，四方且半額。城中好大袖，四方全匹帛。」⓫奢蕩　奢侈放蕩。⓬婦與姑媳婦和婆婆。《後漢書・五行志一》載漢桓帝初童謠：「小麥青青大麥枯，誰當穫者婦與姑，丈人何在西擊胡。」⓭征役　兵役。⓮廢業　荒廢農業生產。⓯防川　防治水災。⓰決　開決，一種以疏導為主的治水方法，和堵塞相對。《左傳・襄公三十一年》記子產反對毀掉鄭人聚集議論執政的鄉校時說：「我聞忠善以損怨，不聞作威以防怨。豈不遽止？然猶防川，大決所犯，傷人必多，吾不克救也。不如小決使道，不如吾聞而藥之也。」⓱宣　宣泄，讓人們說出來。⓲錙銖之失　微小的過失。錙銖，古代重量單位，六銖為錙，二十四銖為兩。⓳胥悅　相悅。⓴開闢　開天闢地。指天地形成。㉑老子三句　老子，即《道德經》，道教的經典著作，相傳為春秋時期思想家李耳所著。所引二句出自《老子》下篇。

【語　譯】臣聽說：聖明的帝王考慮百姓的言論，補救自己的過失，用以建立治國的根本，引導教化的源頭，是在於選擇觀察風俗的使臣，設置採詩的官員，使得歌詠的聲音、諷刺的詩篇，能天天在下層得到採集，年年進獻到朝廷之上的啊。正像人們所說，「發表意見的人沒有過錯，聽到意見的人能夠引以為戒」。大抵人被事物所感發，就一定有情感的衝動，然後發出嘆息，產生吟詠，表現在歌詩中了。所以聽到詩篇〈蓼蕭〉，就知道帝王的恩澤已經遍及四海了。聽到歌詠〈華黍〉，就知道四時調和莊稼豐收了。聽到〈北風〉的詩句，就知道酷虐暴政已經加於百姓了。聽到〈碩鼠〉的譏刺，就知道對下已經進行著橫徵暴斂了。聽到「廣袖高髻」的歌謠，就知道當時風俗已經奢靡放蕩了。聽到「誰是收割者，媳婦和婆婆」的童謠，就知道戰爭徭役已經造成農業生產的廢棄了。所以國家風氣的興旺或衰頹，由詩可以表現出來；君主施政的成功或失敗，由詩可以聽到；民情的悲哀或歡樂，由詩可以知曉。然後君主和群臣親自閱覽慎重加以考慮：政令敗壞的加以修復，闕失的加以補充，百姓憂傷的使他高興起來，百姓勞苦的使他得到休養生息。人們常說，善於治理水患的，開決口子來疏導水流；善於治理百姓的，讓百姓說話來宣泄不滿。所以政令有絲毫的好處，百姓一定會知道；教化有細微的闕失，君主也一定會知道。這樣一來，君主的誠信聖明，何愁不為下層的百姓所知？百姓的利益和疾苦，何愁不為在上的君主所知？國家上下一片和諧，朝廷內外一片歡樂。像這樣而不形成大治，不達到天下太平，從開天闢地以來還沒有聽說過。

《老子》說：「不出門，能知道天下的事情。」說的就是這種情況吧！

【研析】這篇策文，回答了是否應當重新設立採詩官的問題。作者首先說明，詩歌是人感情的自然真實的流露，從中可見風俗盛衰、政治得失、人情哀樂。所以有可能通過採來的詩歌補察時政，洩導人情，使「上下交和，內外胥悅」，形成和諧昇平的局面。雖然這都是古老的話題，在當時仍然有著新鮮的意義。唐代設有諫官，但真正敢於極言直諫的很少，而從諫如流的皇帝更少，所以白居易希望通過寫作諷諭的詩歌和設立採詩的官員，達到「惟歌生民病，願使天子知」的目的。

〈新樂府〉最後一篇〈采詩官〉說的更為透徹也更尖銳一些，不但說明詩歌有「開壅蔽達人情」的作用，還描繪了朝廷上下「諍臣杜口為冗員，諫鼓高懸作虛器，一人負扆常端默，百辟入門兩自媚」的情景。在這種情況下，即使設立了採詩官，又能起到什麼作用？儘管如此，白居易關懷民生疾苦和國家命運，改革政治的勇氣和努力仍然值得我們欽佩。

為人上宰相❶書一首

【題解】這是一封上給宰相韋執誼的書信。寫在永貞元年（西元八〇五年）二月韋執誼剛被任命為宰相之後。信中痛陳政治的積弊，希望他能抓住皇帝信任、萬民仰望的大好時機，聽取諫言，銳意革新，實現唐王朝中興大業。

二月十九日，某官某乙謹拜手❷奉書獻於相公執事❸。古人云：以水投石❹，至難也。某以為未甚難也。以卑干尊，以賤合貴，斯為難矣。何者？夫尊貴人之心，堅也強也，不轉❺也，甚於石焉；卑賤人之心，柔也弱也，自下❻也，甚於水焉。則其合之難也，豈不甚於水投石哉？然則自古及今，往往有合者，又何哉？此蓋以心遇心，以道濟道故也。苟心相見，道相通，則水反為石，石反為水，則其合之易也，又甚乎以石投水焉。何者？石之投水也，猶觸之有聲，受之有波，心道之相得也，則貴者不知其貴也，賤者不知其賤也。當其冥同訢合❼之際，但脗然❽而已矣。其合之易也，豈不甚於石投水哉？噫！厥道廢墜，不行於代久矣。故貴者自貴耳，賤者自賤耳，雖❾同心同道，不求相合也。今某之心與相公之心，愚智不侔❿也。今某之道與相公之道，小大不倫⓫也。矧⓬又尊卑貴賤之勢相懸⓭，如石焉，如水焉，而欲強至難為至易，無乃不可乎？然則知其不可而為之者，抑有由。伏以相公方今佐裁成之道⓮，當其瞻⓯之初，竊希變天下水石之心，自相公始也；通天下貴賤之道，自某始也。不然者，夫豈不自知其狂進妄動哉？伏望少留聽而畢辭焉，幸甚⓰幸甚。

【章　旨】以水石為喻說明卑賤者向尊貴者進言的困難，希望相公能注意傾聽自己的意見。

【注　釋】❶宰相　唐代最高的行政官員。初唐時以中書、尚書、門下三省的首長中書令、侍中、尚書令共議國政，稱為宰相，後來逐漸改為以其他官員加上「同中書門下平章事」（簡稱同平章事）或「同中書門下三品」擔任。這裡說的宰相指韋執誼，京兆人，德宗朝，登進士第，為翰林學士。順宗即位，永貞元年二月辛亥（十一日）自吏部郎中超授尚書左丞、同平章事，參與革新活動。革新失敗，元和元年被貶為崖州司馬，死在崖州。《舊唐書》卷一三五、《新唐書》卷一六八有傳。❷拜手　跪拜禮的一種，跪下後兩手拱而至地，俯首至手。書信中用作敬詞。❸執事　供役使的人，書信中用作敬詞，相當於「左右」等，表示不敢直接指斥對方。❹以水投石　把水投進石頭中。比喻事情的艱難。李康〈運命論〉：「張良受黃石之符，誦《三略》之說，以游於群雄，其言也如以水投石，莫之受也。及其遭漢祖也，其言也如以石投水，莫之逆也。」❺不轉　不可移動。《詩經・邶風・柏舟》：「我心匪石，不可轉也。」❻自下　往低處流，謙遜自卑。❼冥同訢合　暗中感應而相合。《禮記・樂記》：「天地訢合，陰陽相得。」孔穎達疏：「訢，猶熹也。熹謂蒸動，言樂感動天地之氣，是使二氣蒸動，則天氣下降，地氣上騰。」❽脗然　符合貌。脗，同「吻」。❾雖　原作「維」，據《文苑英華》改。❿侔　相當。⓫倫　同類。⓬矧　況且。⓭相懸　相懸隔。⓮裁成之道　君主治理天下之道。裁成，一作「財成」，剪裁而成。《周易・泰卦》：「后以財成天地之道，輔相天地之宜，以左右民。」⓯具瞻　天下人都瞻望期待。《詩經・小雅・節南山》：「赫赫師尹，民具爾瞻。」毛傳：「具，俱；瞻，視。」孔穎達疏：「尹氏為太師，既顯盛，處位尊貴，故下民俱仰汝而瞻之。」⓰幸甚　書信中表示敬意的謙詞，意思是你這樣做會使我感到極為幸運。

【語　譯】二月十九日，某官某人謹跪拜將書信捧獻在相公左右。古人說，把水投進石頭中，是最困難的事了。我以為這還不算是最困難的。卑下的人干謁尊長，微賤的人說服貴人，這才困難啊。為什麼呢？那些尊榮富貴的人，固執倔強，不容易改變，要超過石頭；卑下微賤的人，柔軟脆弱，自卑自賤，要超過水。卑賤的人要干謁說服尊貴的人，其困難不是要超過以水投石嗎？然而，從古代到現在，往往又有卑賤者說服了尊貴者的事例，這又是什麼道理呢？是因為心與心相合，道和道相助的緣故啊。如果心和心相見，道和道相通，水反而成了石頭，石頭反而成了水，那相合的容易，又超過把石頭投入水中了。為什麼呢？把石頭投入水中，相撞時還發出聲音，沒入時還會形成波浪，心和道都互相契合，尊貴的人不感到自己尊貴，卑賤的人不感到自己卑賤。當默契暗合的時候，僅僅完全吻合而已。他們相合的容易，難道不超過石頭投入水中嗎？唉！這種交友之道，世間廢棄不行已經很久了。所以貴者自以為高貴，賤者自以為卑賤，雖然同心同道，也不去求得相互間的契合。現在我的心和相公的心愚智無法相比，我的道和相公的道小大不是同類，何況尊卑貴賤的形勢相去懸殊，像石，像水，要勉強使最困難的事變成最容易的事，豈不是行不通嗎？然而，明知辦不到的事卻硬要去辦，還是有原因的。因為相公現在來輔佐皇帝決定治理國家的大政，剛開始處在天下百姓仰望期待的地位，所以我私心希望改變天下人心賤者如水貴者如石的情況從相公開始，使天下高貴者和卑賤者的道相通從我開始。不然的話，難道我不知道自己行為的狂妄嗎？希望您能稍稍留意聽取，讓我把話說完，這就是使我最感幸運的事了。

某伏觀先皇帝❶之知遇相公也，雖古君臣道合者，無以加也。然竟不與大位，不授大權，不盡行相公之道者，何哉？識者以為先皇父子孝慈之間，亦古未有也。蓋先皇所以輟❷己知人之明、用賢之功、致理之德，以留賜今上❸也。亦猶太宗黜李勣❹，而使高宗寵用之也。故今上在諒陰❺而特用也，相公自郎官而特拜❻也。推此二者，有以見識者之言信矣。斯則先皇知遇之恩、貽燕❼之念，今上速用之旨、倚賴之誠，相公寵擢之榮、託寄之重：自國朝以來，三者兼之甚鮮矣。故某竊惟相公自拜命以來八九日，得食不暇飽，得寢不暇安，行則愯然❽，居則惕然，思所以答先皇之知，副❾今上之用，允❿天下之望哉。某竊以為必然矣。況今主上肇撫蒼生，初嗣洪業，雖物不改舊，而令宜布新。是以百辟⓫傾心，慺慺然⓬以待主上之政也；萬姓注目，專專然[13]以望主上之令也；四夷[14]側耳，顒顒然[15]以聽主上之風也。豈直若此而已哉？蓋待其政者，勤隋邪正繫其中焉；望其令者，憂喜親疏生其中焉；聽其風者，畏侮動靜出其中焉。而將來理亂之根、安危之源，盡在於三者之中矣。如此，則相公得不匡輔其政，緝熙[16]其令，宣和[17]其風乎？然則匡輔緝熙宣和之道，某雖不敏[18]，嘗聞於師焉，曰：天子之耳待宰相之耳而後聰也，天子之目待宰相之目而後明也，天子之心識[19]待宰相之心識而後聖神也；宰相之耳待天下之耳而後聰也，宰相之目待天下之目而後明也，宰相之心識待天下之心識而後能啟發聖神[20]也。然則下取天下耳目心識，上以為天子聰明神聖者，此宰相之本職也，而為匡輔緝熙宣和之道也。若宰相唯以兩耳聽之，兩目視之，一心思之，則朝廷之得失，豈盡知見乎？必不盡也，而況於天下之得失乎？宰相之耳目得聰明乎？必未也，而況於上以為天子聰明聖神乎？然則天下聰明心識，取之豈無其道耶？必有也，在乎知與不知、行與不行耳。噫！自開元[21]已來，斯道寖衰[22]，鮮能行者。自貞元[23]以來，斯道寖微[24]，鮮能知者。豈唯不知乎，不行乎，又將背古道而馳者也。何者？古者宰相以危言危行[25]、扶危持顛[26]為心，今則敏行[27]遜言[28]、全身遠害而已矣。古者宰相以接士[29]為務，今則不接賓客而已矣。

古者宰相以開閤㉚為名，今則鎖其第門㉛而已矣。致使天下之聰明盡委棄於草木中焉，天下之心識盡沉沒於泥土間焉，則天下聰明心識，萬分之中宰相何嘗取得其一分哉？是故寵益崇而謗益厚，歲彌久而愧彌深。至乃上負主恩，下斂㉜人怨，行止寢食，自有慚色者，夫豈非不得天下聰明心識之所致耶？然則為宰相者，得不思易其轍㉝乎？

【章　旨】從韋執誼拜相的時機和形勢論述韋執誼得到期望之高，責任之重，必須傾聽天下人意見。

【注　釋】❶先皇帝　已故皇帝。指唐德宗李适，貞元二十一年正月去世，皇太子李誦即位。❷輟　中止；不用。❸今上　當今皇帝。指唐順宗李誦。❹李勣　即徐世勣，字懋功，唐初名將，以功封英國公，賜姓李，避唐太宗諱省「世」字，稱李勣。唐太宗病危時，對高宗說：「汝於李勣無恩，我今將責出之。我死後，汝當授以僕射，即荷汝恩，必致其死力。」便出李勣為疊州都督。高宗即位，召拜洛州刺史，不久拜相，又拜左僕射。事見《舊唐書・李勣傳》。❺諒陰　即「諒闇」，居喪的凶廬。後指皇帝居喪。《禮記・喪服四制》：「高宗諒闇，三年不言。」注：「闇，謂廬也。」❻特拜　特恩拜官。韋執誼從正五品的吏部郎中授正四品的尚書左丞，並拜相，是少有的越級提拔。❼貽燕　留給子孫；為子孫打算。《詩經・大雅・文王有聲》：「詒厥孫謀，以燕翼子。」毛傳：「燕，安；翼，敬。」孔穎達疏：「思得澤及後人，故遺傳其所以順天下之謀，以安敬事之子孫。」❽慺然　恐懼貌。慺，同「[illegible]」。❾副　相稱。❿允合　符合。⓫百辟　百官。⓬慺慺然　恭謹貌。⓭專專然　專一貌。⓮四夷　泛指四方的少數民族和外國。⓯顒顒然　仰慕貌。⓰緝熙　和明。《文選》袁宏〈三國名臣序贊〉：「夙夜匪懈，義在緝熙。」呂延濟注：「緝、和；熙，明也。言其早夜非敢怠惰，義在和明政治，以平天下。」⓱宣和　疏通調和。⓲敏　聰惠。⓳心識　即心智。白居易《策林》第七十〈納諫上封章廣視聽〉：「思欲取天下之耳目，裨我視聽，盡天下之心智，為我思謀。」⓴聖神　聖明，對帝王的稱頌之辭。亦借指皇帝。柳宗元〈平淮夷雅〉：「度拜稽首，天子聖神。」㉑開元　唐玄宗的第二個年號，共二十九年（西元七一三—七四一年），是唐王朝最為安定富庶的時期，號稱「開元盛世」。㉒寖衰　逐漸衰頹。㉓貞元　唐德宗的第三個年號，共二十年（西元七八五—八〇四年）。㉔寖微　逐漸微細。㉕危言危行　直言直行。《論語・憲問》：「邦有道，危言危行。」㉖扶危持顛　傾側跌倒時加以扶持。顛，顛躓；跌倒。《論語・季氏》：「危而不持，顛而不扶，則將焉用彼相矣？」㉗敏行　努力加強自身修養。東方朔〈答客難〉：「此士所以日夜孳孳，敏行而不敢怠也。」㉘遜言　言語謙遜。㉙接士　接待士人。㉚開閤　打開小門，接待賓客。《漢書・公孫弘傳》：「起徒步，數年至宰相封侯，於是起客館，開東閣以延賢人，與參謀議。」顏師古注：「閤者，小門也，東向開之，避當庭門而引賓客，以別於掾史官屬也。」㉛第門　住宅大門。㉜斂　聚集。㉝易其轍　改變行車路線。比喻改變原則、方法或道路。

【語　譯】我看已故德宗皇帝對相公的了解和任用啊，即使是古代志同道合的君臣，也沒有超過的。然而卻沒有給您很高的職位，沒有授予您很大的權力，沒有完全實行您的主張，原因是什麼呢？有見識的人認為已故德宗皇帝父子之間的慈愛孝順，也是自古以來所沒有的。德宗皇帝之所以放棄自己知人善任的英明、任用賢良的功績、治理國家的德行，是要留下賞賜給當今的皇帝啊。這就像太宗罷黜李勣而讓高宗來加恩和任用他一樣啊。所以當今皇上在居喪期間特別任命了您，相公從郎中的官職特恩拜為宰相。從這兩點來看，可以看出有見識的人說的話是完全可信的了。這樣看來，已故皇帝了解賞識您的恩寵、為子孫作周全打算的想法，當今皇上迅速任命您的意圖、依靠和信賴您的誠意，相公您得到提拔的恩寵榮耀、所受委託的責任重大：從大唐建國以來，能夠同時具備這三種情況的是太少了。所以我私下揣想相公您自拜受任命以來八九天中間，吃飯沒時間吃飽，睡覺沒時間睡安穩，走路時恐懼不安，坐下來就內心警惕，總想著報答已故皇帝的知遇，對得起當今皇帝的任用，不辜負天下百姓的期望啊。我想情況必然是這樣的啊。何況當今皇上剛開始撫育百姓，繼承大業，雖然事物沒有變化，但應當發布新的政令。因此百官都一心嚮往，恭謹地等待著主上的政策；萬民百姓都睜眼注視，專心致志地仰望主上的命令；四方各國都側耳傾聽，仰慕地聆聽著主上的風化啊。難道僅僅只是像這樣嗎？等待政策的群臣，將來是勤是惰，是邪是直，全繫在政策之中；仰望命令的百姓，會擔憂會歡喜，會親附或疏遠君王，全源自所下的命令；聆聽風化的外邦，對本朝是敬畏是輕侮，是侵擾是歸順，皆出自主上的風化。而將來治或亂的根本、安定或危亡的起源就都在這三者的中間了。像這樣，相公難道能夠不輔助施政，和明政令，疏通調和風化嗎？我雖然愚鈍，然而曾經聽老師講匡輔和明疏通調和的道理說：天子的耳朵要依靠宰相的耳朵才能變得聰敏，天子的眼睛要依靠宰相的眼睛才能變得明亮，天子的心智要依靠宰相的心智才能變得聰明叡智；宰相的耳朵要依靠天下人的耳朵才能變得聰敏，宰相的眼睛要依靠天下人的眼睛才能變得明亮，宰相的心智要依靠天下人的心智才能開啟天子超凡入聖的心智。這樣看來，對下吸取天下人的耳目心智，對上造成天子的聞見廣博智慧超群，這是宰相本身的職責，成就匡輔和明疏通調和的政治的途徑。如果宰相僅僅用自己的兩隻耳朵來聽，兩隻眼睛來看，一顆心來思考，那朝廷的得失，怎麼能夠全部知曉呢？一定不能全部知曉的，更何況是天下的得失呢？宰相的耳目能夠聰明嗎？一定不會的，更何況對上要使天子聞見廣博智慧超群呢？這樣看來，要取得天下人的聰明心智難道就沒有辦法了嗎？一定有的，問題在於知道或者不知道、做或者不去做而已。唉！自從開元以來，取天下耳目心識之道逐漸衰頹，很少有人能做到的。自從貞元以來，取天下耳目心識之道逐漸微細，很少能有人知道的。哪裡僅僅是不知曉，不實行呢，而且將要和古人背道而馳了。為什麼呢？古代的宰相言行都十分正直，在國家出現傾覆危難時全心全意救助匡扶，現在卻只顧加強個人修養謙卑退讓、保全自身遠離禍患罷了。古代的宰相把接待士人當作自己的工作，現在卻不接待賓客罷了。古代宰相因開放閤門延接賓客得到美名，現在卻緊鎖宅門罷了。以致使天下的聰明都被拋棄在草木中，天下的心智都被掩埋在泥土中，天下的聰明心智，宰相哪曾取得其中的萬分之一呢？所以寵信越是崇高受到的指責就越多，在位的時間越久就越是感到慚愧。至於對上辜負皇帝的恩寵，對下積聚著百姓的怨憤，行止寢食時自己都感到羞慚，這難道不是沒有取得天下的聰明心智所造成的嗎？那麼做宰相的，能繼續這樣做而不加以改變嗎？

是以聰明損於上，則正直銷於下；畏忌慎默之道長，公議❶忠讜❷之路塞。朝無敢言之士，庭無執咎❸之臣，自國及家，寖以成弊。故父訓其子曰：「無介直❹以立仇敵。」兄教其弟曰：「無方正❺以賈悔尤❻。」先達者❼用以養身，後進者資❽而取仕。日引月長❾，熾然❿成風。識者腹非⓫而不言，愚者心競⓬而是效⓭，至使天下有目者如瞽也，有耳者如聾也，有口者如含鋒刃也。如此，則上之得失，下之利病，雖欲匡救，何由知之？嗟乎！自古以來，斯道之弊，恐未甚於今日也。

然則為宰相者，得不思變其風乎？是以慎忌積於中，則政事廢於表⓮；因循苟且⓯之心作，強毅久大之性虧。反謂率職⓰而舉⓱者，不達於時宜⓲；當官而行⓳者，不通於事變⓴。故殿最之書㉑，雖申而不實；黜陟之法㉒，雖備而不行。欲望惡者懲，善者勸㉓，或恐難矣。古之善為宰相者，豈盡得賢而用之乎？豈盡知不肖而去之乎？蓋在於秉鈞軸之樞㉔，握刀尺㉕之要，剗㉖邪為正，削觚為圓㉗，能使善之必遷㉘，不謂善之盡有；能使惡之必改，不謂惡之盡無。成此功者無他，懲勸之所致耳。然則為宰相者，得不思提其綱，使群目皆張乎㉙？是以懲勸息於此，則賢能乏㉚於彼。故岳鎮㉛闕而不知所取，臺省㉜空而不知所求。今則尚書六司之官㉝，暨于百執事㉞者，大凡要劇者㉟多虛其位，閑散者咸備其官。或曰，所以難其人，重其祿也。嗟乎！徒知難其人而闕之，不知邦政日歸於下吏也；徒知重其祿而愛㊱之，不知稍食㊲日費於冗員㊳也。損益利害，豈不明哉？古之善為宰相者，虛其懷，直其氣，苟有舉一賢者，必從而索之；苟有薦一善者，必隨而用之。然後明察否臧㊴，精考真偽，得人者行進賢之賞，謬舉者坐不當之辜㊵，自然審輪轅㊶以相求，謹關梁㊷以相保。故才無乏用，國無廢官。豈可疑所舉之未精，而反失其善？重所任而不苟，而反廢其官？與其廢官，寧其虛授；與其失善，寧其謬升。但在乎明覈是非，必行賞罰，則謬升虛授，當自辨焉。然則為宰相者，得不思振其領使眾毛皆舉㊸乎？

【章　旨】分析言路堵塞的危害形成畏忌慎默的風氣，造成吏治的腐敗，提出懲惡獎善以改變謹慎因循之風。

【注　釋】❶公議　秉公議論。❷忠讜　忠誠正直的言論。❸執咎　敢於建言並承擔責任。《詩經・小雅・小旻》：「發言盈庭，誰敢執其咎。」鄭玄箋：「謀事者眾，訩訩滿庭，而無敢決當是非，事若不成，誰云己當其咎責者。」❹介直　耿介正直。❺方正　為人正直不苟且。❻賈悔尤　招致怨恨。賈，招致。《論語・為政》：「言寡尤，行寡悔，祿在其中矣。」❼先達者　已經取得顯赫地位的人。❽資　憑藉；依靠。❾日引月長　猶日久天長。引，延長。❿熾然　火盛貌。⓫腹非　即腹誹，心中譏笑反對。⓬心競　心中爭勝。⓭是效　效此，學習保持謹慎沉默以保官求官。⓮表　外部。⓯因循苟且　隨隨便便敷衍了事。⓰率職　奉行職事。⓱舉　行動；辦事。⓲時宜　當時的需要。⓳當官而行　擔任官職，履行職責。《左傳・文公十年》載子舟懲罰了宋公的僕人，有人認為「國君不可戮」，批評他所作不當，子舟說：「當官而行，何彊之有？……敢愛死以亂官乎！」⑳事變　事物的變化。㉑殿最之書　考核政績的公文。古代官員每年要考核政績，定出等級，最差的稱為「殿」，最好的稱為「最」。㉒黜陟之法　官吏經過考核決定升降的辦法。黜陟，降職和升遷。《尚書・舜典》：「三載考績，三考，黜陟幽明。」㉓勸　勸勉；鼓勵。㉔秉鈞軸之樞　掌握陶鈞和車軸的樞紐。鈞，是製造陶器的轉輪。軸，是車輪旋轉前進的要件。秉鈞軸，比喻宰相總攬朝政，治理國家。㉕刀尺　剪刀和尺。比喻評量和進退人才的權力。㉖剗　鏟除。㉗削觚為圓　改變事物的形制。比喻改變人的秉性。觚，器物的稜角。《史記・酷吏列傳》：「漢興，破觚而為圜，斲雕而為朴。」㉘遷　升遷。㉙得不二句　綱，提網的總繩。目，網的孔眼。《呂氏春秋・用民》：「一引其綱，萬目皆張。」㉚乏　缺少。㉛岳鎮　方鎮。相傳堯舜時有四岳，分掌四方的諸侯。唐代各道設節度使或觀察使，總攬一方軍政大權，下轄若干州，稱為方鎮，相當於古代的四岳。㉜臺省　中央政府，唐代設置中書、門下、尚書三省及御史臺，總攬立法、行政、監察等政務。㉝尚書六司之官　尚書，尚書省，唐代中央處理政務的主要官署。六司，六部，尚書省下設吏、戶、禮、兵、刑、工六部。㉞百執事　百官。㉟要劇者　地位重要、事務繁劇的官職。㊱愛　吝惜。㊲稍食　官府按月發給的官俸。㊳冗員　閒散的官員。㊴否臧　惡與善。㊵辜　罪罰。㊶輪轅　車輪和車轅，輪用曲木，轅用直木。比喻不同的人才。㊷謹關梁　把守好關口和橋梁。《文選》宋玉〈九辯〉：「猛犬狺狺而迎吠兮，關梁閉而不通。」呂向注：「閉關，喻塞賢路也。」後以「關梁」指對官吏的保舉。《晉書・郤詵傳》：「當今之世，宦者無關梁，邪門啟矣；朝廷不責賢，正路塞矣。得失之源，何以甚此。所謂責賢，使之相舉也；所謂關梁，使之相保也。」㊸振其領使眾毛皆舉　《後漢書・楊倫傳》：「振裘持領，領正則毛理。」拎著皮衣的衣領加以抖動，所有的毛都會伸展理順。比喻抓住關鍵和主綱帶動各項事務走上正軌。

【語　譯】因此，居上位的視聽受到壅蔽，在下面的正直就日漸消亡；畏懼猜忌謹慎沉默的風氣滋長起來，忠貞正直秉公議論的道路被堵塞。朝堂上沒有敢於進言的官員，宮廷中沒有敢於負責的臣子，從國家到家庭，逐漸形成弊病。所以父親教訓他的兒子說：「不要耿介直言來樹立仇敵。」兄長教育弟弟說：「不要端方正直來招致怨恨。」已經顯達的利用它來保護自身，後來求官的依靠它來謀取官職。日久天長，形成熾盛的風氣。有見識的人心中批評嘴裡不說，沒見識的人心中爭著加以效法，以至於天下的人雖有眼睛卻像個瞎子，雖有耳朵卻像個聾子，雖有嘴巴卻像嘴裡含了利刃。像這樣，朝政的得失，民間的利弊，雖然想要去匡扶救助，又有什麼辦法知道？可嘆啊！自古以來，言路堵塞的弊病，恐怕沒有超過現在的了。那麼做宰相的能不考慮去改變這種風氣嗎？因此，謹慎畏忌積聚在內心，身外的政事就荒廢了；隨隨便便敷衍了事的心態形成，堅強果斷久遠宏大的性格就虧缺了。反而認為盡職盡責按章辦事的人是不了解當時的需要，擔任官職履行職責的人是不懂得通權達變。所以，考核政績優劣的文書，雖然申報了卻並不真實；官員升降的制度，雖然很完備但從不實行。想要作惡的人得到懲處，為善的人得到鼓勵，恐怕太難了。古代善於做宰相的，難道能得到所有的賢人加以任用嗎？難道能知道所有不賢的人而加以斥逐嗎？在於抓住朝廷大政的樞紐，掌握考核和進退人才的關鍵，鏟除邪佞樹立正氣，削去稜角改變氣質，能使為善的人一定升遷，不說所任用的全都是好人，能使為惡的人必定改正，不說完全沒有惡事。做到這一點沒有別的原因，就是懲罰和獎勵造成的罷了。這樣看來，做宰相的能不考慮抓住總綱使各項事情都帶動起來嗎？因此這裡的懲罰獎勸停止了，那裡的賢德人才就缺少了。所以地方藩鎮大臣空闕不知從哪裡可以取得，中央官署空虛不知到哪裡徵求。現在尚書省六部的官員以及朝中的百官，大抵重要繁劇的官位多半空闕，清閒的官職卻都安置了官員。有人說，這是因為難以找到合適的人，看重官員的俸祿啊。唉！只知道難以找到合適人才就空闕而不安排，不知道國家的政事一天一天地落到下面小吏的手中去了；只知道看重官員的俸祿而吝惜它，不知道官俸一天一天地被閒散的官員浪費掉了。得失利弊，難道還不明白嗎？古代善於做宰相的，胸懷寬廣，作風正直，如果有人舉薦一位賢才，必定跟著去求訪；如果有人舉薦一個有優點的人，必定馬上去任用。然後清楚地考察他的好壞，仔細地調查他的真偽，得到人才的給進獻的人以賞賜，舉薦不實的追究舉薦不當的過失，人們自然就會仔細考察人的才德再加以求取，慎重地進行推舉保薦。所以可用的人才就不會缺乏，國家沒有廢置的官位。怎麼可以因為懷疑所薦舉人才不準確反而失去了賢才，怎麼能夠因為重視官職不隨便授與反而曠廢了官職？與其曠廢官職，寧可授與才德不相稱的人；與其失去賢才，寧可將不當提拔的人加以提拔。只要明白地考核是非，堅決地實行獎懲，那麼不稱職的和不當提拔的，自然可以辨明了。這樣看來，做宰相的能不考慮怎樣抓住事情的綱領把所有的事情都理順嗎？

是以庶政❶闕於內，則庶事數❷於外。至使天下之戶口日耗❸，天下之士馬❹日滋；游手❺於道途市井❻者不知歸，託足❼於軍籍❽釋流❾者不知反；計數之吏❿日進，聚斂之法⓫日興。田疇⓬不闢，而麥禾之賦日增；桑麻不加，而布帛之價日賤。吏部則士人多而官員少，姦濫⓭日生；諸使⓮則課利⓯少而羨餘⓰多，侵削⓱日甚。舉一知十，可勝言哉！況今方域⓲未甚安，邊陲⓳未甚靜，水旱之災不戒，兵戎之動無期。然則為宰相者，得不圖將來之安，補既往之敗乎？若相公用天下之目觀而救之，夫豈無最遠之見乎？用天下之心圖⓴而濟㉑之，夫豈無最長之策㉒乎？策之最長者，見之最遠者，在相公鑑而取之，誠而行之而已。取之也，行之也，今其時乎！時之為用㉓大矣哉！古者聖賢，有其才無其位，不能行其道也。有其才有其位，無其時，亦不能行其道也。必待有其才，有其位，有其時，然後能行其道焉。某竊見相公曩時㉔制策對㉕中，論風化澆淳㉖之源，明天人交感㉗之道，陳兵災救療之術，可謂有其才矣。又伏見今月十一日制詞㉘云：「其代予言，允屬良弼㉙，必能形四方之風㉚，成天下之務㉛。」可謂有其時矣。今相公有其才，有其位，有其時，則行道由己，而由道乎哉！某又聞一往而不可追者，時也。故聖賢甚惜焉。方今拭天下之目，以觀主上之作為也，側天下之耳，以聽相公之舉措也。如此，則相公出一言，不終日而必聞於朝野；主上發一令，不浹辰㉜而必達於華夷。蓋主上輯百辟㉝，和萬姓，服四夷之時，在於此時矣；相公充人望㉞，代天工㉟，報國之恩，正在於今日矣。

【章　旨】論述當前政治的腐敗和局勢的危殆，指出當前是改革的最好時機。

【注　釋】❶庶政　各種政務。庶，眾。❷斁　敗壞。❸耗　損耗；減少。❹士馬　兵馬；軍隊。❺游手　游手好閒不事生產的人。❻道途市井　道路城鎮。❼託足　依附；寄身。❽軍籍　軍隊的花名冊，寄名於軍籍可以免除賦役，為非作歹也不易受到懲罰。❾釋流　僧徒，僧徒可以免除賦役。❿計數之吏　指徵收賦稅的官吏。⓫聚斂之法　搜括賦稅的方法。⓬田疇　耕地。⓭姦濫　弄虛作假。⓮諸使　各種使臣，包括節度使、觀察使以及度支、鹽鐵、轉運等使。⓯課利　定額的賦稅。⓰羨餘　剩餘，官員以上繳國庫賦稅剩餘的名義向朝廷進貢的財物。⓱侵削　侵犯削奪。⓲方域　國內。⓳邊陲　邊疆。⓴圖　謀劃。㉑濟　救助。㉒策　謀略。㉓時之為用　原作「為時之用」，據《全唐文》改。㉔曩時　昔時；過去。㉕制策對　制科策問的回答。據《唐會要》卷七四，韋執誼貞元元年登賢良方正能極言直諫科。該年考官陸贄所撰制策試題保存在《文苑英華》卷四八六中，韋執誼的對策已經亡佚。㉖澆淳　澆薄和淳厚。㉗天人交感　天象和人事互相感應。㉘今月十一日制詞　指任命韋執誼為相的制詞。文見《唐大詔令集》卷四六、《冊府元龜》卷七三。㉙其代二句　《唐大詔令集》和《冊府元龜》作「是用命爾，納誨弼違」。良弼，賢良的宰臣。㉚形四方之風　《詩經．大序》：「言天下之事，形四方之風，謂之『雅』。」孔穎達疏：「言道天下之政事，發見四方之風俗，如是而作詩者，謂之『雅』。」㉛成天下之務　《周易．繫辭上》：「夫《易》，聖人之所以極深而研幾也。唯深也，故能通天下之志；唯幾也，故能成天下之務。」㉜浹辰　古代用干支記日，稱從子到亥一周十二天為「浹辰」。

㉝輯百辟　安定百官。㉞充人望　滿足百姓的期望。㉟代天工　代皇帝施政。天工，天的職責任務。《尚書・益稷》：「無曠庶官，天工人其代之。」

【語　譯】因此，朝廷內各種政事闕失，朝廷外各種事務就都被敗壞。以至於使得天下的戶數和人口數一天天減少，天下的軍士戰馬數卻日漸增多；在道路和城市游手好閒的人不知道回家，寄名在軍隊和佛寺的人不知道離開；徵收賦稅的人員天天增加，搜括賦稅的花樣天天出現。沒有開闢新的耕地，但是農業稅一天比一天多；沒有增加桑麻的種植，但是布帛的價錢一天比一天賤。在吏部中書生多而官員少，弄虛作假的事天天發生；在地方藩鎮，額定的賦稅上交少而稅外進奉的錢物卻多，侵犯削奪的現象一天比一天嚴重。舉出一點就可以知曉全面情況，哪裡可以一一都說到呢！況且現在境內還不很安定，邊疆還不太平靜，水旱的災害沒有作好預防的準備，戰爭不一定在什麼時候發生。這樣看來，做宰相的能不為未來的安定打算，補救過去的失誤嗎？如果相公您用天下人的眼睛來觀察和補救的話，難道會沒有最遠大的見識嗎？用天下人的心智來謀劃和救助的話，難道會沒有最好的謀略嗎？最好的謀略、最遠大的見識，在於相公能通過鑑別來取得，全心全意地來實行罷了。求取和實行，現在正是時候了！時機的作用太大了啊！古代的聖賢，有才能沒有官職，不能實現他的主張。有才能和官職卻沒有時機，也不能實現他的主張啊。一定要等到有才能，有官職，有時機，然後才能實現他的主張。我私下得見相公您在過去制科考試的對策中，論述風俗澆薄和淳厚的根源，辨明天人互相感應的道理，陳說戰爭災荒治理救治的辦法，可以說是有才能啊。又看到本月十一日拜相的制詞說：「代我說話，委託給賢良的宰臣，一定能發現四方的風俗，成就天下的事務。」可以說是有官職了。現在相公您有才能，有官職，有時機，主張的實現決定在你自己，在你的治國之道啊。我又聽說，一失去就不可能再追回的是時機啊！所以聖賢都很珍惜它。現在，天下的人都在擦亮眼睛來看皇上的作為，天下的人都在傾側著耳朵來聽相公您的舉動措施啊。像這樣，相公說出一句話，不到一天朝廷和民間都可聽到；皇上發出一個命令，不到十來天就傳遍境內和四方小國。皇上使百官安定，使萬民和諧，使四夷歸順的時機，就在這個時候了啊；相公滿足百姓的期望，代皇上治理國家，報答國家的恩典，也就正在今天啊。

或者曰：君臣之道至大也，可以漸合，不可以速合也；天下之化至大也，可以漸行，不可以速行也；賢人之事業至大也，行之可以枉尺而直尋❶也。某以為殆不然矣。夫時之變，事之宜，其間不容息❷也。先之太過，後之則不及。故時未至，聖賢不進而求；時既來，聖賢不退而讓。蓋得之，則不啻❸乎事半而功倍❹也；失之，則不啻乎事倍而功半也。嗟乎！或者徒知漸合其道，而不知啟沃❺之時，失於漸中矣；徒知漸行其化，而不知燮理❻之時，失於漸中矣；徒知枉尺而直尋，而不知易失於時，則難生於漸中，雖枉尋不能直尺矣。近者，宰相道不行，化不成，事業不光明，率由乎有志於漸矣。請以前事明之。某嘗聞太宗顧謂群臣曰：「善人為邦百年，然後能勝殘去殺❼。當今大亂之後，將求致理，寧可造次❽而望乎？」魏文貞❾曰：「不然。夫亂後易理，猶飢人易食也。若聖哲施化，人應如響❿，期月⓫而可，信不為難。三年成功，猶謂其晚。」太宗深納其言。時封德彝⓬輩共非之曰：「不可。三代⓭以後，人漸澆訛⓮，皆欲理而不能，豈能理而不欲？魏徵書生，不識時務⑮，信其虛說，必亂國家。」於是太宗卒從文貞之言，力行不倦，三數年間，天下大安，戎狄⑯內附。太宗曰：「惜哉！不得使封德彝見之。」斯則得其時，行其道，不取於漸之明效也。況今日之天下，豈獘於武德⑰之天下乎？相公之事業，豈後於文貞之事業乎？在於疾行而已矣。所以主上踐祚⑱未及十日，而寵命⑲加於相公者，惜國家之時也。相公受命未及十日，而某獻於執事者，惜相公之時也。夫欲行大道，樹大功，貴其速也。蓋明年不如今年，明日不如今日矣。故孔子曰：「日月逝矣，歲不我與⑳。」此言時之難得而易失也。伏惟相公惜其時之易也，而不失焉；慮其漸之難也，而不取焉。抑㉑又聞，濟時者，道也；行道者，權也；扶㉒權者，寵也。故得其位，不可一日無其權；得其權，不可一日無其寵。然則取權，有術也；求寵，有方也。蓋竭其力以舉職，而權必自歸；忘其身以徇公㉓，而寵必自至。權歸寵至，然後能行其道焉。伏惟相公詳之而不忽也。

【章旨】批判改革當漸進的看法，希望韋執誼能把握機遇，大刀闊斧進行改革。

【注釋】❶枉尺而直尋　尋，八尺。彎曲一尺而能伸直一尋。比喻所屈者小而收穫甚大。《孟子・滕文公下》：「且《志》曰『枉尺而直尋』，宜若可為也。」❷不容息　指時間非常短暫。息，呼吸。❸不啻　何止。❹事半而功倍　花很小的力氣取得很大的效果。《孟子・公孫丑上》：「故事半古之人，功必倍之。惟此時為然。」❺啟沃　啟發和澆灌。指竭誠開導和輔佐君主。《尚書・說命上》：「啟乃心，沃朕心。」孔穎達疏：「當開汝心所有，以灌沃我心，欲令以彼所見，教己未知故也。」❻燮理　協和治理。❼勝殘去殺　實行仁政，使殘暴的人轉化成為良善，因而可以廢除刑殺。❽造次　倉卒；匆忙。❾魏文貞　魏徵，太宗時賢相，死後諡文貞。魏徵和太宗這段談話見於吳兢《貞觀政要》卷一。❿如響　如響應聲。響，回聲。⓫期月　一年。⓬封德彝　名倫，字德彝，武德中官至中書令、尚書左僕射。兩《唐書》有傳。⓭三代　指夏、商、周三個朝代。⓮澆訛　澆薄詐偽。⓯時務　治國的大事。⓰戎狄　古代少數民族，西曰戎，北曰狄。這裡主要指西北邊境的突厥族。據《舊唐書・太宗紀》，貞觀四年，李靖破突厥，俘頡利可汗，「自是西北諸蕃，咸請上尊號為『天可汗』」。⓱武德　唐高祖李淵年號，共九年（西元六一八—六二六年）。⓲踐祚　即踐阼，登上阼階（東階）主位。特指皇帝登基即位。⓳寵命　加恩特賜的任命。⓴日月二句　這兩句話出自《論語・陽貨》，是陽貨勸孔子出來做官的話，並不是孔子的話。㉑抑　句首助詞。㉒扶　扶助；支撐。㉓徇公　為國家公務而獻身。徇，通「狥」。

【語譯】有的人說：君臣關係的道理最為宏大啊，可以逐漸磨合，不能迅速結合在一起；治理天下的道理最為宏大啊，可以逐漸推行，不能迅速推行啊；賢人的事業最為宏大啊，實行起來可以以小的退讓來換取大的進展啊。我以為情形大約並不是這樣的啊。時機的變化，事情的適宜，時間非常短暫。早了就超過了，遲了就趕不上。所以時機不到，聖賢不前進強求；時機來了，聖賢不退避謙讓。因為抓住了時機，就何止是事半功倍；失去了時機，就不僅是事倍功半了。唉！有的人只知君臣之道要逐漸磨合，卻不知啟悟君主的時機就在這逐漸的過程中失去了；只知政令教化要逐漸推行，卻不知協和治理的時機就在這逐漸的過程中失去了；只知用小的退讓換取更大的進展，卻不知道容易失去時機，困難產生在漸進中，雖然退讓尋丈也不能前進一尺了。近年來，宰相的主張不能實行，教化不能成功，功業不顯赫，都是由於想要逐漸進行啊。請允許用前代的事來說明。我曾聽說，太宗曾回顧群臣說：「有道德的人治理國家百年，然後才能使殘暴的人轉變，廢除死刑。現在大亂之後，將要求得大治，倉促間怎麼可以辦得到呢？」魏徵說：「不是這樣的。動亂之後容易治理，就好像飢餓的人容易滿足一樣。如果是具有特殊智慧的人來施行教化，百姓像回聲一樣響應，一年就成功，確實不難，三年成功，仍然認為時間太長了。」太宗十分同意他的見解。封德彝等一同反對說：「不可以。夏、商、周三代以後，民風逐漸浮薄虛偽，都是想要治理好卻做不到，哪裡是能治理好卻不想治理呢？魏徵是書生，不懂得國家大事，相信他的空談，一定會把國家搞亂。」於是太宗終於聽從魏徵的意見，努力進行毫不懈怠，三五年內，國家完全安定，邊境少數民族都來歸附。太宗說：「可惜啊，沒有辦法讓封德彝看到今天的情況！」這就是抓住時機，推行治道，不採取漸進辦法的明顯功效啊。況且，難道今天國家的衰弊超過了武德時期嗎，難道相公的事業比不上魏丞相嗎？關鍵就在於迅速推行罷了。所以皇上即位以後不到十天，恩命就降臨到相公的身上，這是珍惜國家的時機啊。相公您接受委任不到十天，我就獻書給您的辦事人員，就是珍惜您的時機啊。如果要推行最高的治國方略，建立偉大的功業，貴在行動迅速，明年就不如今年，明天就不如今天。所以孔子說：「時間過去了，年歲不等人。」這是說時機難以得到卻容易失去啊。希望相公珍惜抓住時機建功的容易而不失去時機，考慮到漸進的困難而不採取漸進的辦法。又聽說，救濟當世靠的是政治主張啊，推行政治主張靠的是權力啊，支持權力靠的是皇帝的信任啊。所以得到宰相的地位，一天都不能失去權力；得到權力後，一天都不能失去皇帝的信任。然而取得權力是有策略的，求得信任是有方法的。只要竭盡全力來履行好職責，權力一定會自動集中到手中；不計個人的生死得失報效國家，寵信一定會自動加於身上。有了權力和信任，然後才能實現政治主張，希望相公能審察這點而不忽視它。

抑又聞：不棄死馬之骨者，然後良驥❶可得也；不棄狂夫❷之言者，然後嘉謨❸可聞也。苟某管見❹之中有可取者，俯而取之；苟蕘言❺之中有可採者，俛❻

而採之，則知之者必曰：「如某之見猶且不棄，況愈於某之徒歟？」則天下精通❼達識之士得不比肩❽而至乎？聞之者必曰：「如某之言猶且不棄，況愈於某之徒歟？」則天下謇諤❾敢言之士得不繼踵❿而來乎？伏惟相公試垂意⓫焉，則天下之士幸甚。某遊長安僅⓬十年矣，足不踐相公之門，目不識相公之面，名不聞相公之耳，相公視某何為者哉？豈非介者⓭耶？狷者⓮耶？今一旦卒然⓯以數千言塵黷⓰執事者，又何為哉？實不自揆⓱，欲以區區⓲之聞見，裨相公聰明萬分之一分也，又欲以濟天下顛頓⓳之人死命萬分之一分也，相公以為如何？

【章　旨】以古為喻，希望韋執誼能採納自己的意見，表白自己上書的用心。

【注　釋】❶良驥　良馬；千里馬。《戰國策・燕策一》記載，燕昭王為報齊國破燕之仇，卑身厚幣以招賢者，郭隗對他說：「臣聞古之君人，有以千金求千里馬者，三年不能得。涓人言於君曰：『請求之。』君遣之，三月，得千里馬，馬已死。買其首五百金。反以報君，君大怒曰：『所求者生馬，安事死馬而捐五百金？』涓人對曰：『死馬且買之五百金，況生馬乎！天下必以王為能市馬，馬今至矣。』於是不能期年，千里之馬至者三。今王誠欲致士，先從隗始。隗且見事，況賢於隗者乎，豈遠千里哉！」於是昭王為隗築宮而師之，樂毅自魏往，鄒衍自齊往，劇辛自趙往，士爭湊燕。❷狂夫　愚鈍的人。《史記・淮陰侯列傳》：「臣聞智者千慮，必有一失；愚者千慮，必有一得。故曰：『狂夫之言，聖人擇焉。』」❸嘉謨　好的謀略。❹管見　狹小的見識。❺蒭言　芻蕘之言，草野之人的言論。蒭，同「芻」。割草。蕘，打柴。《詩經・大雅・板》：「先民有言，詢于芻蕘。」❻俛　同「俯」。❼精通　《全唐文》作「通情」。❽比肩　並肩。❾謇諤　正直敢言。❿繼踵　前後足跡相接。⓫垂意　留意。⓬僅　將近；差不多。⓭介者　耿直孤傲的人。⓮狷者　拘謹而有所不為的人。《論語・子路》：「狂者進取，狷者有所不為也。」⓯卒然　突然。⓰塵黷玷汙，用作謙詞。⑰揆　度量。⑱區區　自稱的謙詞。⑲顛頓　困頓。

【語　譯】我又聽說：不拋棄死馬的骸骨然後可能得到千里馬；不拋棄愚鈍者的意見，然後可能聽到好的謀略。如果我粗淺的意見還有可取之處，能俯身拾取，如果我草野的言論還有值得採擇之處，能俯身採擇，那麼知道的人一定會說：「像某某人的見解尚且沒被拋棄，何況比某某更優秀的人呢？」全國見識高明通達的人能不並肩而來嗎？聽到的人一定會說：「像某某人的言論尚且沒被拋棄，何況比某某更優秀的人呢？」天下忠誠正直敢於進言的人能不接踵而來嗎？希望相公姑且能留意一下，那就是天下士人的幸運了。我來到長安差不多有十年了，腳沒有踏進過相公的門檻，眼睛沒有見過相公一面，姓名沒有傳入相公的耳中，相公認為我是什麼樣的人呢？難道不是耿直孤傲的人嗎？不是拘謹而有所不為的人嗎？現在突然用一封幾千字的長信來玷汙您的耳目，又是為什麼呢？實在是不自量，想以我的所見所聞，裨補相公聰明智慧的萬分之一啊，又想救助天下困頓將死的人中的萬分之一啊，相公認為怎麼樣呢？

【研　析】這是一封長達三千字的書信。從題目看是代人寫作投獻給永貞元年的宰相韋執誼的。但中間有的文字和《策林》中的文字大體相同（如「朝無敢言之士」、「是以慎忌積於中，則政事廢於表」二段見於《策林》第三十五〈使百職修皇綱振〉，「抑又聞：不棄死馬之骨」一段見於《策林》第七十〈納諫〉），所以也不能完全排除白居易自己上書的可能性。至少，這封信代表著白居易自己積極支持革新派的政治立場。

書信的中心是希望韋執誼能珍惜大好的時機，充分聽取下層的意見，從整頓吏治入手，迅速採取改革的措施，扭轉唐王朝每況愈下的局面。文章大體上可分為四個層次。第一層，首先從自己方面以水石為喻說明卑賤者向尊貴者進言的困難，然後從韋得到先帝、今上、百官、萬民的期待，肩負責任重大，指出他應當充分傾聽意見。第二層著重論述改革的必要性，從分析言路阻塞的危害入手提出改革吏治的主張，指出言路阻塞造成了畏忌慎默的風氣，官吏因循苟且，政事廢棄不行，只有改革吏治，懲惡獎善，才能如提綱振裘，使群目皆張，眾毛皆舉。第三層則論述改革的迫切性。作者從唐王朝政局的危殆和當前的時機論述應當把握時機盡快推行改革，並批駁了改革應當漸進的觀點。最後一層希望章能採納自己的主張，並表白了自己的態度。

這封書信觀點鮮明，論證詳實，說理透徹，表現了白居易早年對現實政治的清醒認識和銳意革新的非凡勇氣，是研究他早期思想和永貞革新的重要史料。文章對於王朝腐敗的吏治和危殆的現狀作了尖銳的揭露，充滿著危機感。運用比喻、史實，大量採用對比、排比、反詰等句式，都增強了文章說服力。但文章仍然患有白居易自己所說的「意太切而理太周」的毛病，所以顯得繁雜而冗長。

初授拾遺獻書❶

【題　解】本文是元和三年（西元八〇八年）五月白居易上給唐憲宗的一道奏章。感謝皇帝授官的恩寵，剖白內心的忠誠，表明居官當履行職責、粉身圖報的態度。

五月八日，翰林學士❷、將仕郎❸、守左拾遺❹臣白居易頓首❺頓首，謹昧死❻奉書于旒扆❼之下。臣伏奉前月二十八日恩制❽，除授臣左拾遺，依前充❾翰林學士者。臣與崔群❿同狀陳謝，但言忝冒⓫，未吐衷誠。今者再黷宸嚴⓬，伏惟重賜詳覽。

【章　旨】本章概括敘述再次獻書的事由。

【注釋】❶初授拾遺獻書　拾遺，官名，從八品上，掌諷諫供奉。分左右，分屬門下省和中書省。題下原注：「元和三年進。」白居易元和三年四月二十八日自盩厔尉遷左拾遺，依舊為翰林學士。見丁居晦〈重修承旨學士壁記〉。❷翰林學士　唐代官名，玄宗初，置翰林待詔，掌四方表疏批答、應和文章，後改名翰林供奉，開元二十六年又改名學士，在宮中專置學士院，專掌內命，凡將相拜免、號令征伐等重要文件都由學士起草。以後，地位越來越重要，號為「內相」。學士不屬於職事官，沒有固定的品級和員數，上至三品的尚書，下至九品的校書郎，都可以充任。❸將仕郎　文階官最低的一級，從九品下。❹守左拾遺　唐代任命官吏的用語，凡階官品級低於職事官的稱「守」某官，高於職事官的稱「行」某官。拾遺從八品上，高於從九品下的將仕郎，故稱「守」。❺頓首　叩頭，多用於書信表奏中表示敬意。❻昧死　冒死。❼旒扆　代指皇帝。旒，是皇帝禮冠。扆，是皇帝座後的屏風。❽恩制　降恩的制書。指任命官職的文件。❾依前充　和以前一樣充當。前此，白居易以盩厔縣尉充翰林學士。至此，改官拾遺，仍充學士。❿崔群　字敦詩，清河人。貞元八年進士，元和十二年拜中書侍郎、同平章事。後累歷方鎮和臺閣。兩《唐書》有傳。據丁居晦〈重修承旨學士壁記〉，崔群元和二年十一月六日自左補闕充翰林學士，三年四月二十八日遷庫部員外郎，依前充學士，所以和白居易「同狀陳謝」。這道〈謝官狀〉見於《白居易集》卷五九。⓫忝冒　不稱職；濫竽充數。⓬再黷宸嚴　再次冒犯帝王的威嚴。

【語譯】五月八日，翰林學士、將仕郎、守左拾遺白居易頓首再拜，恭謹地冒死上書給皇帝陛下。臣承奉上月二十八日恩命制書，授予臣左拾遺的官職，依舊擔任翰林學士。臣和崔群同作一狀謝恩，只說到對自己不稱職感到慚愧，沒有剖白內心的忠誠。所以再次上書冒犯陛下的威嚴，請您能再仔細看一看。

臣謹按《六典》❶，左右拾遺掌供奉諷諫，凡發令舉事有不便於時、不合於道者，小則上封❷，大則廷諍❸。其選❹甚重，其秩甚卑。所以然者，抑有由也。

大凡人之情，位高則惜其位，身貴則愛其身。惜位則偷合❺而不言，愛身則苟容❻

而不諫，此必然之理也。故拾遺之置，所以卑其秩者，使位未足惜，身未足愛也。所以重其選者，使上不忍負恩，下不忍負心也。夫位未足惜，恩不忍負，然後能有闕必規，有違必諫，朝廷得失無不察，天下利病無不言，此國朝置拾遺之本意也。由是而言，豈小臣愚劣闇懦❼所宜居之哉？

【章　旨】列舉朝廷典章，說明拾遺的地位、職責和唐朝設置拾遺的本意。

【注　釋】❶六典　一部記載唐代官制的著作，唐玄宗開元中修撰，共三十卷，舊題唐玄宗「御撰」，李林甫等奉敕注，實際上是眾多集賢院學士經十餘年集體編撰而成。後人更名為《唐六典》。❷上封　上封事，上密封的奏章。❸庭諍　在朝堂當面進諫。《唐六典》卷八：「左補闕、左拾遺掌供奉諷諫，扈從乘輿。凡發令舉事有不便於時、不合於道，大則廷議，小則上封。若賢良之遺滯於下，忠孝之不聞於上，則條其事狀而薦言之。」❹選　選擇；授官。這裡指官吏的任命。❺偷合　苟且迎合。❻苟容　但求保全自身。《荀子·臣道》：「不卹君之榮辱，不卹國之臧否，偷合苟容，以持祿養交而已耳，謂之國賊。」❼愚劣闇懦　才能低劣，昏憒懦弱。

【語　譯】臣考察《六典》，左右拾遺的職掌是侍從皇帝左右，對皇帝的闕失進行規諫諷諭，凡是發布的政令採取的措施有不適合當時情況、不符合道理的，小事就獻上密封的奏章，大事就在殿廷中當面諫諍。拾遺的職責很重要，拾遺的官品卻很卑下。之所以這樣，是有道理的。大體說來，人之常情是官位崇高了就愛惜官位，自身高貴了就愛惜自身。愛惜官位就苟且迎合不敢說真話，愛惜自身就但求容身不敢進諫言，這是事理之必然。之所以設置拾遺，使它的品秩卑下，是使官位和自身不值得愛惜啊。之所以任命拾遺時特別慎重，是使被任用的人對上不忍辜負皇恩，對下不忍辜負良心啊。官位不足愛惜，皇恩不忍辜負，然後就能夠做到有遺闕一定能規勸，有違失一定能諫諍，朝廷的得失沒有不考察的，天下的利弊沒有不直言的，這是我朝設置拾遺官職的本意啊。從這點來說，這個官職哪裡是才能低下昏庸怯懦的我所適合擔任的呢？

況臣本鄉里豎儒❶，府縣走吏❷，委心泥滓❸，絕望煙霄❹，豈意聖慈，擢居近職。每宴飫❺無不先及，每慶賜❻無不先霑。中廄之馬❼代其勞，內廚❽之膳給其食。朝慚夕惕，已逾半年，塵曠❾漸深，憂愧彌劇。未伸微效，又擢清班❿。臣所以授官已來，僅⓫將十日，食不知味，寢不遑安，唯思粉身，以答殊寵，但未獲粉身之所耳。今陛下肇⓬建皇極⓭，初受鴻名⓮，夙夜憂勤，以求致理。每施一政，舉一事，無不合於道，便於時，故天下之心顒顒然⓯，日有望於太平也。然今後萬一事有不便於時者，陛下豈不欲聞之乎？萬一政有不合於道者，陛下豈不欲革之乎？候陛下言動之際，詔令之間，小有遺闕，稍關損益，臣必密陳所見，潛獻所聞，但在聖心裁斷而已。臣又職在中禁⓰，不同外司，欲竭愚衷⓱，合先陳露⓲。伏希天鑒⓳，深察赤誠。無任感恩欲報，懇款屏營之至⓴，謹言。

【章旨】感謝皇恩的深重，表達內心的感激，表明居官的態度。

【注釋】❶豎儒　對儒生的鄙稱。豎，僮僕。❷走吏　供奔走的小吏。白居易進入翰林院前曾任京兆府盩厔縣尉，所以自稱「府縣走吏」。❸泥滓　汙泥渣滓。比喻卑下的地位。❹煙霄　猶言雲霄。比喻朝廷高位。❺宴飫　飲宴。❻慶

賜　賞賜。❼中廄之馬　御馬。中廄，宮中馬廄。唐代宮中有飛龍廄等馬廄，翰林學士例賜飛龍廄馬乘騎。❽內廚　宮中御廚。❾塵曠　汙染曠廢。❿清班　清官的班行。唐代職事官員清濁區分，以次補授，拾遺為清官。見《舊唐書・職官志一》。⓫僅　幾乎；差不多。⓬肇　開始。⓭皇極　指帝位。⓮鴻名　大名，指尊號。《舊唐書・憲宗紀上》：元和三年正月，「癸巳，群臣上尊號曰『睿聖文武皇帝』。」⓯顒顒然　仰慕貌。⓰中禁　宮中。翰林院在長安大明宮中。⓱愚衷　謙稱自己的心意。⓲陳露　陳述表白。⓳天鑑　皇帝的明察。⓴無任二句　無任，不勝，用作書信奏疏中的敬詞。懇款，懇切忠誠。屏營，惶恐。

【語　譯】況且臣本是鄉村鄙賤的書生，府縣奔走的小吏，甘心於卑微的官職，從沒想過能有平步青雲的一天，哪料到陛下仁慈，提拔我擔任翰林學士的近密職務。每逢宴會沒有不先參加的，每有賞賜沒有不先得到的。宮內馬廄中的御馬賜給我代步，宮內御廚的膳餚供給我食用。白天黑夜，時時感到慚愧惶恐，已經過了半年多，玷汙曠廢學士的官職越來越久，內心的憂懼慚惶更加深重。還沒有微薄的勞績，又遷升清官的班行。臣所以從授官以來，將近十天，飯也吃不好，覺也睡不安，只想著粉身碎骨來報答陛下殊異的恩寵，不過還沒找到適合粉身圖報的機會罷了。現在陛下剛登上皇帝大位，新近又接受臣子所上的尊號，白天黑夜操勞，以求使國家大治。每頒布一項政令，每採取一項措施，沒有不符合王道、不有利於當時的，所以天下的民心都天天仰望，盼望著天下太平啊。但是，今後萬一政事有不利於當時的，陛下難道會不想聽到嗎？萬一政事有不符合王道的，陛下難道會不想革除嗎？等到陛下言語行動之間有小小的不足，稍微有利害的關係，臣一定祕密陳述意見，暗中報告臣所了解的情況，只由陛下聖明裁決處理而已。臣在宮禁中任職，不同於宮外的官員，想要竭盡內心的衷誠，應該事先明白地陳述。希望聖明的陛下，深切地體察我的赤誠之心。不勝極度的感激恩德力圖報效，忠誠懇切惶恐不安，恭謹地說了上面的話。

【研　析】官員授官後，都要上表狀向皇帝謝恩，內容多是歌頌皇帝的恩德，謙言自己叨忝無能，這是一種例行的公事。白居易被任命為左拾遺後曾經上過謝恩狀，再獻書陳謝，不僅畫蛇添足，弄不好，還可能引起皇帝不快。但是，白居易這道奏狀寫得非常懇切動情，從後來的情況看，這次上書似乎收到了較好的效果。

書內容仍是感謝皇恩、粉身報效的意思，但白居易卻著重從朝廷典制和個人情況兩方面，抓住職要、選重、恩深這三點來做文章，寫得情真意切，不落俗套。他首先舉出《六典》關於拾遺品級和職責的規定，說明拾遺秩卑而選重這種規定的本意是使擔任這一職務的人既不愛惜官位和自身，又感激皇帝的恩寵和信任，敢於直言進諫。接著又說明自己由州縣小吏提拔到拾遺的經歷，感激皇帝的知遇，從而表白自己忠實履行拾遺職責的決心。後來白居易的確是這樣做的。他擔任拾遺後，多次上書言事，有的也得到了憲宗的採納，直到元和五年因老母病逝，才離開翰林學士的位置。

論制科人狀[1]

【題　解】這是一篇奏事的狀。狀是一種向上級說明事實陳述意見的文書。本狀作於元和三年（西元八〇八年）長安左拾遺、翰林學士任上。元和三年，賢良方正能直言極諫科策試，舉人牛僧孺、皇甫湜、李宗閔對策直言，無所畏避，被考官楊於陵等錄取。當時宰相李吉甫等怨恨諸人對策攻擊了自己，在皇帝面前哭訴，落榜的舉人又把牛、李等人的對策加以歪曲進行攻擊，其年四月，考官和有關人員都被貶官，牛、李等人也貶授關東地區縣尉。白居易本人曾經參與考試對策的覆審工作，深為被貶者不平。狀就是為這件事進上，旨在說明內外官除改和對制舉人斥逐的不當，提出了補救的措施和建議。

右臣伏見內外官近日除改，人心甚驚，遠近之情，不無憂懼。喧喧道路，異口同音，皆云：制舉人牛僧孺等三人[2]，以直言時事，恩獎登科，被落第人怨謗加誣，惑亂中外，謂為誑妄，斥而逐之，故並出為關外❸官；楊於陵❹以考策敢收直言者，故出為廣府節度❺，韋貫之❻同所坐❼，故出為果州❽刺史；裴垍❾以覆策❿又不退直言者，故免內職⓫，除戶部侍郎⓬；王涯⓭同所坐，出為虢州⓮司馬；盧坦⓯以數舉事⓰為人所惡，因其彈奏⓱小誤，得以為名⓲，故黜為左庶子⓳；王播⓴同之，亦停知雜㉑。

【章　旨】說明奏狀的事由是因近日官吏除改和制科人事。

【注　釋】❶論制科人狀　白居易原注：「近日內外官除改及制科人等事宜。」制科，唐代考試科目的一種，在每年舉行的明經、進士等常科考試之外，由皇帝下詔特別舉行的考試稱為「制科」，「所以待非常之才」。制科名目很多，賢良方正能極言直諫科、白居易所應的才識兼茂明於體用科都是其中之一。內外官，指朝官和地方官。除改，罷免和調動。❷牛僧孺等三人　指牛僧孺、皇甫湜、李宗閔。牛僧孺（西元七八〇—八四九年），字思黯，隴西狄道（今甘肅臨洮）人。永貞元年進士，元和三年制策登科，後相穆宗、敬宗、文宗，屢歷藩鎮，官至太子少師。兩《唐書》有傳。皇甫湜（約西元七七七—八三五年），字持正，睦州新安（今浙江淳安）人。著名古文家，元和元年進士，元和三年登制科，後官至工部郎中。《新唐書》有傳。李宗閔（？—西元八四六年），字損之，李唐宗室，永貞元年進士，元和三年登制科，後相文宗。兩《唐書》有傳。❸關外　指潼關以東。元和三年牛僧孺因對策指斥時政言語直切授伊闕縣（今河南伊川）尉，皇甫湜授陸渾縣（今河南嵩縣北）尉，李宗閔授洛陽（今屬河南）尉，都在關外。❹楊於陵　（西元七五三—八三〇年）字達夫，弘農（今河南靈寶）人。大曆六年進士，元和三年官戶部侍郎，受詔為制策考官，因錄取牛僧孺等被出為嶺南節度使，後累官至戶部尚書，以左僕射致仕。兩《唐書》有傳。❺廣府節度　即嶺南節度，治所廣州，為中都督府。❻韋貫之　（西元七六〇—八二一年）本名純，字貫之，避唐憲宗李純諱以字行，京兆萬年（今陝西西安）人。建中四年進士，貞元元年登制科，元和三年以吏部員外郎為考制策官，貶果州刺史，後召回，官至宰相。兩《唐書》有傳。❼同所坐　所犯過錯相同。❽果州　州治在今四川南充。❾裴垍　（西元七六五—八一一年）字弘中，河東聞喜（今屬山西）人。舉進士，登制科，元和三年，垍官翰林學士、中書舍人，受詔覆視制舉人的對策，沒有黜退被錄取的牛、李等人，遂罷翰林學士，授戶部侍郎，後為相。兩《唐書》有傳。❿覆策　覆查策試考試試卷和錄取名單。⓫內職　指翰林學士，供職禁中。⓬戶部侍郎　尚書省戶部的副長官。⓭王涯　（約西元七六三—八三五年）字廣津，太原人。貞元八年進士，元和三年為起居舍人、翰林學士，受詔與裴垍同覆視對策，坐其甥皇甫湜對策言語切直貶虢州司馬，後相文宗，死於甘露之變。兩《唐書》有傳。⓮虢州　州治在今河南靈寶。⓯盧坦　（西元七三九—八一七年）字保衡，河南洛陽人。元和初為御史中丞，彈劾僕射裴均，罷為左庶子，後官至劍南東川節度使。兩《唐書》有傳。⓰舉事　列舉官員的過失。《因話錄》卷五：「御史臺……臺院白雜端曰：『舉事。』則舉曰：『某姓侍御有某過，請準條。』」⓱彈奏　彈劾奏聞。⓲為名　作為理由。⓳左庶子　太子東宮左春坊長官，掌侍從贊相，駁正啟奏。⓴王播　（西元七五九—八三〇年）字明敭，揚州人。貞元十年進士，復登制科，元和初為工部郎中知御史臺雜事，後相穆宗、文宗。兩《唐書》有傳。㉑知雜　侍御史知雜事。御史臺侍御史六人，其中年久資深者一人總判臺中事務，稱為「知雜」、「臺端」或「雜端」，又多以尚書省郎中或員外郎兼任。

【語譯】臣伏見近來朝廷內外官員的免官改任，人們心中十分驚怪，京城和遠方的人情沒有不憂慮恐懼的。道路上人們傳說紛紛，異口同聲，都說：制科舉人牛僧孺等三人因為敢於直言不諱地陳述當前政事，皇恩褒獎予以錄取，被未錄取的人怨恨毀謗加以誣陷，迷惑擾亂朝野的視聽，說他們狂妄，所以都被棄斥驅逐，貶出擔任關東的官職；楊於陵因為主考策試敢於錄取直言不諱的人所以被貶出為嶺南節度使，韋貫之同為考策官所以被貶出為果州刺史；裴垍因為覆查考試情況沒有黜退直言不諱的人被罷免翰林學士的職務，授予戶部侍郎；王涯同為覆策官員，貶出為虢州司馬；盧坦多次進行彈劾遭人忌恨，因為彈劾中有小過失，得以作為藉口，所以被貶黜為左庶子；王播參與了彈劾，所以也免去了他所兼任御史臺知雜的職務。

臣伏以裴垍、王涯、盧坦、韋貫之等，皆公忠正直，內外咸知，所宜授以要權，致之近地。故比來❶眾情私相謂曰：「此數人者，皆人之望❷也。若數人進，則必君子之道長❸；若數人退，則必小人之道行。故卜❹時事之否臧❺，在數人之進退也。」則數人者，自陛下嗣位已來，並蒙獎用，或任之耳目❻，或委以腹心。天下人情，日望致理。今忽一旦悉疏棄之，或降於散班❼，或斥於遠郡。設今有過，猶可優容❽；況且無瑕❾，豈宜黜退？所以前月已來，上自朝廷，下至衢路，眾心洶洶❿，驚懼不安，直道者疚心⓫，直言者杜口⓬。不審陛下得知之否。凡此除改，傳者紛然，皆云：裴垍等不能委曲順時⓭，或以正直忤物⓮，為人之所媒孼⓯，本非聖意罪之，不審陛下得聞之否？臣未知此說虛實，但獻所聞。所聞皆虛，陛下得不明辯之乎？所聞皆實，陛下得不深慮之乎？虛之與實，皆恐陛下要知。臣若不言，誰當言者？臣今言出，身戮亦所甘心。何者？臣之命至輕，朝廷之事至大故也。

【章　旨】說明對朝官裴垍等人貶黜的不當。

【注　釋】❶比來　近來。❷望　有聲望的人。❸君子之道長　正直有道德的人得勢。《周易・泰卦》：「內君子而外小人，君子道長，小人道消也。」❹卜　占卜；知道。❺否臧　壞和好。❻耳目　和下「腹心」都比喻輔佐或親信的官職。❼散班　閒散的官職，如庶子等東宮官等。❽優容　原宥包容。❾無瑕　沒有過錯。瑕，玉的缺陷。❿洶洶　動蕩不安貌。⓫疚心　憂心。⓬杜口　塞口；閉口不言。⓭委曲順時　遷就順應時勢。⓮忤物　觸犯得罪人。⓯媒孽　酒母。比喻誣罔構陷，釀成其罪。

【語譯】臣認為裴垍、王涯、盧坦、韋貫之等人都忠心為國正直無私，朝廷內外都知道，正應當授予重要的權力，安置在近密的職務。所以近來人們私下互相議論說：「這幾個人，都是眾望所歸的人啊。如果他們幾個升遷，正人君子的主張就必定能夠實現；如果他們被黜退，奸佞小人的主張就必定得以推行。所以要知道時政的好壞，就決定在他們幾人的進退啊。」這幾個人，自從陛下繼承皇位以來，都得到獎拔任用，或任命為耳目近臣，或委以心腹重任。天下百姓的心情，天天盼望著實現大治的局面。現在卻一天之內忽然將他們全部疏遠棄逐，或者降職做閒散的官員，或者放逐到偏遠的州郡。假使他們確有過錯，尚且應當加以寬容；何況他們沒有過錯，怎麼應當罷黜降職呢？所以上月以來，上自朝廷，下到道路，人們的內心動蕩，驚懼不安，正直的人心中憂慮，敢言的人閉口不言，不知陛下是否知道這種情況。對於這些罷免調動的事，人們傳說紛紛，都說裴垍等人不能遷就順應時勢，有時因為正直而得罪了人，被人誣枉構陷，本來不是皇帝您要處分他們，不知陛下是否聽說過這種情況。臣不知道這些說法是真是假，只是把我所聽到的報告上來。如果我聽到的說法都不真實，陛下能不加以辯明嗎？如果都是真實的，陛下能不認真思考嗎？真實或虛假，恐怕陛下都應該知道。臣如果不說，該由誰來說呢？臣現在說了出來，遭到誅戮也心甘情願。為什麼呢？因為臣的生命十分輕賤，而朝廷的事務卻十分重大啊。

臣又聞：君聖則臣忠，上明則下直。故堯❶之聖也，天下已太平矣，尚求誹謗❷，以廣聰明。漢文❸之明也，海內已理矣，賈誼猶比之「倒懸」，「可為痛哭」❹。

二君皆容納之，所以得稱聖明也。今陛下明下詔令❺，徵求直言，反以為罪，此臣所以未諭也。陛下視今日之理，何如堯與漢文之時乎？若以為及之，則誹謗痛哭尚合容而納之，況徵之直言，索之極諫乎？若以為未及，則僧孺等之言，固宜然也。陛下縱未能推而行之，又何忍罪而斥之乎？此臣所以為陛下流涕而痛惜也。德宗皇帝初即位年❻，亦徵天下直言極諫之士，親自臨試，問以天旱❼。穆質❽對云：「兩漢故事，三公當免❾；卜式著議，弘羊可烹❿。」此皆指言當時在權位而有恩寵者。德宗深嘉之，自第四等拔為第三等，自畿尉⓫擢為左補闕⓬，書之國史⓭，以示子孫。今僧孺等對策之中，切直指陳之言，亦未過於穆質，而遽斥之，臣恐非嗣祖宗承耿光⓮之道也。書諸史策，後嗣何觀焉？陛下得不再三省之乎？

【章　旨】說明對制科舉人牛僧孺等斥逐的不當。

【注　釋】❶堯　陶唐氏，傳說中的古代帝王。❷誹謗　諫諍，提出不同意見。相傳帝堯曾作誹謗之木，徵求不同的意見。《漢書·文帝紀》載二年五月詔：「古之治天下，朝有進善之旌，誹謗之木，所以通治道而來諫者也。」顏師古注引服虔曰：「堯作之，橋梁交午柱頭也。」應劭曰：「橋梁邊板，所以書政治之衍失也。」❸漢文　漢文帝劉恆，曾下詔凡有誹謗訞言之罪者「聽勿治」，在位二十三年，清靜為治，自奉節儉，海內殷富，時號「文景之治」。❹賈誼　賈誼，西漢政治家、文學家。《漢書·賈誼傳》載賈誼〈陳政事疏〉：「臣竊惟事勢，可為痛哭者一，可為流涕者二，可為長太息者六。」又說：「天下之勢方倒縣（懸）。」倒懸，人被倒掛起來。比喻處在極危急困苦的境地。❺明下詔令　《唐大詔令集》卷一〇六載〈元和三年試制舉人策問〉：「皇帝若曰：蓋聞古之令王……猶懼理之未至也，求賢以致用；猶懼動之不中也，咨諫以聞道。矧惟寡昧，膺受多福……求賢咨諫，罔敢怠忽。」即這次「賢良方正能直言極諫科」試題。❻德宗句　德宗，李适，大曆十四年（西元七七九年）至貞元二十一年（西元八〇五年）在位。初即位年，這裡指貞元元年（西元七八〇年）。❼問以天旱　《唐大詔令集》卷一〇六載〈貞元元年賢良方正直言極諫科策問〉：「自頃陰陽舛候，祲沴薦興。仍歲旱蝗，稼穡不稔。上天作孽，必有由然，屢降兇災，其咎安在？」❽穆質（？—西元八一六年）河南人，穆寧子。貞元元年制策登科，授補闕，累官至給事中。兩《唐書》附見〈穆寧傳〉。其貞元元年〈對賢良方正能直言極諫策〉見《文苑英華》卷四，策中說：「至若兩漢舊儀，三公當免；卜式著議，弘羊可烹，此又一時之事也，然俱非救旱之本。」❾兩漢二句　兩漢，西漢、東漢。故事，先例，舊時的典章制度。三公，古代三種最高官銜的合稱。西漢以丞相、太尉、御史大夫為三公，東漢以太尉、司徒、司空為三公。唐代以太尉、司徒、司空為三公，正一品，但只是「坐而論道」的榮譽官銜。見《通典・職官一》。免，免官。東漢黃瓊為太尉，延熹元年因日食免官，四年秋，為司空，又因地震免官。見《後漢書・黃瓊傳》。❿卜式二句　卜式，西漢河南人。漢武帝時官至御史大夫。《漢書》有傳。弘羊，桑弘羊，西漢洛陽人，賈豎之子。善於理財，漢武帝時任治粟都尉，領大司農，推行鹽鐵酒類國家專賣政策。《漢書・食貨志下》：「是歲小旱，上令百官求雨，卜式言曰：『縣官當食租衣稅而已，今弘羊令吏坐市列，販物求利。亨弘羊，天乃雨。』」亨，通「烹」。⓫畿尉　京師所管轄縣的縣尉，畿縣尉正九品下。⓬左補闕　屬門下省，從七品上，掌供奉諷諫。⓭國史　史官所修唐代本朝史書。⓮耿光　光明。

【語　譯】臣又聽說：君主聖明臣子就忠心耿耿，上層明察下面就正直敢言。所以像帝堯那樣聖明，天下已經太平了，還徵求諫諍之言，來擴大自己耳目的聞見。像漢文帝那樣的明主，國家已經大治了，賈誼卻把當時的形勢比喻作「人被倒掛起來一樣危險」，「可為之痛哭流涕」。兩位君主都能包容採納，所以才能夠稱為聖明的君主啊。現在陛下您公開發布詔令，徵求正直的言論，反過來又認為直言有罪，這就是臣所不能理解的了。陛下您看現在國家的治理情況，比帝堯和漢文帝時怎麼樣呢？如果以為能夠趕得上，那麼誹謗和痛哭尚且應當包容和採納，更何況是徵集來的正直言論，求取來的極言規諫呢？如果認為還不如，那麼牛僧孺等人的言論本來就是十分恰當的了，即使陛下不能加以推重和實行，又怎麼忍心降罪並斥逐他們呢？這就是臣之所以為陛下流淚並深切惋惜的原因啊。德宗皇帝登上皇位不久，也曾經徵求天下敢於直言極諫的人，親臨考試，問關於天旱的問題。穆質對策說：「依照兩漢的先例，三公應當免官；依照卜式所著疏議，桑弘羊可以處死。」這都是指當時擔任重要官職而又深受皇帝寵信的人說的。德宗卻十分稱許他，把他錄取的名次從第四等提拔到第三等，把他的官職從正九品下的畿縣尉提拔為從七品上的左補闕，命史官寫進國朝的史書，以教育子孫後代。現在牛僧孺等人對策中深切耿直地指斥陳說的言辭，並不比穆質激烈，卻忽然將他們貶斥，臣恐怕這不是繼承列祖列宗正大光明之道的舉措啊。一旦寫進史書，後人會如何看待呢？陛下您能不再三慎重考慮嗎？

臣昨在院❶與裴垍、王涯等覆策之時，日奉宣❷令臣等精意考覆。臣上不敢負恩，下不忍負心，唯秉至公，以為取捨。雖有讎怨，不敢棄之；雖有親故，不敢避之；唯求直言，以副❸聖意。故皇甫湜雖是王涯外甥，以其言直合收，涯亦不敢以私嫌自避。當時有狀，具以陳奏。不意群口嗷嗷❹，搆成禍端❺，聖心以此察之，則或可悟矣。儻陛下察臣肝膽，知臣精誠，以臣此言，可以聽採，則乞俯迴聖覽，特示寬恩，僧孺等准往例與官，裴垍等依舊職獎用，使內外人意，歡然再安。若以臣此言，理非允當，以臣覆策，事涉乖宜❻，則臣等見在四人❼，亦宜各加黜責。豈可六人同事，唯罪兩人？雖聖造❽優容，且過朝夕❾，在臣懼惕，豈可苟安？敢不自陳，以待罪戾❿？

【章　旨】說明自己參與覆策的態度和對自己不加處置的不當，提出解決問題的建議。

【注　釋】❶院　指翰林院。❷宣　宣示，傳達皇帝的命令或旨意。❸副　符合。❹群口嗷嗷　眾口喧騰。嗷嗷，喧叫貌。四字原作「群心」，無「嗷嗷」二字，據《登科記考》卷一七引《白氏文集》改補。❺禍端　災禍的原因。❻乖宜　失當。❼見在四人　指裴垍、王涯之外的四位翰林學士。據丁居晦〈重修承旨學士壁記〉，元和三年在翰林院的學士還有李程、李絳、崔群和白居易四人，同時擔任覆策工作。見，通「現」。❽聖造　皇上恩德。❾朝夕　早晚；日子。❿罪戾　罪。戾，罪行。

【語　譯】臣前些天在翰林院和裴垍、王涯等人覆審對策的時候，每天得到聖旨命令臣等精心審查覆核。臣對上不敢辜負聖上的恩寵，對下不忍對不起自己的良心，只是掌握著公平的尺度，來決定是否錄取。雖然有人有怨恨嫌隙，不敢因此而不錄取；雖然有的人是親戚故舊，不敢因此而有意迴避，只求取忠公正直的言論，以符合聖上的旨意。所以皇甫湜雖然是王涯的外甥，因為他的言論正直應當錄取，王涯也不敢因為有錄取親戚的嫌疑自行迴避。當時就寫了文狀，詳細地陳述奏上。沒有料到眾人謗言喧騰，構陷成為罪狀，聖上從這點來觀察，或許就可以知道真相了。如果陛下察知臣的內心，知道臣的真誠，認為臣的這些話可以聽從採納，那就請您改變您的看法，表現出您特殊的寬宏大量，牛僧孺等按照過去的慣例授予官職，裴垍等仍按原來的官職獎勵使用，使朝廷內外的人意，高高興興恢復安定。如果認為臣這些話不合道理，認為臣覆視對策事情處理失當，那麼臣等在職的四名學士也應該分別加以罷黜責罰。怎麼能六個人處置同一件事，卻只歸罪於其中的兩個人呢？雖然聖上恩德寬容，讓臣安然度過日子，臣卻內心惶恐畏懼，怎能苟且偷安呢？怎敢不自行陳述，等待罪戾的降臨？

臣今職為學士，官是拾遺，日草詔書，月請諫紙❶，臣若默默，惜身不言，豈惟上辜聖恩，實亦下負神道❷。所以密緘手疏❸，潛吐血誠❹；苟合天心❺，雖死無恨。無任❻憂懼激切之至！

【章　旨】進一步表明自己進狀的態度和目的，總結全文。

【注　釋】❶諫紙　諫官進諫的專用紙張。白居易〈醉後走筆酬劉五主簿……〉：「月慚諫紙二百張。」❷神道　神明。《全唐文》作「人道」，指做人的基本道德行為規範。❸手疏　親手草擬奏疏。❹血誠　赤誠，極其真誠的心意。❺天心　聖心。天。代指皇帝。❻無任　不勝，用在表章奏疏或書信中的敬詞。

【語　譯】臣現在的職務是翰林學士，官職是拾遺，每天起草詔書，每月領取諫紙，臣如果沉默，吝惜自身不講話，哪裡僅僅是對上辜負聖上的恩寵，對下也違背做人的基本準則。所以親手寫成奏疏慎密封緘，暗中陳述內心的真誠；假如能符合聖上的心意，雖然自己得罪而死也沒有遺憾了。不勝憂慮恐懼激動急切到了極點！

【研　析】這篇文字是為救助考試中因直言無隱而得罪的制舉人和考官而作。先論列考官被貶黜的不當，次論列制舉人被貶黜的不當，再次論列覆考官被貶黜以及同為覆考官或貶或不貶的不當，條理十分分明。狀中為了救助他人而牽連自己，自請處分，表現出白居易正直無私和敢於進言的勇氣。

文章的重點放在對考制策人「直言無罪」的辯護上，考策人無罪，考官和覆考官自然不當追究責任。在辯護中，文章首先曉之以理。先舉唐堯和漢文帝徵求容忍直言的史實，從「及」與「未及」兩方面論列，指出唐憲宗「徵求直言，反以為罪」的不當。接著又舉出德宗朝獎勵穆質直言的史實，指出憲宗的做法既不能「嗣祖宗承耿光之道」，也不能「書諸史策」，垂範子孫。其次，文章還盡可能動之以情，自始至終強調自己的陳述是在盡諫官的職責，為了皇上和國家，即使「言出身戮，亦所甘心」，「苟合天心，雖死無恨」。文章舉出唐堯、漢文帝和唐德宗的事例，實際上是說明憲宗的作為既不賢明，也有違孝道，這都意思非常激切，但文中並沒有點破，文詞很委曲，似乎處處在為憲宗著想。文狀又是祕密呈進的，這為憲宗保全了面子。奏狀呈上去以後，白居易並沒有受到追究，事隔一年，裴垍還被任命為宰相，可能這篇奏狀也引起了憲宗內心的震動吧。

奏閿鄉縣禁囚狀❶

【題解】這是白居易在左拾遺、翰林學士任上上給皇帝的眾多奏狀中的一篇。元和四年（西元八〇九年）為解救閿鄉等縣獄內因欠負官物而被長期囚禁的犯人所作。

右❷伏聞前件縣獄中有囚數十❸人，並積年❹禁繫，其妻兒皆乞於道路以供獄糧❺。其中有身禁多年，妻已改嫁者；身死獄中，取其男收禁者。云是度支轉運❻下囚，禁在縣獄，欠負官物，無可填陪❼，一禁其身，雖死不放。前後兩遇恩赦❽，今春又降德音❾，皆云節文❿不該⓫，至今依舊囚禁。臣伏以罪坐⓬之刑，無重於死，故殺人者罪止於死，坐贓者身死不徵⓭。今前件囚等，欠負官錢，誠合填納。然以貧窮孤獨⓮，唯各一身，債無納期，禁無休日。至使夫見在而妻嫁，父已死而子囚。自古罪人，未聞此苦。行路見者，皆為痛傷。況今陛下愛人之心，過於父母，豈容在下有此窮人⓯？古者一婦懷冤，三年大旱⓰；一夫結憤，五月降霜⓱。以類言之，臣恐此囚等憂怨之氣，必能傷陛下陰陽之和⓲也。其囚等人數及所欠官物并赦文不該事由，臣即未知委細⑲，伏望與宰相商量，兼令本司具事由分析聞奏。如或是實，禁繫不虛，伏乞特降聖慈，發使一時放免。一則使縲囚⑳獲宥，生死皆知感恩；二則明天聽及卑㉑，遠近自無冤滯㉒。事關聖政，不敢不言。臣兼恐度支鹽鐵使㉓下諸州縣禁囚更有如此者，伏望便令續條疏㉔具事奏上。

【注　釋】❶奏閿鄉縣禁囚狀　題下白居易原注：「虢州閿鄉、湖城等縣禁囚事宜。」狀為虢州閿鄉、湖城等縣獄中一些長年被關押的犯人而作。虢州州治在今河南靈寶，閿鄉、湖城縣在今靈寶西北。禁囚，在押的囚犯。❷右　上文。指「由頭」，即文狀開頭一段述說上狀事由的話。本文中，「由頭」在編入文集時被省略。❸數十　原作「十數」，據馬元調本、《全唐文》改。❹積年　累年。❺獄糧　獄中犯人所需口糧。❻度支轉運　唐代中央政府管理財政的機構。尚書省戶部設度支郎中、度支員外郎，「掌判天下租賦、物產豐約之宜、水陸道涂之利，歲計所出而支調之」。見《新唐書·百官志一》。天寶以後，由宰相兼領度支使，又設置轉運使，也由宰相或其他高級官員兼領，負責將江淮、兩湖等地糧米運送到洛陽和長安。❼填陪　賠補。陪，通「賠」。❽恩赦　皇恩大赦。元和元年及二年正月都曾經大赦天下。❾德音　大赦的詔書。元和三年正月，因為群臣上尊號曾大赦天下。見《舊唐書·憲宗紀上》。❿節文　節制文飾。這裡指赦令的文字。⓫該　包括。⓬罪坐　有罪犯法。⓭坐贓句　《唐律疏議》卷四「以贓入罪」：「諸以贓入罪……已費用者，死及配流勿徵。」⓮孤獨　沒有子孫可以依靠的老人。⓯窮人　孤苦無告的人。⓰古者二句　《漢書·于定國傳》：「東海有孝婦，少寡亡子，養姑甚謹。……其後姑自經死，姑女告吏：『婦殺我母。』……太守竟論殺孝婦，郡中枯旱三年。」⓱一夫二句　結憤，冤憤鬱結。《太平御覽》卷一四引《淮南子》：「鄒衍事燕惠王盡忠，左右譖之王，王繫之獄。仰天哭，夏五月，天為之下霜。」⓲陰陽之和　古人認為陰陽二氣調和就風調雨順，二氣不調就會出現水旱等天災。⓳委細　詳細情況。⓴縲囚　犯人。縲，捆綁犯人的繩索。㉑天聽及卑　天高高在上卻能聽到下面的意見。喻指皇帝聖明，能明察民生疾苦。《史記·宋微子世家》：「天高聽卑。」㉒冤滯　指無罪羈押或逾期羈押的囚犯。㉓度支鹽鐵使　指度支使和鹽鐵使，是中央政府分別負責財政收支和鹽鐵專賣事務的官員，由宰相或其他大臣擔任。㉔條疏　逐條陳述。

【語　譯】臣聽說上面提到的虢州閿鄉、湖城等縣的監獄中有囚犯數十人，都多年關押，他們的妻子兒女都在道路中行乞來供給獄中的用度。其中有犯人囚禁多年，妻子已經改嫁的；還有犯人死在監獄中後，又捕取他們的兒子繼續關押的。說是度支使、轉運使下面的犯人，關在縣的監獄中，虧欠官府的財物，沒有能力賠補，一關進牢裡，即使死亡也不予釋放。前後兩次遇到皇恩大赦，今年春天又頒降大赦的詔書，都說是詔書的條文沒有包括虧欠官物可以赦免這種情況，到現在仍然關押著。臣以為懲治罪犯的刑罰，沒有比死刑更重的，所以殺人的罪最重是判死刑，貪汙的人死後也不再徵收贓物。現在前面提到的這些囚犯，虧欠了官家錢物，確實應當賠補交納。但是由於他們貧窮孤獨，僅僅只有孑然一身，欠債沒有繳納的時候，關押沒有休止的日子。以至於丈夫還活著而妻子已經改嫁，父親已經死去而兒子卻被關押。自古以來的罪人，還沒有聽說有這樣悲慘的。路上行人看到這種情況，都為他們痛苦哀傷。何況現在陛下愛護百姓的心勝過做父母的，怎能容忍下面有這樣孤苦無告的人呢？古時候一名婦女受了冤屈，三年大旱不雨；一名男子身懷冤憤，五月降下嚴霜。以此類推，臣恐怕這些囚徒的憂憤怨恨的冤氣，一定會損害陛下治理下陰陽二氣的調和啊。那些囚犯的人數、所欠官物以及赦文沒有包括他們的原因等，微臣不了解詳細情況，希望陛下能和宰相商量，並且命令有關主管部門將被拘禁者的情況分析呈報奏上。如果我說的情況屬實，被囚禁不是虛傳，請求陛下給予特殊的仁慈，派遣使者將囚犯全部釋放赦免。一則可以使被囚繫的犯人獲得寬宥，活著和死去的人都會感恩戴德；二則表明皇帝明察下情，各地自然不會再有冤獄滯囚。事情關係到聖上的大政，不敢不說。臣又擔心度支使和鹽鐵使下囚禁在各州縣的犯人中更有類似的情況，希望命令他們繼續將有關情況整理呈報上來。

【研　析】白居易〈秦中吟・歌舞〉的卒章說：「豈知閿鄉獄，中有凍死囚。」這篇奏狀用公文的形式直接為繫囚請命，表達了他對窮苦百姓的深切同情。

文狀以簡約的文字揭開了監獄中暗無天日的一角。這是一群無力繳納賦稅的百姓，「貧窮孤獨，唯各一身，債無納期，禁無休日。至使夫見在而妻嫁，父已死而子囚」。他們被摒棄於天理、國法、人情之外，「殺人者罪止於死，坐贓者身死不徵」的法律對他們不適用，大赦也輪不到他們頭上，悲憫之情流溢於字裡行間。文末，建議皇帝下令徹查度支鹽鐵使下各州縣禁囚的類似情況，尤可見其同情心的博大和慮事的深遠。

與元九❶書

【題解】這是元和十年（西元八一五年）白居易貶江州司馬後寫給元稹的一封著名的長信。信中系統地提出了他的詩歌創作理論主張，自述自己和詩歌的種種因緣：詩歌創作的狀況，因詩歌遭受的打擊和取得的聲名，詩集的分類和分類原則，和詩友交往的情況等等。

月日，居易白❷。微之足下：自足下❸謫江陵❹至于今，凡枉❺贈答詩僅❻百篇。每詩來，或辱序，或辱書，冠于卷首，皆所以陳古今歌詩之義，且自敘為文因緣與年月之遠近也❼。僕既愛❽足下詩，又諭❾足下此意，常欲承答來旨，粗論歌詩大端❿，并自述為文之意，總為一書致足下前。累歲已來，牽故⓫少暇，間有容隙，或欲為之，又自思所陳亦無出足下之見，臨紙復罷者數四，卒⓬不能成就其志，以至于今。今俟罪⓭潯陽⓮，除盥櫛食寢外，無餘事，因覽足下去通州⓯日所留新舊文二十六軸⑯，開卷得意，忽如會面，心所畜者，便欲快言，往往自疑，不知相去萬里也。既而憤悱之氣⑰思有所洩，遂追就前志，勉為此書，足下幸試為僕留意一省⑱。

【章　旨】說明寫作這封書信的因由，回答元稹的來書，論歌詩的大端並自述為文之意。

【注　釋】❶元九　元稹。❷白　告知，書信中用語。❸足下　對平輩友人的敬稱。❹江陵　府名，今屬湖北。元稹元和五年因為得罪權貴被貶為江陵士曹參軍。到元和十年，已經量移為通州司馬。❺枉　謙詞。❻僅　將近。❼或辱序五句　辱，謙詞。歌詩，可以歌唱的詩歌。也泛指詩歌。因緣，佛教語，指產生某種結果的直接原因和相關的條件。《元氏長慶集》卷三〇有〈敘詩寄樂天書〉，卷二三有〈和劉猛古題樂府十首〉、〈和李餘古題樂府九首〉，其前有序，「粗明古今歌詩同異之旨」，都是通州所作並寄白居易的作品。❽愛　原作「受」，據《文苑英華》、《全唐文》改。❾諭　知曉。❿大端　大要，重要問題。⓫牽故　為事務牽累糾纏。⓬卒　始終。⓭俟罪　待罪，指自己被貶謫的身分。⓮潯陽　郡名，即江州，唐玄宗天寶年間曾改名潯陽郡。⓯通州　州治在今四川達縣。⓰軸　卷軸。古代書籍用卷軸裝，二十六軸即二十六卷。⓱憤悱之氣　憤慨不平之氣。《論語・述而》：「不憤不啟，不悱不發。」⓲省　省察。

【語　譯】某月某日，居易啟。微之：自從你貶謫江陵到現在，承蒙贈送和答的詩歌已將近有一百首。每次寄詩來，或蒙你惠寄詩序，或蒙你惠寄書信，放在詩卷的前面，都用來陳述古今歌詩的大義，並且自敘作文的原因和時間的遠近。我既喜愛你的詩篇，又知曉你的本意，每每想要回答你書序的意見，粗疏地論述歌詩的重要問題，並且說明自己作詩的本意，合寫在一封信中寄給你。多年以來，事務牽纏，很少閒暇，偶爾有空閒時間，想要寫信，又覺得我想要說的沒超出你意見的範圍，好幾次臨要動筆又停了下來，始終沒能實現這個願望，一直到如今。現在我被貶在潯陽，除了盥洗梳頭飲食睡眠以外，沒有別的事，由於讀你到通州去時留下的新舊詩文二十六卷，打開卷軸就領會到你的意旨，恍惚和你對面相見，心裡存著的一些想法，就想痛痛快快地說出來，自己還往往懷疑，不覺得我們相隔在萬里之外。接下來，內心憤慨不平之氣想要有所發洩，便追補完成以前的心願，努力寫了這封信，希望你能為我留心仔細地讀一讀。

夫文尚矣❶！三才❷各有文，天之文三光❸首之，地之文五材❹首之，人之文《六經❺》首之。就《六經》言，《詩》又首之。何者？聖人感人心而天下和平。感人心者，莫先乎情，莫始乎言，莫切乎聲，莫深乎義。詩者，根情，苗言，華聲，實義。上自賢聖，下至愚騃❻，微及豚❼魚，幽及鬼神，群分而氣同❽，形異而情一❾，未有聲入而不應，情交而不感者。聖人知其然，因其言經❿之以六義⓫，緣其聲緯⓬之以五音⓭。音有韻，義有類。韻協則言順，言順則聲易入；類舉則情見⓮，情見則感易交。於是乎孕大含深，貫微洞密，上下通而一氣泰⓯，憂樂合而百志熙⓰。五帝三皇⓱所以直道⓲而行，垂拱⓳而理者，揭⓴此以為大柄㉑，決此以為大寶㉒也。故聞「元首明，股肱㉓良」之歌，則知虞道昌㉔矣；聞五子「洛汭之歌」㉕，則知夏政荒㉖矣。言者無罪，聞者足戒㉗，言者聞者，莫不兩盡其心焉。

【章　旨】說明歌詩的意義和作用。

【注　釋】❶夫文句　文，古代指自然界及人類社會一切事物外在的有規律可循的表現方式，包括人文即典籍、禮法、文字等在內。尚，久遠。❷三才　天、地、人。❸三光　日、月、星辰。❹五材　即五行，金、木、水、火、土。❺六經　《詩》、《書》、《禮》、《樂》、《易》、《春秋》六種經典的合稱。❻愚騃　愚笨癡呆的人。❼豚　小豬。❽氣同　古人認為萬物都同稟一氣而生。《莊子・知北遊》：「人之生，氣之聚也。聚則為生，散則為死。……故曰通天下一氣耳。」《論衡・齊世》：「一天一地，並生萬物。萬物之生，俱得一氣。」❾一　一致；相同。指同有喜怒哀樂之情。❿經　絲棉織品的縱線，貫穿。⓫六義　《詩經・大序》：「故《詩》有六義焉，一曰風，二曰賦，三曰比，四曰興，五曰雅，六曰頌。」據漢儒解說，風、雅、頌是《詩經》在音樂上的分類，賦、比、興是《詩經》在表現手法上的分類。⓬緯　絲棉織物的橫線，組織。⓭五音　中國古代五聲音階的五個音級，即宮、商、角、徵、羽。這裡指聲音的高低長短清濁等。⓮見　通「現」。⓯一氣泰　元氣和泰。《舊唐書・白居易傳》作「二氣泰」，指陰陽二氣。⓰百志熙　各種志向都得以光大。《尚書・大禹謨》：「任賢勿貳，去邪勿疑，疑謀勿成，百志咸熙。」孔穎達疏：「百種志意惟益廣也。」⓱五帝三皇　傳說中上古的帝王。一說黃帝、顓頊、帝嚳、堯、舜為五帝，一說伏羲、神農、黃帝、堯、舜為五帝。一說燧人、伏羲、神農為三皇，又或以伏羲、神農、黃帝為三皇。⓲直道　正直無私。⓳垂拱　垂衣拱手，端坐不動。《尚書・武成》：「垂拱而天下治。」⓴揭　高舉。㉑大柄　重要的武器或工具。《禮記・禮運》：「故聖王修義之柄。」孔穎達疏：「柄，操也，謂執持而用者。」㉒竇　洞穴。《禮記・禮運》：「故禮義也者……順人情之大竇也。」㉓股肱　手足。比喻大臣。《尚書・益稷》記載，虞舜在位時，任用賢臣，天下大治，他和皋陶作歌賡和說：「元首明哉，股肱良哉，庶士康哉！」㉔虞道昌　虞舜的政治昌明。㉕五子洛汭之歌　據《尚書・五子之歌》記載，夏太康盤遊無度，畋獵不歸，他的五個兄弟在洛水之濱等他，作歌諷刺他，後太康為羿所逐，失國。㉖夏政荒　夏朝的政治昏暗。㉗言者二句　《詩經・大序》：「上以風化下，下以風刺上，主文而譎諫，言之者無罪，聞之者足以戒，故曰風。」

【語　譯】文的形成由來已久了。天地人三才都有文，天的文以日月星為首，地的文以金木水火土五行為首，人的文以《六經》為首。就《六經》來說，又以《詩經》為首。為什麼呢？聖人感動民心使天下和平安定，感動人心沒有比情感更重要的，沒有比語言更原始的，沒有比聲音更直接的，沒有比思想更深刻的。詩，感情是它的根本，語言是它的枝葉，聲音是它的花朵，意義是它的果實。上到聖人賢者，下到愚笨癡呆的人，微小到小豬魚類，幽渺到鬼怪神靈，種類各異而稟氣相同，形狀不同而有情卻一致，沒有聽到聲音而不作出反應，情感交流而不受到感動的。聖人知道這一點，憑藉語言而用六義來貫穿它，利用聲音而用五音來組合它。五音有韻律，六義有分類。韻律和諧語言就順暢，語言順暢聲音就容易被人接受；分類標舉感情就鮮明，情感鮮明就容易交流。於是乎就可以包孕廣大深厚的內容，貫穿洞察細微隱祕的思想，天地上下，一氣交流和泰，憂樂相同，各種志向都得以光大。五帝三皇之所以能夠毫無偏私地行政，毫不費力地使天下大治，就因為高舉它作為施行政教的大器，決開它作為泄導人情的大穴啊。所以聽到「元首聖明，股肱賢良」的歌聲，就知道虞舜的政教昌明了；聽到太康五個兄弟在洛水邊唱的歌，就知道夏朝政治昏暗了。說的人沒有過錯，聽的人引以為鑑戒，說的或聽的，沒有不盡心盡力的呀。

洎❶周衰秦興，採詩官❷廢，上不以詩補察時政，下不以歌洩導人情，乃至於諂成之風動，救失之道缺。于時，六義始刓❸矣。〈國風〉❹變為騷辭❺，五言始於蘇、李❻。蘇、李、騷人，皆不遇者❼，各繫其志，發而為文。故「河梁」之句❽，止於傷別；「澤畔」之吟❾，歸于怨思。彷徨抑鬱，不暇及他耳。然去《詩》未遠，梗概❿尚存。故興離別，則引雙鳧一雁⓫為喻；諷君子小人，則引香草惡鳥⓬為比。雖義類不具⓭，猶得風人⓮之什二三焉。于時，六義始缺矣。晉、宋已還，得者蓋寡。以康樂⑮之奧博⑯，多溺於山水；以淵明⑰之高古，偏放於田園。江、鮑⑱之流，又狹於此。如梁鴻〈五噫〉⑲之例者，百無一二焉。于時，六義寖微矣。陵夷⑳至于梁、陳間，率㉑不過嘲風雪，弄花草而已。噫！風雪花草之物，三百篇中豈捨之乎？顧所用何如耳。設如「北風其涼㉒」，假風以刺威虐也。「雨雪霏霏㉓」，因雪以愍征役也。「棠棣之華㉔」，感華以諷兄弟也。「采采芣苢㉕」，美草以樂有子也。皆興發於此而義歸於彼，反是者可乎哉？然則「餘霞散成綺，澄江淨如練㉖」，「離花先委露，別葉乍辭風㉗」之什，麗則麗矣，吾不知其所諷焉。故僕所謂嘲風雪，弄花草而已。于時，六義盡去矣。唐興二百年，其間詩人，不可勝數。所可舉者，陳子昂㉘有〈感遇〉㉙詩二十首，鮑防㉚有〈感興〉㉛詩十五首。又詩之豪者，世稱李、杜㉜。李之作，才矣奇矣，人不逮矣，索其風雅比興，十無一焉。杜詩最多，可傳者千餘首，至於貫穿今古，覼縷㉝格律，盡工盡善，又過於李。然撮其〈新安〉、〈石壕〉、〈潼關吏〉、〈蘆子〉、〈花門〉之章㉞，「朱門酒肉臭，路有凍死骨㉟」之句，亦不過三四十。杜尚如此，況不逮杜者乎！

【章　旨】論述歌詩發展的歷史和現狀，痛感詩道的崩壞。

【注釋】❶泊　自從。❷採詩官　搜集民歌的官員。參見〈新樂府・采詩官〉注❶。❸刓　磨損；殘缺。❹國風　《詩經》中有十五〈國風〉，是來自王畿和各諸侯國的詩歌。❺騷辭　楚國屈原作〈離騷〉，故「楚辭」又稱為「騷辭」。❻蘇李　蘇武、李陵，漢武帝時人。《文選》載有蘇、李互相贈答的詩歌，相傳是最早的五言詩。後人以為是東漢人所作，託名蘇、李。❼不遇者　不得志的人。李陵出征匈奴，兵敗投降，老母妻子被漢武帝所殺。蘇武出使匈奴，被扣留十九年，守節不屈，回國後沒有得到重用。屈原忠於楚王，憂國憂民，終被流放，投水自殺。❽河梁之句　李陵〈與蘇武三首〉其三：「攜手上河梁，遊子暮何之？」是傷別的詩。❾澤畔之吟　指屈原〈漁父〉。篇中說，漁父見屈原行吟澤畔，憔悴枯槁，詢問緣由，屈原說：「舉世皆濁我獨清，眾人皆醉我獨醒，是以見放。」❿梗概　大略。⓫雙鳧一雁　《藝文類聚》卷二九引蘇武〈別李陵詩〉：「雙鳧俱北飛，一鳧獨南翔。」以雙鳧比己與李陵，一鳧自比。這裡可能是為了避免重複，將「一鳧」改成了「一雁」。⓬香草惡鳥　王逸《楚辭・離騷序》：「〈離騷〉之文，依《詩》取興，引類譬諭，故善鳥香草，以配忠貞，惡禽臭物，以比邪佞。」⓭具　完備。⓮風人　詩人。⓯康樂　謝靈運（西元三八五－四三三年），晉宋之間的詩人，寄情山水，以山水詩著稱。因襲封康樂公，世稱謝康樂。⓰奧博　學識深奧淵博。⓱淵明　陶潛字，陶淵明以田園詩著稱。參見〈效陶潛體詩十六首〉注❶。⓲江鮑　梁朝詩人江淹（西元四四四－五〇五年）和劉宋詩人鮑照（約西元四一四－四六六年）。⓳梁鴻五噫　梁鴻，東漢時高士，和妻子隱居霸陵山中，以耕織為業，後東經洛陽，見宮室華麗，百姓勞苦，作〈五噫之歌〉：「陟彼北芒兮，噫！顧覽帝京兮，噫！宮室崔嵬兮，噫！人之劬勞兮，噫！遼遼未央兮，噫！」見《後漢書・梁鴻傳》。⓴陵夷　衰頹。㉑率　都。㉒北風其涼　《詩經・邶風・北風》的首句。毛傳：「北風，寒涼之風。興也。」鄭箋：「寒涼之風，病害萬物。興者，喻君政教酷暴，使民散亂。」㉓雨雪霏霏　《詩經・小雅・采薇》中句，〈小序〉：「遣戍役也。」詩云：「昔我往矣，楊柳依依。今我來思，雨雪霏霏。」毛傳：「霏霏，盛也。」鄭箋：「此章重序其往反之時，極言其苦以說之」。㉔棠棣之華　棠棣，一作「常棣」，木名，即郁李。華，同「花」。《詩經・小雅・常棣》：「常棣之華，鄂不韡韡。凡今之人，莫如兄弟。」孔穎達疏謂棠棣的花萼有光輝，比喻兄弟眾多和睦。㉕采采芣苢　《詩經・周南・芣苢》首句。芣苢，車前草。〈小序〉：「〈芣苢〉，后妃之美也，和平則婦人樂有子矣。」㉖餘霞二句　南齊詩人謝朓〈晚登三山還望京邑〉中的名句，「淨」為白居易引詩字誤。原應為「靜」。綺，織錦。練，白絹。㉗離花二句　鮑照〈翫月西城廨中作〉中的名句。離花，落花。別葉，落葉。㉘陳子昂　（西元六五九－七〇〇年）字伯玉，梓州射洪人。武后朝官至右拾遺，他的詩歌反映社會現實生活，崇尚風骨，杜甫稱他「有才繼〈騷〉〈雅〉」(〈陳拾遺故宅〉)。㉙感遇　陳子昂所作組詩名，今存三十八首。㉚鮑防　(西元七二二—七九〇年)字子慎，襄州人。唐德宗時官至禮部侍郎。兩《唐書》有傳。防，原作「魴」，據《文苑英華》、《全唐文》改。㉛感興　當即〈雜感詩〉，又作〈感遇〉。《宋史・藝文志七》有鮑防〈雜感詩〉一卷。《全唐文》卷七八三穆員〈工部尚書鮑防碑〉，防天寶中「賦〈感遇〉十七章，以古之政法，刺譏時病，麗而有則，屬詩者誦而宗之」。今《唐詩紀事》卷四七存〈雜感〉一首，諷刺玄宗時進貢荔枝事。㉜李杜　李白、杜甫的合稱。㉝覼縷　委曲詳盡。這裡指仔細地組織安排。㉞然撮其句　撮，抓取。新安，即〈新安吏〉。石壕，即〈石壕吏〉，和〈新安吏〉、〈潼關吏〉合稱「三吏」，是杜甫反映安史之亂中動亂現實的名篇。蘆子，即〈塞蘆子〉，是杜甫陷賊時期為擔心西北邊患而作。花門，即〈留花門〉，詩譴責肅宗引入回紇助平叛亂是引狼入室。㉟朱門二句　杜甫〈自京赴奉先縣詠懷五百字〉中名句。

【語譯】到了周朝衰亡，秦國興起，不再設置採詩的官吏，朝廷不通過歌詩來考察補救時政的闕失，民間不能用歌詩來發洩和引導百姓的情感，以至於阿諛奉承虛報政績的風氣形成，補救施政闕失的辦法喪失。到這時「六義」開始磨損了。〈國風〉變成了騷體的辭賦，五言詩起於西漢的蘇武、李陵。蘇、李和屈原，都是命運不好的人，各自依據自己的志向，抒發寫成詩歌。所以李陵「攜手上河梁」的詩句，停留在抒寫離別的悲傷；屈原大澤邊的行吟，歸結到被斥逐的哀怨。徘徊不定，憂憤鬱積，來不及反映別的事物。但是他們離《詩經》的時代不遠，大體上還保存著《詩經》的傳統。所以離別的起興，就用「雙鳧」、「一雁」作為比喻；諷刺君子和小人，就用香草惡鳥來比喻。雖然「六義」的原則已經不完備，但詩人「上以風化下，下以風刺上」的遺意仍然得到十之二三了。到這時，「六義」已經殘缺了。晉、宋已來，能得到詩人之旨的就很少了。以謝靈運的淵奧博識，卻多沉迷在山水中；以陶淵明的志趣高尚，卻偏放縱在田園裡。江淹、鮑照之流，比他們還要狹隘。像梁鴻〈五噫之歌〉那樣的例子，一百個中都看不到一兩個。到這時，「六義」已經衰微了。衰敗到梁、陳時代，詩歌大都不過是嘲弄風雪、吟詠花草的作品了。唉！風雪花草這些事物，《詩經》三百篇難道捨棄不用嗎？但看怎樣來運用它們罷了。比如「北風其涼」，是借風來諷刺暴虐的統治啊。「雨雪霏霏」，是借雪來同情出征服役的人啊。「棠棣之華」，是有感於花來諷刺兄弟的不和啊。「采采芣苢」，是借讚美草來表達盼望多子的心情啊。都是以這些風雪花草起興，而意義卻歸結到別的方面，違背了這一點，難道可以嗎？這樣看來，那「餘霞散成綺，澄江靜如練」，「離花先委露，別葉乍辭風」一類的詩，美麗倒是很美麗的了，我不知道它要諷諭什麼。就是我所說不過是嘲弄風雪、吟詠花草罷了。到這時，「六義」已經完全被拋棄了。唐朝興起有兩百年了，這段時間裡詩人多得數不勝數。值得稱舉的，陳子昂有〈感遇〉詩二十首，鮑防有〈感興〉詩十五首。又詩中的豪傑，是世人所稱道的李白、杜甫。李白的作品，才華洋溢與眾不同，人們很難企及了，但尋找繼承風雅比興傳統的作品，十篇中還很難發現一篇。杜甫的詩歌最多，可以傳世的作品有一千多首，至於貫串古代和當代，在格律方面苦心經營，工穩完美到了極點，又超過了李白，但採摘其中像〈新安吏〉、〈石壕吏〉、〈潼關吏〉、〈塞蘆子〉、〈留花門〉這樣的篇章，「朱門酒肉臭，路有凍死骨」這樣的詩句，也不過三四十篇。杜甫尚且這樣，何況不及杜甫的呢！

僕常痛詩道崩壞❶，忽忽❷憤發，或食輟哺❸，夜輟寢，不量才力，欲扶起之。嗟乎！事有大謬者，又不可一二而言，然亦不能不粗陳❹於左右。僕始生六七月時，乳母抱弄於書屏下，有指「無」字、「之」字示僕者，僕雖口未能言，心已默識❺。後有問此二字者，雖百十其試，而指之不差。則僕宿習之緣❻已在文字中矣。及五六歲便學為詩。九歲諳識聲韻。十五六始知有進士❼，苦節❽讀書。二十已來，晝課賦❾，夜課書，間❿又課詩，不遑⓫寢息矣。以至于口舌成瘡，手肘成胝⓬，既壯而膚革⑬不豐盈，未老而齒髮早衰白，瞥瞥然⑭如飛蠅垂珠在眸子⑮中也，動⑯以萬數。蓋以苦學力文所致，又自悲矣！家貧多故，二十七方從鄉賦⑰。既第⑱之後，雖專於科試⑲，亦不廢詩。及授校書郎時，已盈三四百首。或出示交友如足下輩，見皆謂之工，其實未窺作者之域⑳耳。自登朝來，年齒漸長，閱事漸多，每與人言，多詢時務；每讀書史，多求理道；始知文章合為時而著，歌詩合為事而作。是時，皇帝初即位，宰府有正人，屢降璽書㉑，訪人急病。僕當此日，擢在翰林㉒，身是諫官㉓，手請諫紙。啟奏之外，有可以救濟人病、裨補時闕而難於指言者，輒詠歌之。欲稍稍遞進聞於上，上以廣宸聰㉔，副憂勤㉕；次以酬恩獎，塞言責；下以復吾平生之志。豈圖志未就而悔已生，言未聞而謗已成矣。又請為左右終言之。凡聞僕〈賀雨〉㉖詩，而眾口籍籍㉗，已謂非宜矣。聞僕〈哭孔戡〉㉘詩，眾面脈脈㉙，盡不悅矣。聞〈秦中吟〉，則權豪貴近者相目而變色矣。聞〈樂遊園〉㉚寄足下詩，則執政柄㉛者扼腕㉜矣。聞〈宿紫閣村〉㉝詩，則握軍要㉞者切齒矣。大率如此，不可偏舉。不相與者㉟，號為沽名㊱，號為詆訐㊲，號為訕謗㊳。苟相與者，則如牛僧孺之戒㊴焉，乃至骨肉妻孥皆以我為非也。其不我非者，舉㊵不過三兩人。有鄧魴㊶者，見僕詩而喜，無何，而魴死。有唐衢㊷者，見僕詩而泣，未幾，而衢死。其餘則足下，足下又十年來困躓㊸若此。嗚呼！豈六義四始㊹之風，天將破壞，不可支持耶？抑又不知天之意不欲使下人之病苦聞於上耶？不然，何有志於詩者，不利若此之甚也？

【章　旨】敘述自己為振興詩道所作的努力和遭受的沉重打擊。

【注　釋】❶崩壞　崩塌毀壞。❷忽忽　急速貌。❸食輟哺　吃飯時停止咀嚼。輟，中止。哺，吃；嚼。❹粗陳　大致地說明。❺默識　暗記。❻宿習之緣　前世的因緣。宿習，前生的習氣。佛家稱前生為宿世。❼進士　唐代科舉取士的科目。❽苦節　堅守志節，矢志不渝。❾晝課賦　白天學習作賦。晝，原作「書」，據《文苑英華》、《全唐文》改。課，功課；學習。❿間　間隙；閒暇。⓫不遑　沒有閒暇。⓬胝　厚皮；老繭。⓭膚革　皮膚。⓮瞀瞀然　眼花貌。⓯眸子　黑眼珠。⓰動　動輒。⓱鄉賦　即鄉試。指州府的考試。唐代進士考生由州府考試選拔，送京師考試。貞元十五年（西元七九九年）白居易二十八歲時參加宣州的鄉試後，被選送到長安參加進士考試。⓲第　及第。白居易貞元十六年進士及第。⓳科試　科舉考試。這裡指吏部授官之前各種考試和朝廷的制科考試。白居易貞元十九年登書判拔萃科，元和元年登才識兼茂明於體用科。⓴域　範圍；境界。㉑璽書　詔書。璽，皇帝的印章。㉒翰林　翰林院，唐玄宗時設置的官署，選拔朝廷官員充任學士，負責重要文件的起草。㉓諫官　隨侍皇帝左右專負諫諍職責的官員，白居易元和三年為左拾遺，充翰林學士。㉔宸聽　皇帝的視聽。㉕憂勤　指皇帝為國事憂慮勤勞。㉖賀雨　白居易元和四年因久旱得雨而作的詩篇，希望皇帝多關心百姓疾苦。㉗籍籍　紛紛貌。㉘哭孔戡　白居易元和五年所作的詩篇。孔戡，字君勝，曾為昭義節度使盧從史掌書記，盧從史為不法之事，戡極言諫阻，不得已辭官回到洛陽，病死。詩稱讚孔戡的正直敢言，惋惜他沒能進入朝廷擔任諫官或執法的御史。㉙脈脈　相視貌。指內心憤恨而嘴裡不說。㉚樂遊園　指白居易所作〈登樂遊園望〉詩。樂遊園在長安昇平坊東北角，地勢高敞，上有漢樂遊廟，可以登臨遊賞。元和五年，孔戡死，元稹貶官江陵，白居易作此詩寄元稹，詩中說：「孔生死洛陽，元九謫荊門。可憐南北路，高蓋者何人！」㉛政柄　政治權力。㉜扼腕　緊握手腕，表示憤怒。㉝宿紫閣村　即〈宿紫閣山北村〉詩。㉞軍要　軍事大權。

㉟相與者　交好的人。㊱沽名　騙取名聲。㊲詆訐　詆毀攻擊。㊳訕謗　譏刺毀謗。㊴牛僧孺之戒　牛僧孺因對策直言遭受打擊的教訓。事詳見〈和答詩十首〉、〈論制科人狀〉注。㊵舉　一共。㊶鄧魴　白居易有〈鄧魴張徹落第〉詩，又有〈讀鄧魴詩〉，說魴「三十在布衣，擢第祿不及，新婚妻未歸，少年無疾患，溘死於路歧」。㊷唐衢　見前〈寄唐生〉注❶。㊸困躓　困頓顛仆。元稹元和元年因上書直言自左拾遺貶河南縣尉，五年，自監察御史貶江陵戶曹，十年，奉詔回京，又出為通州司馬，多次遭受挫折打擊。㊹四始　《詩經・大序》認為詩有「四始」，即〈風〉、〈小雅〉、〈大雅〉、〈頌〉，是「王道興衰之所由」。這裡和「六義」並舉，代表《詩經》反映現實為政治教化服務的傳統。

【語　譯】我常常對詩歌創作原則的被破壞感到痛心，忽然感憤激發，有時甚至廢寢忘食，自不量力，想要匡扶重振它。唉！事情往往和主觀願望完全相違，又不能一一詳細說明，但是也不能不粗略地向你陳說。我剛出生六七個月的時候，奶媽抱著我在有字的屏風前逗弄，有時指著「之」字、「無」字告訴我，我口裡雖然說不出來，心中已經暗暗記住，以後有問這兩個字的，雖然問上百十次，都能正確指出它們。看來我的前世就已經和文字結下因緣了。到了五六歲，就學著作詩。九歲的時候，就已經熟悉聲調和韻部了。十五六歲的時候，才知道有進士科考試，立志刻苦讀書。二十歲以來，白天學習作賦，夜晚讀書，有空的時候又學習作詩，連睡覺休息的時間都沒有了。以至於口舌生了瘡，手肘長了繭，已經是壯年人了皮膚體貌還不豐滿，沒有到老年牙齒頭髮早已衰退或變白，眼睛昏花動不動像是眼球中有成千上萬亂飛的蒼蠅和下垂的珠粒一樣。大約是刻苦讀書努力寫作造成的，又感到自己十分可悲了！家中貧苦遭遇許多變故，二十七歲才參加地方的科舉考試。考中進士之後，雖然專力準備各科考試，也沒有停止作詩。到擔任校書郎的時候，已經有三四百首之多。有時拿出來給像你這樣的友人看，看到的人都說我的詩作得很好，其實還沒有窺見真正的詩人的境界。自從進入朝廷做官以來，年紀漸漸大了，閱歷漸漸豐富了，每當和人們交談，往往徵詢當時的國家大事，每讀書籍和歷史，往往探求治國的道理，這才知道文章應當為時代而寫，歌詩應當為現實而作。這時，當今皇帝登上帝位不久，宰相由正直的人士充當，多次頒降詔書，訪求百姓疾苦。這時的我被提拔在翰林院任職，本身擔任諫官左拾遺，手裡領到的是起草諫書的專用紙張。在進上表狀之外，有可以救濟百姓疾苦、補救時政闕失而又難以直接指斥說明的，往往寫成歌詩。希望漸漸向上傳遞能讓皇帝聽到，對上廣開皇帝的耳目，幫助皇帝勤勞國事；其次報答皇帝知遇獎拔的恩典，盡諫官進言的責任；最後實現我生平匡扶振起詩道的志向。哪裡想到志向沒有實現而悔咎就已經產生，諫言沒有傳入皇帝耳中而誹謗卻已經形成了。再請允許我對你把話講完。凡是聽到我〈賀雨〉詩的，眾人議論紛紛，已經認為不合適了。聽到我的〈哭孔戡〉詩，眾人面面相視，都不高興了。聽到我〈秦中吟〉，有權有勢的達官貴人相視而臉色大變了。聽到我寄給你的〈登樂遊園望〉詩，執政的宰相就扼緊手腕憤憤不平了。聽到〈宿紫閣山北村〉詩，掌握軍事大權的人就切齒痛恨了。大都是這樣，不能一一列舉。和我很少交往的，認為我是沽名釣譽，是詆毀攻擊，是譏刺誹謗。假如和我關係好的，就用牛僧孺的事來告誡我，甚至兄弟妻子兒女，都認為我不應該這樣做。不批評我的總共不過兩三個人。有個叫鄧魴的，見到我的詩很高興，不久，鄧魴就死了。有個叫唐衢的，讀了我的詩就哭泣，不久，唐衢就死了。剩下的還有你，而你十年來又困頓坎坷到這種地步！唉，難道說六義四始的詩歌傳統，是天意要將它破壞，不可能支持下去嗎？又不知道天意是不想讓下層百姓的疾苦為上面知道嗎？不然的話，為什麼有志於恢復詩歌傳統的人，會不順利到這樣嚴重的地步呢？

然僕又自思，關東❶一男子耳，除讀書屬文❷外，其他懵然❸無知，乃至書畫棋博可以接群居之歡❹者，一無通曉，即其愚拙可知矣。初應進士時，中朝無緦麻❺之親，達官無半面之舊；策蹇步❻於利足❼之途，張空拳❽於戰文之場，十年之間，三登科第❾，名入眾耳，迹升清貫❿，出交賢俊，入侍冕旒⓫，始得名於文章，終得罪於文章，亦其宜也。日者，又聞親友間說，禮、吏部[12]舉選人[13]，多以僕私試賦判[14]傳為準的[15]，其餘詩句亦往往在人口中。僕恧然[16]自愧，不之信也。及再來長安，又聞有軍使高霞寓[17]者欲娉倡妓[18]，妓大誇曰：「我誦得白學士〈長恨歌〉，豈同他妓哉！」由是增價。又足下書云，到通州日，見江館[19]柱間有題僕詩者，復何人哉？又昨過漢南[20]日，適遇主人集眾樂娛他賓。諸妓見僕來，指而相顧曰：「此是〈秦中吟〉、〈長恨歌〉主耳。」自長安抵江西[21]三四千里，凡鄉校[22]、佛寺、逆旅、行舟之中，往往有題僕詩者。士庶、僧徒、孀婦、處女之口，每每有詠僕詩者。此誠雕蟲之戲[23]，不足為多[24]。然今時俗所重，正在此耳。雖前賢如淵、雲[25]者，前輩如李、杜者，亦未能忘情於其間哉。古人云：「名者公器，不可以多取[26]。」僕是何者？竊時之名已多。既竊時名，又欲竊時之富貴，使己為造物者[27]，肯兼與之乎？今之迍窮[28]，理固然也。況詩人多蹇[29]，如陳子昂、杜甫，各授一拾遺，而迍剝[30]至死。李白、孟浩然[31]輩，不及一命[32]，窮悴終身。近日孟郊[33]六十，終試協律[34]；張籍[35]五十，未離一太祝[36]。彼何人哉！彼何人哉！況僕之才，又不逮彼。今雖謫佐遠郡，而官品[37]至第五，月俸四五萬，寒有衣，飢有食，給身之外，施及家人，亦可謂不負白氏之子矣。微之微之，勿念我哉！

【章　旨】從自己詩文廣泛傳播，詩人多蹇等說明自己是不幸中的幸者。

【注　釋】❶關東　函谷關或潼關以東。白居易自云「生於鄭州新鄭縣東郭宅」。見其〈醉吟先生墓誌銘〉。❷屬文　作文。屬，連綴。❸懵然　昏昧不明貌。❹接群居之歡　和眾人在一起共同娛樂。接，交際。群居，眾人共處。❺緦麻　細麻布。古代五服中為最疏遠的親屬穿緦麻製的喪服。❻策蹇步　驅策跛驢。策，鞭打。蹇，跛行。❼利足　指跑得快的車馬。❽張空拳　拳，《全唐文》作「弮」。空弮，有弓無箭的弓弩。《漢書・司馬遷傳》：「張空弮。」❾三登科第　指進士科、書判拔萃科和才識兼茂明於體用科。❿清貫　清貴的官職。指文翰侍從的官員。唐代官員清濁分流，元和初白居易任校書郎、拾遺，都屬於清資官，翰林學士就更加清貴。⓫冕旒　皇帝的禮冠。代指皇帝。⓬禮吏部　尚書省的禮部和吏部。⓭舉選人　應科舉考試的舉人和在吏部等候銓選授官的官員，舉人的考試由禮部主持，文官的銓選由吏部主持，吏部銓選也要試判詞。⓮私試賦判　模擬考試所作的賦和判詞。《唐摭言》卷一：「進士將試前，群居而賦，謂之私試。」白居易今存對策七十五道和判詞一百零一道，都是模擬考試時所作。⓯準的　標準；樣板。⓰恧然　慚愧貌。⓱軍使高霞寓　軍使，指節度使。高霞寓，范陽人，高崇文軍中將領。元和初隨高崇文平定蜀中劉闢叛亂，有功，後遷為唐鄧隨節度使。兩《唐書》有傳。⓲倡妓　從事歌舞的藝人。⓳江館　江邊館驛。通州濱東關水，注入巴水。⓴漢南　指襄州，今湖北襄樊，襄州州治襄陽縣在漢水南，從長安至江州經過襄州。㉑江西　江南西道，轄洪、饒、虔、吉、江、袁、信、撫等八州，治所在洪州，今江西南昌。㉒鄉校　州府以下的地方學校。㉓雕蟲之戲　謙稱自己的辭賦和詩歌等。西漢人學習秦代書法八體有蟲書、刻符，揚雄稱辭賦是「童子雕蟲篆刻」，「壯夫不為」。見《法言・吾子》。㉔多　稱讚。㉕淵雲　漢代文學家王褒（字子淵）和揚雄（字子雲）的合稱。㉖名者二句　《莊子・天運》：「名，公器也，不可多取。」公器，公共的用具。㉗造物者　創造主宰萬物的神。㉘迍窮　困頓。㉙蹇　困厄；不順利。㉚迍剝　即屯剝，原是《周易》二卦名。屯謂艱難，剝謂剝落。迍剝，指遭遇艱難、不得志。㉛孟浩然　（？—西元七四〇年）唐玄宗開元年間的著名詩人，襄陽人。工五言詩，舉進士不第，隱居在襄陽的鹿門山。㉜一命　一次任命。指官職。周代的官員從一命到九命。孟浩然終身布衣。李白曾經供奉翰林，也沒有任命正式的官職。㉝孟郊　（西元七五一—八一四年）字東野，湖州武康人。登進士第，鄭餘慶為河南尹，奏授孟郊「為水陸運從事，試協律郎」，後又為鄭餘慶奏為山南西道節度參謀、試大理評事，卒於赴任的道上，年六十四。見韓愈〈貞曜先生墓誌銘〉。㉞試協律　協律，協律郎，太常寺的屬官，正八品上，掌和律呂。唐制，所擔任官職沒有得到正式任命，稱為「試」。孟郊曾被任命為試大理評事，尚未到任即死，所以說他「終試協律」。㉟張籍　見〈讀張籍古樂府〉注❶。㊱太祝　太常寺官員，正九品上，掌出納神主，跪讀祝文等。㊲官品　官員的品級。唐代官員分為九品，每品分為正、從，又各分上、下。實際上是三十六級。白居易時貶江州司馬，江州是上州，州司馬從五品下。

【語　譯】然而我自己又想，我不過是關東一個普通男子罷了，除了讀書作文以外，其他的事都懵懂無知，以至於書法繪畫弈棋賭博這些和眾人在一起時可以共同娛樂的事物，一件也不通曉，我的笨拙也就可想而知了。剛開始參加進士科考試時，朝廷中沒有遠房的親戚，高官中沒有一個曾見面認識的。鞭策著駑劣的驢子卻和坐著馬車的人賽跑，在科舉考試的戰場拉開的卻是無箭的弓。但是十年之間，卻能三次考試得中，名字傳入眾人耳中，廁身在清貴的官班，出門和賢德才俊之士交遊，入朝侍奉在皇帝的身邊，開始因為文章得名，終於因為文章得罪，也是應當的啊。日前，又聽見親友之間說，參加禮部貢舉和吏部銓選的人，都把我私下擬題試作的賦和判詞，作為應試的標準，其他的詩句，也往往被人傳誦。我十分慚愧，不敢相信啊。等到再次來到長安，又聽說節度使高霞寓想要聘娶一名歌伎，歌伎誇耀說：「我能背誦白學士的〈長恨歌〉，哪能和別的歌伎相提並論！」因此抬高了身價。你的來信又說，到通州的時候，見江邊館驛的柱子上有題寫我的詩歌的，那又是什麼人呢？我前不久經過襄陽的時候，恰好趕上主人集合樂隊，娛樂別的賓客。樂伎們看到我來了，指著我互相告訴說：「這就是〈秦中吟〉和〈長恨歌〉的作者啊。」從長安到江西三四千里，凡是地方學校、佛教寺宇、道途旅舍、航行船隻中間，往往有題寫我的詩歌的。讀書士子、佛教僧徒、寡居婦人、未婚女子的口中，每每有吟詠我的詩歌的。這的確是雕蟲小技，不值得稱道。但是當今流俗所看重的，正是這些啊。即使古代的賢者如王褒、揚雄，我朝的前輩像李白、杜甫，也不能不有喜愛之情而將它拋開啊。古人說：「名聲是公眾共有的事物，個人不可以占有太多。」我是什麼人，竊取當代的名聲已經太多。既竊取了名聲，又想竊取當時的富貴，假設我自己就是萬物命運的主宰者，會將這兩樣東西給與同一個人嗎？現在的艱難困窮，是理所當然的了。況且詩人多數命運不好，像陳子昂、杜甫，都只授予拾遺的官職，艱苦困厄，直到死亡。李白、孟浩然一類人，沒有得到一官半職，窮困潦倒一輩子。近年來，孟郊六十歲，死的時候不過是試協律郎；張籍五十歲了，還在做著太祝這個小官。他們又是什麼樣的人呢，又是什麼樣的人啊！況且我的才能，又趕不上他們。現在雖然被貶謫到這偏遠的江州做司馬，仍然是五品官員，每月的俸錢四五萬，冷了有衣穿，餓了有飯吃，供給我自己之外，又供給我一家人，也可以說是一個沒有辜負白氏家族的兒子了。微之啊微之，用不著為我擔心啊！

僕數月來，檢討❶囊袠❷中，得新舊詩，各以類分，分為卷目。自拾遺來，凡所適❸所感關於美刺興比者，又自武德訖元和，因事立題題為〈新樂府〉者，共一百五十首，謂之「諷諭詩」。又或退公❹獨處，或移病❺閑居，知足保和❻，吟玩❼情性者一百首，謂之「閑適詩」。又有事物牽於外，情理動於內，隨感遇而形於歎詠者一百首，謂之「感傷詩」。又有五言、七言、長句❽、絕句，自一百韻至兩韻者四百餘首，謂之「雜律詩」。凡為十五卷，約八百首。異時❾相見，當盡致於執事。微之！古人云：「窮則獨善其身，達則兼濟天下❿。」僕雖不肖⓫，常師此語。大丈夫所守者道，所待者時。時之來也，為雲龍⓬，為風鵬⓭，勃然⓮突然，陳力⓯以出。時之不來也，為霧豹⓰，為冥鴻⓱，寂兮寥兮⓲，奉身⓳而退。進退出處⓴，何往而不自得哉？故僕志在兼濟，行在獨善，奉而始終之則為道，言而發明之則為詩。謂之「諷諭詩」，兼濟之志也。謂之「閑適詩」，獨善之義也。故覽僕詩，知僕之道焉。其餘「雜律詩」，或誘於一時一物，發於一笑一吟，率然㉑成章，非平生所尚㉒者。但以親朋合散之際，取其釋恨佐懽㉓。今銓次㉔之間，未能刪去，他時有為我編集斯文者，略之可也。

【章旨】說明詩歌編集分類的情況以及詩歌分類和自己的志趣之間的關係。

【注釋】❶檢討　檢查整理。❷囊袠　書袋。囊，書囊。袠，同「帙」。包書卷的布套。書籍卷軸裝的時代多以十卷為一帙。❸所適　所經歷。《全唐文》作「所遇」。❹退公　公事完畢回家。❺移病　移書稱病，因病告假。移，古代一種公文文體。❻知足保和　內心知道滿足，保持平和安適。❼吟玩　吟詠娛樂。❽長句　七言詩。這裡和前「七言」重複，疑有誤字。❾異時　他日。❿窮則二句　窮，困頓不得志。達，通顯得志。《孟子．盡心上》：「古之人，得志，澤加於民；不得志，脩身見於世。窮則獨善其身，達則兼善天下。」⓫不肖　不賢。⓬雲龍　雲中的龍。《周易．乾卦》：「雲從龍。」周瑜謂劉備胸懷大志，「恐如蛟龍得雲雨，終非池中物」。見《三國志．吳書．周瑜傳》。⓭風鵬　風中的大鵬。《莊子．逍遙遊》：「北溟有魚，其名為鯤，化而為鳥，其名為鵬。……鵬之徙于南冥也，水擊三千里，摶扶搖而上者九萬里。」扶搖，旋風。⓮勃然　忽然。⓯陳力　施展才力。《論語．季氏》：「陳力就列，不能者止。」⓰霧豹　霧中的豹。比喻隱者。《列女傳》載陶答子妻語：「妾聞南山有玄豹隱霧而七日不食，欲以澤其衣毛，成其文章。」⓱冥鴻　高飛的鴻雁。比喻隱士。冥，高遠。指天空。《法言．問明》：「鴻飛冥冥，弋人何篡焉。」李軌注：「君子潛神重玄之域，世網不能制禦之。」⓲寂兮寥兮　清靜無為。⓳奉身　全身。奉，恭謹地捧持。⓴進退出處　指仕途的升遷和降職，出仕和退隱。㉑率然　急遽貌。㉒尚　重視。㉓釋恨佐懽　消除別恨，為歡樂助興。㉔銓次　選擇編輯。

【語 譯】我近幾個月來，翻檢整理書囊，得到新舊的詩作，加以分類，分卷標明篇目。自從擔任拾遺以來，凡是所經歷所感動而作的詩歌和「美刺比興」有關的，又從武德到元和年間根據內容自行擬定題目總題為〈新樂府〉的，共有一百五十首，稱作「諷諭詩」。此外在公事完畢回家獨處時，或因病告假閒居無事時，自己知止知足，保養天和，吟詠性情的作品一百首，稱作「閒適詩」。又有受到身外事物的拘牽，激發了內心的情感，隨所感所遇而寫作的詩歌一百首，稱作「感傷詩」。又有五言、七言、律詩、絕句，從一百韻到兩韻的四百多首，稱之為「雜律詩」。一共十五卷，大約八百首。他日相見，當全部交給你看。微之，古人說：「困窮不得志的時候就要注重個人品德的修養，通顯得志的時候就要以治理天下為己任。」我雖然不賢，但常常師法這兩句話。大丈夫所堅持的是聖賢之道，所等待的是時機。時機到了，作雲中的龍，作風中的大鵬，突然興起，發揮自己的才幹出來做官。時機未到，作隱身霧中的豹，作高飛的鴻雁，清靜無為，全身退隱。或進或退，或出仕或歸隱，做什麼會不心安理得呢？所以我的志向是治理天下，實行的是注重個人的品德修養，一貫奉行始終不變的是理想和原則，通過語言加以闡發的就成了詩歌。叫它們「諷諭詩」，那是表達治理天下的志向的。叫它們「閒適詩」，那是闡發個人品德修養的內涵的。所以讀我的詩，就知道我的理想和原則了。其他的「雜律詩」，或被一時一事所誘導，或因一言一笑所引發，匆促地寫成，不是我平生所看重的。不過因為親友們會面或離別時，用它來排遣愁恨或為歡會助興。現在選編的時候，沒能刪去，將來有人為我編輯詩文集的時候，將它們刪掉就可以了。

微之！夫貴耳賤目[1]，榮古陋今[2]，人之大情[3]也。僕不能遠徵古舊，如近歲韋蘇州[4]歌行，才麗之外，頗近興諷[5]。其五言詩，又高雅閑澹[6]，自成一家之體，今之秉筆者，誰能及之？然當蘇州在時，人亦未甚愛重，必待身後，然後人貴之。

今僕之詩人所愛者，悉不過「雜律詩」與〈長恨歌〉已下耳。時之所重，僕之所輕。至於「諷諭」者意激而言質[7]，「閑適」者思澹而詞迂[8]，以質合迂，宜人之不愛也。今所愛者，並世而生，獨足下耳。然千百年後，安知復無如足下者出，而知愛我詩哉？故自八九年來，與足下小通則以詩相戒，小窮則以詩相勉，索居[9]則以詩相慰，同處則以詩相娛。知吾罪吾，率以詩也。如今年春遊城南時，與足下馬上相戲，因各誦新豔小律，不雜他篇。自皇子陂[10]歸昭國里[11]，迭吟遞唱，不絕聲者二十里餘。樊、李[12]在旁，無所措口。知我者以為詩仙，不知我者以為詩魔。何則？勞心靈，役聲氣，連朝接夕，不自知其苦，非魔而何？偶同人，當美景，或花時宴罷，或月夜酒酣，一詠一吟，不知老之將至，雖驂鸞鶴[13]，遊蓬瀛[14]者之適，無以加於此焉，又非仙而何？微之微之！此吾所以與足下外形骸[15]，脫蹤跡[16]，傲軒鼎[17]，輕人寰[18]者，又以此也。當此之時，足下興有餘力，且與僕悉索還往[19]中詩，取其尤長者，如張十八[20]古樂府，李二十[21]新歌行，盧、楊二祕書[22]律詩，竇七[23]、元八[24]絕句，博搜精掇，編而次之，號《元白往還詩集》。眾君子得擬議於此者，莫不踊躍欣喜，以為盛事。嗟乎！言未終而足下左轉[25]，不數月而僕又繼行。心期索然[26]，何日成就？又可為之歎息矣！又僕嘗語足下，凡人為文，私於自是㉗，不忍於割截㉘，或失於繁多，其間姸蚩㉙，益又自惑，必待交友有公鑑㉚、無姑息者，討論而削奪之，然後繁簡當否得其中矣。況僕與足下為文，尤患其多，己尚病之，況他人乎？今且各纂詩筆㉛，粗為卷第，待與足下相見日，各出所有，終前志焉。又不知相遇是何年，相見在何地，溘然㉜而至，則如之何！微之微之！知我心哉！

【章旨】敘說與元稹的詩歌交往、詩文編集和兩人詩文的通病，慨嘆知音難逢。

【注釋】❶貴耳賤目　重視傳聞而輕視眼見，猶重遠輕近。《顏氏家訓・慕賢》：「世人多蔽，貴耳賤目，重遙輕近。」❷榮古陋今　猶厚古薄今，讚美古代鄙視當今。❸大情　常情。❹韋蘇州　韋應物，長於五言詩，貞元五至七年為蘇州刺史。參見〈題潯陽樓〉詩注❹。❺興諷　比興諷刺。❻高雅閑澹　高尚雅致，閒適平淡。❼意激而言質　思想激烈而語言質樸。❽思澹而詞迂　情思恬澹而文辭委婉。迂，曲折；不直截了當。❾索居　獨居。❿皇子陂　在長安城南，相傳秦曾葬皇子於陂北原上，故名。見《長安志》卷一一。⓫昭國里　長安坊里名，在朱雀門東第三街。白居易有〈昭國閑居〉詩。⓬樊李　樊宗師、李紳。樊宗師，見〈和答詩十首・序〉注㉖。李紳，行二十。白居易有〈遊城南留元九李二十晚歸〉等詩。⓭驂鸞鶴　以鸞鶴為坐騎，成仙。驂，在一旁拉車的馬。江淹〈別賦〉：「駕鶴上漢，驂鸞騰天。」⓮蓬瀛　蓬萊、瀛洲，傳說中東海中神仙所居的仙山。⓯外形骸　以形體為身外之物，不放在心上。⓰脫蹤跡　不拘形跡，擺脫世俗禮法等的束縛。⓱傲軒鼎　蔑視富貴。軒，大夫所乘的有帷幕的車。鼎，三足的炊具，富貴人家列鼎而食。⓲人寰　人世。⓳還往　交往；唱和酬答。⓴張十八　張籍，行十八，擅長樂府詩。見〈讀張籍古樂府〉注❶。㉑李二十　李紳，行二十。參見〈編集拙詩，成一十五卷，因題卷末，戲贈元九、李二十〉注❷。㉒盧楊二祕書　盧拱、楊巨源。盧拱，范陽人，元和中為祕書郎，大和中終申州刺史。元稹〈酬盧祕書・序〉：「予自唐歸京之歲，祕書郎盧拱作〈喜遇白贊善學士〉詩二十韻以見貽。」楊巨源，見〈贈楊祕書巨源〉注❶。㉓竇七　竇鞏，字友封，行七，官至武昌軍節度副使。兩《唐書》有傳。㉔元八　元宗簡，行八。參見〈欲與元八卜鄰，先有是贈〉注❶。㉕左轉　貶官。指元稹出為通州司馬。古人以右為尊。㉖心期索然　心情落寞，情緒低沉。㉗私於自是　偏於自以為是。㉘割截　割捨刪削。㉙妍蚩　美醜；好壞。㉚公鑑　公正的辨別能力。㉛詩筆　詩文。有韻為詩，無韻為筆。㉜溘然　忽然，指死亡。

【語　譯】微之，重視耳聞而忽略目見，讚美古代而鄙視當今，這是人之常情啊。我不能徵引遠古的舊事，就拿近年蘇州刺史韋應物的歌行來說，才情詞藻美麗之外，頗為接近比興諷刺的傳統。他的五言詩高尚雅致閒適平淡，自成一家的詩體，現在持筆寫作的人，有誰能趕上他呢？但是當韋蘇州活著的時候，人們對他的詩歌也不很喜愛重視，一定要到他死後，人們才覺得可貴。現在我的詩，人們所喜愛的，都不過是「雜律詩」和〈長恨歌〉以下的作品。同時人所愛重的，正是我所輕視的。至於「諷諭詩」思想激烈語言質樸，「閒適詩」感情恬澹而文詞委婉，質樸和委婉，人們不喜歡就是必然的了。現在喜愛它們的，和我同時活在世間的人就只有你了。但是，怎能知道千百年以後就沒有像你一樣了解喜歡我詩歌的人出現呢？所以，最近八九年以來，我和你順利一點的時候就用詩互相告誡，遇到一點挫折就用詩歌互相勉勵，離別獨居的時候就用詩歌互相安慰，會面相聚的時候就用詩歌互相娛樂，了解我或責備我，都是通過我的詩啊。像今年春天同遊長安城南時，和你在馬上互相戲謔，於是各自朗誦新穎美麗的短小律詩，不摻雜其他作品。從皇子陂回到昭國坊，一路上接著吟唱，二十多里的路途吟誦的聲音連續不斷。樊宗師、李紳在一旁，沒有插嘴的機會。理解我們的把我們看作詩仙，不理解的把我們看作詩魔。為什麼呢？勞苦心靈，役使聲氣，從早到晚，不覺得是件苦事，這不是著魔了嗎？遇到友人，對著美景，或花開時節宴筵剛罷，或月明之夜酒興方濃，吟詠詩歌，不知道歲月流逝人將衰老，雖然乘鸞駕鶴在蓬萊、瀛洲仙境遨遊的仙人，他們的自在適意也沒有超過啊，不是詩仙又是什麼呢？微之啊微之，我之所以和你能以形體為外物，不拘世俗禮法，蔑視高車鼎食的富貴，輕視世俗的人間，都是由於這個原因啊。在這個時候，你興致未盡，要和我索取所有友人間交往唱和的詩歌，選取其中的優秀作品，比如張籍的樂府詩，李紳新創作的歌行，盧拱、楊巨源兩位祕書郎的律詩，竇鞏和元宗簡的絕句，廣泛搜集精心挑選，編輯排列，取名叫《元白往還詩集》。諸位君子得以計劃參與這件事的，沒有不高興得跳了起來，以為是盛大的活動。唉！話還沒說完你就被貶出，沒過幾個月，我又跟著上路。情緒低落消沉，哪年哪月能完成？又可以令人嘆息了。我曾經向你說過，大凡人們寫作，偏向於自以為是，捨不得刪削，有時文字過於繁冗，其中的好壞，自己更難以判斷，一定要等友人有公正鑑別的能力而又不講情面的，進行討論和刪除，然後繁複與簡約妥當與否都能適中了。況且我和你的寫作，尤其覺得文字繁冗，自己都認為是缺點，何況別人呢？現在我們姑且各自編纂自己的詩文，大體分卷編排，等到和你見面的時候，各自拿出自己所編的集子，再完成過去編集《元白往還詩集》的志向。又不知道相會要哪一年，相見在哪個地方，一旦忽然長逝，又能怎麼辦呢？微之啊微之，知道我的心情啊！

潯陽臘月❶，江風苦寒，歲暮鮮歡，夜長無睡。引筆鋪紙，悄然燈前，有念則書，言無次第，勿以繁雜為倦，且以代一夕之話也。微之微之，知我心哉！樂天再拜。

【章旨】敘眼前情事，作結。

【注釋】❶臘月　舊曆十二月。

【語譯】潯陽臘月，江風寒冷，一年將盡，很少樂趣，長夜漫漫，不能入睡。拿起筆來，鋪開紙張，在靜悄悄的燈前，想到哪兒就寫到哪兒，寫的沒有順序，希望不要因為繁多雜亂感到厭倦，姑且用它來代替一晚的長談吧。微之啊微之，知道我的心情啊！樂天再拜。

【研析】白居易自己說，這封書信的內容是「粗論歌詩大端，并自述為文之意」，是一篇論詩的長信。除了開頭略敘寫信的緣由，末尾敘寫信時的心情外，信的主體部分談詩，分為四個層次。第一部分論述了詩歌的作用，評述了詩歌發展從隆盛到衰微的發展過程。第二部分敘述自己作詩的經過，提出自己詩歌創作的主張，說明自己的創作意圖。第三部分說明自己和詩的關係，既因詩得謗，也因詩而得名。第四部分說明自己詩歌編集分類情況，敘述和元稹的詩歌交往，說明元稹是自己的知音。文章總結了自《詩經》以來的詩歌發展的歷史和現狀，提出了「文章合為時而著，歌詩合為事而作」的創作主張，在中國文學批評史上占有重要的地位。

作為一篇散文，這篇書信也寫得情文並茂，真摯感人。因為它將縱論詩歌歷史、創作理論和敘述自己個人的遭遇，抒發內心的悲憤結合起來，做到了議論、敘事與抒情的緊密結合。議論秉承儒家傳統詩說，可謂堅實宏大，作者為拯救詩道崩壞和「救濟人病，裨補時闕」所作的努力可謂艱苦卓絕，然而終於因此得罪，所以憤懣之情，充斥胸中，奔來筆下，使書信寫得迴腸蕩氣，跌宕起伏，充滿感情，可和司馬遷〈報任安書〉前後輝映。信中有多處日常生活的描寫，如學詩經過事、歌伎自誇能誦〈長恨歌〉事、與元稹等遊城南馬上誦詩事，都十分生動，穿插其中，使文章搖曳多姿。

遊大林寺[1]序

【題解】這是一篇記遊的序。元和十二年（西元八一七年）四月九日作於江州廬山。序記遊大林寺的見聞和感受，慨嘆大林寺的幽寂景色無人賞玩。

余與河南元集虛、范陽張允中、南陽張深之、廣平宋郁、安定梁必復、范陽張特、東林寺沙門法演、智滿、士堅、利辯、道建、神照、雲皋、息慈、寂然凡十七人❷，自遺愛草堂❸歷東西二林❹，抵化城❺，憩峰頂❻，登香爐峰❼，宿大林寺。大林窮遠，人迹罕到。環寺多清流蒼石，短松瘦竹。寺中唯板屋木器，其僧皆海東人❽。山高地深，時節絕晚。于時孟夏月❾，如正二月天，梨桃始華❿，澗草猶短，人物風候，與平地聚落⓫不同。初到，怳然⓬若別造一世界者，因口號絕句云：「人間四月芳菲⓭盡，山寺桃花始盛開。長恨春歸無覓處，不知轉入此中來。」既而周覽屋壁，見蕭郎中存⓮、魏郎中弘簡⓯、李補闕渤⓰三人姓名文句，因與集虛輩歎，且曰：「此地實匡廬⓱間第一境。由驛路至山門，曾無半日程，自蕭、魏、李遊，迨今垂⓲二十年，寂寥無繼來者。嗟乎！名利之誘人也如此！」

時元和十二年四月九日，樂天序。

【注釋】❶大林寺　廬山大林寺有三。這裡指的是上大林寺。《大清一統志》卷二四四：「上大林寺在廬山西大林峰南。晉建，元末燬，明宣德中重建。」❷余與句　元集虛、張允中、張深之見〈草堂記〉，餘人均未詳。廣平，郡名，即洺州，治所在今河北邯鄲東北。安定，郡名，即涇州，治所在今甘肅涇川。范陽，郡名，即幽州，治所在今北京。東林寺，在廬山山麓，東晉太元九年慧遠創建。沙門，梵語音譯，一作桑門，即僧。十七人，實際上文中只提到十六人。❸遺愛草堂　即白居易廬山草堂，在遺愛寺和香爐峰之間。見《廬山記》。❹東西二林　東林寺與西林寺，西林寺在廬山山麓東林寺西十餘步，東晉太和二年慧永所建。❺化城　廬山寺名，有上、中、下三寺。陳舜俞《廬山記》卷二：「凡遊人在二林望上化城，樓閣隱隱在雲靄中，有若圖畫。」❻峰頂　峰頂院。陳舜俞《廬山記》卷二：「過香爐峰，至峰頂院。院旁盤石極平廣。下視空闊，無復障蔽。」❼香爐峰　在廬山北，見〈登香鑪峰頂〉注❶。❽海東人　大海以東人。指日本或新羅人。❾孟夏月　夏季的第一個月，即農曆四月。❿華　花；開花。⓫聚落　村落。⓬恍然　恍惚貌。⓭芳菲　芳香。指花。⓮蕭郎中存　蕭存（西元七三九—八〇〇年），字伯誠，一云字成性，蕭穎士子，官至比部郎中。《全唐文》卷六九一符載〈尚書比部郎中蕭府君墓誌銘〉：「君有草堂在廬山下紫霄峰，晚節學無生，得禪悅之味，每天氣寥朗，輒駕紫騮，攜酒壺學業，同紫府之客，恣遊其上，弄泉坐石，不記早暮。」⓯魏郎中弘簡　魏弘簡（西元七五八—八〇四年），字裕之，綿州人。進士及第，官至度支員外郎、戶部郎中。見柳宗元〈唐故尚書戶部郎中魏府君墓誌〉。⓰李補闕渤　李渤（西元七七三—八三一年），字濬之，初隱居廬山白鹿洞，後隱居嵩山。元和九年，徵為著作郎，十年，遷右補闕，後官至桂管觀察使。兩《唐書》有傳。⓱匡廬　即廬山，相傳匡俗曾隱居此山得名。⓲垂　將近。

【語譯】我和河南人元集虛、范陽人張允中、南陽人張深之、廣平人宋郁、安定人梁必復、范陽人張特、東林寺的僧人法演、智滿、士堅、利辯、道建、神照、雲皋、息慈、寂然共十七人，從遺愛寺附近的草堂出發，經過東西二林寺，到達化城寺，在峰頂院休息，攀登香爐峰，住在大林寺。大林寺偏僻路遠，人們很少有到來的。寺的四周多清清的水流、青蒼的巖石、矮小的松樹和瘦瘠的竹子。寺中只有木板的房屋和木製器具，僧人都是大海東面的外邦人。山勢高峻環境幽深，節候來得特別遲。這時已經是四月了，氣候像正月二月一樣。山中的梨樹桃樹才開花，澗旁的青草還很短小，人物氣候和平地村落中不同。剛到時，恍恍惚惚好像來到了造物主造出的另外一個世界，於是隨口吟成了一首絕句：「四月人間的百花都已經凋謝，大林寺的桃花才茂盛地綻開。常常遺憾春天一去無處尋覓，不知道春天竟然轉到了廬山深處來。」稍後又遍觀屋中的牆壁，看到蕭郎中存、魏郎中弘簡、李補闕渤三個人題寫的姓名和文句，於是和元集虛等嘆息著說：「這裡的確是廬山中最好的地方。從驛傳車馬通行的大路到大林寺的山門，沒有半天時間的路程，自從蕭、魏、李三人來遊以後，到現在將近二十年了，冷冷清清沒有人再來。唉，名利誘惑人竟然有這樣大的魔力！」這一天是元和十二年四月九日，白樂天作序。

【研　析】序記和友人同遊大林寺的見聞和感受。作者抓住「大林窮遠，人迹罕到」的特點，寫出廬山深處建築、器物、人物、植被、節候的特徵，描繪出和山外迥異的別一世界。「長恨春歸無覓處，不知轉入此中來」的詩句道盡了詩人的讚美之情，而從蕭存等題名生發的名利誘人的感喟，揭示了大林寺人跡罕到、山林寂寥的原因，點明文旨。全文不到三百字，在簡潔明快的記敘和描寫中插入詩歌和對話，使文章搖曳多姿，富於騰挪變化，是一篇優秀的小品。

草堂記

【題　解】這是一篇記廬山隱居草堂的記敘文，記草堂的興建經過、結構陳設、環境景物和交遊，表現了作者癖愛山水、回歸自然的情趣。文作於元和十二年（西元八一七年）四月九日，這是白居易被貶為江州司馬的第二年，他已經四十六歲了。在經受了沉重政治打擊以後，他重新審視險惡的官場，開始「獨善其身」，許多作品都流露出歸隱的願望。

匡廬❶奇秀，甲❷天下山。山北峰曰香爐❸，峰北寺曰遺愛寺❹。介峰寺間，其境❺勝絕，又甲廬山。元和十一年秋，太原人白樂天見而愛之，若遠行客過故鄉，戀戀不能去。因面峰腋寺❻，作為草堂。

【章　旨】敘述草堂的位置和興築草堂的緣由。

【注釋】❶匡廬　即廬山，古稱「匡廬」，相傳周朝有匡氏兄弟在此山修道，結廬居住，因而得名。山在今江西九江市東南，群峰聳峙，綿亙曲折，多巉崖峭壁、清泉飛瀑，以奇、秀、險、雄聞名。❷甲　第一；居首位。❸香爐　廬山峰名。慧遠《廬山記》：「東南有香爐山，孤峰獨秀起，遊氣籠其上，則氤氳若香煙，白雲映其外，炳然與眾峰殊別。」《太平寰宇記》卷一一一「江州」：「香爐峰在山西北，其峰尖圓，煙雲聚散，如博山香爐之狀。」❹遺愛寺　在廬山香爐峰下，白居易在寺西營建草堂，有〈香爐峰下新置草堂即事詠懷題于石上〉詩。韋應物刺江州時作〈題鄭弘憲侍御遺愛草堂〉：「居士近依僧，青山結茅屋。」蓋鄭氏依遺愛寺結廬而居。或云寺為鄭氏所創，非是。❺境　景物；景象。❻面峰腋寺　對山傍寺。因兩腋在人身旁，故引申為「傍」。

【語譯】廬山雄奇秀麗，為天下名山之首。山北的山峰名叫香爐，峰北的佛寺叫遺愛。介於峰寺之間的地方，景象絕妙，又居廬山第一。元和十一年的秋天，太原人白樂天一見到這個地方就愛上了它，好像遠行的遊子經過故鄉，眷戀著捨不得離開。於是，便面對香爐峰，依傍遺愛寺，興建了草堂。

明年春，草堂成。三間兩柱❶，二室四牖❷，廣袤豐殺❸，一稱心力❹。洞北戶，來陰風，防徂暑也❺。敞南甍，納陽日，虞祁寒也❻。木斲而已，不加丹；牆圬而已，不加白❼。墄階用石，冪窗用紙❽，竹簾紵幃❾，率稱是焉❿。堂中設木榻四，素屏二，漆琴一張，儒、道、佛書各三兩卷。

【章旨】敘寫草堂的結構、內部的居住環境和陳設。

【注釋】❶三間兩柱　一間堂屋，兩間側室，合計三間。有兩柱將堂和側室隔開。❷牖　窗戶。❸廣袤豐殺　謂面積大小，費用多少。廣，東西。袤，南北。豐殺，豐厚和儉省。❹心力　心意與財力。❺洞北戶三句　洞，貫穿。陰風，涼風。徂暑，盛暑。《詩經・小雅・谷風》：「六月徂暑。」❻敞南甍三句　甍，屋脊。虞，戒備。祁寒，嚴寒。《尚書・君牙》：「冬祁寒。」❼木斲四句　斲，砍削。丹，丹砂。這裡指紅色油漆。圬，用泥抹牆。白，指白色塗料。❽墄階二句　墄，壘砌。冪，遮蒙。❾紵幃　苧麻粗布的帳幕。❿率稱是焉　都和這相稱。意思是大都符合儉樸適用的標準。率，大都。

【語　譯】第二年的春天，草堂落成。有一間正堂，兩間側室，兩根柱子，四個窗戶，面積大小和費用多少，都和我的心意財力相稱。北邊開設窗戶，引來涼風，防備酷暑啊。南面屋脊高敞，接納陽光，抵禦嚴寒啊。木材砍削而已，不加紅色彩繪；牆壁抹泥而已，不再粉刷白色。砌臺階用石，糊窗戶用紙，竹製的門簾，粗麻的帳幕，都和這相稱。草堂中陳設有木榻四張，沒有彩繪的屏風兩扇，漆琴一張，儒、道、釋的書籍各三兩卷。

樂天既來為主❶，仰觀山，俯聽泉，傍睨❷竹樹雲石，自辰及酉❸，應接不暇。俄而物誘氣隨，外適內和，一宿體寧，再宿心恬❹，三宿後穨然嗒然❺，不知其然而然。自問其故，答曰：是居也，前有平地，輪廣❻十丈；中有平臺，半平地；臺南有方池，倍平臺。環池多山竹野卉，池中生白蓮、白魚。又南抵石澗❼，夾澗有古松、老杉，大僅❽十人圍❾，高不知幾百尺。修柯戛雲❿，低枝拂潭，如幢⓫豎，如蓋⓬張，如龍蛇走。松下多灌叢蘿蔦⓭，葉蔓駢織⓮，承翳⓯日月，光不到地，盛夏風氣，如八九月時。下鋪白石，為出入道。堂北五步，據層崖積石，嵌空垤堄⑯，雜木異草，蓋覆其上。綠陰蒙蒙⑰，朱實離離⑱，不識其名，四時一色。又有飛泉植茗⑲，就以烹燀⑳。好事者見，可以銷㉑永日。堂東有瀑布，水懸三尺，瀉階隅㉒，落石渠，昏曉如練色㉓，夜中如環珮㉔琴筑㉕聲。堂西倚北崖右趾㉖，以剖竹架空，引崖上泉，脈分綫懸㉗，自簷注砌，纍纍如貫珠㉘，霏微㉙如雨露，滴瀝㉚飄灑，隨風遠去。其四傍耳目杖屨㉛可及者，春有錦繡谷㉜花，夏有石門澗雲，秋有虎谿㉝月，冬有鑪峰㉞雪，陰晴顯晦，昏旦含吐，千變萬狀，不可殫紀覼縷而言㉟，故云甲廬山者。

【章旨】描繪草堂四面的景物，說明身心愉悅的緣由。

【注釋】❶為主 為主人。❷傍睨 旁觀。睨，斜視。❸自辰及酉 指從早至晚。古代以十二地支計時，辰時和酉時分別相當於上午七點到九點和下午五點到七點。❹心恬 內心寧靜。❺穨然嗒然 形體解散，心境空寂。穨然，懶散貌。嗒然，同嗒然，物我兩忘貌，《莊子·齊物論》：「南郭子綦隱几而坐，仰天而噓，嗒焉似喪其耦。」❻輪廣 方圓。❼石澗 指下文所說的石門澗，在廬山西。慧遠《廬山記》：「西有石門，其前似雙闕，壁立千餘仞，而瀑布流焉。」❽僅 將近；差不多。❾十人圍 十人合抱。一人合抱曰一圍。❿修柯戛雲 長長枝條上摩雲霄。戛，摩。⓫幢 石柱，古代常用以鐫刻佛經。⓬蓋 車上遮擋陽光和雨的傘蓋。⓭蘿蔦 即蔦蘿，蔓生草本攀援植物，莖細長，捲絡於他物上升，夏日開紅花，邊緣五裂，可供觀賞。一名寄生。⓮駢織 交織。⓯承翳 承接遮蔽。⓰嵌空垤堄 玲瓏重疊。嵌空，玲瓏貌，杜甫〈鐵堂峽〉：「修纖無限竹，嵌空太始雪。」垤堄，土石重疊貌。垤，小土堆。堄，矮牆。⓱蒙蒙 茂密繁盛貌。⓲離離 繁盛貌。形容果實的累累串串。⓳植茗 栽培的茶樹。茗，茶芽。⓴烹燀 烹煮。㉑銷 排遣；消磨。㉒階隅 階旁。㉓練色 白色。練，白色熟絹。謝朓〈晚登三山還望京邑〉：「餘霞散成綺，澄江靜如練。」㉔環珮　玉環和玉珮，佩帶在身上的玉製飾物，行走時撞擊發出聲音。㉕筑　古代一種絃樂器，形制略同如箏，或云五弦，或云十三弦，或云二十一弦，演奏時，以左手扼絃，右手執竹片擊絃。㉖右趾　右山腳。趾，腳趾。㉗脈分綫懸　像血管連貫分明，如絲線懸掛山間。這裡用來形容引泉水的竹架。㉘纍纍如貫珠　連貫排列像一串珍珠。纍纍，排列連續不斷貌。《禮記・樂記》：「故歌者……纍纍乎端如貫珠。」㉙霏微　細微迷濛貌。指煙霧、細雨等。㉚滴瀝　水珠流滴聲。㉛杖屨　手杖和鞋子。指扶杖漫步。屨，顧本誤作屢，據《文苑英華》改。㉜錦繡谷　廬山山谷名，陳舜俞《廬山記》卷二：「由天池直下山十五里，谷名錦繡谷。舊錄云：『谷中奇花異卉，不可殫述。三四月間，紅紫匝地，如被錦繡，故以為名。』」㉝虎谿　在廬山東林寺旁。《廬山記》卷二：「流泉匝（東林）寺，下入虎溪。昔遠師送客過此，虎輒號鳴，故名焉。」㉞鑪峰　香鑪峰。㉟不可殫紀覼縷而言　殫紀，詳盡記載。紀，通「記」。覼縷，詳細而有條理地敘述。

【語　譯】樂天既來作主人，仰看山色，俯聽泉聲，旁看竹樹雲石，從辰時到酉時，耳目應接不暇。不一會，景色誘人，興致隨起，外物閒適悅目，內心舒暢平和，住上一天後身體安寧，住兩天後心情恬靜，住三天後形體解散，心境空寂，不知道為什麼會這樣的原因。自問之所以這樣的緣故，回答說：這個居所，前面有平地，方圓十丈；中間有平臺，面積是平地的一半；臺南面有方形池塘，面積是平臺的一倍。許多山竹野花環繞著池邊，池中生長白蓮、白魚。又南面抵達石門澗，澗兩旁有古老的松樹和杉樹，大的幾乎要十個人合抱，高不知道有幾百尺。修長的枝條上摩雲霄，低垂的枝條下拂水潭，像石幢矗立，像車蓋張開，又像龍蛇遊走。松樹下多灌木叢和蔦蘿，枝葉交織，遮蔽了日月，光線照不到地面，盛夏風涼氣爽，好像八九月一樣。松杉下面鋪著白色的砂石，是出進的通道。草堂北面五步遠處，依憑層疊的山崖巖石，玲瓏重疊，雜樹異草，遮蔽覆蓋在上面。綠陰繁茂蔥籠，朱紅果實累累串串，不知道名稱，一年四季都是如此。又有飛濺的泉水，栽植的茶樹，可以取泉烹茶。喜歡多事的人見到，可以用它們來消磨長日了。草堂東面有瀑布，水流高懸三尺，傾瀉在石階旁，灑落在石渠中，黃昏清晨看似一匹白練，夜晚聽來好像環珮琴筑的聲音。草堂西面倚靠著北崖右面的山腳，用剖開的竹子橫架在空中，引來山崖上的清泉，像血管一樣分布，像絲線一樣懸掛，從屋簷下注階前，像一串串連續不斷的珍珠，像霏霏濛濛的雨露，滴滴答答，飄飄灑灑，隨風遠去。草堂四面耳目視聽和扶杖行走可以到達的地方，春天有錦繡谷的山花，夏天有石門澗的雲彩，秋天有虎溪的明月，冬天有香鑪峰的白雪，陰天晴天景物或顯或隱，黃昏早晨雲霧或含或吐，千變萬化，千姿百態，不可能詳盡仔細地一一記述下來。所以說，這裡是廬山最美的地方。

噫！凡人豐一屋❶，華一簀❷，而起居其間，尚不免有驕穩❸之態。今我為是物主，物至致知❹，各以類至，又安得不外適內和，體寧心恬哉？昔永、遠、宗、雷輩❺十八人同入此山，老死不返。去我千載，我知其心，以是哉！矧❻予自思，從幼迨老，若白屋❼，若朱門❽，凡所止❾，雖一日二日，輒覆蕢土❿為臺，聚拳石⓫為山，環斗水⓬為池，其喜山水，病癖如此。一旦蹇剝⓭，來佐江郡，郡守⓮以優容而撫我，廬山以靈勝待我。是天與我時，地與我所，卒獲所好，又何以求焉？尚以冗員⓯所羈，餘累⓰未盡，或往或來，未遑寧處⓱。待予異時，弟妹婚嫁畢，司馬歲秩⓲滿，出處行止⓳，得以自遂，則必左手引妻子，右手抱琴書，終老於斯，以成就我平生之志。清泉白石，實聞此言。

【章　旨】抒發草堂建成後的感慨，表達隱居終老於此的願望。

【注　釋】❶豐一屋　興建一間高大的房屋。《列子・楊朱》：「豐屋美服。」❷華一簟　精製一張竹席。華，用作動詞，使有光彩。簟，竹席。❸驕穩　傲慢安穩，洋洋自得。《文苑英華》作「驕矜」。❹物至致知　外面的景物反映進來，在腦海中留下印象。至，達到。致，導致。❺永遠宗雷輩　指慧永、慧遠、宗炳、雷次宗等人。東晉慧遠與名儒劉程之等十八人結白蓮社於廬山東林寺，號「蓮社十八高賢」。《廬山記》卷二記十八人者：儒六人，劉程之、周續之、雷次宗、宗炳、張野、張詮；釋十二人，慧永、慧遠、慧持、佛馱耶舍、佛馱跋陀羅、道生、慧叡、曇順、曇恒、道敬、道昺、曇詵。❻矧　況且。❼白屋　平民的住宅。《漢書・蕭望之傳》顏師古注：「白屋者，白蓋之屋，以茅覆之，賤者所居。」❽朱門　漆成紅色的大門。指為官時的住宅。❾所止　所住。❿覆簣土　傾倒一簣土。簣，盛土的草筐。⓫拳石　如拳的小石。⓬環斗水　圍起很少的水。⓭蹇剝　《周易》的卦名。《周易・蹇卦》：「蹇，難也。」《周易・剝卦》：「剝，不利有攸往。」後遂謂命運坎坷不順為蹇剝。⓮郡守　刺史，指崔能等。崔能元和十三年在江州刺史任。見《廬山記》卷四。《白氏長慶集》卷一七〈山中酬江州崔使君見寄〉：「眷眄情無限，優容禮有餘。三年為郡吏，一半許山居。」⓯冗員　多餘的官員。白居易所擔任的江州司馬是在定員之外專為貶謫官員而設的閒職。⓰餘累　遺留的拖累。指兒女婚嫁等家務事。⓱未遑寧處　來不及安定地住下來。未遑，不暇。⓲歲秩　官吏任期。⓳出處行止　進退行動。《周易・繫辭上》：「君子之道，或出或處。」

【語　譯】噫！大凡一個人興建了一間大的房屋，精製了一張華美的竹席，生活居住其中，還免不了流露出驕傲滿足的情態。現今我成為這些景物的主人，外面的景物反映進來，在心中留下印象，到來的景物都是同樣的美好，又怎能不使我感覺舒適內心平和，身體安寧心性恬靜呢？過去慧永、慧遠、宗炳、雷次宗等十八人一同來到這山中，到老死也不回去。他們距離我已有千年，我知道他們的心意，就是因為這個啊！況且，我自己回想起來，從幼年到老大，或者貧居白屋，或者官宦朱門，凡所居住的，即使一天兩天，也總要倒上一簣土築一座臺，聚上一堆石造一座假山，圍上一汪水做一個池塘，我喜愛山水成為嗜好已經到了這種地步了。一旦命運困頓，被貶為江州司馬，刺史用優待寬容來安慰我，廬山以靈秀勝景來招待我。這是上天給我機會，大地給我居所，終於得到了所喜愛的事物，又有什麼不滿足的呢？

還是因為我的職務所羈絆，遺留的拖累沒有擺落，有時來有時回去，沒有閒暇安安穩穩地在草堂住下來。等到有那一天我把弟妹婚嫁的事辦完，江州司馬的任期屆滿，進退行動，能夠完全順從自己的心意，就一定會左手牽著妻兒，右手抱著琴書，在這裡度過晚年，來實現我平生的志願。清澈山泉和潔白砂石，都聽到了我的話，可以為證。

時三月二十七日，始居新堂。四月九日，與河南元集虛❶、范陽張允中❷、南陽張深之❸、東西二林❹長老❺湊、朗、滿、晦、堅❻等凡二十有二人，具齋施茶果以落❼之，因為〈草堂記〉。

【章　旨】結尾點題，敘草堂入居及慶祝落成集會的情況，述作記始末。

【注　釋】❶河南元集虛　河南，府名，在今河南洛陽。元集虛，初卜居廬山，元和九年赴桂州干謁。白居易〈題元十八溪亭〉、〈遊大林寺序〉、柳宗元〈送元十八山人南遊序〉都指元集虛。❷范陽張允中　范陽，郡名，即幽州，今北京。張允中，其人無考。❸南陽張深之　南陽，郡名，今屬河南。張深之，其人無考。❹東西二林　指廬山的東林寺、西林寺。❺長老　年德俱高的僧人。❻湊朗滿晦堅　湊，神湊，江州興果寺僧人，後移居廬山東林寺，元和十二年九月卒，白居易為作〈唐江州興果寺律大德湊公塔碣銘〉。滿，當是智滿；堅，當是士堅，都是東林寺僧人。見白居易〈遊大林寺序〉。朗、晦二人未詳。❼落　落成。古代宮室房屋建成後舉行的祭禮叫落。《左傳・昭公七年》：「楚子成章華之臺，願與諸侯落之。」

【語　譯】時間是三月二十七日，開始入居新建的草堂。四月九日，和河南元集虛、范陽張允中、南陽張深之、東西二林寺的高僧神湊、朗、智滿、晦、士堅等共二十二人，整潔身心備設茶果來慶祝它的落成，因此寫下了〈草堂記〉。

【研　析】全篇以草堂為中心，首述建造草堂的原因，次敘草堂結構設施，再次敘草堂景物，再次敘歸隱草堂的願望，而以記入居草堂、慶其落成並作記作結，段落層次極其分明。

文章於記敘描寫中揉入議論與抒情，將草堂美好的環境景色和自己熱愛自然山水、厭惡世俗名利追求恬淡安逸的心情結合起來，渾然一體，又富於變化，中間寫草堂結構設施一段，文字省淨，與草堂的儉約相應。寫草堂景物一段，採用自問自答的形式，分南、北、東、西，由近及遠記敘草堂四周的景物以及春夏秋冬、陰晴昏旦的變化，層次清晰，錯落有致。既回應前文草堂「甲廬山」的評價，又開啟了下文終老於此的議論。

與微之書

【題　解】這是寫給元稹的一封信。元和十二年（西元八一七年）四月十日在江州廬山草堂作，當時元稹還在通州司馬任上。兩年前白居易收到過元稹一封信，報告病重的消息，當時沒有回信，以後未通音信。所以白居易寫了這封信報告自己的近況，傾吐思念之情。

四月十日夜，樂天白❶。微之，微之！不見足下❷面，已三年矣；不得足下書，欲二年矣。人生幾何？離闊❸如此！況以膠漆❹之心，置於胡越❺之身，進不得相合，退不能相忘❻，牽攣乖隔❼，各欲白首。微之，微之！如何，如何？天實為之，謂之奈何❽！僕初到潯陽❾時，有熊孺登❿來，得足下前年病甚時一札。上報疾狀，次敘病心，終論平生交分。且云：危惙⑪之際，不暇及他，唯收數帙⑫文章，封題其上，曰：「他日送達白二十二郎⑬，便請以代書。」悲哉！微之於我也，其若是乎？又睹所寄聞僕左降詩⑭云：「殘燈無焰影憧憧⑮，此夕聞君謫九江。垂死病中驚起坐，闇風吹雨⑯入寒窗。」此句他人尚不可聞，況僕心哉？至今每吟，猶惻惻⑰耳！

【章　旨】敘述貶江州以來和元稹的書信來往，傾訴思念之情。

【注　釋】❶白　稟告，古人書信中對平輩或晚輩的謙詞。❷足下　對平輩友人的尊稱。❸離闊　離別。闊，遠離。❹膠漆　如膠似漆。比喻友誼的牢固。東漢人雷義與陳重為友，鄉里為之語曰：「誰謂膠漆堅，不如雷與陳。」見《後漢書．雷義傳》。❺胡越　胡，指西北邊塞，是少數民族聚居地區。越，指百越之地，今東南沿海浙、閩、粵等省。胡、越兩地，形容距離遙遠。禰衡〈鸚鵡賦〉：「感平生之遊處兮，若壎篪之相須；何今日之兩絕，若胡越之異區。」❻相忘　互相遺忘。《莊子．大宗師》：「魚相與處於陸，相呴以濕，相濡以沫，不如相忘於江湖。」❼牽攣　牽攣，拘牽。指在朝為官或貶降到州郡都受到各種約束，身不由己。乖隔，離別。❽謂之奈何　怎麼辦。謂，通「為」。❾潯陽　郡名，即江州，今江西九江市。白居易元和十年貶江州司馬。❿熊孺登　鍾陵（今江西南昌）人，能詩，登進士第，元和中累佐幕府。劉禹錫有〈送湘陽熊判官孺登府罷歸鍾陵因寄呈江西裴中丞二十三兄〉詩，白居易有〈洪州逢熊孺登〉詩。⓫危惙　病危。元和十年秋，元稹患瘧疾，病危。白居易〈東南行一百韻〉：「去夏微之瘧。」自注：「去年聞元九瘧瘴，書去竟未報。」元稹〈酬樂天得微之詩知通州事因成四首〉自注：「又予病甚，將平生所為文自題云：異日送白二十二郎也。」⓬帙　書套。唐代書籍為抄本卷軸裝，上加書套，一般以十卷為一帙。⓭白二十二郎　白居易，排行第二十二。郎，對青少年男子的稱呼。⓮聞僕左降詩　此詩元稹《元氏長慶集》卷二〇題作〈聞樂天授江州司馬〉。左降，貶官。古人以右為尊。白居易貶江州事參見〈讀史五首〉。⓯憧憧　晃動搖曳貌。⓰雨　原作「面」，據馬元調本及《元氏長慶集》改。⓱惻惻　悲傷。

【語譯】四月十日夜晚，樂天稟陳。微之啊微之！沒見到你的面，已經三年了；沒收到你的信，也將近兩年了。人一生能有多少年？竟像這樣分離遠隔！況且我們的友情如同膠漆般堅牢，身體相去卻像胡地和越地一樣遙遠，為官時不能會面，貶黜身退時不能相忘，身不由己長期睽離，眼看頭髮都要白了。微之啊微之！怎麼辦啊怎麼辦？這是老天爺的安排，我們又能怎麼樣呢！我剛到江州的時候，熊孺登來，得到你前年病得危重時的一封信，首先報告得病的情況，其次敘說病中的心情，最後訴說我們平生的交誼。並且說，病情危殆的時候，來不及顧及其他的事情，只收檢了幾帙文章，緘封後在上面題寫說：「將來送給白二十二郎，就用它來代替書信。」可悲啊，微之對我的感情，就像這樣深厚啊！我又看到你寄來的聽到我貶官後所作的詩說：「燈將熄滅燈焰無光影子閃爍搖晃，今天晚上聽說你被貶謫去了九江。臥病垂死的身軀突然受驚坐了起來，黑暗中風兒夾著雨點吹進寒窗。」這樣的詩句，不相干的人尚且不忍心聽到，何況是我呢？到現在，只要一讀到它，內心仍然傷痛不已！

且置是事，略敘近懷。僕自到九江，已涉❶三載，形骸且健，方寸❷甚安。下至家人，幸皆無恙。長兄❸去夏自徐州至，又有諸院孤小弟妹❹六七人，提挈同來。頃所牽念者，今悉置在目前，得同寒煖飢飽，此一泰❺也。江州風候稍涼，地少瘴癘；乃至蛇虺蚊蚋❻，雖有甚稀。湓魚❼頗肥，江酒❽極美，其餘食物，多類北地。僕門內之口雖不少，司馬❾之俸雖不多，量入儉用，亦可自給，身衣口食，且免求人，此二泰也。僕去年秋始遊廬山，到東西二林❿間、香爐峰下，見雲水泉石，勝絕第一，愛不能捨，因置草堂⓫。前有喬松十數株，脩竹千餘竿，青蘿為牆援⓬，白石為橋道，流水周於舍下，飛泉落於簷間，紅榴白蓮，羅生⓭池砌。大抵若是，不能殫記。每一獨往，動彌旬日，平生所好者盡在其中，不唯忘歸，可以終老，此三泰也。計足下久不得僕書，必加憂望。今故錄三泰，以先奉報。其餘事況，條寫如後云云⓮。

【章　旨】本章敘述自己的近況，合家團聚，衣食無憂，草堂建成，以寬慰元稹的懷念。

【注　釋】❶涉　經歷。白居易元和十年貶江州，至元和十二年首尾已三年。❷方寸　指心。❸長兄　白幼文，見〈傷遠行賦〉注。❹諸院孤小弟妹　指白居易的從弟、從妹。諸院，指近支宗親各房。院，是有圍牆圍繞的住宅，大家族聚居，其中的小股分支往往分院落而居。❺泰　舒泰，令人舒心的事。❻蛇虺蚊蚋　虺，毒蛇。蚋，蚊子一類昆蟲。❼湓魚　湓口的魚。江州州治古稱湓口城。見《元和郡縣圖志》卷二八。❽江酒　江州的酒。❾司馬　州府的屬官。江州是上州，司馬俸錢五萬。見《新唐書・食貨志五》。❿東西二林　東林寺和西林寺，在廬山。東林寺是晉江州刺史桓伊為僧人慧遠所建，西林寺是晉僧人慧永所建，與東林寺相對。⓫草堂　見前〈草堂記〉。⓬援　籬笆。⓭羅生　環繞而生。⓮云云　表示省略的詞語。

【語　譯】姑且把這些往事放下，說說近來大體的情況。我自從來到九江，已經經歷三年，身體還康健，內心很安穩。一家人僥倖都平安。大哥去年夏天從徐州來，攜帶各房幼小喪父的弟妹六七人同來。過去牽掛的人，現在都在眼前，得以生活在一起，這是第一件使人舒心的事。江州氣候稍稍涼爽，很少瘴癘之氣；至於毒蛇蚊蟲，雖有也很少。湓口的魚很肥腴，江州的酒很甘美，其餘的食品，和北方差不多。我一家之中人口不少，司馬的俸祿雖然不多，量入為出，節約開支，也可以自給自足，身上穿的口中吃的不用求告他人，這是第二件使人舒心的事。我去年秋才遊廬山，到了東林寺和西林寺之間、香爐峰的下面，看到那裡的雲水泉石，特別優美，心中喜愛，不願離開，因此修建了一座草堂。堂前有高高的松樹十多株，長長的竹子千多竿，青青的蘿蔓是圍牆籬笆，白色的石子鋪砌成橋梁道路，流水環繞著草堂下，飛濺的山泉灑落在屋簷間，火紅的山榴圍繞著階前、潔白的蓮花生長在池中。大體情況就是這樣，不能全部寫下來。每次獨自前往，動不動就住上十來天。生平所喜好的事物都在那裡了，不僅使人留連忘返，而且可以度過晚年，這是第三件使人舒心的事。料想你長時間沒有收到我的書信了，一定擔心盼望，所以現在先記下三件舒心的事，先行向你報告，其他的事情分條書在後面。

微之，微之！作此書夜，正在草堂中山窗下，信手把筆，隨意亂書。封題之時，不覺欲曙。舉頭但見山僧一兩人，或坐或睡，又聞山猿谷鳥，哀鳴啾啾❶。平生故人，去我萬里，瞥然❷塵念❸，此際暫生。餘習❹所牽❺，便成三韻❻云：「憶昔封書與君夜，金鑾殿❼後欲明天。今夜封書在何處？廬山菴❽裡曉燈前。籠鳥檻猿❾俱未死，人間相見是何年！」微之，微之！此夕我心，君知之乎？樂天頓首。

【章旨】記封題時的情況並附詩一首，進一步抒寫謫居的苦悶和相思之情。

【注釋】❶啾啾　象聲詞，猿鳥鳴聲。❷瞥然　迅速閃現貌。❸塵念　世俗的念頭。指對友人的思念。❹餘習　舊習氣。指好為詩歌。王維〈偶然作〉：「宿世謬詞客，前身應畫師。不能捨餘習，偶被世人知。」❺牽　牽累；引發。❻三韻　三聯詩句。古詩雙句押韻，一韻即一聯。此詩《白氏長慶集》卷一六題作〈山中與元九書，因題書後〉。❼金鑾殿　唐代長安大明宮中宮殿名。白居易元和中為翰林學士，學士院在大明宮中右銀臺門內，金鑾殿的右側。❽菴圓頂草屋。這裡指草堂。❾籠鳥檻猿　籠中鳥，檻中猿。比喻二人被貶謫的處境，有同囚繫。檻，柵欄。潘岳〈秋興賦〉：「攝官承乏，猥廁朝列，夙興晏寢，匪遑底寧。譬猶池魚籠鳥，有江湖山藪之思。」鮑照〈代東武吟〉：「昔如韝上鷹，今似檻中猿。」

【語　譯】微之啊微之！寫這封信的那晚，正在廬山草堂中的窗下，隨手握筆，想到哪裡寫到哪裡。信寫好後封緘題字時，不知不覺天都快亮了。抬頭看窗外，只見一兩個山寺中的僧人，坐的坐著，睡的睡了。又聽見山谷中的猿猴和禽鳥，發出悲哀的啾啾啼鳴。想到生平最好的朋友，和我相隔萬里，這時塵世的相思之情又突然湧上心頭。被喜歡作詩的老習慣所牽累，於是寫了一首三韻詩：「回想過去給你寫完信的那個夜晚，是天明前在金鑾殿旁的翰林學士院。今天晚上寫完信人在什麼地方？是在廬山草堂拂曉的油燈前。你我雖然活著卻像那籠檻中的猿鳥，不知道何年何月才能夠再見面！」微之啊微之！今晚我內心的感受，你能體會得到嗎？樂天頓首拜上。

【研　析】元和十二年三月二十七日，白居易廬山草堂建成並且入住，四月九日，他和友人舉行了一個小小的慶祝草堂落成的集會，第二天即四月十日，就迫不及待地給老友元稹寫了這封信。

一封報平安、敘別情的書信極盡跌宕起伏之能事。一開始敘述別後相思之情，卻反記元稹來書來詩，那類似彌留之際的叮嚀和交待，「殘燈無焰影幢幢」、「垂死病中驚起坐」的詩句，營造出一種悲哀沉痛乃至恐怖的氣氛，而自己對友人的無盡牽掛已在不言之中。接著報告自己來到江州貶所的情況，記述江州生活的「三泰」，以慰元稹的憂望。文字轉為平實，語氣轉為安閒，娓娓如話家常，但安閒中流露出內心隱藏的深痛。最後描寫書成時的情景，以詩作結，和元稹來詩前後呼應。詩回憶在翰林院修書寄詩元稹的情景，將不同環境和不同心情加以比照。「籠鳥檻猿俱未死，人間相見是何年！」兩人相呴以溼、相濡以沫的深情，同遭打擊的滿腔憂憤，抒發得淋漓盡致。文中前後六喚微之，更加強了書信的感情色彩。

江州司馬廳記

【題　解】這是一篇官署的壁記，元和十三年（西元八一八年）七月作於江州。文章記至德以來司馬職權的變化，對官制的弊病和個人的遭際深致感慨和不平。

自武德❶已來，庶官❷以便宜制事，大攝小，重侵輕，郡守之職總於諸侯帥❸，郡佐❹之職移於部從事❺。故自五大都督府❻至于上中下郡❼，司馬❽之事盡去，唯員與俸❾在。凡內外文武官左遷右移者第居之❿，凡執伎事上與給事於省寺軍府者遙署之⓫，凡仕久資高、耄昏軟弱不任事而時不忍棄者實蒞之。蒞之者，進不課⓬其能，退不殿⓭其不能，才不才，一也。若有人畜器貯用⓮，急於兼濟⓯者居之，雖一日不樂。若有人養志忘名⓰，安於獨善⓱者處之，雖終身無悶⓲。官不官，繫乎時也；適不適，在乎人也。

【章　旨】記述至德以來司馬成為有職有俸無事無權的官職，只適合「安於獨善」的人。

【注　釋】❶武德　唐高祖的年號（西元六一八—六二六年），也是唐朝開國後的第一個年號。本文所記述是安史之亂以後的情況，所以朱金城《白居易集箋校》疑「武德」當作「至德」。玄宗天寶十四載安史亂起，十五載（西元七五六年）肅宗即位，改元至德元年。❷庶官　眾官。❸諸侯帥　諸侯之長。指節度、觀察等使，下轄各州，州刺史相當於古代的諸侯。❹郡佐　州的屬官，如長史、司馬等，是州刺史的佐貳。❺部從事　指節度觀察使的屬官，有判官、支使、參謀、掌書記等。漢以後三公及州郡長官自辟僚屬，多稱「從事」。唐代的節度使也可以自行辟署僚佐。❻五大都督府　唐武德五年改洛、荊、并、幽、交五大總管府為大都督府。睿宗太極初以并、益、荊、揚四州為大都督府，開元中又增入潞州。大都督職責是「掌所管都督諸州城隍、兵馬、甲仗、食糧、鎮戍等」。詳見《通典》卷三二。❼上中下郡　唐代州郡按人口分為上中下三等，開元中以四萬戶已上為上州，二萬五千戶為中州，不滿二萬戶為下州。見《唐會要》卷七〇。❽司馬　州府的高級官員，和長史、別駕共同協助刺史主持政務，稱為「上佐」。❾員與俸　編制與俸祿。員，定員。❿凡內外句　內外，指朝廷與地方。左遷右移，官員貶降或調動。古代以右為尊，貶降稱為左遷，貶降官員稍稍遷官或調至離京師較近處稱為「量移」。第，姑且；暫時。⓫凡執伎句　伎，伎藝。《文苑英華》作「役」，指事務。「執役事上」者指宦官，負責某種事務以侍奉皇帝。給事，供職。省、寺、軍府，都是官署名。唐代有內侍省、神策軍等，都由宦官掌管。遙署，授予官銜並領取俸祿而不必到任視事。⓬課　考核。⓭殿　考核中居於末尾。⓮畜器貯用　貯蓄材能，等待任用。器，才器。⓯兼濟　兼濟天下。⓰養志忘名　頤養心志，不慕榮名。《顏氏家訓・名實》：「上士忘名，中士立名，下士竊名。」⓱獨善　獨善其身。⓲無悶　沒有苦惱。《周易・乾卦・文言》：「遁世無悶。」

【語　譯】自從至德以來，眾官不守規則自行處理事務，管轄範圍大的統攝範圍小的，權力重的侵奪權力輕的，州郡刺史的事務由各節度觀察使總領，州郡僚佐的事務轉移到節度觀察使府的幕僚手中。所以從五大都督府到上中下各州，司馬的具體事務都去掉了，只有官員的編制和俸祿還保存著。凡朝廷和地方貶降或量移的官員可以暫時被授予司馬，凡在宮中管理事務侍奉皇帝的，或者在省、寺、軍府等官署中任職的可以遙領司馬，凡做官年久資深、年老昏憒體弱不能做事又不忍罷遣的可以實際擔任司馬。實際擔任這個職務的，升遷時不考核他是否確有才能，罷黜時也不指明他是否無能，有沒有才能，是一回事啊。如果有人滿腹經綸，而又急於實現兼濟天下大志，擔任了這個官職，即使只做一天也不會快樂。如果有人頤養心志、不慕榮利、安於獨善其身的，擔任了這個官職，雖然做一輩子，也不會感到苦悶。是否擔任這個官職，是時勢決定的；自在還是不自在，那就在於個人了。

江州左匡廬❶，右江湖，土高氣清，富有佳境。刺史守土臣❷，不可遠觀遊；群吏執事官❸，不敢自暇佚❹，惟司馬綽綽❺，可以從容於山水詩酒間。由是郡南樓山、北樓水、湓亭❻、百花亭❼、風篁、石巖、瀑布、廬宮❽、源潭洞、東西二林寺❾、泉石松雪，司馬盡有之矣。苟有志於吏隱❿者，捨此官何求焉？案《唐六典》⓫，上州司馬秩五品⓬，歲廩⓭數百石，月俸⓮六七萬，官足以庇身，食足以給家。州民康，非司馬功；郡政壞，非司馬罪。無言責，無事憂。噫！為國謀，則尸素⓯之尤蠹⓰者；為身謀，則祿仕之優穩者。予佐是郡，行⓱四年矣，其心休休⓲如一日二日，何哉？識時知命而已。又安知後之司馬不有與吾同志者乎？因書所得，以告來者。時元和十三年七月八日記。

【章　旨】敘說自己擔任江州司馬的感受，抒發內心的憂慮和不平。

【注　釋】❶左匡廬　東面有廬山。廬山一名匡山或匡廬，在江州東南。參見〈題潯陽樓〉注❽。❷守土臣　為皇帝治理一方的官吏。❸群吏執事官　群吏，指州的錄事參軍及司功、司倉、司戶、司兵、司法、司士六曹參軍等，各有具體的職責。❹自暇佚　自己偷閒遊樂，曠廢公事。❺綽綽　閒暇寬裕貌。❻湓亭　在湓水邊。白居易〈八月十五日夜湓亭望月〉：「今年八月十五夜，湓浦沙頭水館前。」❼百花亭　在江州州城。《輿地紀勝》卷三〇「江州」：「百花亭在都統司，梁刺史邵陵王綸建。」白居易有〈百花亭〉、〈百花亭晚望夜歸〉詩。❽廬宮　廬山景物。《輿地紀勝》卷三〇「江州」引張僧鑒《潯陽記》：「廬山東南有三宮，所謂天子都也。上宮有三石梁，長十餘丈。」❾東西二林寺　東林寺、西林寺，在廬山，參見〈遊大林寺序〉注❹。❿吏隱　為閒散官員且不以利祿縈懷，有如隱士。⓫唐六

典　記載唐代職官的著作。參見〈初授拾遺獻書〉第二段注❶。⓬秩五品　據《唐六典》卷三〇，上州司馬為從五品下。⓭歲廩　每年的祿米。據《唐六典》卷三，倉部郎中、員外郎掌出給祿廩之事，京官從五品每年祿一百六十石，外官降一等。⓮月俸　每月俸錢。據《新唐書・食貨志五》，上州司馬月俸五萬。⓯尸素　尸位素餐，居位食祿而不盡職。⓰尤蠹　危害最大的。⓱行　行將；快要。⓲休休　悠然自得。《尚書・秦誓》：「其心休休焉。」

【語　譯】江州左有廬山，右有長江和鄱陽湖，地勢高爽，空氣清新，有很多景色優美的去處。刺史是治理一方的臣子，不能遠出遊玩；州參軍等官吏各有職司，不敢偷閒遊玩，只有司馬可以悠閒從容地遊山玩水飲酒賦詩。因此，江州南樓所見的廬山、北樓所見的江水、湓亭、百花亭、風中的叢竹、石巖、瀑布、廬山三宮、源潭洞、東西二林寺、山中的泉石松雪，全都為司馬所擁有了。如果有志做個隱士一樣的官員的話，除了司馬還能找到更好的官職嗎？根據《唐六典》，上州的司馬是五品官，每年的廩米幾百石，每月的俸錢六七萬。官職足以庇蔭自身，祿米足夠養活家口。一州的百姓安康，不是司馬的功勞；一州的政治敗壞，也不是司馬的過錯。沒有進言的責任，沒有事務的憂心。唉，從國家來考慮，司馬是尸位素餐的官職中對國家危害最大的；從自身來考慮，司馬是所有官職中俸祿最優裕地位最穩當的。我在這個州做司馬將近四年了，內心悠然自得，好像才過了一兩天一樣，這是什麼原因呢？能識時務樂天知命罷了。又怎麼知道以後任司馬的人沒有和我志趣相同的呢？所以寫下我的感受，來告訴後來的人。元和十三年七月八日記。

【研　析】壁記是唐代新興的一種文體。開始是中央臺省的官員寫在官署大廳的牆壁上，記錄前後官員的除授，逐漸流傳到地方州縣，成為習俗。其主要內容是記敘官署設置的始末和官員除改的情況，「蓋欲著前政履歷而發將來健羨焉，故其為事之體，貴其說事詳雅，不為苟飾」（《封氏聞見記》卷五）。白居易這篇壁記，卻從州司馬地位權責的變化說明安史亂後行政體制的變化，司馬成為有俸有祿而無權無責的冗官，抒發貶謫中的苦悶，所以別具一格。

文的前一部分記州司馬權責和性質的變化，簡明扼要，一針見血地指出它實際上是臨時安置貶降、老耄或毋需到任官員的崗位。後一部分，更具體地記敘自己到江州以後的親身體驗，既沒有職司可以從容山水，又享受優厚的俸祿，從國家來說是「尸素之尤蠹者」，從個人來說是「祿仕之優穩者」。語言尖刻犀利，亦莊亦諧，處處從國家和個人兩方面對比來說，既表達了對國家政事的深切憂慮，又抒發了內心的不平憤慨，表現出胸懷的曠達。

三遊洞❶序

【題　解】這是一篇記遊的詩序。元和十四年（西元八一九年）春作於自江州赴忠州的途中。序記敘發現和同遊三遊洞的經過，借勝境的不為人知感慨知音的難逢。

平淮西❷之明年冬，予自江州司馬授忠州❸刺史，微之自通州❹司馬授虢州長史❺。又明年❻春，各祗命❼之郡，與知退❽偕行。三月十日參❾會於夷陵❿。翌日，微之反棹⓫，送予至下牢戍⓬。又翌日，將別未忍，引⓭舟上下者久之。

【章　旨】記敘三人在峽中夷陵相會的時間、地點和行蹤。

【注　釋】❶三遊洞　山洞名，原址在今湖北宜昌西北七公里西陵山北峰峭壁上，背靠長江西陵峽口，面臨下牢溪。因白居易、白行簡、元稹同遊此洞，故名三遊洞。❷淮西　唐代方鎮名，淮南西道的簡稱，唐肅宗至德元年置，治所在潁川，後遷移到蔡州，今河南汝南。元和中，淮西節度使吳元濟反，元和十二年冬李愬入蔡州，擒吳元濟，淮西遂平。❸忠州　州治在今重慶忠縣。❹通州　州治在今四川達縣。❺虢州長史　虢州，州治在今河南靈寶。長史，州刺史的副手。❻又明年　元和十四年。❼祗命　敬承王命。❽知退　白居易弟白行簡，字知退。❾參　同「三」。指白居易、白行簡和元稹三人。❿夷陵　郡名，即峽州，州治在今湖北宜昌。⓫反棹　掉轉船頭。反，同「返」。元稹沿長江東下赴任，在夷陵遇到西上的白居易兄弟，又回船相送。⓬下牢戍　在今宜昌西北下牢溪口，是隋代峽州舊治所，唐貞觀九年將州治遷到步闡壘，在舊州城置下牢鎮，駐有軍隊，所以又稱下牢戍。⓭引　牽引。

【語　譯】平定淮西的第二年冬天，我從江州司馬被授予忠州刺史，微之從通州司馬被授予虢州長史。第二年春天，奉命分別去二州上任，我和知退同行。三月十日，三人在夷陵相會。第二天，微之掉轉船頭，送我到下牢戍。第三天，將要告別又不忍分離，乘船久久地沿江上下游弋。

酒酣，聞石間泉聲，因捨棹進策❶，步入缺岸。初見石，如疊如削，其怪者如引臂❷，如垂幢❸。次見泉，如瀉如灑，其奇者如懸練❹，如不絕綫。遂相與維❺舟巖下，率僕夫芟蕪刈翳❻，梯危縋滑❼，休而復上者凡四五焉。仰睇❽俯察，絕無人迹，但水石相薄❾，磷磷鑿鑿❿，跳珠濺玉，驚動耳目。自未訖戌⓫，愛不能去。俄而峽山昏黑，雲破月出，光氣含吐，互相明滅，晶熒玲瓏，象生其中，雖有敏口⓬，不能名狀。

【章　旨】記述三遊洞的發現經過和所見景物。

【注　釋】❶捨棹進策　棄船上岸，扶杖登山。棹，划船工具。策，手杖。❷引臂　伸出手臂。❸垂幢　下垂的石柱。❹懸練　懸掛的白色熟絹。❺維　繫。❻芟蕪刈翳　除去雜亂的草木。芟，除草。翳，枯死的草木。《詩經・大雅・皇矣》：「其菑其翳。」毛傳：「木立死曰菑，自斃為翳。」❼梯危縋滑　攀登上高梯般的山崖，在光滑處用繩子牽縋。❽睇　看。❾薄　衝擊。❿磷磷鑿鑿　水清石見貌。《詩經・唐風・揚之水》：「揚之水，白石鑿鑿。」毛傳：「鑿鑿，鮮明貌。」又：「揚之水，白石粼粼。」毛傳：「粼粼，清徹也。」⓫自未訖戌　未、戌都是十二地支之一，未時相當於下午兩點到四點，戌時相當於下午八點到十點。⓬敏口　敏捷的口才。

【語　譯】飲酒盡興，聽到山石中間有泉水的聲音，於是下了船拿起手杖，走上江岸的缺口。開始見到石頭像累起，像削成，其中奇形怪狀的像手臂伸出，像石柱下垂。隨後見到泉水，像傾瀉，像潑灑，其中奇特的像懸掛的白絹，像連續不斷的線。於是一道把船隻繫在山崖下面，帶領僕人除去雜草和枯木，攀登上高梯一樣的山崖，在光滑處用繩索懸縋，稍事休息又繼續攀登，有四五次之多。抬頭觀看，低頭察視，絲毫沒有人類活動的蹤跡，只看到水石相互撞擊，水波清澈，崖石鮮明，水珠像珠玉般晶瑩，跳盪飛濺，驚動耳目。從未時到戌時，喜愛不願離開。不大一會，峽江和山峰一片昏沉黑暗，等到雲開月出，月光水氣互相含容吞吐，閃爍明滅不定，美妙的景象就呈現在這光芒閃爍玲瓏剔透的境界中，雖然口才再好，也難以形容和描述。

既而通夕不寐，迨旦將去，憐奇惜別，且歎且言。知退曰：「斯境勝絕，天地間其有幾乎？如之何俯通津❶，緜❷歲代，寂寥委置，罕有到者？」予曰：「借此喻彼，可為長太息❸，豈獨是哉！豈獨是哉！」微之曰：「誠哉是言！矧❹吾人難相逢，斯境不易得，今兩偶❺於是，得無述乎？」請各賦古調詩❻二十韻，書于石壁，仍命予序而紀之。又以吾三人始遊，故目❼為三遊洞。洞在峽州上二十里北峰❽下，兩崖相廞❾間。欲將來好事者❿知，故備書其事。

【章　旨】借三人對話抒發知音難逢和人生無常的感慨，說明作序的緣由。

【注　釋】❶通津　交通要道上的津渡。這裡指交通要道。長江是溝通東西交通的重要水上通道。❷緜　久遠；綿歷。❸太息　嘆息。❹矧　況且。❺兩偶　兩遇。指人相逢和得勝境。❻古調詩　即古體詩，今三人詩都沒有流傳下來。❼目　命名。❽北峰　指西陵山的北面。❾廞　通「嵌」。嵌入。❿好事者　有某種愛好的人。這裡指愛好山水喜歡尋幽探勝的人。

【語　譯】這以後整夜沒有睡覺，到天明將要離開時，喜愛景物的奇妙，惜友人的離別，一面嘆息一面交談。知退說：「這裡的景物分外美好，天地間能有幾處？為什麼它下臨交通要道，綿歷悠長的歲月，寂寞地被拋在一邊，很少有人到來？」我說：「借這件事來比喻其他的事，可以為之長嘆息了。哪裡只有這裡呢！哪裡只有這裡呢！」微之說：「確實像你說的那樣呀！何況我們難得會面，這樣的勝境不容易見到，現在在這裡既會到故人，又得到勝境，能沒有記述嗎？」請每人各作二十韻古體詩一首，寫在石壁上，又命我作序記述其事。又因為遊賞從我們三個人開始，所以名之為「三遊洞」。洞在峽州江上游二十里處北峰下，相嵌的兩片山崖中間。想讓將來好事的人知道，所以詳細地記述遊賞的事。

【研　析】元和十四年春，白居易偕弟弟白行簡從江州溯長江西赴忠州刺史任，行至夷陵（今湖北宜昌），和從通州（今四川達縣）沿長江而下赴虢州（今河南靈寶）長史任的元稹相遇。三人同遊峽中，發現了這個山洞，各作詩一首記遊，白居易又作了這篇序。

從元和十年春在長安送元稹，到元和十四年春已經整整四年了。這次赴任忠州刺史，卻和元稹在峽州不期而遇，這是一奇。三人在峽口流連兩日，送來送去，將別未忍之時，忽然發現了從來沒人遊過的三遊洞，這是二奇。洞內外的景色是那樣美好，這是三奇。於是詩人感慨係之，作文記之，既感嘆好友相遇之難，又讚嘆景物之美，更嘆息處在來往要路上的如此美景竟不為人所知。記在記敘遊覽經過的同時，將景物描寫、人生感喟、友朋深情交織在一起，寫得情文並茂。借對三遊洞「俯通津，緜歲代，寂寥委置」的惋惜，來寄寓對自己和元稹被棄置命運的傷悼，和柳宗元的〈鈷鉧潭西小丘記〉等永州山水遊記同一機杼。

荔枝圖序

【題　解】這是一幅圖畫的序。元和十五年（西元八二〇年）夏，作於忠州刺史任上。文對荔枝樹和果實的種種特徵作了形象生動的說明。

荔枝生巴峽❶間，樹形團團如帷蓋❷。葉如桂，冬青。華如橘，春榮。實如丹❸，夏熟。朵❹如蒲萄，核如枇杷，殼如紅繒❺，膜如紫綃❻，瓤❼肉瑩白如冰雪，漿液甘酸如醴酪❽。大略如彼，其實過之。若離本枝，一日而色變，二日而香變，三日而味變，四五日外色香味盡去矣。元和十五年夏，南賓守❾樂天命工吏圖而書之，蓋為不識者與識而不及一二三日者云。

【注　釋】❶巴峽　長江三峽之一。這裡泛指今重慶所轄地區。唐代忠州（今重慶忠縣）、涪州（今重慶涪陵區）等地均產荔枝。蘇軾〈荔支嘆〉自注：「唐天寶中，蓋取涪州荔枝，自子午谷路進入。」❷帷蓋　車子的帷幕和篷蓋。❸丹　丹藥藥丸。❹朵　朵，凡植物花、葉、果實的把，都可稱朵。這裡指果實的把。句謂荔枝的果實成串狀如葡萄。❺繒　表面呈凹凸狀的綢子。❻綃　薄綢。❼瓤　果肉。❽醴酪　甜酒和奶酪。奶酪味酸。❾南賓守　即忠州刺史。忠州，天寶中曾改名南賓郡。

【語　譯】荔枝樹生長在巴峽中，樹的形狀圓圓的像帷蓋。葉子像桂樹，冬天常綠。花像橘樹，春天開花。果實像丹丸，夏天成熟。果實成串狀像葡萄，果核像枇杷，果殼像紅色的繒，果肉外的膜像紫色的薄綢，果肉晶瑩潔白像冰雪，果漿又甜又酸像甜酒和奶酪。大體上相像，實際上還要超過它們。若從樹上採摘下來，一天顏色就變了，兩天香氣就變了，三天味道就變了，四五天以後原有的顏色香氣味道都沒有了。元和十五年夏天，忠州刺史白居易命吏人畫成圖，作了這篇序，是為著那些沒見過荔枝或者雖然見過荔枝但是沒見過採摘後只有一二三天的荔枝的人。

【研　析】荔枝產於峽中和嶺南，北人難得一見。白居易到忠州後，曾手種荔枝，有〈種荔枝〉、〈荔枝樓對酒〉等詩，並且為〈荔枝圖〉并序寄朝中親友。他在〈題郡中荔枝詩十八韻兼寄萬州楊八使君〉惋嘆說：「物少猶珍重，天高苦渺茫。已教生暑月，又使阻遐方。」顯然，對荔枝的盛讚，寄寓了自己赤心為國卻遠貶遐方的幽憤。

本文是對〈荔枝圖〉的說明，以語言文字補圖畫之不足。序僅一百二十八字，不但形象地描繪出荔枝樹的產地、形狀和一年四季的變化，還重點說明了荔枝果實的朵、核、殼、膜、肉、液的形狀、顏色、味道，以及採摘後的情形，末記作序的用意，層次分明。由於作者一連使用了人們熟知的九種事物進行比喻，所以文字精煉省淨而形象突出鮮明。相傳〈荔枝圖〉寄到長安以後，「盛傳都下，好事者喧然模寫」（《舊唐書・白居易傳》），應當和這篇序文有關。

冷泉亭❶記

【題　解】這是一篇記敘文，長慶三年（西元八二三年）八月作於杭州刺史任上。文記敘冷泉亭的地理位置和景物，說明亭之所以「最餘杭而甲靈隱」的原因。

東南山水，餘杭郡❷為最。就郡言，靈隱寺❸為尤❹。由寺觀，冷泉亭為甲。亭在山下，水中央，寺西南隅。高不倍尋❺，廣不累丈，而撮奇得要，地搜勝概，物無遁形。春之日，吾愛其草薰薰❻，木欣欣❼，可以導和納粹❽，暢人血氣。夏之夜，吾愛其泉渟渟❾，風泠泠❿，可以蠲煩析酲⓫，起人心情。山樹為蓋⓬，巖石為屏，雲從棟⓭生，水與階平。坐而玩之者，可濯足於牀下；臥而狎⓮之者，可垂釣於枕上。矧⓯又潺湲⓰潔澈，粹冷柔滑，若俗士⓱，若道人⓲，眼耳之塵，心舌之垢⓳，不待盥滌⓴，見輒除去。潛利陰益，可勝言哉？斯所以最餘杭而甲靈隱也。杭自郡城抵四封㉑，叢山複湖，易為形勝㉒。先是領郡者有相里尹造㉓作虛白亭㉔，有韓僕射皋㉕作候仙亭㉖，有裴庶子棠棣㉗作觀風亭，有盧給事元輔㉘作見山亭㉙，及右司郎中㉚河南元藇㉛最後作此亭。於是五亭相望，如指之列，可謂佳境殫矣，能事畢矣。後來者雖有敏心巧目，無所加焉。故吾繼之，述而不作。長慶三年八月十三日記。

【注釋】❶冷泉亭　在杭州靈隱寺西南飛來峰下，元和末杭州刺史元藇所建。亭原在水中，宋代郡守毛友移至岸上。❷餘杭郡　即杭州，天寶中一度改名餘杭郡。❸靈隱寺　在杭州錢塘縣武林山下，相傳為東晉僧人慧理所創。❹尤　特異。❺尋　長度單位，八尺為尋。❻薰薰　芳香。❼欣欣　茂盛貌。❽導和納粹　引導和氣吸納精華。指呼吸和暖清新的空氣。粹，純美。❾渟渟　靜止貌。❿泠泠　清涼貌。⓫蠲煩析酲　除去煩惱，清醒頭腦。蠲，免除。析，解散。酲，病酒。宋玉〈風賦〉：「愈病析酲。」⓬蓋　車上防雨遮陽的傘蓋。⓭棟　房屋正梁。⓮狎　狎玩。⓯矧　況且。⓰潺湲　水流聲。⓱若俗士　若，或者。下「若道人」之「若」同。俗士，世俗的人，相對於方外之人而言。⓲道人　僧徒。⓳眼耳二句　指外物帶來的煩惱。佛教以眼、耳、鼻、舌、身、意為「六根」，由此感知外物的色、聲、香、味、觸、法，產生各種嗜欲，帶來各種煩惱，汙染淨心，故稱為「六塵」，或「六賊」。⓴盥滌　洗滌。㉑四封　四境。㉒形勝　壯美景色。㉓相里尹造　相里造，字公度，大曆中為江、杭二州刺史，後官河南少尹，卒。見獨孤及〈祭相里造文〉。尹，原作「君」，據《文苑英華》改。㉔虛白亭　在杭州刺史郡治內。白居易〈郡亭〉：「況有虛白亭，坐見海門山。」㉕韓僕射皋　韓皋，字仲聞，貞元末為杭州刺史，長慶中官至僕射。兩《唐書》有傳。僕射，尚書省的副長官。尚書省的長官是尚書令，因為唐太宗曾為此官，以後不以授人，所以實際上僕射成為尚書省的最高首長。㉖候仙亭　韓皋建，後廢。白居易有〈醉題候仙亭〉、〈候仙亭同諸客醉作〉詩。㉗裴庶子棠棣　即裴常棣，曾官兵部郎中，元和四年在杭州刺史任。見《宋高僧傳》卷一六〈慧琳傳〉。庶子，太子左右庶子，掌侍從襄助太子，管理東宮事務。㉘盧給事元輔　盧元輔，元和八年自河南縣令為杭州刺史。給事，給事中，屬門下省，掌駁正啟奏之事。㉙見山亭　在靈隱寺方丈後，故址上後建大樹堂。見《西湖志纂》卷八。㉚右司郎中　屬尚書省，協助尚書右丞管理兵、刑、工三部的事務。㉛元藇　河南（今河南洛陽）人，自饒州刺史授杭州刺史，是白居易的前任。元稹有〈元藇等可餘杭等州刺史制〉，稱「饒州刺史元藇」。

【語　譯】東南諸郡的山水，以餘杭郡為第一。從餘杭郡來說，以靈隱寺最為特異。從靈隱寺來看，又以冷泉亭為第一。亭在靈隱山下，水的中央，寺的西南方。高不到兩尋，寬不到兩丈，但是占據著奇妙重要的地勢，可以盡覽勝境，美好的景物無處逃遁，都呈現在眼前。春天的白晝，我喜愛這兒的草兒青青芬芳，樹木欣欣向榮，可以呼吸溫暖清新的空氣，使人氣血舒暢。夏天的夜晚，我喜愛這兒的泉水澄澈，風聲清泠，可以除去心中的煩悶不適，使人心情振奮。山樹是車蓋，巖石作屏風，雲氣在梁棟間形成，泉水和亭子的臺階相平。坐著賞玩的，可以在床前洗腳；躺著賞玩的，可以在枕邊垂釣。況且，泉水潺潺流淌，明潔澄澈，純美清冷，柔軟潤滑，或是世俗的人士，或是佛門的僧徒，眼耳口舌沾染了世俗煩惱的塵垢，用不著洗滌，只要一見到就可以清除掉了。潛移默化的好處，哪裡說得完呢！這就是亭子之所以是餘杭郡和靈隱寺最美勝境的原因啊。杭州從州城到四面州界，山重水複，容易形成美好的景致。這以前擔任刺史的，有河南少尹相里造興造了虛白亭，有僕射韓皋興造了候仙亭，有太子庶子裴常棣興造了觀風亭，有給事中盧元輔興造了見山亭，等到右司郎中河南元藇最後興造了這座冷泉亭。於是五亭相望，好像五個手指排列一樣，可以說山水勝境已經完全占盡了，亭臺建築的布局已經盡善盡美了。後來的人，雖然心思靈巧，目光敏銳，也無法再增添了。所以，我繼他們之後作杭州刺史，只作文記述，不再動工興造。長慶三年八月十三日記。

【研　析】文章記冷泉亭，首先用三個整齊而有變化的排比句突出亭在杭州和靈隱寺的地位，令人心嚮往之。接下來說明它「最餘杭而甲靈隱」的原因，既在於它的位置形勢、美妙景色，更在於它清冷的泉水，可以洗心滌塵，消除世俗的煩惱。最後說，因前已有五亭「佳境殫矣，能事畢矣」，所以「述而不作」，點明作記的原因，和前文「冷泉亭為甲」、「最餘杭而甲靈隱」迴環照應，針線綿密，構思精巧。

亭以「冷泉」為名，作者也從亭中景物可以「導和納粹」、「蠲煩析酲」著眼，讀者不難體會到，作者欣賞的是亭的幽冷，是將它作為世俗塵囂的對立物來歌頌，這和他在〈遊大林寺序〉表達的思想是完全一致的。

吳郡[1]詩石記

【題　解】這是一篇詩碑的題記。寶曆元年（西元八二五年）七月作於蘇州刺史任上。文章追憶了早年對蘇、杭二州刺史韋應物、房孺復的豔羨，記敘了自己來任二州刺史的情況，說明了刻詩立碑的原因。

貞元❷初，韋應物❸為蘇州牧❹，房孺復❺為杭州牧，皆豪人❻也。韋嗜詩，房嗜酒，每與賓友一醉一詠，其風流雅韻多播於吳中❼，或目韋、房為詩酒仙。時予始年十四五❽，旅二郡，以幼賤不得與遊宴，尤覺其才調高而郡守尊。以當時心言，異日蘇、杭，苟獲一郡，足矣。及今自中書舍人❾間領二州❿，去年脫杭印，今年佩蘇印，既醉於彼，又吟於此，酣歌狂什⓫，亦往往在人口中。則蘇、杭之風景，韋、房之詩酒，兼有之矣。豈始願及此哉？然二郡之物狀人情，與曩時⓬不異，前後相去三十七年，江山是而齒髮非⓭，又可嗟矣。韋在此州，歌詩甚多，有〈郡宴〉⓮詩云，「兵衛森畫戟⓯，燕寢凝清香⓰」，最為警策⓱。今刻此篇于石，傳貽將來。因以予〈旬宴〉⓲一章亦附于後。雖雅俗不類⓳，各詠一時之志。偶書石背，且償其初心⓴焉。寶曆㉑元年七月二十日蘇州刺史白居易題。

【注釋】❶吳郡　郡名，即蘇州，今屬江蘇。❷貞元　唐德宗的第三個年號，共二十年（西元七八五—八〇四年）。❸韋應物　中唐著名詩人。參見〈題潯陽樓〉注❹。❹牧　漢代州的首長。這裡指州的刺史。❺房孺復　肅宗朝宰相房琯子，貞元五年官杭州刺史，其妻杖殺侍兒，坐貶連州司馬，後官至容管經略使。生平事跡附見兩《唐書・房琯傳》。❻豪人　豪爽的人。❼吳中　即蘇州。❽年十四五　白居易大曆七年生，貞元元年年十四歲，這時韋應物還在江州刺史任上，後入朝為左司郎中，方出為蘇州刺史。下文云寶曆元年立碑時距白居易幼年來蘇州已「三十七年」，據逆推則其時在貞元五年（西元七八九年），其年白居易已十八歲。劉太真有〈顧十二況左遷過韋蘇州房杭州韋睦州三使君皆有郡中燕集詩……〉，顧況貞元五年貶饒州司戶，知韋守蘇州、房守杭州實在貞元五年。記中所云「貞元初」、「年十四五」等都不確切。⑨中書舍人　屬中書省，負責制敕詔令等文件的起草工作。⑩間領二州　先後為杭、蘇二州刺史。領，管領。白居易長慶三年自中書舍人出為杭州刺史，四年，又自左庶子分司東都授蘇州刺史，所以說「間領」。⑪酣歌狂什　醉中狂放的詩歌。什，篇什，《詩經》以十篇為一組，稱為「什」。⑫曩時　往日；過去。⑬齒髮非　容貌改變。⑭郡宴　指韋應物〈郡齋與諸文士宴集〉詩，「兵衛森畫戟，燕寢凝清香」是這首詩開頭的兩句。⑮兵衛句　全句描寫蘇州官署的警衛森嚴。蘇州既是富庶的大州，又是政治軍事地位重要的雄州。森，眾多聳立。畫戟，有彩繪的戟。戟，古代兵器名，形制是戈和矛的結合。⑯燕寢句　全句描寫蘇州刺史幽雅的生活起居設施。燕寢，公署中供休息坐臥的房間。⑰警策　精鍊扼要而又寓意深刻或含蓄動人的文句。陸機〈文賦〉：「立片言以居要，乃一篇之警策。」⑱旬宴　當指白居易在蘇州所作〈郡齋旬假命宴，呈座客，示郡寮〉詩，詩云：「公門日兩衙，公假月三旬。衙用決簿領，旬以會親賓。公多及私少，勞逸常不均。況為劇郡長，安得閑宴頻。下車已三月，開筵始今晨。初黔軍廚突，一拂郡榻塵。既備獻酬禮，亦具水陸珍。萍醅箬溪醑，水鱠松江鱗。侑食樂懸動，佐歡妓席陳。風流吳中客，佳麗江南人。歌節點隨袂，舞香遺在茵。清奏凝未闋，酡顏氣已春。眾賓勿遽起，群寮且逡巡。無輕一日醉，用犒九日勤。微彼九日勤，何以治吾民。微此一日醉，何以樂吾身。」⑲不類　不是同類；不能相比。⑳初心　本心；夙願。㉑寶曆　唐敬宗年號，共二年（西元八二五—八二六年）。

【語　譯】貞元初，韋應物為蘇州刺史，房孺復為杭州刺史，都是豪爽的人啊。韋好吟詩，房愛飲酒，每每和賓客友人一道飲酒吟詩，他們的風流韻事和高雅詩章大多在吳地流傳，有些人把他們看作詩仙和酒仙。當時我還只有十四五歲，客居在蘇、杭二州，因為年幼卑賤不可能參加刺史的遊賞飲宴，特別感到他們才氣情調高雅和郡守地位的尊貴。依照當時的真實想法，將來能夠在蘇、杭兩州中得到一個州刺史的官職，就很滿足了。等到現在從中書舍人外派，前後擔任這兩個州的刺史，去年解下杭州刺史的印綬，今年又佩上蘇州刺史的印綬，既在杭州飲酒，又在蘇州吟詩，飲宴中所作的醉詩狂歌，也往往被人們傳誦。蘇、杭兩州的風景，韋、房二君嗜好的詩酒，都同時為我所擁有，當初哪敢有這樣的奢望呢？然而，兩郡的山川形狀風土人情，和過去沒有什麼不同，前後相隔三十七年，江山依舊而人的容顏已經改變，又是可以嘆息的了。韋應物在蘇州所作的歌詩很多，有一首〈郡齋與諸文士宴集〉詩說，「衛兵的畫戟森然羅列，臥室凝結著清新的香氣」，是最著名的警句。現在將這首詩刻在石碑上，傳留給後人。同時又把我的〈郡齋旬假命宴，呈座客，示郡寮〉詩附在後面。雖然我的詩淺俗不能和高雅的韋詩相提並論，卻也是各自歌詠一時的情感。隨意在詩石的背面寫上幾句話，並且用來滿足我早年的夙願啊。寶曆元年七月二十日蘇州刺史白居易題寫。

【研　析】古語說：「三代已下，未有不好名者。」白居易青少年時代旅居蘇、杭二州，對當時刺史韋應物、房孺復的官位尊崇、風流儒雅，心儀已久。現在自己既已大得詩名，又先後刺杭、蘇二州，所以將韋應物在蘇州所作名詩〈郡齋與諸文士宴集〉刻石，又附上了自己的〈郡齋旬假命宴，呈座客，示郡寮〉詩，又寫了這篇記刻在碑陰，雖然自謙詩「雅俗不類」，但躊躇滿志的心態卻躍然可見。

文章開始追憶青年時來蘇、杭的「當時心」，中間記敘自己「始願」實現的情況和感慨，末尾說明刻詩作記以償「初心」的目的，緊扣中心，前後進行對比，處處連貫照應，所以二百七十餘字，將三十七年來事即刻石的前因後果不僅寫得明明白白，而且寫得真切生動。

劉白唱和集❶解❷

【題　解】這是一篇序言。大和三年（西元八二九年）為自己和劉禹錫的唱和詩集作。序中說明了唱和詩結集編撰的情況，對劉禹錫的詩歌成就給予了高度評價。

彭城劉夢得❸，詩豪者也，其鋒森然❹，少敢當者。予不量力，往往犯之。夫合應者❺聲同，交爭者❻力敵，一往一復，欲罷不能。由是每製一篇，先相視草❼，視竟則興作，興作則文成。一二年來，日尋❽筆硯，同和贈答，不覺滋多。至大和❾三年春已前，紙墨所存者凡一百三十八首。其餘乘興扶醉❿、率然口號者⓫不在此數。因命小姪龜兒⓬編錄，勒⓭成兩卷。仍寫二本，一付龜兒，一授夢得小兒崙郎⓮，各令收藏，附兩家集。予頃⓯以元微之唱和頗多，或在人口，常戲微之云：「僕與足下二十年來為文友詩敵，幸也，亦不幸也。吟詠情性，播揚名聲，其適遺形⓰，其樂忘老，幸也。然江南士女⓱語才子者，多云『元白』。以子之故，使僕不得獨步於吳越⓲間，亦不幸也。」今垂老⓳，復遇夢得，得非重不幸耶？夢得夢得，文之神妙，莫先於詩。若妙與神，則吾豈敢？如夢得「雪裡高山頭白早，海中仙果子生遲⓴」，「沉舟側畔千帆過，病樹前頭萬木春㉑」之句之類，真謂神妙，在在處處，應當有靈物㉒護之，豈唯兩家子姪祕藏而已？己酉歲三月五日樂天解。

【注　釋】❶劉白唱和集　劉禹錫、白居易唱和詩集。《新唐書・藝文志四》：「《劉白唱和集》三卷。劉禹錫、白居易。」此書在大和三年首次編輯，為二卷。白居易〈與劉蘇州書〉：「僕與閣下在長安時，合所著詩數百首，題為《劉白唱和集》卷上下。」大和七年《劉白吳洛寄和卷》編成，全卷編入此詩，作為第三卷。以後兩人唱和詩又編輯為《汝洛集》、《洛中集》，遂成五卷。詳見白居易〈與劉蘇州書〉及〈白氏長慶集後記〉。這部詩集雖然亡佚，但絕大部分詩歌保存在《白居易集》和宋敏求所編《劉賓客文集・外集》中。❷解　即序。劉禹錫父親名緒，這裡為了避諱改為「解」。

❸彭城劉夢得　劉禹錫（西元七七二—八四二年），字夢得，洛陽人。貞元九年進士，永貞中官至屯田員外郎。因參與革新貶朗州司馬。後累官至太子賓客、祕書監。彭城，郡名，即徐州，今屬江蘇。彭城是劉氏著名的郡望。❹森然　嚴整貌。❺合應者　會面相應答的。指唱和詩中互相酬答的詩歌。❻交爭者　互相爭勝的。指唱和詩中命題限韻同作的詩歌或是聯句。❼視草　閱讀草稿。西漢淮南王劉安好文學，漢武帝每逢修書賜詔給劉安時，都要先由司馬相如「視草」。見《漢書・淮南王劉安傳》。❽尋　使用。❾大和　唐文宗的第一個年號，共九年（西元八二七—八三五年）。❿扶醉　支持醉酒的身子，帶著醉意。⓫率然口號者　倉促間隨口吟成的詩句。⓬龜兒　白居易弟白行簡之子。白居易無子，所以託付龜兒。⓭勒　編纂。⓮崙郎　劉禹錫次子。柳宗元有〈殷賢戲批書後寄劉連州并示孟崙二童〉詩。劉連州即劉禹錫。劉禹錫〈名子說〉：「長子曰咸允，字信臣。次曰同廙，字敬臣。」崙郎當是次子同廙的小名。⓯頃過去。⓰遺形　遺忘形骸。指精神進入忘我境界。⓱士女　青年男女。這裡泛指百姓。⓲吳越　指長江下游以南地區，春秋時吳國和越國所在地。⓳垂老　將近老年，大和三年，劉、白均已五十八歲。⓴雪裡二句　劉禹錫七律〈蘇州白舍人贈新詩有嘆早白無兒之句因以贈之〉的頷聯。雪裡高山，指雪山，山頂終年積雪，故云「頭白早」。海中仙果，指傳說中扶桑桑椹之類，仙人所食，九千年一生實，見《十洲記》。故云「子生遲」。㉑沉舟二句　劉禹錫七律〈酬樂天揚州初逢席上見贈〉的頸聯。㉒靈物　靈異的事物。指神靈。

【語　譯】彭城人劉夢得，詩中的豪傑啊，他的文筆犀利像長矛大戟森然林立，很少有人敢於抵擋的。我自不量力，往往和他對陣，唱和的詩歌同聲相應，競賽的詩歌旗鼓相當，你來我往互相唱和，想要停止都做不到。因此每寫一篇，先互相閱看草稿，看完後就興致勃發，興致來了就寫成文字。一兩年中，天天寫作，同時唱和相互贈答，不知不覺越來越多。到大和三年春天以前，抄寫保存下來的有一百三十八首。其他趁著興致帶著酒意隨口吟成的還不包括在內。於是命小姪龜兒抄錄編定，編成兩卷。又抄寫兩本，一本交給龜兒，另一本交給夢得的小兒子崙郎，令他們各自收藏起來，附錄在兩家家集的後面。我過去因為和元微之唱和比較多，有的詩被人們傳誦，常常和微之開玩笑說：「我和你二十年來做文章的朋友詩歌的敵手，既幸運，也是不幸啊。吟詠抒發感情，傳播發揚名聲，舒暢得忘掉了自身的存在，快樂得不覺得衰老的到來，很幸運啊。但是江南的百姓說到才子的時候，往往說『元白』。因為你的緣故，使我不能在吳越一帶獨占才子的聲名，又是不幸啊。」現在快要老了，又遇上了夢得，豈不是再次遇到不幸嗎？夢得呀夢得，文章的神奇美妙，沒有超過詩歌的。至於美妙和神奇，我哪裡能夠做得到？像夢得「常年積雪的高山頭白得很早，東海中仙家種的果樹果實結得很遲」，「即將沉沒的船隻旁邊有上千條船隻駛過，已經生病枯萎的樹木前頭有上萬株樹木欣欣向榮」這樣一類詩句，真可說是神奇美妙了，不論何時何地，應當有神靈呵護，流傳久遠，哪裡僅僅只有我們兩家子姪慎密地收藏保存呢！己酉年三月五日，樂天作解。

【研　析】給《劉白唱和集》作序，當然要介紹詩集的編纂情況，而編纂的目的是保存兩人詩作，所以文章自然以評價劉詩為中心。開頭部分述說兩人交往唱和及詩歌結集的情況，稱劉為「詩豪」，說「其鋒森然，少敢當者」，末尾舉出劉禹錫詩句，讚其「真謂神妙，在在處處，應當有靈物護之」都可以說是由衷的、無以復加的讚譽。其間卻插入對「元白」唱和的追述，既陶醉於唱和的樂趣，又後悔於因「元白」並稱使自己「不得獨步於吳越間」的「不幸」，看似離題，但以「今垂老，復遇夢得，得非重不幸耶」一語挽回，便成了對劉禹錫詩歌的熱情褒揚，在狹小的篇幅中極盡筆力迴旋曲折之能事。褒揚語卻用戲謔的反語說出，更覺情誼的深摯，意味的雋永。

宋人魏泰針對文中所舉劉禹錫詩說：「此皆常語也。禹錫自有可稱之句甚多，顧不能知之耳。」（《臨漢隱居詩話》）其實，「沉舟」一聯表現劉禹錫歷經二十二年貶謫歸來後的不平，也反映了他對宇宙間新陳代謝的客觀規律的認識，形象生動，寓意深刻（參見前〈醉贈劉二十八使君〉詩注）。「雪裡」一聯以「雪裡高山」和「海中仙果」比喻白居易「頭白無兒」，既有頌揚，也有安慰和寬解，實在是善頌善禱。魏泰據此說白居易「殊不善評詩」，是毫無道理的。

池上篇并序

【題解】這是一首四言詩，詩前有一篇長序。大和三年（西元八二九年）作於洛陽太子賓客分司任上。白氏原集將詩與序均編入文卷，可見他對於序文的看重。序和詩記敘了履道宅中景物增添修葺的經過，描述了晚年恬淡逍遙的閒居生活，表現出初歸洛陽時的喜悅之情。

都城❶風土水木之勝在東南偏，東南之勝在履道里❷，里之勝在西北隅西閈北垣❸第一第，即白氏叟樂天退老❹之地。地方十七畝，屋室三之一，水五之一，竹九之一，而島樹橋道間之。初，樂天既為主，喜且曰：「雖有臺，無粟不能守也。」乃作池東粟廩❺。又曰：「雖有子弟，無書不能訓也。」乃作池北書庫。又曰：「雖有賓朋，無琴酒不能娛也。」乃作池西琴亭，加石樽焉。樂天罷杭州刺史時，得天竺石❻一、華亭鶴❼二以歸，始作西平橋，開環池路。罷蘇州刺史時，得太湖石❽、白蓮、折腰菱❾、青板舫❿以歸，又作中高橋，通三島逕⓫。罷刑部侍郎⓬時，有粟千斛⓭、書一車、洎臧獲⓮之習筦磬絃歌⓯者指百⓰以歸。先是，潁川陳孝山⓱與釀法，酒味甚佳；博陵崔晦叔⓲與琴，韻甚清；蜀客姜發授〈秋思〉⑲，聲甚淡；弘農楊貞一⑳與青石三，方長平滑，可以坐臥。大和三年夏，樂天始得請㉑為太子賓客㉒，分秩㉓於洛下，息躬㉔於池上。凡三任所得，四人所與，洎㉕吾不才身㉖，今率為池中物㉗矣。每至池風春，池月秋，水香蓮開之旦，露清鶴唳之夕，拂楊石，舉陳酒，援崔琴，彈姜〈秋思〉，頹然㉘自適，不知其他。酒酣琴罷，又命樂童登中島亭，合奏〈霓裳散序〉㉙，聲隨風飄，或凝或散，悠揚於竹烟波月之際者久之。曲未竟而樂天陶然㉚已醉，睡於石上矣。睡起偶詠，非詩非賦，阿龜㉛握筆，因題石間，視其粗成韻章，命㉜為〈池上篇〉云爾㉝。

【章旨】這是詩序，記敘履道宅位置、園林布局、修葺情況、池中事物和歸來後的生活。

【注釋】❶都城　指洛陽，唐高宗顯慶二年，置為東都，武后時改神都，中宗時復改東都。❷履道里　東都坊里名。在洛陽長夏門街東第四街從南第二坊。❸西閈北垣　西門北牆。❹退老　退休養老。❺廩　倉庫。❻天竺石　天竺山的石頭。天竺山，即飛來峰，在杭州錢塘縣，與武林山相對，產奇石，參見〈畫竹歌〉注⑫。白居易〈洛下卜居〉：「三年典郡歸，所得非金帛。天竺石兩片，華亭鶴一雙。」❼華亭鶴　蘇州華亭縣所產的鶴。《元和郡縣圖志》卷二五「蘇州華亭縣」：「華亭谷，在縣西三十五里。……陸機云『華亭鶴唳』，是此地也。」❽太湖石　太湖產的石頭。《吳郡志》卷二九：「太湖石出洞庭西山，以生水中為貴。石在水中歲久，為波濤所衝撞，皆成嵌空，石面鱗鱗作靨，名彈窩，亦水痕也。沒人縋下鑿取，極不易得。石性溫潤奇巧，扣之鏗然如鐘磬。其在山者名旱石，亦奇巧，枯而不潤，不甚貴重。」白居易〈太湖石記〉：「石有族聚，太湖為甲，天竺、羅浮之徒次焉。」❾折腰菱　菱角的一種，產於蘇州。《西陽雜俎》前集卷一九：「四角、三角曰芰，兩角曰菱。今蘇州折腰菱多兩角。」❿青板舫　青色木船。舫，有艙室的船。白居易〈感蘇州舊舫〉：「畫梁朽折紅窗破，獨立池邊盡日看。守得蘇州船舫爛，此身爭合不衰殘？」⓫逕　小路。⓬刑部侍郎　尚書省刑部的副長官。白居易大和三年（西元八二九年）春在刑部侍郎任上，謝病告假，罷官歸洛陽，任太子賓客分司東都。⓭斛　容積單位，十斗為一斛。⓮臧獲　奴婢。⓯筦磬絃歌　筦，同「管」。笙笛一類管樂器。磬，鐘磬一類打擊樂器。絃，琴、瑟、琵琶等絃樂器。歌，歌唱。⓰指百　一百隻手指，十人。⓱陳孝山　名岵，字孝山，潁川（今河南淮陽）人。元和元年登制科，長慶元年為膳部郎中，與白居易同為考制策官。白居易〈詠家醞十韻〉：「新方要妙得於陳。」自注：「陳郎中岵傳受此法。」⓲崔晦叔　名玄亮，博陵（今河北蠡縣）人，白居易摯友之一，官至虢州刺史。死前曾將他的玉磬琴留贈白居易，請白為撰墓誌。見白居易〈唐故虢州刺史贈禮部尚書崔公（玄亮）墓誌銘〉。⓳秋思　琴曲名。白居易〈和嘗新酒〉：「舉臂一欠伸，引琴彈〈秋思〉。」⓴楊貞一　楊歸厚，字貞一，弘農（今河南靈寶）人，官至虢州刺史。㉑請　請告；告假。唐制，官員請假滿百日即自動停官。㉒太子賓客　太子東宮官僚，正三品，掌侍從規諫，贊相禮儀。白居易請告得賓客事參見〈歸履道宅〉注釋。㉓分秩　即分司，分置在東都洛陽的中央官員。㉔息躬　休息；停止活動。指退職閒居。躬，身體。㉕洎　及。㉖不才身　即不材身，無用之身。《莊子．山木》：「此木以不材得終其天年。」成玄英疏：「不材無用，故終其天年。」㉗池中物　履道宅池上的事物。池中物本指蟄居而無所作為的人。周瑜曾說劉備「恐蛟龍得雲雨，終非池中物」。見《三國志．吳書．先主傳》。這裡語意雙關。㉘頹然　疏放不拘禮法貌。㉙霓裳散序　〈霓裳羽衣曲〉開始的散板部分，參見〈霓裳羽衣歌〉注釋。㉚陶然　醉樂貌。㉛阿龜　即龜郎，白行簡子，白居易姪。㉜命　命名。㉝云爾　語氣詞，用在文章的末尾，表示結束。

【語　譯】東都洛陽風景和林園建築的勝境在都城的東南部，東南部的勝境在履道里，履道里的勝境在西北角上西門北墻第一所宅子，就是白氏老人樂天退休養老的地方。宅子占地十七畝，房屋建築占整個面積的三分之一，水面占五分之一，竹林占九分之一，島嶼樹木橋梁道路間雜在其間。起初，樂天成了宅子的主人，很高興，並且說：「雖然有臺，沒有糧食不能保有啊。」於是建造了池東的糧倉。又說：「雖然有子弟，沒有書籍不能教導啊。」於是建造了池北的書庫。又說：「雖然有賓客朋友，沒有琴酒不能使他們快樂啊。」於是建造了池西的琴亭，又添設了石製的酒樽。樂天罷杭州刺史回洛陽時，得到一塊天竺山的石頭、兩隻華亭縣的白鶴，才建造了西面的平橋，開闢了環池的道路。罷蘇州刺史的時候，得到了太湖石、白蓮、折腰菱、青板舫帶回洛陽，又建造了中部的高橋，開闢了連接池中三島的道路。罷去刑部侍郎職務時，帶回了一千斛糧食、一車書籍和學習過樂器歌唱的婢僕十名。這以前，潁川人陳岵傳授我釀酒的方法，釀出的酒味道很好；博陵人崔玄亮送我一張琴，音韻十分清越；蜀地人姜發教給我琴曲〈秋思〉，曲調非常平和恬淡；弘農人楊歸厚送了三塊青石，方長平滑，可以坐也可以躺。大和三年夏天，樂天告病請長假得到了太子賓客的官職，在洛陽任分司官，才得以在履道池上休息身心。凡是三任官職所得，四位朋友所送，加上我這一個無用的人，現在全都是履道宅池中的事物了。每到池上和風吹拂的春天，或是池上朗月高照的秋日，或是白蓮開放水氣凝香的早晨，或是清露下降白鶴長鳴的夜晚，拂拭楊歸厚送的青石坐臥，舉起盛滿用陳岵酒法所釀酒的杯子，拿起崔玄亮贈送的琴，彈起姜發教授的〈秋思〉，形體解散，身心舒暢，其他的一切都忘懷了。酒意方濃，琴曲彈罷，又命樂童登上中島的亭子，合奏〈霓裳羽衣曲〉的〈散序〉。樂聲隨風飄揚，或停留或飄散，在煙霧籠罩的竹林和月色波光蕩漾的池上久久地悠揚迴蕩。曲子還沒有奏完，樂天已經樂陶陶醉醺醺，睡在青石上了。醒後偶然吟詠，不成詩也不成賦，姪兒阿龜拿起筆題寫在石上。看它大體上還押韻，就給它命名叫〈池上篇〉。

十畝之宅，五畝之園，有水一池，有竹千竿。勿謂土狹，勿謂地偏，足以容膝❶，足以息肩❷。有堂有亭，有橋有船，有書有酒，有歌有絃。有叟在中，白鬚飄然，識分知足，外無求焉。如鳥擇木，姑務巢安；如鼃居坎❸，不知海寬。靈鶴怪石，紫菱白蓮，皆吾所好，盡在我前。時飲一盃，或吟一篇，妻孥熙熙❹，雞犬閑閑❺。優哉游哉❻！吾將終老乎其間。

【注　釋】❶容膝　容納膝蓋，能夠勉強安身。形容居處的狹小。陶淵明〈歸去來兮辭〉：「倚南窗以寄傲，審容膝之易安。」❷息肩　卸下肩上的負荷；休息。❸如鼃居坎　鼃，同「蛙」。青蛙。坎，同「埳」。坑。坎井之蛙向東海之鼈誇耀自己「跳梁乎井幹之上，入休乎缺甃之崖，赴水則接掖持頤，蹶泥則沒足滅跗」，十分快樂。見《莊子・秋水》。❹熙熙　和樂貌。❺閑閑　安適貌。❻優哉游哉　悠閒自得貌。《左傳・襄公二十一年》引《詩》：「優哉游哉，聊以卒歲。」

【語　譯】十畝的第宅，五畝的林園，有清水一池，有竹樹千竿。不要說面積太狹小，不要說位置太偏遠，足夠我安身，足夠我安度餘年。池上有堂有亭，有橋有船，有書有酒，有歌唱管絃。其中有個老人，胸前飄拂著白色鬚髯，知道命運如此已很滿足，不再有其他的奢念。像鳥兒選擇棲息的樹木，只求窩巢穩固安然；像水坑中的青蛙，不必知道大海多麼寬廣無邊。靈鶴、奇石、紫菱、白蓮，都是我所喜愛的事物，都在我的眼前。有時飲上酒一杯，有時吟上詩一篇，妻子兒女和和美美，家禽家畜自在安閒。我將優游自得，老死在它中間。

【研　析】大和三年夏，白居易請告罷刑部侍郎，改任太子賓客分司洛陽，剛剛擺脫充滿勾心鬥角的醜惡官場，回到履道宅自己多年苦心經營的園林，感到無比的輕鬆和愉悅，看到自己從各地攜歸的，還有友人贈送的心愛之物，更使他產生強烈的親切感，所以，此後他在履道池上度過了一段愉快的時光。詩和序就表現了他初歸時的生活和感受。但是序中自稱「不才身」，又自比為沒有得到「雲雨」的蛟龍，嘲笑自己「率為池中物」，內心仍然存在不平。這是他雖然選擇了吏隱的道路而始終難以獲得內心真正平靜的原因。

詩為四言，拙直樸實，述說了履道宅園池、池中事物和生活，表現了識分知足的人生態度和終老於此的願望。但這些意思已見於序中，而且更加具體生動詳盡，詩反成蛇足。大約這就是此詩未編入詩而編入文中的緣故吧。

醉吟先生❶傳

【題解】這是開成三年（西元八三八年）白居易所寫的一篇自傳，記敘退居洛陽後十年的生活，描述自己沉湎詩酒的狀況，說明自號「醉吟先生」的原因。

醉吟先生者，忘其姓字、鄉里、官爵，忽忽❷不知吾為誰也。宦遊三十載，將老，退居洛下❸。所居有池五六畝，竹數千竿，喬木數十株，臺榭舟橋，具體而微❹，先生安焉。家雖貧，不至寒餒；年雖老，未及耄❺。性嗜酒耽❻琴淫❼詩，凡酒徒琴侶詩客多與之游。游之外，棲心釋氏❽，通學小中大乘❾法。與嵩山❿僧如滿⓫為空門⓬友，平泉⓭客韋楚⓮為山水友，彭城劉夢得⓯為詩友，安定皇甫朗之⓰為酒友，每一相見，欣然忘歸。洛城內外六七十里間，凡觀寺丘墅有泉石花竹者靡不游，人家有美酒鳴琴者靡不過，有圖書歌舞者靡不觀。自居守洛川⓱洎布衣家以宴遊召者亦時時往。每良辰美景，或雪朝月夕，好事者相過，必為之先拂酒罍，次開詩篋。酒既酣，乃自援琴，操宮聲⓲，弄〈秋思〉⓳一遍。若興發，命家僮調法部絲竹⑳，合奏〈霓裳羽衣〉㉑一曲。若歡甚，又命小妓歌〈楊柳枝〉㉒新詞十數章，放情自娛，酩酊㉓而後已。往往乘興屨㉔及鄰，杖㉕於鄉，騎遊都邑，肩舁㉖適野。舁中置一琴、一枕，陶、謝詩㉗數卷，舁竿左右懸雙酒壺，尋水望山，率情便去，抱琴引酌，興盡而返，如此者凡十年。其間日賦詩約千餘首，歲㉘釀酒約數百斛，而十年前後賦釀者不與焉。

【章旨】記醉吟先生其人其居和嗜酒、耽琴、淫詩三大嗜好。

【注釋】❶醉吟先生　白居易自號。大和三年（西元八二九年）春，白居易在刑部侍郎任上，因見朝政日非，請假辭官，回到洛陽，到這時已有十年。這十年中，朝官的朋黨之爭、朝官與宦官之爭愈演愈烈，終於釀成了甘露之變。白居易早年的「兼濟天下」的理想徹底破滅，於是沉湎於詩酒之間，並自號「醉吟先生」。❷忽忽　恍惚貌。❸洛下　洛陽。白居易貞元十六年（西元八〇〇年）登進士第到大和三年（西元八二九年）辭刑部侍郎退居洛陽履道坊宅，首尾三十年。❹具體而微　內容大體具備但規模較小。❺耄　年老糊塗。《禮記・曲禮上》：「八十九十曰耄。」注：「耄，惛忘也。」❻耽　沉溺。❼淫　愛好過度。❽釋氏　佛教。❾小中大乘　印度佛教的不同宗派。小乘即聲聞乘，中乘即緣覺乘，大乘即菩薩乘，合稱為「三乘」。❿嵩山　五嶽中的中嶽，在河南登封縣境內。⓫如滿　嵩山佛光寺僧人，又稱佛光和尚，白居易師事如滿，有〈佛光和尚真讚〉。⓬空門　佛門。佛教以為色相世界都是虛幻，以空為入道之門。⓭平泉　地名，在洛陽龍門附近。⓮韋楚　平泉處士。白居易大和六年有〈薦李晏韋楚狀〉，稱「伊闕山平泉處士韋楚」。《冊府元龜》卷七七九：「韋楚，京兆尹韋長之兄，文宗大和八年以楚為左拾遺內供奉，竟以自樂不起。」⓯彭城劉夢得　劉禹錫，字夢得，開成元年為太子賓客分司東都，與白居易同在洛陽，詩酒唱和，參見〈劉白唱和集解〉注釋。劉禹錫為洛陽人，彭城（今江蘇徐州）是他的郡望。⓰安定皇甫朗之　皇甫曙，字朗之，安定朝那（今寧夏固原東南）人。元和十一年進士，開成中歷澤州刺史、河南少尹、絳州刺史，官至汝州刺史，其子皇甫煒娶白敏中女，故與白居易為親家。見《全唐文補遺》第四冊劉玄章〈唐故朝議郎使持節撫州諸軍事守撫州刺史柱國皇甫公（煒）墓誌銘〉。白居易〈答皇甫十郎中秋深酒熟見憶〉、〈酒熟憶皇甫十〉、〈冬夜對酒寄皇甫十〉、〈攜酒往朗之莊居同飲〉等詩都是與皇甫曙唱和之作。⑰居守洛川　東都留守，是洛陽級別最高的官員。⑱宮聲　宮調的樂曲。宮，宮商角徵羽五音之一。⑲秋思　琴曲名。參見〈池上篇〉注⑲。⑳法部絲竹　指演奏法曲的管絃樂器。法部，唐代宮廷音樂機構中專門訓練和演奏法曲的一部。㉑霓裳羽衣　唐代法曲名，商調曲，開元中河西節度使楊敬述所獻。參見〈霓裳羽衣歌〉注❶。㉒楊柳枝　大和中洛下新聲。參見〈楊柳枝詞八首〉注❶。㉓酩酊　大醉貌。㉔屨　鞋子。指著鞋步行。㉕杖　手杖。指扶杖行走。㉖肩舁　人伕抬的竹轎。㉗陶謝詩　陶淵明和謝靈運的詩歌，多歌詠田園山水，並稱「陶謝」。㉘歲　原作「日」，據《全唐文》改。

【語　譯】醉吟先生這個人，忘記了自己的姓名、籍貫、官職封爵，恍恍惚惚不知道我自己是誰。在官場裡遊歷了三十年，快老了，退職居住在洛陽。住宅中有五六畝池塘，幾千竿竹子，幾十株高大的樹木，亭臺水榭、船舫橋梁，雖然規模很小但應有盡有，先生就安居在這裡。家境雖然貧寒，還沒到受凍挨餓的地步；年紀雖然老了，還沒到八九十歲昏憒糊塗的地步。生性嗜好飲酒，沉迷於彈琴賦詩，凡是嗜好喝酒彈琴作詩的人大多和他交遊。交遊之外，歸心佛教，通學佛教各個教派的經典。和嵩山僧人如滿是佛門的朋友，和平泉隱士韋楚是遊山玩水的朋友，和彭城人劉禹錫是作詩的朋友，和安定人皇甫曙是飲酒的朋友，每次見面，都高興得忘記回家。洛陽城內外六七十里中，凡有泉石花竹的寺觀山莊沒有不去遊賞的，凡有美酒鳴琴的人家沒有不去拜訪的，凡有圖書歌舞的人家沒有不去觀賞的。從東都留守到普通百姓家邀請飲宴遊覽，也常常前去。每當天氣晴明景色優美的時候，或者飛雪的早晨，月明的夜晚，好事的友人來訪，一定先要為他拂拭酒甕，然後打開詩箱。酒喝到半醉，便自己拿起琴，將宮調的樂曲〈秋思〉彈奏一遍。如果興趣來了，就命家僮調理法部的管絃樂器，合奏〈霓裳羽衣曲〉。如果特別高興，又命歌伎唱〈楊柳枝詞〉十多首，縱情歡樂，直到酩酊大醉才罷休。往往又乘興步行到鄰居家，拄著手杖走訪鄉里，騎著馬遊行都市，坐著小轎來到郊野。轎中放上一張琴、一個枕頭、陶淵明和謝靈運的詩數卷，轎竿左右掛上兩個酒壺，眺望找尋山水，高興上哪就上哪，懷抱著琴，舉杯便飲，盡興了才回去，像這樣生活了十年。這十年中天天作詩，作了一千多首，年年釀酒，釀了大約有幾百斛，十年之前和之後所作的詩釀的酒還沒計算在內。

妻孥❶弟姪慮其過也，或譏❷之，不應。至于再三，乃曰：「凡人之性，鮮得中，必有所偏好。吾非中者也。設不幸，吾好利而貨殖❸焉，以至于多藏❹潤屋❺，賈❻禍危身，奈吾何？設不幸，吾好博弈❼，一擲❽數萬，傾財破產，以至于妻子凍餓，奈吾何？設不幸，吾好藥❾，損衣削食，鍊鉛燒汞❿，以至于無所成，有所誤⓫，奈吾何？今吾幸不好彼，而自適於盃觴諷詠之間，放則放矣，庸何傷⓬乎？不猶愈於好彼三者乎？此劉伯倫⓭所以聞婦言而不聽，王無功⓮所以遊醉鄉而不還也。」遂率子弟，入酒房，環釀甕，箕踞⓯仰面，長吁太息曰：「吾生天地間，才與行不逮於古人遠矣，而富於黔婁⓰，壽於顏回⓱，飽於伯夷⓲，樂於榮啟期⓳，健於衛叔寶⓴，幸甚幸甚，餘何求哉？若捨吾所好，何以送老？」因自吟詠懷詩㉑云：「抱琴榮啟㉒樂，縱酒劉伶達㉓。放眼看青山，任頭生白髮。不知天地內，更得幾年活？從此到終身，盡為閑日月。」吟罷自哂，揭甕撥醅㉔，又引數盃，兀然㉕而醉。既而醉復醒，醒復吟，吟復飲，飲復醉，醉吟相仍㉖，若循環㉗然。由是得以夢身世，雲富貴，幕席天地，瞬息百年，陶陶然㉘，昏昏然㉙，不知老之將至，古所謂「得全於酒」㉚者，故自號為「醉吟先生」。

【章旨】回答家人的責難，說明嗜酒耽琴淫詩的好處和自號醉吟先生的原因。

【注釋】❶妻孥　妻子兒女。❷譏　勸諫。❸貨殖　積聚財貨，經營生利；經商。❹多藏　聚積大量財物。《老子》下篇：「多藏必厚亡。」❺潤屋　潤澤房屋。指家中富有。《禮記・大學》：「富潤屋，德潤身。」孔穎達疏：「言家若富則能潤其屋，有金玉，又華飾見於外也。」❻賈　招引。❼博弈　博戲和弈棋。這裡偏指博戲，即賭博。❽擲　投擲。古代的樗蒱和骰子都以投擲所得的彩來決定輸贏。❾藥　丹藥。指長生不老的仙藥。❿汞　水銀。水銀和鉛都是方士煉丹的原料。⓫有所誤　有所耽誤妨害。指因服藥而患病或死亡。⓬庸何傷　何妨。庸，與「何」同義。⓭劉伯倫　劉伶，字伯倫，西晉沛國（今安徽淮北西）人。性嗜酒，妻子棄酒毀器哭著勸諫，劉伶說將祭祀鬼神，發誓戒酒，讓妻子準備酒肉。妻子聽信了他的話，照著辦理，他卻跪下祝禱說：「天生劉伶，以酒為名。一飲一斛，五斗解酲。婦兒之言，慎不可聽。」仍舊飲酒吃肉，喝得大醉。事見《晉書・劉伶傳》。⓮王無功　王績，字無功，唐龍門（今山西河津）人。好飲酒，自號「五斗先生」。著有〈醉鄉記〉，文末說：「醉鄉氏之俗，其古華胥氏之國乎？何其淳寂也如是！績將遊焉，故為之記。」⓯箕踞　兩腿伸直分開而坐，形如簸箕，是一種放縱的不禮貌的行為。⓰黔婁　春秋時魯國的貧士，在世時，食不果腹，衣不蔽體，死後以土坯為枕，藁草為席，覆屍的布被蓋頭露出了腳，蓋腳露出了頭。見劉向《列女傳》卷二。⓱顏回　孔子弟子，聰明好學，死時才二十九歲。見《史記・仲尼弟子列傳》。⓲伯夷　殷末周初的賢人，孤竹國君之子。隱居首陽山，因為不滿周武王滅殷，不食周粟，餓死。見《史記・伯夷列傳》。⓳榮啟期　孔子同時人，孔子見他「鹿裘帶索，鼓琴而歌」，便問他為什麼這樣快樂，他回答說：我的樂事很多，萬物以人為貴，我能做一個人，所以快樂；男尊女卑，而我生為男子，所以快樂；人的生命短促，我活到九十歲了，所以快樂。事見《列子・天瑞》。⓴衛叔寶　衛玠，字叔寶，西晉名士，多病體羸，年二十七卒。事見《晉書・衛玠傳》。㉑詠懷詩　這首詩在《白氏長慶集》卷三〇，題目是〈洛陽有愚叟〉，全詩十二韻，這裡所引是末四韻。㉒榮啟　即榮啟期，見前注。㉓縱酒劉伶達　原詩作「荷鍤劉伶達」。鍤，挖土工具。達，曠達，不把生死放在心上。《晉書・劉伶傳》：「常乘鹿車，攜一壺酒，使人荷鍤而隨之，曰：『死便埋我。』」㉔醅　酒上浮沫。㉕兀然　渾噩無知貌。㉖相仍　相連；接續不斷。㉗循環　撫摩圓環，周而復始。㉘陶陶然　和樂貌。㉙昏昏然　昏沉貌。㉚得全於酒　《莊子・達生》說，喝醉酒的人從奔馳的車上墜下，傷而不死，是因為「得全於酒」。郭象注：「醉故失其所知。」

【語　譯】妻子兒女和弟弟姪兒們擔心我好酒吟詩太沒有節制了，有進行規勸的，先生不回答。再三勸阻，便說：「大凡人的情性，很少能得其中道的，一定有所偏好。我不是得其中道的人。假使不幸，我追逐利潤做起買賣來，以至於積蓄大批財富，帶來災禍危害自身，那又拿我怎麼辦呢？又假使不幸我迷上了賭博，一賭就輸贏幾萬，財產輸個精光，弄到妻子兒女挨凍受餓，那又拿我怎麼辦呢？又假使我不幸喜好丹藥，節衣縮食，買來鉛汞等原料煉丹，弄到丹沒煉成，身體反受其害，那又拿我怎麼辦呢？幸好我現在不喜好那些，而只在飲酒賦詩中尋求樂趣，放縱可以說很放縱了，難道有什麼妨害嗎？不比有那三種嗜好強多了嗎？嗜酒的劉伶不聽從妻子的勸諫，王績沉醉在醉鄉中而不返回，道理就在這裡啊。」於是便帶領子弟，進入酒房，圍著酒甕，伸開兩腿坐著，仰面長嘆說：「我生在天地間，才能和德行比起古人來差得太遠了。但是生活比黔婁富裕，年壽比顏淵高，吃的比伯夷飽，過得比榮啟期快樂，身體比衛叔寶健康，真是太幸運太幸運了，還有什麼要去追求的呢？如果要我捨棄這一點點愛好，拿什麼來打發我的餘年？」於是吟誦自詠懷抱的詩說：「抱琴而彈的榮啟期快樂，縱情飲酒的劉伶曠達。放開眼界盡情遊賞青山綠水，聽任頭上長滿了白髮。不知道人生在天地之間，還有多少年好活？從現在到死，全都是悠閒的歲月。」吟完詩，不覺自己笑起自己來，揭開酒甕，撥去酒沫，又喝上幾杯，昏昏沉沉地醉了。這以後醉了又醒，醒了再吟詩，吟完詩再喝酒，喝了又醉倒，醉酒吟詩相接續，好像撫循著圓圈一樣連續不斷周而復始。正因為這樣，就能夠把人生看作一場大夢，把富貴看作浮雲，以天為帳幕，以地為臥席，人生百年，一眨眼就過去，快快樂樂，昏昏沉沉，不知道人已將衰老，是古人所說「得全於酒」的人，所以用「醉吟先生」作為自己的號。

于時開成❶三年，先生之齒❷六十有七，鬚盡白，髮半禿，齒雙缺❸，而觴詠之興猶未衰。顧謂妻子云：「今之前，吾適矣。今之後，吾不自知其興何如。」

【章　旨】記作傳的時間，當時的身體和精神狀態，作結。

【注　釋】❶開成　唐文宗的第二個年號，共五年（西元八三六—八四〇年）。❷齒　年齡。❸齒雙缺　白居易〈齒落辭・序〉：「開成二年，予春秋六十六，……而雙齒又墮。」

【語　譯】這時是開成三年，先生的年齡已經六十七歲，鬍鬚全都白了，頭髮脫了一半，牙齒缺了一雙，但喝酒吟詩的興致還沒有減退。回顧妻子說：「今日以前，我過得非常自在了。從今往後的興致如何，我自己就不能預知了。」

【研　析】從晉代阮籍〈大人先生傳〉、陶淵明〈五柳先生傳〉到唐代王績的〈五斗先生傳〉開創了傳記的一種新變種，名為傳，卻不具體地完整地記敘傳主的生平事跡，而是描寫傳主生活的某一方面，「馳騁文墨，間以滑稽之術雜焉」，實際上是假託作傳以抒寫懷抱。白居易〈醉吟先生傳〉也是這種性質的作品。

文章一開始介紹醉吟先生吏隱洛陽的生活環境，嗜酒、耽琴、淫詩的癖好，並描述他交遊、飲宴、出行中「放情自娛，酩酊而後已」的放誕生活情景，刻劃了一個「醉吟先生」的形象，然後通過他和妻孥子姪的問答以及自白，說明癖於琴、詩、酒遠勝於愛好貨殖、博弈、丹藥，醉中的陶陶昏昏可以使人「夢身世，雲富貴」，可以全身遠禍，可以送老，說明自己自號為「醉吟先生」的原因。白居易經歷了貶謫江州等宦海風波，晚年更親見朝廷黨派鬥爭激烈，官員們朝為卿相夕貶遐方，甚至在甘露之變中大批被屠殺，文章中所表現的縱酒放誕的人生態度正是他憂慮時局、內心憤懣痛苦而又無能為力的表現。

不能忘情❶吟并序

【題　解】這是一篇騷體歌吟。開成四年（西元八三九年）作於洛陽太子少傅分司任上。因其前有序，原集編入文中。詩歌詠老病中遣伎賣馬事，以抒發自己對世俗生活留戀之情。

樂天既老，又病風❷，乃錄❸家事，會經費❹，去長物❺。妓有樊素❻者，年二十餘，綽綽❼有歌舞態，善唱〈楊枝〉❽，人多以曲名名之，由是名聞洛下，籍❾在經費中，將放之。馬有駱❿者，駔壯駿穩⓫，乘之亦有年，籍在長物中，將鬻⓬之。圉人⓭牽馬出門，馬驤首⓮反顧一鳴，聲音間似知去而旋戀者。素聞馬嘶，慘然⓯立且拜，婉孌⓰有辭⓱。辭畢涕下。予聞素言，亦愍默⓲不能對，且命迴勒⓳反袂⓴，飲素酒，自飲一盃，快吟數十聲。聲成文，文無定句，句隨吟之短長也，凡二百三十五言。噫！予非聖達㉑，不能忘情，又不至於不及情者㉒。事來攪情，情動不可柅㉓，因自哂，題其篇曰〈不能忘情吟〉。吟曰：

【章　旨】本章是全文的序，記敘放伎賣馬的經過，說明作〈不能忘情吟〉的緣由。

【注　釋】❶忘情　遇到喜怒哀樂的事能做到不動感情，有如遺忘。《晉書・王衍傳》記載，王衍小兒子死了，十分悲慟，山簡前去弔慰，說：「孩抱中物，何至於此！」王衍說：「聖人忘情，最下不及於情，然則情之所鍾，正在我輩。」❷病風　中風。❸錄　登記審查。❹會經費　計算經常性的費用開支。會，會計。❺去長物　遣去多餘的事物。❻樊素　白居易所蓄歌伎，善唱〈楊柳枝〉。白居易有〈代羅樊二妓招舒著作〉詩。又〈病中詩十五首・別柳枝〉：「兩枝楊柳小樓中，嫋娜多年伴病翁。明日放歸歸去後，世間應不要春風。」即為別樊素而作。❼綽綽　體態柔美貌。曹植〈洛神賦〉：「柔情綽態，媚於語言。」❽楊枝　即〈楊柳枝詞〉。參見〈楊柳枝詞八首〉注❶。❾籍　簿籍，登記在簿籍上。❿駱　黑鬃尾的白馬。《詩經・大雅・駉》：「有驒有駱。」白居易〈病中詩十五首・賣駱馬〉：「五年花下醉騎行，臨賣回頭嘶一聲。項籍顧騅猶解嘆，樂天別駱豈無情。」⓫駔壯駿穩　健壯馴良。駔駿，馬健壯貌。左思〈魏都賦〉：「冀馬填廄而駔駿。」穩，性格馴良，騎乘安穩。⓬鬻　賣。⓭圉人　養馬的人。⓮驤首　昂首。⓯慘然　表情哀傷貌。⓰婉孌　情感深摯纏綿貌。⓱辭　白居易原注：「辭具下。」指詩中所記樊素的話。⓲慜默　悲哀無語。⓳迴勒　把馬牽回來。勒，馬絡頭。⓴反袂　以袖掩面拭淚。㉑聖達　聖人和曠達的人。㉒不及情者　指愚拙的人。㉓柅　抑制。

【語　譯】白樂天年紀既已老邁，又得了風痺之疾，於是登記處理家中的事務，計算日常開支經費，去掉多餘的事物。歌伎中有叫樊素的，年紀二十多歲，體態輕盈，能歌善舞，善於唱〈楊柳枝詞〉，人們大多用歌曲的名字來稱呼她，於是名聲在洛陽傳播，名字登記在日常開支中，將要遣散她。馬匹中有一匹駱馬，軀體壯大，乘騎安穩，乘騎有多年了，登計在多餘的事物中，將要賣掉牠。養馬的僕人牽馬出門，馬抬頭回顧，長嘶一聲，聽牠的叫聲彷彿知道要離開而回頭依戀主人似的。樊素聽到馬的嘶鳴聲，面容哀傷，站立揖拜，情意深摯地說了一番話，說完眼淚就流了下來。我聽了樊素的話，也悲傷無語不能回答，姑且命僕人把馬牽回來，讓樊素拭乾眼淚，命樊素飲酒，自己也喝上一杯，飛快地吟哦了幾十聲。聲音形成文字，文字沒有固定的句式和句數，句子的短長隨吟聲的短長而定，文共二百三十五個字。唉，我不是聖人達者，不能做到遇事不動感情，又不至於是那種愚拙的毫無感情的人。事情發生攪擾了感情的平靜，感情一旦激發就不能遏制，於是自我嘲笑一番，並且把這篇文字命名作〈不能忘情吟〉。吟的文字是：

　　鬻駱馬兮放楊柳枝，掩翠黛❶兮頓金羈❷。馬不能言兮長鳴而卻顧，楊柳枝再拜長跪而致辭。辭曰：「主乘此駱五年，凡千有八百日，銜橛❸之下，不驚不逸❹。素事主十年，凡三千有六百日，巾櫛❺之間，無違無失。今素貌雖陋，未至衰摧；駱力猶壯，又無虺隤❻。即駱之力，尚可以代主一步；素之歌，亦可以送主一盃。一旦雙去，有去無迴。故素將去，其辭也苦；駱將去，其鳴也哀。此人之情也，馬之情也，豈主君獨無情哉？」予俯而歎，仰而咍❼，且曰：「駱駱爾勿嘶，素素爾勿啼，駱反廐，素反閨❽。吾疾雖作，年雖頹❾，幸未及項籍❿之將死，亦何必一日之內棄騅⓫兮而別虞⓬兮。」乃目素⓭：「素兮素兮，為我歌〈楊柳枝〉，我姑酌彼金罍⓮，我與爾歸醉鄉⓯去來。」

【注釋】❶掩翠黛　以袖掩面拭淚。翠黛，女子青黑色眉毛。❷頓金羈　掙扯韁繩。形容駱馬不願意離開故主的情態。金羈，黃金為飾的馬籠頭。❸銜橛　馬口中所銜的金屬小棒或橫木。這裡指韁繩絡頭等馬具的控御。❹逸　奔逸。❺巾櫛　洗沐的用具。巾用來拭手，櫛用來梳頭髮，古代侍執巾櫛是婢妾的差事。❻虺隤　過度疲勞致病。《詩經・周南・卷耳》：「我馬虺隤。」毛傳：「虺隤，病也。」❼咍　笑。❽閨　內室。特指女子臥室。❾頹　衰暮。❿項籍　項羽，名籍，秦末義軍統帥，滅秦後自立為西楚霸王，和劉邦共爭天下，兵敗於烏江，自殺。見《史記・項羽本紀》。⓫騅　烏騅馬，項羽的坐騎。⓬虞　虞姬，項羽的愛姬。楚漢相爭時，項羽被困垓下，四面楚歌，以為大勢已去，遂悲歌忼慨，自為詩曰：「力拔山兮氣蓋世，時不利兮騅不逝。騅不逝兮可奈何，虞兮虞兮奈若何！」⓭乃目素　於是看著樊素。此「素」字原無，故文字不通。序云此吟「凡二百三十五言」，實際上只有二百三十四字。「目」下當因和下「素兮」字相重而誤奪一「素」字。今補入。⓮我姑句　姑，姑且。金罍，黃金的酒器。意思是我姑且舉起金罍飲酒，以消除憂思。《詩經・周南・卷耳》：「我姑酌彼金罍，聊以不永懷。」⓯醉鄉　沉醉的境界。參見〈醉吟先生傳〉注⓮。

【語　譯】賣掉駱馬啊遣放楊柳枝，楊柳枝掩泣啊駱馬掙扯著韁繩。馬兒不會說話啊只能回顧長嘶，楊柳枝長跪再拜說出了一篇言辭。她說：「主人乘騎駱馬五年，一共一千八百天，控御之下，從不受驚失控奔逸。樊素侍奉主人十年，一共三千六百天，侍候您的生活起居，沒有什麼錯誤和過失。現在樊素容貌雖然醜陋，還沒到衰老的地步；駱馬依然雄壯，又沒有疲勞到生病的地步。駱馬的力氣還可以馱著您走幾步路，樊素的歌聲還可以勸您再飲一杯酒。一旦雙雙遣去，就不再有回來的時候。所以樊素將要離開，說的話語悽苦，駱馬將被賣掉，叫的聲音悲哀。這是人的感情啊，這是馬的感情啊，難道主人您就這樣無情嗎？」我低頭嘆息，抬頭又笑了，並且說：「馬兒馬兒你別嘶鳴，樊素樊素你別哭泣，馬兒回你的馬廄，樊素回你的臥室。我的病雖然發作，年紀雖然衰老，幸好還沒到項羽將要自刎烏江的那種境地，又何必像他一天中既拋掉烏騅又告別虞姬。」於是看著樊素說：「樊素啊樊素，為我唱上一支〈楊柳枝〉曲，我姑且拿起我的酒杯，我和你一同回到醉鄉中去。」

【研　析】開成四年，白居易已經六十八歲，十月甲寅「始得風痺之疾，體瘝目眩，左足不支」（〈病中詩十五首・序〉），於是遣伎賣馬，寫下了〈賣駱馬〉、〈別柳枝〉兩首絕句和這篇歌吟，以紀其事。隨著年齡的增長，身體的衰老，白居易越來越潛心佛學，對聲色歌舞逐漸疏遠。他這次遣伎，固然是為了節約開支，但也是為「年二十餘」的樊素未來的歸宿著想。但臨到遣放分別時，卻又不能忘情，悲從中來，作詩以紀。所以這首詩是一位老人的真實情感的自然流露。

詩主要記敘了賣馬遣伎的場面和樊素和白居易間一段對話。白居易不能忘情，卻通過樊素不忍離主，責備主人無情寫出。這種責備更能反映出主婢間情感的融洽和真摯。白居易的回答卻以項羽棄烏騅、別虞姬自比，說自己還沒有達到項羽自刎烏江那種窮途末路的地步。這種比擬應當說是不倫不類的，帶有滑稽突梯的意味。似乎白居易想要用戲謔之言來沖淡離別的悲哀氣氛。但這種強顏歡笑的樂觀，只有使離別的傷感更加沉重，更增苦澀，所以最後終於無法忘情，只有用「歸醉鄉」來消解這種悲苦。

白蘋洲❶五亭記

【題解】這是一篇亭記，開成四年（西元八三九年）十月作於洛陽太子少傅分司任上。文記白蘋洲五亭修建的經過，描寫了白蘋洲的美好景色，讚美了刺史楊漢公利民的善政和好山水的高情。

湖州城東南二百步，抵霅溪❷，溪連汀洲❸，洲一名白蘋。梁吳興守❹柳惲❺於此賦詩，云「汀洲採白蘋❻」，因以為名也。前不知幾十萬年，後又數百載，有名無亭，鞠❼為荒澤。至大曆❽十一年，顏魯公真卿❾為刺史，始翦榛導流❿，作八角亭以游息焉。旋屬災潦薦至⓫，沼堙臺圮⓬。後又數十載，委無隙地⓭。至開成三年，弘農楊君⓮為刺史，乃疏四渠，濬二池，樹三園，構五亭，卉木荷竹，舟橋廊室，洎遊宴息宿之具，靡不備焉。觀其架大溪、跨長汀者，謂之白蘋亭；介二園⓯、閱百卉者，謂之集芳亭；面廣池、目列岫⓰者，謂之山光亭；玩晨曦⓱者，謂之朝霞亭，狎清漣⑱者謂之碧波亭。五亭間開，萬象迭入，嚮背⑲俯仰，勝⑳無遁形。每至汀風春，溪月秋，花繁鳥啼之旦，蓮開水香之夕，賓友集，歌吹㉑作，舟棹徐動，觴詠半酣，飄然㉒怳然㉓，遊者相顧，咸曰：「此不知方外㉔也，人間也？又不知蓬瀛崑閬㉕復何如哉？」

【章　旨】記敘白蘋洲五亭的建造經過和亭園的美好景色。

【注　釋】❶白蘋洲　在湖州烏程縣縣城東南霅溪上。開成三年，楊漢公為湖州刺史，在洲上建造五座亭子，請白居易撰寫了這篇記。白蘋，水草名，也稱四葉菜、田字草。生淺水中，葉有長柄，柄端四片小葉成田字形。夏秋開小白花。❷霅溪　水名。《元和郡縣圖志》卷二五「湖州烏程縣」：「霅溪水，一名大溪水，一名苕溪水，西南自長城、安吉兩縣東北流，至州南與餘不溪水、苧溪水合，又流入於太湖。」❸汀洲　水中陸地。❹吳興守　吳興郡太守。吳興郡，即唐代的湖州。❺柳惲　（西元四六五－五一七年）字文暢，河東解縣人。南朝齊、梁間詩人，梁天監二年（西元五〇三年）為吳興郡太守。❻汀洲句　柳惲所作〈江南曲〉首云：「汀洲採白蘋，日暮江南春。」❼鞠　盡。❽大曆　唐代宗的第三個年號，共十四年（西元七六六～七七九年）。❾顏魯公真卿　顏真卿（西元六〇九－七八五年），字清臣，京兆萬年（今陝西西安）人。唐代著名文學家和書法家，官至吏部尚書、太子太師，封魯國公，後李希烈反叛，真卿奉使宣諭，被扣留殺害。❿剪榛導流　砍去雜樹，疏導水流。⓫災潦薦至　接連發生水災。薦，通「洊」。屢次。⓬沼堙臺圮　池沼堙塞，臺榭傾倒。堙，填塞。圮，坍塌。⓭委無句　委，水流聚集。隙地，空閒的地。這裡指可供修建遊賞的地方。⓮弘農楊君　弘農，郡名，郡治在今河南靈寶。楊君，楊漢公（西元七八五－八六一年），字用乂，弘農華陰（今屬陝西）人。元和八年進士，後屢官至宣武軍節度使。事見兩《唐書・楊漢公傳》及《唐代墓誌彙編續集》鄭薰〈楊漢公墓誌〉。他是楊虞卿的弟弟，是白居易妻子楊氏的從兄弟。⓯介二園　居兩園之間。二，《全唐文》作「三」，前文云「樹三園」，疑作「三」是。⓰列岫　羅列的山峰。⓱晨曦　清晨的陽光。⓲清漣　清澈的水波。

⑲嚮背　前後。⑳勝　勝景；美景。㉑歌吹　歌聲和音樂聲。㉒飄然　舒適閒散貌。㉓怳然　恍惚貌。㉔方外　世外。㉕蓬瀛崑閬　東海中的蓬萊、瀛洲和崑崙山上的閬苑，相傳都是神仙居住的地方。

【語譯】從湖州州城向東南方走二百步，就抵達霅溪，溪水連接一個小洲，洲又名叫白蘋洲。梁朝吳興郡太守柳惲在這裡作詩，有「汀洲採白蘋」的詩句，因而用「白蘋」作為洲名。柳惲以前，洲不知道存在了幾十萬年，柳惲以後又經歷了幾百年，有了洲名仍然沒有亭，全是一片荒蕪的水澤。到了大曆十一年，魯國公顏真卿擔任湖州刺史，才鏟去叢生的草木，引入溪流，建造了一座八角亭作為遊賞休息的處所。不久遇到水災接二連三發生，水池填塞，臺亭坍塌。這以後又過了幾十年，水流委聚，沒有空閒的地方了。到開成三年，弘農楊君做湖州刺史，便疏導了四條水渠，挖掘了兩個水池，種植了三處林園，建築了五座亭子，花卉樹木荷花竹子、船隻橋梁走廊居室和遊賞飲宴休息住宿的用具，全都備辦了。看那橫跨霅溪和汀洲之上的叫做白蘋亭，處於兩座林園之間可以觀賞群花的叫做集芳亭，面對寬闊的水池可以眺望環列群山的叫做山光亭，可以欣賞清晨日出的叫做朝霞亭，可以狎玩溪流清波的叫做碧波亭。五座亭子交錯聳立，各種景色紛至沓來，前後上下的勝景都無處隱藏。每當汀洲春風吹拂，溪邊秋月高照，百花繁茂眾鳥鳴叫的早晨，荷花開放水面清香浮動的夜晚，賓朋聚集，歌樂演奏，船隻慢慢游弋，酒意詩情濃烈，飄飄搖搖恍恍惚惚，遊人都說：「不知道這裡是世外呢，還是人間呢？又不知道傳說中的蓬萊、瀛洲和崑崙山的閬苑這些仙境又會是什麼樣啊！」

時予守官❶在洛，楊君緘書賷❷圖，請予為記。予按圖握筆，心存目想，覼縷❸梗概，十不得其二三。大凡地有勝境，得人而後發；人有心匠❹，得物而後開。境心相遇，固有時耶？蓋是境也，實柳守❺濫觴❻之，顏公❼椎輪❽之，楊君❾繢素❿

之，三賢始終，能事⑪畢矣。楊君前牧舒⑫，舒人治；今牧湖，湖人康。康之由，革弊興利，若改茶法、變稅書⑬之類是也。利興故府有羨財⑭，政成故居多暇日，是以餘力濟高情，成勝概⑮，三者旋相為用，豈偶然哉？昔謝、柳⑯為郡，樂山水，多高情，不聞善政；龔、黃⑰為郡，憂黎庶⑱，有善政，不聞勝概。兼而有者，其吾友楊君乎！君名漢公，字用乂，恐年祀久遠，來者不知，故名而字之。時開成四年十月十五日記。

【章　旨】說明勝境得人然後發的道理，讚美楊漢公既有憂黎庶的政績，又有樂山水的高情。

【注　釋】❶守官　為官。開成四年，白居易為太子少傅分司東都，在洛陽。❷齎　攜帶。❸覼縷　原委。❹心匠　匠心；精心巧思。❺柳守　吳興守柳惲。❻濫觴　浮起酒杯。形容水流的小，用來比喻事物的起源。《荀子・子道》：「昔者江出於岷山，其始出也，其源可以濫觴。及其至江之津也，不放舟，不避風，則不可涉也。」❼顏公　顏真卿。❽椎輪　原始的沒有輻條的車輪。用來比喻事物的草創。蕭統〈文選序〉：「若夫椎輪為大輅之始，大輅寧有椎輪之實？」❾楊君　楊漢公。❿繢素　繪畫。繢，同「繪」。畫的彩色。素，白色。《論語・八佾》：「子曰：『繪事後素。』」鄭玄注：「繪，畫文也。凡繪畫先布眾色，然後以素分布其間，以成其文。」這裡用繪畫比喻進一步增修裝飾使趨於完美。⓫能事　所能做的事。《周易・繫辭上》：「引而伸之，觸類而長之，天下之能事畢矣。」⓬牧舒　為舒州刺史。牧，牧民；治理。漢代州的長官稱「牧」。舒州，州治在今安徽潛山。《嘉泰吳興志》卷一四郡守題名：「楊漢公，開成三年三月二十日自舒州刺史拜。」⓭改茶法變稅書　其事不詳。湖州產茶，是進貢皇帝的貢品。唐代自德宗開始徵收茶稅。見《新唐書・食貨志四》。楊漢公所變「茶法」是貢茶之法，還是榷茶之法，已不可考。⓮羨財　餘財。⓯勝概　美景。⓰謝柳　謝靈運和柳惲。謝靈運生性愛好山水，他曾為永嘉（今浙江溫州）太守，「出守既不得志，遂肆意游遨，徧歷諸縣，動踰旬朔，民間聽訟，不復關懷，所至輒為詩詠，以致其意焉」。見《宋書・謝靈運傳》。參見〈與元九書〉第三段注⑮。⑰龔黃　西漢龔遂、黃霸。龔遂，字少卿，宣帝時為渤海太守，擒捕盜賊，勸民務農桑，百姓安居樂業。黃霸，字次公，宣帝時為潁川太守，力行教化而後誅罰，深得民心，戶口歲增，治為天下第一。兩人事跡均見《漢書・循吏傳》。⑱黎庶　黎民百姓。

【語　譯】這時我在洛陽為官，楊君寫了信，畫了圖捎來，請我寫一篇記。我撫圖握筆，眼睛察看內心想像，記敘白蘋洲五亭的大致情形，十分中連二三分也寫不出來。凡是一個地方有優美的景物，要遇到合適的人才能開發；人有精巧的構思，要遇到優美的景物才會被開啟。勝境和人的相遇，莫非本來就有機緣嗎？白蘋洲這個勝境，是柳太守發現了它，顏公讓它粗具規模，楊君加以增飾使它臻於完美。三位賢者從始至終，所能做的都已經做完了。楊君此前擔任舒州刺史，舒州百姓安定；現在任湖州刺史，湖州百姓康泰。康泰是由於能革除弊端，興辦利民的好事，像改變茶法、稅書之類。興辦利民的好事所以府庫有盈餘的錢財，政事修明所以刺史有很多的閒暇，這才能運用多餘的財力和時間，助成高雅的情致，修建了這個遊賞勝地，這三個條件互相支持促成，哪裡是偶然的呢？從前謝靈運、柳惲做郡太守，喜愛山水，有高情雅興，可是沒聽說他們有什麼好的政治措施；龔遂、黃霸為太守，關心百姓疾苦，有很好的政治措施，可是沒聽說他們修建了遊賞勝地。既有善政，又有高情雅興的，恐怕要數我的友人楊君了。楊君名漢公，字用乂。恐怕年代久遠，後人不知道，所以把他的名和字都記載下來。作記的時間是開成四年十月十五日。

【研　析】文章的前一部分記敘白蘋洲從柳惲發現命名，到顏真卿首建八角亭，到楊漢公大規模開發新建五亭、三園、四渠、二池的經過，並且描述了新建五亭第使人彷彿疑非人間的勝景。後一部分抒發自己的感想，先用白蘋洲由柳惲發現、顏真卿草創、楊漢公開發的事證明「勝境得人而後發」，然後進一步用楊漢公在舒、湖二州的政績說明他既有龔遂、黃霸的善政，又有謝靈運、柳惲的高情，才能「以餘力濟高情，成勝概」，說明白蘋洲勝景開發在楊漢公手中完成決非偶然。文章既對白蘋洲五亭的勝景，也對楊漢公的善政高情作了由衷的讚嘆，二者相得益彰，融為一體。

文中有的詞句和他文重複。如「汀風春，溪月秋，花繁鳥啼之旦，蓮開水香之夕」數句，就和〈池上篇‧序〉的「池風春，池月秋，水香蓮開之旦，露清鶴唳之夕」大體相同。這大約是白居易未曾親至其地，僅僅憑著楊漢公的書信和圖畫來描寫，所以無法寫出景物的特色和神韻吧。

古籍今注新譯叢書

【哲學類】

新譯四書讀本　謝冰瑩、邱燮友等編譯
新譯學庸讀本　王澤應注譯
新譯論語新編解義　胡楚生編著
新譯孝經讀本　賴炎元、黃俊郎注譯
新譯易經讀本　郭建勳注譯　黃俊郎校閱
新譯周易六十四卦經傳通釋　黃慶萱注譯
新譯乾坤經傳通釋　黃慶萱注譯
新譯易經繫辭傳解義　吳　怡著
新譯禮記讀本　姜義華注譯　黃俊郎校閱
新譯儀禮讀本　顧寶田、鄭淑媛注譯　黃俊郎校閱
新譯孔子家語　羊春秋注譯　周鳳五校閱
新譯老子讀本　余培林注譯
新譯帛書老子　趙　鋒注譯
新譯老子解義　吳　怡著
新譯莊子讀本　黃錦鋐注譯
新譯莊子讀本　張松輝注譯
新譯莊子本義　水渭松注譯
新譯莊子內篇解義　吳　怡著
新譯列子讀本　莊萬壽注譯
新譯管子讀本　湯孝純注譯　李振興校閱

新譯墨子讀本　李生龍注譯　李振興校閱
新譯公孫龍子　丁成泉注譯　黃志民校閱
新譯晏子春秋　陶梅生注譯　葉國良校閱
新譯鄧析子　徐忠良注譯　劉福增校閱
新譯荀子讀本　王忠林注譯
新譯尹文子　徐忠良注譯　黃俊郎校閱
新譯尸子讀本　水渭松注譯　陳滿銘校閱
新譯鶡冠子　趙鵬團注譯
新譯鬼谷子　王德華等注譯
新譯韓非子　賴炎元、傅武光注譯
新譯呂氏春秋　朱永嘉、蕭　木注譯　黃志民校閱
新譯韓詩外傳　孫立堯注譯
新譯淮南子　熊禮匯注譯　侯迺慧校閱
新譯春秋繁露　朱永嘉、王知常注譯
新譯新書讀本　饒東原注譯　黃沛榮校閱
新譯新語讀本　王　毅注譯　黃俊郎校閱
新譯潛夫論　彭丙成注譯　陳滿銘校閱
新譯論衡讀本　蔡鎮楚注譯　周鳳五校閱
新譯申鑒讀本　林家驪、周明初注譯　周鳳五校閱
新譯人物志　吳家駒注譯　黃志民校閱
新譯張載文選　張金泉注譯
新譯近思錄　張京華注譯
新譯傳習錄　李生龍注譯
新譯呻吟語摘　鄧子勉注譯
新譯明夷待訪錄　李廣柏注譯　李振興校閱

文學類

新譯詩經讀本　滕志賢注譯
新譯楚辭讀本　傅錫壬注譯
新譯楚辭讀本　林家驪注譯
新譯文心雕龍　羅立乾注譯
新譯六朝文絜　蔣遠橋注譯
新譯世說新語　劉正浩、邱燮友等注譯
新譯昭明文選　周啟成等注譯
新譯古文觀止　謝冰瑩、邱燮友等注譯
新譯古文辭類纂　黃鈞、葉幼明等注譯
新譯樂府詩選　溫洪隆、溫強注譯
新譯古詩源　馮保善注譯
新譯千家詩　邱燮友、劉正浩注譯
新譯詩品讀本　程章燦、成林注譯
新譯花間集　朱恒夫注譯
新譯南唐詞　劉慶雲注譯
新譯絕妙好詞　聶安福注譯
新譯唐詩三百首　邱燮友注譯
新譯宋詩三百首　陶文鵬注譯
新譯宋詞三百首　汪中注譯
新譯宋詞三百首　劉慶雲注譯
新譯元曲三百首　賴橋本、林玫儀注譯
新譯明詩三百首　趙伯陶注譯
新譯清詩三百首　王英志注譯
新譯清詞三百首　陳水雲等注譯

新譯唐人絕句選　卞孝萱、朱崇才注譯　齊益壽校閱
新譯唐才子傳　戴揚本注譯
新譯拾遺記　石磊注譯
新譯搜神記　黃鈞注譯
新譯唐傳奇選　東忱、張宏生注譯　侯迺慧校閱
新譯宋傳奇小說選　東忱注譯
新譯明傳奇小說選　陳美林、皋于厚注譯
新譯容齋隨筆選　朱永嘉等注譯
新譯明散文選　周明初注譯
新譯明清小品文選　鄭婷注譯
新譯人間詞話　馬自毅注譯
新譯白香詞譜　劉慶雲注譯
新譯幽夢影　馮保善注譯
新譯菜根譚　吳家駒注譯
新譯小窗幽記　馬美信注譯
新譯圍爐夜話　馬美信注譯
新譯郁離子　吳家駒注譯
新譯歷代寓言選　黃瑞雲注譯
新譯賈長沙集　林家驪注譯
新譯揚子雲集　葉幼明注譯
新譯曹子建集　曹海東注譯　蕭麗華校閱
新譯建安七子詩文集　韓格平注譯
新譯阮籍詩文集　林家驪注譯　簡宗梧、李清筠校閱
新譯嵇中散集　崔富章注譯　莊耀郎校閱
新譯陸機詩文集　王德華注譯
新譯陶淵明集　溫洪隆注譯　齊益壽校閱

新譯江淹集　羅立乾、李開金注譯
新譯庾信詩文選　歸　青注譯
新譯初唐四傑詩集　李福標注譯
新譯駱賓王文集　黃清泉注譯　陳全得校閱
新譯王維詩文集　陳鐵民注譯
新譯孟浩然詩集　楊　軍注譯
新譯李白詩全集　郁賢皓注譯
新譯李白文集　郁賢皓注譯
新譯杜甫詩選　張忠綱、趙睿才、綦　維注譯
新譯杜詩菁華　林繼中注譯
新譯高適岑參詩選　孫欽善、陳鐵民注譯
新譯昌黎先生文集　周啟成等注譯　陳滿銘等校閱
新譯劉禹錫詩文選　閻　琦注譯
新譯柳宗元文選　卞孝萱、朱崇才注譯
新譯白居易詩文選　陶　敏、魯　茜注譯
新譯元稹詩文選　郭自虎注譯
新譯李賀詩集　彭國忠注譯
新譯杜牧詩文集　張松輝注譯　陳全得校閱
新譯李商隱詩選　朱恒夫、姚　蓉等注譯
新譯范文正公選集　沈松勤、王興華注譯　葉國良校閱
新譯蘇洵文選　羅立剛注譯
新譯蘇軾文選　滕志賢注譯
新譯蘇軾詞選　鄧子勉注譯
新譯蘇軾詩選　鄧子勉注譯
新譯蘇轍文選　朱　剛注譯
新譯曾鞏文選　高克勤注譯

新譯王安石文選　沈松勤注譯
新譯唐宋八大家文選　鄧子勉注譯
新譯柳永詞集　侯孝瓊注譯
新譯李清照集　姜漢椿等注譯
新譯陸游詩文集　韓立平注譯　彭國忠校閱
新譯辛棄疾詞選　聶安福注譯
新譯歸有光文選　鄔國平注譯
新譯唐順之詩文選　馬美信注譯
新譯徐渭詩文選　周　群等注譯
新譯袁宏道詩文選　孫立堯注譯
新譯薑齋文集　平慧善注譯　周鳳五校閱
新譯顧亭林文集　劉九洲注譯　黃俊郎校閱
新譯納蘭性德詞　馮　乾注譯
新譯方苞文選　鄔國平等注譯
新譯閒情偶寄　馬美信注譯
新譯鄭板橋集　朱崇才注譯
新譯袁枚詩文選　王英志注譯
新譯李慈銘詩文選　潘靜如注譯
新譯聊齋誌異選　任篤行等注譯　袁世碩校閱
新譯閱微草堂筆記　嚴文儒注譯
新譯浮生六記　馬美信注譯
新譯弘一大師詩詞全編　徐正綸編著

【歷史類】

新譯史記　韓兆琦注譯
新譯漢書　吳榮曾等注譯

新譯後漢書	魏連科等注譯	
新譯三國志	吳樹平等注譯	
新譯資治通鑑	張大可、韓兆琦等注譯	
新譯史記—名篇精選	韓兆琦注譯	
新譯尚書讀本	吳　璵注譯	
新譯尚書讀本	郭建勳注譯	
新譯周禮讀本	賀友齡注譯	
新譯逸周書	牛鴻恩注譯	
新譯左傳讀本	郁賢皓等注譯	傅武光校閱
新譯公羊傳	雪　克注譯	周鳳五校閱
新譯穀梁傳	顧寶田注譯	葉國良校閱
新譯春秋穀梁傳	周　何注譯	
新譯戰國策	溫洪隆注譯	陳滿銘校閱
新譯國語讀本	易中天注譯	侯迺慧校閱
新譯說苑讀本	左松超注譯	
新譯說苑讀本	羅少卿注譯	周鳳五校閱
新譯新序讀本	葉幼明注譯	黃沛榮校閱
新譯吳越春秋	黃仁生注譯	李振興校閱
新譯西京雜記	曹海東注譯	李振興校閱
新譯列女傳	黃清泉注譯	陳滿銘校閱
新譯越絕書	劉建國注譯	黃俊郎校閱
新譯燕丹子	曹海東注譯	李振興校閱
新譯東萊博議	李振興、簡宗梧注譯	
新譯唐六典	朱永嘉、蕭　木注譯	
新譯唐摭言	姜漢椿注譯	

宗教類

新譯金剛經	徐興無注譯	侯迺慧校閱
新譯高僧傳	朱恒夫、王學均等注譯	潘栢世校閱
新譯碧巖集	吳　平注譯	
新譯百喻經	顧寶田注譯	
新譯楞嚴經	賴永海、楊維中注譯	
新譯梵網經	王建光注譯	
新譯圓覺經	商海鋒注譯	
新譯法句經	劉學軍注譯	
新譯六祖壇經	李中華注譯	丁　敏校閱
新譯禪林寶訓	李中華注譯	潘栢世校閱
新譯維摩詰經	陳引馳、林曉光注譯	
新譯經律異相	顏洽茂注譯	
新譯阿彌陀經	蘇樹華注譯	
新譯無量壽經	邱高興注譯	
新譯無量壽經	蘇樹華注譯	
新譯妙法蓮華經	張松輝注譯	丁　敏校閱
新譯景德傳燈錄	顧宏義注譯	
新譯大乘起信論	韓廷傑注譯	潘栢世校閱
新譯釋禪波羅蜜	蘇樹華注譯	
新譯八識規矩頌	倪梁康注譯	
新譯永嘉大師證道歌	蔣九愚注譯	
新譯華嚴經入法界品	楊維中注譯	
新譯地藏菩薩本願經	李承貴注譯	
新譯悟真篇	劉國樑、連　遙注譯	

新譯无能子　張松輝注譯
新譯坐忘論　張松輝注譯
新譯列仙傳　張金嶺注譯　陳滿銘校閱
新譯抱朴子　李中華注譯　黃志民校閱
新譯神仙傳　周啟成注譯
新譯性命圭旨　傅鳳英注譯
新譯老子想爾注　顧寶田、張忠利注譯　傅武光校閱
新譯周易參同契　劉國樑注譯　黃沛榮校閱
新譯道門觀心經　王　卡注譯　黃志民校閱
新譯養性延命錄　曾召南注譯　劉正浩校閱
新譯樂育堂語錄　戈國龍注譯
新譯冲虛至德真經　張松輝注譯　周鳳五校閱
新譯長春真人西遊記　顧寶田等注譯
新譯黃庭經・陰符經　劉連朋等注譯

軍事類

新譯司馬法　王雲路注譯
新譯尉繚子　張金泉注譯
新譯三略讀本　傅　傑注譯
新譯六韜讀本　鄔錫非注譯
新譯吳子讀本　王雲路注譯
新譯孫子讀本　吳仁傑注譯
新譯李衛公問對　鄔錫非注譯

教育類

新譯爾雅讀本　陳建初等注譯
新譯顏氏家訓　李振興、黃沛榮等注譯
新譯聰訓齋語　馮保善注譯
新譯曾文正公家書　湯孝純注譯　李振興校閱
新譯三字經　黃沛榮注譯
新譯百家姓　馬自毅、顧宏義注譯
新譯幼學瓊林　馬自毅注譯　陳滿銘校閱
新譯增廣賢文・千字文　馬自毅注譯　李清筠校閱
新譯格言聯璧　馬自毅注譯

政事類

新譯商君書　貝遠辰注譯　陳滿銘校閱
新譯鹽鐵論　盧烈紅注譯　黃志民校閱
新譯貞觀政要　許道勳注譯　陳滿銘校閱

地志類

新譯山海經　楊錫彭注譯
新譯水經注　陳橋驛、葉光庭注譯
新譯佛國記　楊維中注譯
新譯大唐西域記　陳　飛、凡　評注譯　黃俊郎校閱
新譯洛陽伽藍記　劉九洲注譯　侯迺慧校閱
新譯徐霞客遊記　黃　珅注譯　黃志民校閱
新譯東京夢華錄　嚴文儒注譯　侯迺慧校閱

◎新譯元稹詩文選

郭自虎／注譯

元稹在中唐時有「元才子」之稱，與白居易齊名，時號「元白」。他才思敏捷，各體兼擅，在詩文領域皆有創新。然後人眼中卻有白而無元，元稹幾乎成了白居易的陪襯。本書選取元稹詩歌一百二十首，文八篇，傳奇一篇，冀從不同的文類，盡量體現出其創作的主要內容和風格特徵。配合精當的題解、簡要的注釋、淺白流利的語譯，以及充分掌握作品特點的研析。相信可以引領讀者認識真實的元稹，進而了解其詩文的精髓。

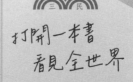

國家圖書館出版品預行編目資料

新譯白居易詩文選／陶敏,魯茜注譯.——二版一刷.
——臺北市：三民，2024
面；　公分.——(古籍今注新譯叢書)

ISBN 978-957-14-7773-2（平裝）

844.18　　113003225

古籍今注新譯叢書

新譯白居易詩文選

注譯者｜陶敏　魯茜
創辦人｜劉振強
發行人｜劉仲傑
出版者｜三民書局股份有限公司(成立於1953年)

三民網路書店
https://www.sanmin.com.tw

地址｜臺北市復興北路386號　(復北門市)　(02)2500-6600
臺北市重慶南路一段61號(重南門市)　(02)2361-7511

出版日期｜初版一刷 2009年11月
初版二刷 2019年10月
二版一刷 2024年4月
書籍編號｜S033110
ISBN｜978-957-14-7773-2

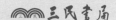